Plautus · Terenz

Die römische Komödie

In den Übersetzungen
von Wilhelm Binder und J. J. C. Donner herausgegeben
und mit einer Einführung und Erläuterungen versehen
von Walther Ludwig

Bibliothek der Antike
Deutscher Taschenbuch Verlag
Artemis Verlag

Vollständige Ausgabe.
Textgrundlage für beide Dichter ist die vollständige Ausgabe von Walther Ludwig, Antike Komödien, München 1966.
Die Plautus-Übersetzung von Wilhelm Binder ist von Walther Ludwig überarbeitet worden.

Oktober 1990
Deutscher Taschenbuch Verlag GmbH & Co. KG, München

Umschlaggestaltung: Celestino Piatti
Gesamtherstellung: C. H. Beck'sche Buchdruckerei, Nördlingen
Printed in Germany · ISBN 3-423-02255-8

Über dieses Buch

Plautus und Terenz, die beiden Dichter, mit denen für uns die lateinische Komödie beginnt, sind Gegensätze. Plautus (ca. 250–184 v. Chr.) hat seinen Weg als Bühnenarbeiter begonnen und später als einfacher Lohndiener in einer Mühle gearbeitet. Aus diesen Erfahrungen schöpft sein Witz: Er ist drastisch, wortgewaltig und possenhaft und besitzt eine Vorliebe für handgreifliche Effekte. Seine Bühne bevölkern Kuppler und Parasiten, gerissene Sklaven und verliebte Greise, und sein Sprachwitz, in dem sich Kneipenjargon und schwadronierender Pomp mit dem hohen Ton der Dichtung mischen, ist ein einzigartiges Beispiel für die Formulierungslust der antiken Literatur.

Zu solcher Vitalität und unbekümmerten Derbheit liefert Terenz (ca. 185–160 v. Chr.) das Gegenbild. Er hat sein Leben in den Zirkeln des römischen Patriziats, der Reichen und Gebildeten verbracht, von deren Idealen die hohe Kultur seiner Komödien ein Zeugnis gibt. Sie sind auf feinen Witz und Esprit, mehr auf Humor als auf Komik gestellt, und zu Recht hat man in ihnen den ersten dichterischen Entwurf des römischen Lebens- und Bildungsideals gesehen: der Humanität.

Dieser Band enthält die sechs Komödien des Terenz und von den 21 überlieferten Stücken des Plautus eine Auswahl der sieben bedeutendsten. Zusammen geben sie ein Bild von der ganzen, zwischen Extremen ausgebreiteten Vielfalt der römischen Komödie.

Literatur · Philosophie · Wissenschaft

Bibliothek der Antike
Herausgegeben von Manfred Fuhrmann

EINFÜHRUNG

I

Als der alte Polonius die Schauspieler zu Hamlet führt, empfiehlt er sie mit den Worten: ». . . the best actors in the world, either for tragedy, comedy, history, pastoral, pastorical-comical, historical-pastoral, tragical-historical, tragical-comical-historical-pastoral, scene individable, or poem unlimited: Seneca cannot be too heavy, nor Plautus too light.« Für Shakespeare und das Drama der Renaissance waren Seneca und Plautus die beiden klassischen Prototypen des Dramas. An ihnen hatte man wieder gelernt, was eine Tragödie, was eine Komödie sei, sie waren die wichtigsten Anreger für die Entwicklung des modernen Schauspiels gewesen. Terenzens Einfluß war danach am bedeutendsten. Die griechischen Tragiker und Aristophanes übten eine weit geringere Wirkung aus. Die Sprache dieser Griechen war schwieriger zu verstehen, ihre Kenntnis auf verhältnismäßig kleine Kreise beschränkt, und bei Aristophanes mochten auch die seltsamen Bauformen seiner Stücke und die häufigen schwerverständlichen Anspielungen auf Zeitgenössisches zur Vernachlässigung beitragen. Vielleicht hat für die Dominanz des Plautus sogar das quantitative Element auch eine gewisse Rolle gespielt: von ihm sind mehr Stücke überliefert als von irgendeinem anderen antiken Dramatiker. Insgesamt gelangten durch die handschriftliche Überlieferung des Mittelalters 80 antike Stücke in die Neuzeit, 44 griechische und 36 lateinische; unter dem Namen des Aischylos und Sophokles je 7, dem des Euripides 19, dem des Seneca 10 Tragödien, und von Aristophanes 11, von Plautus 20, von Terenz 6 Komödien. Jedes vierte in der Renaissance bekannte antike Drama war also ein Stück des Plautus.

Im Mittelalter allerdings war Terenz beliebter gewesen. Man schätzte damals dessen reines und leicht verständliches Latein und das (relativ) Moralische seiner Verse, von denen viele als Sentenzen memoriert werden konnten, rechnete ihn sogar als einzigen Dramatiker zu den neun »goldenen Autoren«. Im 10. Jahrhundert stellte die sächsische

Nonne Hrotsvit von Gandersheim fest, daß selbst Leute, die sich sonst nur mit den heiligen Schriften beschäftigen, die Dichtungen des Terenz wegen ihres lieblichen Stils häufig lesen. Sie beklagte es, da man so mit der Kenntnis schändlicher Unzucht und ausschweifender Frauen sein Herz beflecke, und nahm sich vor, selbst als Terenz-Ersatz sechs Stücke zu verfassen, die von rühmenswerter Keuschheit und heiligen Jungfrauen handeln und im »süßen« Stil des Terenz geschrieben sein sollten. Plautus hat Hrotsvit glücklicherweise nicht gekannt. Er wurde im Mittelalter wenig gelesen, seine Sprache war zu schwierig, sein Witz zu obszön. Die Spätantike hatte noch 21 Plautus-Stücke (von 130, die einst unter seinem Namen umgelaufen waren) dem frühen Mittelalter vermittelt; im späten Mittelalter waren nur noch acht Stücke bekannt. Es waren die ersten des alphabetisch geordneten Corpus (*Amphitruo, Asinaria, Aulularia, Bacchides, Captivi, Casina, Cistellaria, Curculio*); der größere Rest war infolge mangelnden Interesses verschollen.

Bezeichnend für das Verhältnis des Mittelalters zu Plautus ist, daß er damals vielleicht am bekanntesten als Verfasser einer Komödie war, die er gar nicht geschrieben hatte, nämlich als Autor des *Querolus*, eines anonymen, aus dem 4. oder 5. Jahrhundert n. Chr. stammenden Stükkes. Es war nicht für die große Bühne, sondern für die Rezitation im kleinen Kreis bestimmt; auch hatte der Anonymus die plautinischen Verse nicht mehr lesen können, sondern sie – wie das ganze Mittelalter – für ein Gemengsel aus gebundener und ungebundener Rede gehalten und geglaubt in plautinischer Art zu schreiben, wenn er Prosa etwas rhythmisierte und mit trochäischen oder iambischen Klauseln versah. Im Inhalt hatte er sich an eine der berühmtesten Plautus-Komödien angelehnt, an die *Aulularia*, die Komödie vom Goldtopf des geizigen Euclio. Titelheld des neuen Stückes wurde ein neu erfundener Sohn des Euclio, Querolus. Der in der Urne verwahrte Schatz steht auch hier im Mittelpunkt der Handlung. Euclio hat ihn vor seiner Reise ins Ausland heimlich vergraben. Vor seinem Tod lernt er einen Schmarotzer mit Namen Mandrogerus kennen, verrät ihm die Stelle, wo der Schatz verwahrt ist, und macht ihn zum Miterben unter der Bedingung, daß er seinem Sohn das Versteck zeige. Mandrogerus erklärt sich damit einverstanden, ist aber in Wahrheit nur darauf bedacht, den Schatz ganz für sich zu gewinnen. Er geht zu Querolus, behauptet, er verstünde sich auf Zauber- und Weissagekünste, und schleicht sich in dessen Vertrauen. Er vollzieht eine Zauberhandlung, die das Haus angeblich entsühnen soll, setzt sich dabei in den Besitz der Urne und erklärt, sie enthalte alles Unglück und er wolle sie deshalb mit sich nehmen, um das Haus für immer von ihm zu befreien; Querolus müsse nur einige Tage im Haus bleiben und sich nicht von der Stelle rühren. Draußen bemerkt Mandrogerus nun aber eine Inschrift auf dem Gefäß, die ihn annehmen läßt, es sei die Aschenurne eines Verstorbenen und nicht der erhoffte Goldschatz, worauf er den Topf wütend durchs Fenster wirft und davonrennt. Der Topf zerspringt im Zimmer des Querolus, und der Goldschatz fällt heraus. Mandrogerus kommt noch einmal zurück und will einen Anteil ergattern, aber Querolus, von seiner Leichtgläubigkeit geheilt, weist nun den betrügerischen Scharlatan ab. Es ist verständlich, daß ein solcher Stoff den mittelalterlichen Leser, der von Zauberei und Schatzsuche nicht genug hören konnte, anzog. Die Handlung war einfach, und das Stück bot neben Späßen auch mannigfache Lebensweisheiten, darunter sogar einiges Christliche: das sprach mehr an als der echte Plautus.

So wurde auch der *Querolus* und nicht die *Aulularia* im 12. Jahrhundert von Vital von Blois in eine »comoedia elegiaca«, das heißt in elegische Distichen umgesetzt, allerdings wieder unter dem plautinischen Titel *Aulularia*. Derartige elegische Komödien verfaßte man zu jener Zeit in Frankreich mehrfach. Vital adaptierte auch eine Fassung des *Amphitruo*-Stoffes dem elegischen Metrum, ging aber auch hier nicht unmittelbar auf Plautus zurück, sondern benützte eine Bearbeitung, die etwa in derselben Zeit wie der *Querolus* entstanden sein dürfte. Der berühmte Sklave des Amphitruo, der bei Plautus Sosia heißt, führt bei Vital den aus anderen römischen Komödien bekannten Sklavennamen Geta, welcher auch der Titel dieser sehr verbreiteten »comoedia« wurde. Eine andere hieß ganz plautinisch *Miles gloriosus*. In all diesen Dichtungen ist der Einfluß von Plautus und Terenz jedoch gering; er beschränkt sich auf – häufig indirekt übermittelte – Eigennamen und Stoffmotive. Es sind versifizierte und dialogreiche Schwänke, lustige Erzählungen in elegischen Distichen, deren sprachliche Form in erster Linie von Ovid her beeinflußt war, nicht aber Komödien im antiken und modernen Sinne des Wortes.

Die Vorstellung, daß der Begriff »Komödie« notwendig eine zur Aufführung im Theater bestimmte dramatische Dichtung bezeichnet, war im Lauf des Mittelalters verlorengegangen. Nur so konnte Dante zu Beginn des 14. Jahrhunderts sein großes Epos *Commedia* nennen. In einem Brief, in dem er die Titelwahl erklärt, sagt er, eine Komödie sei eine poetische Erzählung, welche nach schlimmem Anfang glücklich ende und in schlichter, niederer Sprache verfaßt sei, wogegen eine Tragödie (er rechnet Vergils *Aeneis* dazu) im hohen Stil geschrieben sei und in Schrecken ende. Die Gattungsbegriffe Drama und Epos wurden nicht mehr auseinandergehalten, und wenn man sich allenfalls in dieser Zeit mit der Aufführungsart der antiken Stücke beschäftigte und eine Vorstellung zu gewinnen suchte, wie es die Alten gemacht hatten, so hatte man sich durch einen verhängnisvollen Übersetzungsfehler den Weg gründlich verbaut. In einer Gruppe von Terenz-Handschriften findet sich am Ende die Bemerkung »Calliopius recensui«; ein sonst unbekannter spätantiker Grammatiker Calliopius scheint also den Text dieser Handschriftengruppe rezensiert, das heißt redigiert zu haben. Im Mittelalter verstand man »recensui« im Sinne von »recitavi« und machte Calliopius zum Prologsprecher und Rezitator der Stücke. Man nahm an, ein Vorleser habe den vollen Text der Komödien mit verschiedener Stimmfärbung vorgetragen und dazu seien Schauspieler aufgetreten, die pantomimisch die entsprechenden Bewegungen gemacht hätten.

Diese seltsamen Vorstellungen fanden bald ein Ende, als man im 15. Jahrhundert den fast verschollenen Plautus wiederentdeckte und das Bedürfnis wach wurde, die antiken Stücke auch theatralisch wieder aufzuführen. Epoche machte das Jahr 1429. Damals brachte Kardinal Nikolaus von Kues eine im 11. Jahrhundert geschriebene, bis dahin in einem deutschen Kloster verborgene Handschrift nach Rom, die 12 der 13 verschollenen Plautus-Stücke enthielt: *Epidicus*, *Menaechmi*, *Mercator*, *Miles gloriosus*, *Mostellaria*, *Persa*, *Poenulus*, *Pseudolus*, *Rudens*, *Stichus*, *Trinummus* und *Truculentus* (vom letzten Stück war nur noch der Titel *Vidularia* erhalten). Diese Entdeckung in der Blütezeit der Renaissance gab der humanistischen Beschäftigung mit der römischen Komödie einen starken Impuls. 1470 wurde Terenz erstmals gedruckt, 1472 folgte Plautus. Man wurde sich wieder bewußt, daß diese Komödien Theaterstücke waren, bestimmt zur Aufführung auf einer Bühne durch Darsteller, die die verschiedenen Rollen selbst sprachen, und man begann sich nach Möglichkeiten umzuschauen, diese Stücke nach über einem Jahrtausend erstmals wieder auf einer Bühne zu spielen.

Die beiden Zentren für die ersten Aufführungen antiker Dramen wurden Rom und Ferrara. In Rom gab der Humanist Pomponius Laetus (1425–1498) den Anstoß zu Aufführungen des Plautus, Seneca und Terenz. Die Dramen wurden in lateinischer Sprache in den Palasthöfen des Adels und im Quirinal gespielt. 1484 ist dort als erste Aufführung die der *Aulularia* bezeugt. Zwei Jahre später ließ Fürst Ercole I. in Ferrara die erste Komödie in italienischer Übersetzung spielen. Es waren die *Menaechmi*, denen 1487 der *Amphitruo* folgte. Während in Rom die Reihe der Aufführungen in lateinischer Sprache fortgesetzt wurde – besonders glanzvoll war die des *Poenulus* im Jahr 1513, für die Papst Leo X. einen prächtigen Theaterbau auf dem Kapitol errichten ließ –, kamen in Ferrara immer neue Übersetzungen auf die Bühne: 1502 wurden dort anläßlich der Hochzeit des Prinzen Alfonso mit Lucrezia Borgia an fünf aufeinanderfolgenden Tagen fünf Plautus-Komödien gespielt (*Epidicus*, *Bacchides*, *Miles gloriosus*, *Asinaria* und *Casina*).

Unter dem Impuls solcher Aufführungen und angeregt von der dramatischen Technik und den Motiven der Stücke des Plautus und Terenz, begann man zu Beginn des 16. Jahrhunderts neue italienische Komödien zu verfassen. Die erste dieser Art war die *Cassaria* des Ludovico Ariosto (1474–1533), die, 1508 in Ferrara aufgeführt, Situationen aus der *Mostellaria*, dem *Poenulus* und dem *Rudens* verwertete; ein Jahr später folgten *I Suppositi*, in denen Einflüsse der *Captivi* und des terenzischen *Eunuchus* deutlich sind. Im Laufe des 16. Jahrhunderts entstanden Hunderte solcher Stücke der sogenannten »commedia erudita«, denen die Regeln der antiken Komödienkunst zugrunde liegen und die zugleich immer mehr zu einem lebendigen Porträt zeitgenössischen italienischen Lebens wurden. Die Stücke spielen alle im Italien ihrer Zeit, Anspielungen auf aktuelle Ereignisse fehlen nicht, die Charaktertypen und die Situationen der antiken Komödie werden vermehrt, im Handlungsaufbau und der szenischen Struktur bleiben sie jedoch stets ihren Vorbildern verpflichtet. Die Einheiten des Orts und der Zeit, die die Einheitsdekoration der Straßenszene mit den verschiedenen Hauseingängen ermöglichen, sowie das bürgerliche Milieu bleiben gewahrt. Typische Konventionen, wie die Auftrittsankündigungen, die zur Tür gewandten Reden an Personen, die sich im Haus befinden, die Lauscherszenen und das Beiseitesprechen, die Monologe und die Dienerberichte werden beibehalten.

Die anderen europäischen Länder folgten im 16. Jahrhundert dem italienischen Beispiel. Komödien des Plautus und Terenz wurden in Latein oder in der Landessprache aufgeführt, und bald wurden auch eigene Stücke komponiert, sowohl unter dem Einfluß der italienischen »commedia erudita« als auch unter dem der römischen Komiker unmittelbar. Es kann hier nicht verfolgt werden, wie sich aus diesen Anfängen die moderne europäische Komödiendichtung entwickelte, die, auch als sie dem Schülerverhältnis zu Plautus und Terenz entwachsen war, doch immer noch in vielem der Struktur der antiken Komödien folgte und sich auch immer wieder von einzelnen Figuren, Szenen oder komischen Effekten derselben anregen ließ – eine Wirkungsgeschichte, die über Shakespeares *Comedy of Errors* bis zu den amerikanischen Musicals der Gegenwart reicht. Es sollte nur angedeutet werden, welche Konsequenzen die Entdeckung der 12 verschollenen Plautusstücke im Jahr 1429 für die Wiedergewinnung des Begriffs der Komödie, für die Entstehung der neuzeitlichen Lustspieldichtung und für die Ausbildung des Bühnen- und Theaterwesens hatte.

Die Entdeckung einer Handschrift wurde noch einmal für Plautus epochemachend, und zwar für seine moderne philologische Erforschung. 1815 entdeckte Kardinal Angelo Mai, daß ein Pergamentcodex in der nach dem Bischof Ambrosius benannten Mailänder Bibliothek, der im 8. Jahrhundert mit dem lateinischen Text der Bücher der Könige aus dem Alten Testament beschrieben worden war, schon im 4. Jahrhundert zu Schreibzwecken gedient hatte: damals waren 21 Plautus-Komödien auf ihm aufgezeichnet worden. Vier Jahrhunderte später hatte man aus Mangel an Pergament und infolge der veränderten Interessenrichtung die alte Schrift so weit wie möglich getilgt und die Blätter dann zum zweitenmal verwendet. Die Entzifferung dieses »ambrosianischen Palimpsestes« war über die Maßen schwierig, leider auch nur zum Teil noch möglich. Es ergab sich jedoch, daß man mit dieser Handschrift, die über ein halbes Jahrtausend älter war als die ältesten bisher bekannten Plautus-Handschriften (für Terenz besaß man seit der Renaissance einen Codex des 4. Jahrhunderts), eine andere und im wesentlichen bessere Textüberlieferung gefunden hatte, als sie die übrigen Handschriften boten: Bei zwei

Komödien waren die bisher unbekannten Daten der Erstaufführung angegeben. Zahlreiche Verse, die in der sonstigen Überlieferung weggefallen waren, fanden sich neu, andere wurden durch ihr Fehlen im Palimpsest als Zusätze zum ursprünglichen Text erwiesen. Viele Stellen überzeugten durch eine bessere Lesart. Sorgfältig durchgeführt war die Kolometrie der Gesangspartien. Und vom letzten Stück, der *Vidularia*, entdeckte man noch neunzig leider teilweise verstümmelte Verse, die wenigstens die allgemeine (dem *Rudens* verwandte) Handlungsrichtung erkennen ließen. Die Bemühungen um die Entzifferung des Palimpsestes gaben den Anstoß zu einer neuen Erforschung der altlateinischen Sprache und Metrik des Plautus; die noch heute maßgebenden kritischen Textausgaben, die den Neufund verwerteten, erschienen gegen Ende des 19. und zu Anfang des 20. Jahrhunderts.

Gleichzeitig begann man sich mit einem früher völlig vernachlässigten Problemkreis zu befassen, mit der Frage nach dem Verhältnis der römischen Komödien zu ihren griechischen Originalen. Man hatte zwar schon immer gewußt, daß die Stücke des Plautus und Terenz Bearbeitungen griechischer Komödien waren (beide sagen es ja ausdrücklich in ihren Prologen), aber angesichts des völligen Verlusts von ganzen Stücken der neueren attischen Komödie hatte man die Römer doch fast wie Originaldichter behandelt und auf die Beziehungen zu ihren verlorenen Vorlagen wenig Augenmerk gerichtet. Nun aber setzten langsam die Papyrusfunde in Ägypten ein, die Fragmente attischer Komödien lieferten (darunter auch eine Partie, die den *Bacchides* des Plautus, V. 494ff., unmittelbar zur Vorlage diente) und so Stil und Eigenart der neueren griechischen Komödie immer deutlicher zeigten. Parallel liefen die Bemühungen, aus den Bearbeitungen des Plautus und Terenz die griechischen Originale zu rekonstruieren und zugleich das spezifisch Plautinische und Terenzische in den römischen Stücken aufzudecken. Eingehende Untersuchungen richteten sich auf die einheimischen Vorläufer der römischen Komödien, auf die Praxis der Theateraufführungen, den soziologischen Hintergrund, die Komik und den rhythmischen Aufbau der Stücke. Diese Arbeiten haben heute noch keineswegs überall zu allgemein anerkannten Ergebnissen geführt, aber doch in vielen Punkten schon ein deutliches Bild geliefert. Nur einiges wenige davon kann im Folgenden mitgeteilt werden.

II

Als die römischen Soldaten in der ersten Hälfte des 3. Jahrhunderts in Unteritalien und Sizilien Krieg führten, mögen sie in den Theatern der Griechenstädte, zum Beispiel in Tarent und Syrakus, erstmals Aufführungen griechischer Tragödien und Komödien gesehen haben und damit auf eine Kunst aufmerksam geworden sein, die in Griechenland schon eine über zweihundertjährige Entwicklung hinter sich hatte, die sie zu Hause aber noch überhaupt nicht kannten. Was es dort an volkstümlichen Possen, an Aufzügen und Mummenschanz oder auch an kultischen Tänzen unter Flötenbegleitung gab, waren Formen, wie sie bei vielen Völkern existierten, ohne daß diese jemals aus sich heraus eine dramatische Kunst und Literatur ausbildeten. Wenn die römischen »Barbaren« nun plötzlich mit Kunstwerken konfrontiert wurden, von denen sie gewissermaßen durch Jahrhunderte getrennt waren, mögen die Eindrücke verwirrend und faszinierend zugleich gewesen sein.

Die Komödien, die sie da (soweit es ihnen sprachlich möglich war) kennenlernen konnten, waren vor allem die der sogenannten Nea, das heißt die in Athen gegen Ende des 4. und zu Anfang des 3. Jahrhunderts gepflegte Komödienform, die die phantastischen Utopien und das zeitpolitische Engagement eines Aristophanes schon lange abgelegt und statt dessen ein bürgerliches Lustspiel kultiviert hatte. In Athen, das seiner Großmachtstellung für immer verlustig gegangen war, konnte man sich allenfalls noch über die zahlreichen fremden Offiziere mokieren, die die Stadt in oder außer Dienst besuchten. Das Interesse zog sich aufs Private zurück. Die Liebesgeschichten der reichen Bürgerschicht wurden das bevorzugte Thema der Komödien. Die typischen Charaktere des alten und jungen attischen Bürgers, des Sklaven, des Soldaten, des Kupplers und des Geldwechslers, des Kochs und des Schmarotzers, der Hetäre und der bürgerlichen Frau traten – psychologisch oft sorgfältig durchgezeichnet – auf, und die konventionellen Handlungsmotive erfuhren immer neue Variationen. In kunstvollem Aufbau fügten sich die Szenen aneinander. Man wollte ein Bild des täglichen Lebens geben mit all den erstaunlichen Überraschungen, die sich darin ereignen konnten und die – im Spiel wenigstens – immer zu einem guten Ende führten. Man verstand auch leise Töne, und es entsprach der intelligenten Diskutierfreudigkeit der Gesellschaft, wenn die Bühnenvorgänge von Reflexionen der handelnden Personen begleitet und kommentiert wurden. Über Liebe und Ehe, über die Erziehung der jungen Leute, über menschliche Torheiten, die richtige Lebensweise und über die Fügungen der Tyche wurde da räsoniert, und die durchleuchteten menschlichen Schicksale, die vor dem Zuschauer vorüberzogen, konnten so sowohl sein Lachen als auch sein verständnisvolles Lächeln erregen. Die drei bedeutendsten Dichter waren Menander (342–293), Philemon (ca. 360–264) und Diphilos (ca. 350 – ca. 290); jeder von ihnen hatte rund 100 Komödien verfaßt. Daneben sind aber noch 61 andere Autoren dem Namen nach bekannt: ihre Werke dürften sehr unterschiedlich gewesen sein, sosehr auch, aus der Ferne betrachtet, die gemeinsamen Züge zu überwiegen scheinen.

Wie die ersten Reaktionen der Römer auf diese fremdartigen Kunstgebilde waren, können wir nur vermuten; das denkwürdige Ergebnis der Begegnung kennen wir: Ein Jahr nach Beendigung des Punischen Krieges (264–241) wurde in Rom das erste Drama, wahrscheinlich eine Tragödie, aufgeführt. Es war eine Übertragung eines griechischen Stückes ins Lateinische, produziert von Livius Andronicus, der wohl als Kriegsgefangener aus Tarent nach Rom gekommen und dort freigelassen worden war. Bald scheinen auch Komödien aus dem Griechischen übernommen worden zu sein; man nannte sie »fabulae palliatae«, nach dem »pallium«, dem griechischen Mantel, in dem die Schauspieler, die ja immer eine griechische Szene darstellen sollten, auftraten. Von diesen ersten Adaptationen griechischer Komödien wissen wir kaum etwas, wir besitzen von ihnen nur wenige kurze Versfragmente. Erst das Corpus der 20 Komödien des Plautus mit über 21000 Versen gibt uns dann eine reiche Anschauung. Es ist das Werk eines Genies der komischen Dichtung und ein erster Höhepunkt der lateinischen Literatur, dem nicht zuletzt die Verbindung zwischen der reifen Kunst der griechischen Komödie und der urtümlich komischen Kraft des umbrischen »Barbaren« seinen eigentümlichen Reiz verleiht.

Vom Leben und der Person des Plautus ist nicht viel bekannt. Außer seinem Todesjahr (184) sind nur die Daten der Erstaufführung von zwei Komödien direkt überliefert (*Stichus* 200, *Pseudolus* 191). Wo sich in den Komödien sonst Anspielungen auf Zeitereignisse finden, die eine ungefähre Datierung zulassen, führt keine in die Zeit vor ca. 210 zurück. Es spricht nichts gegen die Annahme, daß die uns überlieferten Stücke alle in dem etwa fünfundzwanzigjährigen Zeitraum von ca. 210 bis 185 entstanden sind. Sein Geburtsjahr läßt sich nur aus diesen Daten roh vermuten. Man wird es danach weder nach ca. 230 noch vor ca. 250 ansetzen wollen. Im letzteren Fall wären die uns bekannten Komödien (und es sind fast alle, die zur Zeit des römischen Antiquars Varro im 1. Jahrhundert v. Chr. als zweifellos plautinisch galten) erst etwa zwischen seinem 40. und 65. Lebensjahr entstanden, was nicht sehr wahrscheinlich ist, da Plautus vermutlich nicht erst in diesem Alter zu schreiben begann und dann auch Komödien aus früherer Zeit vorhanden sein sollten. Man tut also gut daran, die Geburt des Plautus in keiner Richtung allzu weit von ca. 240 zu entfernen. (In den Handbüchern wird freilich öfters 254 als Geburtsjahr angegeben – eine trügerische Exaktheit, die ihren Ursprung im chronologischen horror vacui des Literarhistorikers hat. Cicero schreibt einmal, Plautus habe als »senex« die Aufführung seines *Pseudolus* besondere Freude bereitet; da man in Rom der Regel nach mindestens 60 Jahre alt sein mußte, um als »senex« bezeichnet zu werden, errechnete man 251 v. Chr. als terminus ante quem, das heißt nach der im 19. Jahrhundert gebräuchlichen Zählung »nach der Gründung Roms« lag die Geburt des Plautus vor 503 a. u. c., also etwa um 500. Die gedankenlose Rückübertragung dieser Rundzahl ergab das scheinbar exakte Jahr 254 v. Chr. Die Rechnung ist jedoch auch schon von der Wurzel her falsch, da Cicero vermutlich kein Geburtsjahr überliefert war, sondern er davon ausging, daß der *Pseudolus* nur wenige Jahre vor dem Tod des Plautus aufgeführt wurde und ein Mensch vor seinem Tod eben normalerweise ein »senex« ist.)

Bekannt dagegen ist der Geburtsort: Sarsina, im nördlichen Umbrien, nahe dem heutigen Rimini gelegen, das 266 von den Römern unterworfen worden war. Damit war Plautus der erste römische Dramatiker, der nicht aus dem unteritalischen griechischen bzw. griechennahen Raum stammte. Wo erwarb er dann seine Kenntnis der Theaterpraxis, seine Meisterschaft in possenhafter Komik, wo hat er Griechisch gelernt und griechische Dramen gehört, wann hat er begonnen lateinische Verse zu machen und sich in Komödienbearbeitungen versucht? Das sind alles Fragen, auf die wir keine sichere Antwort wissen. Die antike Erzählung, daß er zuerst einer Schauspieltruppe angehörte, dann sein dort erworbenes Geld im Überseehandel verlor, ohne Vermögen nach Rom kam, sich als Mühlenarbeiter verdingte und während dieser Zeit seine drei ersten Komödien verfaßte, hat anekdotische, in antiken Biographien beliebte Züge und ist ohne Gewähr, daß es sich wirklich so zugetragen hätte. Daß Plautus anfänglich selbst Schauspieler war, wird jedoch von einer anderen Seite her nahegelegt: Er nennt sich in zwei Prologen Maccus bzw. Maccus Titus. Maccus hieß die Clownrolle in den Atellanenspielen. Sollte dem Palliatendichter ein Beiname von seiner früheren Tätigkeit als berühmter Darsteller des Maccus geblieben sein? Als Schauspieler der in Kampanien beheimateten Atellanenposse konnte er nicht nur ein Experte der publikumswirksamen Komik werden, er konnte über Kampanien auch mit griechischen Theateraufführungen in Berührung gekommen sein und später seine Komödientexte von griechischen Schauspieltruppen Unteritaliens beziehen. Aber mehr als Plausibilitäten sind das natürlich nicht, und man ist sich noch nicht einmal sicher, wie der Name Maccus Titus sich zu dem sonst in den Prologen üblichen Namen Plautus verhält. Es wurde sogar erwogen, die beiden Maccus-Komödien (*Asinaria* und *Mercator*), die auch sonst gemeinsame Züge zeigen, die sie von den übrigen Stücken etwas abheben, einer besonderen, von Plautus zu unterscheidenden Person zuzuweisen. Aber eine relativ frühe Entstehung der beiden Stücke und eine spätere Vorliebe für den Namen Plautus (er ist gleichfalls ein Spitzname und bedeutet »Plattfuß«) ist auch denkbar und angesichts der einheitlich plautinischen Bezeugung der überlieferten Stücke vorzuziehen. Die dreinamige, später offizielle Namensform Titus Maccius Plautus ist jedoch vermutlich erst nach seinen Lebzeiten entstanden, als man Maccus Titus mit Plautus vereinen und das gebräuchliche römische Namensbild mit Vor-, Gentil- und Beinamen herstellen wollte.

So wenige und so dürre Daten uns vom Leben des Dichters auch gegeben sind, von seinem Werk ist eine repräsentative Auswahl erhalten geblieben. Viele der 130 Komödien, die im 1. Jahrhundert v. Chr. unter seinem Namen umliefen, waren ihm zu Unrecht unterschoben worden (der Ruhm seines Namens versprach jedem Stück einen besseren Erfolg!); nur 21 Stücke wurden, wie Varro damals feststellte, von allen für echt plautinisch gehalten, und diese 21 sind uns durch das Mittelalter nahezu vollzählig bewahrt worden.

Plautus hat die neuere griechische Komödie fast in ihrer ganzen Breite und Vielfalt zur Vorlage genommen. Er schloß sich keinem Lieblingsdichter an, sondern nahm die publikumswirksamen Stücke, wo er sie finden konnte: mindestens viermal von Menander (*Aulularia, Bacchides, Cistellaria, Stichus*), zweimal von Philemon (*Mercator, Trinummus*, wohl auch *Mostellaria*) und ebensooft von Diphilos (*Casina, Rudens*, vermutlich auch *Vidularia*). Beinahe die Hälfte aller Komödien hat also mit Sicherheit einen der großen Drei der Nea zur Vorlage, eine Verteilung, wie sie der damaligen griechischen Aufführungspraxis entsprochen haben wird. Daneben findet sich einmal auch ein sonst völlig unbekannter – vielleicht zeitgenössischer – griechischer Dramatiker, Demophilos, der das Original für die *Asinaria* lieferte. Für die restlichen Stücke sind die griechischen Autoren nicht überliefert.

Der bunten Mischung der Originalautoren entspricht die Mannigfaltigkeit der Themen und Stimmungslagen. Die mythologische Travestie des *Amphitruo* und das ohne Frauenrollen spielende Rührstück der *Captivi* sind Außenseiter. Aber auch die übrigen Stücke, die alle im bürgerlichen griechischen Milieu spielen und in denen es immer mehr oder weniger um das Schicksal eines Liebespaares geht, zeigen keineswegs den gleichen Zuschnitt. Die verschiedensten Motive stehen im Vordergrund, gegensätzliche Stilhöhen werden ausgespielt. Niederes, derbes Possenspiel gewinnt in der *Asinaria*, der *Casina* und im *Persa* oft die Oberhand, edle Gefühle und ernsthafte Philosopheme kommen im *Trinummus* zu Wort, das romantische Wiederfinden lange Getrennter ereignet sich in *Cistellaria* und *Rudens*, witziger Betrug und geistreiche Intrige triumphieren in den *Bacchides*, im *Miles gloriosus*, in der *Mostellaria* und im *Pseudolus*. Das karikaturistische Charakterporträt eines Geizhalses fesselt in der *Aulularia*, das harmlose Spiel der lustigen Verwechslungen in den *Menaechmi*. Gerissene Dirnen – das Extrem ist Phronesium im *Truculentus* – und aufrichtig liebende Mädchen, strenge mürrische Greise und solche, die selbst noch auf Abwege geraten, gemeine Bordellwirte, lächerliche Schmarotzer, Söldner voll hohler Arroganz und vor allem die verschlagenen, ihren jungen Herren treu ergebenen Sklaven ziehen in immer neuen Variationen vorbei.

Die von ihm ausgesuchten griechischen Originale hat Plautus nicht für klassische Vorbilder gehalten, die es möglichst getreu zu vermitteln gälte, sie waren ihm ein erprobter und brauchbarer Rohstoff, um solche Stücke auf die Bretter zu bringen, die den Beifall der römischen Zuschauermenge gewinnen, ihr Lachen erregen und ihren Wunsch, etwas Außergewöhnliches zu sehen und zu hören, befriedigen konnten. Selbst wo seine Tätigkeit nur im Übersetzen bestand, war sein Ziel doch nicht originalgetreue Wiedergabe, sondern Umsetzung in eine für das andersgeartete Publikum eingängige Form, was eine Anpassung an seine Denkweise und eine Romanisierung vieler stofflicher Einzelheiten (Ersatz von aktuellen Anspielungen auf griechische Sitten und Einrichtungen) nach sich zog. Andererseits lag gerade in der fremdartigen griechischen Szenerie und Handlung eine besondere Attraktion – auch ein braver Römer ließ sich gern einmal ein Stückchen aus dem sittenlosen Griechenland vorspielen! So wurde Athen für Stunden nach Rom verpflanzt, Griechisches und Römisches wurden amalgamiert, und es entstand das phantastische Gebilde eines imaginären »römischen Athen«.

Die plautinische Umgestaltung ging über solche »Romanisierung« jedoch noch weit hinaus. Sie läßt sich auf zwei Grundtendenzen zurückführen, auf eine Verstärkung des rhythmisch-musikalischen und des komischen Elements. Das anonyme Grabepigramm, das Varro überliefert hat, kennzeichnet treffend diese besonderen Qualitäten der plautinischen Komödien:

Nachdem Plautus den Tod gefunden hatte, trauert die Komödie,
Die Bühne ist verlassen, und Lachen, Spott und Scherz
Sowie die Rhythmen ohne Zahl, sie alle weinten.

Die Komödie Menanders und seiner Zeitgenossen war im ganzen zu einem Sprechdrama geworden. Die im iambischen Trimeter gesprochenen Partien beherrschten die Stücke, daneben gab es manchmal das lebhaftere Maß des trochäischen und vereinzelt den iambischen Tetrameter. Die Lieder des Chores hatten sich, von einzelnen Ausnahmen abgesehen, zu Zwischenaktsintermezzi zurückgebildet, die kaum Bezug zu der umgebenden Handlung mehr hatten und vom Dichter deshalb auch nicht mit einem speziellen Text versehen wurden. Lyrische Solopartien einzelner Schauspieler kamen zwar ab und zu vor, wurden aber keineswegs in jedem Stück erwartet. Ein Flötenspieler gehörte obligat zur Truppe, er trat als Begleiter der Chorgesänge und der lyrischen Solopartien in Funktion, vielleicht sogar bei den trochäischen und iambischen Tetrametern. Aber die Sprechverse überwogen jedenfalls bei weitem.

Die Stücke des Plautus hat man dagegen unter Zuhilfenahme moderner Begriffe direkt als Operetten oder Musicals bezeichnet. Die Sprechverspartien im iambischen Senar sind im Umfang stark zurückgedrängt: in einzelnen Stücken wird nur etwas mehr als ein Fünftel gesprochen, im Durchschnitt ein starkes Drittel. Einen größeren Teil nehmen die unter Flötenbegleitung wohl in irgendeiner Form rezitativ vorgetragenen trochäischen Septenare ein; es ist bei Plautus das häufigste Metrum. Dazu kommen jedoch noch in fast jeder der Komödien kunstvoll strukturierte polymetrische Gesangspartien (gleichfalls unter Flötenbegleitung), die sogenannten Cantica im eigentlichen Sinn, das heißt Soloarien, Duette und Terzette, die auf markante Stellen des Spiels verteilt sind. Es hat den Anschein, daß die Vorliebe des Plautus für derartige Cantica im Lauf seiner Schaffenszeit sogar zunahm. In einem seiner letzten Stücke, der *Casina*, füllen die Gesangspartien nahezu zwei Fünftel des Ganzen. Er war sicher nicht der erste der Palliatendichter, der eine Musikalisierung des griechischen Sprechdramas unter Wegfall der Chorintermezzi anstrebte (die Frage nach der Herkunft der Cantica gehört zu den umstrittensten der Forschung), aber er hat sie bzw. die dafür nötige Rhythmisierung (denn die Musik selbst wurde wohl von anderen dazukomponiert) besonders meisterhaft durchgeführt. Natürlich mußte auch der Text oft stark verändert werden, wenn ein im Griechischen in Sprechversen gehaltener Abschnitt in sangbare Maße umgesetzt werden sollte: Umgestaltung des Gedankengangs, Wiederholungen, Verbreitungen oder Vereinfachungen konnten nötig werden.

Für die Nachwelt ist die Komik des Plautus lebendiger geblieben als seine Meisterschaft im Rhythmus, von der nur präzise metrische Analysen einen gewissen Eindruck geben können. Im Gegensatz zu den Intentionen seiner Vorbilder stand für den römischen Dichter die Aufgabe, das Lachen seines naiven Publikums zu erregen, an erster Stelle, und die meisten Veränderungen, die er an den griechischen Stücken vorgenommen hat, lassen sich aus diesem Bestreben erklären.

Er hat Monologe und Dialoge im Interesse des Ridiculum häufig erweitert und Farcenhaftes, Groteskes und Phantastisches oft breit ausgespielt. Er streute Wortwitze und komische Klangspiele in Menge ein, erfreute durch Kalauer und Eulenspiegeleien, durch spaßhafte Identifikationen, lustige Metaphern und grobe Zoten. Rollen, die an drastisch-derber Komik besonders viel hergeben konnten, wie die des intrigierenden Sklaven und die des schmarotzenden Parasiten, wurden durch kräftige Zusätze verstärkt. Seine Erfindungsgabe war dabei jedoch durchaus einseitig: er fügte von sich aus keine neuen Handlungselemente hinzu, sondern pfropfte der ihm gegebenen Handlung, während er diese gewissermaßen auf der Stelle treten ließ, seine witzigen Einfälle auf. Umgekehrt wird er öfters Monologe und Dialoge auch gekürzt haben, wenn er glaubte, sie seien für seine Zuhörer langweilig. Für allzu diffizile Reflexionen und für den manchmal skeptisch-melancholischen Ton der Originale mochten diese keinen Sinn haben.

Wenn ihm ein Original nicht genügte, konnte er es durch eine zusätzliche Szene aus einem zweiten noch bereichern. So hat er in dem verhältnismäßig ernsthaft-moralischen *Trinummus* eine lustige Auftrittsrede eines Sklaven aus einem anderen Stück eingelegt, wobei er sich um isolierte Handlungsfäden nicht kümmerte. Manchmal scheint er auch ganze Szenen in seinen Vorbildern unterdrückt zu haben: so in der *Casina*, wo er nach der obszönen Farce des Hochzeitsspiels auf den üblichen Wiedererkennungsschluß keinen Wert mehr legte; oder in der *Aulularia*, wo er ein oder zwei Szenen am Anfang, in denen ein liebender Jüngling sich exponierte, gestrichen hat. Vor allzu langen und umständlichen Expositionen weicht er gerne aus, ebenso vor sentimentalisch ausgespielten Schlußszenen, freilich ohne daraus ein Prinzip zu machen. Eine Konzentrierung auf die packenden und komisch wirksamen Handlungsszenen ist ihm erwünscht, auch wenn dabei die ausgewogene Ökonomie des Originals einmal aus dem Gleichgewicht gerät.

Umstritten ist schließlich, ob Plautus das eine oder andere Mal nicht nur eine Einzelszene (bzw. einen Teil einer solchen) aus einem zweiten Original übernommen hat, sondern sogar die Handlung zweier Komödien im großen miteinander verflochten und verschmolzen hat. Während man früher mit der Annahme solcher »Kontaminationen« ziemlich weit ging, ist man heute vorsichtiger geworden: Der *Miles gloriosus* ist als einziger Fall übriggeblieben, und auch bei ihm haben sich gewichtige Stimmen gegen eine »große« Kontamination ausgesprochen, so daß es auch hier möglich ist, daß Plautus mit der Einfügung einer Einzelszene auskam, die die Handlung nicht grundsätzlich erweiterte, sondern nur punktuell bereicherte.

III

Wer nach der Lektüre plautinischer Komödien zu Terenz übergeht, ist überrascht, wieviel Unterschiede er im Ähnlichen entdeckt. Es sind zwar nicht die gleichen Stücke, die Terenz als Vorlagen wählte, aber doch auch Stücke der neuen attischen Komödie (teilweise vom selben Autor), und so finden wir dieselben Typen, dieselben szenischen Techniken wieder, aber in verwandelter Form. Terenz hat etwas ganz anderes aus seinen Vorlagen gemacht als Plautus. Nicht nur die verschiedene Individualität der beiden lateinischen Bearbeiter, sondern auch ihr zeitlicher Abstand macht die Andersartigkeit verständlich.

Terenz ist rund 50 Jahre jünger als Plautus, und seine Schaffenszeit beginnt immer noch 20 Jahre nach dem Ende der plautinischen. Die Kunst der römischen Palliata hatte sich in der Zwischenzeit entwickelt. Die geistige Welt der Römer hatte sich überhaupt unterdessen entscheidend verändert. Nicht mehr die harten Existenzkämpfe des zweiten Punischen Krieges, sondern die siegreich geführten Auseinandersetzungen mit dem griechischen Osten, mit den hellenistischen Königen von Makedonien und Syrien prägten die Gegenwart. Rom stand dem Einfluß von griechischer Kultur und Bildung trotz einiger national-römischer Widerstände weit offen. In der Aristokratie kam es zu einem regelrechten Philhellenismus. Ein Großteil der Senatoren konnte Griechisch sprechen und schreiben. L. Aemilius Paullus, der 168 den letzten Makedonenkönig Perseus vernichtend geschlagen hatte, wählte aus der reichen Kriegsbeute nur die königliche Bibliothek für sich selbst aus, ließ einen Philosophen aus Athen kommen und seinen Kindern eine sorgfältige griechische Erziehung geben. Terenz stand in enger Beziehung zu den philhellenischen Kreisen, deren Beifall seine Stücke fanden: Als 160 die Söhne des Paullus, Q. Fabius Maximus und L. Cornelius Scipio, die Leichenspiele für ihren Vater ausrichteten, durfte er seine *Hecyra* und die *Adelphen* aufführen. Für Plautus waren die griechischen Stücke nur Mittel für sein Ziel gewesen, dem Publikum einen ungewöhnlichen, bunt gemischten Augen- und Ohrenschmaus vorzusetzen; Terenz dagegen wollte nun vor allem die griechischen Originale nach Rom bringen, freilich in einer den Römern gemäßen Form.

Über sein Leben wissen wir etwas besser Bescheid als über das des Plautus. Sein voller Name Publius Terentius Afer deutet auf seine vermutliche Herkunft: Er soll in Karthago geboren sein, wahrscheinlich um 195, kam dann jung als Sklave nach Rom und diente bei einem vornehmen Herrn namens Terentius Lucanus, der ihm seiner offensichtlichen Begabung wegen eine gute Erziehung zuteil werden ließ und ihn bald aus Zuneigung freigab. Von 166 bis 160 verfaßte er sechs (erhaltene) Komödien, mit denen er nach schwierigen Anfängen auch Erfolg hatte, erwarb ein gewisses Vermögen und begab sich nach 160 auf eine Reise nach Griechenland, auf der er verschollen ist.

Es ist merkwürdig, wie verschieden das Urteil über seine dichterische Leistung in der modernen Forschung ausfällt. Mag bei einzelnen plautinischen Stücken auch das genaue Verhältnis zur griechischen Vorlage strittig sein, das Gesamtbild, das die Literaturgeschichten von seinem Schaffen entwerfen, weist im wesentlichen übereinstimmende Züge auf. Ganz anders bei Terenz: Ihn sieht man teils als einen nur nachbildenden Übersetzer, teils als einen sogar Menander kongenialen selbständigen Dichter dargestellt. Es ist hier nicht der Ort, zu diesem Streit der Meinungen ausführlich Stellung zu nehmen; ich möchte jedoch auf einige Punkte hinweisen, die mir von Bedeutung zu sein scheinen.

Daß es überhaupt zu einer derart starken Divergenz der Urteile kommen konnte, dürfte vor allem drei Gründe haben. Erstens herrscht noch keine völlige Übereinstimmung über Art und Umfang der Abweichungen der terenzischen Komödien von ihren uns verlorenen griechischen Originalen, und in einzelnen Fällen wird ihre zweifelsfreie Feststellung auch wohl immer unmöglich bleiben. Zweitens ist es, selbst wenn man sich über eine gewisse Änderung des Terenz im klaren ist, manchmal noch schwierig, das Motiv für diese Änderung zu bestimmen. Und schließlich scheinen die Philologen bei Terenz oft mehr als sonst gefühlsmäßig engagiert zu sein: Die einen, die in ihm einen weitgehend originalen Dichter sehen, werfen ihren Gegnern manchmal einen romantischen Philhellenismus vor, während sie umgekehrt selbst zum Teil nicht unbeeinflußt zu sein scheinen von einem gewissen latinistischen Unabhängigkeitswillen um jeden Preis oder auch von einem national-italienischen Stolz auf die römische Vergangenheit. Trotzdem sollte man vor dem Problem der Originalität des Terenz nicht resignieren. Es ist und bleibt von Wichtigkeit für die Entwicklung der römischen Literatur, und die Beziehungen der terenzischen Stücke zu ihren griechischen Vorlagen entziehen sich auch durchaus nicht in solchem Maße der objektiven Bestimmbarkeit, daß es bei einem neutralen Ignorabimus sein Bewenden haben müßte.

Es ist immer schon aufgefallen, daß Terenz bei der Auswahl seiner griechischen Vorlagen von einer ganz bestimmten Interessen- und Geschmacksrichtung geleitet war. Er beschränkte sich auf Menander und dessen Epigonen Apollodoros von Karystos. Er achtete auf einen gewissen Anstand, auf die Grenzen des im römischen Sinne Schicklichen. Ein liebestoller Greis, der vielleicht gar im Kampf um eine Hetäre Rivale seines Sohnes wird, findet sich bei ihm nicht. Seine Alten sind alle recht respektable, wohlmeinende und ernsthaft gesonnene Väter, die sich ebenso wie ihre Frauen um das Glück ihrer Kinder redlich bemühen. Seine Sklaven intrigieren zwar auch, aber nicht allzu skrupellos. An der Darstellung frivoler Hetären fand er wenig Vergnügen; die ehrbare Dirne dagegen erregte sein Interesse. Niedrigem und Absonderlichem weicht er aus, Familienereignisse, wie sie im Alltag passieren konnten, bringt er auf die Bühne. Bevorzugt wird des weiteren eine figurenreiche Handlung, möglichst mit zwei Liebespaaren und entsprechend einem doppelten Happy-end. Eine rührende Wiedererkennung lange Getrennter ist in der Regel dabei. Schließlich reizt ihn nicht zuletzt auch die psychologisch feine Zeichnung menschlich und zart empfindender Charaktere, überhaupt die Darstellung der zwischenmenschlichen Problematik und die des richtigen Verhaltens der älteren gegenüber der jüngeren Generation.

Es wäre nun aber voreilig zu meinen, daß diese Gesichtspunkte der Auswahl auch sein ferneres Arbeiten derart bestimmt hätten, daß er bei der Umsetzung der griechischen Komödien ins Lateinische die entsprechenden Züge prinzipiell verstärkt hätte, also selbständig in der angedeuteten Richtung fortgeschritten wäre. Daß das Gegenteil der Fall war, läßt sich leicht zeigen.

Bei drei von seinen sechs Stücken hat Terenz noch eine zweite griechische Vorlage benützt. Er war, wie er selbst in einem Prolog erklärt, der Überzeugung, daß man ein gutes griechisches Stück nicht nur getreu zu übersetzen habe, um ein gutes lateinisches zu schreiben, und nahm sich deshalb die Freiheit, da, wo es ihm passend schien, aus einem zweiten griechischen Stück Szenen bzw. Szenenteile in die von ihm gewählte Primärvorlage einzuarbeiten, das heißt zu kontaminieren. Welche Gesichtspunkte leiteten ihn bei der Wahl seiner Sekundärvorlagen?

In die *Adelphen* legte er eine Szene aus den *Synapothnéskontes* des Diphilos ein, in welcher ein junger Mann auftritt, der soeben einem Bordellwirt eine Dirne geraubt hat und der nun, als der Bordellbesitzer ihn schimpfend verfolgt, diesen durch die Prügel seines Sklaven zur Räson bringen läßt. In den *Adelphen* Menanders war der Raub des Mädchens nur erzählt worden, wahrscheinlich in einem Monolog des Jünglings, und der Kuppler trat dann später auf, um die Schädigung in Verhandlungen zu regulieren. Terenz hat es für passend gehalten, den monologischen Bericht durch eine drastisch-derbe Dialogszene zu ersetzen. Er hat damit die Rolle des Kupplers verstärkt und eine Prügelei auf die Bühne gebracht, beides in Widerspruch zu den Intentionen, die ihn bei der Wahl seiner Primärvorlage leiteten. Offensichtlich fand er, daß den sehr problemreichen und psychologisch interessanten *Adelphen* eine solche drastische Belebung nicht schaden könne. Seinen Intentionen hängt also ein gewisser Kompromißcharakter an. Einerseits wollte er weg von den herkömmlichen, ihm vulgär scheinenden Späßen eines Plautus, hin zu dem kultivierten, bedeutungsvollen Schauspiel des Menander, andererseits handelte er offensichtlich nach der Devise, daß man des Guten auch zuviel tun kann. Nach seiner Meinung konnte das Stück durch etwas mehr Farbe nur gewinnen. Übersehen oder gering geachtet hat er dabei, daß der von ihm gestrichene Monolog des Aeschinus einen Hinweis darauf enthielt, daß Aeschinus den Raub nicht für sich, sondern für seinen Bruder ausführte. Eine solche Aufklärung war aber für das Verständnis der unmittelbar vorausgegangenen Reden der beiden Väter außerordentlich wichtig, da erst so eine richtige Beurteilung der Haltung des milden Micio und des strengen Demea möglich wurde, auf die in diesem Stück eigentlich alles ankommt.

Beim *Eunuchus* beobachtet man Entsprechendes. Hier fügte Terenz Monologe und Dialoge aus dem *Kolax* Menanders ein. Die erprobtermaßen bühnenwirksamen Typen des Parasiten und des miles gloriosus sollten die Handlung noch stärker beleben. Im *Eunuchos* Menanders hatte an Stelle des Parasiten nur ein Sklave, an Stelle des miles ein farbloserer Rivale gestanden. Beide Rollen waren dort nicht so stark hervorgetreten. Im zweiten Akt des *Eunuchus* hat Terenz deshalb eine zugkräftige Paradenummer, die Auftrittsrede des Parasiten Gnatho, aus dem *Kolax* eingelegt. Dadurch wurde nun zugleich der Schwerpunkt der Szene verschoben. Bei Menander hatte ein Sklave die Pamphila, das heißt das Mädchen, zu deren Wiedererkennung das Stück führt, über die Bühne ins Haus der Hetäre Thais gebracht. Das ist ein für das ganze Drama überaus folgenschweres Ereignis, denn im Haus der Thais wird sich anschließend die Vergewaltigung abspielen, durch die der gute Ausgang des Stückes ernsthaft gefährdet wird. Pamphila erscheint nur in dieser Überbringungsszene auf der Bühne. Sie spricht in ihr kein Wort. Aber wenn zwei Sklaven vor ihr miteinander sprechen, so bleibt sie doch gerade in ihrem Schweigen der eigentliche Mittelpunkt der Szene. Bei Terenz wird sie von der Figur des Parasiten überspielt und gleichsam an den Rand gedrückt. Zugunsten einer im Augenblick wirksamen Komik ist die Ökonomie des Handlungsganzen beeinträchtigt worden.

Am Ende des *Eunuchus* teilen sich der Soldat und der Jüngling in den Besitz der Hetäre Thais. Der Parasit profitiert vom Handel. Derartige Abmachungen kamen im Athen Menanders vor. Aber am Ende des menandrischen *Eunuchos* kann dieser Schluß nicht gestanden haben. Er widerspricht nicht nur dem Ziel der äußeren Handlung dieses Stückes, sondern auch der Erfüllung des inneren dramatischen Vorgangs. Die Hetäre Thais hat sich im Laufe des Stücks wider anfängliches Erwarten als »gute Hetäre« erwiesen. Sie hat alle Schwierigkeiten überwunden und sich menschlich bewährt. Zum Lohn hat sie einen reichen alten attischen Bürger als Patron erhalten und ist am Ende mit dem von ihr geliebten jungen Athener vereint. Daß sie anschließend noch zum Handelsobjekt wird, ist unvereinbar mit der äußeren und inneren Struktur des menandrischen *Eunuchos*. Der terenzische Schluß scheint im Anschluß an den *Kolax* verfaßt worden zu sein, wo die Hetäre nicht frei war, sondern einem Bordellbesitzer gehörte, und wo ein derartiges Teilungsabkommen, bei dem gerade auch der Parasit seine Schäfchen ins trockene bringen kann, trefflich zu der mehrfach betonten Geldnot des Jünglings und zu dem Reichtum des dummstolzen Offiziers paßt. Terenz dürfte diesen Schluß angehängt haben, um noch einen drastisch-komischen Effekt zu erzielen. Wird doch der miles durch das Abkommen letztlich noch einmal an der Nase herumgeführt (er wird in erster Linie der zahlende Teilhaber sein), und der Lebenskünstler Gnatho geht als eigentlicher Gewinner aus dem Kampf der Rivalen hervor. Solchen Wirkungen zuliebe hat Terenz die bis dahin durchgängig gewahrte Einheit der Komödie zerbrochen. Er hat das von ihm gewählte unkonventionelle Thema der »guten Hetäre« durch zwei traditionelle komische Typen geschwächt.

Ein kurzer Blick nur noch zur *Andria*: Die Herkunft der Partien, die mit Charinus, dem zweiten Liebhaber des Stücks, zusammenhängen, ist dort umstritten. Ich folge der Auffassung derjenigen, die in diesen Abschnitten keine freie Eindichtung des Terenz, sondern im wesentlichen eine Entlehnung aus der *Perinthia* sehen, kann aber hier nicht näher auf diese Frage eingehen. Terenz hat jedenfalls auch in diesem Stück die gefülltere zweisträngige Handlung bevorzugt. Er wählte aber nicht die derbere *Perinthia* zur Primärvorlage, sondern die psychologisch verfeinerte *Andria* und entnahm der *Perinthia* dann nur das, was ihm zur Belebung oder Bereicherung der *Andria* passend schien, so zum Beispiel auch das Motiv der Trunksucht für die alte Hebamme, wodurch allerdings deren Charakter einen leichten Bruch erhält.

Terenz hat also jeweils psychologisch differenziertere Menander-Stücke zu Primärvorlagen gewählt. Er hat sie dann aber durch derbere Komödien Menanders bzw. des Diphilos bereichert und in ihrer drastisch-komischen Wirkung verstärkt, womit er zum Teil die ausgewogene Ökonomie der Primärvorlagen schädigte. Wenn man dieses durchaus kompromißhafte Vorgehen des Terenz beobachtet hat, wird man sich vor der verbreiteten Behauptung hüten, er habe seine Vorlagen grundsätzlich »humanisiert« oder »verinnerlicht« und er sei bei seinem Kontaminieren von einem »humanen Kunstideal« geleitet worden.

Ein weiterer Blick auf die Art, wie Terenz im einzelnen Teile eines zweiten griechischen Stücks mit seiner Hauptvorlage verband, kann uns auch vor einem anderen Irrtum bewahren. Man ist sich weithin darin einig, daß die Kontamination oft geradezu eine Auflösung der Hauptvorlage, eine neue Gesamtkonzeption des Stückes bedeutet hätte.

In den *Adelphen* konnte man allerdings nicht übersehen, daß es sich nur um den Ersatz von ein bis zwei Szenen durch die Diphilos-Szene handelte. Im *Eunuchus* aber hat man in der Regel einen grundlegenden Umbau des Mittelteils angenommen. Nach meiner Auffassung beschränken sich die *Kolax*-Einlagen jedoch auf vier einzelne Szenen. Es fehlen Elemente, die der Handlung eine prinzipiell neue Richtung geben würden. Nur der schon besprochene Schluß fällt aus diesem Rahmen. In ihm hat Terenz die Handlung tatsächlich entscheidend verändert und die ursprüngliche Anlage des Stückes zerstört. Er wurde aber gerade nicht durch eine neue Gesamtkonzeption dazu gedrängt, vielmehr war es das Streben nach einem eindrucksvollen Schlußeffekt, der ihn zu der im *Kolax* vorliegenden Lösung greifen ließ.

In das früheste Terenzstück, die *Andria*, hat die Kontamination am stärksten eingegriffen. Der Einbau des zweiten Liebhabers hatte eine Veränderung der Gesamthandlung zur Folge. Aber eine entsprechende Handlung mit zwei Liebhabern lag vermutlich ja schon in der *Perinthia* vor, und Terenz konnte im allgemeinen *Perinthia*-Szenen an den entsprechenden Stellen in die *Andria* einfügen und hatte dann nur noch die kurze Schlußszene selbständig zu verfassen, in der Charinus von der glücklichen Lösung unterrichtet wird.

Um die gewünschten Teile der Sekundärvorlage einzubauen, war in keinem Fall eine tiefgreifende Änderung des szenischen Gefüges der Primärvorlage notwendig. Terenz kam mit einzelnen Streichungen, dem Zudichten passender Überleitungsverse, ausgleichenden Retuschen und ähnlichen Mitteln aus, und solcherlei gelang ihm auch gut. Die Zusätze sind weit sorgsamer eingearbeitet als bei Plautus, wo öfters auch stärkere Brüche und Widersprüche zutage treten.

Terenz hat noch auf andere Weise seine Originale verändert. Eine Musterung einiger Beispiele kann zeigen, daß es abwegig ist, diese Änderungen, wie man es getan hat, auf Prinzipien zurückzuführen wie einen »Fortschritt auf ein realistisches Schauspiel«, eine »Humanisierung und Veredelung der Gestalten«, oder einen »Willen zum Gültigen und Allgemeinen«. Das Streben nach umfassenden Synthesen und der Wunsch, überall tiefere Bedeutung zu erkennen, hat hier oft zu Übertreibungen und gewaltsamen Interpretationen geführt bzw. Gegenbeispiele übersehen lassen.

Wenn Terenz den Namen eines athenischen Vororts wegläßt und

statt dessen »in his regionibus« schreibt, tut man dieser Abweichung gewiß zuviel Ehre an, wenn man in ihr ein Zurückdrängen des Allzugriechischen zugunsten des Allgemein-Menschlichen sieht. Natürlich hat Terenz spezifisch griechische Örtlichkeiten und Gebräuche, mit denen sein Publikum keine Vorstellung verbunden hätte, weggelassen, sofern es ohne Schaden für das Verständnis der Handlung geschehen konnte. Er hat es – im Gegensatz zu Plautus – im allgemeinen bewußt vermieden, Anspielungen auf spezifisch Römisches einzufügen. Sein Prinzip war, die griechische Welt der Komödien zu erhalten, abzüglich gewisser, für ihn belangloser, das Verständnis nur erschwerender Einzelheiten.

So war es zum Beispiel eine spezifisch griechische Sitte, sich zum Zeichen der Trauer die Haare scheren zu lassen. Apollodor, der Verfasser des Originals des terenzischen *Phormio*, ließ in einem Friseurgeschäft den Friseur den wartenden jungen Männern berichten, er habe einem schönen armen Mädchen, das seine Mutter verloren hatte, eben die Haare geschoren. Der junge Antipho regt an, sie zu besuchen, und verliebt sich dann prompt in das Mädchen, das am Schluß des Stückes als Tochter eines angesehenen Bürgers glücklich wiedererkannt und mit Antipho für immer verbunden ist. Bei Terenz sitzen die jungen Leute auch noch im Friseurgeschäft, aber da der unrömische Brauch des Haarescherens im Trauerfall vermieden wird, scheidet der Friseur als Erzähler aus. Statt dessen läßt Terenz einen Jüngling weinend das Lokal betreten, der soeben das unglückliche Mädchen gesehen hat und nun bewegt von ihr berichtet. Der Friseur dürfte die Geschichte ohne Tränen der Rührung erzählt haben. Terenz hätte die Szene dann zugleich etwas sentimentalisiert. Aber es ist wohl nicht angebracht, deshalb schon von einer Steigerung des seelischen Gehalts zu sprechen. Innerhalb der Ökonomie des Dramas erweist sich im übrigen eben die Verstärkung des Elements der Rührung nachträglich als anstößig: Die Ergriffenheit des weinenden Jünglings ist für seine nur vermittelnde Rolle zu tief. Beim Zuhörer wird ein Interesse an ihm und seiner weiteren Beziehung zu dem armen Mädchen erregt, das im Verlauf des Stückes nicht befriedigt wird. Denn der junge Mann verschwindet alsbald wieder in der Versenkung, und es geht dann, wie bei Apollodor, nur um Antipho.

Eine gewisse Sentimentalisierung oder Pathetisierung ließe sich auch durch andere Beispiele belegen. Sie herrscht jedoch nicht unbedingt. So läßt er zum Beispiel einmal einen unglücklich Verliebten nicht, wie bei Menander, an Selbstmord, sondern nur an Emigration denken. Die Grenzen des für den gesunden Menschenverstand Glaublichen und Angemessenen scheinen da mitgesprochen zu haben. Wieder eine andere Tendenz wird beim Blick auf die Negersklavin sichtbar, die im *Eunuchus* auftritt. Terenz hat sie als stumme Rolle hinzugefügt, sicherlich nur, weil man so etwas auch mal gerne sah. Er hat öfters Nebenfiguren länger auf der Bühne gelassen oder früher auftreten lassen, als es im Original geschehen war. In solchen Fällen legt er ihnen einige unwichtige Sätze in den Mund, im übrigen stehen sie ziemlich funktionslos auf der Bühne herum. Seine Absicht war ein reicheres Bühnenbild.

Eine stärkere Gestaltungskraft kommt jedoch zur Geltung, wenn er, wie es anscheinend ab und zu der Fall war, einen erzählenden Monolog durch Einführung einer zweiten Person zum Dialog umformte. Im Gegensatz zur belebenden Dialogisierung hat er aber mindestens einmal auch eine außerordentlich packende Dialogszene gestrichen und durch einen Monolog ersetzt. Es handelt sich um das Gespräch der vornehmen Matrone Myrrhina mit der Hetäre Bacchis in der *Hecyra*, bei welchem sich die entscheidende Wiedererkennung ereignete (V/3). Man glaubte, Terenz habe die Wiedererkennung als traditionelle und typische Theaterlösung auf der Bühne abgelehnt. Terenz wußte jedoch sehr wohl, daß die Komödie gewissermaßen aus Topoi besteht und daß es auf deren Gestaltung im einzelnen Fall ankommt. Die Wiedererkennungsszene hatte hier eine durchaus unübliche Gestalt, und trotzdem hat Terenz sie gestrichen. Warum hat er in den *Eunuchus* den Parasiten und den miles, warum in die *Adelphen* die Prügelszene eingelegt, wenn er grundsätzlich gegen typische Komödienfiguren und -szenen eingestellt war? Und warum hat er überhaupt im Gegensatz zu Plautus fast nur Stücke mit einer Wiedererkennung gewählt? Erwägen ließe sich wohl eher ein anderes Motiv: Vielleicht widersprach bei Terenz die Begegnung der verzweifelten Bürgersfrau mit der ihr Rettung bringenden Dirne auf der Bühne einem Empfinden für Schicklichkeit. In Rom scheinen die »meretrices« deutlicher deklassiert gewesen zu sein als in Athen, und es wurde vorher schon erwähnt, daß Terenz auf das Schickliche achtete. Die Rücksicht auf römische Wertungen dürfte auch die Akzentverschiebung am Schluß der *Adelphen* bewirkt haben, wo Terenz wahrscheinlich den milden Vater Micio schlechter und den strengen Vater Demea besser wegkommen ließ, als es im Original geschehen war. Die Tendenz, krasse Widersprüche zu römischen Moralvorstellungen zu beseitigen, scheint in der *Hecyra* also seine Vorliebe für den Dialog durchkreuzt zu haben.

Dagegen war er konsequent in der Ablehnung der monologischen Prologerzählung und exponierte stets dialogisch. Eine derartige Expositionsform konnte er zwar auch schon in griechischen Stücken finden, mehr als einmal hat er aber sicher die Götterprologrede seiner Originale gestrichen und das Expositionsmaterial geschickt nach Bedarf an geeigneten Stellen innerhalb des Stücks untergebracht. Er hat den Zuhörern so etwas von dem Vorauswissen genommen, das sie die Vorgänge auf der Bühne oft von einer höheren Warte betrachten und manche dramatische Ironie erkennen ließ. Statt dessen wird der Zuhörer mehr in die Spannung auf das Was hineingezogen, so daß er unmittelbarer an den Sorgen und dem Glück der Bühnenpersonen teilnimmt. An einer Verstärkung der Spannung und des Elements der Überraschung war Terenz sicher gelegen. Daß die Beseitigung des in der griechischen Komödie häufigen Götterprologs, den Plautus ab und zu beibehalten hatte, auch einer größeren Wirklichkeitsnähe des Bühnenspiels dienen sollte, ist möglich. Es würde auf der Linie der Abkehr von phantastischen Motiven liegen. Was man sonst jedoch für den angeblich vermehrten Realismus des terenzischen Spiels angeführt hat, bedarf mancher Korrektur. Richtig ist, daß Terenz die dramatische Illusion stärker wahrt als Plautus. Aber auch er redet noch vereinzelt das Publikum an, und die unrealistische Bühnenkonvention des vom Partner nicht gehörten Beiseitesprechens hat er ganz unbekümmert verwendet. Auch scheint es mir verfehlt, im Verhältnis des Terenz zu sentenziösen Äußerungen ein Streben nach größerem Realismus zu sehen. Terenz hat die Sentenzen als solche keineswegs gemieden. Rhetorisch brillant zugeschliffene schätzt er sogar sehr, und manch eine hat er so glücklich formuliert, daß sie in der Folgezeit immer wieder zitiert wurde. Nur längere, reflektierende Erörterungen dürfte er gelegentlich beschnitten haben – zuviel Philosophie wäre bei seinem Publikum auch kaum angekommen.

Auf die vielfältigen Probleme der sprachlichen Übertragung im einzelnen einzugehen, ist hier nicht der Platz. Sein nachbildendes Übersetzen war aber auf jeden Fall eine große Leistung. Es bedeutete die Schöpfung einer neuen lateinischen Literatursprache in einer Reinheit, Gepflegtheit und Geschmeidigkeit der Diktion, wie sie bis dahin nicht existiert hatte und die auch fähig ist, differenziertere seelische Vorgänge auszudrücken. Mag Terenz auch angeregt worden sein von der urbanen Umgangssprache vornehmer römischer Kreise, bis zur literarischen Fixierung war es immer noch ein bedeutender Schritt. Er wurde vollzogen in der Auseinandersetzung mit den Texten Menanders und in dem Bemühen, die natürliche Sprache dieser Komödien in eine adäquate römische Form zu transponieren.

Sodann hat Terenz in dieser neuen Literatursprache Gegenstände in den Blick der Römer gerückt, die in der römischen Literatur bis dahin keine Darstellung gefunden hatten. Die seelischen Feinheiten und die komplizierte menschliche Problematik der attischen Komödien wurden mit einem bisher unbekannten Verständnis und Einfühlungsvermögen reproduziert. Auch der terenzische Begriff des »humanum« ist meines Erachtens eine solche Reproduktion eines entsprechenden griechischen Vorstellungskomplexes. Der Begriff ist – entgegen einer verbreiteten, anders lautenden Auffassung – bei Terenz nicht über die im Griechischen bei den analogen Worten mitschwingenden Bedeutungen hinaus vertieft, nicht mit eigentümlich römischen Gehalten gefüllt. Wohl aber hat erst Terenz für diesen Begriff seine Komödien weit geöffnet. Mit all dem half er der geistigen Welt der Römer neue Bereiche zu erschließen, und auch diese vermittelnde Funktion ist gewiß nicht gering zu schätzen.

Terenz hat schließlich auch eine selbständige Stellung zu der Frage eingenommen, wie die griechischen Stücke im einzelnen ins Römische zu übertragen seien, und hat sich in seinen literarkritischen Prologen auch grundsätzlich dazu geäußert. Er strebte einerseits in Reaktion auf die Freiheiten, die sich Plautus genommen hatte, einen getreueren Anschluß an die Originale an. Dazu gehört auch, daß er das Singspiel der römischen Komödie zu dem Sprechdrama Menanders zurückzuführen suchte. Cantica nach Art des Plautus finden sich bei ihm nur noch ganz vereinzelt. Andererseits wahrte er sich sein eigenes Urteil und sah es als seine Aufgabe an, die griechischen Stücke nicht nur der römischen Vorstellungswelt zugänglich zu machen, sondern sie auch so weit wie möglich als Theaterstücke zu verbessern. Das geschah aber nicht durch eigene Erfindung neuer Handlungsstränge und nur selten durch neue Figuren oder freie Umgestaltung von Reden und Gesprächen. Terenz fand in den attischen Komödien so reif und gültig gestaltete Handlungen, Charaktere und Dialoge vor, daß er sich bewußt war, durch eigene Versuche damit in der Regel nicht konkurrieren zu können. Solange dieses Reservoir nicht ausgeschöpft war, mochte es ihm sinnlos erscheinen, notgedrungen schwächere Eigenschöpfungen zu bieten. Er konnte sich im allgemeinen darauf beschränken, da, wo es ihm passend schien, die Stücke mit zusätzlichem griechischen Material zu bereichern. Er glaubte auf diese Weise die Vorzüge zweier griechischer Stücke miteinander zu verbinden. Wo er sich veranlaßt sah, seine Vorlagen durch eigene Eingriffe zu verändern, geschah es in der Regel nicht in schöpferischer Neu- oder Umgestaltung. Man dürfte die Abweichungen heute meist dem Bereich einer freien Regieführung bzw. einer mit dem Text frei schaltenden Dramaturgie zurechnen.

Die Tendenzen richteten sich dabei vor allem auf ein reicheres Bühnenbild, auf eine belebtere Bühnenhandlung, auf eine Verstärkung der Spannung oder der Rührung, auf Rücksichtnahme auf römische Moralvorstellungen oder auch einfach auf eine Anpassung an die Kenntnisse des Publikums – Tendenzen, die sich auch überschneiden und überkreuzen können, zu einem gewissen Grade aber in dem grundsätzlichen Bestreben konvergieren, die Komödien bei möglichst weitgehendem Anschluß an die griechischen Originale so weit herzurichten und zu bearbeiten, daß sie als Bühnenstücke stärker wirkten. Sie entsprachen dann mehr dem gröberen und nicht so kultivierten Geschmack des römischen Publikums, wenngleich es verfehlt wäre, in den Veränderungen nur Konzessionen an den Publikumsgeschmack zu sehen. Terenz hat seinen Äußerungen in den Prologen zufolge selbst geglaubt, daß er die Stücke verbessert habe, und in der soeben bestimmten Richtung auf das die Römer ansprechende Bühnenstück hat er das tatsächlich getan.

Es ist nun jedoch auffallend, daß er gerade in seinem ältesten Stück, der *Andria*, mit der Erfindung des Freigelassenen Sosia seinen selbständigsten Beitrag geleistet hat und daß die Kontamination in diesem Stück umfangreicher und folgenschwerer ist als später. Man könnte sich vorstellen, daß Terenz von hier aus zu immer freieren Bearbeitungen der griechischen Originale fortgeschritten wäre. Das Gegenteil war der Fall. Terenz band sich im Lauf der sechs Jahre seines Schaffens bewußt enger an seine Vorlagen, auch wenn er sich nie das Prinzip des unbedingten Anschlusses, das sein literarischer Gegner Luscius Lanuvinus vertrat, zu eigen machte. Während dieser sowohl Zusätze aus einem zweiten griechischen Stück als auch eigene Eingriffe des Römers sozusagen als Befleckung und Verunreinigung der Schönheit des griechischen Originals ansah (dies wohl der ursprüngliche Wortsinn von »contaminare«), erlaubte sich Terenz durchaus gewisse Veränderungen im angegebenen Sinn. Er legte seiner Bearbeitungsfreiheit jedoch selbstgewollte Beschränkungen auf, die nicht anders aufgefaßt werden können denn als Bekenntnis zur grundsätzlichen Gültigkeit der griechischen Werke, die er den Römern vermitteln wollte.

Bei Terenz ist die bewußte Bindung an die griechischen Vorbilder ungleich enger als bei dem unbekümmert mit seinem griechischen Rohmaterial wirtschaftenden Plautus einerseits und bei den sich eigenschöpferisch mit den »exemplaria Graeca« auseinandersetzenden römischen Dichtern der späteren Zeit (der interessanten Frage, warum sich auch später in Rom nie eine eigenständige Komödiendichtung von literarischem Rang entwickelt hat, kann hier nicht weiter nachgegangen werden). Terenz ist also kein Vergil der römischen Komödie gewesen, wie ihn Benedetto Croce einmal programmatisch genannt hat, und das Bild der literarischen Entwicklung wird auch völlig verzerrt, wenn man in ihm einen lateinischen Dichter sieht, der die menandrischen Komödien mit der gleichen Freiheit verwertet habe wie etwa der Menander-Epigone Apollodor. Der prinzipielle Unterschied zwischen der Tätigkeit des Terenz und der eines im eigentlichen Sinne schöpferischen Dichters, mag dieser auch noch so sehr literarischen Vorbildern verpflichtet sein, sollte nicht verwischt werden. Es ist aber auch deutlich geworden, daß unser Begriff des Übersetzers Terenz ebensowenig gerecht wird. Seine Leistung läßt sich mit keinem einzelnen uns zur Verfügung stehenden Begriff klar fassen, aber vielleicht konnten hier einige ihrer Aspekte ins richtige Licht gesetzt werden.

IV

Einzelne Plautus-Stücke, und zwar in der Regel immer wieder dieselben, sind öfters in deutscher Übersetzung erschienen, eine deutsche Gesamtausgabe aller zwanzig uns durchs Mittelalter überlieferten Komödien ist bisher nur zweimal veröffentlicht worden, zuerst von Wilhelm Binder (Stuttgart 1864ff.), danach von Ludwig Gurlitt (Berlin 1920ff.). Beide Übersetzungen sind unterdessen längst vergriffen, keine von beiden ist für einen identischen Nachdruck geeignet.

Als Binder seine Übersetzung anfertigte, konnte er noch keine Ausgabe benützen, die die 1815 entdeckte Mailänder Palimpsesthandschrift berücksichtigte, welche den bis dahin bekannten Plautus-Text wesentlich zu verbessern gestattete. In den letzten hundert Jahren wurden, beginnend mit den Arbeiten Friedrich Ritschls und seiner Schüler, für den Text entscheidende Fortschritte erzielt: An unzähligen Stellen wurde der Wortlaut von Verderbnissen der Überlieferung gereinigt oder überhaupt erstmals richtig verstanden; ganze Verspartien mußten ausgeschieden oder auf Grund des Palimpsestes hinzugefügt werden; die Verteilung des Dialogs auf die verschiedenen Sprecher erfuhr zahlreiche Veränderungen; die Namen der auftretenden Personen waren oft zu berichtigen; eine konkrete Vorstellung über die Bühnenvorgänge wurde erst jetzt gewonnen. Die Bindersche Übersetzung war so schon bald nach ihrem Erscheinen antiquiert.

Gurlitt konnte sich dagegen bei seinen Arbeiten bereits auf die ausgezeichnete kritische Ausgabe von Friedrich Leo (Berlin 1895f.) stützen, die noch heute grundlegend und nur in Einzelheiten überholt ist. Außerdem war er Binder im künstlerischen Sprachvermögen bedeutend überlegen, was jedoch auch dazu führte, daß seine Übersetzung, besonders bei den plautinischen Cantica, oft zu einer freien Nachdichtung wurde (er versuchte es manchmal mit gereimten Strophen), die zwar ergötzlich zu lesen ist, aber eben keine exakte Vorstellung von dem, was Plautus geschrieben hat, geben kann. Dazu kommt noch eine Eigenheit der Gurlittschen Ausgabe, die das Plautusbild, das der Leser aus ihr gewinnt, gravierend verfälschen muß. Plautus war bekanntlich in sexuellen Dingen nicht prüde, und er hat seinen Dialog an nicht wenigen Stellen durch erotische Anspielungen, manchmal in der Form deftiger Zoten, gewürzt. Das hat man in dem auf gutbürgerlichen Anstand bedachten 19. Jahrhundert oft gemildert oder verdeckt. Gurlitt schoß ins andere Extrem und hörte nun ständig Doppeldeutigkeiten aus dem Text heraus, auch wenn es sich um wirklich eindeutige Harmlosigkeiten handelt. Wenn von »oculus« (Auge) die Rede ist, so braucht man nicht immer an »culus« (After) zu denken, und bei der Aufforderung: »Sieh, wie er dasteht!« kann es sich ja tatsächlich um die Haltung einer Person handeln. Ein philologischer Kritiker hat einmal bissig von Gurlitts »phallischer Phantasie« gesprochen, und wenn auch zuzugeben ist, daß Plautus den Gurlittschen Plautus wohl recht spaßhaft gefunden hätte, der Leser, der den echten Plautus kennenlernen will, wird auf Gurlitts Interpretamente lieber verzichten.

So konnte weder der Bindersche noch der Gurlittsche Text unverändert übernommen werden. Für eine Überarbeitung jedoch war Binders Übersetzung, die im übrigen Gurlitt selbst oft zugrunde gelegt hatte, sicher vorzuziehen. Die künstlerische Gestaltung und der einheitliche Stil der Gurlittschen Nachdichtung würden Korrekturen an einzelnen Stellen wie unschönes Flickwerk wirken lassen. Binder, der sich brav und ohne höhere Ambitionen um eine Übertragung des Wortlauts bemüht hatte, schien Berichtigungen eher zugänglich. Freilich stellte sich bald heraus, daß solche oft sehr tiefgreifend sein mußten, so daß ohne eine grundlegende Umarbeitung nicht auszukommen war. Am wichtigsten war natürlich, die Fortschritte in der Textherstellung und im Textverständnis in die Übersetzung einzuarbeiten. Außerdem mußten im Interesse der Lesbarkeit antiquierte »poetische« Ausdrücke und Wendungen sowie Dialektanklänge (Binder war Schwabe, der ein in Wortwahl und Syntax merklich schwäbisch gefärbtes Deutsch schrieb) ersetzt werden. Die Orthographie war auf den modernen Stand zu bringen. Auch wurden gewaltsame Elisionen und Synkopierungen, die Binder um des Verses willen oft verwendet hatte, besser beseitigt. All dies bewirkte, daß die iambischen Trimeter, in denen Binder seinen Plautus wiedergeben wollte, immer wieder zerstört wurden. Das Prinzip war, den Sinn des plautinischen Textes zu treffen. Auf die durchgehende Bewahrung der regelmäßigen iambischen Versform mußte dafür verzichtet werden (es wurde nur darauf geachtet, im allgemeinen einen iambischen oder trochäischen

Rhythmus beizubehalten). Dieses Opfer konnte um so eher gebracht werden, als ja auch der durchgehende iambische Trimeter der metrischen Vielfalt der plautinischen Stücke keineswegs entspricht. Wo wir uns bei Plautus metrisch bunte Gesangspartien vorzustellen haben, ist es jetzt wenigstens in den Anmerkungen zu den einzelnen Stücken angegeben (dagegen konnte der häufige Wechsel vom Sprechvers zum Rezitativ nicht notiert werden). Andererseits schien der so weit wie mögliche Anschluß an die Binderschen Iamben gerechtfertigt, da Binder den plautinischen Wortlaut doch an vielen Stellen auch geschickt und treffend in iambischem Versfluß wiedergegeben hatte und diese rhythmisierte Form der Übertragung sicher dem Werk des Plautus angemessener ist als eine bloße Prosaparaphrase. Natürlich war die Entscheidung, ob Binders Übersetzung berichtigt werden mußte oder noch beibehalten werden konnte, an einzelnen Stellen oft schwierig. Wo es sich nur um Ausdrucksnuancen handelte, die man selbst zwar vielleicht nicht wählen würde, die aber den Wortsinn im ganzen nicht gerade verfälschen, wurde der Bindersche Wortlaut im allgemeinen bewahrt. Andere hätten in diesen Ermessensfragen an der oder jener Stelle wohl anders geurteilt – es sind Schwierigkeiten, die mit dem Bearbeiten vorhandener Übersetzungen leider immer verbunden sind.

Um dem Leser eine Anschauung von den Vorgängen auf der Bühne zu ermöglichen, wurden – grundsätzlich neu – reichliche Regiebemerkungen eingeführt, die, in kursiver Schrift gedruckt, nie handschriftlich überliefert sind, sondern aus dem Text heraus interpretiert wurden. Auch für die Ergänzung von Textlücken wurde der kursive Satz verwendet. Wo die Forschung spätere Zusätze zum Text (Erweiterungen, Doppelfassungen) mit hinlänglicher Sicherheit festgestellt hat, sind diese verhältnismäßig wenigen Verse bzw. Versgruppen in der Übersetzung weggelassen worden. Der Brauch der kritischen Ausgaben, solche Verse eingeklammert im Text zu belassen, schien für die vorliegende Übersetzung nicht förderlich zu sein, da die Klammern es dem Leser oft schwer machen, den ursprünglichen Zustand rasch zu erfassen, und sein Bild des plautinischen Stückes dann doch auch von den nicht dazugehörenden Partien beeinflußt wird. Ein Blick in den lateinischen Text läßt rasch erkennen, was hier als Interpolation ausgeschieden ist (im allgemeinen im Anschluß an die Ausgaben von Leo,

Lindsay bzw. Ernout), wobei die Möglichkeit übersehener Interpolationen bzw. das Gegebensein von Zweifelsfällen natürlich zugestanden werden muß. Die Sprechernamen sind einheitlich in der lateinischen Form angegeben, dagegen wurden für eingedeutschte antike Namen im Text im allgemeinen die deutschen Namensformen gewählt. Die Eigennamen auf -um, die an sich sächliches Geschlecht haben, wurden öfters der Deutlichkeit halber mit maskulinen oder femininen Artikeln verbunden, zum Beispiel *der* (sc. Sklave) Pinacium, *die* (sc. Hetäre) Phronesium.

Die übliche Szenen- und Akteinteilung wurde angegeben, sie sollte aber im Druckbild möglichst wenig hervortreten. Denn die Szeneneinteilung ist in den mittelalterlichen Handschriften, die auf eine spätantike Vorlage zurückgehen, zwar schon enthalten; es kursierten aber in der Antike auch Plautus-Handschriften mit einer teilweise abweichenden Szenenabgrenzung (das Mailänder Palimpsest gehörte zu ihnen), und auf Plautus selbst geht gewiß keine dieser Szeneneinteilungen zurück. Die Akteinteilung stammt gar erst von dem italienischen Humanisten J. B. Pio, der um 1500 auf Grund der antiken Theorie, daß ein Drama fünf Akte haben solle, und nach dem Muster der römischen Grammatiker, die für die Terenz-Komödien bereits eine entsprechende Einteilung in fünf Akte durchgeführt hatten, die überlieferten Plautus-Stücke jeweils in fünf Akte gliederte, wobei er eine oder mehrere Szenen zu einem Akt erklärte. Diese von den modernen Herausgebern gewöhnlich übernommene Szenen- und Akteinteilung kann und soll nur zur leichteren Orientierung dienen. Es darf nicht übersehen werden, daß sie häufig die Stücke nicht sachgemäß gliedert und daß sie mit der im ganzen kontinuierlich gespielten Bühnenaktion des römischen Stückes ebensowenig zu tun hat wie mit den durch Chorintermezzi gegliederten griechischen Originalen.

Von der Unübersetzbarkeit antiker Autoren zu sprechen ist ein Gemeinplatz. Trotzdem soll betont werden, daß sich gerade von den Witzen des Plautus viele jedem Übersetzen entziehen, da sie mit der lateinischen Sprache selbst spielen. Die Anmerkungen suchen in solchen Fällen die nötige Aufklärung zu bieten; dies auch dann, wenn dem modernen Leser nicht geläufige Realien Voraussetzung für ein Verständnis des Dialogs sind.

Die Schwierigkeiten, die sich einer Übersetzung des Terenz entgegenstellen, sind weit geringer. Hier stehen auch bereits gute Übertragungen zur Verfügung, zuletzt die von Viktor von Marnitz (Stuttgart 1960). Für die vorliegende Ausgabe wurde die von J. J. C. Donner (Leipzig und Heidelberg 1864) gewählt, da sie eine Neuauflage verdient. Sie wurde – abgesehen von ein paar sachlichen Berichtigungen besonders in den Prologen und einigen stilistischen Glättungen – nur orthographisch den modernen Normen angepaßt. Neu geschrieben wurden auch hier die Regiebemerkungen. Für die Szenen- und Aktangaben gilt, was zu Plautus angemerkt wurde, entsprechend. Die Anordnung der Stücke folgt unserer ältesten Terenzhandschrift, dem aus dem 4. Jahrhundert stammenden Codex Bembinus.

Walther Ludwig

PLAUTUS

AMPHITRUO

(Amphitryon)

Personen

MERCURIUS
SOSIA, *Sklave des Amphitruo*
JUPPITER
ALCUMENA, *Frau des Amphitruo*
AMPHITRUO, *Feldherr der Thebaner*
BLEPHARO, *Steuermann des Amphitruo*
BROMIA, *Sklavin im Haus des Amphitruo*
Thessala, Sklavin im Haus des Amphitruo

Schauplatz der Handlung ist der Platz vor dem Palast des Amphitruo in Theben. Der linke Bühnenausgang führt zum Hafen, der rechte in die Stadt hinein.

EINLEITUNG

Der ›Amphitruo‹ ist die einzige erhaltene mythologische Travestie. Die Transposition eines aus der Tragödie bekannten mythischen Stoffes in das komische Genos war im 4. Jahrhundert in Athen beliebt, doch ist das unmittelbare Vorbild des Plautus nicht bekannt. Thema ist die Sage von Zeugung und Geburt des Herkules. Zeus besuchte, als Amphitryon verkleidet, während dieser selbst auf einem Kriegszug war, dessen Gemahlin Alkmene und zeugte in der Nacht, die er dreimal so lang werden ließ wie eine gewöhnliche, Herkules. Amphitryon kehrte nach der »langen Nacht« zurück, und Alkmene gebar nach neun Monaten Zwillinge, den Iphikles als Sohn des Amphitryon und den Herkules, welcher schon bald nach der Geburt seine göttliche Herkunft offenbarte: zwei Schlangen, die Hera aus Zorn auf den Bastard ihres Gemahls geschickt hatte, erwürgte er, noch in der Wiege liegend. – In der Komödie des Plautus (und in dem vorauszusetzenden griechischen Original) ist die »lange Nacht« der Zeugung verwandelt bzw. ersetzt worden durch eine zweite lange Nacht, die unmittelbar vor der Geburt der Zwillinge liegt und in der Jupiter Alcumena abermals besucht und liebt. Das Stück setzt mit dieser Nacht ein. Die, ernsthaft betrachtet, unsinnige Verschiebung hat die Zeit so gerafft, daß es für die Komödie möglich wurde, die »lange Nacht« und die Wunder der Geburt in einem Stück zu bringen, ohne daß die Einheit der Zeit beeinträchtigt wurde. Zu dem als Amphitruo verkleideten Jupiter ist zur Verstärkung der Komik noch der als Sosia verkleidete Merkur getreten; zwei Paare belustigen nun durch ihre Verwechslungen. Dem farcenhaft geratenden Ton der Mercurius-Sosia-Szenen (der Sklave wird durch seinen göttlichen Doppelgänger beinahe überzeugt, daß er seine Identität verloren hat) stehen Auftritte gegenüber, in denen die Stimmung nahezu tragische Höhe gewinnt (z. B. als der nichtsahnende Amphitruo sein Weib der Untreue verdächtigen muß und Alcumena sich keiner Schuld bewußt sein kann). Merkur hätte das Stück auch aus diesem Grund als Tragikomödie im Prolog ankündigen können.

PROLOG

MERCURIUS *im Kostüm eines Sklaven, am Hut zwei Flügel:*
So, wie ihr wollt, daß ich bei eurer Handelschaft,
Beim Einkauf und Verkauf mich euch durch reichlichen
Gewinn geneigt erzeige, in allem hilfreich sei,
Und wie ihr wollt, daß euer Rechnungswesen stets
In Richtigkeit sei in der Fremde wie daheim
Und guten, reichen Nutzen ihr aus allem zieht,
Was ihr begonnen oder erst beginnen wollt,
Und wie ihr wollt, daß ich euch und die Eurigen
Mit guter Botschaft stets erfreue, euch immer nur
Das bring und melde, was ihr selbst am meisten wünscht
(Ihr wißt ja wohl, daß von den anderen Göttern mir
Das eingeräumt und zugestanden worden ist,
Dem Botenwesen und Gewinne vorzustehen):
So, wie ihr also wollt, daß ich hierin mich euch
Huldreich erweise und euch mit immerwährendem
Gewinn zu jeder Zeit beglücke, ebenso
Hört heute auch stillschweigend dieses Stückchen an
Und richtet drüber, wie es recht und billig ist.
Auf wes Befehl ich herkomme und aus welchem Grund,
Teil ich euch jetzt zugleich mit meinem Namen mit.
Ich komm auf Juppiters Befehl und bin Mercurius benannt.
Mein Vater schickte mich, daß ich euch bitten soll,
Obgleich er wußte, daß ihr seinem Wort gehorcht,
Als wär es ein Befehl; ihm ist ja durch Erfahrung kund,
Daß ihr ihn ehrt und scheut, wie sich's für Juppiter gebührt.
Desungeachtet gab er den ausdrücklichen
Befehl mir, bittend und mit sanften, guten Worten nur
Um das euch anzugehen, was er wünscht. Denn er selbst,
Juppiter, dessen Machtwort mich hierhergesandt,
Hat nicht minder Furcht vor Prügeln als von euch
Irgendeiner; und da er von Eltern stammt,

Die beide Menschen sind, ist's auch nicht wundersam,
Wenn er sich fürchtet. Und auch ich, der ich Juppiters
Sohn bin, fürchte ebenso, vom Vater angesteckt,
Vor Prügeln mich. Drum komm ich auch im Frieden her
Und bringe euch Frieden: Was leicht zu gewähren, was
Gerecht nur ist, will ich von euch erbitten mir;
Denn nur um Recht bin von Gerechten als gerechter Bitter ich
Unrechtes von Gerechten fordern ziemt sich nicht, [gesandt.
Gerechtes von den Ungerechten zu verlangen ist
Narrheit: sie kennen nicht das Recht und verstehen es auch nicht.
Hört alle nun aufmerksam meiner Rede zu;
Ihr solltet wollen, was wir wollen. Wohl verdient
Habe ich es, hat mein Vater es um euch, sowie
Um euren Staat. Denn was soll ich euch erinnern
(Wie in Tragödien ich dies andere machen sah,
Neptun, Bellona, Virtus, Mars, Victoria,
Die stets erzählen, was sie Gutes euch getan),
Welche Wohltaten mein Vater, der die Götterwelt regiert,
Allen bereitet hat? Doch war es nie
Bei meinem Vater Sitte, was an Gutem er getan,
Den Guten vorzurücken. Er ist überzeugt
Von eurer Dankbarkeit, und daß ihr wirklich auch
Des Guten, das er euch erzeiget, würdig seid.
Zuerst will ich euch nun meiner Bitte Gegenstand
Vortragen, dann den Inhalt der Tragödie
Euch auseinandersetzen. – Was? Runzelt ihr die Stirn,
Weil ich da von Tragödie sprach? Ich bin ein Gott,
Ich werde sie sofort verwandeln.
Ich mache, wenn ihr wollt, aus Tragödie Komödie,
Und alle Verse sollen bleiben.
Soll ich's tun, oder wollt ihr's nicht? Doch ich Tor,
Ich stelle mich, als wüßte ich euren Willen nicht,
Und bin ein Gott; ich weiß, wie ihr darüber denkt.
Ich mache sie gemischt: es sei eine Tragikokomödie.
Denn daß geradezu sich zur Komödie
Ein Stück soll machen lassen, wo sich Könige
Und Götter produzieren, deucht mir ungereimt.

Was aber nun? Weil auch ein Sklave drin agiert,
Mache ich sie, wie gesagt, zur Tragikokomödie.
Nunmehr hat mich Juppiter mit der Bitte an euch
Beauftragt, daß Aufseher an allen Bänken
Herumgehen sollen durch das ganze Auditorium,
Um angeworbenen Klatschern, wo sie solche sehen,
Als Pfand die Toga gleich am Platz vom Leib zu ziehen.
Auch wenn einer für Schauspieler oder sonst einen Künstler
Für einen Preis wirbt (es sei durch eigenes
Herumgehen oder schriftlich oder mittelbar),
Und wenn die Ädilen unverdient
Jemand den Preis erteilen, fordert Juppiter,
Daß sie dem nämlichen Gesetz verfallen seien,
Als ob sie für sich selber oder andere
Ein staatlich Amt erschlichen hätten. Durch ein männlich Tun,
Sprach er, lebt ihr als Sieger, nicht durch Schliche
Und durch Hinterhältigkeit: weshalb sollte für den Schauspieler
Nicht das gleiche Gesetz sein wie für den höchsten Mann?
Durch Tüchtigkeit erwerb er Gunst und nicht durch Gönner.
An Gönnern fehlt's dem nicht, der stets das Rechte tut,
Wenn die, die das Heft in Händen haben, redlich sind.
Auch hat er mir den weiteren Auftrag noch erteilt,
Aufseher zu bestellen für die Schauspieler.
Falls einer sich durch Angeworbene klatschen läßt
Und es dahin bringt, daß ein anderer
Nur wenig Beifall erntet – einem solchen soll
Sein Kostüm durchgeprügelt werden samt der Haut.
Verwundert euch nicht, daß sich Juppiter jetzt
Des Schauspielwesens annimmt; wundert euch da nicht:
Er selber spielt in unserer Komödie mit.
Was staunt ihr drob, als wär es etwas Neues gar,
Daß Juppiter eine Rolle im Schauspiel übernimmt?
Erschien er doch, als im verflossenen Jahre die
Komödianten ihn anriefen, auf der Bühne
Und zeigte sich hilfreich; außerdem tritt er
Zweifellos in der Tragödie auf. Heute nun
Spielt, sag ich, Juppiter selbst in unserem Stücke mit,

Und ich mit ihm zugleich. Jetzt leiht mir euer Ohr,
Während ich euch des Stücks Inhalt verkündige.
Die Stadt hier nennt sich Theben. In dem Hause dort
Wohnt, vom Vater Alcaeus zu Argos erzeugt,
Amphitruo; Alcumena, des Electrius Kind,
Ist seine Gattin. Dieser Amphitruo ist jetzt
Oberfeldherr bei dem Heere, denn
Das Thebanervolk führt mit den Teleboern Krieg.
Derselbe ließ, als er sich zur Armee begab,
Die Gattin Alcumena schwanger hier zurück.
Ich weiß, ihr kennt die Art von meinem Vater wohl,
Wie frei er sich bei seinen Streichen oft benimmt
Und wie verliebt er ist, wenn etwas ihm einmal gefällt.
Der begann Alcumena nun zu lieben, ohne daß ihr Mann es wußte,
Er genoß ihren Leib
Und macht' sie auch durch sein Umarmen schwanger.
Damit ihr's recht versteht, wie es mit Alcumena sich
Verhält: sie ist von beiden schwanger,
Von ihrem Manne und vom höchsten Juppiter.
Jetzt aber liegt mein Vater drin im Haus bei ihr,
Und deshalb wurde länger auch die Nacht gemacht,
Während er sie, wie er will, genießt.
Er aber stellt sich so, als sei er Amphitruo.
Nun aber, daß ob meinem Anzug ihr euch nicht
Verwundert, weil ich mich hier zeig in Knechtsgestalt:
Ich bring euch einen alten Brauch in neuer Form;
Deswegen steig ich auch in neuem Putz einher.
Da drin, ihr wißt's, ist jetzt mein Vater Juppiter,
In die Gestalt verwandelt des Amphitruo;
Auch glauben alle Sklaven, die ihn sehen, er sei's;
So leicht schlüpft er in fremde Haut, wenn's ihm beliebt.
Ich selbst nahm die Gestalt vom Sklaven Sosia,
Der mit Amphitruo sich von hier zum Heer begab,
Um bei dem Liebeshandel meinem Vater mich
Dienstbar zu zeigen, und daß das Hausgesinde, wenn
Es mich so oft im Haus herumspazieren sieht,
Nicht frage, wer ich sei. Jetzt, da sie glauben, ich

Sei Sklave und Mitsklave, fällt es keinem ein,
Zu fragen, wer ich sei und warum ich hergekommen bin.
Mein Vater tut sich jetzt gütlich drin im Haus,
Hält die im Arm, in die so gar verliebt er ist.
Auch was für Taten bei dem Heer er ausgeführt,
Erzählt er Alcumena. Sie glaubt fest,
Sie sei bei ihrem Mann, und ist bei ihrem Buhlen doch.
Da schwatzt ihr nun mein Vater vor, wie er das Heer
Des Feindes in die Flucht geschlagen, wie man ihm
Für solch Verdienst gar reiche Gaben hab erteilt.
Wir haben die Geschenke, die Amphitruo
Daselbst erhielt, entwendet: führt mein Vater doch
Ganz leicht aus, was er will. Nun kommt heut Amphitruo
Vom Heer zurück, mit ihm der Knecht, des Ebenbild
Ich bin. Daß ihr nun leicht uns unterscheiden könnt,
Trag ich am Hut hier Flügelchen; dagegen hat
Mein Vater eine goldene Kordel unterm Hut;
Amphitruo hat dieses Zeichen nicht. Kein Mensch im Haus
Kann diese Zeichen sehen, ihr aber sollt sie sehen.
Doch sieh, da kommt Amphitruos Sklave, Sosia,
Mit einer Leuchte eben von dem Hafen her.
Den jag ich, wie er kommt, sogleich vom Hause weg.
Merkt auf: nun lohnt's der Müh zu sehen,
Wie Juppiter und Mercurius hier ihre Rolle spielen.

I/1

SOSIA *vom Hafen her kommend, eine brennende Laterne in der Hand*:
Wer noch ist so verwegen, so voll Selbstvertrauen,
Wie ich es bin? Ich kenne unserer Jugend Art
Und wandle doch jetzt in der Nacht allein herum.
Was soll ich tun, wenn jetzt die Polizei
Mich ins Gefängnis bringt? Von dort werd morgen ich
Wie aus einer Vorratskammer zum Prügeln rausgeholt.
Und weder darf ich dann mich rechtfertigen,
Noch ist zu rechnen auf die Hilfe meines Herrn.
Die ganze Welt wird glauben, mir geschehe recht;
Wie einen Amboß werden acht handfeste Kerle

Mich Armen dann zerklopfen. So werd ich
Bei meiner Wiederkunft aus weiter Ferne
Vom Staate aufgenommen werden. Dahin hat's
Mein rücksichtsloser Herr gebracht, der mich in dieser Nachtzeit
Trotz allem Sträuben aus dem Hafen hergejagt.
Konnt er nicht warten mit der Sendung bis zum Tag?
Der Dienst bei einem mächtigen Herrn ist dadurch hart,
Und dadurch hat es eines Reichen Sklav besonders schlimm,
Daß er bei Tag und Nacht stets mehr als genug zu tun hat;
Botschaft und Arbeit gibt's beständig, Ruhe nie.
Der reiche Herr, der nichts von Müh und Arbeit weiß,
Hält alles für möglich, was nur in den Sinn ihm kommt;
Er hält's für recht, erwägt nicht, was arbeiten heißt,
Denkt nicht, ob recht, ob unrecht ist, was er befiehlt;
Drum wird vom Sklaven viel Unbilliges verlangt:
Diese Last muß man mit Mühsal auf sich nehmen und ertragen.

MERCURIUS *für sich*: Mir ständ es eher zu, mich über die Sklaverei
So zu beklagen; mich, der heute frei noch war,
Hat jetzt ins Sklavenjoch mein Vater eingezwängt;
Und der, ein Sklave von Geburt, will sich beklagen?

SOSIA: Wahrhaftig, ich bin ein übler Sklave:
Eben fällt mir ein, daß ich den Himmlischen
Den Dank bei meiner Rückkehr noch nicht dargebracht
Für alles das, was Gutes sie an mir getan.
Wahrhaftig, wollten sie mir lohnen nach Verdienst,
So schickten sie mir einen, welcher tüchtig mir
Das Maul zerschlüge; denn was sie Gutes mir getan,
Habe ich verkehrt in Undank und in Übeltat.

MERCURIUS: Der tut, was sonst nicht leicht geschieht: er weiß selbst,
Was er verdient hat.

SOSIA: Was mir selbst unmöglich schien
Und jedem anderen Bürger, das ist nun geschehen:
Wir haben unser Haus mit heiler Haut erreicht.
Siegreich ziehen unsere Legionen heim; der Krieg,
So lang und blutig, ist zu Ende nun, der Feind
Vernichtet, und die Stadt, die vom Thebanervolk
So manchen Mann schon in den bitteren Tod geführt,

Durch unsrer Krieger Kraft und Tapferkeit erobert und
Besiegt, vor allem aber durch das Kommando und
Die Göttergunst meines Herrn Amphitruo.
Mit Beute, Ländereien und Korn hat er sein Heer
Beschenkt und Kreon, dem Thebanerkönige,
Den Thron befestigt. Mich nun hat vom Hafen er
Vorausgeschickt, die Botschaft seinem Ehegemahl
Zu bringen, wie unter seiner Führung, Leitung, Vorsicht
Es dem Staat ergangen sei.
Nun muß ich mich besinnen, was ich sagen will,
Wenn ich vor ihr erscheine. Lüg ich ihr was vor,
So tu ich nur, was längst an mir gewohnt man ist;
Denn als der Kampf am schärfsten war, da macht ich mich
So schnell als möglich aus dem Staub. Indes, ich tue,
Als wäre ich selbst dabeigewesen, und erzähle
Ihr Dinge, die ich nur aus andrer Munde weiß.
Allein in welcher Art, mit welchen Worten ich
Die Meldung mache, will ich bei mir selber erst
Noch überlegen. Etwa so bring ich es vor:
Sogleich, nachdem wir angekommen und das Land
Betreten hatten, wählte sich Amphitruo
Die besten Männer aus dem Heer und schickte sie,
Den Teleboern seine Meinung kundzutun:
Wenn sie von sich aus ohne Krieg auslieferten,
Was sie geraubt, und die Räuber auch dazu,
Kurz, alles, was sie weggeführt, erstatteten,
Dann sei auch er gesonnen, unverweilt sein Heer
Nach Haus zu führen, die Argiver würden ihr
Gebiet verlassen, Friede und Ruhe sei gewährt.
Doch wären anderen Sinnes sie, gäben nicht zurück,
Was er verlange, würde seine ganze Macht
Und Mannschaft er aufbieten zu der Stadt Ruin.
Als dies den Teleboern treu berichtet ward
Von denen, die Amphitruo hatte hingesandt,
Benahmen diese stolzen Herren, voll Vertrauen
Auf ihre Macht und Stärke, gegen unsere
Gesandten höchst brutal sich und entgegneten:

Sie seien mit Gewalt der Waffen schon imstand,
Sich und die Ihren zu beschützen, man möge drum
Das Heer nur schnell aus ihrem Land zurückziehen.
Als die Gesandten diese Antwort brachten, ließ
Amphitruo sein gesamtes Heer sogleich
Aus dem Lager rücken. Die Teleboer dagegen
Ziehen auch mit einer wunderschön bewaffneten
Kriegsmacht aus ihrer Stadt. Wie so nun beiderseits
Ein mächtig großes Heer im offenen Felde stand,
Die Mannschaft abgezählt, in Reihen geordnet war,
Da arrangierten unsere Legionen wir
Nach unserer Weise, und ebenso tat's auch der Feind.
Drauf treten beide Feldherrn in die Mitte vor
Aus ihrer Truppen Reihen und besprechen sich.
Sie kommen überein, daß, wer in diesem Kampf
Besiegt werde, Stadt, Gebiet, Altar und Herd
Sowie sich selbst dem Gegner überliefern soll.
Als dies geschehen war, schmettern die Trompeten rings,
Die Erde hallt wider, von beiden Seiten tönt das Kriegsgeschrei.
Beide Feldherrn wenden mit Gelübden sich
An Juppiter und muntern ihre Scharen auf.
Ein jeder tut für sich, was er vermag und kann:
Das Eisen klirrt, Geschosse brechen ab, es hallt
Der Himmel von der Männer Schreien; zum Nebel wird
Des Atems Schnauben, Hieb und Wunde fällen sie.
Zuletzt behalten wir nach Wunsch die Oberhand;
Die Feinde fallen dicht, die Unsern dringen ein;
Errungen ist der Sieg durch unsern Kriegesmut.
Doch keiner wendet sich zur Flucht, auch keiner weicht
Vom Platz zurück, sie kämpfen auf demselben Fleck;
Sie lassen das Leben, ehe sie von der Stelle gehen;
Wie jeder stand, so liegt er auch in Reih und Glied.
Als nun Amphitruo, mein Gebieter, dieses sah,
Ließ auf der Stelle er von rechts die Reiterei
Vorrücken. Schnell gehorchte die: mit lautem Schreien
Stürmt sie vom rechten Flügel ein mit heftigem
Angriff und zerfetzt das ungerechte Heer

Des Feindes mit vollem Recht und wirft es in den Staub.
MERCURIUS: Bis jetzt hat er kein einzig Wort gelogen noch:
Ich selber und mein Vater waren bei dem Kampf.
SOSIA: Der Feind ergreift die Flucht, da wächst der Unseren Mut,
Mit Pfeilen sind der Teleboer Rücken dicht
Gespickt, und eigenhändig haut Amphitruo
Den König Pterelas zusammen. Dieser Kampf
Zog sich vom frühen Morgen bis zum Abend hin.
Das weiß ich ganz genau, da ich an jenem Tag
Keinen Bissen zu mir nahm. Doch führte zuletzt
Der Nacht Eintritt das Treffen seinem Ende zu.
Mit nassen Augen kamen aus der Stadt zu uns
Ins Lager tags darauf die Angesehensten;
Mit Ölbaumzweigen in der Hand erflehen sie
Verzeihung ihrer Schuld, ergeben sich und alles Göttergut
Und alles, was an Eigenem sie haben, ihre Kinder und die Stadt,
Der Macht und Willkür des Thebanervolks.
Für seinen Heldenmut erhielt Amphitruo,
Mein Herr, die goldene Schale zum Geschenk, woraus
Sonst Pterelas, ihr König, trank. – So will ich es
Meiner Herrin erzählen. Doch, um meines Herrn Befehl
Jetzt nachzukommen, will hinein ins Haus ich gehn.
MERCURIUS: Aha! Da kommt er eben her! Ich muß ihm doch
Entgegengehen. Heute soll mir dieser Bursch
Das Haus hier nicht betreten. Trag ich doch sein Bild
An mir, mach ich mit ihm mir wohl auch einen Spaß.
Doch da ich einmal Aussehen und Gestalt von ihm
Hab angenommen, muß ich auch in Art und Tun
Ihm durchaus ähnlich mich erweisen, muß somit
Boshaft, schlau und verschlagen sein
Und ihn mit Bosheit, seiner eigenen Waffe,
Vom Tor wegtreiben. – Doch was ist denn das? Er guckt
Den Himmel an. Ich will achtgeben, was er tut.
SOSIA *zum Himmel aufschauend*: Beim Pollux, sicher glaub ich, wenn
Was glauben oder wissen kann, daß heute nacht [ich überhaupt
Der Gott der Nacht im Rausche eingeschlafen ist.
Denn weder regt der große Bär am Himmel sich,

Noch weicht der Mond, seitdem er sich erhob, vom Fleck;
Weder Orions Gürtel noch der Abendstern
Noch die Plejaden gehen unter.
Fest stehen sie; nicht vergönnt die Nacht dem Tage Raum.

MERCURIUS: Fahre fort, o Nacht, wie du begonnen, zeige dich
Gefällig meinem Vater. Beste Mühe gibst
Am besten du dir für den Besten, ziehst daraus
Für dich den schönsten Nutzen.

SOSIA: Eine solche lange Nacht
Hab ich, so glaub ich, seit ich lebe, nicht gesehen,
Außer der einen, wo an den Pfeiler ich
Ward angebunden und gepeitscht ohn Unterlaß;
Doch wird auch sie an Länge von der heutigen
Noch übertroffen. Sicher schläft der Sonnengott
Einen ordentlichen Rausch aus. Es kann nicht anders sein,
Er hat beim Mahl des Guten sich zuviel gegönnt.

MERCURIUS: Was sagst du, Schlingel? Meinst, die Götter sind wie du?
Ich will dich für dein böses Maul und böses Tun
Gehörig grüßen. Komm nur her, du Galgenstrick,
Du sollst dein Unheil finden.

SOSIA: Wo seid ihr Buhler, die so ungern
Alleine schlafen? Diese Nacht paßt ganz dazu,
Ein Hürlein, ward es auch um fühlbar hohen Preis
Gedungen, zu bedienen.

MERCURIUS: Wie der redet, tut
Mein Vater recht und klug, daß Alcumena er
Nach voller Herzenslust in Liebesarmen hält.

SOSIA: Nun muß ich gehen und Alcumena Meldung tun
Von dem, was mir mein Herr befohlen. – Doch wer ist
Der Mensch, den hier bei Nacht ich vor dem Hause seh?
Das will mir nicht gefallen.

MERCURIUS: Nicht leicht findet sich
Noch sonst ein solcher Angstmann.

SOSIA: Wer mag's sein? Mich dünkt,
Es lüstet ihn, mir meinen Mantel auszuziehen.

MERCURIUS: Er fürchtet sich; mit dem mach ich mir einen Spaß.

SOSIA: O weh, mir klappern schon die Zähne! Sicherlich

Bewirtet er zur Ankunft mit den Fäusten mich.
Er ist barmherzig, glaub ich: weil zu wachen mich
Mein Herr genötigt, schlüg er in den Schlaf mich gern.
Nun ist's vorbei mit mir! Welch großer, starker Kerl!

MERCURIUS: Jetzt will ich meine Stimm erheben gegen ihn.
Wenn er mich reden hört, wird seine Furcht sich noch
Um vieles steigern. – Auf, ihr Fäuste, lang genug
Ist's her schon, daß mein Magen keine Nahrung mehr
Durch euch erhielt; mich dünkt es eine Ewigkeit, und doch
War's gestern erst, daß ihr vier nackte Menschen habt
In Schlaf versetzt.

SOSIA: Wie bang ist mir! Da muß ich wohl
Bald meinen Namen ändern und aus Sosia
Ein Quintus werden. Schon vier Männer, sagt er, seien
Durch ihn in Schlaf versetzt; da kann es wohl geschehen,
Daß ich die Zahl vermehre.

MERCURIUS: Ja, so also: so will ich es.

SOSIA: Er schürzt sich auf; wahrhaftig, jetzt geht's los.

MERCURIUS: Der kommt
Nicht ohne Schläge fort.

SOSIA: Wer denn?

MERCURIUS: Wer's immer sei,
Der mir sich nähert, kann sich drauf verlassen, daß
Er meine Fäuste kosten wird.

SOSIA: Pfui! Mein Geschmack
Ist's nicht, so spät bei Nacht zu essen, habe auch
Vor kurzem erst gespeist; laß lieber Hungrigen
Dein Mahl zukommen, wenn du klug bist.

MERCURIUS: Diese Faust
Wiegt eben nicht so leicht.

SOSIA: Ich bin des Todes! Er wiegt
Die Fäuste.

MERCURIUS: Wie, wenn ich nun mit einem langen Schlage ihn
Berühre, um ihn einzuschläfern?

SOSIA: Das wird eine Wohltat sein,
Drei Nächte nacheinander hab ich schon gewacht.

MERCURIUS: Die größte Sünde wär's, wenn man ein Lästermaul

Nur so berührte, daß es keine Wirkung hat.
Wen du, o Faust, erwählt hast, der muß sein Gesicht
Total verändern.
SOSIA: Der verfälscht zuletzt mich noch
Und bildet das Gesicht mir um.
MERCURIUS: Kein Knochen darf
In dem Gesicht mehr bleiben, das ihr richtig trefft.
SOSIA: Es soll mich wundern, wenn er nicht im Sinne hat,
Mich auszugräten wie einen Meeraal. Weg von ihm,
Der Menschen will entknochen. Wenn er mich erblickt,
Ist's aus mit mir.
MERCURIUS: Ich rieche einen Menschen; es ist
Sein Unglück.
SOSIA: Weh! Riech ich denn wirklich?
MERCURIUS: Und er kann
Nicht weit sein, obgleich er weit von hier entfernt war.
SOSIA: Der Mensch ist mit der Wahrsagekunst vertraut.
MERCURIUS: Wie freuen mich meine Fäuste!
SOSIA: Willst du ihre Kraft an mir versuchen,
Mach an dieser Wand, ich bitte, sie erst weich.
MERCURIUS: Da flog zu Ohren eine Stimme mir.
SOSIA: Fürwahr, ich bin ein rechtes Unglückskind, daß ich
Meine Flügel nicht hab ausgerupft;
Nun hab ich eine Stimme, die geflügelt ist.
MERCURIUS: Der holt sein Unglück sich mit eigenem Gespann.
SOSIA: Ich habe kein Gespann.
MERCURIUS: Dem muß man mit der Faust
Aufladen, daß es eine Art hat.
SOSIA: Wahrlich, noch
Ganz müde bin ich von der Schiffahrt; noch ist mir's
Ganz öd im Magen, leer kaum schlepp ich mich dahin,
Geschweige denn mit einer Last.
MERCURIUS: Hier in der Nähe
Muß irgendeiner sprechen.
SOSIA: Nun ist's gut: er sieht mich nicht.
Er glaubt, es spreche »irgendeiner«; nun aber ist's
Gewiß, ich heiße Sosia.

MERCURIUS: Von rechtsher schlägt
Die Stimme, meine ich, mir ans Ohr.
SOSIA: Ich fürchte sehr,
Ich kriege Schläge statt der Stimme, die ihn schlägt.
MERCURIUS: Der kommt ganz wie gerufen auf mich zu.
SOSIA: Ich bin
Ganz starr vor Angst, weiß wahrlich nicht, wo in der Welt
Ich mich befinde, wenn mich einer fragt. Vor Furcht
Kann ich mich gar nicht regen mehr, ich Unglücksmann.
Um meines Herrn Befehl ist's wie um mich geschehen!
Am besten wär's indes, ich spräche keck ihn an,
Dann schein ich ihm beherzt und habe Ruh vor ihm.
MERCURIUS: Wohin des Wegs, der du Vulkan
Im Horn verschlossen trägst?
SOSIA: Was geht es dich an, der
Den Leuten du die Knochen mit der Faust zerschlägst?
MERCURIUS: Bist du ein Sklave oder frei?
SOSIA: Wie mir's beliebt.
MERCURIUS: So sprichst du?
SOSIA: Ja, so spreche ich.
MERCURIUS: Du Galgenstrick!
SOSIA: Jetzt lügst du.
MERCURIUS: Ich aber bring's dahin,
Daß du mir selbst zustimmen mußt.
SOSIA: Zu welchem Zweck?
MERCURIUS: Kann ich erfahren, wohin du gehst, in wessen Dienst
Du stehst, woher du kommst?
SOSIA: Ich geh hierher, bin
Der Sklave meines Herrn. Bist du gescheiter jetzt?
MERCURIUS: Ich will dir schon dein Schandmaul stopfen.
SOSIA: Schwerlich wohl,
Es ist gar gut und jüngferlich verwahrt.
MERCURIUS: Du fährst
Noch immer fort mit deinen spitzigen Reden? Was
Hast du bei diesem Haus zu schaffen?
SOSIA: Nun, was du?
MERCURIUS: Der König Kreon stellt des Nachts hier Wächter auf.

SOSIA: Da tut er wohl daran: so ward das Haus beschützt,
Dieweil wir ferne waren. Doch nun gehe hin
Und tu ihm kund, die Dienerschaft sei wieder da.
MERCURIUS: Du magst der rechte Diener sein! Machst du dich nicht
Sogleich davon, so sorg ich, daß die Dienerschaft
Nicht gar dienstfertig dich empfängt.
SOSIA: Hier wohn ich ja
und stehe hier in Diensten.
MERCURIUS: Weißt du was? Wenn
Du nicht fortgehst, mach ich heute dich zum großen Herrn.
SOSIA: Wieso?
MERCURIUS: Man trägt dich fort, du brauchst nicht selbst zu gehen,
Wenn ich zum Knüppel greife.
SOSIA: Doch ich bleib dabei:
Ich bin ein Diener dieses Hauses.
MERCURIUS: Sieh dich vor!
Entfernst du dich nicht gleich, so setzt es Prügel ab.
SOSIA: Du wolltest, da ich aus der Fremde komme, mir
Das Haus verbieten?
MERCURIUS: Ist dies Haus das deinige?
SOSIA: So ist es, wie ich sage.
MERCURIUS: Wer ist denn dein Herr?
SOSIA: Amphitruo, der Feldherr des Thebanerheeres,
Vermählt mit Alcumena.
MERCURIUS: Was du sagst! Und du,
Wie heißt du?
SOSIA: Sosia nennen die Thebaner mich,
Des Davus Sohn.
MERCURIUS: Zu deinem Unstern bist du heute
Mit solchem Stück- und Flickwerk von Betrug und Lug
Gekommen, Ebenbild der Frechheit!
SOSIA: Nein, ich kam
Nur mit geflicktem Rock, mit Lügenflickwerk nicht.
MERCURIUS: Da lügst du wieder: mit den Füßen kamst du ja,
Und nicht mit Röcken.
SOSIA: Darin hast du recht.
MERCURIUS: Nun denn,

Der Lüge wegen kriegst du Prügel.

SOSIA: Wahrlich nein,
Die will ich nicht.

MERCURIUS: Und doch, wenn du nicht willst, du mußt;
Das steht nun einmal fest, hier gibt es keine Wahl.

Er versetzt dem Sosia einige Hiebe.

SOSIA: Ach, hab Erbarmen!

MERCURIUS: Wie, du wagst's, für Sosia
Dich auszugeben, der ich bin?

SOSIA: Mit mir ist's aus!

MERCURIUS *fährt fort, den Sosia zu prügeln*:
Noch nicht; doch warte, was nun kommt. Wer bist du nun?

SOSIA: Der Deine! Mit den Fäusten hast du dir ein Recht
Auf mich erworben. Thebens Bürger, steht mir bei!

MERCURIUS: Du schreist noch, Schinderknecht? Sprich, warum kamst du her?

SOSIA: Daß deinen Fäusten einer, den du prügeln kannst,
Zu Diensten stünde.

MERCURIUS: Wessen bist du?

SOSIA: Wie gesagt,
Der Sosia des Amphitruo.

MERCURIUS: Weil du lügst, so kommt
Noch eine Tracht von Prügeln. Ich bin Sosia,
Nicht du.

SOSIA: Die Götter wollen's, daß du's wärst und daß
Ich dir die Schläge gäbe.

MERCURIUS: Was? Du muckst noch?

SOSIA: Ich schweige schon.

MERCURIUS: Wer ist dein Herr nun?

SOSIA: Wer du willst.

MERCURIUS: Und nun dein Name?

SOSIA: Keiner, als den du befiehlst.

MERCURIUS: Du seist der Sosia des Amphitruo, sagtest du.

SOSIA: Da hab ich mich falsch ausgedrückt: der Sozius
Amphitruos, wollt ich sagen.

MERCURIUS: Nun, ich wußte wohl,
Daß außer mir kein Sosia hier im Hause dient.
Dich hat wohl der Verstand verlassen.

SOSIA: Hätten doch
Das deine Fäuste vorhin auch getan!
MERCURIUS: Ich bin
Der Sosia, für den du dich bei mir ausgabst.
SOSIA: Laß
Im guten, ohne Furcht vor Prügeln, nur ein Wort
Mich mir dir reden.
MERCURIUS: Waffenstillstand sei gemacht
Für so lang, wie du mit mir sprichst.
SOSIA: Ich spreche nicht,
Solang der Friede nicht geschlossen ist; zu stark
Sind deine Fäuste.
MERCURIUS: Sage, was du sagen willst,
Es soll dir nichts geschehen.
SOSIA: Kann ich mich auf dein Wort
Verlassen?
MERCURIUS: Ja.
SOSIA: Doch wenn du mich betrügst?
MERCURIUS: So soll
Der Zorn Merkurs den Sosia treffen.
SOSIA: Gib denn acht;
Frei darf ich nunmehr sprechen, über was ich will:
Ich bin Amphitruos Sosia.
MERCURIUS: Also noch einmal?
SOSIA: Frieden und Vertrag habe ich geschlossen:
So spreche ich die Wahrheit.
MERCURIUS *schlägt von neuem zu*: Das kostet Prügel.
SOSIA: Wenn du willst, tu, was du willst;
Du hast ja stärkere Fäuste. Doch, was immer du
Mit mir beginnst, ich schweige darum dennoch nicht.
MERCURIUS: Und mich, wenn dir dein Leben lieb ist, machst du heut
Zu keinem anderen als Sosia.
SOSIA: Und fürwahr,
Auch du wirst mich dem Hause nicht entfremden; ist
Kein anderer Sosia doch in Diensten hier als ich,
Der ich mit meinem Herrn von hier zum Heere ging.
MERCURIUS: Der Mensch ist nicht bei Troste.

SOSIA: Was du mir als Schuld
Aufbürdest, trifft dich selbst. Wie, Schuft, ich wäre nicht
Amphitruos Sklave Sosia? Kam nicht unser Schiff
Heut nacht vom Perserhafen, das mich mitgebracht?
Hat nicht mein Herr mich hergeschickt? Steh ich nicht jetzt
Vor unserem Hause? Halt ich die Laterne nicht
In meiner Hand? Sprech ich nicht? Wach ich nicht? Hat nicht
Dieser Kerl mich eben mit den Fäusten durchgebleut?
Fürwahr, so ist's; noch schmerzen meine Backen mich.
Warum zweifle ich also? Warum geh ich nicht
In unser Haus?

MERCURIUS: In euer Haus?

SOSIA: Ei, ganz gewiß.

MERCURIUS: Was du da eben hergeschwatzt, ist lauter Trug;
Ich bin Amphitruos Knecht, bin Sosia. Diese Nacht
Kam unser Schiff vom Perserhafen an, und wir
Eroberten die Stadt, die König Pterelas
Beherrschte, schlugen im Kampfe das Heer der Teleboer,
Und eigenhändig hieb den König Pterelas
Amphitruo nieder.

SOSIA *für sich*: Höre ich den so reden, glaub
Ich selbst mir nimmer; weiß er alles doch aufs Haar,
Was dort sich zugetragen. *Laut:* Doch sage an: was hat
Amphitruo von den Teleboern zum Geschenk
Bekommen?

MERCURIUS: Jene goldene Schale, aus welcher sonst
Ihr König trank.

SOSIA *für sich*: Auch dieses weiß er. *Laut:* Aber wo
Ist jetzt die Schale?

MERCURIUS: In einem Kästchen, mit dem Zeichen
Des Amphitruo versiegelt.

SOSIA: Sag, was ist das für ein Zeichen?

MERCURIUS: Der Sonnengott mit dem Viergespann, im Aufgang.
Wie, du willst mich fangen, Galgenstrick?

SOSIA *für sich*: Der weist mir alles nach,
Ich bin besiegt, muß nach einem anderen Namen mich
Umschauen. Wüßt ich doch nur, wie er das alles sah.

Doch jetzt ertapp ich ihn; denn was ich ganz allein
Im Zelte tat, wobei kein Mensch zugegen war,
Das kann er mir doch nun und nimmer sagen. *Laut:* Wenn
Du Sosia bist, so sprich: was tatest du im Zelt,
Als zwischen beiden Heeren sich am hitzigsten
Der Kampf entsponnen hatte? Wenn du das mir sagst,
Bin ich besiegt.

MERCURIUS: Es war ein Weinfaß da, daraus
Füllt ich ein Trinkgeschirr.

SOSIA *für sich*: Er hat die rechte Spur.

MERCURIUS: Und trank den Wein, rein, wie er von der Mutter kam.

SOSIA *für sich*: Ganz sonderbar; er steckte wohl im Geschirr; es ist
Eine Tatsache, daß aus dem Geschirr den Wein ich trank.

MERCURIUS: Wie nun? Hab ich dich überführt, daß du nicht
Der Sosia bist?

SOSIA: Du sagst, ich wär es nicht?

MERCURIUS: Wie sollt
Ich das nicht sagen, da ich's bin.

SOSIA: Beim Juppiter
Schwör ich, daß ich es bin, und lüge nicht.

MERCURIUS: Doch ich,
Ich schwöre beim Mercurius, daß Juppiter dir nicht glaubt;
Mehr glaubt er mir, ich weiß es sicher, ohne Schwur,
Als dir mit einem solchen.

SOSIA: Wer nun aber, frag ich dich,
Bin ich, wenn ich nicht Sosia bin?

MERCURIUS: Wo ich es nicht
Sein will, magst du es immer sein; nun aber, da
Ich's bin, setzt's Prügel ab, wenn du dich nicht von hier,
Auch ohne Namen, wegmachst.

SOSIA *für sich*: Wahrlich, wenn ich ihn
So anseh und in allem meine eigene
Gestalt erkenne, die ich oft im Spiegel sah,
So ist er mir auch gar zu ähnlich: Hut und Rock
Trägt er ganz gleich wie ich; Fuß, Wade, Haltung, Haar,
Nase, Augen, Lippen, Wangen, Kinn, Bart, Hals – ganz gleich!
Was braucht's noch mehr? Ist noch sein Rücken so benarbt

Wie meiner, gibt es keine größere Ähnlichkeit.
Und doch, wenn ich's bedenke, bin ich immer noch
Derselbe, der ich war. Ich kenne meinen Herrn,
Kenne unser Haus, bin völlig bei gesundem Sinn.
Drum kümmere ich mich um nichts von allem, was er schwatzt,
Und klopfe an das Tor.

MERCURIUS: Wo willst du hin?

SOSIA: Ins Haus hinein.

MERCURIUS: Bestiegst du gleich im Augenblick Juppiters Viergespann
Und flöhst von dannen, könntest deinem Unglück du
Doch kaum entfliehen.

SOSIA: So darf ich also meiner Herrin
Nicht melden, was mein Herr mir aufgetragen hat?

MERCURIUS: Der deinen, was du willst, zu unserer darfst du nicht;
Und bringst du mich in Zorn, so kommst du nur davon
Mit einem Schenkelbruch.

SOSIA: Dann geh ich lieber gleich.
Euch ruf ich an zu Zeugen, ihr Unsterblichen,
Wo ward ich so zu nichts, wo so verändert, wo
So völlig umgeformt, daß ich so ganz vergaß,
Mich mitzunehmen? Trägt doch dieser ganz das Bild,
Das sonst das meine war. Im Leben noch geschieht
Mit mir, was keiner je nach meinem Tode mir
Zufügen wird. – Jetzt will ich nach dem Hafen gehen,
Zu melden, was hier vorgefallen, meinem Herrn.
O gäbe Juppiter, daß auch der mich nimmer kennt,
Und ich den Hut noch heute setz aufs kahle Haupt!
Sosia ab nach links.

I/2

MERCURIUS: Die Arbeit wäre gut und glücklich abgetan.
Vom Tor habe ich die größte Last hinweggeschafft,
Damit mein Vater ungestört drin herzen kann.
Wenn der nun da zu seinem Herrn Amphitruo kommt,
Erzählt er ihm, daß ihn ein Sklave Sosia
Vom Tor hinweggetrieben: jener glaubt gewiß,
Er lüg ihn an und sei, trotz dem Befehle, gar

Nicht hier gewesen. Beide, nebst Amphitruos
Gesamter Hausgenossenschaft, will ich mit Wahn
Erfüllen und mit Irrtum. Unterdessen mag
Mein Vater sich bei seinem Lieb ersättigen;
Dann aber sollen's alle wissen, was geschehen:
Zuletzt stellt Juppiter zwischen Alcumena und
Dem Eheherrn doch die alte Eintracht wieder her.
Denn gleich bei seiner Ankunft wird Amphitruo
Mit Alcumena lärmen, sie des Ehebruchs zeihen;
Bald aber wird mein Vater diesen Sturm in Ruhe
Verwandeln. – Nun von Alcumena noch ein Wort,
Woran ich bisher nicht gedacht. Noch heut gebiert
Sie Zwillinge: der eine erscheint im zehnten,
Im siebten Monat der andere; jener ist der Sohn
Amphitruos, dieser Juppiters; doch überragt
Des jüngeren Vater an Größe den des älteren.
Seid ihr im klaren jetzt, wie sich's verhält? Jedoch
Um Alcumenas Ehre willen ward es so
Von meinem Vater angeordnet, daß zugleich
Von beiden sie entbunden wird, mit einem Weh
Zwiefacher Mühsal sich entledigt, dem Verdacht
Des Ehebruchs nicht verfällt und so sein heimlicher
Umgang mit ihr verborgen bleibt. Und doch erfährt
Amphitruo, wie gesagt, den ganzen Handel. Nun,
Was ist's auch? Niemand wird es Alcumena zum
Verbrechen rechnen. Darf ja doch nach Billigkeit
Ein Gott niemals zulassen, daß, was er verbrach,
Was er verschuldet, auf einen Sterblichen fällt.
Doch stille nun; die Türe hat geknarrt: es tritt
Heraus der untergeschobene Amphitruo
Mit Alcumena, der geborgten Ehefrau.
Mercurius tritt beiseite.

I/3

Juppiter und Alcumena kommen aus dem Palast. Juppiter hat eine goldene Trinkschale in der Hand.

JUPPITER: Leb, Alcumena, wohl und sorge, wie du stets

Gewohnt bist, für das Haus; doch schone dich ja recht;
Du weißt, daß deine Monate schon vollendet sind.
Ich muß notwendig fort von hier; doch das Neugeborne ziehe auf.

ALCUMENA: Was hast du vor, mein lieber Mann, daß du so schnell
Das Haus verläßt?

JUPPITER: Wahrlich, nicht, weil mir bei dir
Und hier im Haus der Aufenthalt verleidet wäre;
Allein, wenn bei dem Heer der Oberfeldherr nicht
Zugegen ist, geschieht, was nicht geschehen soll,
Weit öfter, als was zu geschehen hat.

MERCURIUS *zu den Zuschauern*: Ein Erzbetrüger, ob er gleich mein Vater [ist!
Bemerket nur, wie süß er mit dem Weibchen kost.

ALCUMENA: Fürwahr, nun seh ich in der Tat, wie hoch bei dir
Die Gattin steht.

JUPPITER: Ist dir's genug? Es lebt kein Weib,
Das mir so teuer ist wie du.

MERCURIUS *für sich*: Ja, wüßte nur
Juno, was du für Sachen treibst, ich wette drauf,
Weit lieber wärst Amphitruo du als Juppiter.

ALCUMENA: Durch Taten möcht ich lieber als durch Worte bloß
Mich überzeugen. Du entfernst dich, ehe noch
Der Ort, wo du gelegen, warm geworden ist.
Schon tiefe Nacht war's, als du gestern kamst, und nun
Gehst du schon wieder: ist das hübsch?

MERCURIUS: Ich will hinzu,
Sie grüßen und im Schmeicheln meinem Vater
Zu Hilfe kommen. *Laut:* Schwerlich hat ein Sterblicher
Jemals so leidenschaftlich seine Frau geliebt,
Wie der in dich verliebt ist.

JUPPITER: Wie, du Galgenstrick,
Kenn ich dich nicht? Gleich geh aus dem Gesichte mir.
Was gehn dich meine Sachen an? Was hast du hier
Auch nur zu mucksen, Schlingel? Gleich soll dieser Stab ...

ALCUMENA *ihn zurückhaltend*: Ach, laß es sein!

JUPPITER: Nur noch ein einzigmal gemuckst!

MERCURIUS *für sich*: Gar übel wäre meine erste Schmeichelei
Mir fast bekommen.

JUPPITER *zu Alcumena*: Was von meiner Eile du
Gesprochen, darf dich nicht entrüsten: heimlich ging
Vom Heer ich fort, stahl dir zuliebe diese Nacht,
Daß du von mir zuerst vernähmst, was für den Staat
Ich ausgeführt. All das hab ich dir erzählt:
Liebt ich dich nicht so sehr, ich hätt es nicht getan.
MERCURIUS *für sich*: Macht er's nicht so, wie ich gesagt?
Mit Schmeicheleien bestreichelt er das arme Weib.
JUPPITER: Nun, daß das Heer
Nichts merke, muß ich insgeheim zurück; es soll
Nicht heißen, mehr sei mir ein Weib wert als der Staat.
ALCUMENA: Dein Weggang macht, daß deine Gattin weinen muß.
JUPPITER: Sei still, verdirb dir die Augen nicht!
Bald bin ich wieder da!
ALCUMENA: Dies »bald« ist noch zu lang.
JUPPITER: Ungern verlaß ich dich, ungern nur geh ich fort.
ALCUMENA: Ich merk es, darum gehst du in derselben Nacht,
In der du kamst, schon wieder.
JUPPITER: Warum hältst du mich?
Es ist Zeit; ich muß die Stadt verlassen, eh es tagt.
Sieh, diese Schale, die mir meine Tapferkeit
Erworben hat, aus welcher König Pterelas,
Dem ich mit eigener Hand den Tod gegeben, trank,
Die schenk ich, Alcumena, dir. *Er gibt ihr die Schale.*
ALCUMENA: Da zeigst du dich
Wie immer. Ja, beim Kastor, ein Geschenk, an Wert
Des Schenkers würdig.
MERCURIUS: Nein, ein Geschenk, an Wert
Der Beschenkten würdig.
JUPPITER: Du bist noch da?
Kann ich dir nicht den Garaus machen, Galgenstrick?
ALCUMENA: O mein Amphitruo, zürne doch dem Sosia nicht
Um meinetwillen!
JUPPITER: Dir zuliebe mag es sein.
MERCURIUS *gegen die Zuschauer*: Ganz wild macht ihn die Liebe.
JUPPITER: Willst du sonst noch was?
ALCUMENA: Schenke in der Ferne auch

Mir deine Liebe; denn auch ferne bin ich dein.
MERCURIUS: Laß uns gehn, Amphitruo! Es wird schon hell.
JUPPITER: Geh nur voraus; ich will dir folgen, Sosia!
Mercurius ab nach links.
Zu Alcumena: Noch sonst etwas?
ALCUMENA: Das gleiche stets: komm bald zurück!
JUPPITER: Gewiß; weit früher, als du glaubst, bin ich zurück,
Sei guten Muts! *Alcumena ab in den Palast.*
Jetzt, Nacht, die du so lang für mich
Verweilt, entlaß ich dich, daß du dem Tage weichst,
Damit mit hellem, klarem Licht den Sterblichen
Er leuchte. Und so viel länger, als in letzter Nacht
Du warst, o Nacht, um so viel kürzer sei der Tag,
Daß zwischen Tag und Nacht das alte Gleichgewicht
Wird hergestellt. Nun gehe ich und folge dem Merkur.
Juppiter ab.

II/1

Amphitruo und Sosia, der ein Kästchen trägt, kommen von links; Sklaven mit Gepäck folgen ihnen.
AMPHITRUO: Auf, folge mir!
SOSIA: Ich folge dir ja auf dem Fuß.
AMPHITRUO: Für einen Schurken halt ich dich.
SOSIA: Warum denn?
AMPHITRUO: Weil du mir erzählst, was weder ist
Noch war noch je geschehen wird.
SOSIA: Das ist wieder ganz
Nach deiner Art, daß deinen Leuten du nicht glaubst.
AMPHITRUO: Wie? Was? Nach welcher Art? Fast möcht ich, Schandkerl,
Dir die Schandenzung ausreißen.
SOSIA: Ich gehöre dir,
Kannst also mit mir machen, ganz wie dir beliebt!
Doch zu berichten, was sich hier ereignet hat,
Davon schreckst du mich nun und nimmermehr zurück.
AMPHITRUO: Verdammter Kerl, bist du so keck und schwatzt mir vor,
Du wärest jetzt zu Haus, und stehst doch hier?
SOSIA: Es ist

Die volle Wahrheit.

AMPHITRUO: Galgenstrick, wie werden dich
Die Götter strafen, wie will ich's noch heute tun!

SOSIA: Das steht in deiner Hand, ich bin ja dein.

AMPHITRUO: Du Schuft,
Du wagst's, mit deinem Herrn Gespött zu treiben? Wagst's,
So was zu sagen? Was noch nie ein Mensch gesehen,
Was nie geschehen kann, daß ein Mensch zur selben Zeit
Zugleich an zweien Orten ist?

SOSIA: Und doch ist's so,
Wie ich dir sage.

AMPHITRUO: Strafe Juppiter dich dafür!

SOSIA: Was ist's so Übles denn, das ich um dich verdient?

AMPHITRUO: Du fragst noch, Schuft, der du mich so zum Narren hältst?

SOSIA: Du schmähtest mich mit Recht, wenn dem so wär; allein
Ich lüge nicht; wie ich gesagt, verhält es sich.

AMPHITRUO: Der Bursche muß betrunken sein.

SOSIA: Ach, wär ich's doch!

AMPHITRUO: Du wünschest, was doch schon geschehen ist.

SOSIA: Ich?

AMPHITRUO: Ja, du;
Wo hast du dich betrunken?

SOSIA: Nirgends trank ich was.

AMPHITRUO: Was das doch für ein Kerl ist!

SOSIA: Zehnmal sagte ich's schon
Und sage es noch einmal: Zu Hause bin ich, hörst du? Und ich bin
Bei dir, derselbe Sosia. Ist es dir nun klar genug?
Hab ich es, Herr, dir nun verständlich genug gesagt?

AMPHITRUO: Marsch, fort aus meinen Augen!

SOSIA: Was bedeutet das?

AMPHITRUO: Du hast die Pest.

SOSIA: Wie kommst du dazu? Bin ja ganz
Gesund, mir ist vollkommen wohl, Amphitruo.

AMPHITRUO: Ich aber will dir heute noch, wie du's verdienst,
Dein Wohlbefinden mindern, elend sollst du sein,
Wenn anders ich gesund nach Hause komme. Nun
Komm mit mir, deinem Herrn, den dein unsinniges

Geschwätz zum Narren macht, mit dem du, weil du nicht
Getan, was er dir aufgetragen, überdies
Noch deinen Spott treibst. Was niemals geschehen kann,
Was niemand selbst vom Hörensagen nur vernahm,
Schwatzt du mir vor, du Galgenstrick! Noch heute fällt
Dir auf das Fell, was du mir vorgelogen hast.

SOSIA: Das größte Elend für den braven Sklaven ist's,
Amphitruo, wenn der Herr die Wahrheit, die er ihm
Berichtet, nicht als solche gelten lassen will.

AMPHITRUO: Wie ist es möglich, Schuft – Beweise lasse ich zu –,
Daß du zugleich hier und im Haus bist? Sag mir das!

SOSIA: Ich bin wahrhaftig hier und dort. Ein jeder mag
Sich drüber wundern. Kaum kann dir's so wunderbar
Vorkommen wie mir selbst.

AMPHITRUO: Wieso?

SOSIA: So wunderbar,
Behaupt ich, wie mir selbst. So wahr die Götter mir
Huldreich sich zeigen mögen – anfangs glaubt ich mir,
Dem Sosia, nicht, bis endlich Sosia, jenes Ich,
Mich es ihm glauben machte. Alles, was geschah,
Als wir vorm Feinde standen, hat er nach der Reihe
Mir hererzählt, Gestalt und Namen mir geraubt.
Kein Ei gleicht mehr dem anderen als mir jenes Ich.
Denn als du vorhin mich vor Tag vom Hafen aus
Voraus nach Hause schicktest ...

AMPHITRUO: Nun, da?

SOSIA: ... stand ich schon
Vorm Haus, noch eh ich ankam.

AMPHITRUO: Welcher Unsinn, Kerl!
Bist du bei Trost?

SOSIA: So bin ich, wie du mich erblickst.

AMPHITRUO: Was ist dem Menschen Böses wohl von böser Hand
Geschehen, seitdem er weg war?

SOSIA: Ja, gewiß, ich bin
Von Fäusten jammervoll zerbleut.

AMPHITRUO: Wer schlug dich denn?

SOSIA: Ich selbst, der ich jetzt im Hause bin, mich selber.

AMPHITRUO: Nimm dich in acht: auf das nur, was ich frage, sollst
Bescheid du geben. Sage mir vor allem: wer
Ist jener Sosia?

SOSIA: Nun, dein Knecht.

AMPHITRUO: An dir allein
Hab ich schon mehr als genug. Seit ich geboren bin,
Hatt, außer dir, ich keinen Sklaven Sosia.

SOSIA: Ich aber sag, Amphitruo, daß, wenn du nach Haus
Jetzt kommst, du außer mir noch einen Sosia
Antreffen wirst, des Vater gleichfalls Davus ist,
Von gleichem Alter und Gestalt wie ich. Was braucht's
Der Worte viel? Verdoppelt hat dein Sosia sich.

AMPHITRUO: Du schwatzt da wunderliches Zeug. – Doch sahst du
Meine Frau?

SOSIA: Ich durfte nicht ins Haus hinein.

AMPHITRUO: Wer wehrte dir's?

SOSIA: Derselbe Sosia, welcher mich,
Wie ich dir längst erzählt, so zugerichtet hat.

AMPHITRUO: Wer ist denn dieser Sosia?

SOSIA: Ja, ich bin's; wie oft
Muß ich's noch sagen?

AMPHITRUO: Aber sprich, hast du nicht erst
Vor kurzem noch geschlafen?

SOSIA: Nirgends weit und breit.

AMPHITRUO: Und jenen andern Sosia etwa nur im Traum
Gesehen?

SOSIA: Ich pflege meines Herrn Befehle nie
Im Schlafe zu vollführen. Wachend sah ich ihn,
Wie wachend jetzt auch dich ich sehe, wachend spreche
Und jener wachte, da er mich mit Fäusten schlug.

AMPHITRUO: Wer war's denn?

SOSIA: Sosia, jenes Ich. Verstehst du mich
Denn gar nicht?

AMPHITRUO: Wer auch könnte dich verstehen, du Halunke?
Du plapperst lauter Unsinn her.

SOSIA: Ei nun, du wirst
Ihn baldigst kennenlernen.

AMPHITRUO: Wen?
SOSIA: Wen anders als
Den Sklaven Sosia?
AMPHITRUO: Komm jetzt nur mit mir, ich muß
Das Ding vor allem selber untersuchen. – Nein,
Besorge lieber, daß man alles aus dem Schiff
Herschaffe, wie ich angeordnet.
SOSIA: Jederzeit
Bewahr ich im Gedächtnis und befolge streng,
Was du befiehlst. Ich habe deinen Auftrag nicht
Zugleich mit dem Wein hinabgeschluckt.
AMPHITRUO: Gott gebe, daß zur Tat nicht werde, was du sprichst.

II/2

Alcumena kommt aus dem Palast; ihre Sklavin Thessala folgt ihr.
ALCUMENA *ohne Amphitruo und Sosia zu sehen; für sich*:
Wie gar so unbedeutend sind die Freuden doch
Im Menschenleben, wenn man sie mit dem vergleicht,
Was schmerzlich uns berührt. So ward es jeglichem
Bestimmt in seinem Leben, so beschlossen es
Die Götter, daß das Leid der Lust Begleiter ist,
Daß alsogleich des Übels, der Beschwerlichkeit
Mehr da ist, wenn was Gutes uns beschert ward.
Das hab ich an mir selbst, in meinem eigenen Haus
Nunmehr erfahren; kurz war meine Wonne nur:
Nur eine Nacht durft ich bei meinem Gatten sein,
Da schied er plötzlich noch vor Tagesanbruch von mir.
Nun komm ich mir hier so einsam vor, nachdem er mich
Verlassen, er, der mir vor allen teuer ist.
Mehr Schmerz verursacht mir sein Scheiden, als ich Lust
Aus seiner Ankunft schöpfte; doch gibt wenigstens
Mir das ein Wohlgefühl noch, daß den Gegner er
Besiegt hat und er mit Ruhm bedeckt nach Hause kam.
Sei er auch fern: wenn ruhmvoll nur er wiederkehrt,
Dulde ich die Trennung standhaft und mit festem Sinn.
Das einzig sei mein Lohn, daß mein Gemahl als Held
Im Kampf gepriesen werde, das genüge mir!

Der schönste Lohn ist Heldentugend; allem geht
Die Heldentugend vor, das ist ein wahres Wort.
Freiheit, Glück, Leben, Eigentum und Vaterland,
Eltern und Kinder, alles wird durch sie beschützt,
Durch sie erhalten. Alles faßt der Heldenmut
In sich: wer den besitzt, hat alle Güter auch.

AMPHITRUO: Gewiß komm ich der Gattin ganz erwünscht nach Haus,
Ihr, die mich liebt, wie ich sie liebe; namentlich,
Da alles ich so gut vollführt, den Feind besiegt,
Den alle Welt bis da für unbezwingbar hielt.
Der ward nun unter meiner Führung
Beim ersten Gang gleich überwunden. Ja, ich weiß
Gewiß, mit Sehnsucht wartet meiner Ankunft sie.

SOSIA: Meinst du, ich käme meinem Schatz nicht auch erwünscht?

ALCUMENA: Da ist ja mein Gemahl!

AMPHITRUO *zu Sosia*: Geh du mit mir hinein!

ALCUMENA *für sich*: Warum doch kehrt er schon zurück, da eben erst
Er Eile vorgab? Sollt er mich zu prüfen wohl
Die Absicht haben? Nun, wenn er erfahren will,
Wie mich nach ihm verlangt, wenn er abwesend ist,
Fürwahr, dann soll er sehen, wie ich ihn so gern
Zu Hause wieder habe.

SOSIA: Es wird am besten sein,
Amphitruo, wenn wir wieder nach dem Schiffe gehen.

AMPHITRUO: Warum?

SOSIA: Weil hier im Haus niemand uns was
Zu essen geben wird.

AMPHITRUO: Wie kommt dir das nun in den Sinn?

SOSIA: Wir sind zu spät gekommen.

AMPHITRUO: Wie?

SOSIA *zeigt auf Alcumenas Bauch*: Ich sehe ja,
Daß Alcumena satt und voll vorm Hause steht.

AMPHITRUO: Bei meinem Weggang ließ ich schwanger sie zurück.

SOSIA: Weh mir Unglücklichem!

AMPHITRUO: Was ist dir denn?

SOSIA: Da komm
Ich eben recht zum Wasserschleppen heim; es ist

Der zehnte Monat, wie du mir vorgerechnet hast.
AMPHITRUO: Sei guten Muts!
SOSIA: Weißt du, wie guten Muts ich bin?
Hab ich den Eimer einmal in der Hand, so sollst du mir
Nichts mehr, auch wenn ich's beschwöre, glauben,
Wenn ich nicht jenem Brunnen, habe ich einmal angefangen,
Die ganze Seele ausziehen werde.
AMPHITRUO: Komm nur mit mir; die Arbeit soll ein anderer
Zu tun bekommen; fürchte nichts.
ALCUMENA *für sich*: Ich halt es doch
Für pflichtgemäßer, daß ich ihm entgegengehe.
AMPHITRUO: Voll Freude grüßt Amphitruo seine sehnsuchtsvoll
Erwartete Gemahlin, die vor sämtlichen
Thebanerfrauen er weitaus für die beste hält,
Die Thebens Bürger preisen als das Musterbild
Der Sittsamkeit. Befandest du dich immer wohl?
Komm ich erwünscht?
SOSIA *für sich*: Nie sah ich was Erwünschteres:
Ein Hund bekommt noch einen besseren Gruß als der.
AMPHITRUO: Und daß ich dich schwanger und schön ausgefüllt
Erblicke, freut mich.
ALCUMENA: Bitte, wie doch magst du mich
Zum bloßen Spotte grüßen? Redest da heraus,
Als hättest du mich lange nicht gesehen, kämst
Soeben erst aus Feindes Land nach Haus und sähst
Nach langer Zeit mich erstmals wieder.
AMPHITRUO: Sah ich dich
Doch nirgends als soeben hier.
ALCUMENA: Was leugnest du's?
AMPHITRUO: Weil ich die Wahrheit sagen lernte.
ALCUMENA: Übel tut,
Wer das Gelernte so verlernt. Wollt ihr vielleicht
Mich auf die Probe stellen? Warum kehret ihr
So schnell hierher zurück? Hat böser Vogelflug
Dir Aufenthalt verursacht? Hielt dich Sturm zurück,
Daß du noch nicht zum Heer gegangen, wie du mir
Vorhin gesagt?

AMPHITRUO: Vorhin? Wann war denn dies »vorhin«?
ALCUMENA: Du stellst mich auf die Probe. Vorhin, eben erst.
AMPHITRUO: Wie kannst du doch nur sagen: vorhin, eben erst?
ALCUMENA: Was meinst du? Daß ich Spott mit Spott vergelten soll,
Da du mir sagst, du kämest jetzt erst an, und doch
Vor kurzem fortgingst?
AMPHITRUO *für sich*: Unsinn schwatzt das Weib heraus.
SOSIA *halblaut zu Amphitruo*: Wart nur ein wenig, bis sie aus dem Schlaf [erwacht.
AMPHITRUO: Träumt sie mit offenen Augen denn?
ALCUMENA: Beim Kastor, nein!
Ich wache, und wachend sag ich, was geschehen ist;
Denn längst vor Tagesanbruch sah ich den und dich.
AMPHITRUO: An welchem Orte?
ALCUMENA: Hier im Hause, wo du wohnst.
AMPHITRUO: Niemals geschah dies!
SOSIA: Sei doch still! Wie, wenn das Schiff
Uns schlafend aus dem Hafen hertrug?
AMPHITRUO: Schlägst auch du
Auf ihre Seite dich?
SOSIA: Was ist zu tun? Du weißt,
Daß, wenn man der Bacchantin sich entgegenstellt,
Man rasender die Rasende nur macht: sie schlägt
Nur öfter zu; gibt man ihr nach, so kommt man wohl
Mit einem Schlag davon.
AMPHITRUO: Nicht doch; zum Schelten bin
Ich mehr geneigt, da sie bei meiner Ankunft mich
Nicht grüßen wollte.
SOSIA: Da stichst du in ein Wespennest.
AMPHITRUO: So schweige doch! – Eines, Alcumena, nur
Möcht ich dich fragen.
ALCUMENA: Was du willst; frag immerzu.
AMPHITRUO: Hat Irrsinn dich befallen oder Stolz berückt?
ALCUMENA: Was kommt dich an, mein lieber Mann, so etwas mich
Zu fragen?
AMPHITRUO: Weil du sonst bei meinem Kommen mich
Zu grüßen und nach Sitte keuscher Frauen mit mir
Zu reden pflegtest. Diesen Brauch vermiß ich heut

In meinem Hause ganz.

ALCUMENA: Hab ich dich gestern nicht
Gleich, als du kamst, begrüßt, nach deinem Wohlsein mich
Erkundigt, Lieber, deine Hand ergriffen und
Dir einen Kuß gegeben?

SOSIA: Gestern hättest du
Den da gegrüßt?

ALCUMENA: Und dich zugleich auch, Sosia.

SOSIA: Amphitruo, bisher hoffte ich stets, sie werde dir
Einen Sohn gebären; doch kein Knäbchen ist's, womit
Sie schwanger geht.

AMPHITRUO: Was wär's denn sonst?

SOSIA: Wahnsinn.

ALCUMENA: Ich bin
Bei ganz gesunden Sinnen, und ich flehe nur
Die Götter an, daß sie mich ebenfalls gesund
Einen Sohn gebären lassen mögen. Aber dir
Wird's schlimm genug ergehen, wenn mein Gatte tut,
Was seine Pflicht erheischt; für deine Deutung soll,
Unglücksprophet, dir werden der verdiente Lohn.

SOSIA: Den Schwangeren muß man Äpfel geben, nebenbei
Auch Ärger, daß sie was zu nagen haben, wenn
Sich Übelkeit einstellt.

AMPHITRUO *zu Alcumena*: Du sahst mich gestern hier?

ALCUMENA: Ja; soll ich dir's noch zehnmal sagen?

AMPHITRUO: Wohl im Traum?

ALCUMENA: Nein, wachend dich, den Wachenden.

AMPHITRUO: Weh mir Armem!

SOSIA: Was ist dir?

AMPHITRUO: Meine Frau ist toll.

SOSIA: Sie ist erregt
Von schwarzer Galle. Ich wüßte nichts, was sonst so schnell
Die Menschen rasend macht.

AMPHITRUO *zu Alcumena*: Wann spürtest du zuerst den
Anfall, Frau?

ALCUMENA: Ich bin ja ganz gesund und wohl.

AMPHITRUO: Was sagst du dann, du habest gestern mich gesehen,

Da erst heute Nacht im Hafen wir gelandet sind?
Dort hielt ich meine Mahlzeit, hab im Schiffe auch
Die Nacht durch ausgeruht. Noch hab ich keinen Fuß
Ins Haus gesetzt, seit mit dem Heer zu Feld ich zog
Und über die Teleboer meinen Sieg errang.

ALCUMENA: Nicht doch: du hast mit mir gespeist, bei mir geruht.

AMPHITRUO: Was ist das?

ALCUMENA: Reine Wahrheit.

AMPHITRUO: Nur in dem Punkt nicht;
Ob sonst, das weiß ich nicht.

ALCUMENA: Beim ersten Tagesgrauen
Gingst du zum Heere.

AMPHITRUO: Wie?

SOSIA: Sie spricht ganz richtig; wie's
Ihr eben einfällt, teilt sie ihren Traum dir mit.
Zu Alcumena: Doch hast du, Frau, nachdem du aufgewacht, dem Zeus,
Der böse Träume abwendet, auch gesalzenes Schrot
Geopfert oder Weihrauch?

ALCUMENA: Wehe deinem Kopf!

SOSIA: Das kann dich treffen, wenn du's unterlassen hast.

ALCUMENA: Schon wieder braucht er schnöde Worte gegen mich,
Und niemand straft ihn.

AMPHITRUO *zu Sosia:* Halte du das Maul. *Zu Alcumena:* Du sprich:
War ich's, der heut bei Tagesanbruch von dir ging?

ALCUMENA: Wer sonst denn hätte mir von jener Schlacht erzählt?

AMPHITRUO: Du weißt auch das?

ALCUMENA: Ich habe es ja von dir gehört,
Wie du die große Stadt erobert, Pterelas,
Den König, nieder hast gehaun mit eigener Hand.

AMPHITRUO: Das sagt ich dir?

ALCUMENA: Jawohl, und Sosia stand dabei.

AMPHITRUO *zu Sosia:* Hast du gehört, daß ich ihr heute das erzählt?

SOSIA: Wo sollt ich's hören?

AMPHITRUO: Frag diese hier.

SOSIA: Soviel ich weiß,
Geschah es nicht in meiner Gegenwart.

ALCUMENA: Es wäre

Auch wunderbar, wenn er dir widerspräche.

AMPHITRUO: He!

Komme einmal hierher, Sosia, sieh mich an!

SOSIA: Jawohl.

AMPHITRUO: Ich will, daß du die Wahrheit sagst, will nicht, daß du
Mir zu Gefallen redest. Hast du's angehört,
Daß ich ihr heute, was sie behauptet, hab erzählt?

SOSIA: Nun ja, beim Pollux! Bist auch du verrückt, daß du
Mich so was fragst? Seh ich sie jetzt doch, wie auch du,
Zum erstenmal.

AMPHITRUO *zu Alcumena*: Wie nun, mein Weib, du hörst ihn?

ALCUMENA: Ja, daß er lügt.

AMPHITRUO: So willst du also weder ihm
Noch deinem Manne glauben?

ALCUMENA: Nein, weil ich mir selbst
Am meisten glaub und weiß, daß so es sich verhält,
Wie ich dir sage.

AMPHITRUO: Gestern, sagst du, sei ich schon
Hier angekommen?

ALCUMENA: Und du leugnest, daß du heute
Dich wegbegeben?

AMPHITRUO: Allerdings; ich tue ja
Gerade jetzt den ersten Schritt ins Haus hinein.

ALCUMENA: Am Ende leugnest du auch gar noch, daß du mir
Heute eine goldene Schale zum Geschenk gemacht,
Von der du mir erzähltest, daß sie dir daselbst
Verehrt sei worden?

AMPHITRUO: Nein, beim Pollux, weder gab
Ich dir dieselbe, noch hab ich davon erzählt;
Allein ich hatt im Sinn und habe noch im Sinn,
Sie dir zu schenken. Doch, wer hat dir dies gesagt?

ALCUMENA: Von dir hab ich's gehört, und auch aus deiner Hand
Hab ich die Schale empfangen.

AMPHITRUO: Halt, ich bitte dich,
Halt ein. *Zu Sosia:* Ein wahres Wunder, wie sie wissen kann,
Daß eine Schale dort ich zum Geschenk bekam,
Wenn du nicht vorhin schon zu ihr gekommen bist

Und all das ihr erzählt hast.

SOSIA: Nie erzählte ich ihr's,
Noch sah ich sie, als eben jetzt zugleich mit dir.

AMPHITRUO: Was das für eine Weibsperson ist!

ALCUMENA: Soll ich dir
Die Schale holen lassen?

AMPHITRUO: Laß sie holen.

ALCUMENA: Gleich.
Du, Thessala, bringe aus dem Haus die Schale her,
Die heute mir mein Mann geschenkt. *Thessala ab.*

AMPHITRUO: Du, Sosia,
Komm her. Ein Wunder über alle Wunder wär's,
Wenn sie die Schale wirklich hätte.

SOSIA: Glaubst du das?
Sie liegt versiegelt ja mit deinem eigenen Zeichen
Hier in dem Kästchen.

AMPHITRUO: Ist das Siegel unverletzt?

SOSIA: Sieh selber her.

AMPHITRUO: Ganz so, wie ich es aufgedrückt.

SOSIA: Du läßt sie wohl entsühnen als Besessene?

AMPHITRUO: Beim Pollux! Fast tät's not; sie ist ja übervoll
Von bösen Geistern.

Thessala hat indessen die Schale gebracht.

ALCUMENA: Was braucht's da der Worte viel?
Hier ist die Schale; sieh!

AMPHITRUO: Gib her!

ALCUMENA: Betrachte sie
Genau doch, da du leugnest, was geschehen ist.
Ich will dich überführen vor den beiden hier:
Ist das die Schale, die du zum Geschenk bekamst?

AMPHITRUO: Erhabener Zeus, was sehe ich! In der Tat, es ist
Dieselbe Schale. Ich bin verloren, Sosia!

SOSIA: Entweder ist dies Weib die abgefeimteste
Zauberin, oder es muß die Schale im Kästchen sein.

AMPHITRUO: Nun denn, so mach es auf.

SOSIA: Wozu aufmachen? Ist's
Doch fest versiegelt; alles ist in Richtigkeit.

Erst hast du einen anderen Amphitruo
Geboren und ich einen anderen Sosia;
Gebiert jetzt auch die Schale eine andere,
So sind wir alle doppelt.

AMPHITRUO: Nein, das Kästchen muß
Geöffnet und besichtigt werden.

SOSIA: Sieh zuerst,
Wie's mit dem Siegel steht, damit du nicht hernach
Die Schuld auf mich wirfst.

AMPHITRUO: Öffne doch, sonst bringt uns sie
Mit ihren Reden noch zum Wahnsinn.

ALCUMENA: Von wem sonst
Als dir hätt ich die Schale?

AMPHITRUO: Das gerade will
Ich untersuchen.

SOSIA *indem er das Kästchen öffnet*: Juppiter, o Juppiter!

AMPHITRUO: Was hast du?

SOSIA: Keine Schale ist in dem Kästchen hier.

AMPHITRUO: Was höre ich?

SOSIA: Die reine Wahrheit.

AMPHITRUO: An das Kreuz mit dir,
Wenn nichts sich findet!

ALCUMENA *ihm die Schale vorhaltend*: Ist sie doch gefunden schon.

AMPHITRUO: Wer gab sie dir?

ALCUMENA: Derselbe, der mich eben fragt.

SOSIA *zu Amphitruo*: Du willst mich fangen, da du insgeheim vom Schiff
Auf einem anderen Weg vorausgelaufen bist,
Die Schale herausgenommen, ihr geschenkt und dann
Das Kästchen heimlich wiederum versiegelt hast.

AMPHITRUO: Weh mir! Auch du bestärkst in ihrem Wahnsinn sie.
Zu Alcumena: Du sagst, ich wäre gestern angekommen?

ALCUMENA: Ja,
Und habest gleich bei deiner Ankunft mich begrüßt,
So wie ich dich, wobei ich einen Kuß dir gab.

AMPHITRUO: Der Anfang mit dem Kuß gefällt mir nicht. Indes
Laß weiter hören.

ALCUMENA: Drauf nahmst du ein Bad.

AMPHITRUO: Und dann?
ALCUMENA: Nahmst du bei Tische Platz.
SOSIA: Schön, herrlich! Weiter nur
Geforscht!
AMPHITRUO: Unterbrich mich nicht. – Nur fortgemacht
In dem Bericht.
ALCUMENA: Das Abendessen ward gebracht;
Du nahmst mit mir das Mahl ein, ich lag neben dir.
AMPHITRUO: Auf einem Polster?
ALCUMENA: Ja.
SOSIA *für sich*: Das Mahl behagt mir nicht.
AMPHITRUO: So laß sie doch ausreden. – Nach dem Mahl, was dann?
ALCUMENA: Kam, wie du sagtest, dich der Schlummer an; der Tisch
Ward weggetragen, wir begaben uns zur Ruh.
AMPHITRUO: Wo schliefst du?
ALCUMENA: Im Gemach, in einem Bett mit dir.
AMPHITRUO: Du bringst mich um!
SOSIA: Was ist dir?
AMPHITRUO: Eben hat sie mir
Den Todesstreich versetzt.
ALCUMENA: Was soll das?
AMPHITRUO: Frage mich
Nichts mehr.
SOSIA: Was hast du denn?
AMPHITRUO: Ich Ärmster bin des Todes!
Verletzt ward meines Weibes Keuschheit, während ich
Von Hause weg war.
ALCUMENA: Was, beim Kastor, muß ich da,
Mein Mann, von dir vernehmen?
AMPHITRUO: Ich dein Mann?
Nicht lege, Falsche, mir den falschen Namen bei.
SOSIA: Das hängt – falls aus dem Manne er schon eine Frau geworden.
ALCUMENA: Was hab ich denn getan, daß man so mit mir spricht?
AMPHITRUO: Du selbst kramst deine Taten aus und fragst mich noch,
Was du verbrochen?
ALCUMENA: Ist's ein Verbrechen, wenn ich bei
Dir war, dessen Frau ich bin?

AMPHITRUO: Gewesen du
Bei mir? Gibt's etwas Unverschämteres, Frecheres,
Als du bist? Wenn die Scham dir abgeht, borge sie
Doch wenigstens.
ALCUMENA: Die Schandtat, deren du mich hier
Beschuldigst, ist unserem Geschlechte fremd.
Du möchtest mich der Unkeuschheit bezichtigen,
Allein du kannst es nicht.
AMPHITRUO: O ihr Unsterblichen!
Du, Sosia, kennst mich wenigstens doch noch?
SOSIA: Beinah.
AMPHITRUO: Hab ich im Perserhafen gestern nicht im Schiff
Zu Nacht gespeist?
ALCUMENA: Auch ich kann Zeugen stellen,
Die bekräftigen, was ich sage.
SOSIA: Ich weiß nicht, was ich zu dem Handel sagen soll,
Es wäre denn ein anderer Amphitruo
Noch um den Weg, der, wenn du nicht zu Hause bist,
Etwa besorgt, was deines Amts und Waltens ist.
Denn was den unterschobenen Sosia anbelangt,
So ist das eben nicht so wunderbar; weit mehr
Ist's das mit jenem doppelten Amphitruo.
AMPHITRUO: Ich weiß nicht, welcher Hexenmeister dieses Weib
So ganz verblendet!
ALCUMENA: Bei des höchsten Königs Reich
Schwör ich, und bei der Herrin Juno, die ich
Vor allem fürchten und verehren muß,
Daß außer dir kein Sterblicher mit seinem Leib
Mir nah gekommen und die Keuschheit hat verletzt.
AMPHITRUO: O wär es wahr!
ALCUMENA: Ich sag die Wahrheit, doch umsonst,
Da du mir ja nicht glauben willst.
AMPHITRUO: Du bist ein Weib
Und schwörst sehr kühn.
ALCUMENA: Wer keiner Schuld sich ist bewußt,
Darf kühn sein, darf mit Selbstvertrauen und mit Zuversicht
Sein Recht verwahren.

AMPHITRUO: Sehr kühn.

ALCUMENA: Wie's der Keuschheit ziemt.

AMPHITRUO: Du tust es bloß mit Worten dar.

ALCUMENA: Nicht darin seh ich
Meine Mitgift, was man gewöhnlich Mitgift nennt,
Sondern in Keuschheit, Scham, Begierdenzähmung, Gottesfurcht,
In Elternliebe und Eintracht im Verwandtenkreis,
Daß ich gehorsam dir, freigebig gegen Würdige
Und Guten nützlich bin.

SOSIA: Beim Pollux! Wenn das alles wahr ist, was sie sagt,
So ist sie nachgerad die Allertrefflichste.

AMPHITRUO: Ich bin so außer mir, daß ich mich selber kaum
Noch kenne.

SOSIA: Ganz gewiß bist du Amphitruo,
Allein gib acht auf dich, daß du dich nicht verlierst;
Seitdem wir aus der Fremde da sind, ist's der Brauch,
Daß sich die Menschen wandeln.

AMPHITRUO *zu Alcumena*: Sei versichert, Frau,
Daß nicht ununtersucht die Sache bleiben wird.

ALCUMENA: Nur lieb kann mir das sein.

AMPHITRUO: Wieso? Antworte mir:
Wenn ich vom Schiffe deinen Vetter Naucrates
Herhole, der mit mir auf einem Schiffe fuhr;
Und wenn nun der das Gegenteil von dem bezeugt,
Was du behauptest: was dann soll mit dir geschehen?
Wirst du etwas dagegen haben, wenn ich die Ehe
Mit dir trenne?

ALCUMENA: Durchaus nicht, wenn ich schuldig bin.

AMPHITRUO: Recht so. Du, Sosia, führe diese hier ins Haus hinein!
Er zeigt auf die Sklaven mit dem Gepäck.
Ich hol indessen Naucrates vom Schiff herbei. *Ab nach links.*

SOSIA: Jetzt sind wir ganz allein. Nun sage mir im Ernst
Die Wahrheit: ist ein anderer Sosia noch im Haus,
Der mir gleicht?

ALCUMENA: Fort, du Sklave, würdig deines Herrn!

SOSIA: Ich geh, wenn du befiehlst.
Ab in den Palast, die Sklaven mit dem Gepäck folgen ihm.

ALCUMENA: Mir ist es in der Tat
Ganz unbegreiflich, was wohl meinen Mann dahin
Gebracht mag haben, einer solchen Freveltat
Mich zu beschuldigen, und zwar ohne allen Grund.
Sei's, wie es sei, Gewißheit gibt mir Naucrates.
Zusammen mit Thessala ab in den Palast.

III/1

JUPPITER: Ich bin der Amphitruo, dessen Sklave jener Sosia ist,
Der zum Merkur, sobald man's dienlich findet, wird.
Ich wohn im oberen Stockwerk
Und werde manchmal, wenn mir's einfällt, Juppiter.
Hier aber werd ich, wenn ich angekommen bin,
Sogleich Amphitruo und verändere mein Gewand.
Jetzt komm ich euch zu Ehren her, damit das Stück
Nicht gleich, nachdem's begonnen hat, ins Stocken kommt;
Zugleich, um Alcumena, die von ihrem Mann
Unschuldig einer Schandtat ward bezichtigt,
Zu helfen: schmählich wär's ja, wenn, was ich beging,
Auf Alcumena fiele, die unschuldig ist.
Doch nunmehr stell ich wieder den Amphitruo,
Wie vorhin schon geschehen, vor und werfe heut
Unsägliche Verwirrung in dies Haus hinein.
Doch endlich klär ich alles auf und stelle mich
Zur rechten Zeit als Alcumenas Helfer ein;
Auch mach ich, daß von ihres Manns und meiner Frucht
Auf einmal sie und ohne Schmerz entbunden wird.
Merkur hat den Befehl, mir gleich zu folgen, falls
Es etwas auszurichten gibt. Jetzt hin zu ihr.

III/2

ALCUMENA *aus dem Palast tretend*:
Nicht länger halt ich's aus in diesem Haus; mich so
Des Ehebruchs, der Schand und Schmach von meinem Mann
Beschuldigen lassen müssen! Schreit er doch und lärmt,
Es sei, was doch geschehen ist, nicht geschehen, und zeiht
Mich des, was nie geschehen ist, was ich nie beging,

Und glaubt, ich nähme alles das so ruhig hin.
Nein, wahrlich nicht: nie lasse ich einer Schandtat mich
Grundlos beschuldigen; trennen will ich mich von ihm,
Rechtfertigt er sich nicht und schwört, es reu ihn, was
Er gegen mich Schuldlose Böses vorgebracht.

JUPPITER *für sich*: Ich muß mich schon zu dem verstehen, was sie
Verlangt, wenn liebevoll ich will von ihr empfangen sein.
Was ich getan, war für Amphitruo jedenfalls
Beleidigend, und so hat meine Liebschaft ihr,
Bei aller Unschuld, Kummer und Verdruß gemacht;
Drum muß auch ich dem Ausbruch ihres ganzen Zorns
Mich unterziehen, obwohl ich diesmal schuldlos bin.

ALCUMENA *für sich*: Ei sieh, da ist er wieder, der mich Ärmste
Des Ehebruches und der Schande zeiht.

JUPPITER *eilt auf sie zu*: Ein Wort mit dir
Zu reden wünscht ich, Frau. Was wendest du dich ab?

ALCUMENA: Es ist so meine Art. Von jeher war es mir
Zuwider, meinen Feinden ins Gesicht zu sehen.

JUPPITER: Ei, wieso »Feinden«?

ALCUMENA: Also ist's, ich sag die Wahrheit,
Wenn du nicht etwa hier auch eine Lüge siehst.

JUPPITER *will sie umarmen*: Du bist die Tugend selbst.

ALCUMENA: Gleich tu die Hand hinweg!
Denn wenn du klug und bei gesunden Sinnen bist,
Darfst du mit einem Weib, das du für unkeusch hältst
Und erklärst, weder ernstlich, noch auch nur im Scherz
Dich unterhalten; sonst bist du der Narren größter.

JUPPITER: Wenn ich es gesagt habe, so bist du's dennoch nicht,
Und ich halte dich auch nicht dafür;
Drum kehrt ich um, bei dir mich zu rechtfertigen,
Denn nichts hat so mit Kummer mein Gemüt erfüllt,
Als da ich hörte, daß du böse seist auf mich.
Du wirst mich fragen: Weshalb hast du's dann gesagt?
Darüber will ich mich erklären. Wahrlich nicht,
Weil Zweifel gegen deine Keuschheit ich gehegt;
Dein Herz nur wollt ich prüfen, wie du dich dabei
Benähmst, ob du dir's gefallen ließest. Scherz

War alles, was ich vorhin sagte, daß du was
Zu lachen hättest. Frage nur den Sosia hier.
ALCUMENA: Bringst du denn meinen Vetter nicht, den Naucrates,
Den du als Zeugen mir versprachst, daß du die Nacht
Nicht hier gewesen?
JUPPITER: Was im Spaß gesprochen ward,
Muß man so ernstlich nicht aufnehmen.
ALCUMENA: Ach, ich weiß
Nur das, welch großen Schmerz mein Herz dabei empfand.
JUPPITER *ergreift ihre Hand*:
Bei dieser deiner Hand bitt und beschwör ich dich:
Vergib mir, Alcumena, zürne länger nicht.
ALCUMENA: Durch meine Tugend ward deinen Worten ihre Kraft
Genommen. Jetzt, wo ich mich von unkeuschen Taten frei hielt,
Will ich mich auch von unkeuschen Worten abwenden.
Lebe wohl, behalt das Deine, gib das Meine mir
Zurück. Gewährst du mir Begleiter?
JUPPITER: Bist du toll?
ALCUMENA: Wofern du keine mir gewährst, geh ich allein
Und nehme meine Keuschheit als Begleiterin mit.
JUPPITER: Bleib, und mit einem Schwur, wie du ihn nur verlangst,
Versichere ich dir, daß an der Keuschheit meiner Frau
Ich nie gezweifelt; schwör ich falsch, dann zürne du,
Erhabener Juppiter, auf ewig dem Amphitruo!
ALCUMENA: Oh, sage lieber: sei ihm gnädig.
JUPPITER: Ganz gewiß
Wird er es sein, denn wahrhaft ist der Eid, den ich
Geschworen. Bist du jetzt noch immer böse?
ALCUMENA: Nein.
JUPPITER: Da tust du wohl. Dergleichen Dinge kommen ja
Im Menschenleben öfter vor; man schmeckt die Lust,
Doch bald kommt Jammer hintennach. Das eine Mal
Drängt Zorn sich ein, dann folgt Versöhnung wiederum.
Und wenn ein Zorn der Art sich bei den Menschen zeigt,
So werden sie, nachdem sie miteinander sich
Versöhnt, noch zweimal bessere Freunde als zuvor.
ALCUMENA: Du hättest freilich besser dich zuvor bedacht,

Eh du so mit mir sprachst; doch, da du widerrufst,
Will ich mich darein fügen.
JUPPITER: Laß das Weihgeschirr
Mir rüsten, des Gelübdes mich zu entledigen,
Das für den Fall beglückter Rückkehr ich im Feld
Getan.
ALCUMENA: Ich will's besorgen.
JUPPITER: Ruft den Sosia
Heraus, er soll den Blepharo, den Steuermann,
Von meinem Schiff herholen, daß er mit uns speist.
Für sich: Noch eh er etwas zu sich nimmt, soll der uns was
Zu lachen geben, wenn ich den Amphitruo
Am Kragen pack und aus dem Hause jage.
ALCUMENA *für sich*: Was
Er heimlich wohl mit sich allein zu reden hat? –
Es öffnet sich die Türe; Sosia tritt heraus.
Sosia kommt.

III/3

SOSIA: Hier bin ich. Brauchst du was, befiehl, Amphitruo,
Ich steh zu Dienst.
JUPPITER: Du kommst mir wie gerufen.
SOSIA: Ist
Schon Friede zwischen euch? Von Herzen freu ich mich,
Daß ich euch wieder ruhig seh. Ein braver Knecht
Muß dahin stets sein Streben richten, so zu sein
Wie seine Herrschaft: ihr Gesicht sei sein Gesicht;
Ist sie betrübt, so sei er's auch; er sei vergnügt,
Wenn sie sich freut. Doch sprich: seid wirklich ihr versöhnt?
JUPPITER: Du spottest, weil du weißt, daß, was ich vorhin sprach,
Im Spaß gesagt war.
SOSIA: Nur im Spaß? Mir kam es ganz
Wie Ernst und Wahrheit vor.
JUPPITER: Ich habe mich bei ihr
Entschuldigt, und nun ist der Friede hergestellt.
SOSIA: Vortrefflich.
JUPPITER: Nunmehr will ich drinnen mein Gelübde

Erfüllen.
SOSIA: Das ist auch mein Rat.
JUPPITER: Hole mir vom Schiff
Den Steuermann indes herbei, den Blepharo,
Er solle mit mir speisen, wenn geopfert ist.
SOSIA: Ich bin schon wieder da, wenn du mich dort noch glaubst.
JUPPITER: Komm nur gleich wieder.

Sosia ab nach links.

ALCUMENA: Soll auch ich ins Haus hinein,
Um zuzurichten, was zum Opfer nötig ist?
JUPPITER: Ja, gehe schon und mach, daß alles so geschwind
Wie möglich vorbereitet ist.
ALCUMENA: Komm, wann du willst,
Ich werde nichts verzögern.
JUPPITER: Recht gesprochen und
Wie's einer braven Hausfrau ziemt.

Alcumena geht in den Palast.

Die beiden, die
Mich für Amphitruo halten, Knecht und Herrin, sind
Nun angeführt. Jetzt stelle du, göttlicher Sosia,
Dich ein. Du hörst, obgleich nicht gegenwärtig, doch
Mein Wort. Sinne etwas aus, wie den Amphitruo
Bei seiner Ankunft du hinweg vom Hause treibst;
Mache irgend ihm ein Blendwerk vor, indes ich mich
Mit der geborgten Frau vergnüge. Sorge, daß
Ich alles finde, wie du meinen Willen kennst,
Und diene mir, wenn ich mir selber opfere.
Ab in den Palast.

III/4

MERCURIUS: Hinweg! Entfernt euch! Alles geh mir aus dem Weg!
So frech wird keiner sein, mir in den Weg zu treten.
Beim Herkules, ist denn mir, dem Gotte, weniger
Erlaubt, dem Volk zu drohen, wenn's nicht weichen will,
Als dem geringsten Knecht in der Komödie?
Der bringt die Nachricht von des Schiffes glücklicher
Ankunft oder daß sich der zornige Alte eingestellt:

Ich richte Juppiters Befehl aus, komm auf sein Gebot,
Drum muß man mir noch weit mehr aus dem Wege gehen.
Mein Vater ruft: gehorsam folg ich dem Befehl;
Als guter Sohn zeig ich mich meinem Vater;
Als Liebesdiener bin ich stets dienstfertig, bin
Ermunterer, Beistand, freue mich. Was ihn vergnügt,
Ist ebenfalls auch meine größte Lust. Er liebt?
Das macht er klug und recht, wenn er sich gütlich tut;
So sollten's alle machen, freilich mit Geschick.
Nun will mein Vater, daß ich den Amphitruo
Zum Narren habe; soll geschehen: er wird gefoppt;
Ihr Herrn Zuschauer sollt selbst Augenzeugen sein.
Ich setze mir einen Kranz aufs Haupt und stelle mich,
Als wäre ich betrunken, steige dann dort auf das Dach,
Von wo ich meinen Mann am besten vertreiben kann.
Sobald er kommt, durchnässe ich ihn von oben so,
Daß nüchtern er befeuchtet ist; dafür wird unverweilt
Sein Sklave Sosia büßen müssen, weil er glaubt,
Der habe das verschuldet, was doch ich getan.
Was geht das mich an? Meines Vaters Willen tun,
Nach ihm mich richten: das ist meine Schuldigkeit. –
Doch sieh, dort kommt Amphitruo eben her; der wird
Nach Herzenslust gefoppt. Wenn's euch Vergnügen macht,
Hört immer zu. Nun will ich in das Haus, den Schmuck
Zu holen, der für Zecher paßt; dann wird aufs Dach
Gestiegen und der Feind von dort aus weggejagt.
Ab in den Palast.

IV/1

AMPHITRUO *aus der Stadt kommend:*
Der Naucrates, den ich sprechen wollt, ist nicht im Schiff,
Auch treff im Haus und in der Stadt ich niemand an,
Der ihn gesehen. Die Straßen alle hab ich schon
Durchsucht, die Sportplätze und Parfümerien; war
Im Kaufhaus, auf dem Fleischmarkt, in der Fechterschule,
In allen Apotheken, Badestuben und
Gotteshäusern. Abgemattet bin ich ganz

Vom Suchen; nirgends find ich einen Naucrates.
Nun will ich heim und weiter noch von meiner Frau
Erforschen, wer es war, der sich an ihrem Leib
So frech vergriff. Eh ich die Untersuchung
Aufgebe, sterb ich lieber. – Doch sie haben ja
Das Haus verschlossen. Das ist hübsch; das paßt genau
Zum übrigen. Ich will anklopfen. Machet auf!
Heda! Ist niemand, der mir öffnet, um den Weg?

IV/2

Mercurius erscheint oben auf dem Dach.

MERCURIUS: Wer ist hier an der Tür?
AMPHITRUO: Ich bin's.
MERCURIUS: Was heißt »ich bin's«?
AMPHITRUO: Ich, der da spricht.
MERCURIUS: Daß Juppiters und aller Götter Zorn dich
Treffe, der du so das Tor zerschlägst.
AMPHITRUO: Wieso?
MERCURIUS: Daß lebenslang du elend wärest.
AMPHITRUO: Sosia!
MERCURIUS: Der bin ich, Sosia, meinst, ich hab's vergessen schon?
Was willst du?
AMPHITRUO: Schuft, du fragst mich auch noch, was ich will?
MERCURIUS: Das frag ich. Hast du, Tollkopf, nicht die Angeln fast
Zerrissen? Glaubst du, daß man hier die Türen uns
Auf öffentliche Kosten liefert? Dummer Mensch,
Was schaust du mich so an? Was willst, wer bist du denn?
AMPHITRUO: Auch wer ich sei, fragst du mich noch, du Schuft?
Du Rutengrab! Beim Pollux, für die Reden soll
Dein Rücken heute noch von Schlägen glühen.
MERCURIUS: Du warst
Gewiß in deiner Jugend sehr verschwenderisch.
AMPHITRUO: Warum?
MERCURIUS: Weil du im Alter dir von mir noch Schläg erbettelst.
AMPHITRUO: Zu deinem größten Unglück, Sklave, stößt
Du solche Reden aus.
MERCURIUS: Ich opfere dir.

AMPHITRUO: Wie?

MERCURIUS: Weil ich dir Unglück schlachte.

[Hier beginnt in der handschriftlichen Überlieferung eine Lücke von etwa 270 Versen. Die verlorene Handlung läßt sich mit Hilfe von 19 meist einzeiligen Fragmenten, die sich bei spätantiken Grammatikern zitiert gefunden haben, ungefähr rekonstruieren.

1. Ende der Amphitruo-Mercurius-Szene: Der falsche Sosia beschimpft Amphitruo, erklärt ihm, sein Herr Amphitruo sei im Haus »beschäftigt«, Amphitruo gibt ihm unter Drohungen immer wieder den Befehl, die Tür zu öffnen. Als er in rasendem Zorn laut an die Tür donnert, wird er durch einen Wasserguß vom Dach abgewehrt. Dann verschwindet wohl Mercurius.

2. Amphitruo-Alcumena-Szene: Alcumena dürfte infolge des Lärms an die Tür gekommen sein. Erregte Auseinandersetzung der beiden Gatten. Alcumena wird sich zunächst auf die Versöhnung berufen, dann aber, auf die erneuerten Vorwürfe des genarrten Amphitruo hin, diesen für verrückt erklärt und ihm die Tür vor der Nase zugeschlagen haben. Amphitruo bleibt verzweifelt allein auf der Bühne.

3. Amphitruo-Sosia-Blepharo-Szene: Sosia kommt mit dem Steuermann Blepharo vom Hafen, wie ihm der göttliche Amphitruo aufgetragen hat. Amphitruo stürzt auf den Ahnungslosen, um ihn für die Beleidigungen in der vorletzten Szene zu bestrafen. Verhör, Prügel und Fürbitte Blepharos lösen einander ab. Erneuter Versuch, ins Haus einzudringen. Sosia macht sich aus dem Staub.

4. Amphitruo-Blepharo-Juppiter-Szene: Amphitruos Hämmern an der Haustür läßt endlich auch seinen göttlichen Doppelgänger heraustreten. Amphitruo erkennt, welche Täuschung die Verwirrungen verursacht hat, glaubt aber nicht an das Wirken eines Gottes, sondern an das eines Hexenmeisters, den er nun zu entlarven sucht. Jeder von beiden behauptet, der echte Amphitruo zu sein. Dem überlegenen Spott Juppiters stehen die Ohnmacht und Ratlosigkeit Amphitruos gegenüber. Blepharo, der den echten Amphitruo identifizieren soll, kann sich nicht entscheiden und will deshalb lieber verschwinden. Gegen Ende dieser Szene setzt die Überlieferung wieder ein.]

IV/3

BLEPHARO: Macht die Sache selber aus; ich geh,
Ich habe noch zu tun. Ein Wunder dieser Art
Sah ich in meinem Leben nie.
AMPHITRUO: Ach, Blepharo,
Geh nicht hinweg, sei meines Rechts Verteidiger!
BLEPHARO: Leb wohl. Dein Rechtsverteidiger? Ich weiß ja nicht,
Wem von euch beiden ich als solcher dienen soll. *Ab.*
JUPPITER: Ich muß hineingehn. Alcumena ist daran,
Daß sie gebiert. *Er geht in den Palast hinein.*
AMPHITRUO: Ich Ärmster bin verloren! Was
Beginn ich? Freund und Rechtsbeistand verlassen mich.
Fürwahr, nicht ungestraft hält er zum Narren mich,
Sei's, wer es sei. Zum König will ich geradenwegs
Hineilen, alles ihm erzählen, wie's verlief.
Noch heute will an dem thessalischen Zauberer
Ich Rache nehmen, an ihm, der meinem ganzen Haus
Den Sinn verwirrt hat. Doch wo ist er? Fort, fürwahr!
Ich glaube gar, zu meiner Frau. Lebt noch ein Mann
In Theben, der so unglückselig ist wie ich?
Was mach ich jetzt? Die ganze Welt verleugnet mich,
Treibt nach Belieben Spott mit mir. Ja, ja, ich will
Ins Haus eindringen; wer mir dort vor Augen kommt,
Sei's Sklavin, Sklave, Gattin, Eheschänder, sei's
Der Vater oder Ahn: wen ich erblick, ich werd
Ihn niedermetzeln. Wollte mich auch Juppiter,
Und wollten alle Götter mich dran hindern; es
Geschieht doch, wie ich es beschlossen. Nun ins Haus hinein!
Er will ins Haus; in diesem Augenblick erfolgt ein Blitzstrahl und ein heftiger Donnerschlag, so daß er zu Boden stürzt und betäubt liegen bleibt.

V/1

Bromia kommt aus dem Palast; sie bemerkt Amphitruo noch nicht.
BROMIA: All meine Hoffnung, meines Lebens ganzer Schatz
Liegt tot in meiner Brust; Mut und Trost
Sind aus dem Herzen mir geschwunden. Meer und Land

Und Himmel, alles, mein ich, stürme auf mich ein,
Mich zu verderben, zu vernichten. Wehe mir!
Ich weiß nicht, was beginnen: solche Wunder sind
In unserem Haus geschehen. Ach, ich Unglücksweib,
Mir ist so bange; ich brauche Wasser. Alle Kraft
Entschwindet mir, mich schmerzt der Kopf, ich höre nicht,
Mein Auge sieht nicht mehr. So elend ist kein Weib,
So elend wurde keines noch gesehen.
So ging es heute meiner Herrin: Als sie gebar,
Rief sie die Götter an. Welch Rasseln, Prasseln, welch
Gekrach, Gedonner, wie so schnell, so nah, so stark!
Ein jeder fiel zu Boden, wo er stand. Da rief's
Mit lauter Stimme: »Alcumena, bebe nicht,
Die Hilfe ist da, dir und den Deinen naht mit Huld
Der Herr des Himmels. Stehet auf, die ihr aus Furcht
Vor mir zu Boden fielt.« Ich, wie ich lag, erhob mich;
Das Haus schien mir zu brennen, so war Helle rings.
Da ruft mich Alcumena. Wie der Schreck mich auch
Ergriffen hatte, war doch größer noch die Angst
Um meine Herrin; ich eile zu ihr, forsche nach,
Was sie verlangt; da sehe ich, daß zwei Knäbchen sie
Geboren hatte: niemand von uns allen wußte
Was davon, nicht eine Ahnung hatten wir.
Sie bemerkt den Amphitruo.
Doch was ist das? Wer ist der Alte, der vorm Haus
Hier liegt? Erschlug ihn Juppiter? Ich glaub es wirklich,
Er liegt ja da, als wär er eine Leiche.
Ich muß doch sehen, wer es ist. Amphitruo ist's,
Mein Herr, Amphitruo!

AMPHITRUO: Weh mir!

BROMIA: Stehe auf!

AMPHITRUO: Ich bin
Des Todes!

BROMIA: Gib mir die Hand!

AMPHITRUO: Wem?

BROMIA: Bromia, deiner Magd.

AMPHITRUO: Ich beb am ganzen Leibe, so hat Juppiter

Mich angedonnert. Ist mir's doch, als stieg ich aus
Dem Acheron empor. Warum kamst du heraus?

BROMIA: Dieselbe Furcht hat uns erfüllt. Drin, in dem Haus,
Das du bewohnst, hab Wunderdinge ich erblickt.
Weh mir, Amphitruo, noch bin ich ganz außer mir.

AMPHITRUO: Erzähle nur. Weißt du, daß ich Amphitruo bin,
Dein Herr?

BROMIA: Ich weiß es.

AMPHITRUO: Sieh noch einmal.

BROMIA: Ich weiß es.

AMPHITRUO: Die ist von meinen Leuten noch die einzige,
Die bei gesundem Sinn ist.

BROMIA: Nicht doch; alle sind's.

AMPHITRUO: Doch mich hat meine Frau um den Verstand gebracht
Mit ihrem Schandenleben.

BROMIA: Anders will ich dich
Von ihr noch sprechen machen, daß du deine Frau für
Fromm und keusch erkennst. Den sprechendsten Beweis
Gebe ich mit wenig Worten dir. Zuallererst:
Alcumena hat Zwillingsknaben auf die Welt gebracht.

AMPHITRUO: Wie? Zwillingsknaben?

BROMIA: Ja.

AMPHITRUO: Die Götter stehen mir bei!

BROMIA: Laß mich nur reden, daß du weißt, wie gnädig dir
Und deiner Frau die Götter sind.

AMPHITRUO: So sprich.

BROMIA: Nachdem
Heute deine Frau in ersten Kindesnöten war,
Bekam sie Wehen im Leib wie die Gebärenden;
Da flehte sie um Beistand zu den Himmlischen
Mit reinen Händen und verhülltem Haupt. Da bricht
Mit mächtigem Gekrach ein Donner plötzlich los.
Wir fürchteten zuerst des Hauses Einsturz; rings
Erglänzt' es durch dasselbe wie von purem Gold.

AMPHITRUO: Laß mich, bitte, schleunig los; du hast mich schon
Genug genarrt. Was gab es nachher?

BROMIA: Während dies

Vorgeht, vernahmen wir von deiner Gattin nicht
Einen Seufzer, eine Klage: so ganz ohne Schmerz
Hat sie geboren.

AMPHITRUO: Nun, das freut mich, hat sie's doch
Um mich verdient.

BROMIA: Laß das, und höre weiter zu.
Nachdem die Knaben sie geboren, hieß sie uns
Dieselben waschen; dies geschah. Allein, wie groß,
Von welcher Stärke war der Knabe, den ich wusch!
Es konnt ihn niemand in die Windeln wickeln.

AMPHITRUO: Das
Ist doch höchst wundersam; ist's wahr, so zweifle ich nicht,
Daß Götterhilfe meiner Frau zuteil ward.

BROMIA: Du sollst mehr noch dich wundern, wenn du hörst, was ich
Dir sage. Als er in der Wiege lag, kamen zwei
Bemähnte Schlangen, riesengroß, vom Dach zum Hof
Herabgeflogen und streckten ihre Köpfe hoch empor.

AMPHITRUO: Weh mir!

BROMIA: Sei ohne Furcht. Die Schlangen schauten sich
Nach allem um; wie nun die Knaben sie erblickt,
Da stürzen sie sich pfeilschnell auf die Wiegen los.
Ich schieb und zieh die Wiegen hin und her, in Angst
Ums Knabenpaar und zitternd für mich selbst; doch nur
Um so viel hitziger folgten uns die Schlangen nach.
Sobald der eine Knabe sie erblickte, sprang
Er flugs aus seiner Wiege, stürzt' mit Hast auf sie
Und packt' mit jeder Hand der Ungeheuer eins.

AMPHITRUO: Erstaunenswerte Dinge, die du mir erzählst,
Eine grauenvolle Tat! Bei deinen Worten schon
Fährt mir der Schreck durch alle Glieder. Was geschah
Dann weiter? Fahre fort.

BROMIA: Der Knabe tötete die
Beiden Schlangen. Während dies vor sich geht,
Wird von einer lauten Stimme deine Frau gerufen.

AMPHITRUO: Von wem?

BROMIA: Von Juppiter, dem Herrscher der Götter und der Menschen.
Der sagte, daß er mit Alcumena insgeheim

In Liebe sich verbunden; jener Knabe, der
Die Schlangen würgte, sei sein Sohn, der andere
Dein Kind.

AMPHITRUO: Fürwahr, es reut mich nicht, mit Juppiter
Mein Gut geteilt zu haben! – Geh nach Hause jetzt
Und laß die Weihgefäße schleunigst reinigen,
Daß ich mit reichen Opfern mir den höchsten Juppiter
Versöhne.

Bromia ab in den Palast.

Rat will ich mir bei Teiresias,
Dem Zeichendeuter, holen, was hier dienlich sei;
Den ganzen Hergang will ich ihm erzählen. – Doch
Was ist das? Wie gewaltig hat's gedonnert! Euch,
Ihr Götter, fleh ich an, seid uns mit Gnade nah!

V/2

Juppiter erscheint unter Blitz und Donner in seiner göttlichen Gestalt.

JUPPITER: Sei guten Muts, Amphitruo, hilfreich zeig ich mich
Dir und den Deinen. Nichts hast du zu fürchten; laß
Die Vogeldeuter, Eingeweideschauer weg.
Was noch geschehen wird, was schon geschehen ist, sag ich dir
Weit besser noch als sie, denn ich bin Juppiter.
Erstens war ich's, welcher Alcumenas Leib
Genoß, durch den mit einem Sohn sie schwanger ward.
Sie war es auch von dir, als du zum Heere gingst.
Zwei Kinder hat mit einmal sie zur Welt gebracht,
Wovon das eine, das von meinem Samen stammt,
Durch seine Taten ewigen Ruhm dir bringen wird.
Doch du verbinde mit Alcumena wiederum
In alter Eintracht dich. Sie hat es nicht verdient,
Daß du sie eines Frevels zeihst; sie erlag
Nur meiner Macht. – Nun kehr ich zum Olymp zurück.
Juppiter entschwindet.

V/3

AMPHITRUO: Wie du geboten, will ich tun; nur bitt ich dich,
Gedenk auch dessen, was du mir verheißen hast.

Ich will zu meiner Frau gehen, den Teiresias,
Den Alten, weiter nicht bemühen. – Und nun, ihr Herrn
Zuschauer, klatscht dem höchsten Juppiter zu Ehren laut.

AULULARIA

(Die Topfkomödie)

Personen

LAR, *Hausgott im Haus des Euclio*
EUCLIO, *älterer athenischer Bürger*
STAPHYLA, *alte Sklavin des Euclio*
EUNOMIA, *Schwester des Megadorus, Witwe*
MEGADORUS, *älterer athenischer Bürger, Junggeselle*
STROBILUS, *Sklave des Megadorus*
ANTHRAX, *Koch*
CONGRIO, *Koch*
SKLAVE DES LYCONIDES *(Name in der Überlieferung verdorben)*
LYCONIDES, *Sohn der Eunomia*
PHAEDRA, *Tochter des Euclio*
Eleusium und Phrygia, Flötenspielerinnen
Mehrere Sklaven als Kochgehilfen

Schauplatz ist eine Straße in Athen. Im Hintergrund befinden sich (vermutlich von links nach rechts) das Haus des Megadorus, das Haus des Euclio und der Tempel der Fides. In der Mitte der Bühne, vor dem Haus des Euclio, steht ein Altar des Apollo. Der linke Seitenausgang führt zu dem außerhalb der Stadt gelegenen Hain des Silvanus, der rechte zum Marktplatz und zu dem Haus, wo Eunomia und ihr Sohn wohnen.

EINLEITUNG

›Aulularia‹ sc. fabula, die ›Topfkomödie‹ heißt das Stück nach dem mit Gold gefüllten Topf (»aula«, Deminutiv »aulula«), den der alte Euclio gefunden hat und dessen gottgewollte Bestimmung es ist, als Mitgift für die Tochter Euclios, Phaedra, zu dienen. Damit es schließlich dazu kommen kann, muß der Geiz des Euclio, der sich nicht von seinem Schatz trennen will, überwunden werden. Sein Charakter und seine vergeblichen Versuche, das Gold zu behalten, stehen im Mittelpunkt des Interesses. Sein geradezu pathologischer Geiz läßt ihn das Gold verbergen und gegen jedermann den Verdacht hegen, er wolle es ihm rauben. Als sein Nachbar Megadorus um seine Tochter wirbt, versäumt er sogar die selbstverständliche Vaterspflicht einer Mitgift, und nur die Großzügigkeit des Freiers macht die Verlobung möglich. Die Hochzeitsvorbereitungen setzen jedoch zwei Entwicklungen in Gang, die das Stück seinem erwünschten Ziel zuführen. Denn erstens soll gar nicht der alte Megadorus, sondern dessen Neffe, der junge Lyconides, Phaedra am Ende heimführen (dieser hatte sie vor Monaten vergewaltigt, ohne daß sie ihn erkannt hatte). Durch die Verlobung des Megadorus wird Lyconides, der das Mädchen liebt, endlich dazu veranlaßt, aktiv zu werden und seinerseits um sie zu werben. Zweitens lassen die Köche, die in das Haus des Euclio kommen, diesen für seinen Goldtopf einen sichereren Aufbewahrungsort suchen, wo der Schatz allerdings gerade dann von einem unbemerkten Späher gestohlen wird. Scheinbar für seine Bestimmung verloren, ist das Gold in Wirklichkeit für sie gerettet, da der Dieb ein Sklave des Lyconides ist, der seinem Herrn den Besitz des Goldes verrät. Lyconides gibt in dem verlorenen Schluß des Stückes aus anständiger Gesinnung das Gold dem wegen des Verlustes verzweifelten Euclio zurück, und dieser beschenkt ihn nun von sich aus mit dem Schatz, der ihm nur Unruhe und Angst gebracht hatte. – Das Original dieser berühmtesten Charakterkomödie des Plautus war höchstwahrscheinlich ein Stück des Menander, mit dessen 1958 durch einen Papyrus bekannt gewordenen ›Dyskolos‹ (›Menschenfeind‹) es eine große Verwandtschaft aufweist.

Der Lar tritt aus dem Haus des Euclio.

LAR: Daß niemand von euch im Zweifel sei, wer ich wohl bin,
Sag ich es kurz heraus: Ich bin der Lar, der Gott
Des Hauses hier, aus dem ihr mich habt treten sehen.
Schon viele Jahre sind es, daß ich meinen Sitz
In diesem Hause habe; mich verehrten schon
Der Vater und Großvater des nunmehrigen
Besitzers. Vom Großvater ward mir flehentlich
Ein Goldschatz heimlich anvertraut; im Inneren
Des Herds vergrub er ihn und ging mich dringend an,
Ihm diesen zu behüten. Als er nachher starb,
So geizigen Sinnes war er, wollt er seinem Sohn
Nichts drüber kundtun, lieber ließ er darbend ihn
Zurück, als daß er ihm den Schatz hätt angezeigt;
Ein kleines Stückchen Ackers hinterließ er ihm,
Von dem er nur bei vieler Arbeit kümmerlich
Sich nähren konnte. Wie nun der gestorben war,
Der mir das Gold hatt anvertraut, so gab ich acht,
Ob mich der Sohn in höheren Ehren als zuvor
Der Vater halten würde. Doch der machte sich
Noch weniger aus mir, er tat noch weniger, um mich zu ehren.
Drum macht ich's ebenso und zeigt ihm nicht den Schatz.
Auch dieser starb mit Hinterlassung eines Sohnes,
Der jetzt dies Haus bewohnt, von ganz der gleichen
Art, wie sie seinem Vater und Großvater eigen war.
Er hat eine einzige Tochter, die mir Tag für Tag
Weihrauch, Wein oder sonst etwas zum Opfer bringt,
Auch Kränze spendet. Ihr zu Ehren habe ich bewirkt,
Daß dieser Euclio jenen Schatz entdeckte, daß
Er um so leichter sie nach Wunsch vermählen kann.
Ein junger Mann aus gutem Haus hat sie geschändet,
Der junge Mann zwar weiß, wer die, die er geschändet, ist,
Sie aber kennt ihn nicht, auch weiß ihr Vater nichts
Von ihrem Zustand. Heute nun will ich bewirken,

Daß sie ein älterer Herr hier aus dem Nebenhaus
Zur Frau begehrt, und dies geschieht, damit sie der,
Der sie geschändet, leichter in die Ehe führt.
Der Alte nämlich, der sie zu seiner Frau begehrt,
Ist eben jenes Jünglings Oheim, welcher nachts
Am Ceresfeste sie geschändet hat. – Doch der Alte hier
Lärmt wieder nach gewohnter Art; er jagt die Magd
Hinaus, damit sie nichts erfährt; ich glaub, er will
Nach seinem Golde sehen, ob es nicht gestohlen ist.
Lar ab ins Haus des Euclio.

I/1

Euclio jagt Staphyla aus seinem Haus.

EUCLIO: Fort, sag ich, fort! Marsch aus dem Haus, beim Herkules!
Du Ringsumgafferin mit deinen Augen nur zum Spionieren.
Er schlägt sie.

STAPHYLA: Warum denn schlägst du mich elendes Weib?

EUCLIO: Damit
Du elend seist und, wie du's anders nicht verdienst,
Ein Jammerleben führen sollst.

STAPHYLA: Aus welchem Grund
Stößt du mich da zum Haus hinaus?

EUCLIO: Ich soll dir wohl
Noch Rede dafür stehen, du Prügelsaatfeld? Hinweg
Von dieser Tür! Dorthin! Seh einer, wie sie schleicht.
Doch weißt du, wie es mit dir steht? Kommt mir ein Stock,
Kommt mir ein Ochsenstachel in die Hände, dann
Werd ich dir deinen Schildkrötenschritt schon größer machen.

STAPHYLA *für sich:* Ach, hängten mich die Götter an den Galgen doch,
Eh ich auf diese Weise bei dir diente!

EUCLIO: Was murmelt das verdammte Mensch so vor sich hin?
Fürwahr, die Augen reiß ich dir, Schandbalg, noch aus,
Daß du mein Tun und Lassen nicht belauschen kannst.
Hinweg! Noch weiter! Immer weiter, weiter! Halt!
Dort bleibst du stehen! Gehst du nur einen Finger breit,
Nur einen Nagel breit von jenem Platze weg,
Siehst du dich um, bevor es dir befohlen wird,

Schick ich zum Kreuz gleich in die Schule dich.
Ja, ja, ein schlimmeres Weibsbild als die Alte da
Hab ich noch nie gesehen. Mir ist angst und bang,
Sie schleicht mir einmal, wenn ich nicht dran denke, nach
Und wittert aus, wo mein Goldschatz verborgen ist:
Das Luder hat ja Augen selbst im Hinterkopf.
Nun will ich gehen und nachsehen, ob das Gold noch so,
Wie ich's versteckte, daliegt. Ach, ich Jammermann,
Wie das auf tausendfache Art mich ängstigt!
Er geht in sein Haus zurück.

STAPHYLA: Wüßt ich, beim Kastor, nur, welch Unglück meinem Herrn
Begegnet sein mag, welcher Wahnsinn ihn befiel!
Ich kann's nicht fassen. Zehnmal stößt an einem Tag
Er so wie jetzt mich Ärmste aus dem Haus hinaus.
Ich weiß gar nicht, welche Tollheit ihn beherrscht;
Die ganze Nacht durch wacht er, und bei Tage sitzt
Er wie ein lahmer Schuster unverrückt daheim.
Auch wie ich seiner Tochter Schande länger noch
Verberge, deren Niederkunft so nahe steht,
Ist mir nicht klar. Das beste für mich wäre wohl,
Ich machte aus mir ein langes I
Und schnürte mir den Hals mit einem Stricke zu.

I/2

Euclio kommt wieder aus seinem Haus.

EUCLIO: Nun kann ich endlich doch mit abgeklärtem Sinn
Das Haus verlassen, da ich weiß, daß alles drin
In Ordnung ist. Geh jetzt nur wiederum hinein
Und halte Wach im Haus.

STAPHYLA: Ich soll da drinnen wohl
Achtgeben, daß niemand das Haus von dannen trägt?
Denn andere Beute gibt's bei uns nicht für den Dieb,
Nur leere Wänd und Spinngeweb hat's überall.

EUCLIO: Ei doch! Um deinetwillen, alte Hexe, soll
Mich Juppiter zum König Philipp oder zum
Darius machen? Ja, die Spinngewebe sollst
Du mir bewachen. Ich bin arm, ich weiß es wohl,

Ich duld es, trage gern, was mir der Himmel schickt.
Geh hinein, verschließ die Tür, gleich bin ich wieder da.
Daß du ja keinen Fremden in das Haus mir läßt!
Falls einer dich nach Feuer fragen will,
Will ich, daß es gelöscht wird,
Daß niemand hier etwas zu suchen Anlaß hat.
Denn find ich Licht, lösch ich alsbald das Licht dir aus.
Das Wasser sei dir ausgelaufen, gibst du an,
Wenn jemand solches will. Beil, Messer, Mörser, auch
Den Stößer nur, und was von Hausrat immer gern
Die Nachbarn borgen, sprich bei allen, Diebe seien
Gekommen und hätten's weggenommen. Mit einem Wort:
Kein Mensch soll, während ich hinweg bin, in das Haus
Gelassen werden. Merke dir sogar noch das:
Wenn selbst Fortuna käme, darf sie nicht hinein.

STAPHYLA: Nun ja, die, denk ich, nimmt sich schon in acht und kommt,
Ist sie auch noch so nah, gewißlich nicht in unser Haus.

EUCLIO: Schweig, geh hinein!

STAPHYLA: Ich schweig und geh.

EUCLIO: Schließ auch die Tür
Mit beiden Riegeln. Gleich bin ich wieder hier.

Staphyla geht ins Haus.

EUCLIO: Entsetzlich ungern geh ich aus dem Haus, allein
Ich weiß, warum ich's tu; unser Bezirksvorstand
Hat mir gesagt, er habe Geld an jeden Bürger
Zu verteilen. Blieb ich nun weg und holt es nicht,
So weckte das bei allen leicht sogleich Verdacht,
Ich hätte Gold daheim; denn nicht wahrscheinlich ist's,
Daß ein Armer nicht auch Weniges zu schätzen weiß
Und selbst den Pfennig mitnimmt. Denn obgleich ich es
Vor jedermann geflissentlich verhehle, daß
Es ja niemand erfährt, so kommt mir's doch so vor,
Als wüßt es alle Welt: es grüßt mich jedermann
Weit freundlicher, als man mich früher grüßte.
Sie kommen her, sie bleiben stehen, sie drücken mir
Die Hand, sie fragen, wie ich mich befinde, wie
Mir's gehe, was ich treibe. Nunmehr will ich gehen,

Wohin mein Weg mich führt, hernach begeb ich mich
So eilig, wie es möglich ist, wieder zum Haus zurück.
Euclio ab nach rechts.

II/1

Eunomia und Megadorus kommen aus dessen Haus.

EUNOMIA: Ich hätte gern, mein Bruder, du wärst überzeugt,
Daß, was ich dir da sag, aus treuem Herzen kommt
Und daß ich damit nur dein eigenes Bestes will,
Wie's einer Schwester gegen ihren Bruder ziemt.
Ich weiß gar wohl, daß man uns Frauen allgemein
Für lästig hält; nicht mit Unrecht gelten wir
Für äußerst schwatzhaft; sagt man doch, man habe
Weder heute noch in irgendeinem anderen Jahrhundert
Ein stummes Weib gefunden. Doch bedenke nur dies einzige,
Mein Bruder, daß ich dir am allernächsten steh
Und mir hinwiederum kein Mensch so nahe ist wie du.
Drum ist es billig, daß wir, was uns beiderseits
Ersprießlich für einander scheint, du mir, ich dir
Anraten zur Beherzigung. Nichts darf aus Furcht
Zurückgehalten, nichts verschwiegen werden, was
Ich etwa dir eröffnen sollte und du mir.
Deshalb hab ich dich heimlich hier herausgeführt,
Um über deine Angelegenheiten mich
Mit dir vertraulich zu besprechen.

MEGADORUS: Reiche mir,
Du trefflichste der Frauen, deine Hand.

EUNOMIA: Wo ist,
Wer ist denn diese trefflichste?

MEGADORUS: Du.

EUNOMIA: Wirklich ich?

MEGADORUS: Willst du's nicht sein, so mach auch ich dich nicht dazu.

EUNOMIA: Dir ziemt's, Wahrheit zu reden: eine Treffliche,
Mein Bruder, läßt sich schwerlich finden; immer ist
Die eine schlimmer als die andere.

MEGADORUS: Eben das
Ist meine Ansicht, Schwester, und ich werde dir

In diesem Punkt gewiß niemals zuwider sein.
EUNOMIA: Leih mir Gehör, ich bitte dich.
MEGADORUS: Ich steh zu Dienst;
Verfüge über mich, befiehl, was dir beliebt.
EUNOMIA: Es geht um etwas, was mir für dich das Beste scheint;
Dies dir zu raten, komme ich zu dir.
MEGADORUS: Das, Schwester, ist ganz deine Art.
EUNOMIA: Ich tu es gern.
MEGADORUS: Und was ist es, Schwester?
EUNOMIA: Was für alle Zeiten dir
Ersprießlich sei: um Kinder zu erzeugen
– Mögen dies die Götter geben –,
Will ich, daß du eine Frau dir nimmst.
MEGADORUS: Ich bin des Todes!
EUNOMIA: Warum?
MEGADORUS: Weil deine Worte, Schwester, mir das Hirn
Zerschmettern; lauter Steine sind es, was du sprichst.
EUNOMIA: Ei doch, tu immerhin, was dir die Schwester rät.
MEGADORUS: Sobald mir's paßt, werd ich es tun.
EUNOMIA: Es ist gewiß
Zu deinem Besten.
MEGADORUS: Lieber will ich sterben als
Zur Ehe mich bequemen. Nur mit dem Beding
Will ich ein Weib heimführen, wenn du eine weißt,
Die morgen kommt und gleich den Tag darauf als Leiche
Hinausgetragen wird. Wenn du so eine weißt,
Bestelle gleich die Hochzeit, Schwester!
EUNOMIA: Bruder, ich kann eine Frau mit reicher Mitgift
Dir verschaffen, – aber sie ist schon etwas älter,
So etwa von mittlerem Alter.
Willst du sie haben, Bruder, gib nur mir es auf,
Ich werb um sie.
MEGADORUS: Darf ich noch eine Frage tun?
EUNOMIA: Frag immer zu.
MEGADORUS: Wer, übers mittlere Alter selbst
Hinaus schon, eine Frau in mittleren Jahren nimmt
Und sie als Greis zufällig noch ins Kindbett bringt:

Bist du da nicht der Meinung, daß für das Kind
Der Name Postumus bereit ist?
Deine Mühe, Schwester, will ich dir ersparen, will
Dich ihrer überheben. Dank den Göttern, dank
Auch unseren Ahnen bin ich reich genug. Auf einen Schwarm
Klienten, stolz Gebahren, reiches Heiratsgut,
Geschrei, Kommando, Wagen, prächtig ausgelegt
Mit Elfenbein, Purpurgewänder leg ich keinen Wert.
Dergleichen Aufwand bringt einen an den Bettelstab.

EUNOMIA: So sprich, ich bitte dich: wer ist's denn eigentlich,
Die du zur Frau dir ausersehen?

MEGADORUS: Vernimm es denn:
Kennst du den alten Euclio, der da im Nebenhaus wohnt,
Den armen Schlucker?

EUNOMIA: Freilich kenn ich ihn, er ist
Fürwahr kein übler Mann.

MEGADORUS: Nun, dessen Tochter ist's,
Die ich zur Frau mir wünsche. Jedes weitere Wort
Erspare dir, ich weiß es, was du sagen willst:
Sie sei ein armes Mädchen. Gerade die Arme ist's,
Die mir gefällt.

EUNOMIA: Der Götter Segen sei mit dir.

MEGADORUS: Das hoff auch ich.

EUNOMIA: Willst du sonst noch etwas von mir?

MEGADORUS: Leb wohl.

EUNOMIA: Du ebenfalls. *Geht nach rechts ab.*

MEGADORUS: Nun will ich mich zu Euclio
Begeben, falls er zu Hause ist. Doch sieh,
Da kommt er selbst, wo mag er wohl gewesen sein?

II/2

EUCLIO *von rechts kommend:*
Es kam mir doch, als ich von Haus mich wegbegab,
Gleichs anfangs vor, daß ich den Weg umsonst werd machen.
Drum ging ich auch so ungern; denn es zeigte sich
Kein Mensch aus meinem Bezirk, auch der Vorstand nicht,
Der Geld verteilen sollte. Drum geschwind nach Haus,

Denn nur mein Leib ist hier, mein Sinn daheim.

MEGADORUS: Gegrüßt
Seist du mir, Euclio! Mög es dir immer wohl ergehen!

EUCLIO: Der Götter Huld sei mit dir, Megador!

MEGADORUS: Wie steht's?
Bist du gesund? Geht alles dir nach Wunsch?

EUCLIO *für sich*: Das ist
Nicht bloßer Zufall, wenn der Reiche gegen den,
Der nichts hat, freundlich tut; der Mensch weiß sicherlich
Von meinem Gold, drum grüßt er mich so schmeichelhaft.

MEGADORUS: Sagst du, es geht dir gut?

EUCLIO: O ganz vortrefflich gut,
Bis auf das Geld.

MEGADORUS: Wenn nur dein Herz zufrieden ist,
Hast du genug, um deines Lebens froh zu sein.

EUCLIO *für sich*: Gewiß hat ihm die Alte von dem Gold geschwatzt;
Es liegt am Tag: der schneid ich, komm ich nur erst heim,
Die Zunge ab und reiß ihr beide Augen aus.

MEGADORUS: Was murmelst du so vor dich hin?

EUCLIO: Ich klage nur,
Daß ich so arm bin; eine Tochter habe ich, die
Zwar schon erwachsen, aber ohne Heiratsgut
Und darum nirgends an den Mann zu bringen ist.

MEGADORUS: Kein Wort von dem, mein Euclio, sei nur guten Muts:
Sie wird es bekommen; ich bin's, der ihr helfen wird.
Sprich nur, befiehl nur, wenn du etwas nötig hast.

EUCLIO *für sich*: Der will nur haben, drum verspricht er. Nach dem Gold
Schnappt er bereits, ihm wässert schon das Maul danach.
Die eine Hand trägt Brot zur Schau, in der anderen hat
Er einen Stein. Ich traue keinem Reichen, der
Dem Armen schöne Worte gibt: wo freundlich er
Die Hand drückt, geht er irgendwo auf Schaden aus.
Ich kenne die Polypen wohl, die, was ihr Arm
Einmal gefaßt hat, dann festhalten.

MEGADORUS: Schenke mir
Ein wenig nur Gehör; ich möchte bloß ganz kurz
Mit dir von etwas reden, was uns beiden frommt,

Dir ebenso wie mir.
EUCLIO *für sich*: Ich unglückseliger Mann!
Das Gold da drin ist mir geraubt! Nun weiß ich, daß
Er mich zu einer Abmachung darüber bringen will,
Da muß ich schnell zu Hause nachsehen.
Er läuft seinem Haus zu.
MEGADORUS: Wo gehst du hin?
EUCLIO: Gleich bin ich wieder bei dir, habe nur zu Haus
Was nachzusehen. *Ab in sein Haus.*
MEGADORUS *allein*: Ich bin sicher, wenn ich nur
Seine Tochter erwähne und sage, er solle
Sie mir verloben, gleich meint er, ich foppe ihn.
Nicht leicht gibt's einen Armen, der sich karger hält.
EUCLIO *kommt zurück; für sich*:
Die Götter seien gepriesen! Noch steht alles gut;
Denn gut steht etwas, wenn es nicht verloren ist.
Mir war so bang; eh ich hineinkam, war ich mehr tot
Als lebend. – Jetzt, Megadorus, bin ich wieder da,
Falls du was von mir willst.
MEGADORUS: Nimm meinen Dank dafür.
Doch bitt ich: laß dich's nicht verdrießen, mir Bescheid
Auf eine Anfrage zu geben.
EUCLIO: Wenn du nichts verlangst,
Worüber mich zu äußern mir zuwider ist.
MEGADORUS: Sag mir, wie urteilst du über die Familie,
Aus der ich stamme?
EUCLIO: Daß sie eine gute ist.
MEGADORUS: Über meinen Ruf?
EUCLIO: Gut.
MEGADORUS: Von meinem ganzen Tun?
EUCLIO: Man weiß von dir kein Unrecht, keine Schlechtigkeit.
MEGADORUS: Weißt du, wie alt ich bin?
EUCLIO: Daß du bei Jahren bist
Und auch bei Geld, das weiß ich.
MEGADORUS: Immer hab ich dich,
Bei meiner Treu, für einen Bürger, dem kein Falsch
Innewohnt, gehalten, halte dich auch jetzt dafür.

EUCLIO *für sich*: Der wittert schon das Gold. –
Laut: Was willst du nun von mir?
MEGADORUS: Da wir uns beide kennen, du mich und ich dich,
Bitt ich um deine Tochter, was für mich, für dich
Und sie zum Glück ausschlagen möge!
Versprich sie mir zur Frau!
EUCLIO: He, Megador, da tust du was,
Das durchaus nicht zu deinen Taten paßt,
Daß du den Armen, der doch weder dir noch auch
Den Deinen je ein Leid getan, zum besten hast.
Nie hab ich das durch Wort und Tat um dich verdient.
MEGADORUS: Beim Pollux, weder kam ich dich zu foppen her,
Noch fopp ich dich, niemals erlaubt ich solches mir.
EUCLIO: Weshalb begehrst du meine Tochter dann zur Frau?
MEGADORUS: Daß dir durch mich und mir durch euch es besser gehe.
EUCLIO: Es kommt mir in den Sinn, Megadorus:
Du bist ein reicher Mann, der großen Anhang hat,
Ich aber bin der Armen allerärmster.
Gäb ich nun meine Tochter dir, so sähe das
So aus, als wärest du der Stier, der Esel ich;
Denn, neben dich gespannt, könnt ich nicht gleichmäßig
Die Last fortziehen, ich läg als Esel bald im Kot.
Du wirst als Stier jedoch dich nie umsehen nach mir,
Als hätt ich nie gelebt. Dich hab ich dann zum Feind,
Und mein Stand triebe dann noch seinen Spott mit mir.
An keinem Ort, entspänn ein Streit sich zwischen uns,
Fänd ich dann einen sicheren Stall: die Esel wiesen mir
Die Zähne, die Stiere rennten mit den Hörnern an.
Es ist ein großes Wagstück, von den Eseln sich
Zu den Stieren zu versteigen.
MEGADORUS: In je nähere
Verwandtschaft du mit gutgesinnten Menschen trittst,
Um so viel besser ist's. Nimm meinen Vorschlag an,
Willfahre mir, verlobe deine Tochter mir.
EUCLIO: Ich habe ja kein Heiratsgut für sie.
MEGADORUS: Braucht's nicht;
Ist sie nur brav, ist ihre Mitgift reich genug.

EUCLIO: Ich sage das, damit du ja nicht meinst,
Ich hätte einen Schatz gefunden.
MEGADORUS: Das weiß ich, brauchst es mir nicht zu sagen.
Verlob sie mir.
EUCLIO: Wohlan, es sei.
Man hört ein Geräusch, wie wenn gegraben wird.
Doch beim Juppiter, es ist aus mit mir!
MEGADORUS: Was hast du denn?
EUCLIO: Was hat, als wär es Eisen, eben hier geklirrt?
Er läuft in sein Haus.
MEGADORUS: Da laß ich meinen Garten graben. – Aber wo
Ist denn der Mensch? Fort ist er, ohne mir Bescheid
Zu geben. Er verschmäht mich. Weil er sieht, daß mir
An seiner Freundschaft liegt, tut er, wie alle tun.
Wenn sich der Reiche um des Armen Gunst bewirbt,
Scheut sich der Arme, einen Gegenschritt zu tun;
Wenn aber die Gelegenheit vorüber ist,
Kommt er mit seinem Wunsch zu spät.
EUCLIO *kommt aus seinem Haus und ruft noch hinein*:
Beim Herkules, wenn ich nicht bis auf die Wurzel dir
Die Zung ausreißen lasse, geb ich dir das Recht,
Befehle dir sogar, dem nächsten besten mich
Zur Kastration zu überliefern.
MEGADORUS: Euclio, mir
Kommt wahrlich vor, als glaubtest du, ich sei der Mann,
Den, weil er alt ist, du zum Narren halten kannst.
Das hab ich nicht verdient.
EUCLIO: Beim Pollux, Megador,
Das tu ich nicht, und wollt ich's, fehlte mir das Zeug.
MEGADORUS: Wie nun? Verlobst du also deine Tochter mir?
EUCLIO: Mit der Bedingung und mit jenem Heiratsgut,
Das ich genannt.
MEGADORUS: Somit verlobst du mir sie?
EUCLIO: Ja, ich verlob sie dir.
MEGADORUS: Verleihen die Götter Glück dazu!
EUCLIO: Das wünsch auch ich.
Vergiß mir nur nicht, wie wir einig geworden sind,

Daß meine Tochter keine Mitgift zu dir bringt.
MEGADORUS: Gewiß nicht.
EUCLIO: Doch weiß ich, was ihr gemeiniglich
Für Winkelzüge macht: Vertrag ist Nichtvertrag,
Und Nichtvertrag Vertrag, wie's euch gefällig ist.
MEGADORUS: Das wird nie Händel geben zwischen mir und dir;
Doch welches Hindernis steht noch im Weg, daß wir
Nicht heute noch die Hochzeit machen?
EUCLIO: Nicht das mindeste.
MEGADORUS: So will ich gehen und Anstalten treffen.
Willst du noch etwas?
EUCLIO: Eben dies nur. Geh und lebe wohl!
MEGADORUS *ruft in sein Haus hinein*:
Strobilus, he! Folg eilig mir zum Markt!
Strobilus eilt aus dem Haus, Megadorus geht mit ihm nach rechts ab.
EUCLIO: Da ist er fort. Seid Zeugen mir, Unsterbliche,
Was doch das Gold vermag! Ich glaube ganz gewiß,
Daß der bereits von meinem Schatz daheim gehört:
Nach dem sperrt er den Rachen auf und ist darum
So sehr auf die Verschwägerung mit mir erpicht. –

II/3

EUCLIO *ins Haus hinein*:
Wo bist du, du, die allen in der Nachbarschaft
Schon ausgeplaudert hat, daß meiner Tochter ich
Ein Heiratsgut mitgeben würde? He, Staphyla,
Dich ruf ich! Hörst du? Mache die Geräte drin
In aller Eile rein und blank; mein Kind ist Braut
Mit Megador, noch heute soll die Hochzeit sein.
STAPHYLA *aus dem Haus kommend*:
Verleihen die Götter Glück dazu! Allein das kann,
Beim Kastor, doch nicht sein, das wäre gar zu rasch.
EUCLIO: Schweig, packe dich! Mit allem mußt du fertig sein,
Wenn ich vom Markt heimkomme. Schließ die Tür auch zu;
Bald werd ich wieder da sein.
Er geht ab nach rechts.
STAPHYLA: Was ist jetzt zu tun?

Jetzt ist uns das Ende nahe, mir wie auch
Der Tochter meines Herrn; denn ihre Niederkunft ist
Nahe, und ihre Schande kommt dann an den Tag.
Was bis jetzt verheimlicht und verborgen war,
Kann's nicht mehr länger bleiben. Doch ich will hinein,
Daß, wenn der Herr kommt, geschehen ist, was er befohlen hat.
Fürwahr, ich fürcht, ich werd ein Mischgetränk
Aus Weh und Unglück trinken müssen.

II/4

Strobilus kehrt vom Markt zurück. Ihm folgen die Mietköche Anthrax und Congrio, die Flötenspielerinnen Eleusium und Phrygia und mehrere weitere Sklaven (wohl vier), die zwei Lämmer, andere Lebensmittel sowie Kochgeräte tragen.

STROBILUS: Nachdem mein Herr am Markte eingekauft
Und die Köche und die Flötenspielerinnen sich gedungen hatte,
Gab er den Auftrag mir, den ganzen Einkauf in
Zwei Hälften zu verteilen.
ANTHRAX: Mich, beim Herkules,
Wirst du nicht teilen, offen sag ich das;
Wenn ganz man mich wo haben will, ich steh zu Dienst.
CONGRIO: Jawohl, du hübsche, keusche Straßenhure.
Wenn dich nur einer wollte, würdest du gewiß ganz gern geteilt.
STROBILUS: Anthrax, ich habe das anders gemeint,
Nicht so, wie du es auslegst. – Doch mein Herr
Macht heute Hochzeit.
ANTHRAX: Wessen Tochter führt er heim?
STROBILUS: Die Tochter unseres Nachbarn Euclio; dieser soll
Eine Hälfte erhalten von dem Einkauf,
Einen Koch sowie eine Flötenspielerin.
ANTHRAX: Eine Hälfte dahin also, eine Hälfte hier ins Haus?
STROBILUS: Ganz so ist es, wie du sagst.
ANTHRAX: Wie? Konnte denn der Alte nicht aus Eigenem
Das Mahl beschaffen zu der Tochter Ehrentag?
STROBILUS: Och der!
ANTHRAX: Was bedeutet das?
STROBILUS: Was das bedeutet, fragst du?

Ein Bimsstein ist nicht so karg wie dieser Alte.
ANTHRAX: Ist's wirklich, wie du sagst?
STROBILUS: Du kannst dich fest darauf
Verlassen. . . .
[1 Vers fehlt]
Glaubt er, sein Vermögen sei verloren
Und er selbst total vernichtet.
Ja, er ruft Gott und die Welt sogleich zu Zeugen an,
Steigt nur ein Wölkchen Rauch von seinem Schornstein auf.
Ja, wenn er schlafen geht, schnürt er den Blasebalg
Zuvor sich um den Schlund.
ANTHRAX: Warum?
STROBILUS: Damit er nicht
Im Schlaf etwas an Luft verliere.
ANTHRAX: Verstopft er nicht
Gleichfalls den unteren Schlund, um nicht im Schlaf auch da
Luft zu verlieren?
STROBILUS: Du mußt mir glauben, mein ich, wie ich dir
Im umgekehrten Falle auch zu glauben hätte.
ANTHRAX: Nun ja, ich glaub's.
STROBILUS: Und wenn du noch was wissen willst:
Wenn er sich wäscht, weint er ums Wasser, das er braucht.
ANTHRAX: Was meinst du? Ließe dieser Alte sich vielleicht
Um ein Talent ansprechen, mit dem wir uns
Die Freiheit kaufen könnten?
STROBILUS: Und bätest du ihn, beim Herkules,
Den Hunger dir zu borgen, du erhieltest nichts.
Ja, als ihm neulich der Barbier die Nägel schnitt,
Las er mit größter Sorgfalt alle Schnitzel auf.
ANTHRAX: Nach deiner Schilderung ist der Kerl noch geiziger
Als geizig.
STROBILUS: Kannst du dir vorstellen, wie sehr er geizig ist
Und elend lebt? Neulich fraß ein Raubvogel ihm
Den Brei, da läuft er heulend zum Prätor hin
Und stellt mit lautem Ach und Weh die Forderung,
Daß der Weih zum Prozeß zu kommen sich verbürge.
Noch tausend Stückchen wüßte ich, hätt ich dafür nur Zeit.

Doch wer ist der schnellere von euch beiden? Sage mir's.
ANTHRAX: Ich, wie ich überhaupt bei weitem besser bin.
STROBILUS: Ich mein als Koch und nicht als Dieb.
ANTHRAX: Als Koch, so mein ich auch.
STROBILUS *zu Congrio*: Und was sagst du?
CONGRIO: Ich bin so, wie du mich siehst.
ANTHRAX: Das ist ein Wochenkoch: in einer Woche holt
Nur einmal man zum Kochen ihn.
CONGRIO: Was? Du Vierbuchstabenkerl, du D-i-e-b,
Du willst mich schlechtmachen?
ANTHRAX: Selbst bist du ein Dieb und Erzverbrecher.

II/5

STROBILUS *zu Anthrax*: Nun schweig und nimm
Das fettere Lamm und geh zu uns hinein.
ANTHRAX: Jawohl.
STROBILUS: Du, Congrio, nimm dies und gehe dort hinein!
Zu der einen Hälfte der Sklaven: Ihr folgt ihm!
Zu den anderen Sklaven: Ihr übrigen geht hier zu uns hinein!
Anthrax und die eine Gruppe der Sklaven ab ins Haus des Megadorus.
CONGRIO: Beim Herkules, du hast ungerecht geteilt;
Deine Leute haben ja ein viel fetteres Lamm.
STROBILUS: Dafür erhältst du jetzt die fettere Flötenspielerin.
Geh, Phrygia, mit ihm!
Du aber, Eleusium, geh zu uns hinein!
Eleusium ab ins Haus des Megadorus.
CONGRIO: Strobilus, du hinterlistiger! Du stößt mich
Zu diesem alten Geizhals hin, bei dem ich, wenn
Ich etwas haben will, mich heiser schreien muß,
Eh ich's erhalte?
STROBILUS: Torheit ist's, und keinen Dank
Bringt's ein, wenn man fürs Wohlergehen von einem sorgt,
Bei dem jedwede Sorg und Müh verloren ist.
CONGRIO: Wieso?
STROBILUS: Du fragst noch? Erstens ist in jenem Haus
Kein großer Lärm. Im Fall du etwas nötig hast,
Bring's selbst von Haus mit, dann verlierst du keine Müh

Mit Fordern. Hier bei uns ist gar ein groß Gelärm
Und viel Gesinde, Gold, Gewänder, Hausgerät
Und silberne Gefäße. Kommt etwas weg
(Ich weiß, du kannst dich leicht enthalten, wenn dir nichts
In den Weg kommt), heißt's: »Die Köche haben es gestohlen,
Ergreifet, bindet, prügelt sie und werft sie in das Loch!«
Von all dem widerfährt dir nichts; dort gibt's ja nichts,
Woran du dich vergreifen kannst. So folge mir!

CONGRIO: Jawohl.

II/6

Strobilus geht mit Congrio und dessen Gruppe zum Haus des Euclio hinüber.

STROBILUS: He, Staphyla, komm und mach die Tür uns auf!
STAPHYLA: Wer ruft?
STROBILUS: Strobilus.
STAPHYLA: Was willst du?
STROBILUS: Nimm die Köche hier ins Haus,
Dazu die Flötenspielerin und die Lebensmittel
Für die Hochzeit: Megadorus schickt's dem Euclio.
STAPHYLA: Gilt denn, Strobilus, der Ceres dieses Hochzeitsmahl?
STROBILUS: Warum?
STAPHYLA: Weil ich keinen Wein dabei sehe.
STROBILUS: Der kommt noch, wenn der Herr erst selbst vom Markt zurückkehrt.
STAPHYLA: Auch Holz gibt's bei uns nicht.
CONGRIO: Doch Balken gibt's?
STAPHYLA: Jawohl.
CONGRIO: Nun, die sind Holz; brauchst weiter dich nicht umzuschauen.
STAPHYLA: Was, Schmutzkoch, willst du, daß,
Weil du dem Gott des Feuers dienst,
Wegen eines Essens, wegen deines Lohns
Die Flammen unser Haus verzehren?
CONGRIO: Keineswegs.
STROBILUS: So führ die Leute nun hinein!
STAPHYLA: Kommt mit!

Staphyla, Congrio, die Sklaven mit den Lebensmitteln und Phrygia gehen ins Haus des Euclio. Die Haustür bleibt offen.

II/7

STROBILUS *nachrufend:* Sorgt für das Essen! –
Für sich: Ich will indessen
Nachsehen, was die Köche tun, die zu bewachen
Wahrhaftig heute meine größte Sorge ist.
Außer ich lasse sie das Essen drunten im Karzer kochen:
In Körben ziehen wir dann, was sie gekocht, herauf.
Doch, äßen das Gekochte sie schon unten auf,
Dann hat die Oberwelt nichts zu essen,
Und die Unterwelt ißt sich satt.
Allein ich schwatze hier, als hätt ich nichts zu tun,
Da doch im Haus so vieles Diebsgesindel ist.
Strobilus ab ins Haus des Megadorus.

II/8

Euclio kommt mit einem Weihrauchgefäß und einigen Blumenkränzen vom Markt zurück.
EUCLIO: Heute wollt ich einmal mich ermannen, wollte mir
Recht gütlich tun an meiner Tochter Ehrentag.
Da kam ich auf den Markt; ich sehe mich
Nach Fischen um; »die stehen hoch im Preise«, heißt's;
Lammfleisch, Rindfleisch, Kalbfleisch, Seefische, Schweinefleisch –
Alles war teuer und für mich noch teurer,
Weil ich zum Einkauf nicht die Mittel habe.
Voll Zorn geh ich von dort weg. Nichts hab ich gekauft.
So hab ich's all den Schurken ordentlich besorgt.
Drauf fing ich unterwegs bei mir zu denken an:
Wenn du an einem Festtag etwas verschwendest,
Mußt du am Werktag darben, wenn du nicht gespart hast.
Nachdem ich die Erwägung mir zu Herz und Bauch
Geführt, trat dem Entschluß auch meine Neigung bei,
Mit möglichst kleinem Aufwand das Vermählungsfest
Der Tochter auszurichten. Nunmehr hab ich mir
Ein wenig Weihrauch und die Blumenkränze da
Gekauft; die leg ich unserem Hausgott auf den Herd,
Daß er der Heirat meiner Tochter gnädig sei.

Doch was erblicke ich? Unser Haus steht offen; Lärm
Ist drinnen. Bestiehlt man gar mich Ärmsten?

CONGRIO *im Haus*: Hol einen größeren Topf, falls in der Nachbarschaft
Du einen auftreibst; der hier ist zu klein, er kann
Nicht alles fassen.

EUCLIO: Weh mir, es ist aus!
Mein Gold wird mir geraubt, man sucht einen Topf!
Ich bin des Todes, geh ich eiligst nicht hinein!
Er eilt zu seinem Haus und hält an dem Altar des Apollo kurz inne.
Apollo, hilf mir, steh mir bei, ich bitte dich!
Durchbohre mit deinen Pfeilen die Schatzräuber!
Du stehst doch sonst in solcher Not den Menschen bei. –
Doch wart ich noch hineinzueilen, bis ich ganz verloren bin?
Er stürzt in sein Haus.

II/9

ANTHRAX *tritt aus dem Haus des Megadorus, in das er noch hineinspricht*:
Du, Dromo, schuppst die Fische! Du, Machaerio,
Entgrätest Meeraal und Muräne! Schnell ans Werk!
Ich gehe nur ins Nebenhaus, um mir von Congrio
Ein Backblech für das Brot zu leihen. Und vergiß mir nicht,
Daß du den Hahn mir glatter rupfst als einen Tänzer. –
Doch was für ein Geschrei erhebt im Nebenhaus sich?
Die Köche, glaub ich, tuen ihre Schuldigkeit.
Nur schnell hinein, sonst gibt's am End auch hier noch Krach.
Er geht ins Haus des Megadorus zurück.

III/1

Congrio, die mit ihm gekommenen Sklaven und Phrygia stürzen aus dem Haus des Euclio.

CONGRIO: Ihr lieben Bürger, ihr Landsleute, ihr Nachbarn all,
Einheimische wie Fremde, geht doch aus dem Weg,
Daß ich entfliehen kann, macht alle Straßen frei!
Zu rasenden Bacchantinnen kam ich heute zum erstenmal
Ins Bacchanal zum Kochen: so kläglich haben sie
Mit Prügeln mich und meine Lehrlinge zerbleut.
Am ganzen Leibe tut mir's weh, schon bin ich tot,

So hat der Alte sich im Hauen an mir geübt;
Noch nirgends hat man schöneres Holz mir präsentiert.
Uns alle, mich und diese hier, warf er zur Tür hinaus,
Mit Prügeln schwer beladen. – Hu, beim Herkules,
Ich bin total verloren, ich Unseliger!
Die Tollhaustür geht auf; er kommt, er läuft mir nach.
Jedoch ich weiß, was tun – er selbst hat mich's gelehrt.
Congrio zieht sein Küchenmesser.

III/2

EUCLIO *aus seinem Haus eilend*:
Zurück! Wo läufst du hin? Halt, halt!
CONGRIO: Was schreist du Narr?
EUCLIO: Weil ich der Polizei deinen Namen nennen will.
CONGRIO: Weshalb?
EUCLIO: Weil du ein Messer hast . . .
CONGRIO: Das braucht der Koch.
EUCLIO: . . . womit du mir gedroht.
CONGRIO: Da hab ich allerdings
Einen dummen Streich gemacht: durchbohren sollt ich dich.
EUCLIO: Kein ärgerer Bösewicht lebt weit und breit als du
Und keiner, dem ich alles Schlimme mit so viel
Vergnügen antun könnte.
CONGRIO: Davon sei nur still;
Das liegt am Tag, die Sache selbst bezeugt es.
Du hast mit deinen Prügeln mich so weich gemacht,
Wie noch kein Lustknabe es war. Allein warum,
Du Bettelkerl, rührst du uns an?
EUCLIO: Warum? Du fragst noch?
Etwa weil ich dir zu wenig hab verpaßt?
CONGRIO: Warte nur: zum größten Schaden, wahrlich, schlägt dir's aus,
Solange mein Kopf noch fühlt.
EUCLIO: Was hintendrein geschieht,
Weiß ich nun freilich nicht, jetzt aber fühlt dein Kopf.
Er schlägt ihn.
Doch was hattest du denn, während ich abwesend war
Und ohne mein Geheiß, in meinem Haus zu tun?

Das möcht ich wissen.
CONGRIO: Höre denn: das Hochzeitsmahl
Zu kochen, kamen wir.
EUCLIO: Was geht's dich Schlingel an,
Ob roh ich, ob gekocht will essen? Bist du denn
Mein Vormund?
CONGRIO: Was ich wissen will, ist, ob du uns
Das Mahl bei dir willst kochen lassen oder nicht.
EUCLIO: Und ich will wissen, ob in meinem eigenen Haus
Unangetastet bleiben wird, was mir gehört.
CONGRIO: Hätt ich nur unversehrt erst, was ich mitgebracht,
Dann hätte ich genug, ich heischte weiter nichts von dir.
EUCLIO: Ja, ja, das weiß ich längst.
CONGRIO: Wie kommst du nun dazu,
Daß du mich hier die Mahlzeit nicht bereiten läßt?
Was taten, sprachen wir, was dir mißfällig ist?
EUCLIO: Du fragst noch, Bösewicht? Habt ihr in meinem Haus
Nicht alle Winkel, alle Stuben aufgesperrt?
Wärst du am Herd geblieben, wo du hingehörst,
Dein Kopf wär ohne Loch. Dir ist ganz recht geschehen.
Nun laß es ein für allemal gesagt dir sein:
Tust, ohne daß ich's will, du einen Schritt auch nur
An diese Türe, mach ich dir's dermaßen schlecht,
Daß in der Welt kein ärmerer Tropf zu finden ist.
Du kennst nun meine Meinung. *Er geht in sein Haus.*
CONGRIO: Wohin gehst du? Kehre um!
So wahr Laverna meine Schutzgöttin ist:
Wenn mein Gerät du nicht zurück mir geben läßt,
Mach ich dir vor deinem Haus eine Katzenmusik,
Daß du zerplatzt. – Was fang ich nunmehr an?
Fürwahr, ein böser Stern hat mich hierhergeführt.
Der Arzt kostet mich weit mehr als das, was ich verdient.

III/3

Euclio kommt mit dem Goldtopf unter dem Mantel aus dem Haus.
EUCLIO *für sich*: Das soll, wohin ich gehe, beständig bei mir sein;
Nie wieder wird solch schreckliche Gefahr ihm drohen.

Laut zu Congrio und dessen Leuten:
Nun geht ihr Köche und ihr Flötenspielerinnen alle hinein,
Bringt, wenn ihr wollt, eine Herde Lumpenpack noch mit,
Kocht, eilet, treibet um, wie's euch gefällig ist.
CONGRIO: So, jetzt, nachdem vom Schlagen unsere Köpfe fast
Entzwei sind?
EUCLIO: Packe dich hinein! Für dein Geschäft
Bist du gedungen, nicht für müßiges Geschwätz.
CONGRIO: Hör, Alter, meine Prügel sollst du mir, ich schwör's
Beim Herkules, noch bezahlen. Als Koch
Bin ich gedungen, aber nicht als Prügeljunge.
EUCLIO: Dann geh doch zum Gericht, aber werd nicht frech!
Geh, koch das Essen oder schere dich zum Henker!
CONGRIO: Geh du doch selbst dorthin!
Congrio, die Sklaven und Phrygia ab ins Haus des Euclio.

III/4

EUCLIO: Der ist weg. – Ewige Götter, das heißt viel gewagt,
Wenn mit dem reichen Mann der Arme sich in ein
Geschäft einläßt: Wie quält mich jetzt nicht Megadorus
Auf jede Art: er tut, als schickt' er mir zu Ehren
Die Köche her, und hat sie deshalb nur geschickt,
Um den hier *(Er deutet auf den Goldtopf)* wegzustehlen mir [Unglücklichem.
Auch hätte drin mein Hahn (er ist der Alten Eigentum)
Recht artig mich beinah um Hab und Gut gebracht:
Wo dieser da vergraben lag, fängt rundum er
Mit seinen Krallen an zu scharren; kurz gesagt,
Er machte mich so toll, daß ich zum Prügel griff
Und ihn, den offenbaren Dieb, zu Boden schlug.
Ich glaube gar, daß von den Köchen ihm ein Lohn
Versprochen ward, wenn er den Schatz entdeckte;
Doch ich hab ihnen aus der Hand das Heft gedreht. –
Doch sieh, da kommt vom Markt mein neuer Schwiegersohn.
Es schickt sich doch wohl nicht, daß ich an ihm vorbeigehe,
Ohne daß ich stehenbleib und mit ihm spreche.

III/5

MEGADORUS *von rechts kommend, noch ohne Euclio zu sehen:*
Ich habe vielen meiner Freunde mitgeteilt,
Daß ich entschlossen sei, mich zu verehelichen.
Sie loben Euclios Tochter, finden's klug und gut.
Ich meinerseits urteile so: wenn alle, die
Begütert sind, mit Töchtern Unbemittelter,
Die keine Mitgift haben, sich verehelichten,
Gewiß, es herrscht' im Staate größte Einigkeit,
Die Mißgunst träf uns minder, als sie jetzt uns trifft,
Die Frauen scheuten weit mehr vor Bestrafung sich,
Und unser Aufwand für sie wäre nicht so stark;
Dem größten Teil des Volkes wär's das größte Glück,
Nur mit ein paar Geizhälsen etwa gäb es Streit,
Da ihrer Habsucht, ihrer Unersättlichkeit
Kein Staatsgesetz und keine Scham Halt gebieten kann.
Fragt man jedoch: wen sollen reiche Mädchen freien,
Wenn man den Armen dieses Vorrecht zuerkennt?
Die mögen nach Gefallen sich verehelichen,
Ein Heiratsgut nur gehe nicht mit als Begleiter.
Geschähe das, sie würden bessere Sitten sich
Aneignen statt des mitgebrachten Heiratsguts.
Ich wollt's noch dahin bringen, daß ein Maultier,
Das jetzt in höherem Preis steht als ein Pferd,
Billiger würde als ein Karrengaul aus Gallien.
EUCLIO *lauschend:* Die Götter mögen mich so lieben,
Wie ich diesen gerne höre.
Gar artig sprach er über Sparsamkeit sich aus.
MEGADORUS: Da könnte keine sagen: »Weit mehr hab ich dir
An Mitgift mitgebracht, als dein Vermögen war;
Drum ist's nicht mehr als billig, daß du Purpur, Gold,
Maultiere, Maultiertreiber, Diener, Dienerinnen,
Leibpagen zu Besorgungen
Und, wenn ich fahren will, auch ein Gefährt mir schaffst.«
EUCLIO: Wie gründlich der die Art vornehmer Damen kennt;
Der sollte Sittenmeister bei den Weibern sein.

MEGADORUS: Wohin man kommt, erblickt man in den Häusern jetzt
Mehr Wagen, als man auf dem Land beim Bauern trifft.
Das Schönste aber ist, für was man alles zahlen soll.
Da stehen Walker, Tuchsticker, Goldschmiede und Wollarbeiter,
Händler mit Goldbordüren für die Tunika und mit Volants,
Rot-, Violett- und Nußbaumfärber,
Verkäufer von Linnen und von Stiefelchen,
Verhockte Schuster für Sandalen, für Pantoffeln,
Auch die Malvenkleidermacher stehen da
Und die Büstenhalter und Korsett- und Gürtelmacher.
Du hältst die schon für bezahlt; sie gehen –
Und tausend andere kommen. Es stehen im Atrium herum
...(?) Bortenwickler und Dosenmacher.
Man gibt das Geld und hält sie für bezahlt,
Da kommen noch die Safranfärber;
Irgendein Plaggeist ist immer da, der Geld verlangt.
EUCLIO: Ich spräche gern ihn an, doch fürcht ich, daß er dann
In seiner Weiberschilderung nicht mehr weitermacht,
Drum laß ich's sein.
MEGADORUS: Sind all die Possenkrämer nun
Befriedigt, kommt zuletzt noch der Soldat und will sein Geld:
Man geht zur Bank und fordert seinen Kontostand.
Mit leerem Magen wartet der Soldat indes
Auf Zahlung. Ist nach manchem Hin und Her
Der Kontostand geklärt, so zeigt es sich,
Daß man sogar an den Bankier verschuldet ist.
Daher muß man den Soldaten auf den nächsten Tag vertrösten.
Das und noch viel andere Unannehmlichkeiten,
Viel anderen unerträglichen Aufwand bringt
Eine große Mitgift mit sich. Ein Weib, das nichts besitzt,
Ist in des Manns Gewalt; das reichbegüterte
Dagegen bringt durch Unglück und Verlust ihn um.
Doch sieh! Da steht mein Schwiegervater vor seinem Haus.
Wie geht, wie steht es, Euclio?

III/6

EUCLIO: Ganz heißhungrig
Verschlang ich, was du sprachst.
MEGADORUS: Hast du's denn gehört?
EUCLIO: Von Anbeginn an jedes Wort.
MEGADORUS: Doch tätest du
Nach meiner Ansicht besser dran, du putztest dich
Zu deiner Tochter Hochzeit etwas mehr heraus.
EUCLIO: Putz, wo Vermögen ist; Großtun, wo Überfluß.
Wer etwas hat, vergesse nie, woher er stammt.
Und wahrlich, Megadorus, weder ich noch sonst
Ein Armer sind daheim in unseren
Vermögenssachen besser dran, als man sich denkt.
MEGADORUS: Im Gegenteil, du hast genug, und mögen dir die [Himmlischen
Vermehren und stets segnen, was du jetzt hast.
EUCLIO *für sich*: Das Wort gefällt mir gar nicht: »Was du jetzt hast« –
Der weiß so gut wie ich von meinem Topf. Gewiß,
Die Alte hat geplaudert.
MEGADORUS: Weshalb schleichst du dich
Aus dem Senat und treibst dich so allein herum?
EUCLIO: Gerade sann ich nach, wie ich dich nach Verdienst
Belangen könnte.
MEGADORUS: Und warum?
EUCLIO: Du fragst mich noch,
Nachdem das ganze Haus und alle Winkel du
Mir armem Mann mit Diebsgesindel angefüllt?
Fünfhundert Köche hast du mir hereingeschickt,
Von denen jeder, wahre Brut des Geryon,
Sechs Hände hat. Wär ihnen Argus selbst zur Hut
Bestellt, er, der am ganzen Leib voll Augen war
Und den der Io die Juno einst zum Wächter gab,
Er könnte sie nicht hüten. Neben alledem
Eine Flötenspielerin, die mir die Quelle in Korinth,
Pirene, strömte statt des Wassers Wein aus ihr,
Allein aussaufen könnte. Dann das Essen noch ...
MEGADORUS: Das ist für eine ganze Legion genug.

Ein Lamm auch schickte ich.
EUCLIO: Ja, ein Lamm, doch weiß ich nicht,
Ob's ein verkümmerteres Tier gibt weit und breit.
MEGADORUS: Verkümmert? Inwiefern? Das möcht ich wissen.
EUCLIO: Weil
Das Tier nur Haut und Knochen hat. Der Kummer zehrt:
Die Eingeweide kann man bei lebendigem Leib
Ihm zählen, wenn man's an die Sonne hält; es ist
Durchsichtig wie eine punische Laterne.
MEGADORUS: Ich hab's
Zum Schlachten hergeschickt.
EUCLIO: Am besten tätest du,
Du dingtest einen, der's begräbt; ich glaub, es ist
Bereits krepiert.
MEGADORUS: Trinken will ich, Euclio, heute mit dir.
EUCLIO: Ich bin heute gar nicht aufgelegt.
MEGADORUS: Ich lasse gleich
Ein Fäßchen alten Weins herschaffen aus meinem Haus.
EUCLIO: Ich will nun einmal nicht; ich trinke Wasser nur,
Es bleibt dabei.
MEGADORUS: Dich feucht ich heut noch tüchtig an,
Und zwar mit Wein, dich, der nur Wasser trinken will.
EUCLIO *für sich*: Ich weiß, auf was er ausgeht: untern Tisch will er
Mich saufen, das ist seine Absicht. Hintennach
Soll, was ich hab, auf Wanderung gehen.
Das werde ich verhüten, denn ich will es außerm Haus
An irgendeinem Ort verstecken. Es wird schon gesorgt,
Daß beides, Müh und Wein, für ihn verloren ist.
MEGADORUS: Wenn du nichts weiter von mir willst, geh ich ins Bad
Und dann zum Opfer.
Er geht ab in sein Haus.
EUCLIO: Mein armer Topf, wie hast der Feinde du so viel,
Und auch das Gold, das du verwahrst.
Drum scheint's das Beste mir, wenn ich ins Heiligtum
Der »Treue« dich wegbring und dort gut verberge. –
Er geht zum Tempel der Fides (»Treue«).
Du, »Treue«, kennst mich und ich dich; sei auf der Hut,

Daß nicht unwürdig deines Namens du an mir
Dich zeigst, wenn ich dies dir anvertraue.
Auf deine Treue trauend, nah ich, »Treue«, dir.
Ab in den Tempel der Fides.

IV/1

Der Sklave des Lyconides kommt von rechts.
SKLAVE: Wie ich's zu machen pflege, macht's ein braver Knecht,
Rasch tu ich und mit Freuden, was der Herr befiehlt;
Denn wer dienen will zu des Herrn Zufriedenheit,
Der muß den Herrn zuerst bedenken, sich zuletzt,
Und schläft er, denk er selbst im Schlaf, er sei ein Knecht.
Des Herrn Befehl studier er so gewissenhaft,
Daß, was er will, er schon ihm an der Stirn ansieht,
Und seinen Auftrag zu vollstrecken eile er
Noch schneller als ein schnelles Viergespann.
Wer so besorgt ist, den trifft nicht die Züchtigung
Der Ochsenlederpeitsche, niemals putzt er auch
Den Rost durch eigene Mühe von den Fesseln ab. –
Nun liebt mein Herr des armen Euclio Tochter hier,
Und eben wurd ihm hinterbracht, daß Megadorus
Sie heiraten wolle. Drum hat er mich hergeschickt,
Auszukundschaften und ihm zu berichten, was geschieht.
So setze ich denn, um jedem Argwohn fern zu sein,
Hier an geweihter Stätte auf den Altar mich hin.
Von hier aus kann ich sehen und hören,
Was hier und was dort passiert.
Der Sklave setzt sich auf den Altar des Apollo.

IV/2

Euclio kommt aus dem Tempel des Fides.
EUCLIO: Sei wohl auf deiner Hut, o »Treue«, daß du nie
Jemandem anzeigst, daß mein Gold da drinnen ist.
Daß irgendwer es finde, fürcht ich nicht; es liegt
Zu gut versteckt. Eine schöne Beute machte der,
Beim Pollux, der den Topf auffände, voll von Gold.
Nur das, o »Treue«, wollest du verhüten! Jetzt

Will ich mich waschen und hernach zum Opfer gehen.
Mein Schwiegersohn soll durch mich nicht aufgehalten sein,
Daß, wenn er ruft, ich unverweilt die Tochter ihm
Zuführe. «Treue«, tausendmal beschwör ich dich,
Laß unversehrt mich wiederfinden meinen Topf:
Du bist es, deren Treue ich mein Gold vertraut,
In deinem heiligen Hain und Tempel liegt's versteckt.

Er geht in sein Haus. Der Sklave läuft zum Tempel.

SKLAVE: Was hab ich, ewige Götter, diesen Menschen da
Soeben sprechen hören: einen Topf, gefüllt
Mit Gold, hab er dort in dem Tempel drin versteckt.
Ich bitt, o »Treue«, sei nicht treuer ihm als mir!
Es kommt mir ganz so vor, als ob's der Vater sei
Von der Geliebten meines Herrn. Ich will hinein,
Das Heiligtum durchsuchen, ob ich nicht das Gold
Wo finde, während der sich hier im Haus beschäftigt.
Läßt du mich's finden, dann, o »Treue«, bring ich dir
Ein ganzes Fäßchen Honigwein zum Opfer dar.
Dein ist das Opfer, trinken will ich ihn für mich!
Der Sklave geht in den Tempel.

IV/3

Euclio eilt aus seinem Haus.

EUCLIO: Es ist nicht Zufall, daß mir zur linken Hand
Ein Rabe krächzt'. Zugleich scharrte mit den Krallen er
Den Boden auf und krächzte laut.
Sofort begann mein Herz, die Tanzkunst auszuüben
Und in der Brust emporzuspringen. –
Doch warum renn ich nicht?

Er läuft in den Tempel und erscheint mit dem Sklaven, den er mit Schlägen vor sich her treibt, wieder auf der Bühne.

IV/4

EUCLIO: Heraus, heraus, du Regenwurm, der eben erst
Der Erd entkrochen! Man hat dich bisher nicht gesehen.
Jetzt, da du dich blicken läßt, ist's geschehen um dich!
Wart, Hexenmeister, übel genug soll dir's ergehen!

SKLAVE: Welche Furie jagt dich? Was hast du mit mir
Zu schaffen, Alter? Weshalb marterst du mich so?
Was zerrst du mich so? Warum schlägst du mich?
EUCLIO: Du Prügelwürdigster, du fragst mich noch?
Du Dieb, nein Erzdieb!
SKLAVE: Stahl ich dir denn was?
EUCLIO: Gib's nur heraus!
SKLAVE: Was denn?
EUCLIO: Du fragst noch?
SKLAVE: Hab ich doch
Dir nichts gestohlen.
EUCLIO: So gib eben her, was du dir
Gestohlen hast. Wird's bald?
SKLAVE: Was soll denn werden?
EUCLIO: Du kannst es nicht wegbringen.
SKLAVE: Was willst du denn?
EUCLIO: Leg's hier nieder!
SKLAVE: Das Niederlegen, Alter, kennst du besser wohl.
EUCLIO: Leg's nieder, laß das Witzeln; es ist mir gar nicht so,
Als möcht ich Possen treiben.
SKLAVE: Sag es heraus,
Nenn es mit Namen, was ich niederlegen soll!
Ich habe ja nichts genommen, nichts auch nur berührt.
EUCLIO: Laß deine Hände sehen!
SKLAVE: Da sind sie.
EUCLIO: Gut. Laß auch die dritte noch mich sehen.
SKLAVE: Gespenster spuken, Unvernunft und Raserei
Dem Alten im Gehirn. – Tust du mir nicht Unrecht?
EUCLIO: Das größte, ja, weil du noch nicht
Am Galgen hängst. Doch kommt auch das noch, wenn du nicht
Gestehst.
SKLAVE: Was soll ich denn gestehen?
EUCLIO: Was nahmst du hier weg?
SKLAVE: Der Himmel soll mich strafen, wenn ich etwas stahl,
Das dir gehört – *Leise:* wie ich es wollte.
EUCLIO: Wohlan, schüttle deinen Mantel aus.
SKLAVE *schüttelnd:* Wie du willst.

EUCLIO: Vielleicht steckt unter deinem Hemd was.
SKLAVE: Visitiere, wo's beliebt.
EUCLIO: Ha, du Schurke, wie gütig! Deine Dieberei
Soll ich nicht merken, doch die Schliche kenn ich schon.
Auf, zeige deine Hand, die rechte, noch einmal.
SKLAVE: Hier!
EUCLIO: Zeig jetzt auch die linke her!
SKLAVE: Da hast du gleich
Auf einmal beide.
EUCLIO: Ich mag nicht länger suchen. Gib's heraus!
SKLAVE: Was denn?
EUCLIO: Ach, du treibst Possen nur! Du hast's gewiß.
SKLAVE: Was hab ich? Was?
EUCLIO: Ich sag's nicht, du erführst es gern.
Das Meine, das du genommen, gib heraus!
SKLAVE: Du bist ein Narr; hast nach Gefallen mich durchsucht
Und nichts, was dir gehört, gefunden.
Der Sklave wendet sich zum Gehen.
EUCLIO: Bleibe, bleib!
Wer war der andere, der mit dir dort drinnen war?
Ich bin des Todes! Der stöbert indessen alles durch.
Laß ich den hier aus den Händen, macht er sich davon.
Indes ist dieser hier bis auf die Haut durchsucht,
Er hat nichts. – Geh, wohin du willst!
SKLAVE: Juppiter und die Götter mögen dich verderben!
EUCLIO: Nicht schlecht als Dank!
Ich will hinein und deinem Spießgesellen gleich
Den Hals zuschnüren. Geh mir aus dem Angesicht!
Gehst oder gehst du nicht?
SKLAVE: Ich gehe schon.
EUCLIO: Daß du dich
Nie wieder vor mir blicken läßt!
Euclio eilt in den Tempel.

IV/5

SKLAVE: Eher wollt ich doch
Des härtesten Todes sterben, als daß ich dem Alten heute

Nicht eine Falle stellte. Sicher wagt er's nicht,
Sein Gold hier zu verstecken. Eher, glaube ich, nimmt
Er's fort und weist ihm eine andere Stelle an.
Doch horch, die Türe knarrt! Der Alte bringt sein Gold;
Ich will ein wenig warten hinter dieser Tür.

Euclio kommt mit dem Goldtopf unter dem Mantel aus dem Tempel zurück. Der Sklave versteckt sich.

IV/6

EUCLIO: Der »Treue« habe ich die meiste Treue zugetraut!
Die hätte mir das Maul beinahe schön verschmiert.
Wenn nicht der Rabe mir zu Hilfe gekommen wäre,
Wär ich elendiglich verloren. Ach, wie wünscht ich doch,
Der Rabe käme zu mir, der mein Warner war,
Die schönsten Worte sollt er haben; denn gäb ich ihm
Etwas zu fressen, wär's doch nur verloren.
Jetzt bin ich auf ein einsam Plätzchen nur bedacht,
Um das hier zu verstecken. Außerhalb der Stadt
Befindet sich der abgelegene Hain Silvans,
Von Weiden dicht umwachsen: dort wähl ich den Platz.
Es ist beschlossen: Lieber will ich dem Silvanus trauen
Als der »Treue«. *Euclio geht nach links ab.*

SKLAVE: Bravo, bravo, das heißt Göttersegen, das heißt Glück!
Nun lauf ich vorher hin und steig auf einen Baum,
Von da aus spähe ich, wo der Mann sein Gold versteckt.
Mein Herr befahl mir zwar, ihn hier zu erwarten. –
Doch es ist beschlossen: Lieber will
Ich zu gewinnen suchen um den Preis von Prügeln.
Der Sklave geht gleichfalls nach links ab.

IV/7

Lyconides und Eunomia kommen von rechts.

LYCONIDES: So ist es, Mutter; alles weißt du nun, was mich
Und Euclios Tochter anbelangt. Nun bitt ich dich,
Worum ich dich schon früher bat:
Sag es meinem Onkel, liebe Mutter!

EUNOMIA: Du weißt ja wohl, wie gern ich dir zu Willen bin,
Auch meinen Bruder zu bewegen hoff ich fest.

Es ist Grund genug da, wenn die Sache so ist, wie du sagst,
Daß du in Trunkenheit das Mädchen hast geschändet.

LYCONIDES: Wie könnt ich, Mutter, lügen dir ins Angesicht!

PHAEDRA *hinter der Szene aus dem Haus des Euclio*:
Ich bin des Todes! Dich bitt ich, Amme! Wie so weh
Tut mir's im Leib! Juno Lucina, steh mir bei!

LYCONIDES: Ach, Mutter, hörst du nicht? Hier spricht bereits die Tat,
Sie schreit, sie fühlt die Wehen.

EUNOMIA: So geh denn jetzt, geliebter Sohn, mit mir hinein
Zu meinem Bruder, daß ich dir von ihm erwirke,
Um was du mich gebeten.

LYCONIDES: Geh, ich folge dir.

Eunomia ab ins Haus des Megadorus.

Wo ist jetzt wohl mein Knecht, den ich doch
Hier auf mich warten hieß? Nun, ich denk mir:
Wenn er in meinen Angelegenheiten tätig ist,
Wär's Unrecht, bös auf ihn zu sein. Ich will hinein,
Wo über mein Geschick zu Rat gesessen wird.
Ab ins Haus des Megadorus.

IV/8

Der Sklave des Lyconides kommt mit dem Goldtopf von links.

SKLAVE: Den Reichtum jener Greifen, unter deren Hut
Die goldenen Berge stehen, übertreffe ich allein;
Ich habe gar nicht Lust, von euren Königen noch
Zu sprechen, die sind gegen mich nur Bettelpack:
Der König Philipp bin ich. O du schöner Tag!
Denn als ich vorhin mich von hier hinweg gemacht,
Kam ich lange vor dem Alten an, postierte mich
Auf einem Baum und gab dort Achtung, wo er wohl
Sein Gold verstecken würde. Kaum war er hinweg,
Flugs macht ich mich vom Baum herab und grub den Topf,
Gefüllt mit Gold, heraus. Ich sehe kurz darauf
Den Alten wiederkommen, doch er sieht mich nicht,
Weil ich ein wenig aus dem Weg zur Seite bog.
Doch sieh, da ist er. Ich geh, um das zu Hause zu verstecken.
Der Sklave ab nach rechts.

IV/9

EUCLIO *von links auf die Bühne stürzend:*
Verloren ich bin, bin vernichtet, bin des Todes!
Wo lauf ich hin? Wo nicht hin? Halt ihn, halt! Wen? Wer?
Ich weiß nichts, sehe nichts, wie blind laufe ich umher.
Wohin ich gehen soll, wo ich bin und wer ich bin,
Mein Kopf kann's nicht erfassen. Euch beschwöre ich, euch
Bitt ich, euch fleh ich an, kommt mir zu Hilfe doch!
Zeigt mir den Menschen doch, der den Topf gestohlen hat!
Zu einem der Zuschauer:
Was sagst du? Dir vertrau ich, du bist gut, ich sehe
Dir's am Gesicht an. Warum lacht ihr? Kenn ich doch
Euch alle und weiß, daß unter euch viel Diebe sind,
Die im Gewand der Unschuld stecken und so
Dasitzen wie die braven Leute. Hat von denen
Es keiner? Du vernichtest mich. Sage doch: wer hat's?
Du weißt es nicht? Ich Ärmster, Ärmster, wehe mir!
Schmachvoll verloren bin ich, geh total zugrund!
So viele Seufzer, Jammer, Elend, Hunger, Not
Hat dieser Tag mir gebracht; auf Erden weit und breit
Bin ich der Unglückseligste! Was soll ich nur
Hinfort noch leben, da ich soviel Gold verlor,
Das ich so sorglich stets bewacht? Ich selber bin's,
Der mich um Glück und Lebenslust betrogen hat.
Nun freuen sich andere meines Schadens, meiner Schmach;
Das trag ich länger nicht.

LYCONIDES *aus dem Haus des Megadorus tretend:*
Wer heult und jammert hier
Vor unserem Haus? Ha, das ist Euclio, ja, er ist's.
Nun bin ich ganz verloren; es ist am Tag, gewiß
Ist seiner Tochter Niederkunft ihm schon bekannt.
Nun weiß ich nicht, was zu tun ist, ob ich gehen,
Ob bleiben soll, ob ihm mich nahen, ob entfliehen;
Ich weiß wahrhaftig gar nicht, was ich machen soll.

IV/10

EUCLIO: Wer spricht hier?
LYCONIDES: Ich bin's, ich Unglücklicher!
EUCLIO: Nein, ich bin unglücklich
Und elendiglich verloren, dem solch Herzeleid,
Solch schwere Trübsal zugestoßen!
LYCONIDES: Fasse Mut!
EUCLIO: Wie könnt ich das, ich bitte dich!
LYCONIDES: Weil ich es bin,
Der jene Tat, die dein Gemüt so sehr betrübt,
Beging und eingesteht.
EUCLIO: Was hör ich da von dir?
LYCONIDES: Was wahr ist.
EUCLIO: Junger Mann, was hab ich Böses denn
Um dich verdient, daß du mir also mitgespielt,
Mich und die Meinen ins Verderben hast gestürzt?
LYCONIDES: Ein Gott hat mich dazu getrieben, er hat mich
Dorthin gelockt.
EUCLIO: Wie?
LYCONIDES: Daß ich gefehlt,
Gesteh ich ein, ich weiß auch, daß die ganze Schuld
Auf mir liegt, darum komm ich her, dich anzuflehen,
Du möchtest mir Verzeihung lassen angedeihen.
EUCLIO: Wie konntest du dich unterstehen, etwas, was
Nicht dein war, zu berühren?
LYCONIDES: Was verlangst du da?
Es ist einmal geschehen, läßt nimmer ungeschehen
Sich machen; glaub ich doch, die Götter haben selbst
Es so gewollt, sonst wär's gewißlich nicht geschehen.
EUCLIO: Ei nun, dann ist's gewiß der Götter Wille auch,
Daß dir in meinem Haus der Hals wird zugeschnürt.
LYCONIDES: Nicht doch!
EUCLIO: Wie konntest du denn an dem Meinigen
Gegen meinen Willen dich vergreifen?
LYCONIDES: Liebe und Wein
Sind schuld, daß ich es tat.

EUCLIO: Du unverschämter Mensch!
Mit solchen Reden, Frecher, wagst du mir zu nahen?
Denn wär's gestattet, so sich zu entschuldigen,
Wie du es tust, dann rissen wir am hellen Tag,
Mir nichts, dir nichts, den Damen ihren Schmuck vom Leib.
Ergriffe man uns, wäre die Entschuldigung
Gleich in Bereitschaft: Wein und Liebe seien schuld.
Da stünden Wein und Liebe in gar zu schlechtem Preis,
Wenn ein Betrunkener und Verliebter ungestraft
Tun darf, was ihm beliebt.

LYCONIDES: Freiwillig komm ich ja,
Dir meine Torheit abzubitten.

EUCLIO: Leute, die
Erst Schlechtes tun, dann sich zu reinigen suchen,
Sind meine Leute nicht. Du wußtest, daß es nicht
Dir zugehörte: warum hast du's angerührt?

LYCONIDES: Doch, nun ich's angerührt, bin ich nicht abgeneigt,
Es zu besitzen als mein volles Eigentum.

EUCLIO: Was? Wider meinen Willen forderst du für dich,
Was mir gehört?

LYCONIDES: Nicht wider deinen Willen; doch
Ich glaube, daß es mir gehören muß; du selbst
Wirst finden, Euclio, daß es mir gehören muß!

EUCLIO: Bringst du mir nicht zurück ...

LYCONIDES: Was brächt ich dir zurück?

EUCLIO: Was mir gehört, das, was du mir gestohlen hast;
Beim Herkules, sogleich schlepp ich zum Richter dich
Und mach dir den Prozeß.

LYCONIDES: Bestohlen hätt ich dich?
Wo denn und was?

EUCLIO: Zeus strafe dich, du weißt es nicht?

LYCONIDES: Wofern du mir nicht sagst, was du von mir verlangst.

EUCLIO: Den Goldtopf will ich wiederhaben, den du mir
Nach eigenem Geständnis weggenommen hast.

LYCONIDES: Fürwahr, das hab ich nicht gesagt noch auch getan.

EUCLIO: Du leugnest?

LYCONIDES: Allerdings, denn weder weiß ich was

Vom Golde noch von einem Topf.
EUCLIO: Den gib heraus,
Den aus Silvanus' Hain du weggenommen hast.
Geh, hole ihn, gern gebe ich die Hälfte dir davon;
Bist du ein Dieb gleich, quäl ich dich doch weiter nicht.
Geh nur und hole ihn.
LYCONIDES: Bist du auch bei Trost, daß du
Mich einen Dieb nennst? Etwas anderes, Euclio,
Was mich betrifft, vermeint ich, hättest du gehört.
Was Wichtiges ist's, das ich in Muße gern mit dir
Besprechen möchte, wenn es dir gelegen ist.
EUCLIO: Auf Treu und Glauben, sprich: hast du das Gold mir nicht
Gestohlen?
LYCONIDES: Nein, auf Treu und Glauben!
EUCLIO: Und fordertest,
Der Dieb sei, wer er wolle, keinen Teil für dich?
Verstecktest ihn auch nicht?
LYCONIDES: Nein.
EUCLIO: Wenn du aber lügst?
LYCONIDES: Dann möge Juppiter mit mir machen, was er mag.
EUCLIO: Das genügt mir. Sprich nun, was du willst.
LYCONIDES: Im Fall du mich nicht kennst,
Nicht weißt, woher ich stamme: Megadorus
Ist mein Onkel, und mein Vater war Antimachus,
Lyconides heiß ich, und meine Mutter ist Eunomia.
EUCLIO: Dein Geschlecht ist mir bekannt. Nun denn,
Was willst du? Sage mir's.
LYCONIDES: Du hast eine Tochter.
EUCLIO: Ja,
Im Hause drin ist sie.
LYCONIDES: Die hast du, soviel ich weiß,
Verlobt an meinen Onkel.
EUCLIO: In der Tat, so ist's.
LYCONIDES: Nun ja, der eben schickt mich, sein gegebenes Wort
Dir aufzukündigen.
EUCLIO: Aufzukündigen? Jetzt, da schon
Zur Hochzeitsfeier alles fix und fertig ist?

Ha, wenn nur alle Götter ihn und Göttinnen
Mit Haut und Haar vernichteten, ihn, der mich heute
Um soviel Geld gebracht, mich Unglückseligen.
LYCONIDES: Sei guten Muts! Sprich lieber Segensworte, daß
Ein Heil für dich und deine Tochter draus erblühe!
Sprich: mögen das die Götter geben!
EUCLIO: Mögen sie es geben!
LYCONIDES: Und mögen sie auch mir es geben! Höre nun:
Wer immer eine Schuld auf sich geladen hat,
So niederträchtig gibt es keinen, daß er sich
Nicht ihrer schämt, nicht sich davon zu säubern sucht.
Drum bitt und fleh ich, Euclio, wenn ich gegen dich
Und deine Tochter in der Übereilung mich
Vergangen, daß du mir verzeihst und sie zur Frau
Nach dem Gesetz mir gibst; ich gesteh, ich hab
An deiner Tochter mich versündigt; es geschah
Am Ceresfest, im Weinrausch und im Jugenddrang.
EUCLIO: Weh mir! Welch eine Untat hör ich da von dir?
LYCONIDES: Was heulst du? Daß ich an der Tochter Hochzeit dich
Zum Großvater gemacht? Sie ist entbunden schon,
Es ist der zehnte Monat, zähle selber nach.
Drum eben hat mein Onkel sein gegebenes Wort
Dir aufgekündigt, meinetwegen ist's geschehen.
Geh nur hinein, sieh nach, ob's ist, wie ich gesagt.
EUCLIO: Ich bin des Todes! Ein Unglück häuft aufs andere sich.
Ich will hinein und sehen, was daran Wahres ist. *Euclio ab in sein Haus.*
LYCONIDES *ihm nachrufend*: Ich komme sogleich nach!
Für sich: Nun, denk ich, bin ich bald im Hafen eingelaufen.
Wo aber mag mein Sklave sein? Ich find ihn nirgends.
Ich will noch eine Weile warten, dann ins Haus
Dem Alten folgen; unterdessen hat er Zeit,
Die Magd, die Amme seiner Tochter, über den
Hergang zu fragen; der ist alles wohlbekannt.

V/1

Der Sklave des Lyconides kommt von rechts auf die Bühne.
SKLAVE: Welch Glück und welche Freude habt ihr mir beschert,

Unsterbliche! Ein Topf mit vier Pfund Gold ist mein!
Wer ist nun reicher, wo ist einer in Athen,
Dem sich die Götter gnädiger erzeigt als mir.

LYCONIDES: Mir scheint, ich höre jemand sprechen in der Nähe.

SKLAVE: Ei, seh ich dort nicht meinen Herrn?

LYCONIDES: Seh ich nicht
Meinen Sklaven dort?

SKLAVE: Er ist es selbst.

LYCONIDES: Kein anderer ist es.

SKLAVE: Hin denn zu ihm.

LYCONIDES: Hin zu ihm.
Er war wohl bei der Alten, wie ich ihm befahl,
Bei meines Mädchens Amme.

SKLAVE: Soll ich gerad heraus
Ihm offenbaren, daß ich diesen Fund getan?
Es sei! Doch bitt ich mir dafür die Freiheit aus.
Hin denn und mit der Sprache frei heraus. Ich fand ...

LYCONIDES: Was fandest du?

SKLAVE: Nicht das, wovon die Knaben schreien,
Daß sie's in Bohnen fanden.

LYCONIDES: Treibst du wieder Spaß?

SKLAVE: Bleib, Herr, ich will dir's sagen; höre nur!

LYCONIDES: So sprich!

SKLAVE: Herr, übergroßen Reichtum fand ich heute.

LYCONIDES: Was? Wo?

SKLAVE: Einen Topf, vier Pfund schwer, voll mit Gold.

LYCONIDES: Was hör ich da?

SKLAVE: Dem alten Euclio stahl ich ihn.

LYCONIDES: Wo ist das Gold?

SKLAVE: Bei mir im Kasten. Nunmehr bitt ich: laß mich frei.

LYCONIDES: Freilassen! Dich, Schelm aller Schelme?

SKLAVE: Geh mir doch!
Nun weiß ich, was du gegen mich im Schilde führst;
Ich hab auf feine Art nur deinen Sinn geprüft:
Ihn mir zu nehmen machtest Anstalt du bereits;
Was tätst du erst, wenn wirklich ich den Fund gemacht?

LYCONIDES: Dein Possenreißen hilft dir nichts. Marsch, bring das Gold!

SKLAVE: Ich soll das Gold bringen?

LYCONIDES: Bring es, sag ich, daß ich's ihm Zurückerstatte.

SKLAVE: Und woher denn?

LYCONIDES: Hast du mir Nicht selbst gesagt, es sei in deinem Kasten?

SKLAVE: Ho! Ich mache manchmal solche Späßchen!

LYCONIDES: Weißt du was?

SKLAVE: Und wenn du mich auch totschlägst, so bekommst du nichts.

[Hier bricht die handschriftliche Überlieferung ab. Durch Zitate sind im weiteren nur fünf einzelne Verse bekannt. Der genaue Umfang des Verlorenen ist nicht bestimmbar. Eine antike Inhaltsangabe des Stücks gibt an, daß Euclio unverhofft wieder in den Besitz des Schatzes kam und ihn am Ende dem Lyconides als Mitgift seiner Tochter aushändigte. Danach ist anzunehmen, daß Lyconides im Fortgang der letzten Szene seinen Sklaven (vielleicht unter Zusicherung der Freilassung) dazu brachte, den Topf mit dem Schatz zu holen. Euclio kam wohl erst nach dem Abgang des Sklaven wieder aus seinem Haus. Er kannte nun den Zustand seiner Tochter. Dann erschien auch der Sklave wieder und brachte den Topf, den er dem Lyconides gab, welcher ihn seinerseits an Euclio zurückerstattete. Euclio verlobte darauf seine Tochter dem Lyconides und gab ihm den Schatz als Mitgift. Angesichts der Unruhe, in die ihn der Besitz des Schatzes gestürzt hatte, sowie der unerwarteten Redlichkeit des Lyconides war Euclio am Ende wohl überzeugt, daß der Schatz ihm selbst nur weiter Unglück bringen würde und bei Lyconides besser aufgehoben wäre (aus diesem Zusammenhang stammen seine als Fragment überlieferten Worte: »weder nachts noch tags war ich jemals ruhig; jetzt werd ich wieder schlafen«). Das Ziel, das der Hausgott im Prolog der Handlung gesetzt hatte, ist damit erreicht. Vielleicht schloß das Stück mit einer Einladung zu dem Festschmaus, den die Köche bereitet hatten. Ob sie zu einem kleinen Possenspiel am Ende noch einmal auftraten, bleibt offen.]

CAPTIVI

(Die Gefangenen)

Personen

PROLOGSPRECHER
ERGASILUS, *Parasit des Philopolemus und des Hegio*
HEGIO, *reicher ätolischer Bürger*
COLAPHUS, *Sklave des Hegio, Gefangenenwärter*
PHILOCRATES, *junger Mann aus Elis, Kriegsgefangener*
TYNDARUS, *Sklave des Philocrates und (unerkannter) Sohn des Hegio, Kriegsgefangener*
ARISTOPHONTES, *Freund des Philocrates aus Elis, Kriegsgefangener*
SKLAVE *des Hegio*
PHILOPOLEMUS, *Sohn des Hegio*
STALAGMUS, *flüchtiger Sklave des Hegio*
Cordalio und Corax, Sklaven des Hegio, Gehilfen des Colaphus

Schauplatz ist eine Stadt in Ätolien. Im Hintergrund der Bühne das Haus des Hegio. Der rechte Seitenausgang führt zum Marktplatz und zum Haus von Hegios Bruder, der linke zum Hafen.

EINLEITUNG

›Die Kriegsgefangenen‹ heißt das Stück. Ein Krieg zwischen Aetolien und Elis liegt der Handlung voraus. In ihm geriet der Elier Philocrates mit seinem Sklaven Tyndarus in aetolische, der Aetolier Philopolemus in elische Gefangenschaft. Ziel der Handlung ist Austausch und Befreiung der Titelfiguren. Autor und Titel des griechischen Originals sind unbekannt. – Das Lustspiel weicht von den übrigen Komödien des Plautus dadurch ab, daß es keine Liebeshandlung und keine Frauenrollen enthält, auch die herkömmlichen lustigen Typen mit Ausnahme eines ziemlich äußerlich in die Handlung eingefügten Parasiten fehlen. Es geht um ernstere Geschehnisse. Nahezu tragische Verwicklungen ereignen sich. Eine edelmütige Sinnesart, der Kummer des Vaters und am Ende die glückliche Lösung sollen den Zuschauer rühren. Der reiche Aetolier Hegio hat seine beiden Söhne verloren. Der eine (Paegnium) wurde als Kind von einem Sklaven (Stalagmus) entführt; der andere (Philopolemus) wurde jetzt im Krieg gefangen, was unter antiken Verhältnissen bedeutet, daß er nun in Elis Sklave ist. Um ihn durch Austausch zu befreien, kaufte Hegio seinerseits Gefangene aus Elis auf, unter ihnen den Philocrates und dessen Sklaven Tyndarus, der in Wirklichkeit der verschollene Knabe Paegnium ist. Die beiden Gefangenen wechseln ihre Rollen, so daß Hegio, als er vermeintlich den Sklaven des Philocrates nach Elis sendet, um den Austausch seines Herrn gegen Philopolemus zu vereinbaren, dem Philocrates selbst die Freiheit gibt. Tyndarus ist als angeblicher Philocrates in der Hand des Hegio geblieben. Als dieser durch eine Konfrontation mit einem anderen Gefangenen aus Elis (Aristophontes) über die wahren Verhältnisse aufgeklärt wird, bestraft er Tyndarus. Er glaubt, Philocrates werde nun, da er die Freiheit schon erlangt hat, sich nicht an die Abmachungen halten, sondern den Sklaven bei ihm lassen und seinen Sohn in Elis nicht auslösen. Die Überraschung ist groß, als Philocrates mit Philopolemus zurückkehrt und gar noch den Stalagmus in Ketten mitbringt, dessen Aussage dazu führt, daß Hegio in Tyndarus seinen längst verloren geglaubten anderen Sohn wiederfindet. – Lessing urteilte enthusiastisch über dieses Schauspiel: »Die Gefangenen sind das schönste Stück, das jemals auf die Bühne gekommen ist, und zwar aus keiner anderen Ursache, als weil es der Absicht der Lustspiele am nächsten kommt und auch mit den übrigen zufälligen Schönheiten reichlich versehen ist.« Spätere Leser dachten meist anders.

Tyndarus im Gewand seines Herrn Philocrates und Philocrates im Sklavenkleid des Tyndarus stehen, mit schweren Ketten aneinandergefesselt, vor dem Haus des Hegio.

PROLOGSPRECHER: Die zwei Gefangenen, welche ihr hier stehen seht –
Stehen beide, weil sie stehen und nicht sitzen;
Daß ich die Wahrheit rede, dafür seid ihr mir Zeuge.
Der alte Mann, der hier wohnt, ist Hegio,
Der Vater von dem hier. *Er deutet auf Tyndarus.* Doch wie's gekommen ist,
Daß er der Sklave seines eigenen Vaters wurde,
Das will ich euch voraus erzählen, wenn ihr Achtung geben wollt.
Zwei Söhne waren diesem alten Manne da
Geboren worden; den einen, erst vierjährig, stahl
Ein Sklave, entfloh mit ihm von hier und verkauft' in Elis ihn
Dem Vater von dem da. *Er deutet auf Philocrates.* Habt ihr's verstanden?
Doch der ganz hinten dort sagt: »Nein.« Er komm doch her!
Hast du zum Sitzen hier keinen Platz, so draußen doch zum Gehen,
Wenn du den Spieler mit Gewalt zum Bettler machst.
Um deinetwillen, damit du mich nicht mißverstehst,
Will ich mir meine Lunge nicht zerreißen!
Ihr aber, die ihr zu bezahlen Mittel habt,
Vernehmt das Weitere; schuldig bleiben mag ich nichts.
Wie schon gesagt, verkaufte jener flüchtige Sklave
Dem Vater von diesem hier den gestohlenen jungen Herrn.
Der gab ihn nach erfolgtem Kauf hier seinem Sohn,
Der just im gleichen Alter war, als Eigentum.
Wie jener um den einen Sohn kam, wißt ihr nun.
Drauf, als die Elier und Ätoler Krieg geführt,
Gerät, wie's eben geht im Krieg, sein anderer Sohn
Dort in Gefangenschaft, und eben dort in Elis hat
Der Arzt Menarch ihn sich gekauft.
Nun fängt der Vater Hegio an, Gefangene
Aus Elis aufzukaufen, ob darunter er
Vielleicht einen finde, gegen den er seinen Sohn
Austauschen könnte. (Daß der Gefangene dort

Sein Sohn ist, weiß er nicht.) Und weil er gestern gehört,
Es sei ein junger Elier von höchstem Stand und Rang
Gefangen eingebracht, war ihm kein Preis zu hoch
Zur Schonung seines Sohnes. Und um so leichter den
Gefangenen wieder heimzukriegen, kaufte er
Die beiden aus der Beute den Quästoren ab.
So dient nun der als Sklav im eigenen Vaterhaus,
Ohne daß sein Vater davon weiß: fürwahr, wir Menschen sind
Nichts anderes als Spielbälle in der Götter Hand.
Nun haben diese beiden einen schlauen Plan
Zusammen ausgedacht, wie dieser Sklave da
Nach Hause wieder bringen könne seinen Herrn.
Sie tauschen somit Kleid und Namen unter sich:
Philocrates nennt sich der, der andere Tyndarus.
Der spielt die Rolle jenes, jener dessen Rolle heute,
Und dieser da wird heut den schlau erdachten Streich
Ausführen, daß er seinem Herrn die Freiheit schafft,
Und gleichfalls wird er seines Bruders Retter sein
Und, ohne daß er's weiß, ihn frei ins Vaterland
Und heim zum Vater bringen, wie denn mancher oft
Des Guten mehr aus Zufall als mit Absicht tut.
So haben sie nichts ahnend denn in ihrer List
Den feinen Plan so angelegt und ausgedacht
Und, was sie ausgesonnen, so zurechtgelegt,
Daß der beim Vater in der Sklaverei verbleibt.
So ist er denn des Vaters Knecht und weiß es nicht:
Wie klein sind doch die Menschlein, wenn man's recht bedenkt!
Das ist für uns die Handlung und für euch das Spiel.
Doch möcht ich euch an weniges erinnern noch.
Es wird euch sicher Nutzen bringen, wenn dem Stück
Aufmerksamkeit ihr schenkt: nicht auf die alte Tour
Wie andere wohl ist's abgefaßt; nicht sind darin
Solch schmutzige Verse, die man nicht wiederholen darf.
Kein eidvergessener Kuppler, keine Hure voll Bosheit ist hier,
Auch kein kriegerischer Aufschneider. Seid ohne Furcht,
Weil ich vom Krieg der Elier und Ätoler sprach:
Die Kämpfe finden außerhalb der Bühne statt.

Denn nicht gut harmoniert es mit dem komischen
Geschäft, wenn wir auf einmal wagten,
Ein Trauerspiel zu geben. Drum, wer Kämpfe will,
Der zieh sich Händel zu. Hat einen Stärkeren er
Als Gegner aufgefunden, sorg ich schon dafür,
Daß gar kein guter Kampf für ihn entstehen soll,
Damit er nie mehr Lust kriegt, einem zuzuschauen.
Ich geh. Lebt wohl, die ihr zu Hause die gerechtesten Richter,
Im Krieg die besten Kämpfer seid.

Prologsprecher ab. Die beiden Gefangenen gehen ins Haus des Hegio zurück.

I/1

ERGASILUS *mager und elend aussehend, kommt von rechts:*
Den Namen »Liebchen« gab mir das junge Volk,
Weil ungerufen ich beim Mahl mich finde ein.
Ich weiß, die Spötter nennen diesen Witz absurd,
Ich nenn ihn treffend. Ruft ja doch der Liebende
Beim Mahle, wenn er würfelt, die Geliebte an.
Ist das Liebchen also an(un)gerufen oder nicht? Durchaus!
Fürwahr, weit mehr noch sind wir Parasiten un(an)gerufen,
Die keiner einlädt, keiner auch anruft beim Mahl.
Wie Mäuse halten wir uns stets an fremde Kost.
Wenn Ferien kommen, wenn aufs Land die Leute gehen,
Dann haben gleichfalls unsere Zähne Ferien.
Gleichwie bei warmem Wetter, wenn der Tau nicht fällt,
Die Schnecke, tief versteckt, vom eigenen Saft sich nährt,
So bleibt auch der Schmarotzer in der Ferienzeit
Versteckt und nährt sich ärmlich nur vom eigenen Saft,
Wenn auf dem Lande wohnen, die er sonst bemaust.
Dem schlanken Jagdhund gleicht der Parasit zur Ferienzeit,
Dem fetten, lästigen Haushund aber, wenn die Geschäfte wieder [gehen.
Doch jetzt kann der Schmarotzer, der Maulschellen nicht
Ertragen kann, und daß man Töpfe ihm am Kopf zerbricht,
Zum Drillingstor hinausgehen und Säcke tragen.
Daß das auch mir so gehen kann, befürcht ich fast,
Nachdem mein König in die Hand der Feinde fiel.

Die Elier nämlich und die Ätolier führen Krieg:
Hier ist Ätolien; dort in Elis seufzt in Haft
Philopolemus, der Sohn des alten Hegio,
Der hier wohnt; dieses Haus ist mir zum Jammerhaus
Geworden, das mir Tränen weckt, sooft ich's sehe.
Nun treibt der Alte, seinem Sohn zulieb, ein schlecht
Gewerb, das völlig fremd ist seiner Denkungsart:
Gefangene kauft er auf, ob einen er vielleicht
Erhält, für den er seinen Sohn auswechseln kann.
Daß ihm's geling, ist freilich auch mein höchster Wunsch,
Denn kriegt er ihn nicht mehr, krieg ich desgleichen nichts.
Von der Jugend hoff ich nichts; die liebt sich selber nur.
Das war ein Jüngling freilich noch vom alten Schlag,
Nie hab umsonst ich das Gesicht erheitert ihm.
Ganz seiner würdig ist auch seines Vaters Art.
Jetzt will ich zu ihm. Doch da geht die Türe auf,
Aus der ich übersatt einst oft geschritten bin.

I/2

Hegio kommt aus seinem Haus, begleitet von Colaphus.
HEGIO *ohne Ergasilus zu bemerken*:
Gib acht, was ich dir sage. Den zwei Gefangenen,
Die gestern aus der Beute von den Quästoren ich
Gekauft, leg, jedem einzeln, leichte Ketten an,
Die schweren, die sie zusammenfesseln, nimm dagegen ab.
Laß nach Belieben draußen oder auch im Haus
Herum sie gehen, doch mit Sorgfalt seien sie bewacht.
Der Gefangene, der sich selber überlassen bleibt,
Ist einem wilden Vogel gleich: zeigt nur einmal sich
Gelegenheit zum Fliehen, so ist's genug; du fängst
Zum zweitenmal ihn nimmermehr.
COLAPHUS: Sind wir alle doch
Weit lieber frei als in der Sklaverei.
HEGIO: Bei dir
Scheint mir das nicht der Fall zu sein.
COLAPHUS: Mit barem Geld
Vermag ich nicht zu zahlen, willst du Fersengeld?

HEGIO: Gibst du mir dieses, geb ich gleich was anderes dir.
COLAPHUS: Zum wilden Vogel mach ich mich, wie du selbst sagst.
HEGIO: Ganz recht; denn tust du's, sperr ich in einen Käfig dich.
Doch genug der Worte. Tu, was ich befahl, und geh!

Colaphus ab ins Haus.

Ich will zu meinem Bruder, zu meinen anderen
Gefangenen, nachzusehen, ob sie heute nacht
Nicht einen Streich gemacht. Von dort begeb ich mich
Sogleich zurück nach Haus.
ERGASILUS *für sich*: Wie liegt's so schwer auf mir,
Daß dieser arme alte Mann ob dem beklagenswerten Los
Seines armen Sohnes ein Kerkergeschäft betreibt.
Doch wenn er dadurch nur ihn wieder heimbekommt,
Ließ ich mir ein Henkergeschäft sogar bei ihm gefallen.
HEGIO: Wer spricht hier?
ERGASILUS: Ich, der über deinen Kummer sich
Abhärmt, abmagert, altert und zusammenschrumpft.
Nur Haut und Knochen bin vor Gram ich Ärmster noch,
Kein Bissen, den zu Haus ich esse, bekommt mir gut.
Für sich: Doch was ich auswärts koste, das geringste selbst,
Ist mir ein Labsal.
HEGIO: Sei gegrüßt, Ergasilus!
ERGASILUS *weinend*: Der Götter Huld sei mit dir, Hegio!
HEGIO: Weine nicht!
ERGASILUS: Ich soll nicht weinen, Tränen fließen lassen nicht
Um solchen Jüngling?
HEGIO: Stets bemerkt ich, daß als Freund
Du meinem Sohn warst zugetan, sowie er dir.
ERGASILUS: Dann erst erkennen wir im Leben unser Glück,
Wenn, was wir einst besessen, uns verlorenging.
Jetzt erst, nachdem dein Sohn in Feindeshänden ist,
Fühl ich, was er mir war, und sehne mich nach ihm.
HEGIO: Wenn du Fremder dir sein Unglück so zu Herzen nimmst,
Was soll der Vater tun, dessen einziger Sohn er ist?
ERGASILUS: Ich ein Fremder? Ihm fremd? O Hegio, nimmer sage das,
Nicht einmal denk es. Dir ist er der einzige,
Mir ist er einziger selbst noch als der einzige.

HEGIO: Mich freut's, wenn du des Freundes Unglück zu dem deinen
Sei jetzt nur guten Mutes. [machst,
ERGASILUS: Ach, das macht dem hier Schmerz,
Daß jetzt die Tischmannschaft entlassen ist.
HEGIO: So ließ sich niemand finden in der Zwischenzeit,
Der die entlassene Mannschaft wieder sammelte?
ERGASILUS: Was glaubst du? Dem Geschäfte weicht ein jeder aus,
Seitdem dein Sohn Philopolemus gefangen ist.
HEGIO: Fürwahr, kein Wunder ist's, daß dies Geschäft man scheut.
Gar viele Truppen brauchst du und gar vielerlei:
Vor allem brauchst du Bäckinger, und Bäckinger
Gibt's manche Sorten, wie denn Broter, Kuchener;
Die brauchst du, brauchst aus Drosselfeld, aus Schnepfental,
Dann Seesoldaten noch dazu ein ganzes Heer.
ERGASILUS: Wie doch die größten Geister oft das Dunkel birgt:
Welch Kriegsgenie lebt als Privatmann hier!
HEGIO: Nur Mut
Gefaßt; ich hoffe fest, in diesen Tagen ihn
Zurück ins Haus zu kriegen. Sieh, ich habe da
Einen Kriegsgefangenen, einen jungen Elier
Aus erstem Geschlecht und äußerst reich, für diesen kann
Ich sicher ihn auswechseln.
ERGASILUS: Füg's der Himmel so.
Doch du bist nicht irgendwohin zu Tisch geladen?
HEGIO: Nicht,
Soviel ich weiß. Warum?
ERGASILUS: Weil mein Geburtstag ist,
Deswegen würd ich gern – von dir zum Essen eingeladen werden.
HEGIO: Das sagst du witzig. Doch du müßtest mit wenigem
Zufrieden sein.
ERGASILUS: Wenn's nur nicht gar zu wenig ist,
Denn das ist Tag für Tag zu Hause meine Kost.
Wohlan, so schlag denn ein! – Wofern
Von keiner Seite her ein besserer Antrag kommt,
Der mir und meinen Freunden ansteht, geb ich mich
Als Grundstück dir zu Kauf nach eigenem Fug und Recht.
HEGIO: Ja, ja, als bodenlosen Abgrund, nicht als Grund

Verkaufst du dich an mich. Doch, wenn du kommen willst,
Stell dich beizeiten ein.
ERGASILUS: Ei, ich habe jetzt schon Zeit.
HEGIO: Geh nur, fang einen Hasen erst; du hast bei mir
Einen Igel nur, denn meine Kost geht rauhen Weg.
ERGASILUS: Du schreckst mich, Hegio, damit nicht, das glaube nicht;
Mit wohlbeschuhten Zähnen rück ich dennoch an.
HEGIO: Im Ernst, mein Mahl ist rauh.
ERGASILUS: Trägst du denn Dornen auf?
HEGIO: Recht ländlich ist's.
ERGASILUS: Das Schwein ist auch ein ländlich Tier.
HEGIO: Mit viel Gemüse.
ERGASILUS: Gib den Kranken das daheim.
Willst du noch was?
HEGIO: Komm nur zur rechten Zeit.
ERGASILUS: Es braucht das Mahnen nicht.
Ergasilus ab nach rechts.
HEGIO: Ich will hinein und drinnen meine Rechnung machen,
Wie hoch mein Konto noch beim Wechsler ist, sodann
Werd ich, wie schon gesagt, zu meinem Bruder gehen.
Hegio ab in sein Haus.

II/1

Colaphus führt mit seinen Gehilfen Cordalio und Corax Philocrates und Tyndarus aus dem Haus, welche jetzt leichtere Ketten tragen.
COLAPHUS: Da nun einmal die Götter es gewollt, daß ihr
Dies Mißgeschick erdulden sollt, so müßt ihr es
Mit Gleichmut tragen. Tut ihr das, wird jede Not
Euch leichter werden. Zu Hause, glaub ich, wart ihr frei;
Nun aber ihr in Sklaverei geraten seid,
Ist's wohl getan, euch drein zu schicken und
Sie durch eure Sinnesart wenigstens zu mildern.
Was der Herr tut, muß für gut euch gelten, wär's auch schlecht.
DIE GEFANGENEN: Ach, ach, ach!
COLAPHUS: Da braucht's kein Heulen; das ist nur schlecht
Für eure Augen. Wenn man im Mißgeschick
Den guten Mut bewahrt, das hilft.

TYNDARUS: Wir schämen uns,
Daß wir in Ketten sind.
COLAPHUS: Und unseren Herrn gereut's
Wohl nachher, wenn er euch entfesselt oder frei
Herumgehen läßt, euch, die er für sein Geld gekauft.
TYNDARUS: Was fürchtet er von uns? Wir kennen unsere Pflicht,
Auch wenn er uns aus unseren Fesseln lösen läßt.
COLAPHUS: Doch ihr sinnt
Auf Flucht, ich wittere längst, was ihr im Schilde führt.
TYNDARUS: Wir sollen fliehen? Wohin denn nur?
COLAPHUS: In eure Heimat.
TYNDARUS: Pfui!
Flüchtige Sklaven nachzuahmen schickt sich nicht für uns.
COLAPHUS: Beim Pollux, wenn Gelegenheit sich bietet, nehm
Ich selbst es euch nicht übel.
TYNDARUS: Eine Bitte nur
Gestattet uns.
COLAPHUS: Die wäre?
TYNDARUS: Gönnt uns einen Ort,
Wo ohne diese Zeugen und auch ohne dich
Wir uns besprechen können.
COLAPHUS: Das geschehe.
Ihr tretet von hier weg; wir ziehen uns dorthin
Zurück. Doch macht die Unterredung kurz.
TYNDARUS: Das wollt ich ohnehin: zieh du dich nur zurück!
COLAPHUS *zu Cordalio und Corax*: Entfernt euch von den beiden!
TYNDARUS: Wir sind euch sehr verbunden, daß ihr uns
Unsere Bitte habt erfüllt.

Die drei Bewacher treten in den Hintergrund der Szene zum Haus zurück; Philocrates und Tyndarus stehen nun allein im Vordergrund.

PHILOCRATES *zu Tyndarus*:
Tritt etwas weiter seitwärts jetzt, wenn dir's beliebt,
Damit kein Horcher unser Gespräch belauschen kann
Und unser Trugspiel nicht offenbar wird.
Denn List ist nicht mehr List, wenn man nicht schlau sie pflegt,
Groß Mißgeschick vielmehr, wenn sie verraten wird.
Denn wenn du meinen Herrn spielst und ich gebe mich

Für deinen Sklaven aus, ist alle Vorsicht nötig,
Daß wohlbedacht und unbelauscht, mit Pünktlichkeit,
Klugheit und allem Fleiß zu Werk gegangen wird.
Es ist kein geringes Wagstück, und nicht unbedacht darf es
Betrieben werden.

TYNDARUS: Ganz zu Willen bin ich dir.

PHILOCRATES: Ich hoffe das.

TYNDARUS: Du siehst ja, für dein teures Haupt
Bring ich mein eigenes teures Haupt zum Opfer dir.

PHILOCRATES: Ich weiß es.

TYNDARUS: Aber sei auch du des eingedenk,
Wenn nun dein Wunsch erreicht ist. Denn die Menschen sind
Zum größten Teile so gesinnt: solange sie
Das, was sie wollen, noch erstreben, sind sie gut,
Allein nachdem sie es besitzen,
Wird auch der Gute durchaus schlecht und voll von Trug.

PHILOCRATES: Jetzt sag ich, was für ein Verhalten ich
Mir von dir wünsche. Was ich dir rate, riet ich meinem Vater selbst.
Wahrhaftig, dürft ich nur, ich nennte Vater dich,
Denn nach dem Vater da stehst du am nächsten mir.

TYNDARUS: Ich höre.

PHILOCRATES: Und deshalb mahn ich dich so oft daran,
Daß du's behältst: dein Herr nicht bin ich, bin dein Knecht.
Um eins nur bitt ich dich: weil der Unsterblichen
Ratschluß sich so erwiesen hat, daß ich, der einst
Dein Herr gewesen, nunmehr dein Mitsklave bin;
Was bis daher kraft meines Rechts ich dir befahl,
Das bitt ich jetzt dich bei dem ungewissen Glück,
Bei meines Vaters dir erzeigter Güte, bei
Der Mitknechtschaft, die durch des Feindes Hand uns traf:
Erweise mir nicht minder Ehre, als da du noch
In meinem Dienste standest, und bedenke wohl,
Was du gewesen und was du jetzt geworden bist.

TYNDARUS: Nun ja, ich weiß, daß jetzt ich du bin und du ich.

PHILOCRATES: Nun denn, wenn du dir das fest ins Gedächtnis prägst,
Dann hab ich Hoffnung aufs Gelingen unserer List.

II/2

Hegio kommt aus seinem Haus.

HEGIO *zunächst noch zurücksprechend*:
Ich komme bald zurück, nachdem ich die beiden
Erst gefragt, was ich wissen will. *Zu den Bewachern:* Wo sind denn die,
Die vor das Haus hinauszuführen ich befahl?

PHILOCRATES: Beim Pollux, daß du uns nicht lang zu suchen brauchst,
Dem, merk ich wohl, ist vorgebaut, so, wie wir hier
Von Banden und von Wachen rings umgeben sind.

HEGIO: Wer sorgt, daß man ihn nicht betrügt, sorgt selten genug.
Und meint er auch gesorgt zu haben, wurde doch
Der Sorger oft getäuscht. Wie? Ist nicht guter Grund
Vorhanden, euch mit Strenge zu verwahren, da
Ich euch um soviel schönes bares Geld gekauft?

PHILOCRATES: So wenig wir dir's übelnehmen können, daß
Du uns verwahren läßt, so wenig kannst du's uns,
Wenn wir davongehen, wenn Gelegenheit sich zeigt.

HEGIO: Wie ihr allhier, so wird mein Sohn bei euch verwahrt.

PHILOCRATES: Ist er gefangen?

HEGIO: Ja.

PHILOCRATES: Nun denn, so waren wir
Doch nicht allein die Feigen.

HEGIO *zu Philocrates*: Tritt hierher zu mir,
Ich hab etwas, das ich allein dich fragen will,
Doch möcht ich nicht, daß du mir falsche Auskunft gibst.

PHILOCRATES: Das tu ich nicht; ich sag es, wenn ich etwas weiß,
Wo nicht, so sag ich offen, daß ich es nicht weiß.

TYNDARUS *für sich*: Jetzt ist der Alte beim Barbier; der hat bereits
Das Messer in der Hand, und nicht einmal ein Tuch,
Das Kleid nicht zu beschmutzen, wird ihm umgelegt.
Ob er ihn glatt rasieren wird, ob übern Kamm,
Ich weiß nicht, doch versteht er's, stutzt er tüchtig ihn.

HEGIO: Du, willst du lieber ein Sklave sein oder ein freier Mann?

PHILOCRATES: Was möglichst nah dem Guten ist und möglichst fern
Dem Schlechten, will ich; wenn auch gleich die Sklaverei
Mir nicht so sehr zur Last und mir nicht anders war,

Als wenn ein Sohn des Hauses ich gewesen wäre.
TYNDARUS *für sich*: Das geht sehr gut.
Nicht ein Talent ist Thales von Milet mir wert,
Denn gegen dieses Mannes Weisheit war er nur
Ein eitler Zungendrescher. Wie geschickt hat er
Die Rede seinem Sklavenstande angepaßt.
HEGIO: Aus welchem Hause stammt Philocrates?
PHILOCRATES: Aus dem
Von Reichenstein, das dort vor allen anderen
Das einflußreichste ist und hoch in Ehren steht.
HEGIO: Er selbst, ist er geehrt?
PHILOCRATES: Von den höchsten Männern hoch geehrt.
HEGIO: Steht wirklich er so hoch in Elis, wie du sagst,
Wie ist's mit seinem Reichtum? Ist er fett?
PHILOCRATES: So, daß
Sein Alter Seife daraus sieden könnte.
HEGIO: Wie?
Sein Vater, lebt der noch?
PHILOCRATES: Lebendig haben wir
Beim Scheiden ihn verlassen; ob er jetzt noch lebt,
Ob nicht mehr, weiß am besten wohl die Unterwelt.
TYNDARUS: Die Sache ist gewonnen; er lügt nicht bloß, er ist sogar
Ein Philosoph.
HEGIO: Wie war sein Name?
PHILOCRATES: Goldschatzklauenmann.
HEGIO: Man hat ihm seines vielen Geldes wegen wohl
Den Namen beigelegt.
PHILOCRATES: Im Gegenteil,
Wegen seines Geizes und seiner Verwegenheit.
HEGIO: Geizig ist sein Vater, sagst du?
PHILOCRATES: Ja, beim Pollux, und gar sehr.
Laß ihn dir schildern. Wenn er seinem Genius
Ein Opfer darbringt, nimmt er zum heiligen Dienst
Nur samische Gefäße, daß der Gott sie nicht
Selbst stehle. Nunmehr weißt du, wie er anderen traut.
HEGIO: Folge jetzt mir. Ich will auch den ein weniges
Examinieren. *Geht mit Philocrates zu Tyndarus.* Dieser da, Philocrates,

Hat sich benommen, wie's dem braven Mann geziemt.
Ich weiß von ihm, aus was für einem Haus du stammst,
Er hat es mir bekannt. Sagst du das gleiche mir,
So wird's dein eigener Nutzen sein, obgleich ich's schon
Von diesem weiß.

TYNDARUS: Er tat nur seine Schuldigkeit,
Wenn er die Wahrheit dir bekannte, ob ich gleich mit Fleiß
Verheimlicht hätte mein vornehm Geschlecht
Und meinen Reichtum, Hegio; jetzt, da Vaterland
Und Freiheit ich verloren, halt ich's ganz für recht,
Daß er dich höher als mich respektiert. Gewalt
Des Feindes hat seine Stellung meiner gleichgemacht.
Ich weiß gar wohl, daß sonst er mich mit keinem Wort
Zu schmähen wagte, jetzt aber darf er's durch die Tat.
Du siehst, der Menschen Schicksal trennt und bindet sie
Ganz rücksichtslos: mich, der ich frei war, hat's zum Knecht
Gemacht, vom Höchstgestellten zum Geringsten.
Ich, der gewohnt war zu gebieten, füge mich
Nun eines anderen Machtwort. Würde freilich mir
Ein Herr beschieden, wie ich selbst in meinem Haus
Als Herr mich angelassen, hätt ich keine Furcht,
Daß ungerecht und streng er mich behandelte.
Das wollt ich, Hegio, wenn du mir's nicht übelnimmst,
Ans Herz dir legen.

HEGIO: Sprich getrost.

TYNDARUS: Frei ward auch ich
Geboren wie dein Sohn. Auch mir wie ihm entriß
Des Feindes Arm die Freiheit; er ist Knecht bei uns,
Gerade, wie ich bei euch jetzt in der Knechtschaft bin.
Doch sicher lebt ein Gott, der alles hört und sieht,
Was wir beginnen; der wird sorgen, daß ihm dort
Geradeso getan wird, wie du hier mir tust.
Wohltat bringt Lohn, vergolten wird die Übeltat,
Wie du den Sohn, so wünscht mein Vater mich zurück.

HEGIO: Ich weiß das alles wohl; allein gestehst du mir
Das auch, was der bekannt hat?

TYNDARUS: Ich gestehe dir,

Daß höchster Wohlstand herrscht in meines Vaters Haus
Und daß ich hoher Abkunft bin, und doch beschwör ich dich,
Mein Hegio, laß nicht meinen Reichtum dein Gemüt
Zur Habsucht reizen, daß mein Vater – bin ich gleich
Sein einziger Sohn – es nicht vorzieht, mich als Knecht
Bei guter Kost und Kleidung dir zu lassen, eh
Ich dort, wo es ihm Unehre brächt, ein Bettler bin.

HEGIO: Ich bin, den Göttern und meinen Ahnen sei's gedankt,
Genug begütert; auch ist meine Meinung nicht,
Daß jede Art Gewinn dem Menschen Vorteil bringt.
Wohl haben viele Leute sich durch Wucher schon
Emporgeschwungen, doch es kommen auch Fälle vor,
Wo man den Schaden dem Gewinn vorziehen muß.
Ich bin kein Freund des Goldes: zu schlechten Streichen hat's
Gar manchen schon verleitet. Aber nun merk auf,
Damit du weißt, was meine Herzensmeinung ist.
Bei euch in Elis lebt mein kriegsgefangener Sohn
In Sklaverei: wenn diesen du zurück mir bringst,
So zahlst du außerdem nicht einen Deut an mich;
Ich lasse dich und jenen frei von hinnen ziehen,
Auf keinem anderen Wege kommst du fort von hier.

TYNDARUS: Höchst recht und billig ist, was du verlangst, du bist
Der allerbeste Mensch; doch hat daselbst dein Sohn
Den Staat zum Herren oder einen Bürgersmann?

HEGIO: Menarchus heißt er, Arzt und Bürger.

PHILOCRATES: Allerliebst!
Der ist ja sein Klient. Das geht für dich so glatt ab
Wie ein Guß, wenn's regnet.

HEGIO: Mache, daß ich ihn
Zurückbekomme.

TYNDARUS: Das will ich; doch eines bitt ich dich.

HEGIO: Was ist's? Wenn's nur zum Zweck führt, tu ich's.

TYNDARUS: Hör denn,
Du sollst's erfahren. Nicht verlang ich frei zu sein,
Eh jener wieder da ist. Doch laß diesen hier *(er deutet auf Philocrates)*
Mir zum Schätzwert ab, daß ich zum Vater heim
Ihn send, um jenen auszulösen.

HEGIO: Lieber schick
Ich einen anderen ab, wenn Waffenstillstand wird,
Mit deinem Vater zu verhandeln, der dann auch
Den Auftrag, den du für ihn hast, besorgen kann.
TYNDARUS: Einen Unbekannten schicken ist so gut wie nichts,
Das ist verlorene Mühe. Den mußt du schicken, der
Wird, wenn er hinkommt, alles schnell erledigen.
Auch keinen treueren, keinen, dem er mehr vertraut,
Kannst du ihm senden, keinen, der ihm lieber wäre
Und so nach seinem Herzen; keinem anderen wird
So zuversichtlich deinen Sohn er anvertrauen.
Befürchte nichts: mit meinem Kopfe steh ich dir
Für seine Treue ein, auf ihn verlaß ich mich,
Er weiß, wie gut ich gegen ihn gesonnen bin.
HEGIO: Nun, auf dein Wort hin will ich gegen Schätzung ihn
Absenden, wenn du's haben willst.
TYNDARUS: Ich will's; auch säh
Ich das Geschäft gern möglichst schnell bereinigt.
HEGIO: Willst du mir zwanzig Minen, falls er nicht mehr kommt,
Für ihn bezahlen?
TYNDARUS: Herzlich gern.
HEGIO *zu den bewachenden Sklaven*: So nehmt ihm gleich
Die Fesseln ab, und diesem auch.
Die Sklaven entfesseln beide und gehen dann ins Haus.
TYNDARUS: Gewähren dir
Die Götter jeden Wunsch, da du so hoch mich ehrst
Und meiner Bande mich entledigst. Es ist mir just
Nicht sehr zuwider, daß dem Hals das Halsband fehlt.
HEGIO: Was Guten Gutes geschieht, wird mit reichem Dank
Vergütet. Wenn du nun den dorthin senden willst,
Besprich dich mit ihm, unterweis ihn, trag ihm auf,
Was du dem Vater ausgerichtet haben willst.
Soll ich ihn hierher zu dir rufen?
TYNDARUS: Ja.

II/3

HEGIO *zu Philocrates*: Mag Glück es bringen mir und meinem Sohn und
Dein neuer Herr will, daß du deinem alten Herrn [euch:
In dem, was er dir auferlegt, getreulich dienst.
Geschätzt zu zwanzig Minen tret ich ihm dich ab,
Er aber will, so sagt' er mir, zum Vater heim
Dich senden, um dort frei zu machen meinen Sohn
Und einen Tausch zu treffen zwischen mir und ihm
Um unsere Söhne.
PHILOCRATES: Auf beide Seiten zieht mich's hin,
Zu dir und ihm, ihr könnt mich brauchen wie ein Rad:
Hierhin wie dorthin roll ich, wenn ihr's haben wollt.
HEGIO: Du leistest durch den Sinn dir selbst den größten Dienst,
Wenn du die Knechtschaft trägst, wie man sie tragen muß.
Komm her. *Zu Tyndarus:* Hier ist dein Mann.
TYNDARUS: Nimm meinen Dank dafür,
Daß du die Möglichkeit mir und Erlaubnis gabst,
Den Boten hinzusenden in der Eltern Haus,
Der, wie mir's hier ergeht und was geschehen soll,
Der Reihe nach meinem Vater melden kann.
Zu Philocrates: So haben wir es abgeredet, Tyndarus,
Daß abgeschätzt nach Elis du zum Vater gehst.
Mit zwanzig Minen, falls zurück du nicht mehr kommst,
Vergüt ich diesem dich.
PHILOCRATES: Vernünftig kontrahiert.
Dein Vater wartet sicher, daß ein Bote kommt,
Ich oder sonst wer.
TYNDARUS: Nun, so merke dir genau,
Was du nach Haus dem Vater von mir melden sollst.
PHILOCRATES: Was bisher immer ich und überall getan,
Soll ferner auch mit allem Fleiß geschehen, damit,
Was irgend deiner Sache nützen kann, ich stets
Erstrebe, ihm mit Herz und Sinn und aller Kraft
Nachtrachte.
TYNDARUS: Darin tust du deine Schuldigkeit.
Nun merke wohl, was ich dir sage. Allererst

Vermeld dem Vater und der Mutter meinen Gruß,
Auch den Verwandten, und wenn du sonst noch einen Wohlgesinnten siehst.
Sag ihnen, daß ich mich ganz wohl befinde hier,
Als Sklave diene bei dem allerbesten Herrn,
Der stets mich hoch in Ehren hielt und halten wird.
PHILOCRATES: Hierzu braucht's keines Auftrags, daran denk ich selbst.
TYNDARUS: Wahrhaftig, hätt ich keine Wache, ich hielte mich
Für frei. Berichte meinem Vater, in welcher Art
Ich mich mit dem hier wegen seines Sohns geeint.
PHILOCRATES: Ich weiß es ja, das Mahnen macht nur Aufenthalt.
TYNDARUS: Daß er ihn freigibt und hierherschickt für uns zwei.
PHILOCRATES: Bleibt nicht vergessen.
HEGIO: Aber ja doch möglichst bald;
Denn beider Teile Vorteil heischt's in hohem Grad.
PHILOCRATES: Du kannst nicht heißer wünschen, deinen Sohn zu sehen,
Als jener sich nach seinem sehnt.
HEGIO: Mir ist der meine, jedem ist der seine lieb.
PHILOCRATES: Hast du noch sonst was, das ich dem Vater melden soll?
TYNDARUS: Mir geh es gut hier und, das sag ihm offen, Tyndarus,
Daß nie die Eintracht zwischen uns gestört ward,
Daß nie du was verschuldet hast, niemals in was
Zuwider ich dir war, daß stets du deinem Herrn
Gehorsam warst, selbst in so großem Leid
Mich nie im Stich gelassen hast, weder mit dem Wort noch mit der Tat,
In Not und Elend. Wenn mein Vater, Tyndarus,
Erfährt, wie du gesinnt warst gegen seinen Sohn
Und gegen ihn, dann ist er nicht so geizig,
Daß er dir nicht die Freiheit unentgeltlich schenkt.
Und komm ich heim, mach ich, daß er's noch leichter tut.
Durch deine Mühe, Freundlichkeit, Entschlossenheit
Und Klugheit hast du es erwirkt, daß heim ich darf
Zu meinen Eltern kehren, da du diesem hier
Meinen hohen Stand und meinen Reichtum hast enthüllt.
Und so nahmst deinem Herrn die Fesseln du durch deine Klugheit ab.
PHILOCRATES: Ganz, wie du sagst, hab ich getan und freue mich,
Daß du daran denkst. Nur was du verdient um mich,

Geschah dir; denn wollt ich erwähnen, Philocrates,
Wieviel du Gutes mir erwiesen, reichte kaum
Ein Tag hin; wärest du mein Knecht, du hättest nicht
Ergebener dich zeigen können gegen mich.
HEGIO: Bei aller Götter Treu, welch edle Denkungsart
Bei diesen Menschen! Sie rühren mich zu Tränen.
Sie lieben sich so herzlich: welches Lob erteilt
Der Sklave seinem Herrn!
PHILOCRATES: Oh, nicht ein Hundertteil
Des Lobes, das er selbst um mich verdient hat,
Erteilt er mir.
HEGIO: Nun da du so brav gehandelt hast,
So bietet jetzt sich eine Gelegenheit, deine Redlichkeit
Zu krönen, dadurch daß du diesem hier dich treu erzeigst.
PHILOCRATES: Nicht größer kann mein Wunsch so zu handeln sein,
Als ihn die Tat bewähren soll; und daß du's weißt,
Ruf ich den höchsten Juppiter zum Zeugen, Hegio,
Daß nie ich untreu sein will dem Philocrates.
HEGIO: Du braver Mensch!
PHILOCRATES: Und daß ich anders nie an ihm
Will tun als an mir selbst.
TYNDARUS: Daß seine Worte sich
Durch Werk und Tat als wahr erweisen, ist mein Wunsch.
Und wenn ich etwas nicht so ganz, wie ich gewollt,
Dir sagte, höre jetzt mich an; doch daß du mir
Um dieser Worte willen nur nicht böse wirst.
Bedenk, ich bitte, daß du auf mein Ehrenwort
Von hier nach Haus geschickt wirst, daß geschätzt du bist
Und daß für dich mein Leben ist gesetzt als Pfand.
Darum vergiß mich nicht, daß du nicht sogleich,
Nachdem du meinem Blick entschwunden und als Knecht
Statt deiner in der Knechtschaft mich gelassen hast,
Für frei dich ansiehst, unbekümmert um dein Pfand,
Und gib dir Mühe, daß du dieses Mannes Sohn
An meiner Statt zurückbringst. Du weißt, daß man
Für zwanzig Minen dich ziehen läßt. Sei dem Treuen treu;
Vergilt Vertrauen nicht mit Trug! Denn ich weiß,

Mein Vater wird in allem seine Pflicht tun. Und erhalte stets
Mich, wie auch diesen neu gefundenen dir als Freund.
Bei deiner Rechten, welche meine Rechte faßt,
Beschwör ich dich, sei gegen mich nicht minder treu,
Als ich es gegen dich bin. Du bist jetzt mein Herr,
Mein Vater, mein Patron; dir empfehl ich all
Mein Hoffen, all mein Glück.

PHILOCRATES: Du hast genug nun aufgetragen.
Wenn ich, was du mir aufgetragen, ausgeführt,
Bist du zufrieden?

TYNDARUS: Ja, genug.

PHILOCRATES: Dann komm ich so zurück,
Wie's dir und mir gefällt. Was sonst?

TYNDARUS: Daß du so bald
Wie möglich wiederkehrst.

PHILOCRATES: Wie sich's von selbst versteht.

HEGIO *zu Philocrates*: Komm mit mir, daß beim Wechsler ich das
Dir zahl; auch hol ich einen Paß beim Prätor. [Reisegeld

TYNDARUS: Was für einen Paß?

HEGIO *zu Tyndarus*: Den er zum Heere mit sich nimmt,
Daß man ihn frei heimziehen läßt. Geh du hinein.

TYNDARUS: Reis glücklich!

PHILOCRATES: Lebe wohl!

Tyndarus ab ins Haus des Hegio.

HEGIO: Nun, meine Sachen stehen
Auf gutem Fuß, daß aus der Beut ich diese zwei
Gekauft von den Quästoren. Aus der Sklaverei
Ist so mein Sohn errettet, wenn es den Göttern so gefällt.
Und gleichwohl sann ich lange bei mir nach, ob ich
Sie kaufen solle oder nicht. *Zu den Sklaven:* Bewachet mir
Den drinnen, Sklaven, daß er keinen Schritt hinaus
Tu ohne Wache. Sogleich bin ich wieder da:
Nur noch zum Bruder will ich, meine anderen
Gefangenen zu besuchen und zu fragen, ob
Den jungen Mann vielleicht wer kennt. – Du aber komm mit mir;
Ich will vor allem anderen dich jetzt absenden.

Hegio mit Philocrates ab nach rechts. Pause.

III/1

Ergasilus kommt von rechts.

ERGASILUS: Ein armer Mann, der seine Nahrung selber sucht
Und nur mit Müh sie findet, allein weit ärmer noch,
Wer sie mit Mühe suchen muß und nichts dann findet;
Am allerärmsten aber, wer zu essen wünscht
Und nichts zu essen hat. Fürwahr, dem heutigen Tag
Kratzt ich, wenn es nur ginge, gern die Augen aus,
So hat mit Geiz er alle Leute mir erfüllt:
So nüchtern sah ich keinen noch, so hungervoll,
Dem, was er anfing, auch so schlecht vonstatten ging.
So feiern Bauch und Schlund denn Hungerferien.
Ans höchste Kreuz verwünsch ich die Schmarotzerkunst!
Schon weist die Jugend arme Lustigmacher ab,
Nicht gönnt den letzten Platz sie den Spartanern mehr,
Den Prügeljungen, Schwätzern ohne Geld und Gut.
Nur solche suchen sie, die gern im eigenen Haus
Das Mahl vergelten, gehen selber auf den Markt,
Was ehedem das Amt der Parasiten war.
Vom Markte gehen sie mit offenem Haupt ins Hurenhaus,
Ebenso wie sie im Gericht gegen schuldige Angeklagte
Das Verdammungsurteil sprechen. Keinen Heller mehr
Schätzt man den Lustigmacher; jeder liebt nur sich.
Beim Fortgehen traf ich junges Volk am Markt:
»Seid gegrüßt«, sagt ich, »wohin geht's?«
Da schwiegen alle. »Wer sagt: hierher! Wer lädt ein?«
Wie stumm stand alles da; niemand lachte. »Wo speisen wir
Zu Abend?« fragte ich, doch sie schüttelten den Kopf.
Nun gab ich einen Witz der besseren Sorte ab,
Der sonst mir einen Monatsfreitisch eingebracht;
Nicht einer lachte. Gleich merkt ich, daß da ein förmliches
Komplott bestand. Nicht einmal einem bösen Hund
Wollt's einer nachtun, daß er mir die Zähne wies,
Wenn er nicht lachen wollte. Wie ich sehe, daß
Sie Spott nur mit mir treiben, geh ich meines Wegs.
Da treff ich andere und wieder andere: immer gleich;

Im Einverständnis alle, wie auf ihrem Markt
Die Ölverkäufer. Fruchtlos schweiften ebenfalls
Noch andere Parasiten auf dem Markt umher.
Soeben komm ich, weil ich mich genarrt sehe,
Von dort zurück, nun aber hab ich fest im Sinn,
Mein Recht streng zu verfolgen nach dem römischen Gesetz:
Wer sich verschworen, uns den Lebensunterhalt
Zu kürzen, den verklag ich, und der Strafantrag
Heißt: zehn Mahlzeiten ganz nach meiner eigenen Wahl,
Obgleich jetzt alles teuer ist. So führ ich's aus.
Nun will ich nach dem Hafen gehen; dort winkt mir noch
Die letzte Essenshoffnung; bricht auch die den Hals,
Dann komm ich zu dem Alten hier zum Dornenmahl.
Ergasilus ab nach links.

III/2

Hegio und Aristophontes kommen von rechts.
HEGIO: Was gibt es Süßeres, als auch fürs gemeine Wohl
Sich tätig zeigen, wie ich gestern dies getan,
Als ich diese Leute kaufte. Wo mich einer sieht,
Kommt er entgegen mir und wünscht mir Glück darum,
So daß ich armer Mann vor lauter Stillestehen
Und Aufgehaltenwerden ganz ermüdet bin.
Mit Not nur konnt ich aus der Gratulantenschar
Heraus mich winden. Endlich ging's zum Prätor dann,
Kaum ruh ich da ein wenig, bitt ihn um den Paß;
Man gab ihn mir sogleich, ich gab ihn dem Tyndarus.
Der reiste weg nach Haus. Nachdem das ausgerichtet war,
Ging ich zum Bruder hin, wo meine anderen
Gefangenen sind, und fragt herum, ob keiner den
Philocrates aus Elis kennt. Da rief dieser hier,
Er sei sein Freund; ich sag ihm, er sei hier bei mir.
Nun bittet und beschwört er mich, ich möcht ihm doch
Erlauben, ihn zu sehen. Ich ließ alsogleich
Die Fesseln ihm abnehmen und ging sofort hierher.
Zu Aristophontes: So folge mir denn, daß du der Erfüllung deines [Wunschs

Teilhaftig wirst und mit diesem Mann zusammenkommst.
Beide ab in Hegios Haus.

III/3

Tyndarus stürzt aus dem Haus des Hegio.

TYNDARUS: Jetzt ist's an dem, daß Nichtmehrsein mir lieber wär
Als Sein, jetzt trennen Hoffnung, Heil und Hilfe sich
Von mir und lassen mich im Stich. Dies ist der Tag,
Wo keine Rettung für mein Leben übrigbleibt,
Kein Hoffnungsschimmer, der mir diese Furcht wegnimmt.
Für meinen Lug und Trug gibt's keine Hülle mehr,
Für meine Schliche und meine Gaunerei kein Mäntelchen.
Kein Flehen sühnt meine Arglist, meine Übeltat
Schützt kein Entfliehen. Keine sichere Unterkunft,
Kein Zufluchtsort ist da für mein Intrigenspiel.
Entdeckt ist, was verdeckt war; offen liegt der Trug.
Mein Tun ist sonnenklar, ist keine Frage mehr;
Tod und Verderben trifft mich an des Herren Statt:
Mein Mörder ist Aristophont, der eben kam;
Er kennt mich, ist Philocrates' Freund und ihm verwandt.
Die Rettungsgöttin selbst, auch wenn sie wollte, kann
Mich nicht mehr retten, wenn ich keine List ersinne.
Doch welche? Was ersinn ich, was denk ich mir aus?
Am Ende heißt's doch: Dummes Zeug! Und ich sitz fest.

III/4

Hegio und Aristophontes kommen aus dem Haus.

HEGIO: Wohin wohl hat der Mensch sich aus dem Haus gestürzt?
TYNDARUS *für sich*: Wahrhaftig, nun ist's aus mit mir, der Feind [rückt an.
Was sag ich nun? Was bring ich vor?
Was soll ich leugnen und was eingestehen?
Alles ist nun ungewiß. Wie soll ich mir noch helfen?
O hätten doch, Aristophont, die Götter dich
Zugrund gerichtet, eh die Heimat du verlorst,
Dich, der du mir meinen ganzen Anschlag so zerschlägst.
Verloren ist die ganze Sache, wenn ich nicht
Mir irgendeine unverschämte List erfinde.

HEGIO *der jetzt den Tyndarus erblickt, zu Aristophontes:*
Tritt her, da ist er; sprich mit ihm.
TYNDARUS *für sich*: Wo ist ein Unglücksmensch wie ich?
ARISTOPHONTES: Was ist das, daß du meinen Augen, Tyndarus,
Dich so entziehst, wie einen Unbekannten mich
Anstierst, den du im ganzen Leben nie gesehen?
Ich bin so gut wie du jetzt Sklav, obgleich daheim
Ich frei war, während du von Kindesbeinen auf
In Elis in der Knechtschaft dich befunden hast.
HEGIO: Mich wundert's gar nicht, wenn er dir und deinem Blick
Ausweicht, sogar dich haßt, da, statt Philocrates,
Du Tyndarus ihn nennst.
TYNDARUS: Als rasend, Hegio,
Kennt man in Elis diesen Menschen; leihe doch
Dem, was er dir vorfabelt, deine Ohren nicht.
Den eigenen Eltern ist daheim mit einem Speer
Er nachgerannt, auch überfällt nicht selten ihn
Jene Krankheit, die man bespuckt; drum halte dich
Entfernt von ihm.
HEGIO: Weit weg von mir!
ARISTOPHONTES: Was sagst du, Schurke? Rasend sei ich? Wäre nach
Dem Vater mit dem Speer gerannt und leid an einer Krankheit,
Daß man mich bespucken müsse?
HEGIO: Sei darum nicht bang:
Gar viele Menschen gibt's, die jene Krankheit plagt,
Denen bespuckt zu werden half und nützte.
ARISTOPHONTES: Wie, was? Du glaubst ihm gar?
HEGIO: Warum auch sollt ich nicht?
ARISTOPHONTES: Ich wär verrückt?
TYNDARUS: Sieh nur, mit welch wildem Blick
Er drein schaut. Gehen wir auf die Seite, Hegio,
Es kommt, wie ich dir schon gesagt: die Raserei
Bricht aus; nimm dich in acht.
HEGIO: Es kam mir gleich so vor,
Als sei er rasend, als er dich Tyndarus genannt.
TYNDARUS: Zuweilen weiß er seinen eigenen Namen nicht,
Noch wer er ist.

HEGIO: Und nannte doch dich seinen Freund.

TYNDARUS: Ich kenn ihn näher nicht. Ganz auf dieselbe Art
Sind dann Alkmäon und Orestes und Lykurg
Auch meine Freunde.

ARISTOPHONTES: Galgenstrick, du wagst es noch,
Mich so zu schmähen? Ich sollte dich nicht kennen?

HEGIO: Nun,
Daß du ihn nicht kennst, ist doch klar, da du Tyndarus,
Anstatt Philocrates ihn nanntest; den du siehst,
Den kennst du nicht, und den du nicht siehst, nennst du.

ARISTOPHONTES: Im Gegenteil, er sagt, er sei, wer er nicht ist,
Und wer er wirklich ist, das, sagt er, sei er nicht.

TYNDARUS: Ja, ja,
Du bist der Mann, des Wahrspruch dem Philocrates
Den Rang abläuft.

ARISTOPHONTES: Und du, wie ich die Sache sehe,
Bist's, der durch Flunkerei die Wahrheit übermannt hat.
Allein, ich bitte dich, sieh doch mich einmal an.

TYNDARUS: Ja?

ARISTOPHONTES: Leugnest du noch immer, du seist Tyndarus?

TYNDARUS: Ich bin es nicht.

ARISTOPHONTES: Und sagst, du seist Philocrates?

TYNDARUS: Durchaus!

ARISTOPHONTES *zu Hegio*: Und du glaubst ihm?

HEGIO: Freilich, mehr als dir
Denn der, für den du diesen ausgibst, ist von hier [und mir;
Zu dessen Vater heut nach Elis abgereist.

ARISTOPHONTES: Zu welchem Vater? Er, ein Sklave?

TYNDARUS: Sklave bist
Auch du, und warst einst frei; und also, hoff ich, soll's
Mit mir auch werden, wenn ich dieses Mannes Sohn
Behilflich bin zur Freiheit.

ARISTOPHONTES: Was? Du Galgenstrick
Behauptest, daß du frei geboren seist?

TYNDARUS: Ich behaupte nicht Liber, sondern Philocrates zu sein.

ARISTOPHONTES: Nun, Hegio, siehst du, wie der Schuft dich wiederum
Zum Narren hält? Er selbst ist weiter nichts als Sklave

Und hatte niemals andere Sklaven außer sich.

TYNDARUS: Weil du von Haus aus selbst ein armer Schlucker bist
Und nichts daheim zu beißen hast, so möchtest du,
Daß jeder deinesgleichen wär; es nimmt mich das
An dir nicht wunder, denn wer selbst im Elend ist,
Hegt immer Neid und Mißgunst gegen Bessere.

ARISTOPHONTES: Hegio, sieh wohl dich vor, daß allzu leicht du nicht
Dem Menschen glaubst. Er hat, soviel ich sehe, dir
Schon etwas angehängt. Was er von deines Sohns
Loskaufung uns vorschwatzt, gefällt mir keineswegs.

TYNDARUS: Ich weiß, daß dir's nicht recht ist, dennoch setz ich's durch,
Wenn mir die Götter beistehen. Den in Elis bring
Ich seinem Vater, der aber bringt dem meinen mich nach Haus.
Das ist der Grund, weswegen ich den Tyndarus
Zu meinem Vater heimgeschickt.

ARISTOPHONTES: Der bist ja du;
Nie war in Elis, außer dir, ein Sklave, der
Den Namen führte.

TYNDARUS: Wirfst du mir noch immerfort
Meine Knechtschaft vor, die doch durch Feindes Hand mich traf?

ARISTOPHONTES: Nein, länger kann ich mich nicht halten.

TYNDARUS: Hörst du, was
Er sagt? Mach, daß du fortkommst. Nächstens wird er uns
Mit Steinen werfen, wenn du ihn nicht greifen läßt.

ARISTOPHONTES: O Qual!

TYNDARUS: Die Augen glühen ihm; Hegio, jetzt geschieht's.
Sieh, wie sein ganzer Leib voll gelber Flecken wird.
Die schwarze Galle quält den Menschen.

ARISTOPHONTES: Beim Pollux,
Schwarzes Pech sollte dich, wär nur der Alte klug,
Beim Henker quälen, und es sollt dein Kopf in Flammen stehen.

TYNDARUS: Nun spricht er irre; Schreckgebilde stacheln ihn.

HEGIO: Wie, wenn ich ihn jetzt greifen ließe?

TYNDARUS: Das wär am Platz.

ARISTOPHONTES: Verdammt, daß mir ein Stein fehlt, diesem Schlingel [hier
Das Hirn herauszuschmeißen; sein Geschwätz, das bringt
Mich noch zum Wahnsinn.

TYNDARUS: Hörst du, daß er einen Stein
Will haben?
ARISTOPHONTES: Hegio, nur ein Wort mir dir allein.
HEGIO: Sprich, was du willst, doch aus der Fern, ich hör es doch.
TYNDARUS: Ganz recht; denn trittst du näher, beißt er sicher
Die Nase dir aus dem Gesicht.
ARISTOPHONTES: Ach, Hegio, glaube nicht,
Daß ich wahnsinnig bin, noch, daß ich je es war,
Noch auch, daß ich die Krankheit habe, die er mir
Andichtet. Doch, befürchtest etwas du von mir,
So laß mich fesseln; gern ertrag ich's, wenn nur der
Gleichfalls gefesselt wird.
TYNDARUS: Nein, Hegio, nur ihn,
Der's haben will, laß fesseln.
ARISTOPHONTES: Schweige nur, ich will
Dich Schein-Philocrates noch heut als wahren Tyndarus
Entlarven.
Tyndarus will ihm ein Zeichen geben.
Weshalb winkst du mir ab?
TYNDARUS: Ich winkte dir ab?
Zu Hegio: Was tät er erst, wenn du entfernter ständest?
HEGIO: Wie,
Wenn ich dem Manne näher träte?
TYNDARUS: Rein umsonst;
Er schwatzt dir dummes Zeug vor, ohne Kopf und Fuß,
Der Aufputz fehlt allein, sonst sähst den Aiax du
Leibhaftig vor dir.
HEGIO: Macht mir gar nichts; dennoch will
Ich zu ihm hingehen.
TYNDARUS *für sich*: Nun ist's ganz vorbei mit mir!
Jetzt steh ich zwischen Opferherd und Stein, ich weiß
Nicht, was ich tun soll.
HEGIO: Dir zu Dienst, Aristophont,
Steh ich, wofern du etwas mir zu sagen hast.
ARISTOPHONTES: Die Wahrheit sollst du von mir hören, Hegio,
Die du bis jetzt für Lüge hältst. Doch allererst
Will ich von dem Verdacht bei dir mich reinigen,

Als ob an Tollheit oder einer anderen
Krankheit ich litte, außer daß ich Sklave bin.
Doch lasse so der Götter und der Sterblichen
König mein Vaterland mich wiedersehen, wie dieser da
Philocrates so wenig ist wie du und ich.

HEGIO: Ei nun, so sprich, wer ist er denn?

ARISTOPHONTES: Kein anderer,
Als den ich dir gleich anfangs nannte; findest du's
Nicht so, so laß ich mir's gefallen, daß bei dir
Freiheit und Eltern ewig mir verloren sind.

HEGIO *zu Tyndarus*: Was sagst du dazu?

TYNDARUS: Daß dein Sklav ich bin und du mein Herr.

HEGIO: Das frag ich nicht. Warst frei du einst?

TYNDARUS: Ich war's.

ARISTOPHONTES: Er lügt,
Er war es nie.

TYNDARUS: Wie weißt du das? Tatst du vielleicht
Hebammendienst bei meiner Mutter, daß du das
So keck behauptest?

ARISTOPHONTES: Schon als Knaben kannt ich dich.

TYNDARUS: Und ich, erwachsen selbst, kenn als Erwachsenen dich;
Das nimm als Antwort. Kümmere dich, dann tust du klug,
Um meine Sachen nicht! Kümmre ich um deine mich?

HEGIO *auf Tyndarus deutend zu Aristophontes*:
Hieß dessen Vater wirklich Goldschatzklauenmann?

ARISTOPHONTES: Nein; diesen Namen hör ich heut zum erstenmal.
Theodoromedes hieß der Vater von Philocrates.

TYNDARUS *für sich*: Das gibt den Rest. Jetzt ist's zu Ende mit der Ruh;
Geh, liebes Herz, zum Galgen und erhänge dich.
Du hüpfst, und ich Armer kann vor Angst kaum stehen.

HEGIO: So ist's denn wirklich zweifellos, daß dieser da
Nicht Philocrat ist, sondern Sklav in Elis war?

ARISTOPHONTES: So zweifellos, daß du's nie anders finden wirst.
Doch, wo ist jetzt Philocrates?

HEGIO: Wo ich's am wenigsten,
Er selbst am meisten wünscht. Da bin ich Armer nun
Zerschunden, Glied um Glied zerrissen durch die List

Des Schufts da, der nach Herzenslust genarrt mich hat.
Zu Aristophontes: Doch bist du ganz sicher?
ARISTOPHONTES: Überlegt und wohlbedacht
Ist jedes meiner Worte.
HEGIO: Wirklich?
ARISTOPHONTES: Glaube mir,
Du findest nichts Gewisseres in der ganzen Welt;
Als Knaben waren wir Freunde schon, Philocrates
Und ich.
HEGIO: Wie sieht er aus, dein Freund Philocrates?
ARISTOPHONTES: Ich will dir's sagen; hageres Antlitz, Nase spitz,
Hautfarbe weiß, die Augen schwarz,
Die Haare kraus gelockt und etwas rötlich.
HEGIO: Das trifft alles zu.
TYNDARUS *für sich*: Fürwahr, zu größerem Unglück hätt ich heute nicht
Mich zeigen können. Weh den armen Ruten, die
Auf meinem Rücken heute sterben.
HEGIO: Angeführt,
Das seh ich, wurde ich.
TYNDARUS *für sich*: Ketten, warum zögert ihr?
Kommt schnell gelaufen und umschließt die Beine mir,
Daß ich euch wohl bewache.
HEGIO: Somit haben denn
Die Schelme von Gefangenen mich in ihr Garn gekriegt.
Als Sklave gab sich jener, dieser als Freier aus.
Den Kern hab ich verloren, nur die Schale blieb
Als Pfand zurück, so haben sie mich Dummkopf
An meiner Nase herumgeführt.
Indes der soll mich nicht mehr foppen. Colaphus,
Cordalio, Corax! Kommt heraus und bringt auch gleich
Die Stricke mit!

Colaphus, Cordalio und Corax rennen mit Stricken aus dem Haus.

COLAPHUS: Man will uns doch nicht schicken, Holz zu bündeln?

III/5

HEGIO: Geschwind, legt diesem Schurken hier Handschellen an!

Die Sklaven beginnen Tyndarus zu fesseln.

TYNDARUS: Was soll das sein? Was hab ich denn getan?
HEGIO: Du fragst,
Der du stets Schurkenstreiche säst, behackst und mähst?
TYNDARUS: Weswegen setzest du nicht auch noch bei »und eggst«?
Denn immer eggt der Bauer vorher, eh er hackt.
HEGIO: Mit welcher Keckheit er mir gegenüberstand!
TYNDARUS: Der Knecht, den keine Schuld und kein Vergehen drückt,
Darf stolz sein, namentlich, wenn vor dem Herrn er steht.
HEGIO *zu den Sklaven*: Zieht ihm die Hände fest zusammen; hört ihr?
TYNDARUS: Ich bin in deiner Macht, du kannst sie mir sogar
Abhauen lassen. Doch was ist geschehen? Warum
Zürnst du mir so?
HEGIO: Weil du mich und mein ganzes Werk,
Soviel an dir lag, durch verborgene Schurkereien
Zerrissen und mein Hab und Gut zerrüttet hast.
Du hast zerstört, was ich berechnet und was ich gehabt.
Durch deine Ränke hast du den Philocrates
Mir weggenommen, da du mich glauben gemacht hast,
Er sei dein Sklav und du der Herr. So sagtet ihr,
Und habt so eure Namen zwischen euch vertauscht.
TYNDARUS: Ich gebe zu, daß alles so geschehen ist,
Wie du es sagst, und daß er mittels Trugs von dir
Gegangen ist: es war mein Werk und meine List.
Allein, ich bitte dich, deswegen zürnst du mir?
HEGIO: Fürwahr, zur größten Pein für dich ist das geschehen.
TYNDARUS: Wenn nur nicht wegen schlechter Streich' ich sterben muß,
Dann liegt mir wenig dran. Find hier ich meinen Tod
Und kehrt er nicht zurück, wie er versprochen hat,
Wird solche Tat mir noch im Tode Ruhm verleihen,
Daß meinen Herrn aus Knechtschaft und aus Feindeshand
Frei in die Heimat und zum Vater ich gebracht
Und daß mein eigenes Haupt ich lieber der Gefahr
Preisgeben wollt, als im Verderben ihn zu sehen.
HEGIO: So such denn in der Hölle deinen Lohn.
TYNDARUS: Wer um der Tugend willen untergeht, geht nicht zugrund.
HEGIO: Hab ich dich recht gemartert erst und abgequält
Und für dein schurkisch Treiben in den Tod geschickt,

So mag man's untergehen, mag man's zugrunde gehen
Nennen: bist du tot nur, ist mir's einerlei,
Wenn man auch sagt, du lebest.

TYNDARUS: Wahrlich, tust du das,
Tust du's nicht ungestraft, wenn jener wiederkehrt,
Was, wie ich sicher hoffe, bald geschehen wird.

ARISTOPHONTES *für sich*: Ihr ewigen Götter! Jetzt erst faß und merke ich,
Was hier geschehen ist. Mein Freund Philocrates
Ist frei daheim bei seinem Vater. Das ist gut;
Ich habe keinen, dem ich's lieber gönnte.
Nur das betrübt mich, daß ich dem so schlecht gedient,
Der jetzt durch mich und meine Wort' in Fesseln ist.

HEGIO *zu Tyndarus*: Verbot ich heut nicht jede Lüge dir?

TYNDARUS: Jawohl.

HEGIO: Warum logst du so unverschämt mich dennoch an?

TYNDARUS: Weil dem, dem ich gedient, die Wahrheit schadete,
Jetzt nützt die Unwahrheit ihm.

HEGIO: Doch dir schadet sie.

TYNDARUS: Auch so ist's recht. Ist doch mein Herr gerettet, und
Mich freut es, daß er's ist, dem einst zum Wächter mich
Mein älterer Herr gegeben. Kommt dir diese Tat
Schlecht vor?

HEGIO: Abscheulich.

TYNDARUS: Mir jedoch erscheint sie gut,
Ob meine Ansicht gleich nicht zu der deinen stimmt.
Bedenke nur, wenn eben das für deinen Sohn
Ein Sklave täte, wärst du dankbar nicht dafür?
Gäbst du die Freiheit solchem Sklaven oder nicht?
Und wäre der dir nicht vor allen anderen lieb?
Antworte.

HEGIO: Möglich.

TYNDARUS: Weshalb also zürnst du mir?

HEGIO: Weil du größere Treue ihm als mir bewiesen hast.

TYNDARUS: Wie? Konntest du nach einer Nacht und einem Tag
Verlangen, daß ich, eben erst gefangen und
Noch neu und fremd, ergebener dir mich zeigen soll
Als ihm, mit dem ich schon als Kind zusammen war?

HEGIO: So hole deinen Dank bei ihm. *Zu den Sklaven*: Führt ihn dorthin,
Wo schwere, starke Fesseln seiner warten. Dann
Geht's weiter in den Steinbruch. Während andere
Acht Steine dort ausbrechen, mußt du jeden Tag
Die Hälfte noch darüber liefern, wenn du nicht
Sechshunderthiebkerl heißen willst.

ARISTOPHONTES: Bei Gott und Welt
Beschwör ich, Hegio, dich, laß diesen Mann nicht ganz
Zugrunde gehen.

HEGIO: Da wird gesorgt. Man bindet ihn
Bei Nacht gut in den Block und hält ihm Wache; tagsüber
Muß er Steine unter der Erde holen. Lang will ich
Ihn martern, nicht an einem Tag ist's abgetan.

ARISTOPHONTES: So steht das fest bei dir?

HEGIO: Nicht fester steht mein Tod.
Zu den Sklaven: Führt ohne Säumen ihn zum Schmied Hippolytus
Und laßt dicke Fußfesseln ihm anlegen dort.
Von da aus führt ihn in den Steinbruch außerhalb
Des Tors, zu meinem Freigelassenen Cordalus,
Und sagt, es sei mein Wille, daß er so mit ihm
Umgehe wie mit dem, der's dort am allerschlechtesten hat.

TYNDARUS: Wie sollt ich Heil erwarten, ohne daß du willst?
Mein Leben hängt an deinem: bin ich in Gefahr,
So bist's auch du. Am Ende steht mir auch im Tod
Nichts Schlimmes zu befürchten; und erreicht ich auch
Das höchste Alter, ist der Zeitraum doch nur kurz,
Wo ich, was du mir angedroht, erdulden muß.
So lebe wohl denn und gesund, obgleich von mir
Du einen anderen Wunsch verdientest. Dir, Aristophont,
Ergeh es so, wie du's um mich verdient hast.
Durch dich hat mich dies Los getroffen.

HEGIO: Führt ihn ab.

TYNDARUS: Das eine bitt ich noch: kehrt Philocrates zurück,
So gönne mir, daß ich ihn sehen und sprechen darf.

HEGIO *zu den Sklaven*: Ihr seid des Tods, wenn ihr ihn nicht sofort
Mir aus den Augen bringt.

TYNDARUS *indem er fortgeschleppt wird*: Das ist, beim Herkules,

Gewalttat, daß man so herum mich zerrt und stößt.
Die drei Sklaven führen Tyndarus ins Haus ab.
HEGIO *für sich*: Der wandert in den Kerker nun geradenwegs,
Wie er's verdient. Zur Warnung soll's den andern
Gefangenen dienen, daß ein ähnlich Bubenstück
Nicht etwa sonst wer wagt; denn hätte dieser da
Die Sache mir nicht aufgedeckt, sie zögen mich
Mit ihren Truggeweben wie am Zaum herum.
Jetzt ist's beschlossen, daß ich künftig keinem mehr
In etwas Glauben schenke. Einmal betrogen ist
Genug. Da hofft ich Ärmster, aus der Sklaverei
Den Sohn befreit zu haben: diese Hoffnung ist
Dahin. Verloren habe ich vor langer Zeit den einen Sohn,
Ein Knäblein von vier Jahren, das ein Knecht mir stahl,
Und weder Knecht noch Kind war je zu finden mehr.
Der ältere aber, der fiel nun in Feindes Hand.
Was hab ich denn verbrochen?
Als ob ich Kinder zeugt, um kinderlos zu sein.
Zu Aristophontes: Komm mit! Ich führe dahin dich, woher du kommst.
Fest steht's bei mir: ich will mich keines Menschen mehr
Erbarmen, weil auch niemand meiner sich erbarmt.
ARISTOPHONTES: Befreiung aus den Banden prophezeit ich mir.
Nunmehr muß ich in sie zurück mich prophezeien.
Hegio geht mit Aristophontes nach rechts ab.

IV/1

Ergasilus kommt von links.
ERGASILUS: Erhabener Zeus, du rettest mich und mehrst mein Glück,
Die feinsten Leckereien bietest du in Fülle mir,
Gewinn, Lob, Scherz, Spiel, Festlichkeiten, Ferien,
Pracht, Freude, Vorrat, Trinkgelage, Sättigung.
Nun ist's beschlossen: keinen Menschen will ich mehr
Mit Bitten angehen, bin ich doch der Mann jetzt, der
Dem Freunde nützen und den Feind verderben kann.
So hat der Tage heiterster mit Heiterkeit
Mich heiter überhäuft; denn ohne Opfer hab

Ich heut die allerfettste Erbschaft mir erlangt.
Nun nehm ich meinen Lauf zum alten Hegio,
Dem ich des Guten so viel bring, wie er sich selbst
Von den Göttern wünscht, und wohl noch mehr. Jetzt mach ich es
Geradeso, wie's die Sklaven sonst im Lustspiel tun:
Den Mantel werf ich um die Schultern, daß er es
Zuerst von mir erfahre. Diese Botschaft bringt,
Das hoff ich, mir auf ewig freie Tafel ein.

IV/2

Hegio kommt von rechts.

HEGIO: Je mehr in meinem Innern ich die Sach erwäge,
Um so viel mehr erfüllt Betrübnis mir die Brust,
Daß man mich heut auf solche Weise angeschmiert
Und daß ich's nicht durchschauen konnte.
Wenn das herauskommt, lacht die ganze Stadt mich aus;
Laß auf dem Markt ich mich nur sehen, so sagt jedermann:
»Das ist der Schlaukopf, schon so alt und doch genarrt.«
Doch der von fern dort kommt, ist's nicht Ergasilus?
Er trägt den Mantel aufgeschürzt? Was hat er vor?

ERGASILUS: Fort alle Säumnis, Ergasilus, und rasch gehandelt!
Weh dem und nochmals weh, der mir den Weg vertritt,
Es sei denn, daß sein Leben ihm verleidet ist.
Wer mir zu nahe kommt, wird auf den Kopf gestellt.

HEGIO: Der richtet sich zum Faustkampf schon.

ERGASILUS: Das ist gewiß;
Drum stelle jeder seinen Gang ein, keiner auch
Verlege sein Geschäft in diese Straße hier.
Denn ein Wurfstein ist meine Faust, ein Speergeschoß
Mein Ellenbogen, als Sturmbock dient die Schulter mir:
Zu Boden stürzt, wer eins bekommt von meinem Knie,
Die Zähne wackeln jedem, den mein Stoß erreicht.

HEGIO: Was ist das für ein Drohen? Ich wundere mich gar sehr.

ERGASILUS: Gewiß, den Tag und Ort soll der mir ewig nicht
Vergessen, der den Lauf mir hemmt; den richt ich her,
Daß er sein eigenes Leben hemmt.

HEGIO: Was hat der Mensch

Zu tun im Sinne, daß er so gewaltig droht?
ERGASILUS: Ich sag's voraus, daß keiner durch die eigene Schuld
Gefahr sich zuzieht: haltet euch zu Haus und fern
Von meinen Fäusten.
HEGIO: Wahrlich, wundern soll es mich,
Wenn dem da nicht das Selbstvertrauen im Bauche sitzt,
Weh, armer Mann, an dessen Tafel ihm der Kamm
So mächtig schwoll!
ERGASILUS: Ihr Müller, Schweinemäster, die
Mit Kleie ihr die Schweine füttert, daß kein Mensch
Die Mühle vor Gestank passieren kann,
Sollt eine Sau ich je im Freien sehen,
Schlägt meine Hand dem Herren selbst die Kleie weg.
HEGIO: Der kommandiert ja wie ein Feldherr, wie ein Fürst;
Der Mensch ist satt, er hat das Selbstvertrauen im Bauch.
ERGASILUS: Ihr Fischer, die ihr faule Fische zum Verkauf
Ausbietet, die ein klapperdürrer Karrengaul
Herführt, daß ihr Gestank das ganze Publikum
Aus der Basilika bis auf den Markt hinübertreibt,
Mit Fischerreusen will ich ins Gesicht euch hauen,
Auf daß ihr wißt, was fremden Nasen ihr für eine Qual
Verursacht. Auch ihr Schlächter, die ihr kinderlos
Die Schafe macht, Sauglämmer schlachtet und ihr Fleisch
Fürs Doppelte verwertet, einem alten Bock
Den Namen Hammel beilegt – seh ich solch einen Bock
Je auf der Straße, mach ich Bock und Herrn zumal
Zu den bejammernswertesten der Sterblichen.
HEGIO: Bravo, der gibt Befehle wie die Polizei.
Fast möcht ich glauben, es hätten ihn die Ätoler
Als Marktaufseher angestellt.
ERGASILUS: Nicht Parasit
Bin ich jetzt mehr, nein, König aller Könige,
Solch große Speisezufuhr ist für meinen Bauch
Im Hafen angelangt. Doch weshalb zögere ich noch,
Freud über Freude meinem alten Hegio
Zu bereiten! Ist kein Mensch auf Erden doch vom Glück
Begünstigter.

HEGIO: Was mag das für eine Freude sein,
Die er so freudenvoll mir schenken will?
ERGASILUS *an Hegios Türe klopfend*:
Heda! Wo seid ihr? Öffnet niemand denn die Tür?
HEGIO: Zum Essen meldet er sich bei mir an.
ERGASILUS: Macht beide Flügel auf, bevor mein Klopfen euch
Die Tür in tausend Stücke schlägt.
HEGIO: Fast kommt die Lust
Mich an, den Menschen anzureden. – Ergasilus!
ERGASILUS: Wer ist's, der hier Ergasilus ruft?
HEGIO: So sieh zurück auf mich!
ERGASILUS: Was dir Fortuna weder jetzt noch künftig tut,
Soll ich dir tun? Wer bist du?
HEGIO: Hegio; sieh doch her!
ERGASILUS: Potztausend! Du, der Besten allerbester, kommst
Mir ganz zur rechten Zeit.
HEGIO: Hast du vielleicht am Hafen jemanden
Getroffen, der dich einlud? Daher das Großtun?
ERGASILUS: Gib mir die Hand.
HEGIO: Die Hand?
ERGASILUS: Ja, die Hand, sofort!
HEGIO: Hier.

Ergasilus ergreift Hegios Hand mit der Geste des Gratulierens.

ERGASILUS: Freue dich.
HEGIO: Warum?
ERGASILUS: Weil ich es haben will.
So freu dich doch!
HEGIO: Weit näher, als die Freude, steht
Der Kummer mir.
ERGASILUS: Sei unbesorgt, ich treibe dir
Alsbald jedweden Kummerflecken aus dem Leib.
Freu tüchtig dich drauflos.
HEGIO: Ich will es tun, obgleich
Ich keinen Grund zur Freude kenne.
ERGASILUS: Gut so. Befiehl ...
HEGIO: Was soll ich befehlen?
ERGASILUS: ... daß man ein großes Feuer macht.

HEGIO: Ein großes Feuer?

ERGASILUS: Ja doch; recht groß muß es sein.

HEGIO: Wieso, du Geier, soll ich deinetwegen gar
Mein Haus anzünden?

ERGASILUS: Nur nicht gleich so böse. Laß
Auch Töpf ans Feuer stellen, Schüsseln spülen, Speck
Und Speisen wärmen in heißen Pfannen; andere
Schick auf den Fischmarkt.

HEGIO: Der träumt offenen Auges.

ERGASILUS: Der hole Schwein- und Lammfleisch, junge Hühner der.

HEGIO: Du weißt, was gut schmeckt, hättest du es nur.

ERGASILUS: Schafft Neunaugen, Zander, Seeaal, Stachelrochen auch,
Und feinen Käse an.

HEGIO: Leichter nennst du alles das,
Als daß du es an meinem Tisch zu essen kriegst.

ERGASILUS: Du glaubst wohl gar, ich spreche meinetwegen so.

HEGIO: Du wirst zwar heute nicht eben gar nichts, doch auch nicht
Viel mehr als nichts bei mir bekommen,
Daß du dich nicht täuschst. Bringe deshalb nur den Bauch
Zur Alltagskost mit.

ERGASILUS: Ich bewirke noch, daß du,
Selbst wenn ich dir's verböte, diesen Aufwand machst.

HEGIO: Ich?

ERGASILUS: Freilich du.

HEGIO: So wärest demnach du mein Herr?

ERGASILUS: Ja, und dazu ein gütiger. Willst du, daß ich dich
Glücklich mache?

HEGIO: Lieber dieses als das Gegenteil.

ERGASILUS: Dann gib mir deine Hand.

HEGIO: Da hast du sie.

ERGASILUS: Alle Götter sind dir gnädig!

HEGIO: Noch spür ich nichts davon.

ERGASILUS: Du bist nicht auf der Spur,
Deswegen spürst du nichts. Doch jetzt laß ungesäumt
Zum heiligen Dienste die Gefäße reinigen,
Ein fettes Lamm auch holen, das dein eigen ist.

HEGIO: Wozu?

ERGASILUS: Zum Opfer.
HEGIO: Welchem Gott?
ERGASILUS: Wem sonst als mir!
Denn ich bin jetzt dein allerhöchster Juppiter,
Dein Heil, Glück, Licht, dein Jubel, deine Fröhlichkeit,
Drum mach dir diesen Gott geneigt durch Sättigung.
HEGIO: Du scheinst mir hungrig.
ERGASILUS: Für mich selber, nicht für dich.
HEGIO: Wie's dir beliebt, ich laß es mir gefallen.
ERGASILUS: Ja, ich glaub, du bist's vom Knabenalter her gewöhnt!
HEGIO: Mögen
Juppiter und die Götter dich verderben!
ERGASILUS: Im Gegenteil,
Du solltest mir für meine Botschaft dankbar sein,
So vieles Gute bring ich dir vom Hafen her.
Ich geb jetzt dir den Vorzug.
HEGIO: Geh weg, du Narr, du kommst zu spät für mich.
ERGASILUS: Mitnichten; wär ich früher angekommen, dann
Hättest du mit Recht so sprechen mögen. Empfange jetzt
Von mir die Freudenbotschaft, die ich bring: ich sah
Soeben im Hafen auf dem Staatsschiff deinen Sohn
Philopolem, er lebt, ist heiter und gesund,
Und jenen jungen Mann aus Elis ebendort,
Sowie den Knecht Stalagmus, welcher einst entfloh
Und dein vierjähriges Söhnlein dir gestohlen hat.
HEGIO: Marsch, fort! Du foppst mich nur.
ERGASILUS: Die heilige Sättigung,
Die allezeit meine Schutzpatronin sein soll,
Sei so gewiß mir gnädig, als ich ihn gesehen.
HEGIO: Meinen Sohn?
ERGASILUS: Ja, deinen Sohn, ihn, meinen Genius.
HEGIO: Und den gefangenen Elier?
ERGASILUS: Bei Apollon, ja.
HEGIO: Und den Stalagmus, der mein Söhnchen einst mir stahl?
ERGASILUS: Ja, bei Kora.
HEGIO: Lang schon?
ERGASILUS: Bei Präneste, ja.

HEGIO: Kam er?

ERGASILUS: Bei Signia, ja!

HEGIO: Gewiß?

ERGASILUS: Bei Phrusinon!

HEGIO: Paß wohl auf!

ERGASILUS: Bei Alatrion!

HEGIO: Warum schwörst du
Immer bei Barbarenstädten?

ERGASILUS: Weil sie ebenso
Rauh sind, wie deinen Tisch du schilderst.

HEGIO: Weh dir!

ERGASILUS: Besser dir, weil du mir keinen Glauben schenkst,
Wo ich im Ernste rede. Nun, so sage mir:
Was für ein Landsmann war Stalagmus, als er floh?

HEGIO: Sizilier.

ERGASILUS: Nein, jetzt ist er nicht Sizilier mehr,
Er ist ein Chatte, der sich an einer Kette reibt:
Damit er mit ihr Kinder zeugt, hat man, wie es mir scheint,
Sie ihm zur Frau gegeben.

HEGIO: Was du mir gesagt,
Geschah's nach bestem Wissen und Gewissen?

ERGASILUS: Ja.

HEGIO: Ihr ewigen Götter, neugeboren fühl ich mich,
Wenn Wahres du berichtest.

ERGASILUS: Du bezweifelst noch,
Was heilig ich dir schwor? Am Ende, Hegio,
Wenn du zu meinem Eide kein Vertrauen hast,
Sieh selbst am Hafen nach.

HEGIO: Gewiß, das tu ich auch.
Besorge du indes, was drinnen nötig ist.
Nimm, fordere, hole, was du willst; ich mache dich
Zu meinem Kellermeister.

ERGASILUS: Wenn ich dir nicht eine gute
Brühe angerichtet habe, bleue mich der Prügel durch.

HEGIO: Auf ewig sei dir freier Tisch gewährt, wenn du
Die Wahrheit sprachst.

ERGASILUS: Bei wem?

HEGIO: Bei mir und meinem Sohn.
ERGASILUS: Gelobst du das mir?
HEGIO: Ich gelob es dir.
ERGASILUS: Dafür
Gelob ich dir: Dein Sohn ist da.
HEGIO: Ordne alles an,
So gut du kannst.
ERGASILUS: Glück auf den Weg, hin und zurück.
Hegio ab nach links.

IV/3

ERGASILUS: Dort geht er hin; zum Oberküchenmeister hat
Er mich ernannt. Ihr Himmlischen, wie will ich nun
Die Hälfte von den Rückenstücken hauen, wie droht
Den Schinken Tod, Schwindsucht dem Speck, dem Eingeweide
Vertilgung, Schwerenot den Schwarten! Ha, wie sollen
Die Schlächter seufzen, wie die Schweinehändler erst!
Wollt ich noch weiteres nennen, was dem Bauch zur Nahrung dient,
Wär's Zeitverlust nur. Flugs nun fort zu meinem Amt,
Dem Speck sein Recht zu sprechen und die Schinken frei
Zu machen, die gehängt sind ohne Richterspruch.
Ergasilus ab ins Haus des Hegio.

IV/4

Nach kurzer Pause stürzt ein junger Sklave aus dem Haus.
SKLAVE: Juppiter und die Götter mögen dich, Ergasilus,
Verderben, deinen Bauch, die Parasiten all
Und jeden, der noch Parasiten Futter gibt.
Pest, Unheil, Ungewitter drangen uns ins Haus.
Der brüllte wie ein Hungerwolf, ich fürchtete,
Er falle gar mich an; mir wurde angst und bang,
So fletscht' er mit den Zähnen. Angekommen kaum,
Kehrt' er den Fleischbehälter um mitsamt dem Fleisch,
Ergriff das Schwert und hieb drei Rümpfen dann die Hälse ab,
Zerbrach die Kannen all und die Pokale, die
Nicht wenigstens zwölf Schoppen halten, fragte den Koch,
Ob Speisen man in Fässern nicht auch kochen könnte.

Die Vorratskammern all erbrach er, öffnete
Jedweden Schrank.
Er ruft in das Haus hinein: Ihr Knechte gebt nur acht auf ihn!
Ich gehe jetzt und suche unsern alten Herrn,
Um ihm zu sagen, daß er neuen Vorrat sich
Beschaffen möge, wenn er für den Selbstgebrauch
Etwas bedarf; denn so, wie der zu Werke geht,
Ist jetzt schon oder doch in kurzem nichts mehr da.
Sklave ab nach links.

V/1

Von links kommen Hegio, Philopolemus, Philocrates, Stalagmus, der an einem Halseisen geführt wird.

HEGIO: Dem Juppiter und allen Göttern bring ich meinen Dank
Aus Herzensgrund dar, daß sie deinem Vater dich
Zurückgegeben und aus so viel Jammer mich
Errettet, den ich, weil du mir gefehlt, erlitt;
Auch dafür, daß ich den *(auf Stalagmus deutend)* in unseren Händen seh.
Und dessen Treu *(auf Philocrates zeigend)* sich uns als fest bewährt hat.
PHILOPOLEMUS: Genug schon hab im Herzen ich mich abgequält,
Mit Tränen mich gehärmt, genug von deinem Gram
Am Hafen dich erzählen gehört. Vorwärts nun!
PHILOCRATES: Was jetzt, da so getreulich ich mein Wort dir hielt
Und den in Freiheit und zu dir zurückgeführt?
HEGIO: Du hast gehandelt, Philocrates, daß nie ich genug
Vergelten kann, was du um mich und meinen Sohn
Verdient hast.
PHILOPOLEMUS: Doch, du kannst es, Vater, und wie du,
So werd auch ich es können, die Götter werden uns
Die Macht verleihen, daß jedem, der uns wohlgetan,
Die Wohltat nach Verdiensten du vergelten kannst.
Und so, mein Vater, kannst du auch an diesem tun,
Der unseres besten Danks sich wert erwiesen hat.
HEGIO: Wozu noch Worte viel? Fehlt doch die Zunge mir,
Daß ich, um was du bittest, dir verweigerte.
PHILOCRATES: So verlang ich denn, daß du den Knecht zurück mir [gibst,
Den ich als Pfand für mich in deinen Händen ließ,

Der besser stets für mich als für sich selbst gesorgt,
Daß ich für seine Guttat ihn belohnen kann.
HEGIO: Nimm hin den Dank für das, was du mir Gutes angetan:
Was du verlangst und was du sonst noch bitten wirst,
Sei dir gewährt. Doch werde mir nicht bös; im Zorn
Verfuhr ich hart mit ihm.
PHILOCRATES: Was hast du denn getan?
HEGIO: Gefesselt hab ich in den Steinbruch ihn geschickt,
Als ich erfuhr, daß er mich angeführt.
PHILOCRATES: O weh
Mir Armem, daß um meinetwillen solche Qual
Den besten Menschen traf!
HEGIO: Deswegen darfst du mir
Auch nichts für ihn bezahlen, ganz umsonst
Soll er die Freiheit haben; nimm ihn.
PHILOCRATES: Hegio, du
Bist wirklich gütig; doch ich bitte, gib Befehl,
Daß man den Menschen hole.
HEGIO: Gern. *Ins Haus zu seinen Sklaven:* Wo seid ihr? Geht
Sofort und holt den Tyndarus hierher.
Zu Philopolemus und Philocrates: Geht ihr hinein. Ich will aus diesem
Indes herauszukriegen suchen, wie es sich [Galgenstrick
Mit meinem jüngeren Sohn verhält. Inzwischen nehmt
Ein Bad.
PHILOPOLEMUS: Philocrates, komm mit mir hinein.
PHILOCRATES: Ich komme schon.
Philopolemus und Philocrates ab ins Haus.

V/2

HEGIO: So tritt doch näher, braver Mann, mein feiner Knecht.
STALAGMUS: Was soll ich tun, wenn solch ein Mann Unwahres spricht?
Ich war schön, war fein, doch nie brav, nie taugt ich etwas,
Noch wird's je anders werden; gib die Hoffnung auf,
So was aus mir zu machen.
HEGIO: Dann begreifst du leicht,
Welch Schicksal deiner wartet. Sprich jetzt recht und wahr;
Gehandelt aber hast du weder recht noch wahr

Bis zu diesem Tag.
STALAGMUS: Glaubst du vielleicht, ich schäme mich,
Dir's zu gestehen?
HEGIO: Zum Schämen bring ich dich gewiß;
Ich will schon machen, daß du rot wirst um und um.
STALAGMUS: Ei da! Glaubst du mit Schlägen einen zu bedrohen,
Dem sie was Neues sind? Laß das beiseite! Sprich,
Was du willst, damit du das von mir bekommst.
HEGIO: Du bist gewandt in Worten, doch jetzt faß dich kurz.
STALAGMUS: Wie du es willst, soll es geschehen.
HEGIO: Gar willig wär als Knabe er gewesen;
Jetzt schickt sich's nicht mehr. Doch zur Sache. Paß mir auf,
Und gib Bescheid auf meine Frage. Sagst du die Wahrheit,
So kann's in deiner Lage nur dein Vorteil sein.
STALAGMUS: Ach, das sind Possen! Glaubst du denn, ich wisse nicht,
Was ich verdient?
HEGIO: Doch kannst du dem entgehen, wenn auch
Nicht ganz, so doch ein wenig.
STALAGMUS: Ein wenig, ja,
Ich weiß; denn vieles wird mich treffen, und mit Recht,
Weil ich davongelaufen bin, dir deinen Sohn
Gestohlen und verkauft habe.
HEGIO: An wen?
STALAGMUS: An den
Steinreichen Theodoromedes,
In Elis, für sechs Minen.
HEGIO: Götter! Das ist ja
Der Vater des Philocrates hier.
STALAGMUS: Ja, besser kenn
Ich den als dich und sah ihn öfter.
HEGIO: Juppiter,
Erhabener, rette mich und meinen Sohn!
Komm heraus, Philocrates, bei deinem Schutzgeist bitt ich dich.

V/3

Philocrates kommt aus dem Haus.
PHILOCRATES: Da bin ich, Hegio, sprich, was steht dir zu Befehl?

HEGIO: Der hier gibt an, er hab in Elis meinen Sohn
An deinen Vater um sechs Minen einst verkauft.
PHILOCRATES: Wie lang ist das schon her?
STALAGMUS: Bald zwanzig Jahre sind's.
PHILOCRATES: Da sagt er nicht die Wahrheit.
STALAGMUS: Ich entweder oder du.
Du warst's ja, dem dein Vater einen Knaben von
Vier Jahren einst zu eigen gab.
PHILOCRATES: Wie nannt er sich?
Das sage mir, wenn du überhaupt die Wahrheit sagst.
STALAGMUS: Erst Pägnium, nachher nanntet ihr ihn Tyndarus.
PHILOCRATES: Wie kommt's, daß du mir nicht bekannt bist?
STALAGMUS: Weil's die Art
Der Menschen ist, den zu vergessen, dessen Gunst
Von keinem Wert ist.
PHILOCRATES: Sag mir, ist es derselbe,
Den meinem Vater du verkauftest, der sodann
Mir zu eigen geschenkt wurde?
STALAGMUS: Ja, es ist dieses Mannes Sohn.
HEGIO: Ist er am Leben noch?
STALAGMUS: Man hat ihn mir bezahlt,
Ums Weitere kümmert ich mich nicht.
HEGIO: Was sagst du dazu?
PHILOCRATES: Ja, jener selbe Tyndarus, er ist dein Sohn,
Nach dem, was der hier angibt. Gut und sittsam ward
Von Kindheit bis zum Jünglingsalter er mit mir
Erzogen.
HEGIO: Glücklich bin ich und bedauernswert
Zugleich, wenn ihr die Wahrheit sprecht. Bedauernswert,
Weil ich, wenn er mein Sohn ist, Böses ihm getan.
Ach, warum hab ich mehr ihm oder weniger
Getan, als billig war! Was er von mir an Bösem
Erfahren hat, wie quält es mich! O könnt ich es
Doch ungeschehen machen! – Doch da kommt er ja
Mit einem Schmuck, den er mit seinen Tugenden nicht verdient.

V/4

Tyndarus kommt mit eisernen Fußfesseln und einer Spitzhacke aus dem Haus.

TYNDARUS: Schon oft und viel sah ich die Qualen abgemalt,
Die von der Hölle man berichtet; doch so schlimm
Ist's in der Hölle selbst nicht, wie es mir erging
Im Steinbruch dort. Ja, das ist erst der rechte Platz,
Wo man die Müdigkeit durch Arbeit aus dem Leib
Hinauszutreiben weiß. Kaum war ich angelangt,
So wurde, wie man Kindern von Patriziern
Zum Zeitvertreibe Dohlen, Enten, Wachteln gibt,
Mir zur Belustigung dieser Wiedehopf gegeben.
Er zeigt auf seine Spitzhacke.
Doch sieh, mein Herr steht vor der Tür, mein anderer Herr
Ist auch aus Elis wieder da.

HEGIO: Sei mir gegrüßt,
Mein heiß ersehnter Sohn!

TYNDARUS: Wie? Was? Mein Sohn? Ach ja,
Ich weiß, warum du dich zu meinem Vater machst
Und mich zu deinem Sohn, weil, gleich den Eltern, du
Das Licht mich schauen läßt.

PHILOCRATES: Gruß dir, Tyndarus!

TYNDARUS: Auch dir, um dessentwillen ich diese Qual ertrug.

PHILOCRATES: Du sollst dafür zu Freiheit und zu Reichtum auch
Durch mich gelangen. Sieh, das ist dein Vater, das
Der Knecht, der dich als vierjähriges Kind gestohlen
Und um sechs Minen an meinen Vater hat verkauft,
Von dem ich, selbst noch Kind, als Spielgenossen dich
Zu Eigentum erhielt. Der hier *(auf Stalagmus deutend)* hat's uns
[angezeigt;
Aus Elis nämlich haben wir ihn mitgebracht.

TYNDARUS: Jetzt erst taucht's, wie durch einen Nebel, in mir auf,
Daß ich gehört, mein Vater heiße Hegio.

HEGIO: Der bin ich.

PHILOCRATES: Nun, so mache leichter deinen Sohn
Um seine Fesseln, schwerer aber diesen Knecht.

HEGIO: Gewiß, das soll das erste sein. Gehen wir hinein;
Der Schmied soll kommen, daß er dir die Fesseln nehme

Und dem da gebe.
STALAGMUS: Recht so, denn sonst hab ich nichts.

DIE SCHAUSPIELERTRUPPE: Mit Züchtigkeit ist dieses Lustspiel abgefaßt,
Ihr Zuschauer. Da ist nichts von Hurerei,
Von Liebschaft nichts, von untergeschobenen Kindern nichts,
Von Prellerei nichts, nichts von einem jungen Fant,
Der hinter seines Vaters Rücken sein Liebchen sich freikauft.
Derlei Komödien, wo sogar die Guten noch
Gebessert werden, sind bei unseren Dichtern rar.
Gefällt es euch und haben wir gefallen und
Euch nicht gelangweilt, so schickt uns ein Zeichen zu:
Ihr, die ihr Züchtigkeit belohnen wollet, klatscht!

MENAECHMI

(Die beiden Menaechmi)

Personen

PROLOGSPRECHER

PENICULUS. *Parasit des Menaechmus aus Epidamnus*

MENAECHMUS, *wohnhaft in Epidamnus (E)*

FRAU *des Menaechmus E*

EROTIUM, *Hetäre, Geliebte des Menaechmus E*

CYLINDRUS, *Koch der Erotium*

MENAECHMUS, *Zwillingsbruder des Menaechmus E, aus Syrakus (S), früherer Name Sosicles*

MESSENIO, *Sklave des Menaechmus E*

MAGD *der Erotium*

SCHWIEGERVATER *des Menaechmus E*

ARZT

SKLAVEN *des Schwiegervaters des Menaechmus E (vier)*

Matrosen mit Gepäckstücken

Decio Sklave des Menaechmus E

Schauplatz ist Epidamnus; im Hintergrund der Bühne steht links das Haus des Menaechmus E, rechts das der Erotium. Der linke Seitenausgang führt zum Hafen, der rechte zum Marktplatz.

EINLEITUNG

Die Verwechslung der Zwillingsbrüder, die den Titel abgegeben haben, ist das komische Thema dieses Stücks. Ohne eine Intrige und psychologisch simpel, ist es eine Komödie der Irrungen, die der Zufall rasch und abwechslungsreich in Bewegung hält. Menaechmus von Syrakus kommt auf der Suche nach seinem seit der Kindheit verschollenen Zwillingsbruder gleichen Namens schließlich nach Epidamnus, wo, ohne daß er es weiß, sein Bruder wohnt. In einer lustigen Szenenfolge halten ihn hintereinander dessen Mätresse, Parasit, Frau und Schwiegervater für den epidamnischen Menaechmus. Die psychologische Unwahrscheinlichkeit, daß der syrakusanische Menaechmus, der sich ja, um seinen Zwillingsbruder zu finden, auf die Reise begeben hat, durch diese dauernden Verwechslungen nicht merkt, daß in dieser Stadt sein Bruder leben muß, wird nur wenig dadurch gemildert, daß sein Sklave Messenio ihn vor den Listen der Frauen von Epidamnus gewarnt hat und er in den Verwechslungen, die ihm widerfahren, danach nur Intrigen oder allenfalls Verrücktheiten sieht; zudem hindert ihn sein daraus resultierender Versuch, die Epidamnier nun seinerseits zu düpieren, an der Erkenntnis der wahren Zusammenhänge. Aber all das kann die dramaturgische Notwendigkeit – Menaechmus darf die Wahrheit nicht erkennen, damit das Spiel der Verwechslungen fortgesetzt werden kann – natürlich nur sehr fadenscheinig motivieren. Das Verhalten des syrakusanischen Menaechmus wird im Fortgang des Stückes nun umgekehrt dem epidamnischen Menaechmus von seiner Umgebung zur Last gelegt, wodurch dieser in die fatale Situation gerät, als Verrückter von den Sklaven seines Schwiegervaters zum Arzt weggeschleppt zu werden, was freilich durch das Dazwischentreten des Messenio noch verhindert wird, der im Glauben, es handle sich um seinen Herrn, ihn im letzten Augenblick freikämpft. Als nun am Ende des Stücks schließlich beide Menaechmi erstmals zusammen auf der Bühne erscheinen, kann Messenio die Wiedererkennung herbeiführen, wobei die beiden Brüder wieder gegen alle psychologische Plausibilität nicht von sich aus auch nur einen Schritt auf die Erkennung hin machen. Der Prozeß der Wiedererkennung wird um einer naiven Komik der Darstellung willen in fast ermüdender Länge ausgespielt. Trotz dieser Schwächen stand das harmlos lustige Stück zu Beginn der Neuzeit bekanntlich in besonderer Gunst und wurde nicht nur von Shakespeare (›The Comedy of Errors‹) nachgeahmt. – Es ist unbekannt, welchen griechischen Dichter sich Plautus hier zum Vorbild genommen hat. Man hat ein Original der mittleren Komödie vermutet.

PROLOGSPRECHER: Zuvörderst wünsch ich Glück und alles Wohlergehen
Mir selbst und euch, verehrtes Publikum.
Den Plautus bring ich euch – auf meiner Zunge, nicht auf meiner [Hand –
Und bitte: nehmt mit wohlgeneigtem Ohr ihn auf.
Vernehmt des Stückes Inhalt denn und merket auf:
Ich will so kurz als möglich ihn zusammenziehen.
Sonst machen es die Dichter bei Komödien so:
Die Handlung wird gewöhnlich nach Athen verlegt,
Daß alles um so griechischer euch scheinen soll;
Ich tu es nie, die Sache sei denn wirklich so.
So gräzisiert zwar dieses Stück, mitnichten doch
Athenisiert es, sondern es sizilisiert.
Das wäre zu dem Inhalt nun der Vorspruch.
Nunmehr meß ich euch den Inhalt selber vor,
Nicht metzen- oder scheffel-, nein, gleich scheunenweis;
So gut gesinnt bin ich, euch etwas kundzutun.
Einst lebt' in Syrakus ein alter Handelsherr,
Dem Zwillingssöhne seine Frau gebar; es sahen
Die Knaben sich so ähnlich, daß die Amme sie
Nicht unterscheiden konnte, die sie säugte,
Die Mutter selbst nicht, welche sie zur Welt gebracht. –
Ich habe das von einem, der die Knaben sah;
Ich selber sah sie nicht, damit das keiner von euch meint. –
Wie nun bereits die Knaben sieben Jahr erreicht,
Belud der Vater reich mit Gut ein stattlich Schiff,
Er nimmt an Bord den einen von den Zwillingen
Und führt ihn nach Tarent dann mit sich auf den Markt;
Der andere bleibt indes zurück im Hause bei der Mutter.
Die Stadt Tarent gab eben Spiele, als er kam;
Viel Volkes war, wie's immer geht, beim Fest vereint,
Und im Gedräng verlor das Kind vom Vater sich.
Ein Kaufmann war gerad aus Epidamnus da,
Der nahm das Kind und führt's nach Epidamnus weg.
Der Vater aber, über seines Sohns Verlust

Verzweifelnd, sank in Schwermut, und aus Herzensgram
Verstarb er wenige Tage nachher zu Tarent.
Als nun hiervon nach Syrakus zum Großvater
Die Kunde kam, der eine Knabe sei geraubt
Und daß der Vater zu Tarent gestorben sei,
Da ändert' er des anderen Zwillings Namen um.
So teuer war dem Alten der gestohlene.
Er legt des letzteren Namen dem zu Hause bei,
Nennt ihn Menaechmus, gerade, wie der andere hieß,
Und was auch des Großvaters eigener Name war.
Ich habe deshalb mir den Namen leicht gemerkt,
Weil oft und viel vom Herold ich ihn rufen hört.
Und daß ihr euch nicht irrt, sag ich es jetzt voraus:
Den gleichen Namen führen beide Zwillinge.
Jetzt wandere ich spornstreichs wieder Epidamnus zu,
Damit ich haarklein euch die Sach erzählen kann.
Wer etwas nach Epidamnus zu besorgen hat,
Sag's frisch heraus, und trag es mir als Boten auf;
Doch zahl er mich auch, nur für den Fall dien ich ihm;
Denn wer das Geld im Beutel festhält, ist ein Narr,
Und wer's herausgibt, wahrlich ein noch größerer.
Jedoch ich kehre wieder zu dem Ort zurück,
Von dem ich ausging, und verbleibe, wo ich steh.
Der Epidamnier, den ich vorhin erwähnt,
Derselbe, der den einen Zwillingsknaben stahl,
Besaß Vermögen zwar, doch war er kinderlos;
Drum nahm an Sohnes statt er den geraubten an,
Er war ihm auch für eine reiche Frau besorgt
Und setzt' ihn, als er starb, zu seinem Erben ein.
Denn als nach starkem Regen einst aufs Land er ging
Und einen Gießbach nahe bei der Stadt durchschritt,
Da wirft der wilde Sturm den Knabenräuber um
Und reißt den Menschen mit sich fort in Todesnot.
Durch diesen Vorfall kam zu großem Reichtum der
Geraubte Zwilling, der da drüben wohnhaft ist.
Der Sprecher zeigt auf das Bühnenhaus des Menaechmus E.
Der andere Zwilling, nämlich der zu Syrakus,

Kommt heut mit seinem Knecht in Epidamnus an,
Um Kunde von dem Zwillingsbruder einzuziehen.
Epidamnus ist die Stadt hier, während unser Stück
Heut spielt; gibt man ein anderes, ist's ein anderer Ort,
Sowie man auch die Hausbewohner auszutauschen pflegt:
Bald wohnt hier ein Kuppler, bald ein Jüngling, bald ein Greis,
Ein Bettler, König, Zeichendeuter oder Parasit.
[Lücke, vermutlich ein Vers.]

I/1

Peniculus kommt von rechts.

PENICULUS: Den Namen »Kehrwisch« gab mir das junge Volk,
Weil, wenn ich speise, rein die Tafel wird gewischt.
Die Leute, die Gefangene in Ketten tun,
In Fesseln legen ihr entlaufenes Hausgesind,
Sind große Narren, nach meiner Meinung wenigstens:
Denn trifft den armen Wicht zur Qual noch eine weitere Qual,
Treibt's mehr ihn noch zu Schlechtigkeit und zum Entfliehen;
Geh's, wie es will, er macht sich von den Fesseln frei:
Bald feilt er euch den Kettenring am Fuße durch,
Bald stößt mit einem Stein den Nagel er hinaus.
Die Vorkehrungen sind zu gar nichts nutz.
Willst einen du festhalten, daß er nicht entflieh,
Den fesselst du am sichersten mit Speis und Trank;
Bind ihm den Schnabel fest an den gefüllten Tisch.
Stellst du ihm nur zu essen und zu trinken hin,
Soviel ihm jeden Tag beliebt und was ihm schmeckt,
Er läuft, und hätt er selbst gemordet, nicht davon,
Gern bleibt er, wenn du ihn mit solchen Banden bindest.
Das zäheste aller Bande ist das Schüsselband:
Je mehr's gedehnt wird, desto fester zieht es an.
Nun will ich zu Menaechmus gehen, dem lange schon
Ich zugesprochen bin: ich geh so gerne hin,
Auf daß mit seinen Fesseln er mich feßle.
Das ist der Mann nicht, der die Leute bloß ernährt,
Er betreibt ein Sanatorium, kein Arzt könnte es besser.
Der junge Herr ist selbst ein großer Tafelfreund,

Gibt wahre Ceresschmäuse, baut die Tische voll
Und türmt die Schüsseln so hoch übereinander auf,
Daß der sich strecken muß, der was von oben will.
Nun aber gab es schon an manchem Tag nichts mehr für mich
(Ich war zu Haus mit meinen Teuren eingehaust.
Denn ich eß und kaufe nichts als nur das Teuerste,
Nun aber lassen meine Teuren mich im Stich);
Drum will ich nach ihm sehen. Horch, die Türe geht!
Menaechmus ist es selbst; er tritt heraus.

I/2

Menaechmus E kommt aus seinem Haus.

MENAECHMUS E *zurücksprechend*:
Wärst du nicht schlecht, nicht dumm, nicht toll, im Kopfe nicht
Ganz rasend, du würdest selbst auch hassen, was, wie du siehst,
Deinem Manne ist verhaßt.
Machst du's vom heutigen Tag an nur ein einzig Mal
Mir wieder so, dann ist's ein Wort, daß alsogleich
Als geschiedene Frau du draußen deinen Vater sehen wirst.
Denn jedesmal, sobald ich aus dem Hause will,
Hältst du mich zurück, rufst und fragst, wohin ich geh,
Was zu besorgen, welch Geschäft zu machen sei,
Was ich hole, was ich bringe, was ich auswärts tu.
Hab ich denn einen Zöllner angestellt,
Daß ich von meinem ganzen Treiben Rechenschaft
Ablegen soll? Ich habe dich zu sehr verwöhnt.
Nun red ich aber frei, wie mir's ums Herze ist:
Wenn ich Bedienung, Vorrat, Woll- und Purpurstoff
Und Gold dir reichlich schaff und dir's an nichts gebricht,
Dann nimmst auch du dich wohl zusammen, wenn gescheit
Du bist, und lauerst deinem Mann nicht auf.
Und daß du nicht umsonst dir diesmal Mühe gabst,
Just darum hol ich heute eine Dirne mir
Und mache mit ihr irgendwo ein Abendessen aus.

PENICULUS *für sich*: Der stellt sich an, als straf er seine Frau, und straft
Doch mich; denn jedesmal, wenn er draußen speist,
Ist nicht die Frau, nein, wahrlich, ich bin angeführt.

MENAECHMUS E: Juchei, mit meinem Zanken hab ich endlich doch
Das Weib mir von der Tür geschafft. – Wo seid ihr all,
Ihr Ehemänner, die ihr ein Verhältnis habt?
Was zaudert ihr, mir Glück zu wünschen, Gaben mir
Zu spenden, da so wacker ich für euch gekämpft?
Er zeigt ein Frauenkleid, das er unter seinem Mantel trägt.
Dieses Kleid hab ich eben meiner Frau zu Hause wegstibitzt.
Das bring ich meinem Liebchen: so muß man fein
Der Wächterin, die so schlau ist, eine Nase drehen.
Das nenn ich eine wahre Heldentat, ein hübsches Stück,
Ein pfiffig Stück, ein Meisterstück! – Abgejagt
Hab ich dem Feind die Beute, zum Heil der Bundesgenossen.
PENICULUS: Heda, junger Herr, bekomm
Auch ich wohl meinen Teil von der Errungenschaft?
MENAECHMUS E *noch ohne Peniculus zu sehen*: O wehe mir, ich stieß auf einen Hinterhalt!
PENICULUS: Im Gegenteil, auf einen Anhalt; fürchte nichts.
MENAECHMUS E: Wer da?
PENICULUS: Ich bin's!
MENAECHMUS E: O meine Freud und Wonne du,
Sei mir gegrüßt!
PENICULUS: Mir ebenfalls!
MENAECHMUS E: Wie geht es dir?
PENICULUS: Ich halte meinen guten Geist hier an der Hand.
MENAECHMUS E: Du hättest nicht gelegener kommen können, als
Du eben kommst.
PENICULUS: Das hab ich immer so im Brauch,
Ich kenne die gelegene Zeit in allen ihren Teilen.
MENAECHMUS E: Willst du ein Prachtstück sehen?
PENICULUS: Was für ein Koch hat's zubereitet? Weiß ich doch,
Wenn was verschüttet ist, wo ich den Rest werd sehen.
MENAECHMUS E: So sag mir einmal: hast du das Gemälde nie
An einer Wand gesehen, wo den Ganymed
Der Adler oder Venus den Adonis raubt?
PENICULUS: Schon oft; doch was gehen mich diese Bilder an?
MENAECHMUS E: Nun, sieh einmal mich an!
Er zeigt das Kleid seiner Frau unter seinem Mantel.

Seh ich einem solchen Bild nicht ähnlich?
PENICULUS: Was soll der Aufputz da?
MENAECHMUS E: Sag, ich sei äußerst elegant.
PENICULUS: Wo speisen wir?
MENAECHMUS E: Sag erst, was man dich sagen heißt.
PENICULUS: So sag ich denn: du bist äußerst elegant.
MENAECHMUS E: Und etwas Eigenes wagst du nicht hinzuzutun?
PENICULUS: Und auch ein recht fideler Kerl.
MENAECHMUS E: Fahr fort!
PENICULUS: Kein Wort fürwahr mehr, weiß ich nicht zuvor, warum.
Du liegst mit deiner Frau im Streit, drum hüt ich mich
So sehr vor dir.
MENAECHMUS E: Heimlich vor meiner Frau wollen wir es uns
Gut gehen lassen, wollen wir diesen Tag verbrennen.
PENICULUS: Wohlan denn also, da dein Wunsch vernünftig ist!
Wann zünde ich den Scheiterhaufen an? Der Tag ist ja
Schon halb gestorben, bis zum Nabel ist er tot.
MENAECHMUS E: Du hältst nur auf, wenn du mir widersprichst.
PENICULUS: Gleich stoße mir,
Menaechmus, dies mein Auge aus dem Grunde aus,
Red ich ein einzig Wort nur, das dir nicht beliebt.
MENAECHMUS E: Tritt weg hier von der Tür!
PENICULUS: Gut.
MENAECHMUS E: Noch weiter weg!
PENICULUS: Kann auch geschehen.
MENAECHMUS E: Besinn dich nicht, tritt weiter weg noch
Von dem Löwinnenkäfig.
PENICULUS: Ha, bei meiner Treu!
Du kommst mir recht wie ein geschickter Wagenlenker vor.
MENAECHMUS E: Wieso?
PENICULUS: Du schaust ja rückwärts stets, ob deine Frau
Nicht hinten nachkommt.
MENAECHMUS E: Und was hältst denn du davon?
PENICULUS: Ich? Was du willst: ich sage ja und sage nein.
MENAECHMUS E: Wärst du der Mann, wenn man dir was zu riechen gibt,
Aus dem Geruche zu erraten, was es ist?
PENICULUS: *[Lücke]* ... wie ein Kollegium.

MENAECHMUS E: Wohlan, so riech einmal an diesem Kleide hier;
Wie riecht es? Was, du kehrst dich weg?
PENICULUS: Ein Weiberkleid
Darf nur von oben her berochen werden, denn
(Er deutet auf den unteren Teil des Kleides:)
Von jenem Teile setzt es dem Geruchsorgan
Mit ganz und gar unleidlichem Gedüfte zu.
MENAECHMUS E: Da, Peniculus, riech einmal! Du rümpfst die Nase?
PENICULUS: Natürlich.
MENAECHMUS E: Wonach riecht es denn? Antworte!
PENICULUS: Nach einem Diebstahl, einem Mädchen, einem Schmaus.
MENAECHMUS E: Recht geraten. Meiner Frau hab ich das Kleid gestohlen.
Es wandert zu Erotium, der Hetäre, jetzt;
Die soll ein Mahl für mich, für dich und sich sogleich
Herrichten. Wohlgemut dann bechern wir, bis hoch
Der Morgenstern am Himmel steht.
PENICULUS: Das heiß ich mir
Ein Wort zur Zeit gesprochen. Klopf ich jetzo gleich
Dort an die Tür?
MENAECHMUS E: Klopfe nur – nein, warte noch!
PENICULUS: Auf tausend Schritte rückst du mir den Becher weg.
MENAECHMUS E: Klopfe sanft!
PENICULUS: Du fürchtest gar, die Türe sei
Aus Ton?
MENAECHMUS E: Halt, halt, ich bitte dich!
Erotium tritt aus ihrem Haus.
Sie selber ist es, sieh nur hin, sie tritt heraus.
O schaue doch zur Sonn empor, wie dunkel sie
Erscheinet, gegen dieses Körpers Strahlenglanz!

I/3

EROTIUM: Mein Leben, mein Menaechmus, sei willkommen mir!
PENICULUS: Und ich?
EROTIUM: Nun ja, du läufst so überzählig mit.
PENICULUS: So ungefähr, wie bei der Legion es mit
Den überzählig eingeschriebenen Truppen geht.
MENAECHMUS E: Ich hätt ein Treffen heut in deinem Hause gern

Für mich bestellt.

EROTIUM: Das kann geschehen.

PENICULUS: Wir zechen dann
In diesem Treffen beide brav zusammen. Wer
Als besserer Kämpe beim Pokal erfunden wird,
Wird deiner Legion zugeteilt;
Mit ihm sollst du die Nacht zubringen.

MENAECHMUS E: Wie ist mir doch
Mein Weib zuwider, wenn ich dich, du Süße, seh!

EROTIUM: Und dennoch mußt du stets
Von ihr was an dich hängen! Was ist denn dieses da?
Sie weist auf das Frauenkleid.

MENAECHMUS E: Dein Anzug, meine Rose, und der »Auszug« meiner [Frau.

EROTIUM: Du weißt's zu richten: leicht wird dir die Oberhand
Vor allen anderen, die sich meine Gunst erflehen.

PENICULUS *für sich*: Nur solange noch die Dirne was zu rauben sieht,
Wird sie ihm schmeicheln. – Liebtest du von Herzen ihn,
Du hättest ihm die Nase längst aus dem Gesicht gebissen.

MENAECHMUS E *zieht den Mantel aus, unter dem er das Kleid seiner Frau trägt*: Da, Peniculus, halt einmal, ich will die Beute weihen,
Wie ich gelobt.

PENICULUS: Her damit! Doch bitt ich dich
Beim Herkules, tanz so hernach uns auch im Weiberkleid.

MENAECHMUS E: Ich soll tanzen? Du bist ja nicht bei Trost!

PENICULUS: Du eher als ich!
Willst du nicht tanzen, zieh es also aus.

MENAECHMUS E *das Frauenkleid ausziehend*: Das heiß ich mir
Gefahren ausstehen, bis ich heute das erwischt.
Nach meiner Meinung hat sogar nicht Herkules
So viel gewagt, als einst er der Hippolyte
Den Gürtel stahl. Da, nimm es nur,
Da du allein mir zu gefallen willig bist.

EROTIUM: Das ist die rechte Sinnesart für einen, der mich liebt.

PENICULUS *für sich*: Ja, wenn man nicht schnell genug an den Bettelstab
Gelangen kann.

MENAECHMUS E: Vier Minen habe ich dafür gezahlt,
Als ich im vorigen Jahr es meiner Frau gekauft.

PENICULUS: Vier Minen rein verloren, wie die Rechnung weist.
MENAECHMUS E *zu Erotium*: Hast du verstanden, was du mir besorgen sollst?
EROTIUM: Vollkommen. Alles richt ich deinem Wunsch gemäß.
MENAECHMUS E: So sorg uns für ein Frühmahl denn bei dir!
PENICULUS: Und schaff
Uns auch an Leckerbissen was vom Markt herbei:
Ein feines Schweinernes, ein fettes Schinkenstück,
Ein Vorderkopfstück oder Euter oder sonst
Was dieser Art, das, dampfend auf den Tisch gestellt,
Mir wahren Geierhunger weckt.
MENAECHMUS E: Und zwar sogleich!
EROTIUM: Beim Kastor, ja!
MENAECHMUS E: Wir gehen auf den Markt indes;
Gleich sind wir wieder hier. Die kurze Zwischenzeit,
Derweil gekocht wird, zechen wir.
EROTIUM: Komm, wann du willst,
Du findest alles fertig.
MENAECHMUS E: Mache nur geschwind.
Zu Peniculus: Du komm mit mir.
PENICULUS: Beim Herkules, heut nehm ich dich
Gewiß in acht, bin vorn und hinten, ließe dich
Nicht aus, und wären aller Götter Schätze mein.
Menaechmus E und Peniculus gehen nach rechts ab.
EROTIUM *ins Haus hineinrufend*: Ruft mir den Koch Cylindrus alsogleich [heraus!

I/4

Cylindrus kommt aus Erotiums Haus.
EROTIUM: Nimm deinen Küchenkorb und Geld. Hier hast du, sieh,
Drei Silberstücke.
CYLINDRUS: Gut.
EROTIUM: Nun geh und kaufe ein,
Soviel für drei Personen just erfordert wird,
Daß weder etwas mangelt noch was übrigbleibt.
CYLINDRUS: Und was für Leute sind denn die drei?
EROTIUM: Ich selbst,
Menaechmus und sein Parasit.

CYLINDRUS: Das sind schon zehn.
Der Parasit allein versieht mit Leichtigkeit das Amt von acht.
EROTIUM: Du kennst
Die Gäste jetzt, das Weitere geb ich dir anheim.
CYLINDRUS: Ganz wohl. Es ist so gut wie schon gekocht;
Laß nur Platz nehmen.
EROTIUM: Kehre schnell zurück.
CYLINDRUS: Gleich bin ich wieder da.

Cylindrus ab nach rechts, Erotium ab in ihr Haus.

II/1

Menaechmus S, sein Sklave Messenio und Matrosen, die Gepäck tragen, kommen von links. Menaechmus S trägt die gleiche Kleidung wie Menaechmus E.

MENAECHMUS S: Nicht größere Lust gibt's, denk ich, für Seefahrende,
Messenio, als wenn von fern, auf hoher See,
Sie Land erblicken.
MESSENIO: Größer doch ist jene noch,
Ich sag es offen, wenn du nach deiner Ankunft
Das Land erblickst, das du dein eigenes nennen darfst.
Doch weshalb kamen wir nach Epidamnus und
Gehen gleich dem Meere herum an allen Inseln?
MENAECHMUS S: Um meinen Zwillingsbruder auszuspähen.
MESSENIO: Und wann wird dieses Suchen einmal endigen?
Das ist ja schon das sechste Jahr, daß wir uns drum bemühen.
Massilier, Spanier, Istrer und Illyrier,
Das ganze obere Meer, das fremde Griechenland,
Jedwede Küst Italiens, die das Meer bespült,
Wir haben alles schon umsegelt. Suchtest du
Eine Nadel, längst schon müßte sie gefunden sein,
Sie stecke, wo sie wolle, dieses glaub ich fest.
Wir suchen einen Toten unter Lebenden;
Wenn er noch lebte, wär er längst gefunden schon.
MENAECHMUS S: Drum such ich einen auf, der mir Gewißheit gibt,
Der mir versichern kann, daß er gestorben sei;
Dann geb ich mir zum Suchen keine Mühe mehr.
Im anderen Fall laß ich mein Leben lang nicht ab:

Ich weiß ja wohl, wie wert er meinem Herzen ist.
MESSENIO: Du suchst da Knoten in der Binse. Laß uns heim;
Es sei, du hättest es auf eine Reiseschilderung abgesehen.
MENAECHMUS S: Behalte deinen Witz und nimm dich wohl in acht
Vor Schlägen; werde mir nicht lästig; nimmermehr bist
Du die Richtschnur meines Handelns.
MESSENIO: Ah, dies eine Wort gemahnt mich, daß ich Sklave bin.
Nicht möglich war es, mehr zu sagen mit wenigem,
Und dennoch kann ich mich nicht halten – es muß heraus.
Menaechmus, höre! Seh ich unseren Beutel an,
Gar sommerlich sind wir versehen mit Reisegeld.
Beim Herkules, wofern du nicht nach Hause kehrst,
Geht alles hin, derweil du deinen Bruder suchst.
So ist in Epidamnus hier die Menschenart:
Wollüstlinge und Trunkenbolde ersten Rangs;
Auch Gaunervolk und Speichellecker gibt's in Meng
In dieser Stadt; und erst die feilen Dirnen, die
Verstehen zu schmeicheln wie sonst nirgends in der Welt.
Drum führt die Stadt den Namen Epidamnus auch,
Weil dort kein Damm sich dem Ruin entgegenstellt.
MENAECHMUS S: Da will ich mich schon hüten. Gib den Beutel her!
MESSENIO: Was soll's damit?
MENAECHMUS S: Es wird bei deinen Worten mir
So bang.
MESSENIO: Vor was denn bang?
MENAECHMUS S: Weil auch mein Ruin
In Epidamnus keinen Damm leicht finden wird.
Du bist ein großer Weiberfreund, Messenio,
Ich aber jähzornig und gleich ohne Kopf;
Hab ich das Geld nun, dann wird beidem vorgebeugt:
Du stellst nichts an, und ich gerate nicht in Zorn.
MESSENIO: Da nimm's, bewahr es gut: das ist mir gerade recht.

II/2

Cylindrus kommt von rechts mit eingekauften Lebensmitteln.
CYLINDRUS: Gut hab ich eingekauft und ganz nach Herzenswunsch;
Ein feines Mahl setz ich jetzt meinen Gästen vor.

Doch sieh, dort ist Menaechmus ja. Weh meiner Haut!
Die Gäste wandeln vor der Tür schon auf und ab,
Eh ich vom Markt zu Hause bin. Ich will doch hin
Und ihn anreden. Sei, Menaechmus, mir gegrüßt!

MENAECHMUS S: Die Götter seien dir freundlich, wer du auch bist.

CYLINDRUS: Wer ich auch bin? Du weißt es nicht, Menaechmus, wer [ich bin?

MENAECHMUS S: Gewiß nicht.

CYLINDRUS: Und wo sind die anderen Gäste?

MENAECHMUS S: Was sollen das für Gäste sein?

CYLINDRUS: Dein Parasit.

MENAECHMUS S: Mein Parasit? Der Mensch ist wohl nicht recht im Kopf.

MESSENIO: Sagt ich dir nicht, die Stadt sei voller Gaunervolk!

MENAECHMUS S: Wen meinst du mit dem Parasiten, junger Mann?

CYLINDRUS: Den Peniculus.

MENAECHMUS S: Den Kehrwisch hab ich wohlverpackt im [Koffer.

CYLINDRUS: Menaechmus, fast zu früh kommst du zum Mittagsmahl;
Ich komme eben erst vom Markt.

MENAECHMUS S: Sag an, mein Freund,
Was kostet hier ein fehlerloses Opferschwein?

CYLINDRUS: Ein Silberstück.

MENAECHMUS S: Nimm denn ein Silberstück von mir,
Und lasse dich für dieses Geld entsühnen;
Denn daß du toll bist, das weiß ich gewiß,
Sonst würdest du, wer du auch bist,
Mir unbekanntem Manne nicht so lästig sein.

CYLINDRUS: Ich bin Cylindrus; kennst du meinen Namen nicht?

MENAECHMUS S: Cylindrus oder Coriandrus: packe dich!
Ich kenn dich nicht und will dich auch nicht kennen.

CYLINDRUS: Und dennoch heißt Menaechmus du, soviel ich weiß.

MENAECHMUS S: Du sprichst vernünftig, da du meinen Namen nennst.
Doch woher kennst du mich?

CYLINDRUS: Woher denn meinst du wohl?
Erotium, meine Herrin, hast du ja zur Geliebten.

MENAECHMUS S: Bei Gott, ich hab sie nicht und kenne dich auch nicht.

CYLINDRUS: Du weißt nicht, wer ich bin? Ich, der den Becher dir
So oft kredenze, wenn du bei uns zechst?

MESSENIO: Verdammt,

Daß hier nichts ist, ich schlüg ihm sonst den Schädel ein!

MENAECHMUS S: Du pflegtest mir den Becher zu kredenzen, da
Bis heut ich Epidamnus weder sah noch es
Betrat?

CYLINDRUS: Du willst es leugnen?

MENAECHMUS S: Ja, ich leugne es.

CYLINDRUS: Wie? Wohnst du nicht dort drüben in dem Hause?

MENAECHMUS S: Gott
Verdamme die, die drinnen wohnen.

CYLINDRUS *für sich*: Nun gewiß,
Das nenn ich toll, wenn einer so sich selber flucht.
Hör an, Menaechmus!

MENAECHMUS S: Was denn?

CYLINDRUS: Folgst du meinem Rat,
So laß für jenes Silberstück, das du mir zuvor
Versprachst, ein Opferschweinchen bringen für dich selbst,
Denn du bist doch wahrhaftig nicht so recht gescheit,
Menaechmus, da du eben jetzt dir selber fluchst.

MENAECHMUS S: Fürwahr, der Kerl ist unerträglich lästig mir.

CYLINDRUS *für sich*: Er treibt ja oft auf diese Weise Spaß mit mir;
Gar lustig ist er, wenn die Frau er ferne weiß. –
Was sagst du zu folgendem?

MENAECHMUS S: Was soll ich sagen?

CYLINDRUS: Ist's wohl genug,
Was hier du siehst, was für euch drei ich eingekauft?
Oder braucht ihr mehr noch, du, die Frau, der Parasit?

MENAECHMUS S: Was Frau? Was Parasit? Was schwatzt du mir da vor?

MESSENIO: Was plagt dich für ein böser Geist, daß du dem Herrn
Dich hier so lästig machst?

CYLINDRUS: Was will ich denn von dir?
Dich kenn ich nicht; mit dem da sprech ich, den ich kenn.

MENAECHMUS S: Beim Pollux, Kerl, du bist verrückt, ich seh es klar.

CYLINDRUS: Das will ich bald gar machen, es währt nicht lange mehr,
Nur gehe mir nicht gar zu weit vom Hause weg.
Willst du noch was?

MENAECHMUS S: Daß du fort zum Henker gehst.

CYLINDRUS: Gingst lieber du indes hinein und setztest dich,

Derweil der Wut Vulkans ich dieses anvertrau;
Ich will hinein, Erotium es zu wissen tun,
Daß du hier draußen bist; es ist ja besser doch,
Sie holt dich rein, als daß du vor der Türe stehst.
Cylindrus ab ins Haus der Erotium.

MENAECHMUS S: Nun, ist er fort?

MESSENIO: Ja.

MENAECHMUS S: Meiner Treu, ich merke jetzt,
Daß du mich nicht belogst.

MESSENIO: Gib acht, was weiter kommt.
Ich glaube, daß dort eine feile Dirne wohnt,
Wie jener Narr gesagt, der eben von uns ging.

MENAECHMUS S: Doch nimmt mich's wunder, wie er meinen Namen [weiß.

MESSENIO: Mich ganz und gar nicht. Diese Dirnen machen's so:
Sie schicken Sklaven, Mägde nach dem Hafen aus;
Sobald ein fremdes Schiff nun dort vor Anker geht,
So fragen sie, woher es kommt und wem's gehört.
Dann schmiegen sie und kleben einem gleich sich an,
Und geht er in die Falle, kommt er eher nicht
Nach Haus, als bis er ruiniert ist. Dort,
(Er deutet auf das Haus der Erotium.)
In jenem Hafen lauert jetzt ein Kaperschiff;
Vor diesem, dünkt mich, nehmen wir uns wohl in acht.

MENAECHMUS S: Dein Rat ist gut, beim Herkules!

MESSENIO: Ob er gut ist,
Weiß ich erst, wenn du ihn gut befolgen wirst.

MENAECHMUS S: Sei nur ein bißchen still; die Türe hat geknarrt;
Laß sehen, wer kommt.

MESSENIO: Ich leg inzwischen das hier ab.
Er legt ein Gepäckstück, das er trug, ab.
Ihr Ruderleute, gebet ja wohl acht darauf!

II/3

EROTIUM *kommt aus ihrem Haus und spricht hinein zu einem Sklaven:*
Laß nur die Türe so! Du darfst nicht warten; geh!
Mach drin die Vorbereitungen; sieh nach und tu, was nötig ist!
Die Polster ausgebreitet! Zündet Rauchwerk an!

Zieht Luxus ja doch stets der Verliebten Herzen an.
Annehmlichkeiten bringen ihnen Schaden, uns Gewinn.
Doch wo ist jener, den der Koch vorm Hause sah?
Hier ist er ja, er, der Gewinn und Nutzen mir
So reichlich bringt; drum tu ich ihm, wie er's verdient,
Auch alles gern, als unseres Hauses Mächtigstem.
Nun geh ich selbst wohl zu ihm hin und red ihn an. –
Mein Herzchen, seltsam find ich's in der Tat, daß du
So vor der Türe stehst, da diese Türe dir
Doch offener steht als selbst dein eigenes Haus, indem
Dies Haus dir selber eigentlich gehört. Bereit
Ist alles, wie dein Will es angeordnet hat,
Und nichts verhindert dich sofort hineinzugehen.
Das Essen ist besorgt, wie du befohlen hast,
Und nach Belieben können wir zu Tische gehen.

MENAECHMUS S *zu Messenio*: Mit wem spricht dieses Weib?

EROTIUM: Nun ja, mit dir.

MENAECHMUS S: Und was
Hatt ich denn je, was hab ich jetzt mit dir zu tun?

EROTIUM: Weil dich vor allen ich nach Venus' Willen hoch
Verehren soll, und das nicht ohne dein Verdienst;
Denn du allein ja bist es, dessen Güte mir
Solch Freudenleben schafft.

MENAECHMUS S *zu Messenio*: Fürwahr, Messenio,
Das Weib ist rasend oder schwatzt im Rausch heraus,
Da so vertraulich sie mit mir, dem Fremden, tut.

MESSENIO: Hab ich dir nicht gesagt, wie alles kommen wird?
Jetzt fallen nur erst Blätter; aber sind wir noch
Drei Tage hier, so stürzen Bäume auf dich ein.
So sind nun einmal hier die Dirnen: meisterhaft
Verstehen alle, wie man das Geld vorlockt.
Indessen – laß mich sie anreden. He, Weibchen!

EROTIUM: Was
Beliebt?

MESSENIO: Von woher ist dir dieser Mann bekannt?

EROTIUM: Von da, von wo auch er mich schon seit langem kennt,
Von Epidamnus.

MESSENIO: Von Epidamnus? Hat er doch
Erst heut den Fuß, sonst nie, in diese Stadt gesetzt.
EROTIUM: Menaechmus, ha, du machst mir hübsche Späße! Doch
Tritt ein, ich bitte; besser ist dir drin zu Mut.
MENAECHMUS S *zu Messenio*: Bei Gott, das Weib, das nennt beim rechten [Namen mich;
Ich bin begierig, was da alles werden soll.
MESSENIO: Die wittert schon den Geldsack, den du bei dir hast.
MENAECHMUS S: Beim Pollux, diesmal rätst du mir sehr gut.
Da, nimm ihn einmal zu dir: bald erfahr ich, ob
Sie mehr mich selber oder meinen Beutel liebt.
EROTIUM: Laß uns hinein zum Essen gehen!
MENAECHMUS S: Du bist sehr freundlich, und
Ich danke dir dafür.
EROTIUM: Warum hast du dann eben erst
Ein Mittagsmahl bei mir bestellt?
MENAECHMUS S: Bei dir bestellt?
Ich?
EROTIUM: Ja, so ist's; für dich und deinen Parasiten.
MENAECHMUS S: Was Parasit? Zum Henker! *Zu Messenio*: Sicher ist das [Weib
Nicht recht bei Trost.
EROTIUM: Den Peniculus mein ich.
MENAECHMUS S: Was für einen
Peniculus? So einen, womit man sich die Schuhe putzt?
EROTIUM: Denselben, der soeben mit dir kam, als du
Das Kleid mir gabst, das du deiner Frau entwendet hast.
MENAECHMUS S: Was soll das heißen? Ein Kleid hätte ich dir
Gegeben, das ich meiner Frau entwendet hätte?
Du bist wohl nicht gescheit! *Zu Messenio*: Es ist kein Zweifel mehr,
Das Weib hier träumt im Stehen wie ein Gaul.
EROTIUM: Was willst du mich zum besten haben und mir das
Abstreiten, was geschehen ist?
MENAECHMUS S: So sage doch,
Was ist das, was ich leugnete, daß ich es tat?
EROTIUM: Daß du mir heut das Kleid von deiner Frau geschenkt hast.
MENAECHMUS S: Das leugne ich noch einmal. Erstens hatt ich nie
Ein Weib und hab auch jetzt keins; dann tat ich nie
In meinem Leben einen Tritt in dieses Tor;

Ich speist im Schiffe, stieg ans Land und traf dich hier.
EROTIUM: Zum Henker auch! Das kostet mich mein Leben noch!
Von was für einem Schiffe schwatzt du da mir vor?
MENAECHMUS S: Von einem hölzernen, vielfach zertretenen,
Worin gar viel genagelt und gehämmert ist,
Wo, wie in einer Kürschnerbude, Pflock an Pflock
Sich reiht.
EROTIUM: Nun aber laß den Spaß, ich bitte dich,
Und geh mit mir ins Haus hinein!
MENAECHMUS S: Ein anderer
Ist's wohl, nach dem du fahndest, Weib, ich bin es nicht.
EROTIUM: Wie? Kenn ich dich nicht, Menaechmus? Moschus heißt
Dein Vater, sollst in Syrakus geboren sein,
Dort auf Sizilien, wo einst Agathokles geherrscht
Und nach ihm Phintia und als dritter Liparo,
Der sterbend seine Krone gab an Hiero,
Und wo jetzt Hiero regiert.
MENAECHMUS S: Was du da
Anführst, ist nicht unrichtig, Weib.
MESSENIO *zu Menaechmus S*: Beim Juppiter,
Kommt denn das Weibsbild gar von dort herüber, daß
Sie so genau dich kennt?
MENAECHMUS S: Es kommt mir wirklich vor,
Daß ich ihr nichts verweigern darf.
MESSENIO: O tu es nicht;
Es ist um dich geschehen, wenn du ihr Haus betrittst.
MENAECHMUS S *zu Messenio*: So schweige doch! Die Sache macht sich ganz nach Wunsch.
Ich sage ja zu allem, was sie sprechen mag,
Wenn ich ein gastlich Dach bei ihr erlangen kann. –
Zu Erotium: Lange, Mädchen, widersprach ich dir,
Doch nicht ohne Absicht; ich scheute diesen da *(auf Messenio zeigend)*,
Er möchte die Geschichte von dem Kleid und auch
Der Mahlzeit meiner Frau erzählen. Wenn du willst,
So gehen wir gleich hinein.
EROTIUM: Du wartest nicht zuvor
Den Parasiten ab?
MENAECHMUS S: Ich warte nicht auf ihn;

Der gilt mir keinen Pfifferling; und wenn er kommt,
So laß ihn nicht hinein.
EROTIUM: Das tu ich herzlich gern;
Doch weißt du, worum ich dich noch bitten möchte?
MENAECHMUS S: Befiehl nur, was du wünschst.
EROTIUM: Jenes Kleid, das
Du jüngst mir gabst, das trage zum Kunststicker hin,
Es herzurichten und noch weiße Stickereien
Hinein zu machen, wie es mein Geschmack verlangt.
MENAECHMUS S: Beim Herkules, du hast ganz recht: es wird dadurch
Zugleich unkenntlich, so daß meine Frau nichts merken kann,
Im Falle sie es auf der Straße an dir sieht.
EROTIUM: So nimm es also gleich mit, wenn du gehst.
MENAECHMUS S: Gewiß.
EROTIUM: Gehen wir hinein!
MENAECHMUS S: Ich komme nach, ich habe nur
Mit dem noch was zu sprechen.

Erotium ab ins Haus.

He, Messenio, komm her zu mir!
MESSENIO: Was gibt's?
MENAECHMUS S: Nun freue dich!
MESSENIO: Warum?
MENAECHMUS S: Ich weiß, was du mir sagen willst.
MESSENIO: Um so schlimmer.
MENAECHMUS S: Ich habe einen guten Fang getan. Ein großes Werk
Ist eingeleitet. Geh, so schnell es möglich ist,
Und bringe die Matrosen nun in einen Gasthof.
Dann mache, daß du noch vor Sonnenuntergang
Mich wieder hier triffst.
MESSENIO: Mein Gebieter, kennst du denn
Die Art von Dirnen nicht?
MENAECHMUS S: Still, sag ich! Mir allein
Bringt's Schaden, dir nicht, wenn ich etwas Dummes tu.
Das Mädchen ist, soviel ich seh, verrückt und blind;
Hier fällt eine Beute für uns ab.

Menaechmus S ab ins Haus der Erotium.

MESSENIO: Weh! Du gehst hinein? Verlorener Mann!

Zum Abgrund zieht den Nachen das Piratenschiff.
Doch ich bin albern, daß ich ihn zügeln will,
Den Herren, der zum Gehorchen mich gekauft hat
Und nicht zum Herrschen über sich. – So folgt mir denn,
Daß ich ihn zur befohlenen Stunde treffen kann.
Messenio mit den das Gepäck tragenden Matrosen ab nach links.

III/1

PENICULUS *von rechts kommend*: Schon über dreißig Jahre bin ich alt, und [doch
Hab ich noch nie solch dummen, solch verruchten Streich
Gemacht, wie heute, wo ich armer Schlucker mich
In die Volksversammlung eingedrängt. Indem ich dort
Das Maul aufsperre, schleicht Menaechmus weg und geht
Wohl gar zu seinem Schätzchen und läßt mich im Stich.
O schlügen alle Wetter den in Boden, der
Die erste Volksversammlung ausgesonnen hat
Und Leute, die schon anderwärts beschäftigt sind,
Noch mehr beschäftigt. Gibt's der Müßiggänger nicht
Genug, die man zu derlei Dingen brauchen kann?
Und wenn sie nicht erscheinen zur gebotenen Zeit,
So schröpfe man sie tüchtig gleich.
[Lücke von zwei Versen.]
Überall ist's voll von Leuten, welche Tag für Tag
Nur einmal essen, nichts zu schaffen haben, die
Zum Essen weder laden noch geladen sind:
Die wären recht für Volks- und Wahlversammlungen.
Wär das der Brauch, ich wäre heute nimmer um
Mein Mittagsmahl gekommen, das der Himmel mir
So zuverlässig, als ich lebe, zugedacht.
Nun will ich gehen. Es gibt noch Überbleibsel.
Selbst diese Hoffnung ist mir süß. Doch was erblick ich dort?
Menaechmus kommt mit einem Kranz heraus;
Das Essen ist schon abgeräumt.
Da komm ich gerade noch, ihn abzuholen, recht.
Ich will beobachten, was er jetzt macht;
Dann geh ich zu ihm hin und sprech ihn an.

III/2

Menaechmus S kommt aus dem Haus der Erotium; er trägt das Frauenkleid über dem Arm.

MENAECHMUS S *zurücksprechend*: Kannst du nicht zufrieden sein? Ich werde heute noch
Das Kleid dir hübsch genäht rechtzeitig wiederbringen.
Es soll so anders werden, daß du sagen mußt,
Man kennt es gar nicht mehr.

PENICULUS *für sich*: Er trägt das Kleid zum Sticker hin; der Schmaus ist [aus,
Der Wein getrunken, hinausgesperrt der Parasit.
Bei meiner Treu, ich will nicht der sein, der ich bin,
Wenn ich mich selbst und diesen Schimpf nicht tüchtig räch.
Ich will doch einmal lauern, was der Bursche treibt,
Dann tret ich näher zu ihm hin und red ihn an.

MENAECHMUS S *für sich*: Wo ist ein Mensch, ihr ewigen Götter, welchem [ihr
An einem Tag des Guten mehr bescheret habt,
Und noch dazu ganz unverhofft? Ich schmauste, trank,
Schwelgt in des Mädchens Armen, trug noch dies davon,
Das künftig keinen anderen Herrn mehr haben wird.

PENICULUS: Ich kann nicht recht verstehen, was er da leise spricht;
Satt spricht er nun von mir und meinem Teil.

MENAECHMUS S: Sie bleibt dabei: das Kleid hätte ich meiner Frau
Entwendet und ihr geschenkt. Ich merkte alsogleich
Den Irrtum, tat, als wär ich längst mit ihr vertraut;
Ich gab dem Weib in allem recht, und was sie sprach,
Da sagt ich ja dazu. Was braucht's der Worte viel?
So billig hab ich's nie so gut gehabt.

PENICULUS: Nun will ich näher zu dem Manne hin; ich spiel
Ihm einen Streich.

MENAECHMUS S: Wer ist's, der mir entgegenkommt?

PENICULUS: Was sagst du da? Du federleichter, schlechter Kerl,
Schandfleck der Menschheit, abgefeimter Taugenichts!
Was tat ich dir, das dir ein Recht gab, mich so ganz
Zugrund zu richten? Daß du hinter mir vom Markt
Hinweg dich schlichst und, derweil ich fern war,
Dem Mahl den Tod antatst? Wie? Du warst so keck

Und nahmst allein, was mir so gut gehört wie dir?

MENAECHMUS S: Was willst du da von mir, du junger Laffe?
So ganz ins Blaue willst du mich beschimpfen, einen Fremden?
Du verlangst für böse Worte wohl eine böse Tat?

PENICULUS: Damit, dächt ich, hast du mich
Bereits versehen.

MENAECHMUS S: So gib Bescheid denn, junger Mensch,
Wie heißest du?

PENICULUS: Du treibst noch Spott, als wäre dir
Mein Name nicht bekannt.

MENAECHMUS S: Beim Himmel! Hat dich doch,
Soviel ich weiß, bis heute nie mein Aug erblickt,
Noch kenn ich dich. Doch wer du immer bist,
Wenn du gut sein willst, so falle mir nicht lästig.

PENICULUS: Wach auf, Menaechmus!

MENAECHMUS S: Meines Wissens bin ich wach.

PENICULUS: Du kennst mich nicht?

MENAECHMUS S: Würd ich dich kennen, würd ich es nicht leugnen.

PENICULUS: Wie? Kennst du deinen Parasiten nicht?

MENAECHMUS S: Du bist
Nicht recht gesund im Kopfe, junger Mensch, ich merk's.

PENICULUS: Antworte: stahlst du nicht heute deiner Frau
Das Kleid und gabst es an Erotium?

MENAECHMUS S: Ich habe weder eine Frau, noch stahl ich wo
Ein Kleidungsstück, noch schenkt ich's an Erotium.

PENICULUS: Bist du gescheit? Da hört ja alles auf!
Sah ich nicht, daß das Kleid du anhattest, als du herauskamst?

MENAECHMUS S: Verdammter Bursche! Glaubst du, alle seien
Warme Brüder, weil du einer bist? Du behauptest,
Daß ich das Kleid hätt angehabt?

PENICULUS: Ja, bei Herkules.

MENAECHMUS S: Packst du dich nicht gleich, wohin du gehörst?
Oder laß dich doch entsühnen, du verrückter Kerl.

PENICULUS: Nun soll gewiß kein Mensch mich hindern, deiner Frau
Den ganzen Hergang dieser Sache kundzutun.
Auf dich allein fällt dann die ganze Schmach zurück;
Nicht ungerächt sollst du mir deinen Schmaus verdauen.

Peniculus ab ins Haus des Menaechmus E. [erblickt,
MENAECHMUS S: Was ist denn hier nur los? Wie ein Mensch mich nur
Gleich hält er mich zum Narren. – Doch die Türe knarrt.

III/3

Die Magd der Erotium kommt aus dem Haus mit einem goldenen Armreif.
MAGD: Menaechmus, schönstens bittet dich Erotium,
Du möchtest doch auf einem Gange dieses ihr
Zum Goldschmied tragen, eine Unze noch
Zu dem Gewicht des Goldes tun und dafür sorgen, daß
Er den Armreif ihr erneuere.
MENAECHMUS S: Recht gern; und wenn sie sonst noch ein Verlangen hat,
Ich würde alles gut besorgen: meld ihr dies.
MAGD: Weißt du, was das für ein Armreif ist?
MENAECHMUS S: Nein, nur, daß er golden ist.
MAGD: Es ist derselbe, den du, wie du sagtest, deiner Frau
Aus ihrem Schmuckkästchen einst entwendet hast.
Sie übergibt ihm den Armreif.
MENAECHMUS S: Meiner Treu, das tat ich nie!
MAGD: Das weißt du nicht mehr? Ich bitte dich!
Gib gleich den Armreif wieder, wenn du das nicht mehr weißt.
MENAECHMUS S: Bleib! – Jetzt fällt mir ein,
Ja, ja, es ist der, den ich ihr gegeben habe.
Ja, und wo sind denn jene Armbänder,
Die ich zur gleichen Zeit ihr zum Geschenk gemacht?
MAGD: Die hast du ihr nie gegeben.
MENAECHMUS S: Ach ja, ich habe ihr nur dies gegeben.
MAGD: Soll ich melden, daß du es besorgen willst?
MENAECHMUS S: Ja, melde das: ich würde Sorge tragen, daß
Kleid und Armreif sie zugleich zurückbekommen wird.
MAGD: Menaechmus, wärst du nicht so gut und ließest mir
Zwei Ohrringe machen, zwei Lot nur schwer,
Die tropfenförmige Art? Dann erst seh ich dir
Recht freundlich in die Augen, wenn du zu uns kommst.
MENAECHMUS S: Recht gerne. Gib das Gold nur her; den Macherlohn
Will ich bezahlen.
MAGD: Gib's indes von deinem her,

Nachher ersetz ich dir's.

MENAECHMUS S: Nein, gib's von deinem her!
Zwiefach ersetz ich dir's hernach.

MAGD: Ich habe keins.

MENAECHMUS S: Dann gib es mir, sobald du's hast.

MAGD: Ist sonst noch etwas?

MENAECHMUS S: Sag, ich würde dafür Sorge tragen,

Magd ab ins Haus.

– Daß alles so gut wie möglich losgeschlagen wird.
Ist sie schon ins Haus hinein? Ja, sie ist fort, die Tür ist zu.
Die Götter alle schützen, fördern, lieben mich.
Doch, warum zögere ich, da mir jetzt Gelegenheit
Und Zeit erlauben, dieses Hurennest zu fliehen?
Frisch auf, Menaechmus, spute dich, nimm den Doppelschritt!
Weg mit dem Kranz! Den werf ich nach links, damit,
Wer etwa nachkommt, glaubt, ich wäre dorthin weggegangen.
Fort jetzt von hier, um, wenn es möglich, meinen Knecht
Zu finden, daß auch er aus meinem Mund erfährt,
Was für ein Glück die Götter mir beschert.

Menaechmus S ab nach links.

IV/1

Die Frau des Menaechmus E kommt mit Peniculus aus ihrem Haus.

FRAU: Ich sollt es länger noch in diesem Ehestand
Aushalten, wo der Ehemann alles, was im Haus
Zu finden ist, mir hinterm Rücken wegstiehlt
Und zu seiner Dirne trägt?

PENICULUS: Ei, so schweige doch!
Du sollst ihn gleich ertappen auf der frischen Tat;
Komm nur mit mir. Das Kleid, das er dir heute erst
Aus deinem Haus stahl, trug er, trunken und bekränzt,
Zum Sticker hin. Da, sieh den Kranz hier, den er trug.
He, lüg ich noch? Da ging er hin – wenn du die Spur
Verfolgen willst. Doch, ha! Da kommt er ganz erwünscht
Selbst auf uns zu. Doch er hat den Mantel nicht.

Menaechmus E kommt von rechts.

FRAU: Was mach ich jetzt mit ihm?

PENICULUS: Dasselbe,
Was du immer machst: Mach ihm das Leben sauer. Das ist mein Rat.
Tritt hier zur Seit und faß ihn aus dem Hinterhalt!

IV/2

MENAECHMUS E: Wie herrscht doch jener ärgerliche, dumme Brauch
So allgemein, und gerade die Angesehensten
Pflegen ihn am meisten, daß ein jeder sich
Nur eine große Menge von Klienten wünscht.
Ob gut sie sind, ob schlecht, nach dem wird nicht gefragt;
Man fragt mehr nach dem Vermögen des Klienten als nach seinem
Ist einer arm, sonst aber redlich, heißt er Taugenichts; [Ruf.
Der reiche Schurke, der gilt als wackerer Klient.
Wer Recht, Gesetz und Billigkeit beiseite setzt,
Hält seinen Patron in Unruhe: er leugnet ab,
Was er empfangen. Prozessieren,
Raub und Betrug ist dieser Leute Lebenslauf.
Meineid und Wucher brachten ihnen Geld und Gut,
Nach Zank und Streit nur steht ihr Sinn.
Muß einer vor Gericht erscheinen, wird zugleich
Auch der Patron geladen, daß den Schützling er,
Wenn dieser etwas angestellt, verteidige,
Sei's nun, daß vor dem Volk, daß vor dem Beamten oder sonst
Vor einem Richter die Sache zur Verhandlung kommt.
So hat auch heute ein Klient mir keine Ruh gelassen,
Ich durfte nicht mehr, was ich wollte, tun: so fest
Hielt er sich an mir und hielt dadurch mich ab.
Bei den Ädilen sprach ich im Prozeß
Für seine vielen üblen Taten.
Ich brachte sehr verzwickte und verfängliche
Vorschläge vor; nicht sprach ich mehr noch weniger,
Als nötig war, den Gegenstand des Streites bis
Zur Bürgschaftstellung hinzuführen. Nun, und der?
Der stellt den Bürgen – und offenbarer sah ich nie
Einen Menschen noch ertappt. Drei Zeugen waren da,
Die alle seine Übeltaten streng beschworen.
O straften doch die Götter ihn, der so den Tag

Mir heut verdarb, und mich nicht minder, daß ich heute
Den Marktplatz nur mit meinen Augen sah. Der Tag ist hin!
Ein herrlich Mittagessen hatt ich mir bestellt,
Ich weiß, mein Schatz erwartet mich. Sobald ich nur
Loskommen konnte, eilt ich auch vom Markt hinweg.
Sie wird nun sicher böse auf mich sein; indes
Der Mantel wird sie schon versöhnen, den ich heut
Der Gattin ab- und der Geliebten zugeführt.

PENICULUS *zur Frau*: Was sagst du nun?

FRAU: Daß ich mit einem schlechten Mann
Verehelicht bin.

PENICULUS: Hast du genau vernommen, was
Er sprach?

FRAU: Genau genug.

MENAECHMUS E: Das Klügste wird es sein,
Ich gehe hier hinein: da drinnen wird mir's wohl ergehen.

PENICULUS: Nein, böse soll es dir ergehen!

FRAU: Wahrhaftig, schlechten Zins
Trägt dir dein Diebstahl.

PENICULUS: So gehört dir's.

FRAU: Glaubtest du,
Es blieben solche Schändlichkeiten unentdeckt?

MENAECHMUS E: Was gibt's denn, liebe Frau?

FRAU: Mich fragst du das?

MENAECHMUS E: Soll ich
Den fragen? *Er liebkost seine Frau.*

FRAU: Laß dein Streicheln.

PENICULUS *zur Frau*: Mach nur weiter so.

MENAECHMUS E: Warum bist du mir gram?

FRAU: Das weißt du ganz genau.

PENICULUS: Er weiß es wohl, der Bösewicht verstellt sich nur.

MENAECHMUS E: Was ist denn los?

FRAU: Mein Kleid ...

MENAECHMUS E: Dein Kleid?

FRAU: Mein Kleid, ja,
Das hat wer ...

PENICULUS: Warum wirst du blaß?

MENAECHMUS E: Ich? Nicht im mindesten!

PENICULUS: Nur das Kleid, das kleidet dich mit Blässe.
Ja, du solltest nicht die Mahlzeit ohne mich gegessen haben!
Zur Frau: Weiter gegen deinen Mann!

MENAECHMUS E: Hältst du nicht das Maul?

PENICULUS: Nein, wahrlich nicht!
Zur Frau: Er winkt mir zu, ich soll ihn nicht verraten.

MENAECHMUS E: Nicht ein einzig Mal, beim Herkules,
Hab ich dir zugewinkt oder nur zugenickt!

PENICULUS: Gibt's etwas Unverschämteres
Als leugnen, was man doch mit eigenen Augen sieht?

MENAECHMUS E: Bei Juppiter und allen Göttern schwör ich, Frau
(Ist dir das genug?), daß ich ihm nicht zugewinkt.

PENICULUS: Das glaubt sie dir. Komm jetzt nur auf das andere
Zurück.

MENAECHMUS E: Auf was zurück?

PENICULUS: Auf den Sticker, dächt ich, und
Bring das Kleid zurück.

MENAECHMUS E: Welches Kleid denn?

PENICULUS: Ich bin schon still, da diese ihr Geschäft hier schon vergessen [hat.

FRAU: Ach, ich unglückliche Frau!

MENAECHMUS E: Wieso bist du unglücklich? Das erklär mir doch!
Hat einer deiner Sklaven sich vergangen? Sind
Mägde oder Knechte widersetzlich? Sag es frei,
Es soll nicht ungeahndet bleiben.

FRAU: Leer Geschwätz!

MENAECHMUS E: Du bist so gar verdrießlich; ei, das will mir nicht
Gefallen!

FRAU: Leer Geschwätz!

MENAECHMUS E: Du bist gewiß erzürnt
Über einen von den Hausgenossen.

FRAU: Leer Geschwätz!

MENAECHMUS E: Wie? Oder zürnst du gar mir selber?

FRAU: Das ist jetzt
Kein leer Geschwätz mehr!

MENAECHMUS E: Hab ich doch nichts angestellt.

FRAU: Schon wieder leer Geschwätz!

MENAECHMUS E: O sage, liebe Frau,
Was kränkt dich so?
PENICULUS: Der saubere Kerl weiß dir zu schmeicheln.
MENAECHMUS E *zu Peniculus*: So laß mich endlich doch in Ruhe! Red
Mit dir? [ich denn
FRAU *die Zärtlichkeit des Menaechmus E abwehrend*: Die Hand weg!
PENICULUS: Recht geschieht dir's! Spute dich,
Friß noch einmal das Mahl mir hinterm Rücken weg
Und treibe dann, betrunken und bekränzt, mit mir
Vorm Hause Spott!
MENAECHMUS E: Beim Pollux, weder aß ich heut,
Noch hat mein Fuß die Schwelle dort betreten.
PENICULUS: Das
Leugnest du noch?
MENAECHMUS E: Das leugne ich allerdings.
PENICULUS: Nie kam mir etwas Frecheres vor als dieser Mensch.
Sah ich dich nicht noch eben erst vor diesem Haus
Mit einem Blütenkranze stehen? Du sagtest mir:
Ich sei im Kopf nicht recht gesund; behauptetest,
Mich nicht zu kennen, denn du seist ein Fremdling hier.
MENAECHMUS E: Nachdem ich längst mich auf dem Markt von dir
Komm ich soeben erst nach Haus. [getrennt,
PENICULUS: Ich kenne dich:
Du glaubtest, ich sei nicht der Mann, der sich an dir
Zu rächen wüßte. Alles sagt ich deiner Frau.
MENAECHMUS E: Was hast du ihr gesagt?
PENICULUS: Ich weiß nicht; frag sie selbst.
MENAECHMUS E: Was ist das, Frau? Was hat er dir erzählt? Nun, was?
Du schweigst? Du sagst nicht, was es ist?
FRAU: Als wüßtest du es
Nicht, so fragst du.
MENAECHMUS E: Wüßt ich etwas, fragt ich nicht.
PENICULUS: Der Gauner, wie er sich verstellt! Du kannst es nicht
Verhehlen; alles weiß sie schon, ich hab es ihr
Genau gesagt.
MENAECHMUS E: Und was denn?
FRAU: Hast du keine Scham

Im Leib und willst aus freien Stücken nicht gestehen,
So hör und bleibe. Was mich grämt und was mir der
Gesagt, du sollst es wissen:
Ein Kleid kam aus dem Haus mir weg.
MENAECHMUS E: Ein Kleid kam mir weg?
PENICULUS *zur Frau*: Sieh, wie der Schurke dich für dumm verkaufen [will!
Zu Menaechmus: Ihr kam es weg, nicht dir; wahrhaftig, wär es dir
Hinweggekommen, wär es in der besten Hand.
MENAECHMUS E: Ich habe nichts mit dir zu schaffen.
Zur Frau: Doch was sagst du?
FRAU: Ein Kleid, sag ich, kam aus dem Haus mir weg.
MENAECHMUS E: Wer ist der Dieb?
FRAU: Beim Pollux, das weiß am besten der,
Der es weggetragen hat.
MENAECHMUS E: Und wer ist der?
FRAU: Ein Herr, er heißt
Menaechmus.
MENAECHMUS E: Das ist doch fürwahr ein schlechter Streich!
Was ist das für ein Menaechmus?
FRAU: Du, kein anderer.
MENAECHMUS E: Ich?
FRAU: Du.
MENAECHMUS E: Wer beweist das?
FRAU: Ich.
PENICULUS: Und ich; und du hast es dann
Erotium, deinem Schatz, geschenkt.
MENAECHMUS E: Geschenkt? Ich?
FRAU: Du, du, sag ich.
PENICULUS: Willst du, daß ein Uhu komm
Und ewig fort »du, du!« dir schreie? Wir sind müde.
MENAECHMUS E: Beim Juppiter und allen Göttern schwör ich, Frau
(Ist dir das genug?), daß ich nichts verschenkt.
PENICULUS: Und wir,
Beim Herkules, daß die Wahrheit wir gesprochen.
MENAECHMUS E: Doch
Ich hab ihn nicht verschenkt, nur zum Gebrauch verborgt.
FRAU: Bei Kastor, nie hab ich ein Gewand von dir,

Nie einen Mantel jemand außer Haus geborgt.
Die Frau, so ist es billig, borgt die Frauenkleider aus,
Der Mann, was sein ist. Bringst du gleich das Kleid zurück?

MENAECHMUS E: Ich werde dafür sorgen.

FRAU: Laß dir das geraten sein:
Denn nimmer kommst du mir ins Haus, wenn nicht zugleich
Das Kleid mitkommt. Jetzt will ich gehen.

PENICULUS: Und was
Wird mir dafür, daß ich dir diesen Dienst erwies?

FRAU: Der Dienst soll dir vergolten werden, wenn einmal
Man dir was stiehlt.
Frau ab ins Haus.

PENICULUS: Bei Pollux, das wird nie geschehen:
In meinem Haus ist nichts, um das ich kommen kann.
Der Henker hol euch alle beide, Mann und Frau!
Jetzt schnell zum Markt den Schritt gelenkt. Ich merke wohl,
Daß ich in diesem Haushalt völlig durchgefallen bin.
Peniculus ab nach rechts.

MENAECHMUS E: Da bildet nun die Frau sich ein, sie habe mir
Recht weh getan, daß sie mich aus dem Hause schließt,
Als wäre mir kein anderer und besserer Ort bekannt,
Wo man mich einläßt. Hast du keine Freud an mir:
Es sei darum. Gefall ich doch Erotium!
Die schließt mich nicht hinaus, sie schließt mich bei sich ein.
Ich geh nun hin und bitte sie, das Kleid
An mich zurückzugeben, das ich kürzlich ihr geschenkt;
Ich kaufe ihr ein anderes, ein schöneres. Holla, he!
Ist niemand um den Weg, der Pförtnerdienst versieht?
Macht auf, und ruft Erotium vor die Tür heraus!

IV/3

EROTIUM *aus ihrem Haus kommend*: Wer fragt nach mir?

MENAECHMUS E: Ein Mann, der mehr sich selber haßt
Als deinen Liebreiz.

EROTIUM: Mein Menaechmus! Ei, warum
Stehst du da vor der Tür? Komm doch herein!

MENAECHMUS E: Halt!

Weißt du, warum ich zu dir komme?

EROTIUM: Sicherlich;
Ein Schäferstündchen bei mir zu verbringen.

MENAECHMUS E: Nein,
Bei Pollux, jenes Kleid, ich bitte dich,
Das ich dir vorhin schenkte, gib es mir zurück:
Mein Weib erfuhr den ganzen Vorfall, Punkt für Punkt.
Gern kaufe ich ein anderes zum doppelten Preis,
So schön du es nur wünschen kannst.

EROTIUM: Ich gab es dir
Ja eben, daß du es zum Sticker trägst, zugleich
Mit jenem Armreif, den zum Umarbeiten du
Dem Goldschmied brachtest.

MENAECHMUS E: Du hättest mir ein Kleid
Und einen Armreif übergeben? Nimmermehr!
Besinne dich doch nur; denn gleich darauf, nachdem
Ich dir es brachte, ging ich auf den Markt, und nun
Komm ich zurück und sehe dich zum erstenmal.

EROTIUM: Nun seh ich, was du vorhast.
Du willst um das mich, was ich vertrauensvoll dir übergab,
Betrügen; dazu bahnst du dir den Weg.

MENAECHMUS E: Bei Pollux, nicht um dich zu betrügen, verlang ich es [von dir!
Ich sagte dir ausdrücklich: meine Frau erfuhr's.

EROTIUM: Ich hab ja nicht bei dir darum gebettelt; ganz
Freiwillig hast du es gebracht, hast zum Geschenk es
Mir gegeben, und nun willst du es zurück.
Ich muß mich schon drein schicken; da, behalt es! Braucht es
Selbst, du oder deine Frau, vergafft euch drein!
Vom heutigen Tag an soll dein Fuß mir nimmermehr
Das Haus betreten, bilde dir doch das nicht ein,
Du, der mit mir, die Liebes nur und Gutes dir
Erwiesen hat, so rücksichtslos verfahren ist.
Bringst du kein Geld, ist alle Müh um mich umsonst:
Such dir eine andere, die du zum Narren halten kannst!

MENAECHMUS E: Beim Herkules, du bist auch gar zu zornig! Bleib!
So höre doch, was ich dir sage, komm zurück!
Willst du nicht stehenbleiben? Kehr, bitte, mir zuliebe um!

Erotium verschwindet in ihrem Haus.

Sie ist hinein, sie schloß die Türe hinter sich.
Nun bin ich hier der Allerausgeschlossenste.
Im eigenen Haus nicht, nicht bei meiner Freundin glaubt man mir
Ein Wörtchen mehr. Ich will zu Freunden gehen und
Sie fragen, was ich jetzt beginnen soll.
Menaechmus E geht ab nach rechts.

V/1

Menaechmus S kommt mit dem Kleid von links.

MENAECHMUS S: Da habe ich doch einen dummen Streich gemacht,
Daß ich den Beutel mit dem Geld Messenio anvertraut;
Der hat gewiß nun irgendwo sich festgekneipt.

Die Frau des Menaechmus E tritt aus ihrem Haus.

FRAU: Ich muß doch sehen, ob mein Mann nicht bald nach Hause [kommt.
Doch sieh! Da ist er! Gut: Er bringt das Kleid zurück.

MENAECHMUS S: Möcht wissen, wo Messenio jetzt herum sich treibt.

FRAU: Gleich hin zu diesem Burschen, daß ich ihn empfange,
Wie er es verdient. – Scheust du dich nicht, vors Angesicht
In diesem Aufzug mir zu treten, Schandenkerl?

MENAECHMUS S: Was gibt's? Was erregt dich denn so sehr?

FRAU: Du wagst's,
Schamloser, noch zu mucksen, nur ein einzig Wort
Mit mir zu reden?

MENAECHMUS S: Und was hab ich denn getan,
Daß ich nicht reden soll?

FRAU: Das fragst du mich? Wie frech,
Wie unverschämt ist dieser Mensch!

MENAECHMUS S: Weib, weißt du nicht,
Warum das Volk der Griechen einst erklärte,
Daß Hekuba eine Hündin sei?

FRAU: Nein.

MENAECHMUS S: Weil Hekuba
Dasselbe tat, was du jetzt tust: sie lästerte
Und schmähte jeden, der ihr nur vor Augen kam;
Drum ward mit vollem Recht sie »Hund« genannt.

FRAU: Nein, solche Schändlichkeiten halt ich nimmer aus.

Viel lieber will mein Leben lang ich geschieden sein
Als Schändlichkeiten dulden, wie du sie begehst.

MENAECHMUS S: Was geht das mich an, ob du deinen Ehestand
Ertragen, ob von deinem Manne du dich trennen willst?
Ist hier der Brauch so, daß man derlei Narrenzeug
Dem Fremden vorschwatzt, wenn er kaum das Land betritt?

FRAU: Was? Narrenzeug? Nein, sag ich, länger trag ich's nicht;
Viel lieber, als daß ich dein Treiben duld, will ich geschieden sein.

MENAECHMUS S: Beim Herkules! Meinethalben leb geschieden du,
Und wär's so lang, wie Juppiter die Welt regiert.

FRAU: Du leugnetest noch eben, daß du dieses Kleid mir stahlst,
Nun hältst du es mir vor das Gesicht. Schämst du dich nicht?

MENAECHMUS S: Fürwahr, du bist recht boshaft und verwegen, Weib!
Du sagst, ich hätte dir das Kleid gestohlen,
Das mir doch eine andere Frau gegeben hat,
Damit ich es zum Sticker bringe.

FRAU: Bei Kastor! Gleich jetzt ruf ich meinen Vater her
Und zähl ihm alle deine Schändlichkeiten auf.
Zu einem Sklaven ins Haus hinein: Geh, Decio, suche meinen Vater,
Mit dir er zu mir komme; sag, es müsse sein. [daß zugleich
Aufdecken will ich jede schlechte Tat von dir.

Der Sklave Decio eilt aus dem Haus und – wahrscheinlich nach links – von der Bühne weg.

MENAECHMUS S: Bist du bei Sinnen? Was für schlechte Taten?

FRAU: Daß
Der Frau du Gold und Kleider aus dem Hause stiehlst
Und deiner Freundin zuträgst. Hab ich dir genug erzählt?

MENAECHMUS S: Ei, Weib, weißt du ein Tränklein für mich, gib mir's
Daß ich dein tolles Zeug hinunterschlucken kann. [doch,
Für welchen Menschen du mich hältst, ich weiß es nicht;
So wenig wie Porthaon bist du mir bekannt.

FRAU: Wenn du auch mich verspottest, so wirst du, beim Pollux,
Meinen Vater, der dort kommt, doch nicht verlachen.
Sieh doch um dich! Kennst du ihn?

Der Schwiegervater des Menaechmus E erscheint wahrscheinlich von links auf der Bühne, begleitet von Decio, der später ins Haus verschwindet.

MENAECHMUS S: Ebenso,

Wie ich den Kalchas kenne. An demselben Tag
Kam er mir zu Gesicht, wo ich auch dich gesehen.
FRAU: Mich leugnest du zu kennen? Meinen Vater auch?
MENAECHMUS S: Bringst du den Großpapa, ich spreche ebenso.
FRAU: Fürwahr, das sieht dir ähnlich!

V/2

SCHWIEGERVATER *für sich*: Soweit's mein Alter zuläßt und die Sach es [heischt,
Setz ich die Schritte vorwärts und beeile mich.
Doch merk ich wohl, wie gar nicht leicht mir dieses wird:
Die Schnelligkeit verläßt mich, des Alters Last
Liegt schwer auf mir, mein Körper ist erschlafft, die Kraft
Dahingeschwunden. Alters Qual ist arge Qual!
Ein Heer von Leiden, wenn es kommt, hat's im Gefolg;
Sie alle aufzuzählen währte gar zu lang.
Allein der Umstand drückt mir jetzt auf Herz und Brust,
Was hier wohl vorgefallen sein mag, daß mein Kind
So eilig nach mir schickt und doch mit keinem Wort
Mich aufklärt, was es gibt und was man von mir will.
Jedoch ich rate nahezu, wie die Sachen stehen:
Gewiß hat's wieder Händel mit dem Mann gesetzt.
So ist das Weibsvolk: schwellt die Mitgift ihm den Kamm,
Dann soll der Ehemann untertäniger Sklave sein.
Die Männer sind zwar auch nicht immer frei von Schuld,
Doch gibt's ein Maß, wie weit die Frau sich fügen muß.
Beim Pollux, meine Tochter ruft nur mich zu sich,
Wenn ein Vorwurf oder Zank zugrunde liegt.
Doch was es auch ist, ich werd es bald erfahren. Sieh, da steht sie ja
Selbst vor der Tür, und voll Verdruß ihr Mann dabei;
Ganz, wie ich mir's gedacht. Jetzt näher hin zu ihr.
FRAU: Ich will ihm doch entgegengehen. – Herzlich sei
Gegrüßt, mein Vater!
SCHWIEGERVATER: Gleichfalls! Steht es gut bei dir?
Oder ist nicht alles gut, daß du mich holen ließest?
Du bist verdrießlich? Und warum steht der erzürnt
Seitwärts von dir? Ihr habt gewiß schon wieder ein
Scharmützel euch geliefert; sag es rasch heraus:

Bei wem von beiden liegt die Schuld? Kein lang Geschwätz!
FRAU: Ich habe mich in nichts verfehlt; darüber sei
Ganz ruhig, Vater! Aber länger kann ich hier
Nicht leben, ferner dulden nun und nimmermehr;
Drum nimm mich mit nach Hause.
SCHWIEGERVATER: Was bedeutet dies?
FRAU: Man treibt hier eitel Spott mit mir.
SCHWIEGERVATER: Wer?
FRAU: Er tut's, der Mann, dem du mich anvertraut hast.
SCHWIEGERVATER: Schon wieder Zwist! Wie oft schon hab ich dir erklärt:
Gib acht, daß keiner von euch zu mir mit Klagen kommt.
FRAU: Wie kann ich aber das verhüten, Vater?
SCHWIEGERVATER: Wie?
Das fragst du mich?
FRAU: Ja, wenn ich darf.
SCHWIEGERVATER: Wie hab ich dich
So oft ermahnt schon: sei gehorsam deinem Mann,
Späh weder seinem Tun noch seinem Wandel nach.
FRAU: Doch hält er hier, gleich nebenan, ein Mädchen sich.
SCHWIEGERVATER: Das ist gescheit von ihm; ich helf ihm selber noch,
Weil du so eiferst, daß er sie noch fester hält.
FRAU: Er zecht auch dort.
SCHWIEGERVATER: Wie? Soll er etwa deinethalb
Dies minder tun, da oder dort, wo's ihm beliebt?
Beim Henker, welche Frechheit! Wirst am End ihn noch
Dran hindern wollen, daß er sich zu Gast verspricht,
Daß selbst er einen Fremden zu sich laden darf.
Verlangst du, daß dein Ehemann dein Sklave sei?
Da könntest du ihm gerade so gut ein Tagewerk
Aufgeben, zwischen deinen Mägden ihm den Platz
Anweisen, daß er Wolle mit ihnen krämpelte.
FRAU: So hab ich denn als Anwalt dich herbeigeholt,
Für mich nicht, Vater, nein, für meinen Mann; du stehst
Auf meiner Seit und sprichst dem Widerpart zu Gunst?
SCHWIEGERVATER: Wär's wirklich so, daß er in etwas sich verfehlt:
Ein weit gestrengerer Richter wär ich ihm als dir.
Jedoch, wenn reichlich er mit Gold und Kleidern dich

Ausstattet, Mägd und Vorrat nach Bedarf dir gibt,
Dann ist's wohl klüger, daß du dich vernünftig zeigst.

FRAU: Er nimmt mir aber Schmuck und Kleider heimlich aus
Den Schränken weg und schleppt die mir gestohlenen
Putzsachen seinen Dirnen zu.

SCHWIEGERVATER: Verhält sich's so,
Dann ist es freilich schlecht von ihm; doch wenn es nicht
So ist, ist's schlecht von dir, daß du ihm unverdient
Vorwürfe machst.

FRAU: O nein! Er hat das Kleid ja hier,
Vater, bei sich, auch den Armreif, den er ihr
Gebracht; jetzt, weil ich hinter seine Schliche kam,
Bringt er's zurück.

SCHWIEGERVATER: Ich will aus seinem eigenen Mund
Den Vorgang hören; hin drum und ihn selbst gefragt.
Menaechmus, sprich, worüber zankt ihr euch? Ich wüßt
Es gar zu gern. Was stehst du so verdüstert da?
Warum ist die so zornig von dir weggewandt?

MENAECHMUS S: Wer du auch bist und wie du auch heißt, alter Mann,
Den höchsten Zeus und alle Götter ruf ich hier
Zu Zeugen . . .

SCHWIEGERVATER: Weshalb und wozu in aller Welt?

MENAECHMUS S: Daß niemals ich was Böses dieser Frau getan,
Die schuld mir gibt, ich hätte dieses Kleidungsstück
Ihr aus dem Haus gestohlen.

FRAU: Er schwört falsch.

MENAECHMUS S: Wenn einmal nur in meinem Leben ich den Fuß
In das Haus gesetzt, worin sie wohnt, dann sei ich gleich
Von allen Unglückseligen in der ganzen Welt
Der allerunglückseligste.

SCHWIEGERVATER: Bist du bei Trost,
Daß solches auf dein Haupt herab du schwörst und sagst,
Du habest nie den Fuß in dieses Haus gesetzt,
Worin du wohnst, Unsinniger?

MENAECHMUS S: Wie, Alter, du
Behauptest, daß das Haus dort meine Wohnung sei?

SCHWIEGERVATER: Du leugnest es?

MENAECHMUS S: Allerdings.

FRAU: Das ist doch unverschämt;
Du wärst denn heute nacht erst ausgezogen.

SCHWIEGERVATER: Tritt
Hierher, meine Tochter! Sprich, bist du ausgezogen?

MENAECHMUS S: Ich?
Wohin, aus welchem Grund?

SCHWIEGERVATER: Je nun, das weiß ich nicht.

FRAU: Er hat dich bloß zum besten, begreifst du's nicht?

SCHWIEGERVATER: Nun meint ich doch, Menaechmus, wär's genug
Mach einmal Ernst. [gespaßt.

MENAECHMUS S: Was hab ich denn mit dir zu tun?
Wer bist du, Mensch? Woher? Was hab ich dir getan?
Und was denn dieser da, die mir so beschwerlich fällt?

FRAU: Sieh nur, wie grün ihm seine Augen sind; wie grün
Sich Schläf und Stirn ihm färben, seine Blicke glühen!

MENAECHMUS S *für sich*: Das beste, denk ich, ist's,
Da jene mich für toll erklären, wenn ich mich
Toll stelle: dadurch werde ich am ehesten sie los.

FRAU: Wie der sich konvulsivisch streckt und gähnt! Was ist
Zu tun, mein Vater?

SCHWIEGERVATER: Tritt hierher, mein Kind; so weit
Als möglich weg von ihm.

MENAECHMUS S: Euoi, euoi! Bromius, wohin rufst du mich? Zum Wald?
Zum Jagdvergnügen? Ich hör es wohl, doch kann ich nicht
Von dannen kommen: also hält mich linker Hand
Die toll gewordene Hündin fest, und hinter ihr
Steht dort der Springbock, der in seinem Leben schon
Manch braven Mann durch falsches Zeugnis totgemacht!

SCHWIEGERVATER: Fluch über dich!

MENAECHMUS S: Sieh, mir befiehlt Apollo durch
Orakelspruch, mit lodernden Fackeln jener dort
Die Augen auszubrennen!

FRAU: Vater, ich bin verloren!
Die Augen auszubrennen droht er mir.

SCHWIEGERVATER: He, Kind!

FRAU: Was ist's? Was fangen wir nun an?

SCHWIEGERVATER: Wie wär's,
Wenn Knechte flugs herbei ich rief? Ich will hinein,
Will Leute holen, daß sie fort ihn schaffen und
Daheim in Ketten legen, ehe er uns noch
Ärgeren Unfug macht.

MENAECHMUS S *für sich*: Nun aber, wenn ich nicht
Ein Plänchen mir ersinne, schleppen die ins Haus
Mich fort. – *Laut:* Mit meiner Faust zu schonen ihr Gesicht,
Verbotst du mir. Wenn sie mir aus den Augen nicht
Urplötzlich sich zum Henker schert, dann soll geschehen,
Was du, Apollo, mir befiehlst.

SCHWIEGERVATER: Lauf, was du kannst,
Ins Haus hinein, damit er dich nicht trifft.

FRAU: Ich lauf,
Allein ich bitte, Vater, gib doch acht auf ihn,
Damit er nicht davonläuft! O ich armes Weib,
Daß das ich erleben muß!
Frau ab ins Haus.

MENAECHMUS S *für sich*: Die bin ich nun auf gute Weise losgeworden. –
Laut: Jetzt diesem erzgemeinen Kerl, diesem Wackelkopf,
Diesem bärtigen Tithonus hier, diesem Sohne eines Schwans,
Ihm, willst du, daß ich Glieder, Knochen, Arm und Bein
Zerschlage mit dem Stab, an dem er selber geht?

SCHWIEGERVATER: Schlimm geht es dir, so du mich anrührst oder nur
In meine Nähe kommst.

MENAECHMUS S: Ich tu, wie du befiehlst!
Ein doppelschneidig Beil ergreif ich und zerhau
Stückweis, bis auf die Knochen, ihm das Eingeweid.

SCHWIEGERVATER: Jetzt gilt es Vorsicht, auf der Hut jetzt recht zu sein,
Mit allem Grund befürcht ich, daß er, was er droht,
Auch wirklich an mir ausführt.

MENAECHMUS S: Viel befiehlst du mir,
Apollo: wilde, zügellose Rosse soll
Ich nehmen, auf den Wagen soll ich steigen, soll
Diesen alten Löwen zermalmen, ihn, den stinkenden,
Zahnlosen! Schon im Wagen steh ich, halte schon
Die Zügel, meine Rechte schwingt die Peitsche schon.

Holla, ihr Rosse! Laßt den Hufschlag hell im Lauf
Erdröhnen! Beugt der Füße Schnellkraft zum Galopp!

SCHWIEGERVATER: Mir drohst du mit eingespannten Pferden?

MENAECHMUS S: Noch einmal,
Apollo, willst du, daß ich gegen diesen da
Anrenne und ihn totschlage? Doch wer ist es, der
Mich bei den Haaren nieder von dem Wagen reißt
Und so Apollos Wort vereitelt und Geheiß?
Menaechmus S stürzt in gespieltem Wahnsinn zu Boden.

SCHWIEGERVATER: Welch wilde schwere Krankheit! Götter, steht mir [bei!
Er, der nun rast, wie war er erst vor kurzem noch
So kerngesund, wie überfiel so plötzlich ihn
Dies harte Leiden! – Fort und möglichst schnell den Arzt
Herbeigerufen!
Schwiegervater ab nach rechts.

V/3

MENAECHMUS S: Sind sie denn nun wirklich fort,
Mir aus den Augen, sie, die mich bei hellem Geist
Zum Tollsein zwingen? Unverzüglich jetzt hinab
Zum Schiff, solang's mit heiler Haut noch möglich ist.
Zu den Zuschauern: Euch alle bitt ich: wenn der Alte wiederkommt,
Verratet nicht, durch welche Straß ich ihm entrann.
Menaechmus S eilt nach links davon; Pause.

SCHWIEGERVATER *von rechts zurückkehrend*: Vom langen Sitzen fühl ich in den Lenden Schmerz
Und in den Augen von dem Schauen und Warten auf
Den Arzt, bis von der Arbeit er sich losgemacht.
Da kommt er endlich mürrisch von dem Kranken her,
Schwatzt noch, wie einen Beinbruch er dem Äskulap
Und einen Arm er dem Apoll gerichtet hat.
Nun bin ich erst im Zweifel, ob den Arzt ich, ob
Den Richter ich geholt. Doch sieh, da kommt er ja.
So fördere doch ein bißchen deinen Ameisengang!
Der Arzt erscheint von rechts.

V/4

ARZT: Wie nanntest du die Krankheit, Alter? Sag es mir:
Ist's Tobsucht? Ist's Gespensterseherei? Ich muß
Das wissen. Ist es Schlafsucht oder Wassersucht,
Was ihn gepackt hat?
SCHWIEGERVATER: Eben darum holt ich dich,
Daß du es mir sagst und gesund ihn wieder machst.
ARZT: Oh, das ist eine Kleinigkeit! Er wird gesund;
Dafür steh ich mit meinem Ehrenwort dir ein!
SCHWIEGERVATER: Mit aller Sorgfalt nimm ihn ja doch in die Kur!
ARZT: Mehr als tausendmal werd ich am Tage stöhnen:
Mit solcher Sorgfalt soll er dir behandelt sein.
SCHWIEGERVATER: Da kommt er selbst. Laß uns sehen, was er macht.

V/5

MENAECHMUS E *von rechts kommend; für sich:*
Beim Pollux, heute geht mir alles krumm und quer.
Was ich so ganz im stillen abzutun geglaubt,
Das hat der Parasit nun alles aufgedeckt
Und mich mit Schand und Schrecken vollgeladen, mein
Ulyß, der seinem König so viel Böses tat.
Dem Burschen blase ich, so wahr ich lebe,
Sein Lebenslicht noch aus! Doch was bin ich für ein Narr,
Daß ich sein nenne, was doch mir gehört!
Auf meine Kosten ward er hergefüttert: ich
Will ihm die Luft zum Leben nehmen. Aber sauber hat's
Auch dieses Mensch gemacht, so recht nach Dirnenart.
Weil ich das Kleid verlange, um es meiner Frau
Zurückzubringen, heißt's: sie hab es mir bereits
Gegeben. Ach, wie bin ich doch übel dran!
SCHWIEGERVATER: Hörst du, was er da sagt?
ARZT: Er sei übel dran.
SCHWIEGERVATER: So geh doch hin zu ihm.
ARZT: Menaechmus, sei gegrüßt!
Warum trägst du den Arm so offen? Weißt du nicht,
Daß du die Krankheit dadurch um so schlimmer machst?

MENAECHMUS E: Pack dich zum Henker!

SCHWIEGERVATER *zum Arzt*: Merkst du was?

ARZT *zum Schwiegervater*: Ja freilich, ja.
Ein ganzer Acker Nieswurz reicht zu dieser Kur
Nicht hin. Menaechmus, sprich, wie geht's?

MENAECHMUS E: Was willst du?

ARZT: Gib
Mir Antwort: trinkst du weißen oder roten Wein?

MENAECHMUS E: Fahr ab zur Hölle!

ARZT: Er zeigt fürwahr des Wahnsinns erste Zeichen.
Willst du nicht antworten auf das, was ich gefragt?

MENAECHMUS E: Frag auch das noch: ob ich rotes Brot
Oder ob ich violettes esse, ob safranfarbenes, ob
Geschuppte Vögel oder auch Fische mit Federn.

SCHWIEGERVATER: Ei,
Hörst du, wie er im Irrsinn redet? Säumst du noch,
Ein Tränklein ihm zu geben, ehe vollends ihn
Die Tollheit packt?

ARZT: Warte nur, ich muß ihn einiges noch
Fragen.

SCHWIEGERVATER: Du bringst mich um mit deinem Schwatzen.

ARZT *zu Menaechmus*: Sag mir dies: werden manchmal dir die Augen [starr?

MENAECHMUS E: Was, du siehst mich wohl für einen Hummer an,
Du blöder Kerl?

ARZT: Dann sage mir: bemerkst du nicht,
Daß dir von Zeit zu Zeit das Eingeweide knurrt?

MENAECHMUS E: Nie, wenn ich satt bin; wenn mich der Hunger quält,
Knurrt mir's.

ARZT: Ha, diese Rede zeugt von Tollheit nicht. –
Schläfst bis zum hellen Morgen du? Schläfst leicht du ein?

MENAECHMUS E: Ich schlafe gut, wenn meine Schulden sind bezahlt.
Daß Juppiter dich straf und alle Götter, du Spion!

ARZT *zum Schwiegervater*: Jetzt fängt die Tollheit wieder bei ihm an.
Sei auf der Hut!

SCHWIEGERVATER: Nein, ein Nestor ist er jetzt in seinen Worten,
Mit dem verglichen, wie er vorhin war. Denn vorhin hieß er
Eine tolle Hündin seine Frau.

MENAECHMUS E: Was hieß ich sie?

SCHWIEGERVATER: Du seist verrückt, behaupte ich.

MENAECHMUS E: Ich?

SCHWIEGERVATER: Ja, du, derselbe, der mich mit einem Viergespann
Zerschmettern wollte, wie du drohtest.

MENAECHMUS E: Wer behauptet das? [dich.

SCHWIEGERVATER: Ich selbst war Augenzeuge, darum zeih ich dessen

MENAECHMUS E: Und ich, ich weiß, daß du die heilige Krone stahlst
Von Juppiters Haupt; ich weiß, daß man dich deshalb
In den Kerker steckte und, nachdem man dich heraus-
Gelassen, am Pranger dich mit Ruten hieb;
Und daß hierauf du deinen Vater umgebracht
Und deine Mutter hast verkauft, das weiß ich auch.
Sind das genug Beleidigungen für einen gesunden Sinn,
Als Antwort auf die deinen?

SCHWIEGERVATER: Beim Himmel, Arzt,
Beschwör ich dich: tu schnell alles, was zu tun
In deinem Plan liegt! Siehst du nicht, der Mensch ist toll!

ARZT: Weißt du, was wohl am besten wäre? Laß zu mir
Ihn bringen.

SCHWIEGERVATER: Glaubst du wirklich?

ARZT: Warum denn nicht?
Dort kann ich, ganz wie ich's für richtig halte, für ihn sorgen.

SCHWIEGERVATER: Tu, wie dir's gefällt.

ARZT *zu Menaechmus E*: So etliche zwanzig Tage durch
Sollst du mir Nieswurz schlucken.

MENAECHMUS E: Aber ich dafür
Will einen Monat lang dich hängen und zu
Tode geißeln.

ARZT *zum Schwiegervater*: Geh und hole Leute, die
Zu mir ihn schaffen.

SCHWIEGERVATER: Wieviel sind erforderlich?

ARZT: Nach seiner jetzigen Tollheit vier, nicht weniger.

SCHWIEGERVATER: Die werden gleich da sein, inzwischen hüt ihn gut.

ARZT: Nein, ich geh heim, die nötigen Vorbereitungen
Zu treffen. Trag nur deinen Dienern auf, daß sie
Ihn zu mir bringen.

SCHWIEGERVATER: Soll sogleich geschehen.
ARZT: Ich geh.
SCHWIEGERVATER: Leb wohl.

Arzt ab nach rechts, Schwiegervater wahrscheinlich ab nach links.

MENAECHMUS E: Der Schwiegervater ist fort und auch der Arzt ist fort,
Nun steh ich ganz allein hier. Beim Juppiter,
Was ist's nur, daß diese Menschen mich für toll erklären?
Ich war ja, seit ich lebe, keinen Tag noch krank,
Bin auch nicht toll, fang auch nie Streit und Händel an:
Selbst gesund, halt ich auch andere für gesund;
Ich kenn die Menschen, rede gern mit ihnen. Sind
Die, die so der Tollheit fälschlich mich bezichtigen,
Nicht etwa selber toll? Was nun? Nach Hause möcht
Ich wohl, allein es läßt mein Weib mich nicht hinein.
Auch hier ist's zu. Mir geht es doch verzweifelt schlimm!
Ich muß nun eben warten bis auf weiteres:
Ist's Nacht, dann, glaub ich, läßt man schließlich mich ins Haus [hinein.

V/6

Messenio kommt von links.

MESSENIO: Den braven Diener, welcher Hab und Gut des Herrn
Verwaltet, drüber wacht und alles wohl besorgt,
Erkennt man daran, daß er, was dem Herrn gehört,
Auch wenn der Herr nicht da ist, treulich überwacht,
Ja, treuer noch, als wäre dieser selber da.
Mehr muß der Rücken, mehr die Beine gelten dem,
Der's Herz am rechten Fleck hat, als der Schlund und Bauch.
Vergegenwärtige doch sich jeder, welcher Lohn
Den Taugenichtsen, den faulen Schlingeln, von dem Herrn
Zuteil wird. Prügel, Fußblock, Frohnen in der Mühle,
Hinschmachten, Hunger, bittere Kälte: dieses ist
Der Lohn der Faulheit; solche Übel scheue ich sehr.
Drum will ich lieber brav als schlecht sein.
Denn lieber duld ich Mahnungen als Ahndungen,
Auch hab ich's lieber, wenn man mir Gemahlenes bringt,
Als wenn ich selbst zum Mahlen mich hergeben muß.
Drum führ ich auch des Herrn Befehle pünktlich aus

Und dien ihm ohne Murren: es kommt mir selbst zugut.
Die anderen mögen sein, wie's ihnen dienlich scheint:
Ich will mich so verhalten, wie die Pflicht es heischt.
Die stete Furcht hält von Vergehen mich fern, daher
Will ich des Herrn allüberall gewärtig sein.
Die Knechte, die, Bestrafung fürchtend, nichts versehen,
Sind ihren Herren nützlich. Denn wer sich sonst nicht fürchtet,
Fürchtet sich, sobald er etwas Schlimmes angestellt.
Ich hab nicht viel zu fürchten. Bald wird mein Herr
Für das, was ich geleistet, mir den Lohn erteilen.
Das mach ich mir in meinem Dienst zur Regel, daß
Mein Rücken stets sich wohl dabei befindet. –
Nachdem ich Sklaven und Gepäck, wie er's befohlen hatte,
Im Gasthof wohl versorgt, hol ich ihn selber ab.
Jetzt klopf ich an die Türe da, damit er weiß,
Daß ich schon da bin und damit ich meinen Mann
Aus diesem Abgrund des Verderbens unversehrt
Ins Freie bringe. Doch ich fürcht, ich komm
Zu spät und die Schlacht ist schon geschlagen.

V/7

Der Schwiegervater erscheint wieder, begleitet von vier Sklaven.

SCHWIEGERVATER: Bei den Göttern und den Menschen sag ich euch:
Mir meinen Auftrag auf das allerpünktlichste, [besorgt
Sowohl das Frühere als, was jetzt befohlen wird.
Macht, daß ihr mir den Mann dort auf den Schultern in
Des Arztes Wohnung schafft, falls ihr eure Beine
Und Rücken nicht die Rechnung zahlen lassen wollt.
Nehmt euch in acht und laßt euch seine Drohungen
Nicht im geringsten nahegehen.
Was steht ihr? Was besinnt ihr euch? Er sollte längst
Auf euren Schultern liegen, längst vom Platze sein!
Ich selber will zum Arzt und warten, bis ihr kommt.
Schwiegervater ab nach rechts, die vier Sklaven machen sich an die Arbeit.

MENAECHMUS E: Ich bin des Todes! Was gibt es denn? Was drängen sich
Die Leute so an mich heran? Was wollt ihr denn?
Was sucht ihr? Was umsteht ihr mich? Wohin schleppt ihr mich?

Wo wollt ihr mit mir hin? O ich Verlorener!
Bei allem, was euch heilig, Epidamnier,
Helft mir, Bürger! Laßt ihr mich denn noch nicht los?
MESSENIO: Euch, ewige Götter, ruf ich hier als Zeugen an!
Was muß mein Auge sehen? Schleppen die da nicht
Ganz schmählich meinen Herrn auf ihren Schultern fort?
MENAECHMUS E: Hat niemand Mut, mir beizustehen?
MESSENIO: Ich hab ihn, Herr,
Recht starken Mut! Unwürdige, verruchte Tat!
Den Herrn mir fortzuschleppen, Epidamnier,
In Freundesland, am hellen Tag, auf offener Straße,
Ihn, der als freier Mann zu euch gekommen ist.
Laßt ihn los!
MENAECHMUS E: Wer du auch seist, ich fleh dich an:
Sei du mein Helfer in der Not, laß nicht geschehen,
Daß solches Unrecht man so frech an mir verübt.
MESSENIO: Dein Helfer, ja, der will ich sein, verteidigen
Will ich dich; kräftig will ich zu dir stehen: du darfst
Mir nicht zugrunde gehen; lieber geh ich selbst zugrund.
Reiß ihm das Aug aus, Herr, ich bitte dich, dem Kerl,
Der an der Schulter fest dich hält! Den übrigen
Leg ich sodann ein Saatfeld im Gesichte an
Und säe Fäuste drein. Ihr habt, beim Herkules,
Zu eurem größten Schaden den heut angepackt!
Gebt frei ihn!
MENAECHMUS E: Den da hab ich schon am Auge.
MESSENIO: Mach,
Daß statt des Augs ein leerer Fleck im Kopf ihm sitzt!
Ihr Schurken, Räuber, Diebsgesindel!
DIE SKLAVEN: Ach, es ist
Um uns geschehen! Habt Erbarmen!
MESSENIO: So laßt ihn also los!
MENAECHMUS E: Was packt ihr mich auch an? Gib ihnen eine Abreibung!
MESSENIO: Macht, lauft, und packt euch gleich zum Henker! Heda, du,
Weil du der letzte bist, nimm das zum Lohne mit!

Die vier Sklaven fliehen nach links von der Bühne.

Recht brav gezeichnet hab ich die Gesichter da,

So ganz nach Herzenslust. Beim Pollux, dieses Mal
Stellt ich mich, Herr, zur guten Stund als Helfer ein!

MENAECHMUS E: Die Götter mögen, wer du sein magst, junger Mann,
Die Tat dir lohnen: ohne deine Gegenwart
Hätte ich den Sonnenuntergang heut nicht erlebt.

MESSENIO: Beim Pollux, Herr, wenn du nach Recht verfahren willst,
So gibst du mir die Freiheit.

MENAECHMUS E: Ich die Freiheit dir?

MESSENIO: Jawohl, Herr, weil ich dich gerettet habe.

MENAECHMUS E: Wie?
Du irrst dich, junger Mann.

MESSENIO: Worin?

MENAECHMUS E: Bei Vater Zeus
Beschwöre ich dir's, daß ich nicht dein Gebieter bin.

MESSENIO: So sei doch still!

MENAECHMUS E: Ich lüge nicht; nie hat ein Knecht
So schön an mir gehandelt, wie du handeltest.

MESSENIO: Gut; bin ich dein nicht, laß mich frei von dannen ziehen.

MENAECHMUS E: Meinetwegen bist du frei; du kannst gehen, wohin du [willst.

MESSENIO: Und du befiehlst mir's?

MENAECHMUS E: Nun ja, ich befehle dir's,
Soweit ich überhaupt dir was befehlen kann.

MESSENIO: Sei mir gegrüßt, Patron! »Mich freut's, Messenio,
Dich frei zu sehen.« Ich will's euch glauben. Doch,
Das bitt ich dich, Patron, verfüge minder nicht
Jetzt über mich, als da ich noch dein Sklave war.
Ich will auch fortan bei dir wohnen, mit dir gehen,
Wenn du nach Hause gehst.

MENAECHMUS E: Das kann nicht sein.

MESSENIO: Ich will
Jetzt nach dem Gasthaus gehen, Gepäck und Geld herbei
Dir schaffen. Gut verwahrt ist in dem Mantelsack
Der Beutel samt dem Reisegeld; gleich bring ich dir's.

MENAECHMUS E: Bring's nur geschwind.

MESSENIO: Unangetastet, wie du mir's
Gegeben, bring ich alles; warte hier auf mich. *Messenio ab nach links.*

MENAECHMUS E: Viel Wunderbares ist mir heut in allerlei

Gestalt schon zugestoßen; die einen sagen, ich
Sei der nicht, der ich bin, und schließen mir die Türe
Vor der Nase zu. Der dort aber, der
Durchaus mein Sklave wollte sein und dem ich dann
Die Freiheit gab, will einen Beutel gar mit Geld
Mir bringen. Bringt er den, dann zieh er frank und frei,
Wohin er will, damit er nicht, wenn wieder hell
Der Kopf ihm ist, sein Geld von mir zurückverlangt.
Der Schwiegervater und der Arzt erklärten mich für toll.
Sei's, wie es will, es ist mirakulös.
Das alles kommt mir ganz so vor, als wär's
Ein Traum. Hinein nun zu dem Mädchen; ist sie gleich
Mir etwas bös, am Ende bring ich's doch dahin,
Daß sie meines Weibes Kleid zurück mir gibt.
Menaechmus E geht ins Haus der Erotium.

V/8

Menaechmus S und Messenio kommen im Gespräch von links.

MENAECHMUS S: Du habest heute sonst noch mich getroffen, seit
Ich dir befahl hierherzukommen: wagst du das
So frech mir ins Gesicht zu sagen?

MESSENIO: Macht ich dich
Doch eben erst von jenen vier Halunken frei,
Die auf den Schultern dort dich in das Haus geschleppt:
Du riefst der Götter, riefst der Menschen Hilfe an,
Da lauf ich schnell herbei, und mit gewaltiger Faust
Reiß ich dich los, noch eh du selber dran gedacht.
Für diese Tat, da ich dich gerettet, gabst
Du mir die Freiheit; drauf, als ich Gepäck und Geld
Zu holen mich bereit erklärte, liefst du mir
Voraus, so schnell du konntest, und das alles, um
Zu leugnen, was du selbst getan?

MENAECHMUS S: Ich hätte dich
Für frei erklärt?

MESSENIO: Gewiß.

MENAECHMUS S: Gewisser noch ist das:
Ehe du mir frei wirst, werd ich lieber selber Knecht.

V/9

Menaechmus E kommt aus dem Haus der Erotium.

MENAECHMUS E *zurücksprechend*: Und schwörtet ihr's bei euren Augen;
Beim Herkules, bewiest ihr dadurch, daß ich heute [nimmermehr,
Kleid und Armreif mitnahm, Schändliche!
MESSENIO: Allmächtige Götter, was erblick ich da!
MENAECHMUS S: Was denn?
MESSENIO *auf Menaechmus E deutend*: Dein Spiegelbild.
MENAECHMUS S: Was ist los?
MESSENIO: Dein Ebenbild; es gleicht
Dir auf das Haar.
MENAECHMUS S: Beim Pollux, es ist mir wirklich nicht
Unähnlich, kenn ich anders meine eigene Gestalt.
MENAECHMUS E *geht auf Messenio zu*: Sei mir willkommen, junger Mann,
Mein Retter, wer du sonst auch bist. [du warst
MESSENIO: Du, junger Mann,
Wie ist dein Name? Sag's mir, wenn du's gerne tust.
MENAECHMUS E: Das hast du doch wahrhaftig nicht um mich verdient,
Daß ich nicht gern, was du begehrst, erfüllte:
Menaechmus ist mein Name.
MENAECHMUS S: Ei, so heiß auch ich.
MENAECHMUS E: Ich bin Sizilianer, bin aus Syrakus.
MENAECHMUS S: Dort ist ja meine Heimat, meine Wohnung auch.
MENAECHMUS E: Was hör ich da?
MENAECHMUS S: Die reine Wahrheit.
MESSENIO *zu Menaechmus E tretend*: Den da kenn
Ich wohl, er ist mein Herr, ich bin sein Sklave,
Allein ich glaubte dessen Sklave zu sein,
Verwechselte den da mit dir und machte mir mit ihm zu tun.
Drum bitt ich, habe Nachsicht, wenn ich unbedacht
Etwas Dummes hab zu dir gesagt.
MENAECHMUS S *zu Messenio*: Bist du toll?
Denkst nimmer dran, daß heute erst, zugleich mit mir,
Du aus dem Schiffe stiegst?
MESSENIO: Du hast vollkommen Recht,
Du bist der Herr. – Du, such dir einen anderen Knecht. –

Du sei gegrüßt! – Du lebe wohl! – Der, sage ich, ist
Menaechmus. *Er deutet auf Menaechmus S.*

MENAECHMUS E: Ich bin's.

MENAECHMUS S: Welche Faselei! Du wärst
Menaechmus?

MENAECHMUS E: Ja, bin meines Vaters Moschus Sohn.

MENEACHMUS S: Du wärest meines Vaters Sohn?

MENAECHMUS E: Nein, junger Mann,
Des meinen; deinen weg dir nehmen möcht ich nicht,
Noch streitig ihn dir machen.

MESSENIO: Große Götter! Ihr
Gewährt, ich ahn es, unverhoffte Hoffnung mir;
Denn täuscht der Geist mich nicht, sind das zwei Zwillinge:
Ein Vaterland und einen Vater geben sie,
Der eine wie der andere, an. Nun ruf ich gleich
Den Herrn beiseit: Menaechmus!

MENAECHMUS E und S: Was soll sein?

MESSENIO: Ich will
Nicht beide. Welcher von euch zweien ist mit mir
Zu Schiff heute angekommen?

MENAECHMUS E: Ich nicht.

MENAECHMUS S: Aber ich.

MESSENIO: Dich also will ich. Tritt hierher.

MENAECHMUS S: Schon da; was ist?

MESSENIO: Der Mensch da ist entweder ein Gauner oder gar
Dein Zwillingsbruder selber, denn nie sah ich noch
Zwei Menschen, wo der eine mehr dem anderen glich.
Das Wasser sieht dem Wasser und die Milch der Milch
So ähnlich nicht wie dieser dir, du ihm. Er gibt
Dieselbe Heimat auch, denselben Vater an.
Am besten ist's, wir gehen hin und fragen ihn.

MENAECHMUS S: Fürwahr, du hast mir gut geraten; habe Dank!
Mach immer fort, ich bitte dich. Frei sollst du sein,
Ermittelst du, daß dieser da mein Bruder ist.

MESSENIO: Ich habe alle Hoffnung.

MENAECHMUS S: Und ich ebenfalls.

MESSENIO *zu Menaechmus E*: Menaechmus, dünkt mich, sei dein Name, [sagtest du?

MENAECHMUS E: Ganz richtig.

MESSENIO *auf Menaechmus S deutend*: Der nennt ebenfalls Menaechmus [sich.
Du sagtest, auf Sizilien, zu Syrakus
Seist du geboren: so ist's auch mit diesem da.
Moschus sei deines Vaters Name, sagtest du:
So nennt von diesem sich der Vater auch. Nun könnt
Ihr beide mir und euch zu was behilflich sein.

MENAECHMUS E: Du hast's verdient, daß jeden Wunsch man dir gewährt.
Gerade so, als hättst du mich um Geld gekauft,
Will ich dir jetzt als freier Mann zu Diensten stehen.

MESSENIO: Ich hoffe, daß ihr bald als Zwillingsbrüder euch
Ausfinden werdet, einem Elternpaar entstammt,
An einem Tag geboren.

MENAECHMUS E: Seltsam! Könntest du
Doch auch vollführen, was du da versprochen hast.

MESSENIO: Ich kann's. Kommt her, antworte jeder mir auf das,
Was ich ihn fragen werde.

MENAECHMUS E: Frage, was du willst,
Antworten werde ich, nichts verschweigen, was ich weiß.

MESSENIO: Heißt du Menaechmus?

MENAECHMUS E: Allerdings.

MESSENIO: Du ebenso?

MENAECHMUS S: Ja.

MESSENIO: Moschus nannte sich dein Vater, sagtest du?

MENAECHMUS E: Ganz richtig.

MENAECHMUS S: Auch der meine.

MESSENIO: Bist aus Syrakus?

MENAECHMUS E: Gewiß.

MESSENIO: Und du?

MENAECHMUS S: Gleichfalls.

MESSENIO: Bis jetzt trifft alles ganz
Nach Wunsch zusammen. Gebt nun weiter acht! *Zu Menaechmus E:* [Was ist
Das Früheste, des du aus der Heimat dich entsinnst?

MENAECHMUS E: Daß ich mit meinem Vater nach Tarent zum Markt
Gereist, mich im Gedräng von ihm verlor und dann
Hinweggeführt ward.

MENAECHMUS S: Hilf mir, großer Juppiter!

MESSENIO: Was soll das Lärmen? Schweige doch!
Zu Menaechmus E: Wie alt warst du,
Als dich der Vater mit sich fort von Hause nahm?
MENAECHMUS E: So etwa sieben Jahre: damals fielen mir
Die ersten Zähne eben aus. Nach diesem sah
Ich meinen Vater nimmer.
MESSENIO: Wieviel hatte denn
Euer Vater Söhne?
MENAECHMUS E: Soweit ich mich erinnere, zwei.
MESSENIO: Und welcher von euch beiden war der ältere,
Du oder er?
MENAECHMUS E: Wir waren beide gleich.
MESSENIO: Wie kann
Das sein?
MENAECHMUS E: Wir waren Zwillingsbrüder.
MENAECHMUS S: Götter, ihr
Beschloßt mein Glück!
MESSENIO: Wenn du mich unterbrichst, so red
Ich gar nicht mehr.
MENAECHMUS S: O nein, ich schweige.
MESSENIO: Sage mir:
Trugt ihr denn beide einen Namen?
MENAECHMUS E: Keineswegs:
Menaechmus hieß ich jederzeit und heute noch;
Sosicles jener.
MENAECHMUS S: Alle Zeichen treffen zu.
Nein, länger kann ich nicht zurück mich halten, muß
In seine Arme sinken – du, mein leiblicher,
Mein Zwillingsbruder, sei gegrüßt! Ich selbst bin
Sosicles.
MENAECHMUS E: Doch warum hat man Menaechmus dich
Nachher geheißen?
MENAECHMUS S: Als die Nachricht zu uns kam,
Du und der Vater wären tot, da änderte unser
Großvater meinen Namen in den deinen um.
MENAECHMUS E: Ich glaube deinem Wort. Doch über eines noch
Gib Auskunft.

MENAECHMUS S: Frage, was du willst.
MENAECHMUS E: Wie nannte doch
Sich unsere Mutter?
MENAECHMUS S: Teuximarcha.
MENAECHMUS E: Ja, so ist's!
Nun sei gegrüßt, du unverhoffter Bruder, den
Nach so viel Jahren ich erblicke.
MENAECHMUS S: Auch du, den ich mit mancher Mühe und Gefahr
Bis jetzt gesucht und endlich, welche Freude, fand!
MESSENIO *zu Menaechmus S*: Das war der Grund, warum dich jene [Buhlerin
Bei seinem Namen rief; sie meinte, denk ich wohl,
Du wärst der andere, als sie dich zum Essen lud.
MENAECHMUS E: Ganz sicher; denn ich hatte heut ein Mahl bei ihr
Bestellt, und zwar hinterm Rücken meiner Frau,
Der ich vor kurzem hatt ein Kleid entwendet,
Das ich jener schenkte.
MENAECHMUS S: Bruder, meinst du das vielleicht,
Das ich da habe?
MENAECHMUS E: Ja, doch wie kam denn es zu dir?
MENAECHMUS S: Die Dirne dort lud mich zum Essen ein,
Behauptete, das hätt ich ihr geschenkt; ich aß
Und trank vortrefflich, schlief bei ihr – drauf gab sie mir
Das Kleid und diesen Goldschmuck da.
MENAECHMUS E: Ha, wie freut es mich,
Wenn meinetwegen dir was Gutes ward zuteil;
Denn als sie dich zu Tische lud, da hielt sie dich für mich.
MESSENIO: Bedenkst du dich nun, ob du frei mich ziehen läßt,
Wie du gewillt warst?
MENAECHMUS E: Bruder, recht und billig ist's,
Um was er bittet; mir zuliebe sage ja.
MENAECHMUS S: So sei denn frei.
MENAECHMUS E: Wie freu ich mich, Messenio,
Daß du nun frei bist.
MESSENIO *für sich*: Doch bedarf's noch besserer
Bekräftigung, damit die Freiheit dauernd sei.
MENAECHMUS S: Nun, Bruder, weil das alles uns nach Herzenswunsch
Gelungen ist, laß beide uns zur Heimat ziehen.

MENAECHMUS E: Mit Freuden, Bruder, füg ich deinem Wunsche mich;
Ich will mein Hab und Gut versteigern
Lassen. Doch inzwischen laß hinein uns gehen.
MENAECHMUS S: Recht gerne.
MESSENIO: Wißt ihr, was ich euch noch bitten will?
MENAECHMUS E: Nun?
MESSENIO: Macht mich zum Ausrufer bei der Versteigerung.
MENAECHMUS E: Es sei.
MESSENIO: Befiehlst du, daß ich die Versteigerung
Nunmehr verkünde?
MENAECHMUS E: Ja, auf den achten Tag.
MESSENIO *laut:* Menaechmus hält Versteigerung am achten Tag
Nach heute, morgens früh. Es kommen zum Verkauf:
Gebäude, Gründe, Sklaven, Fahrnis aller Art.
Wer bietet, kann da kaufen, doch nur gegen bar.
Die Hausfrau selbst ist feil, wenn sich ein Käufer zeigt.
Doch ich glaub, daß fünf Millionen an Sesterzen
Die Versteigerung kaum erbringen wird!
Lebt wohl, verehrte Gäste, und klatscht uns lauten Beifall zu!

MILES GLORIOSUS

(Der aufschneiderische Offizier)

Personen

PYRGOPOLINICES, *Offizier des Königs Seleukos von Syrien, in Ephesus als Werber tätig*

ARTOTROGUS, *Parasit bei Pyrgopolinices*

PALAESTRIO, *Sklave des Pyrgopolinices, früher im Besitz des Pleusicles*

PERIPLECTOMENUS, *Bürger von Ephesus, 54 Jahre alt, Junggeselle*

SCELEDRUS, *Sklave des Pyrgopolinices*

PHILOCOMASIUM, *Hetäre aus Athen, Geliebte des Pleusicles und Konkubine des Pyrgopolinices*

PLEUSICLES, *junger Athener, Gast des Periplectomenus*

LUCRIO, *Sklave des Pyrgopolinices*

ACROTELEUTIUM, *Hetäre aus Ephesus, Klientin des Periplectomenus*

MILPHIDIPPA, *Sklavin der Acroteleutium*

SKLAVE *des Periplectomenus, Knabe*

CARIO, *Koch bei Periplectomenus*

SKLAVE *des Pyrgopolinices*

Weitere Sklaven des Pyrgopolinices und des Periplectomenus

Schauplatz ist Ephesus; im Hintergrund links das Haus des Periplectomenus, rechts das des Pyrgopolinices, vor welchem ein Altar der Diana steht. Der linke Seitenausgang führt zum Hafen, der rechte zum Marktplatz und in die Stadt.

EINLEITUNG

Die Titelperson dieser umfangreichen plautinischen Komödie ist zugleich ihre zentrale Figur: Pyrgopolinices, ein dummstolzer Offizier, ein Prahlhans, Weiberheld und Feigling, der im Stück nach Gebühr gefoppt und betrogen wird. In das politisch machtlose Athen der Diadochenzeit kamen oft fremde Offiziere, die als Söldner irgendeinem Könige dienten und durch ihr Betragen den Widerwillen der athenischen Bürger erregten. Die neuere Komödie verdichtete solche Erfahrungen zu einem Typus. Nirgends in den uns erhaltenen Komödien hat er eine so farbenprächtige Ausgestaltung erfahren wie hier, wobei Plautus zu dem griechischen Original – dem ›Alazon‹ (Aufschneider) eines unbekannten Autors – selbst noch manchen kräftig karikierenden Strich hinzugefügt zu haben scheint. – Die Grundzüge des Inhalts sind folgende: Philocomasium, die Geliebte des Atheners Pleusicles, ist von Pyrgopolinices nach Ephesus entführt worden; auch der Sklave des Pleusicles, Palaestrio, ist auf Umwegen in seine Hand gefallen. Palaestrio hat seinen früheren Herrn vom neuen Aufenthalt seiner Geliebten unterrichten können, und dieser ist auch schon von Athen gekommen: er wohnt im Nebenhaus bei einem Freund (Periplectomenus). Damit die Liebenden sich sehen können, hat Palaestrio heimlich ein Loch in die Hauswand gebrochen, so daß Philocomasium ins Nebenhaus hinüberkam. Als ein Sklave des Pyrgopolinices (Sceledrus) sie dort zufällig sieht und alles entdeckt zu werden droht, rettet der Witz des Palaestrio wieder die Situation: mit Hilfe von Periplectomenus und Philocomasium kann er Sceledrus zu dem Glauben bringen, er habe eine Zwillingsschwester der Philocomasium im Nebenhaus gesehen. Eine Flucht wäre nun zwar an sich auch schon durch dieses Mauerloch möglich (das Stück wäre dann allerdings rasch zu Ende). Es folgt jedoch noch eine größere zweite Intrige, die auf ingeniöse Weise die Flucht weniger gefahrvoll und nach dem Sklaven nun auch seinen Herrn zum Narren macht: Palaestrio ist abermals der »Architekt« des Unternehmens; neben Philocomasium und Periplectomenus sind diesmal auch Pleusicles und eine Hetäre (Acroteleutium) mit ihrer Zofe

(Milphidippa) seine Helfer. Acroteleutium spielt die Frau des Periplectomenus, der in Wirklichkeit Junggeselle ist, und gibt vor, sie sei in Pyrgopolinices verliebt. Der eitle Offizier läßt nun tatsächlich von sich aus Philocomasium gehen (sogar mit Palaestrio zusammen), um Acroteleutium zu gewinnen – ohne freilich sein Ziel zu erreichen: der ertappte »Ehebrecher« muß froh sein, von den Sklaven des Periplectomenus nur verprügelt und nicht kastriert zu werden. – Die beiden Intrigen, von denen jede für sich schon die Flucht der Philocomasium möglich macht, haben zu der Vermutung geführt, daß Plautus hier zwei griechische Originale zusammengearbeitet habe. Andere haben sich für eine einheitliche Vorlage ausgesprochen, in die nur kleine Zusätze eingefügt worden wären. Die Frage ist in einer allgemein anerkannten Weise noch nicht entschieden. – Erstmals aufgeführt wurde das Stück wohl um 205 v. Chr. Es ist außergewöhnlich arm an Gesangspartien (außer einem Teil von IV/2, der anapästisch ist, wechseln nur iambische Senare und trochäische Septenare miteinander ab).

I

Pyrgopolinices tritt mit umgebundenem Kurzschwert aus seinem Haus, gefolgt von seinem Parasiten Artotrogus, der Schreibtafeln mit sich führt, und einigen Sklaven.

PYRGOPOLINICES *ins Haus zurücksprechend*:
Frisch dran! Der Glanz meines Schildes muß heller sein,
Als je am schönsten Sommertag die Sonne strahlt,
Auf daß er nötigenfalls, wenn es zum Treffen kommt,
Des Auges Schärfe raub im scharfen Kampf dem Feind.
Auf sein Schwert weisend: Denn ich muß diese Waffe wohl
Damit sie mir nicht trauert und den Mut verliert, [beschwichtigen,
Weil schon so lange feiernd ich sie bei mir trug.
Die Arme sehnt sich sehr, Hackfleisch zu machen aus den Feinden.
Doch wo ist Artotrogus?

ARTOTROGUS: Hier! Er steht
Neben dem tapferen, vom Geschick gesegneten, königgleichen Mann.
Mars selber wäre nicht so keck, sich neben dir
Kriegsmann zu nennen oder seinen Heldenmut
Dem deinen gleichzustellen.

PYRGOPOLINICES: Meinst du etwa den,
Dem auf dem Kornwurmfeld das Leben ich geschenkt,
Wo Bumbomachides Clutomestoridysarchides,
Des Neptunus Enkel, Oberfeldherr war?

ARTOTROGUS: Jawohl,
Ich weiß; den mit der goldenen Rüstung meinst du doch,
Des Scharen deines Mundes Hauch zerstäubt hat
Wie der Wind die Blätter oder das Stroh vom Dach.

PYRGOPOLINICES: Das ist noch gar nichts!

ARTOTROGUS: Nichts, beim Herkules,
Mit anderem verglichen, *(für sich:)* was du nie getan.
Wer je ein größeres Lügenmaul als dieses sah,
So vollgepfropft mit Prahlerei wie dieser Kerl,
Dem geb ich mich sofort zum Sklaven hin –

Nur die Hors d'oeuvres sind hier halt so schrecklich gut.
PYRGOPOLINICES: Wo bist du?
ARTOTROGUS: Hier. – Und wie du dann in Indien
Dem Elefanten mit der Faust den Arm zerschlugst.
PYRGOPOLINICES: Was, Arm?
ARTOTROGUS: Nicht doch, ich wollte sagen Vorderbein.
PYRGOPOLINICES: Und ich gab mir nicht einmal große Müh dabei.
ARTOTROGUS: Beim Pollux, wär's dir Ernst gewesen, durch die Haut,
Durchs Eingeweide, durch den Rüssel hättest du
Dem Elefanten deinen Arm hindurchgebohrt.
PYRGOPOLINICES: Nichts mehr davon.
ARTOTROGUS: Ja, es lohnt der Mühe nicht,
Daß du mir deine Heldentaten nennst, ich weiß sie schon.
Für sich: Der Magen ist's, der alle diese Qual erzeugt:
Ich muß die Ohren füllen, daß die Zähne mir
Nicht klappern, allem Beifall geben, was er nur zusammenlügt.
PYRGOPOLINICES: Was wollt ich doch nur sagen?
ARTOTROGUS: Hm, ich weiß es schon;
Beim Herkules, ja, so ging's, geradeso.
PYRGOPOLINICES: Ja, was?
ARTOTROGUS: Nun ja, das, was du meinst.
PYRGOPOLINICES: Hast du ...
ARTOTROGUS: Du willst nach den Schreibtafeln fragen.
Ich hab sie und auch einen Griffel.
PYRGOPOLINICES: Du weißt deinen Sinn sehr klug dem meinen [anzupassen.
ARTOTROGUS: Es ist ja meine Schuldigkeit, dich durch und durch
Zu kennen und dafür zu sorgen, daß
Ich schon im voraus deine Wünsche weiß.
PYRGOPOLINICES: Erinnerst du dich auch ...
ARTOTROGUS: Ich erinnere mich an die hundertfünfzig in Kilikien,
Die hundert in dem Skythensöldnerland,
Die dreißig aus Sardes und die sechzig Makedonier –
Das sind die Leute, die an einem Tag du niederhiebst.
PYRGOPOLINICES: Wieviel macht das zusammen?
ARTOTROGUS: Siebentausend Mann.
PYRGOPOLINICES: Gerade soviel müssen's sein; du rechnest gut.
ARTOTROGUS: Und gleichwohl schrieb ich keinen auf und weiß es doch.

PYRGOPOLINICES: Beim Pollux, ein vortreffliches Gedächtnis hast du!
ARTOTROGUS: Die guten Bissen machen's scharf.
PYRGOPOLINICES: Hältst immer du
Dich so wie bisher, fehlt es dir an Essen nie;
Mein Tisch wird stets auch für dich gedeckt sein.
ARTOTROGUS: Und dann in Kappadokien, wo fünfhundert du
Mit einem Streiche, wenn dir das Schwert nicht stumpf
Geworden wäre, niederhiebst.
PYRGOPOLINICES: Doch da es
Nur kleine Infanteristen waren, ließ ich sie am Leben.
ARTOTROGUS: Warum dir sagen, was die ganze Welt ja weiß?
Daß einen einzigen Pyrgopolinices nur die Erde trägt,
An Heldenmut, Gestalt und Taten unbesiegt.
Dich lieben alle Weiber und mit vollem Recht:
Du bist so schön! – Erst gestern zupften einige mich
Am Mantel . . .
PYRGOPOLINICES: Und was sagten sie zu dir?
ARTOTROGUS: Eine frug: »Ist das Achilles?«
»Sein Bruder ist's«, erwidere ich. Eine andere:
»Bei Kastor«, rief sie, »darum ist er auch so schön,
Sein Blick so edel; seine Locken, welche Pracht!
Wie glücklich sind die, die in seinen Armen ruhen!«
PYRGOPOLINICES: So sagten sie?
ARTOTROGUS: Beide beschworen mich sogar,
Ich möchte dich wie eine Prozession zur Schau
Heut dort vorüberführen.
PYRGOPOLINICES: Gar so schön sein, das ist doch
Ein großes Unglück für den Mann!
ARTOTROGUS: So ist es!
Sie bitten, betteln allerwärts, beschwören mich,
Dich sehen zu dürfen; sie wollen, daß ich dich
Zu ihnen bringe; meinen Dienst bei dir kann ich
Kaum noch nach Schuldigkeit versehen.
PYRGOPOLINICES: Nun, glaub ich, wird es Zeit sein, auf den Markt zu [gehen,
Um den Söldnern, die ich gestern in die Tafeln eingeschrieben,
Ihre Löhnung auszuzahlen. Denn König Seleukus hat
Mich dringend gebeten, daß ich ihm Söldner werbe.

Beschlossen ist's, dem Dienst am König diesen Tag zu weihen.
ARTOTROGUS: So laßt uns also gehen.
PYRGOPOLINICES: Folgt mir, ihr Trabanten!
Pyrgopolinices, Artotrogus und die Sklaven gehen nach rechts ab.

II/1

Palaestrio tritt aus dem Haus des Pyrgopolinices.
PALAESTRIO: Den Inhalt zu erzählen bin ich gern bereit,
Wofern ihn anzuhören ihr so gütig seid.
Wer aber nicht zuhören will, der geh hinaus,
Damit, wer hören will, zum Sitzen Platz bekommt.
Jetzt, da am hübschen Ort ihr so beisammensitzt,
Mach ich euch Plan und Titel der Komödie kund,
Die wir jetzt spielen wollen.
»Alazon« ist der griechische Name dieses Stücks,
Was bei uns im Lateinischen »Gloriosus« heißt.
Die Stadt allhier ist Ephesus, mein Herr ist jener Offizier,
Der eben nach dem Markte ging,
Ein Großmaul, ohne alle Scham, ein Schweinehund,
Sein Tun und Treiben Meineid nur und Hurerei.
Er prahlt, das Weibsvolk lauf ihm auf dem Fuße nach:
Derweil verlacht ihn alles, wo er geht und steht;
Drum sieht man auch die Dirnen, die ihn mit
Den Lippen an sich ziehen, mit schiefen Mäulern meist.
Noch ist's nicht lange her, daß ich sein Sklave bin.
Ihr sollt es wissen, wie ich von dem Herrn,
Dem ich zuvor gedient, in diese Dienste kam.
Paßt auf! Denn jetzt beginn ich mit des Stückes Plan.
Ein äußerst braver junger Mann war in Athen
Mein Herr; der liebte heftig eine Dirne in Athen,
Und jene liebt' ihn ebenfalls,
Was sicherlich die beste Art von Liebe ist.
Derselbe wurde nach Naupaktos abgesandt
In einer großen Staatsaffäre.
Inzwischen war zufällig dieser Offizier
Nach Athen gelangt; er schleicht beim Schätzchen meines Herrn
Sich ein, gewinnt allmählich auch der Mutter Gunst

Durch Wein und Putz und auserlesene Schmausereien.
So wird der Kriegsmann bald der Kuppelmutter Busenfreund.
Und kaum ersieht er die Gelegenheit,
So schmiert er auch schon jene Kupplerin,
Die Mutter jenes Mädchens, das mein Herr so liebte, an:
Er packt das Mädchen, ohne daß die Mutter nur
Von fern es ahnte, auf ein Schiff und fährt mit ihr,
Wie sehr sie sich auch sträubt, hierher nach Ephesus.
Kaum weiß ich meines Herrn Geliebte von Athen
Entführt, verschaff ich mir, so schnell es möglich war,
Ein Schiff und steige ein, um in Naupaktos
Das Vorgefallene meinem Herrn zu melden.
Kaum war die hohe See erreicht, da kaperten
Nach der Götter Willen Seeräuber das Schiff,
Worauf ich fuhr. So war ich denn verloren, ehe
Ich meinen Herrn erreichte. Der Pirat,
Der mich gefangennahm, schenkte mich nun diesem Offizier.
Nachdem nun dieser in sein Haus mich eingeführt,
Sah ich daselbst das Frauenzimmer aus Athen,
Die Freundin meines Herrn. Wie die auch mich erblickt,
Winkt sie mir mit den Augen, still zu sein; jedoch
Sobald Gelegenheit sich zeigte, beklagte das Mädchen sich
Bei mir über ihr Mißgeschick.
Sie sagte mir: ihr sehnliches Verlangen sei,
Hinweg aus diesem Hause nach Athen zu fliehen
Zu ihrem Herzgeliebten, meinem Herrn; auch sei
Kein Mensch ihr so zuwider wie der Hauptmann da.
Nun, als mir klargeworden, wie das Mädchen war gesinnt,
Setz ich einen Brief auf, versiegle ihn
Und geb ihn heimlich einem Kaufmann mit, er möcht ihn nach
Besorgen, an des Mädchens Liebsten, meinen Herrn, [Athen
Damit dieser hierherkomme. Der verachtet nicht den Wink:
Er stellt sich ein und wohnt im Nebenhaus beim Gast-
Freund seines Vaters, einem munteren alten Herrn.
Der tut nun allen Vorschub dem verliebten Gast
Und sorgt für uns und steht uns bei mit Rat und Tat.
Deshalb hab ich hier drin ein tolles Ding gedreht,

Damit die beiden Liebenden zusammenkommen können.
Denn in dem einzigen Zimmer, das der Offizier
Dem Mädchen eingeräumt und das kein anderer Fuß
Betreten darf als nur der ihre, hab ich durch
Die Wand ein Loch gebrochen, mittels dessen sie
Sich nach Gefallen aus und ein begeben kann.
Der Alte weiß darum, er gab mir selbst den Rat.
Denn mein Mitsklave, den der Offizier dem Weib
Bestellt zum Hüter, ist wirklich nicht viel wert.
Dem wollen wir durch Pfiffigkeit und feine List
Mit blauem Dunst die Augen hübsch umschleiern und
So weit ihn bringen, daß er das nicht sehen soll,
Was er doch wirklich sieht. Und nun, damit ihr nicht
Auch irre werdet: heute wird das Mädchen drin
Die Rolle zweier Weiber spielen, hier und dort;
Und während sie als Doppelgängerin euch erscheint,
So ist sie gleichwohl eine und dieselbe nur:
So dreht man ihrem Hüter eine Nase.
Doch, horch, beim alten Nachbarn hat die Tür geknarrt.
Er kommt; es ist der muntere Greis, von dem ich sprach.

II/2

Periplectomenus kommt aus seinem Haus.
PERIPLECTOMENUS *zurücksprechend*: Beim Herkules, wenn ihr nicht jedwedem Fremden, den
Ihr auf dem Dach erblickt, entzwei die Knochen schlagt,
So hau ich euch die Haut zu lauter Riemen durch.
Bald schnüffeln mir die Nachbarn all und jedes aus,
Was drin in meinem Haus passiert; so gucken sie
Mir durch den Hof. Doch nun befehl ich allen meinen Leuten:
Wen von des Offizieres Leuten, einzig nur
Palaestrio ausgenommen, ihr auf meinem Dach
Zu sehen bekommt, den werft auf die Straße hinab.
Und sagt er auch, er wolle eine Taube nur, ein Huhn
Oder einen Affen fangen: dennoch seid ihr allesamt
Verloren, wenn ihr nicht bis auf den Tod ihn haut.
Und daß sie künftighin das Knöchelspiel-Verbot

Nicht listig mehr umgehen, so seid dafür besorgt,
Daß sie daheim beim Essen ohne Knöchel sind.

PALAESTRIO *für sich*: Was für einen Possen unser Hausgesinde wohl
Dem Alten spielte? Wie ich höre, will er ja,
Daß meinen Mitsklaven man die Knöchel bricht.
Jedoch mich hat er ausgenommen. Tu er denn
Den anderen, was er wolle, mich bekümmert's nicht.
Ich will zu ihm gehen.

PERIPLECTOMENUS: Kommt da nicht Palaestrio?

PALAESTRIO: Wie geht es dir, Periplectomenus?

PERIPLECTOMENUS: Nun, erwünschter hätte mir
Kein Mensch begegnen können als gerade du.

PALAESTRIO: Was ist denn los?
Warum zankst du so mit unserem Hausgesinde?

PERIPLECTOMENUS: Wir sind erledigt.

PALAESTRIO: Was ist denn vorgefallen?

PERIPLECTOMENUS: Alles ist verraten!

PALAESTRIO: Was ist verraten?

PERIPLECTOMENUS: Einer eurer Leute sah
Vom Dach herab durch unseren Hof, wie eben da
Philocomasium und mein Gastfreund sich geküßt.

PALAESTRIO: Wer sah's?

PERIPLECTOMENUS: Ein Mitsklave von dir.

PALAESTRIO: Und welcher war's?

PERIPLECTOMENUS: Ich weiß es nicht; er hat sich flugs davongemacht.

PALAESTRIO: Ich vermute – ich bin böse dran.

PERIPLECTOMENUS: Als er ging,
Rief ich ihn an: »He, Kerl, was machst du auf dem Dach?«
Er läuft davon und gibt mir den Bescheid, er wolle
Einen Affen fangen.

PALAESTRIO: Weh mir Ärmstem! Soll denn nun
Solch miserable Bestie mein Verderben sein?
Doch, sag mir, ist Philocomasium jetzt noch hier?

PERIPLECTOMENUS: Als ich herausging, war sie da.

PALAESTRIO: Horch, heiß sie doch
So schleunig, wie sie nur vermag, hinübergehen,
Damit das Hausgesinde sie daheim sieht, falls sie nicht

Haben will, daß alles, was im Hause dient,
Ihrer Liebschaft wegen an das Kreuz geliefert wird.
PERIPLECTOMENUS: Das ist bereits geschehen. Falls du sonst nichts willst...
PALAESTRIO: Doch ja,
Sag ihr auch dieses, daß sie keinen Schritt
Von der weiblichen Art abweichen, Weibeskünste nur anwenden soll.
PERIPLECTOMENUS: Und warum das?
PALAESTRIO: Um den, der sie hier gesehen hat,
Zu überzeugen, daß er nichts gesehen hat; und hätte er
Auch hundertmal sie hier gesehen, so leugne sie's dennoch.
Am Mundstück, an Zungenfertigkeit, Verwegenheit,
Arglist und Bosheit, Keckheit, frecher Zuversicht
Fehlt ihr's ja nicht; falls einer sie anklagt,
So stopfe sie selbst durch einen Eid das Maul ihm zu.
Ist Falschheit doch in Wort und Tat bei ihr zu Haus,
Über Ränk und Schwänke, Lug und Trug verfügt sie.
Ein Weib, das boshaft ist, braucht keinen Krämer,
Sie hat daheim selbst Salz und Pfeffer,
Um all ihr übles Tun zu würzen.
PERIPLECTOMENUS: Ich will ihr's sagen, wenn sie noch drin ist.
Jedoch was geht dir so im Kopf herum, Palaestrio?
PALAESTRIO: Sei nur ein kleines Weilchen still, bis ich den Rat
Ins Herz mir rufe und in Überlegung zieh,
Was hier zu tun ist, welche List dem Listigen
Ich mit Erfolg entgegensetze, ihm, der sie hier
Hat küssen sehen, damit ungesehen ist, was er sah.
PERIPLECTOMENUS: So denke nach! Ich will indes beiseite gehen.
Für sich: Nun seh mir einer, wie der Bursche drüben steht;
Mit ernster Stirne grübelt er Gedanken aus,
Schlägt mit den Fingern auf die Brust, ich glaube gar,
Er will das Herz herausrufen; jetzt dreht er sich,
Er stützt sich auf die linke Hand, er legt sie an
Den Schenkel, mit der rechten zählt er jeden Fall
An den Fingern her, schlägt auf den rechten Schenkel sich.
Er schlägt so heftig: Guter Rat, der ist wohl teuer.
Nun schnalzt er mit den Fingern, quält sich, wechselt rasch
Die Stellungen; jetzt schüttelt er den Kopf, es will

Ihm nicht gefallen, was er ausgesonnen hat.
Sei's, was es will, er bringt nichts Unfertiges.
Gut ausgekocht ist, was er auftischt. Siehe da,
Nun baut er: eine Säule setzt er sich unters Kinn
Als Stütze. Pfui! Die Bauerei gefällt mir nicht:
Denn ebenso hat ein Dichter im Barbarenland das Kinn
Gestützt, vernahm ich, dem zwei Wächter Tag und Nacht
Zur Seite liegen. Bravo! Prächtig steht er da,
Ganz wie der Komödiensklave stehen soll.
Heute ruht er sicher nicht, bis er das, was er geplant,
Auch durchgesetzt hat. Ich glaub, er hat's.
Palaestrio rührt sich nicht.
Wach auf, Schlaftaube! Willst du nicht heute
Von Rutenhieben bunt und schlaflos sein,
So wache auf! Dich mein ich!
Zu dir, Palaestrio, red ich! He, steh auf,
Es ist schon heller Tag.

PALAESTRIO: Ich höre ja.

PERIPLECTOMENUS: Siehst du den Feind nicht, der von hinten dich [bedroht?
Besinne dich, schaff Hilfe und Rettung! Eile ist not,
Nicht Säumnis. Komm ihm irgendwo zuvor, umgeh im Wald
Ihn mit dem Heer, dring in des Feinds Verschanzungen;
Den Unseren bring Entsatz, den Gegnern schneide rings
Die Zufuhr ab; dir selber aber öffne eine Bahn,
Daß Proviant auf sicherem Weg
Zu dir und deinem Heer gelangen kann.
Das tu, die Sache drängt! Erfind, ersinne was,
Zieh rasch einen frischen Rat heraus,
Damit als nicht gesehen Gesehenes gelte und als nicht
Geschehen Geschehenes. – Er wagt sich an ein großes Werk,
Starke Schanzen legt er an! –
Kannst du allein das auf dich nehmen, dann
Vertrau ich fest, daß bald der Feind geschlagen ist.

PALAESTRIO: Jawohl, ich nehm es auf mich.

PERIPLECTOMENUS: Dann versprech auch ich,
Daß du erreichst, was du erstrebst.

PALAESTRIO: Mag Juppiter

Dich dafür belohnen.
PERIPLECTOMENUS: Doch mich läßt du wissen, Freund,
Was du ersonnen?
PALAESTRIO: Nur Geduld, ich führe dich
In meiner schlauen Pläne Schmiede ein, damit
Auch du so gut wie ich dieselben weißt.
PERIPLECTOMENUS: Ganz unversehrt stell ich sie wieder dir zurück.
PALAESTRIO: Mein Herr, der steckt in einer Elefantenhaut,
Nicht in der eigenen, und besitzt nicht mehr Verstand
Als ein Stein.
PERIPLECTOMENUS: Das weiß ich längst.
PALAESTRIO: Drum fädle ich
Mein Plänchen nun so ein, bereite so den Trug,
Daß ich ihm weismache, eine Zwillingsschwester von
Philocomasium, welche ihr so ähnlich sehe
Wie ein Tropfen Milch dem anderen, sei gerade
Mit ihrem Liebsten angekommen aus Athen;
Sie seien bei dir als ihrem Gastfreund eingekehrt.
PERIPLECTOMENUS: Bravo, fein ausgedacht! Dein Plan gefällt mir wohl.
PALAESTRIO: Wenn nun mein Mitknecht bei dem Offiziere sie
Verklagt und sagt, er habe sie einen anderen küssen sehen,
Halt ich ihm entgegen, daß es ihre Zwillingsschwester war,
Die ihren Liebsten küssen er und herzen sah.
PERIPLECTOMENUS: Vortrefflich, und dasselbe sag auch ich, im Falle daß
Der Offizier mich fragt.
PALAESTRIO: Sag aber ja, sie sähen
Sich auf ein Haar gleich. Auch der Philocomasium
Muß man's einschärfen, daß sie fein nicht steckenbleibt,
Wenn sie der Hauptmann fragt.
PERIPLECTOMENUS: Schlau ausgedachte List!
Doch wenn er beide beieinander sehen will,
Was tun wir dann?
PALAESTRIO: Das ist ein wahrer Spaß; da stehen
Ausreden uns zu Tausenden zu Dienst: sie ist
Gerade nicht zu Hause, geht spazieren, schläft,
Sie badet, ist mit ihrem Putz beschäftigt, sitzt
Beim Essen oder Trinken, hat auch sonst zu tun,

Hat keine Zeit, kann überhaupt nicht – oh, es gibt
Aufschub, so viel du willst, ist nur der Streich vorerst
So eingeleitet, daß er unseren Lügen glaubt.
PERIPLECTOMENUS: Dein Plan gefällt mir.
PALAESTRIO: Nun, so geh hinein, und ist
Das Mädchen drin, so heiß sie schnell hinübergehen;
Schärf ihr die Sache wohl ein, unterrichte sie,
Damit sie unsere Pläne, die wir mit
Der Zwillingsschwester angezettelt, richtig faßt.
PERIPLECTOMENUS: Gut abgerichtet überliefere ich sie dir.
Sonst noch etwas?
PALAESTRIO: Daß du hineingehst.
PERIPLECTOMENUS: Ich will's tun.
Periplectomenus ab in sein Haus.
PALAESTRIO: Auch ich will nun nach Hause gehen, und damit ich fein
Ausfindig mache, welcher Sklav es war,
Der dem Affen nachsprang, stell ich mich, als wüßt ich nichts.
Denn er hat's ganz gewiß nicht übers Herz gebracht,
Daß er nicht einem von den Hausgenossen die
Geschichte sagte von der Liebsten seines Herrn,
Die einen fremden jungen Mann er küssen sah.
So ist's der Brauch, das weiß ich ganz genau:
»Was ich allein weiß, davon kann ich nicht schweigen.«
Find ich den, der's sah, so richte ich
Alsbald ein Schutz- und Schanzdach gegen ihn.
Es ist alles schon bereit, im Sturm nehm ich den Mann,
Darüber ist kein Zweifel. Find ich so ihn nicht,
So schnüffle ich wie ein Jagdhund um und um, bis ich
Die Spur gefunden und das Füchslein hab erwischt.
Doch da hat eben unsere Tür geknarrt. Ich muß
Wohl leiser sprechen, dort steht ja mein Kamerad,
Philocomasiums Hüter; er tritt aus dem Haus.

II/3

Sceledrus kommt aus dem Haus des Pyrgopolinices.
SCELEDRUS *für sich*: War's nicht im Schlaf, daß heut ich auf dem Dach
Gewandelt bin, so weiß ich wahrlich ganz gewiß,

Daß ich ganz nahe hier Philocomasium,
Die Liebste meines Herrn, sich einen andern Schatz
Aussuchen sah.
PALAESTRIO *für sich*: Der war's, der sie beim Küssen traf,
Wofern ich richtig ihn verstanden.
SCELEDRUS: Wer ist hier?
PALAESTRIO: Dein Kollege. Wie geht's, Sceledrus?
SCELEDRUS: Es freut mich sehr,
Daß ich, Palaestrio, dich treffe.
PALAESTRIO: Nun, was gibt's? Was liegt
Dir auf dem Herzen? Laß mich's wissen.
SCELEDRUS: Mir ist bang.
PALAESTRIO: Warum denn bang?
SCELEDRUS: Weil heute noch, beim Herkules,
Das ganze Hausgesind den Unglückssprung
Ans Kreuz wird machen müssen.
PALAESTRIO: Springe du allein;
Was mich betrifft, ich bin auf solchen Auf- und Absprung
Nicht erpicht.
SCELEDRUS: Dir ist vielleicht noch nicht bekannt,
Welch neue Untat bei uns vorgefallen ist.
PALAESTRIO: Was für eine Untat?
SCELEDRUS: Eine schamlose.
PALAESTRIO: Nichts davon!
Behalte sie für dich allein.
SCELEDRUS: Ich ruhe nicht,
Du mußt sie wissen. Unserem Affen sprang ich heute hier
Auf des Nachbars Dache nach . . .
PALAESTRIO: Beim Pollux, da
Hat ein nichtsnutziger Kerl ein nichtsnutziges Vieh verfolgt.
SCELEDRUS: Sei du verdammt!
PALAESTRIO: Nein du, weil du – die Plauderei
Begannst.
SCELEDRUS: Durch reinen Zufall blickt ich durch den Hof
Hinein zu unserem Nachbarn, und da sah ich, wie
Philocomasium sich mit einem jungen Mann,
Er war mir nicht bekannt, recht zärtlich unterhielt.

PALAESTRIO: Welch Schurkenstück, du Schurke, hör ich da von dir!
SCELEDRUS: Ich hab's wahrhaftig selbst gesehen.
PALAESTRIO: Du selbst?
SCELEDRUS: Jawohl,
Mit meinen beiden Augen hier.
PALAESTRIO: Geh! Das ist ganz unwahrscheinlich.
SCELEDRUS: Wie, meinst du, daß ich an den Augen litte?
PALAESTRIO: Das
Mag dir der Doktor auseinandersetzen; doch,
Willst du der Götter Huld dir wahren, hüte dich,
Dies Märchen unbedachterweise auszustreuen.
Du holst dir da für Kopf und Beine gleicherweis
Den Todesstreich. Zweifach ist dir der Untergang
Bereits beschieden, läßt du nicht dein dumm Geschwätz.
SCELEDRUS: Warum denn zweifach?
PALAESTRIO: Höre denn: das eine Mal
Bist du verloren, wenn du Philocomasium
Grundlos beschuldigst; ist es aber wahr, bist du
Gleichfalls verloren, weil man dir zur Hut sie gab.
SCELEDRUS: Wie mir's ergehen wird, weiß ich nicht; ich weiß nur das,
Was ich gesehen.
PALAESTRIO: Du bleibst dabei, Unglücklicher?
SCELEDRUS: Was soll ich dir denn anderes sagen als, was ich
Gesehen? Sie ist ja jetzt noch in des Nachbars Haus.
PALAESTRIO: Wie, was? Sie wäre nicht daheim?
SCELEDRUS: Geh nur hinein
Und schaue selbst, mir brauchst du nicht zu glauben.
PALAESTRIO: Ja,
Das will ich tun. *Ab ins Haus des Pyrgopolinices.*
SCELEDRUS: Ich wart indes und will zugleich
Aufpassen, wann die Kuh sich von der Weide
Wieder in den Stall begibt. Was tu ich nun?
Der Hauptmann hat zu ihrem Hüter mich bestellt:
Zeig ich's ihm an, bin ich verloren; schweig ich, bin
Ich ebenfalls verloren, wenn es ruchbar wird.
Was ist so schlimm, was so verwegen wie ein Weib?
Während ich auf dem Dach bin, huscht sie aus dem Haus.

Welch eine Verwegenheit! Wenn der Hauptmann das erfährt,
Fürwahr, ich glaub, er packte dieses ganze Haus
Und schlüg's ans Kreuz. Beim Herkules, komme, was da will,
Ich schweige lieber, als daß ich elend untergeh;
Ich kann ja die nicht hüten, die sich selbst verkauft. [verwegen

PALAESTRIO *kommt zurück*: Sceledrus, Sceledrus, was ist auf Erden so
Wie du? Wen traf bei der Geburt der Zorn der Götter mehr
Als dich?

SCELEDRUS: Was ist?

PALAESTRIO: Geh, laß dir gleich
Die Augen aus dem Kopfe stechen, die da sehen,
Was nirgends ist.

SCELEDRUS: Was heißt »nirgends«?

PALAESTRIO: Keine taube Nuß
Gäb ich mehr für dein Leben.

SCELEDRUS: Wieso?

PALAESTRIO: Du fragst?

SCELEDRUS: Wie sollt ich nicht?

PALAESTRIO: Soll man die Plapperzunge dir
Nicht aus dem Halse schneiden?

SCELEDRUS: Und warum?

PALAESTRIO: Philocomasium ist ja im Haus,
Und du willst sie im Nachbarhaus gesehen haben,
Wie sie einen fremden Menschen küßt' und in die Arme nahm!

SCELEDRUS: Merkwürdig, daß heutzutage, wo das Brot so billig ist,
Du von Tollkraut lebst.

PALAESTRIO: Wieso?

SCELEDRUS: Weil du blödsichtig bist.

PALAESTRIO: Du Galgenstrick
Bist völlig blind, beim Pollux, nicht blödsichtig bloß,
Ich hab sie ja zu Haus gesehen.

SCELEDRUS: Zu Hause?

PALAESTRIO: Beim Herkules, ja, zu Hause!

SCELEDRUS: Geh, Palaestrio,
Du nimmst mich auf den Arm!

PALAESTRIO: Drum sind mir auch
Die Hände so voll Schmutz.

SCELEDRUS: Warum?

PALAESTRIO: Weil du
So dreckig bist.

SCELEDRUS: Der Henker soll dich holen!

PALAESTRIO: Dich,
Sceledrus, wird er holen, das verheiß ich dir,
Wofern du künftighin nicht besser siehst und sprichst.
Doch unsere Türe hat geknarrt.

SCELEDRUS: Ich gebe nur
Auf die dort acht. *Er deutet auf die Tür an Periplectomenus' Haus*:
Denn es gibt keinen anderen Weg, wo sie
Herüberkommen könnte, als geradewegs durch die Tür.

PALAESTRIO: Und doch ist sie daheim. Ich weiß nicht, Sceledrus,
Was für ein böser Geist dich plagt.

SCELEDRUS: Für mich allein
Seh ich, für mich allein bin ich gescheit, nur mir
Allein vertrau ich fest. Von keinem Menschen lasse
Ich mir's abstreiten, daß sie dort im Hause steckt.
Hier will ich ihr den Weg verstellen, daß sie sich
Nicht, ohne daß ich's merk, etwa herüber stiehlt.

PALAESTRIO *für sich*: Der Kerl ist mein; ich jag ihn aus der Schanze fort.
Laut: Soll ich nun machen, daß du selbst gestehen mußt,
Du habest falsch gesehen?

SCELEDRUS: Nun ja, mache das.

PALAESTRIO: Und daß du durch und durch ein Dummkopf bist und [blind
Mit offenen Augen?

SCELEDRUS: Nur heraus damit!

PALAESTRIO: Du sagst,
Daß dort im Hause die Konkubine deines Herren sei.

SCELEDRUS: Und noch dazu, daß einen fremden Menschen ich
Sie drinnen habe küssen sehen.

PALAESTRIO: Du weißt ja doch,
Daß kein Verbindungsweg von dort herüber geht ...

SCELEDRUS: Ich weiß.

PALAESTRIO: ... durch keine Terrasse und durch keinen Garten
Außer übers Dach.

SCELEDRUS: Ich weiß.

PALAESTRIO: Wie nun, wenn sie zu Hause ist
Und ich nun mache, daß du sie hinausgehen siehst,
Verdienst du dann nicht viele Prügel?
SCELEDRUS: Dann allerdings.
PALAESTRIO: So steh denn Wach an dieser Türe, daß sie sich
Nicht heimlich da heraus und hier herüber stiehlt.
SCELEDRUS: So will ich's machen.
PALAESTRIO: Auf dem Fuß gleich will ich sie
Dir vor die Nase stellen. *Ab in das Haus des Pyrgopolinices.*
SCELEDRUS: Nur zu! Ich will doch wissen, ob ich wirklich sah,
Was ich gesehen, oder ob der machen kann,
Was er versprochen, daß sie doch zu Hause ist.
Ich hab ja meine eigenen Augen, brauche sie
Von auswärts nicht zu borgen. Aber der da ist
Immer um das Weib herum und schmeichelt ihr,
Ihn ruft man stets zuerst zum Essen, er bekommt
Zuerst den Brei. Es mögen erst drei Jährchen sein,
Daß er im Haus ist, und auch nicht ein einziger
Vom ganzen Hausgesinde hat's so gut wie er.
Jedoch ich muß, was meine Pflicht ist, tun
Und die Türe da bewachen. Ich stell mich davor:
Die werden niemals heute mich zum Narren halten.
Er stellt sich mit ausgestreckten Armen vor die Haustür des Periplectomenus.

II/4

Palaestrio und Philocomasium treten aus dem Haus des Pyrgopolinices.
PALAESTRIO *zu Philocomasium*: Denk nur an meine Instruktionen!
PHILOCOMASIUM: Mich wundert nur,
Daß du so oft mich mahnst.
PALAESTRIO: Ich fürchte eben stets,
Du seist nicht schlau genug.
PHILOCOMASIUM: Oh, ich kann noch zehn anständigen Mädchen
Von meiner Schlechtigkeit abgeben und sie verderben,
So viel hab ich davon im Überfluß. Wohlan,
Jetzt treibe dein Intrigenspiel. Ich tret ein wenig von dir weg.
PALAESTRIO: Sceledrus, was sagst du nun?
SCELEDRUS: Hier ist mein Platz.

Ich habe Ohren. Sprich, was du willst!

PALAESTRIO: Ich glaube,
Du mußt demnächst in dieser Positur
Vor dem Stadttor sterben mit ausgestreckten Armen,
Da du den Kreuzesbalken halten wirst!

SCELEDRUS: Weswegen?

PALAESTRIO: Blicke doch nach links!
Was ist das für ein Frauenzimmer dort?

SCELEDRUS: Ha, bei
Den ewigen Göttern, unseres Herrn Geliebte ist's!

PALAESTRIO: Beim Pollux, mir kommt's auch so vor. Nun rüste dich,
Wenn dir's beliebt ...

SCELEDRUS: Wozu?

PALAESTRIO: ... zugrund zu gehen.

PHILOCOMASIUM *tritt herzu*: Wo ist der saubere Sklave, der mich, ganz [und gar
Unschuldig, so lügenhaft der Buhlerei
Anklagte?

PALAESTRIO: Hier, der hat es mir gesagt!

PHILOCOMASIUM: Du Schurke sagst, du habest mich im Nebenhause
Küssen sehen?

PALAESTRIO: Und zwar mit einem fremden jungen Mann,
So sagte er.

SCELEDRUS: Beim Herkules, ja, das sagte ich.

PHILOCOMASIUM: Mich hast du gesehen?

SCELEDRUS: Und zwar mit diesen meinen eigenen Augen.

PHILOCOMASIUM: Die
Verlierst du bald, weil mehr sie sehen, als zu sehen ist.

SCELEDRUS: Beim Herkules, nein! Ich laß mich nicht einschüchtern,
Nicht gesehen zu haben, was ich wirklich sah.

PHILOCOMASIUM: Ich bin
Doch gar zu albern, daß ich mit diesem Irren
Noch Worte wechsle. Nein, beim Pollux, mit dem Kopf
Soll er mir büßen.

SCELEDRUS: Spare deine Drohungen!
Ich weiß zum voraus ja, daß das Kreuz mir einst
Mein Grab sein wird; dort sind meine Ahnen auch,
Mein Vater, Großvater, Ur- und Ururgroßvater;

Du stichst mit deinem Drohen mir kein Auge aus.
Zu Palaestrio: Zwei Worte nur, ich bitte dich, Palaestrio:
Von wo kam sie heraus?

PALAESTRIO: Von wo sonst, als von unserem Haus?

SCELEDRUS: Vom Haus?

PALAESTRIO: Du kannst mir glauben.

SCELEDRUS: Ich glaube dir, doch es ist zu merkwürdig,
Wie sie herüberkommen konnte, haben wir
Doch keine Terrasse, keinen Garten und
Kein Fenster ohne Gitter. *Zu Philocomasium*: Und ich sah dich doch
Leibhaftig drinnen.

PALAESTRIO: Kerl, du machst noch immer fort?
Beharrst noch immer drauf, sie zu beschuldigen?

PHILOCOMASIUM: So hat, beim Kastor, doch der Traum mich nicht
Den ich in der letzten Nacht geträumt. [getäuscht,

PALAESTRIO: Was hast du denn geträumt?

PHILOCOMASIUM: Gleich! Doch bitt ich, höre mich aufmerksam an.
Es kam in letztvergangener Nacht im Schlaf mir vor,
Meine Zwillingsschwester wäre hier in Ephesus
Mit ihrem Liebsten angekommen aus Athen,
Und beide wohnten in dem Nachbarhause dort
Als Gäste.

PALAESTRIO *zu den Zuschauern*: Was Palaestrio geträumt,
Erzählt euch die. *Zu Philocomasium*: Fahr fort!

PHILOCOMASIUM: Mir war, als sei
Ich über meiner Schwester Ankunft hoch erfreut,
Denn sie gerade war's, um deretwillen ich
In schlimmsten Verdacht zu geraten schien. Es kam
Mir nämlich vor, als ob ein Knecht des Hauses mich, wie du jetzt,
Beschuldigte, ich hätte einen fremden jungen Mann geküßt,
Da's doch die Schwester war,
Die ihren Liebsten küßte. Also träumte mir,
Man habe ohne Grund mich angeklagt.

PALAESTRIO: Und trifft
Nun nicht im Wachen ein, was du als Traumgesicht
Erzählst? Beim Herkules, alles ist erfüllt! Geschwind
Ins Haus hinein und ein Gebet gesprochen! Es wär

Am besten wohl, wenn der Offizier es auch erfährt.
PHILOCOMASIUM: Gewiß; ich dulde nicht, daß man mich ungestraft
Solch einer Schandtat falsch anklagt.
Philocomasium ab ins Haus des Pyrgopolinices.
SCELEDRUS: Es ist mir doch
Gar nicht mehr wohl ob dem, was ich da angestellt;
Mein ganzer Rücken juckt mir schon.
PALAESTRIO: Merkst du es endlich, daß
Es dir um Kopf und Kragen geht?
SCELEDRUS: Sicher ist sie jetzt zu Haus.
Es ist gar kein Zweifel. Doch sie stecke, wo sie will,
Ich halte Wache vor unserer Türe.
PALAESTRIO: Sceledrus,
Es ist fürwahr recht seltsam, wie genau ihr Traum
Auf diesen Vorfall paßt und wie du sie verdächtigt hast,
Du hättest küssen sie gesehen.
SCELEDRUS: Ich weiß nicht mehr, was ich mir glauben soll;
Was ich gesehen zu haben glaube, glaub ich schon nicht mehr.
PALAESTRIO: Beim Herkules!
Ich meine, daß du zu Verstande kommen sollst.
Wenn die Geschichte unserem Herrn berichtet wird,
Wirst du recht hübsch zugrunde gehen.
SCELEDRUS: Nun erst merk ich es,
Daß bisher mir ein Nebel vor den Augen hing.
PALAESTRIO: Beim Pollux, mir war das schon lange klar,
Weil immer sie zu Hause war.
SCELEDRUS: Nun weiß ich nicht,
Was noch als Wahrheit gelten kann: Ich sah sie nicht,
Und sah sie doch.
PALAESTRIO: Mit deiner Dummheit hättest du
Fürwahr uns bald zugrund gerichtet. Um beim Herrn
Den treuen Knecht zu machen, wärst du nahezu
Ein Mann des Tods gewesen. – Aber horch! die Tür
An unseres Nachbars Hause knarrt; drum bin ich still.

II/5

Philocomasium tritt mit einem Weihrauchbehälter in der Hand aus dem Haus des Periplectomenus. Es folgt ihr eine Sklavin mit einer Kohlenpfanne, die sie auf den Altar setzt. Während Philocomasium spricht, wirft sie einige Weihrauchkörner hinein.

PHILOCOMASIUM: Bring das Feuer auf den Altar, damit ich der
Ephesischen Diana froh Lob und Dank kann bringen
Und Arabiens Wohlgeruch ihr lieblich dufte,
Da sie mich im sturmbewegten Reich Neptuns errettet hat,
Wo ich von wilden Wogen viel geplagt bin worden.
Sklavin wieder zurück ins Haus.

SCELEDRUS: Palaestrio, he, Palaestrio!

PALAESTRIO: Sceledrus, he, Sceledrus,
Was willst du?

SCELEDRUS: Ist dieses Weib, die eben dort
Heraustritt, die Geliebte unseres Herrn,
Philocomasium, oder nicht?

PALAESTRIO: Beim Herkules,
Mir scheint, sie ist's, doch wär's ein wunderbarer Streich,
Wie sie von unserer Wohnung in das andere Haus
Hinüber kommen konnte, wenn überhaupt sie's ist.

SCELEDRUS: Du hast noch Zweifel, daß sie's ist?

PALAESTRIO: Sie scheint's zu sein.

SCELEDRUS: Komm, reden wir sie an! He, Philocomasium,
Was hast du dort in jenem Haus zu holen, was
Zu schaffen? Wie, du schweigst? Ich rede mit dir.

PALAESTRIO: Nein, mit dir selbst! Denn sie antwortet nichts.

SCELEDRUS: Mit dir, du Schandweib, die du in der Nachbarschaft
Umherstreichst, red ich.

PHILOCOMASIUM: Mit wem sprichst du?

SCELEDRUS: Mit dir, mit wem denn sonst?

PHILOCOMASIUM: Wer bist du denn, und was hab ich mit dir zu tun?

SCELEDRUS: Du fragst noch, wer ich sei?

PHILOCOMASIUM: Ich darf doch fragen, was
Mir unbekannt ist?

PALAESTRIO: Wer bin ich denn, wenn du den
Nicht kennen willst?

PHILOCOMASIUM: Mir höchst zuwider jedenfalls,
Du wie der andere.
SCELEDRUS: Du kennst uns also wirklich nicht?
PHILOCOMASIUM: Keinen von euch beiden.
SCELEDRUS *zu Palaestrio*: Mir ist gar nicht wohl
Bei dieser Sache.
PALAESTRIO: Was fürchtest du?
SCELEDRUS: Daß wir uns selbst irgendwie
Verloren haben, da die weder dich noch mich
Will kennen.
PALAESTRIO: Das will ich untersuchen, Sceledrus, ob
Wir wir oder ob wir andere sind, ob von den Nachbarn einer
Uns, ohne daß wir's ahnten, umgewandelt hat.
SCELEDRUS: Ich meinesteils bin sicher noch ich selbst.
PALAESTRIO: Und ich
Wahrhaftig auch. – Weib, du gehst auf Schlimmes aus.
He, zu dir sprech ich, Philocomasium.
PHILOCOMASIUM: Welcher Aberwitz
Betört dich, daß du mich so ohne jeden Grund
Mit einem falschen Namen anredest.
PALAESTRIO: Na, wie heißt du dann?
PHILOCOMASIUM: Dicea ist mein Name.
SCELEDRUS: Wider alles Recht legst du dir da,
Philocomasium, einen falschen Namen bei.
»Ungerecht« bist du, nicht »gerecht«,
Und zwar tust du Unrecht meinem Herrn.
PHILOCOMASIUM: Ich?
PALAESTRIO: Ja, du!
PHILOCOMASIUM: Ich,
Die gestern abend von Athen nach Ephesus
Gekommen bin mit meinem Liebhaber,
Einem jungen Athener?
PALAESTRIO: So sage mir,
Was hast du hier in Ephesus zu tun?
PHILOCOMASIUM: Ich hörte, daß meine Zwillingsschwester hier sei;
Da kam ich sie zu suchen.
PALAESTRIO: Du bist durchtrieben.

PHILOCOMASIUM: Nein,
Bei Kastor, vielmehr dumm, daß ich so lange
Mit euch schwätze; jetzt geh ich.
SCELEDRUS: Ich lasse dich nicht gehen. *Er hält sie fest.*
PHILOCOMASIUM: Laß mich los!
SCELEDRUS: Nein, du bist ertappt.
PHILOCOMASIUM: Gleich klatscht es auf deine Backen,
Wenn du mich nicht gehen läßt.
SCELEDRUS *zu Palaestrio*: Was stehst du da, du Schuft?
Was hältst du sie nicht von der anderen Seite fest?
PALAESTRIO: Warum denn meinem Rücken Ungelegenheit
Zuziehen? Was weiß ich, ob sie Philocomasium
Oder nur eine andere ist, die ihr ähnlich sieht?
PHILOCOMASIUM: Läßt du mich los nun oder nicht?
SCELEDRUS: Nein, mit Gewalt und Zwang
Schlepp ich ins Haus dich, wenn du nicht gutwillig gehst.
PHILOCOMASIUM: Dort bin ich zu Gast. Mein Haus
Steht in Athen. Mich kümmert weder euer Haus
Noch ihr, noch weiß ich auch, was ihr für Leute seid.
SCELEDRUS: Verklage mich! Ich lasse dich nicht los, wofern
Du mir nicht hoch und teuer schwörst, daß du,
Wenn ich dich freilasse, da hineingehen wirst.
PHILOCOMASIUM: Du zwingst mich mit Gewalt, so will ich dir
Versprechen, daß, wenn du los mich läßt,
Ich hineingehen werde, wohin du es verlangst.
SCELEDRUS: Gut, ich laß dich frei.
PHILOCOMASIUM: Und ich geh meiner Wege!
Sie läuft weg ins Haus des Periplectomenus.
SCELEDRUS: Das heißt tun nach Weiberwort und Weibertreu.
PALAESTRIO: Deine Beute, Sceledrus, ist dir aus der Hand entwischt.
Ganz sicher ist die unseres Herrn Geliebte. Willst
Du rasch nun tun, was ich dir sage?
SCELEDRUS: Was denn?
PALAESTRIO: Bring mir das Schwert von drinnen!
SCELEDRUS: Was willst du damit machen?
PALAESTRIO: Ich stürze mich geradewegs in jenes Haus,
Und wen ich drin mit Philocomasium kosen sehe,

Den hau ich auf der Stelle nieder.

SCELEDRUS: Also glaubst
Du selber, daß sie's war?

PALAESTRIO: Beim Pollux, sie ist's sogar bestimmt.

SCELEDRUS: Doch wie das Weib sich zu verstellen wußte.

PALAESTRIO: Geh und hole mir das Schwert.

SCELEDRUS: Du wirst es gleich haben.

Sceledrus ab ins Haus des Pyrgopolinices.

PALAESTRIO: Kein Mann zu Roß, kein Mann zu Fuß ist so verwegen je,
Daß er etwas mit gleicher Zuversicht tut wie ein Weib.
Wie geschickt hat die nach beiden Seiten hin das Wort gestellt!
Wie prächtig wird ihr schlauer Wächter angeschmiert!
Gepriesen sei der Durchgang durch die Wand!

SCELEDRUS: He, Palaestrio, das Schwert ist nicht mehr nötig.

PALAESTRIO: Nicht mehr? Warum?

SCELEDRUS: Des Herrn
Geliebte ist zu Haus.

PALAESTRIO: Was, zu Haus?

SCELEDRUS: Sie liegt im Bett.

PALAESTRIO: Dann hast du dir, beim Pollux, etwas Schlimmes
Eingebrockt.

SCELEDRUS: Wieso?

PALAESTRIO: Weil du gewagt,
Das Weib aus unserem Nachbarhause tätlich zu bedrängen.

SCELEDRUS: Fürwahr, ich habe große Angst.

PALAESTRIO: Doch daß sie die Zwillingsschwester von der unseren ist,
Das kann niemand mir bestreiten. Die hast küssen du gesehen.

SCELEDRUS: So ist's, wie du es sagst.
Wie nahe wäre mir der Tod gewesen, wenn ich das dem Herrn
Berichtet hätte!

PALAESTRIO: Bist du also klug, so schweig!
Stets muß der Knecht mehr wissen, als er redet. Nun
Verlaß ich dich; ich will in deine Affären nicht verwickelt sein.
Ich will zum Nachbarn gehen. Dein verworrenes
Getreibe ist mir recht zuwider. Kommt der Herr
Und fragt nach mir, so bin ich drüben. Dort soll man mich holen.

Palaestrio ab ins Haus des Periplectomenus.

II/6

SCELEDRUS: Läuft der nicht weg und kümmert sich um seines Herrn
Geschäfte gerade so viel, als ständ er nicht im Dienst.
Jetzt ist Philocomasium ganz gewiß im Hause drin,
Denn eben traf ich sie im Bette an.
Nun will ich weiter scharf beobachten.

Periplectomenus tritt aus seinem Haus und tut, als sähe er den Sceledrus nicht.

PERIPLECTOMENUS: Beim Herkules, die halten mich für keinen Mann,
Nein, für ein Weib, die Burschen dieses Offiziers,
Daß sie mich so zum Narren haben. Soll man mir
Auf offener Straße meinen Gast, das Mädchen, das
Erst gestern aus Athen mit ihrem Freunde kam,
Mißhandeln, höhnen, sie, die Freigeborene?
SCELEDRUS: Weh mir! Er geht geradewegs auf mich los.
Ich fürcht, die Sache bringt mich noch ins Unglück
Nach dem, was ich aus des Alten Red entnehmen kann.
PERIPLECTOMENUS: Nur gleich dem Kerl zu Leib. – Sceledrus, Erzhalunke,
Hast du eben meinen Gast hier vor dem Haus verspottet?
SCELEDRUS: So höre doch ein Wort nur, Nachbar.
PERIPLECTOMENUS: Dich soll ich anhören?
SCELEDRUS: Ich will mich nur entschuldigen.
PERIPLECTOMENUS: Entschuldigen?
Du, der du dich so frech an mir vergangen hast?
Weil ihr Soldaten seid, so glaubt ihr wohl,
Es sei alles euch zu tun erlaubt, du Flegel?
SCELEDRUS: Gestatte doch!
PERIPLECTOMENUS: Doch bei allen Göttern und Göttinnen!
Wenn du nicht den lieben langen Tag,
Vom Morgen bis zum Abend, Rutenhiebe kriegst,
Du, der mir Rinnen und Ziegel auf dem Dach zerbrach,
Als du dem Affen nachsprangst, deinem Ebenbild,
Und weil du meinem Gast von dort hast zugeschaut,
Wie er sein Liebchen küßt' und mit dem Arm umschlang,
Sodann dich hast erfrecht, die Freundin deines Herrn

Der Unzucht, sie, die Keusche, zu bezichtigen,
Und mich der größten Schlechtigkeit; zu guter Letzt
Mir meinen Gast vorm eigenen Haus mißhandelt hast.
Peitscht man dich dafür nicht mit Stachelhieben aus,
So tu ich deinem Herrn mehr Schmach und Schande an,
Als Wogen bei dem stärksten Sturm im Meere sind.

SCELEDRUS: Ich bin so in der Klemme, Periplectomenus,
Daß ich nicht weiß, ist hier Beschweren mehr am Platz
Oder mehr bei dir mich zu entschuldigen.
Wenn die da drüben die nicht, nicht die unsere ist
(Wie in der Tat ich nicht mehr weiß, was ich sah),
So gleicht die deine doch aufs Haar der unsrigen,
Wenn anders sie's nicht selber ist.

PERIPLECTOMENUS: Geh in mein Haus,
Sieh nach, so wirst du's innewerden.

SCELEDRUS: Ist's erlaubt?

PERIPLECTOMENUS: Ja freilich; ich will's haben – doch sei höflich
Bei deiner Untersuchung.

SCELEDRUS: So will ich's machen.
Ab in das Haus des Periplectomenus.

PERIPLECTOMENUS *in das Haus des Pyrgopolinices rufend*:
Heda, Philocomasium, lauf in aller Eile
Zu uns hinüber, es ist dringend nötig; dann,
Sobald Sceledrus von uns fortgegangen ist,
Begib dich schnellen Laufs zurück in euer Haus!
Für sich: Nun ist mir wahrlich bang, ob sie nichts Dummes macht;
Sieht er das Mädchen nicht ... die Türe öffnet sich.

SCELEDRUS *kommt zurück*: Ihr Himmelsmächte, ein Weib, dem anderen ähnlicher
Und mehr dieselbe, wenn sie nicht dieselbe ist,
Kann selbst ein Gott nicht schaffen!

PERIPLECTOMENUS: Nun, wie steht es jetzt?

SCELEDRUS: Ich hab's verdient, daß man mich straft.

PERIPLECTOMENUS: Nun, ist sie's?

SCELEDRUS: Ja,
Sie ist's und ist's auch nicht.

PERIPLECTOMENUS: Du hast sie doch gesehen?

SCELEDRUS: Sie selbst und ihren Freund, den sie im Arme hielt

Und küßte.

PERIPLECTOMENUS: Ist sie es wirklich?

SCELEDRUS: Ich weiß es nicht.

PERIPLECTOMENUS: Willst du's genau erfahren?

SCLELEDRUS: Allerdings.

PERIPLECTOMENUS: So geh
Sogleich zu euch nach Haus und sieh, ob eure drinnen ist.

SCELEDRUS: Das läßt sich tun, dein Rat ist gut; ich werd
Gleich wieder bei dir sein.
Ab ins Haus des Pyrgopolinices.

PERIPLECTOMENUS: Beim Pollux, nie noch sah
Ich einen, den so drollig man am Narrenseil
Und auf so sonderbare Art herumgeführt.
Doch sieh, er kommt schon wieder.

SCELEDRUS *kommt zurück*: Periplectomenus,
Bei Göttern, Menschen, meiner eigenen Dummheit
Und deinen Knieen bitt ich und beschwör ich dich . . .

PERIPLECTOMENUS: Was bittest du?

SCELEDRUS: Du mögst mir meine Unvernunft
Und Dummheit doch vergeben. Endlich seh ich ein,
Wie dumm ich war, wie blind und wie gedankenlos;
Philocomasium ist daheim.

PERIPLECTOMENUS: Was nun, du Schuft?
Hast du beide nun gesehen?

SCELEDRUS: Ja.

PERIPLECTOMENUS: Schaff deinen Herrn mir her!

SCELEDRUS: Es ist wahr, ich bin im höchsten Grade strafenswert,
Und daß ich deinen Gast beschimpft, bekenn ich auch;
Doch glaubt ich, daß es meines Herrn Geliebte sei,
Die mir der Hauptmann zur Bewachung hat vertraut.
Denn nicht zwei gleichere Tropfen Wasser lassen sich
Aus einem Brunnen schöpfen. So einander gleich
Sind unsere Philocomasium und dein Gast. Und daß ich durch den [Hof
Zu dir hinabgeschaut, gesteh ich auch.

PERIPLECTOMENUS: Was wirst du's nicht gestehen,
Wo ich es selber sah? Und dort hast du auch
Gesehen, wie mein Gast seine Freundin küßte?

SCELEDRUS: Ja; warum soll ich leugnen, was ich sah.
Aber Philocomasium glaubte ich gesehen zu haben.
PERIPLECTOMENUS: Du hieltest mich für den niederträchtigsten Kerl,
Der wissentlich es duldet, daß in seinem Haus
Man dem Nachbarn klares Unrecht tut?
SCELEDRUS: Jetzt erst erkenn ich meine Unbesonnenheit,
Da ich der Sache auf den Grund gekommen; doch
Ich tat's ja nicht aus bösem Willen.
PERIPLECTOMENUS: Jedenfalls
War's unanständig; denn ein Mensch, der Sklave ist,
Muß Aug und Hände stets und Zunge bändigen.
SCELEDRUS: Ich – wenn von heut an ich von etwas, das ich noch
So sicher weiß, nur muckse, darfst du mich ans Kreuz
Aufnageln lassen; selber liefere ich mich dann dir aus.
Nur dieses eine Mal verzeih mir, bitte.
PERIPLECTOMENUS: Nun ja, ich will
Meinen Zorn bezwingen, will nicht glauben, daß du, was
Geschehen ist, in böser Absicht tatst; es soll
Verziehen sein.
SCELEDRUS: Die Götter segnen dich dafür.
PERIPLECTOMENUS: Wahrhaftig, wenn die Götter dir gewogen sind,
Bezähmst du fortan deine Zunge, daß du selbst
Das, was du weißt, nicht weißt, und nicht siehst, was du sahst.
SCELEDRUS: Dein Rat ist gut; gewiß, ich will ihm folgen; doch,
Bist du nun völlig ausgesöhnt?
PERIPLECTOMENUS: Entferne dich.
SCELEDRUS: Verlangst du sonst noch was von mir?
PERIPLECTOMENUS: Daß du mich
In Zukunft ungeschoren läßt.
SCELEDRUS *für sich*: Der will mich hintergehen.
Wie gütig er sich plötzlich stellt, als wär er gar
Nicht böse auf mich; ich weiß, was er im Schilde führt:
Der Hauptmann soll, sobald er heim vom Markte kommt,
Mich zu Hause fassen lassen. Der da und Palaestrio
Wollen mich reinlegen; lang schon merk und weiß ich das.
Beim Herkules, aus dieser Reuse hol ich heute
Meinen Köder nicht; ich will schon irgendwo

Hinflüchten und so lang versteckt mich halten, bis
Der Sturm vorbei ist und der Zorn gelegt sich hat;
Denn Strafe hab ich nun schon mehr als ein treuloses Volk verdient.
Doch, komme, was auch komm, ich gehe jetzt ins Haus hinein.
Sceledrus ab ins Haus des Pyrgopolinices.

PERIPLECTOMENUS: Nun ist er fort. Fürwahr, das weiß ich ganz gewiß,
Eine abgestochene Sau hat oft mehr Verstand
Als er, der sich einreden läßt,
Er habe nicht gesehen, was er doch wirklich sah;
Denn seine Augen, Ohren und Gedanken sind
Zu uns übergelaufen. Bis jetzt ging alles gut,
Das Weib hat seine Rolle vorzüglich gespielt.
Ich will nun wieder in die Ratsversammlung gehen;
Palaestrio ist nämlich jetzt bei mir, und Sceledrus ist fort.
So kann sich der Senat vollzählig jetzt versammeln.
Ich geh hinein, damit ich nicht bei der Verlosung fehle.
Periplectomenus ab in sein Haus; Pause.

III/1

Palaestrio kommt aus dem Haus des Periplectomenus.

PALAESTRIO *hineinsprechend*: Bleibt noch ein Weilchen innerhalb der [Türe stehen
Und laßt mich vorher Umschau halten, Pleusicles,
Daß nicht ein Hinterhalt der Versammlung droht,
Die wir jetzt halten wollen; denn dazu bedarf es
Eines sicheren Ortes, wo der Feind aus unserem Rat
Sich keine Beute schnappt. Denn der allerbeste Rat
Ist kein Rat, wenn er unseren Feinden Nutzen bringt.
Es ist nicht anders: Was dem Feinde nützt,
Muß dir selber schaden; guter Rat wird gar zu oft
Hinweggeschnappt, wenn ohne schlaue Vorsicht
Den Ort zur Unterredung man hat ausgesucht.
Denn weiß der Feind von deinem Plane erst einmal,
So schließt er dir mit deinem eigenen Plan den Mund
Und bindet dir die Hände, und dasselbe, was
Du ihm tun wolltest, tut er dir. Drum will ich rechts
Und links herumspähen, ob gegen unsere Beratung nicht
Sein lauernd Garn ein Jäger stellt. – So weit ich seh,

Ist auf der ganzen Gasse keine Seele. Nun
Will ich sie rufen. He, Periplectomenus
Und Pleusicles, kommt heraus!

Periplectomenus und Pleusicles treten aus dem Haus.

PERIPLECTOMENUS: Sieh deine Diener hier.

PALAESTRIO: Leicht ist die Herrschaft über Gute. – Aber laßt
Mich wissen, ob wir nach dem gleichen Plane, den
Wir drin entworfen, unsere Sache treiben.

PERIPLECTOMENUS: Nichts
Kann unseren Zweck mehr fördern.

PALAESTRIO: Und du, Pleusicles,
Was meinst denn du?

PLEUSICLES: Was euch genehm ist, sollte das
Mir nicht genehm sein? *Zu Periplectomenus:* Wer ist mir mehr
Als du ergeben?

PERIPLECTOMENUS: Das sagst du recht nett.

PALAESTRIO: Beim Pollux, so gehört sich's auch.

PLEUSICLES: Eines nur
Zermartert mich und kreuzigt mich nach Seel und Leib.

PERIPLECTOMENUS: Was ist es, bitte, das dich so sehr quält?

PLEUSICLES: Daß ich dich, einen Mann in solchem Alter, noch
Mit Knabenstreichen dieser Art behellige
Und Dinge, die für dich und deine Würde sich
Durchaus nicht schicken, von dir heische; daß du für
Mein Wohl und meiner Liebe förderlich zu sein,
Mit allen Kräften bist bestrebt und daß du dich
Zu Streichen hergibst, die in deinen Jahren man
Viel lieber meidet als betreibt. Ich schäme mich,
Die Last dir aufzubürden, dir, dem greisen Mann.

PALAESTRIO: Du liebst auf ganz besondere Weise, wenn
Dich irgendeiner Handlung wegen Scham erfaßt.
Dann bist du nicht verliebt, bist der Schatten nur
Eines Liebenden, kein Liebender, mein Pleusicles.

PLEUSICLES: Solch altem Mann um meiner Liebe willen die
Beschwerden antun!

PERIPLECTOMENUS: Was sagst du? Hältst du mich
Denn gar für einen Bürger schon der Unterwelt?

So nah dem Sarge schon, so alt und hochbetagt?
Ich zähle ja doch vierundfünfzig Jahre erst;
Mein Aug ist hell, gelenk die Hand und flink der Fuß.
PALAESTRIO: Weiß schimmert zwar sein Haar, doch ist er immer noch
Nicht alt am Geist. Noch ist die angeborene Kraft
In voller Tätigkeit bei ihm.
PLEUSICLES: Ich merk es wohl;
Fürwahr, es ist so, wie du sagst, Palaestrio.
Zum Jüngling macht ihn in der Tat sein gütiges
Benehmen.
PERIPLECTOMENUS: Freund, je mehr du mir Gelegenheit
Wirst geben, um so mehr sollst du erfahren, wie
Gefällig ich mich deiner Lieb erweisen will.
PLEUSICLES: Wozu Beweise noch für schon Bewiesenes?
PERIPLECTOMENUS: Was bei sich selbst man hat erfahren, suche man
Nicht draußen; denn wer selbst noch nie geliebt hat,
Begreift nur schwer der Liebenden Gefühl. Doch mir
Steckt schon noch etwas Saft und Liebeslust im Leib,
Noch nicht vertrocknet bin ich für Genuß und Lust.
Es gelt ein launig Späßchen, gelt ein froh Gelag,
Ich bin dabei; auch fall ich anderen am Tisch
Niemals ins Wort. Der Unhöflichkeiten bei dem Mahl
Sich zu enthalten, hab ich mir wohl eingeprägt.
Soweit es angeht, sprech ich gern ein Wörtchen mit,
Doch weiß ich auch zu schweigen, wenn ein anderer spricht.
Was Spucken, Räuspern, Schneuzen heißt, da halt ich mich
Ganz säuberlich; kurz, Ephesus ist mein Heimatland,
Ich bin nicht aus Apulien, nicht aus Animula.
PALAESTRIO: Liebenswürdiger Halbgreis!
Wenn wirklich er die aufgezählten Eigenschaften hat,
Dann ist er von der Venus aufgezogen worden.
PERIPLECTOMENUS: Mit der Tat, nicht nur mit Worten, will ich mich
Dir liebenswürdig zeigen.
Nie mach ich mich an die Dirne eines anderen ran,
Nie greif ich nach dem besten Bissen, schiebe nie
Den ersten Kelch mir zu und trinke nie so viel,
Daß beim Gelage Streit entsteht. Ist einer mir

Zuwider, geh ich heim und sage weiter nichts.
Solang ich da bin, gilt es Lieb und Lust und Scherz.

PALAESTRIO: An dir ist wahrlich alles feine Lebensart.
Gib mir drei Männer dieser Art, ich wiege sie mit Gold
Dir auf.

PLEUSICLES: Soll's einer seines Alters sein,
So wirst du schwerlich einen zweiten finden, der
So aufgelegt zu allem ist, so Freund dem Freund.

PERIPLECTOMENUS: Ich will noch machen, daß du selber sagen mußt,
Ich sei ein Jüngling meinem ganzen Wesen nach,
So viele gute Eigenschaften will ich dir
In allem zeigen. Brauchst du einen mürrischen,
Jähzornigen Anwalt: Wende dich an mich! Brauchst du
Einen sanften: Sanfter als das Meer, wenn's ruhig ist,
Sollst du mich nennen; linder als des Zephyrs Hauch
Werde ich sein. Bald zeig ich dir den frohsten Tafelfreund,
Bald einen Erzschmarotzer, bald den besten Einkäufer,
Kein Tänzer auch ist so gelenk beim Tanz wie ich.

PALAESTRIO: Was bliebe bei den hübschen Eigenschaften noch
Zu wünschen übrig, wenn man wünschen dürfte?

PLEUSICLES: Daß
Für solch Verdienst um mich mein Dank in gleichem Maß
Ihm werden könnte wie auch dir, da ich euch beide
Um meinetwillen so bekümmert sehe.
Doch daß dir's soviel kostet, ist mir unangenehm.

PERIPLECTOMENUS: Du bist ein Narr. Nur was man für ein schlechtes [Weib
Und einen Feind ausgibt, ist ausgegeben; was
Für einen lieben Gast aufgeht, für einen Freund,
Das ist Erwerb. Die Götter gaben,
Daß ich dich bei mir angenehm bewirten kann.
Iß, trink, sei frohen Muts bei mir, belade dich
Mit Fröhlichkeit; mein Haus steht offen, offen bin
Ich selbst, frei soll mein ganzes Tun und Treiben sein.
Denn dank den Göttern hätt ich wegen meines Reichtums leicht
Ein Weib mit reicher Mitgift und aus bestem Haus
Heimführen können; doch ich will niemand, der mich anbellt,
In meinem Hause haben.

PALAESTRIO: Und warum denn nicht?
Das Kinderzeugen ist ja doch ein hübsch Geschäft.
PERIPLECTOMENUS: Doch frei sein ist viel hübscher noch.
PALAESTRIO: Du bist ein Mann, der anderen und sich selber gleich
Vortrefflich weiß zu raten.
PERIPLECTOMENUS: Eine gute Frau ist sicher eine süße Sache,
Wenn man irgendwo in der Welt sie finden kann.
Aber soll ich eine mir nach Hause führen,
Die niemals sagt: »Kauf mir Wolle, lieber Mann,
Woraus ich einen weichen, warmen Mantel dir
Und eine gute Winterweste machen kann,
Damit dich in der kalten Zeit nicht friert.« Ein Wort
Wie dieses hörst du nie von einer Frau. Allein
Noch eh der Hahn kräht, weckt sie mich vom Schlafe auf:
»Mann, gib mir etwas für den Ersten,
Was meiner Mutter Freude macht;
Gib mir etwas für . . .*[?]*; gib zum Minervenfest
Mir was für die Prophetin, für die Zauberin,
Die Traum- und Zeichendeuterin. Eine Schande wär's,
Wenn man nichts schickte . . .*[?]*
Dann kann ich auch nicht wohl umhin, der Garderobenfrau
Etwas zu schenken; auch die Mehlverkäuferin
Grollt mir längst schon, weil ich sie so leer
Abziehen ließ; die Hebamme hat aufbegehrt,
Weil man zu wenig ihr geschickt. Wie? Schick ich nicht
Dem Weib auch etwas, das die Sklavenkinder säugt?«
Dies und noch manches Ungemach derselben Art,
Das mit dem Ehestand Hand in Hand geht, hält mich ab,
Ein Weib zu nehmen, daß ich nicht dergleichen Zeug
Anhören muß.
PALAESTRIO: Fürwahr, die Götter meinen's gut
Mit dir. Denn gibst du deine Freiheit einmal hin,
Du kommst so leicht nicht wieder auf den alten Fleck.
PLEUSICLES: Doch ist's auch rühmlich, wenn ein Mann von hohem Stand
Und großem Reichtum Kinder aufzieht, seinem Stamm
Ein Denkmal und sich selbst.
PERIPLECTOMENUS: Hab ich Verwandte genug,

Was hab ich Kinder nötig? Jetzt leb ich gut
Und glücklich, ganz nach meinem Sinn, wie mir's beliebt.
Mit meinem Tode fällt den Anverwandten mein
Vermögen zu, ich gebe jedem seinen Teil.
Sie essen bei mir, pflegen mich, sehen, was ich mach
Und was ich will. Noch eh es Tag wird, stehen sie da
Und fragen nach, wie ich die Nacht geschlafen. Das
Sind meine Kinder; ja, sie schicken mir sogar
Geschenke. Opfern sie, so geben sie
Mir einen größeren Teil gar als sich selbst.
Sie holen mich zum Opferschmause, laden mich
Zum Mittags- und zum Abendtisch. Unglücklich schätzt
Sich der am meisten, der mir am wenigsten geschickt.
Ein Wettstreit ist das Schenken, und
Ich murmle dann wohl vor mich hin: sie schnappen nur
Nach deinem Geld, wenn sie im Wettstreit
Dich ernähren und beschenken.

PALAESTRIO: Scharf und meisterhaft
Siehst du, was für dich das Beste ist.
Zwillingskinder hast du, hast
Ja Drillingskinder, wenn du dich so glücklich fühlst.

PERIPLECTOMENUS: Beim Pollux, hätt ich Kinder, diese brächten mir
Genügend Elend. Wenn eines einmal Fieber hätte,
Glaubt ich, es würde sterben, und wenn eins gefallen wäre
Im Rausch oder irgendwo vom Pferd,
Ich fürchtete, es hätte sich die Beine oder den Hals gebrochen.

PLEUSICLES: Der Mann verdient es, reich zu sein, und noch dazu
Ein langes Leben, der sein Gut zusammenhält,
Dabei sich wohl fühlt und den Freunden Freude macht.

PALAESTRIO: Ein allerliebster Mann! So wahr die Götter mir
Und Göttinnen gewogen seien, es wäre recht gewesen,
Die Götter hätten es gefügt, daß nicht nach gleicher Art
Die Menschen alle lebten.
Wie der gute Marktaufseher jede Ware nach dem Wert taxiert
Und eine gute Ware nach ihrem Wert verkauft wird,
Eine schlechte aber entsprechend ihren Mängeln
Ihren Herrn arm macht, ebenso wär es in der Ordnung, daß

Die Götter auch das Dasein hätten zugeteilt,
Daß sie dem liebenswürdigen Geist ein langes Leben,
Dem Bösen und dem Schurken aber nur ein kurzes
Gegeben hätten. Bestünde dies Verhältnis,
Wär das schlechte Volk viel minder zahlreich, würden auch weit
Schandtaten ausgeübt, und die Guten dann – [weniger
Für die wär der Getreidepreis viel niedriger.
PERIPLECTOMENUS: Wer Götterratschluß tadelt und ihn kritisiert,
Der ist töricht und unwissend. Doch genug
Von diesem Punkt. – Ich will jetzt auf den Markt,
Um einzukaufen, daß ich dich, mein lieber Gast,
In meinem Haus, wie's dein- und meiner würdig ist,
Fein, artig und mit leckerer Kost bewirten kann.
PLEUSICLES: Nichts schmerzt mich so sehr wie die vielen Kosten, die ich
Verursacht. Kann ja doch kein Gast im Freundeshaus [dir
Einkehren, ohne daß er nach dreitägigem
Verweilen lästig wird; währt gar sein Aufenthalt
Zehn volle Tage, dann gibt's eine Ilias von Übeln.
Ertrüg es auch der Herr geduldig, murrte das Gesinde doch.
PERIPLECTOMENUS: Mein Hausgesinde, Gastfreund, hab ich angestellt,
Mich zu bedienen, als Dienstpersonal, und nicht,
Daß ich von ihnen mir befehlen ließe, mich
Gehorsam ihnen zeigte. Ärgert sie, was mir
Vergnügen macht, so handeln sie dennoch nach meinem Sinn.
Wenn ihnen etwas noch so sehr zuwider ist,
Sie müssen's trotzdem gegen Lust und Willen tun. –
Nun aber will ich, wie gesagt, zum Markt.
PLEUSICLES: Tust
Du's wirklich anders nicht, so kaufe, doch mit Maß!
Mir ist alles gut genug.
PERIPLECTOMENUS: Laß doch die alte, abgedroschene Redensart.
Du sprichst ja, Freund, wie Leute vom gemeinsten Volk.
Wenn diese sich, nachdem schon aufgetragen ist,
Am Tische lagern, pflegen sie zu sagen:
»Wozu den Aufwand uns zulieb? Beim Herkules,
Du bist verrückt, das wär für zehn Personen genug!«
Sie tadeln, was man ihretwegen eingekauft,

Und essen es dennoch.

PALAESTRIO: Beim Pollux, ganz so pflegt's zu gehen;
Wie klug und fein er alles weiß.

PERIPLECTOMENUS: Doch hat
Dies Volk, wenn noch so reichlich aufgetragen war,
Noch nie gesagt: »Laß dieses hier abtragen, nimm
Diese Schüssel weg, den Schinken dort! Ich mache mir
Nichts draus. Jenes Schweinestück, tu es weg!
Auch kalt ist dieser Meeraal gut; geh, heb ihn auf!«
Von keinem hörst du so was; nein, sie stürzen sich
Zum Tische, mit dem halben Körper fallen sie
Darüber, wenn sie nach etwas langen.

PALAESTRIO: Wie gut der Gute doch die schlechten Sitten schildert.

PERIPLECTOMENUS: Nicht ein Hundertteil von allem hab ich angeführt.
Wenn wir Zeit hätten, dann würd ich erst auspacken.

PALAESTRIO: Laßt uns nun das, worum es geht, zuerst bedenken.
Paßt beide jetzt gut auf. Deines Diensts, Periplectomenus,
Bedarf ich, denn ich hab ein lustig Gaunerstück
Erdacht, wodurch der Hauptmann, ob auch noch so dicht
Das Haar ihm stehe, radikal geschoren wird
Und der verliebte junge Mann Gelegenheit
Bekommt, mit Philocomasium auf und davon
Zu gehen.

PERIPLECTOMENUS: Erkläre deinen Plan mir näher doch.

PALAESTRIO: Ich aber bitte deinen Ring mir aus.

PERIPLECTOMENUS: Wozu
Soll er dir nützen?

PALAESTRIO: Hab ich ihn nur erst, so geb
Ich dir von meinem ganzen Anschlag Rechenschaft.

PERIPLECTOMENUS: Da hast du ihn, er steht zu deinem Dienst.

PALAESTRIO: Und du
Vernimm als Gegendienst das Schelmenstückchen, das
Ich ausgedacht.

PLEUSICLES: Mit offenen Ohren hören wir
Dir beide zu.

PALAESTRIO: Mein Herr ist solch ein Weibernarr,
Wie es, glaub ich, zu keiner Zeit

Einen gab noch geben wird.
PERIPLECTOMENUS: Das glaub ich auch.
PALAESTRIO: Drum prahlt er auch, daß selbst den Paris er
An Schönheit übertreffe, und erklärt, daß alle Frauen
Ihm in Ephesus ohne sein Zutun nachlaufen.
PERIPLECTOMENUS: Es wünschen viele zwar, daß du jetzt lügst,
Ich aber weiß gar wohl, es ist so, wie du sagst.
Drum weiter nur, Palaestrio,
Teil deinen Plan so rasch als möglich mit.
PALAESTRIO: Kannst du ein Weib auftreiben, hübsch von Angesicht,
Aber durch und durch voll List und Tücke?
PERIPLECTOMENUS: Soll's eine Freie oder eine Freigelassene sein?
PALAESTRIO: Das gilt mir gleich, nur eine von dem Schlag, der gern
Etwas verdient, der seinen Leib mit seinem Leib ernährt
Und der die Brust, von Herz kann keine Rede sein,
Denn das geht jeder ab, am rechten Flecke sitzt.
PERIPLECTOMENUS: Willst du eine elegante oder eine, die
Noch nicht so recht Bescheid weiß?
PALAESTRIO: Ganz frisch und saftig und so hübsch
Und jung, wie es nur geht.
PERIPLECTOMENUS: Da hab ich eine Klientin,
Ein junges Freudenmädchen. Doch was soll's mit ihr?
PALAESTRIO: Du nimmst sie zu dir in dein Haus und führst sie ein,
Gekleidet und geschmückt wie eine Ehefrau aus gutem Stand;
Die Haare hübsch geordnet, mit der Bind umhüllt.
Sie gebe sich für deine Gattin aus; so ist sie zu instruieren.
PLEUSICLES: Noch versteh ich nicht,
Wo du hinaus willst.
PALAESTRIO: Sollst es schon erfahren. Hat
Sie eine Magd?
PERIPLECTOMENUS: Eine besonders schlaue.
PALAESTRIO: Auch die ist nötig. Schärf ihr und der Zofe ein,
Sie solle tun, als wär sie deine Gattin und
Verliebt in unseren Hauptmann und als hätte sie
Den Ring hier ihrer Magd gegeben, daß ihn die
Mir überliefern soll und ich ihn meinem Herrn,
Als Mittelsmann bei dem Geschäft.

PERIPLECTOMENUS: Ich höre, doch du brauchst nicht so zu schreien;
Ich habe gute Ohren . . .
[Lücke]
PALAESTRIO:
[Lücke]
So geh ich jetzt geradenwegs zum Hauptmann hin
Und sage, deine Frau hab ihn mir zugestellt,
Um seine Gunst ihr zu verschaffen. Der ist so,
Daß er gleich Feuer fängt; auf nichts als Buhlerei
Geht all sein Sinnen aus.
PERIPLECTOMENUS: Die Sonne selber,
Gäbst du den Auftrag ihr, könnte für dies Geschäft
Keine hübscheren Frauen finden. So sei guten Muts!
PALAESTRIO: Also sorg dafür, doch es muß schnell gehen.
Periplectomenus geht nach rechts ab.
Nun, Pleusicles, hör du mir zu.
PLEUSICLES: Ich folge dir in allem.
PALAESTRIO: Wenn
Der Hauptmann heimkommt, nenne sie beileibe nicht
Philocomasium.
PLEUSICLES: Welchen Namen geb ich ihr?
PALAESTRIO: Dicea.
PLEUSICLES: Richtig, wie längst abgeredet ist.
PALAESTRIO: Gut, gehe nun!
PLEUSICLES: Ich werde daran denken;
Doch wozu das wichtig ist, möcht ich dich dennoch fragen.
PALAESTRIO: Du sollst's erfahren, wenn's am Platz ist; bis dahin
Sei still, und wie dein Wirt jetzt für dich tätig ist,
So spiele du auch deine Rolle gut.
PLEUSICLES: Ich geh hinein.
Pleusicles ab ins Haus des Periplectomenus.
PALAESTRIO *ihm nachrufend*: Und daß du meinen Rat genau befolgst! –

III/2

Für sich: Was stift ich da für Wirrwarr! Welche Hebel setz
Ich in Bewegung! Heut noch jag ich seinen Schatz
Dem Hauptmann ab, wenn anders meine Truppen sich

In Reih und Glied gut halten. – Nun muß ich den Kerl
Herrufen. He, Sceledrus, wenn du eben nichts
Zu tun hast, komm vors Haus heraus, Palaestrio ruft.

Lucrio kommt betrunken aus dem Haus des Pyrgopolinices.

LUCRIO: Sceledrus hat nicht Zeit.

PALAESTRIO: Wieso?

LUCRIO: Er schlürft im Schlaf.

PALAESTRIO: Was soll das heißen: schlürft?

LUCRIO: Schnarcht, wollt ich sagen, doch
Es kommt auf eins heraus, wenn einer schnarcht, als ob er schlürft.

PALAESTRIO: So schläft Sceledrus drinnen?

LUCRIO: Mit der Nase nicht,
Denn die schreit mächtig laut.

PALAESTRIO: Als Kellermeister hat
Er insgeheim sie etwas tief ins Glas gesteckt;
Er hat sich einen Krug voll Nardenwein hervorgeholt.

Lucrio wendet sich zum Gehen.

He, Schurke, he! Du bist doch sein Gehilfe ...

LUCRIO: Was willst du?

PALAESTRIO: Wie konnte er denn schlafen?

LUCRIO: Wahrscheinlich mit den Augen.

PALAESTRIO: Danach frag ich nicht,
Spitzbube! Komm hierher! Du bist des Todes, wenn
Du mir die Wahrheit nicht bekennst. Hast du den Wein
Ihm hergeschafft?

LUCRIO: Nein.

PALAESTRIO: Du leugnest es?

LUCRIO: Beim Herkules,
Ich leugne es freilich, denn er hat es zu sagen mir verboten.
Weder hab ich ihm zwei Liter in den Krug gefüllt,
Noch trank er warm zum Mittagsmahl sie aus.

PALAESTRIO: Auch du hast nicht getrunken?

LUCRIO: Die Götter strafen mich,
Wenn ich getrunken, nur imstand zu trinken war.

PALAESTRIO: Wieso?

LUCRIO: Ich schlürfte bloß; es war mir gar zu heiß,
Es brannte mir die Gurgel durch.

PALAESTRIO: Die einen sind betrunken, und die anderen
Trinken nichts als Essigwasser.
Recht wackeren Kellermeistern ist der Keller anvertraut!
LUCRIO: Du würdest es nicht anders machen, wäre dir er anvertraut,
Und weil du nicht mithalten darfst, plagt dich der Neid.
PALAESTRIO: Hat er früher schon ins eigene Glas gezapft?
Gib mir Antwort, du Halunke! Daß du nicht im Zweifel bist,
So sag ich dir: Sprichst du die reine Wahrheit nicht,
Wirst du zu Tod gemartert.
LUCRIO: Nicht wahr, daß du dann
Es selbst ausplaudern kannst, ich hätte dir's gesagt;
Dann werd ich aus der Kellermast hinausgeworfen;
Du wirst Kellermeister und
Nimmst dir einen anderen zum Gehilfen.
PALAESTRIO: Nein, wahrlich, nie wird dies geschehen; du darfst es frei
Und frank gestehen.
LUCRIO: Beim Pollux, niemals sah ich ihn
Wein holen, sondern es verhielt sich so damit:
Er befahl es mir, und ich hab ihn dann geholt.
PALAESTRIO: Und die Krüge standen häufig auf dem Kopf?
LUCRIO: Beim Herkules, nein! Die Krüge kippten deshalb nicht,
Sondern im Keller ist ein Platz ein bißchen schlüpfrig,
Dort stand ein Litermaß neben den Krügen,
Das füllte sich oft zehnmal: ich sah es voll und wieder leer –
Und wenn das Litermaß so tobte, schüttelten die Krüge sich.
PALAESTRIO: Pack dich, pack dich nur hinein!
Ihr haltet also Bacchanalien im Keller;
Da hol ich euch den Herrn vom Markte her.
LUCRIO *für sich*: Ich bin des Todes! Wie wird mich der Herr zerbleuen,
Wenn bei der Heimkunft er vom Vorgefallenen
Nachricht erhält, weil ich ihm nichts davon gesagt.
Ich laufe fort, beim Herkules, geh's, wohin es will,
Und spare mir die Prügel auf. *Zu den Zuschauern:* O sagt ihm nichts,
Bei eurer Treu beschwör ich euch!
PALAESTRIO: Wo willst du hin?
LUCRIO: Man hat mich wohin geschickt, bin gleich zurück.
PALAESTRIO: Wer ist's, der dich geschickt hat?

LUCRIO: Philocomasium.

PALAESTRIO: Geh und komm gleich wieder!

LUCRIO: Sei doch so gut
Und nimm, dieweil ich weg bin, wenn es Prügel gibt,
Mein Teil einstweilen in Empfang.
Lucrio ab nach links.

PALAESTRIO: Nun wird mir klar,
Auf was das Mädchen abzielt: Weil Sceledrus schläft,
Hat sie den Vizewächter fortgeschickt,
Um von ihrer Wohnung da hinüberzugelangen.
Ein feiner Plan. Doch hier bringt Periplectomenus,
Wie ich ihn hieß, ein allerliebstes Weib. Fürwahr,
Die Götter sind uns gnädig. Wie so würdevoll,
Wie schmuck sie auftritt, gar nicht dirnenmäßig.
Unser Geschäft nimmt hübsche Formen an.

III/3

Periplectomenus kommt mit Acroteleutium und Milphidippa von rechts.

PERIPLECTOMENUS *zu den beiden Frauen*: Die ganze Sache hab ich
Dir und auch dir, Milphidippa, der Ordnung nach
In deinem Haus erklärt. Habt ihr das Schelmenstückchen noch
Nicht recht erfaßt, so hört es noch einmal.
Doch wenn ihr's verstanden habt, so sprechen wir
Von etwas anderem eher.

ACROTELEUTIUM: Das wäre ja sehr dumm und unverantwortlich,
Wenn ich zu einem fremden Plan meine Dienste dir verspräche
Und nicht selbst verschlagen zu betrügen wüßte.

PERIPLECTOMENUS: Doch ist's wohl besser, dich zu erinnern.

ACROTELEUTIUM: Wie nötig es ist, ein Mädchen meines Schlages
Zu erinnern, das weiß jedermann. Im Gegenteil,
Als meine Ohren nur genippt an deiner Rede Rand,
Da hab' ich dir auch gleich gesagt, wie man den Offizier
Nach Strich und Faden stutzen kann.

PERIPLECTOMENUS: Niemand ist
Für sich allein gescheit genug; denn viele sah
Ich schon das Land des guten Rats verlieren,
Bevor sie es gefunden hatten.

ACROTELEUTIUM: Wenn's bei einem Weib
Auf Bosheit ankommt und Betrug, unsterblich ist
Dann ihr Gedächtnis, unaufhörlich denkt sie dran.
Gilt's aber gut und treu zu handeln,
Da werden sie urplötzlich so vergeßlich, daß
Sie sich an gar nichts mehr erinnern können.
PERIPLECTOMENUS: Sieh,
Das eben macht mich bange, weil man beides heut
Von euch verlangt, denn für mich ist gut
Das Böse, das dem Offizier ihr antun sollt.
ACROTELEUTIUM: Wenn wir das Gute tuen, ohne es zu wissen,
Dann hast du nichts zu fürchten.
PERIPLECTOMENUS: Du verdienst tausend böse Dinge.
ACROTELEUTIUM: Hab keine Angst, die kommen mit noch böseren
PERIPLECTOMENUS: So ist es richtig. Folgt mir nun! [zusammen.
PALAESTRIO: Was zögere ich noch, sie anzureden? Bin erfreut,
Dich wohl zu sehen, hübsch ausgestattet kommst du her.
PERIPLECTOMENUS: Ganz wie gerufen bist du da, Palaestrio!
Da sind sie schon, die du verlangtest, angezogen
Genau nach deiner Vorschrift.
PALAESTRIO: Bravo! Du bist mein Mann. –
Palaestrio grüßt Acroteleutium.
ACROTELEUTIUM: Bitte, wer ist der Mann, der mich
Wie eine Bekannte grüßt?
PERIPLECTOMENUS: Es ist unser Architekt.
ACROTELEUTIUM: So sei
Gegrüßt, du Architekt!
PALAESTRIO: Sei du gegrüßt! Doch sage mir,
Hat er mit guten Lehren dich schon vollgeladen?
PERIPLECTOMENUS: Gut unterrichtet sind sie beide.
PALAESTRIO: Ich wünschte doch
Zu hören, wie. Damit ihr ja nichts Dummes macht.
PERIPLECTOMENUS: Wie du es angabst, anders nicht; ich habe nichts
Von mir hinzugetan.
ACROTELEUTIUM: Nicht wahr, es handelt sich
Darum, den Hauptmann, deinen Herrn, zu prellen?
PALAESTRIO: Du hast's getroffen.

ACROTELEUTIUM: Der Plan ist fein und klug und lustig angelegt.

PALAESTRIO: Du sollst dich nämlich stellen, als wärst du dessen Frau...

ACROTELEUTIUM: Das wird geschehen.

PALAESTRIO: ... und tun, als ob du in den Offizier
Verliebt wärst...

ACROTELEUTIUM: Ganz so wird es sein.

PALAESTRIO: ... und als ob ich und deine Magd dabei
Die Unterhändler machten.

ACROTELEUTIUM: Einen trefflichen
Propheten hättst du abgegeben, denn du sagst
Voraus, was nächstens wirklich sich begeben wird.

PALAESTRIO: Ich tue dann, als ob dein Mädchen diesen Ring
Von dir mir hätte zugestellt, um meinem Herrn
In deinem Namen ihn zu bringen.

ACROTELEUTIUM: Wahr gesprochen.

PERIPLECTOMENUS: Was braucht's da weiterer Erinnerungen?

ACROTELEUTIUM: Es ist doch besser; denn, mein Patron, bedenke nur,
Wenn der Architekt gut ist und wenn den Kiel er erst einmal
Gefertigt und gelegt hat nach gerader Schnur,
Wird's leicht, ein Schiff zu bauen auf dem Fundament.
Nunmehr ist unser Kiel ja ganz nach Wunsch gelegt,
Gar wohlerfahrene Handwerker und Architekten
Sind für das Schiff bereit. Wenn uns nun der,
Der das Material dazu uns liefern muß,
Nicht im Stich läßt, wird, ich kenne unsere Geisteskraft,
Das Schiff schnell fertig sein.

PALAESTRIO: Du kennst doch
Den Hauptmann, meinen Herrn?

ACROTELEUTIUM: Du fragst mich noch?
Wie sollt ich den nicht kennen, ihn, den alt und jung
Verabscheut, den Bramarbas mit seinen Dauerwellen,
Den parfümierten Hurenkerl!

PALAESTRIO: Kennt er auch dich?

ACROTELEUTIUM: Er sah mich nie; wie sollt er wissen, wer ich bin?

PALAESTRIO: Du sprichst mir sehr erfreulich; um so besser läßt
Sich's operieren.

ACROTELEUTIUM: Mache nur, daß du den Kerl

Mir beischaffst, dann kannst du beruhigt sein.
Wenn ich dem nicht aufs schönste eine Nase dreh,
So wälze alle Schuld auf mich.

PALAESTRIO: Wohlan, so geht
Hinein, betreibt die Sache klug.

ACROTELEUTIUM: Sei unbesorgt.

PALAESTRIO: Auf, führe sie ins Haus, Periplectomenus,
Ihn find ich auf dem Markt und bring ihm diesen Ring
Und mach ihn glauben, daß ihn deine Frau mir gab,
Die ganz in ihn verschossen sei. Sobald wir dann
Vom Markt zurück sind, schickst du uns sogleich die Magd,
Als sei sie heimlich zu ihm hingeschickt.

PERIPLECTOMENUS: Das geschieht;
Sei unbesorgt.

PALAESTRIO: Sorgt ihr mir nur dafür, ich bring ihn euch
Gewiß am Narrenseil herbei.

PERIPLECTOMENUS: Glück auf den Weg;
Mach deine Sache gut.

Palaestrio geht nach rechts ab.

Doch wenn mir das gelingt,
Daß heute noch mein Gast des Hauptmanns Konkubine hat
Und mit ihr nach Athen verreist, wenn diesen Streich
Wir heute noch ausführen, was für ein Geschenk
Werd ich dir senden!

ACROTELEUTIUM: Hilft das Mädchen auch dazu?

PERIPLECTOMENUS: Sehr fein und schlau sogar.

ACROTELEUTIUM: Dann bin ich des Erfolgs gewiß,
Wenn wir unsere Bosheiten zusammenlegen,
So fürcht ich nicht, daß einer mich in List und Perfidie
Besiegt.

PERIPLECTOMENUS: Laßt uns hineingehen und vergesset nicht,
Noch einmal alles reiflich mit uns durchzugehen,
Damit wir, was zu tun ist, ganz genau vollbringen
Und, wenn der Hauptmann kommt, nichts fehlt.

ACROTELEUTIUM: Du hältst uns ja nur auf!

Periplectomenus, Acroteleutium und Milphidippa ab ins Haus.

IV/1

Pyrgopolinices und Palaestrio kommen von rechts.

PYRGOPOLINICES: Es ist eine wahre Lust, wenn einem sein Geschäft
So ganz nach Herzenswunsch gelingt. Ich habe heut
Dem Könige Seleukus meinen Parasiten zugesandt,
Um ihm die Söldner, die zu seines Reiches Schutz
Ich angeworben, zuzuführen, während ich
Der Ruhe pflege.

PALAESTRIO: Sorge lieber für dich selbst
Als für Seleukus. Welcher neue, glänzende
Antrag wird dir durch mich als Mittelsmann gemacht!

PYRGOPOLINICES: Da weis ich alles andere weg und bin nur
Für dich da; rede nur, ganz bin ich Ohr für dich.

PALAESTRIO: Schau überall herum, daß meiner Rede sich
Kein Vogelsteller nahe, denn man trug mir auf,
Bei dem Geschäft ganz heimlich nur zu Werk zu gehen.

PYRGOPOLINICES: Niemand ist um den Weg.

PALAESTRIO: So nimm vor allem denn
Dies Liebespfand durch mich entgegen.
Er überreicht den Ring.

PYRGOPOLINICES: Was ist das?
Wo kommt es her?

PALAESTRIO: Von einer herrlich schönen Frau,
Die dich liebt und Sehnsucht trägt
Nach deiner wunderschönen Schönheit. Ihre Dienerin
Gab diesen Ring mir eben, um in deine Hand
Ihn abzuliefern.

PYRGOPOLINICES: Ist es eine Freie oder eine Freigelassene?

PALAESTRIO: Pah! Ich sollt Unterhändler sein
Bei dir für eine Freigelassene, wo du
Nicht alle Freigeborenen, die nach dir sich sehnen,
Erhören kannst!

PYRGOPOLINICES: Ist sie Ehefrau oder Witwe?

PALAESTRIO: Beides, Ehefrau und Witwe.

PYRGOPOLINICES: Wie
Kann eine denn Ehefrau zugleich und Witwe sein?

PALAESTRIO: Weil sie jung ist und mit einem Greis vermählt.
PYRGOPOLINICES: Gut so!
PALAESTRIO: Sie ist dazu auch fein und hübsch geformt.
PYRGOPOLINICES: Lüge mich nicht an!
PALAESTRIO: Sie allein ist deiner Schönheit würdig.
PYRGOPOLINICES: Herkules,
Da muß sie freilich schön sein! Doch wer ist sie?
PALAESTRIO: Des alten Periplectomenus, unseres Nachbarn, Frau;
Sie stirbt vor Liebe und will sich von ihrem Alten trennen.
Sie haßt den Greis. Und darum hieß sie mich,
Dich bitten und beschwören, daß du ihr
Ihren Herzenswunsch erfüllst.
PYRGOPOLINICES: Nun, beim Herkules,
Ich bin dabei, wenn sie es wünscht.
Er steckt den Ring an seinen Finger.
PALAESTRIO: Sie wünscht's, und wie!
PYRGOPOLINICES: Was mach ich aber nun mit dem Weib in meinem
PALAESTRIO: Warum läßt du die nicht gehen, wohin sie mag? [Haus?
Zudem ist eben ihre Zwillingsschwester
Hier in Ephesus angekommen und auch ihre Mutter,
Um sie abzuholen.
PYRGOPOLINICES: Was sagst du, ihre Mutter kam
Nach Ephesus?
PALAESTRIO: So sagen die, die's wissen müßten.
PYRGOPOLINICES: Ein trefflicher
Anlaß in der Tat, des Weibs mich zu entledigen!
PALAESTRIO: Willst du sie nicht auf feine Art loswerden?
PYRGOPOLINICES: Sprich,
Laß deinen Rat mich hören.
PALAESTRIO: Willst du sie rasch
Entfernen und so, daß gerne sie von dannen zieht?
PYRGOPOLINICES: Jawohl.
PALAESTRIO: Dann mußt du's so angreifen; du bist reich
Genug: laß sie das Geld und was du sonst an Schmuck
Dem Mädchen angeschafft hast, als Geschenk von dir
Behalten und abziehen damit, wohin sie mag.
PYRGOPOLINICES: Dein Rat gefällt mir. Aber sieh nur zu,

Daß ich diese nicht verliere, während jene
Ihr Wort mir bricht.

PALAESTRIO: Pah! Du machst Spaß!
Sie liebt dich ja wie ihre eigenen Augen.

PYRGOPOLINICES: Ja, Venus ist mir gewogen!

Milphidippa tritt aus dem Haus des Periplectomenus.

PALAESTRIO: Pst, still! Dort geht die Türe auf;
Tritt leis hierher zur Seite. Das ist ihr Beiboot,
Die Unterhändlerin, die da herankommt.

PYRGOPOLINICES: Ein Beiboot?

PALAESTRIO: Ihre Zofe ist's, die dort sich zeigt,
Die mir den Ring gebracht, den ich dir übergab.

PYRGOPOLINICES: Beim Pollux, auch ein niedlich Kind!

PALAESTRIO: Ein Affen- und Eulengesicht im Vergleich mit ihrer Herrin!
Siehst du, wie ihr Aug auf alles Jagd macht,
Wie ihr Ohr auf alles lauscht?

IV/2

MILPHIDIPPA *für sich*: Gleich vor dem Haus ist hier der Zirkus,
Wo ich ein Kunststück machen soll. Nun verstell ich mich und tu,
Als säh ich nichts und wüßte nicht, wo beide stehen.

PYRGOPOLINICES *zu Palaestrio*: Sei still, wir wollen lauschen, ob sie mich erwähnt.

MILPHIDIPPA: Ist jemand um den Weg, den die Geschäfte anderer
Mehr als seine eigenen kümmern, der auf das,
Was ich tu, Jagd macht, der für sein Essen nicht zu sorgen braucht?
Die Leute sind's, die ich jetzt fürchte, daß sie mir
In die Quere kommen und im Wege stehen,
Wenn sie von einem Haus ins andere geht,
Meine Herrin, die voll Lieb und Sehnsucht nach dem allerfeinsten
Dem allerschönsten Helden Pyrgopolinices ist. [Mann,

PYRGOPOLINICES: Die Magd
Scheint ebenfalls verliebt in mich;
Denn sie rühmt ja meine Schönheit.

PALAESTRIO: Ihre Worte haben in der Tat
Keine Seife nötig.

PYRGOPOLINICES: Wie meinst du das?

PALAESTRIO: Weil, was sie spricht, sich gewaschen hat und sauber ist.
PYRGOPOLINICES: Auch ist sie selbst ein hübsches, allerliebstes Kind.
Fürwahr, Palaestrio, schon beginnt der Appetit nach ihr
Sich in mir zu regen.
PALAESTRIO: Eh du jene
Mit eigenen Augen sahst?
PYRGOPOLINICES: Ich sehe mit den deinigen;
Ich glaube dir. Da diese aber durch ihre Reden mich
So ganz bezaubert hat, muß ich sie lieben,
Weil die andere sich noch nicht zeigt.
PALAESTRIO: Beim Herkules,
Die darfst du mir nicht lieben, die ist meine Braut.
Wenn heut mit dir die andere sich vermählt, gleich
Nehm ich diese hier zum Weib.
PYRGOPOLINICES: Nun denn, was zögerst du,
Sie anzureden?
PALAESTRIO: Folge mir also.
PYRGOPOLINICES: Ich bin folgsam.
MILPHIDIPPA: Möcht ich doch so glücklich sein,
Den Mann zu treffen, dem zulieb ich aus dem Haus
Getreten bin.
PALAESTRIO: Du bist's; dein Wunsch, er ist erfüllt.
Sei guten Mutes, fürchte nichts; es ist einer da,
Der weiß, wo das ist, was du suchst.
MILPHIDIPPA: Wen hör ich da?
PALAESTRIO: Den Genossen deiner Ratsversammlungen,
Den Teilhaber an deinen Plänen.
MILPHIDIPPA: Nun sei auch mein Geheimnis kein
Geheimnis mehr.
PALAESTRIO: Nein, du hältst es und du hältst es nicht geheim.
MILPHIDIPPA: Wieso?
PALAESTRIO: Du hältst's geheim vor denen, denen du
Nicht trauen darfst, doch ich bin in der Treue fest.
MILPHIDIPPA: Das Paßwort bitte,
Wenn du ein Eingeweihter unseres Bacchusdienstes bist.
PALAESTRIO: Es liebt eine Frau einen gewissen Mann.
MILPHIDIPPA: Nun ja, das tuen viele.

PALAESTRIO: Doch nicht viele ziehen vom Finger, was
Sie als Geschenk absenden.
MILPHIDIPPA: Nun versteh ich dich;
Du hast mit einmal mir die Sache klargemacht.
Doch sag, ist sonst noch wer zugegen?
PALAESTRIO: Ja und nein.
MILPHIDIPPA: Ich möcht allein gern mit dir sprechen.
PALAESTRIO: Ist es nur kurz oder dauert's lang?
MILPHIDIPPA: Drei Worte nur.
PALAESTRIO *zu Pyrgopolinices*: Gleich bin ich wieder bei dir.
PYRGOPOLINICES: Was? So lange soll
Ich hier mit meiner Schönheit, meinem Heldenruhm
Umsonst dastehen?
PALAESTRIO: Bleib da und gedulde dich;
Für dich ja bin ich tätig.
PYRGOPOLINICES: Beeile dich! Das Stehen quält mich doch.
PALAESTRIO: Nur Schritt für Schritt; du weißt ja wohl,
Daß solche Dinge nun einmal nicht anders gehen.
PYRGOPOLINICES: Auf, auf, so tu denn, wie es dir am besten scheint.
PALAESTRIO *für sich*: Der übertrifft an Dummheit jeden Stein.
Zu Milphidippa: Nun bin ich da, was willst du?
MILPHIDIPPA *leise zu Palaestrio*: Sag mir doch einmal den Plan,
Wie dieses Troja man angreifen soll.
PALAESTRIO: Als wäre sie total
Vernarrt in ihn . . .
MILPHIDIPPA: Das weiß ich.
PALAESTRIO: Du mußt
Gestalt und Antlitz loben, seine Taten rühmen.
MILPHIDIPPA: Dazu reicht meine Schärfe aus,
Wie ich dir längst bewiesen.
PALAESTRIO: Besorge du das übrige,
Gib acht und folge meiner Worte Spur.
PYRGOPOLINICES *zu Palaestrio*: So steh doch endlich mir ein wenig auch
Und komm einmal hierher. [zu Dienst
PALAESTRIO: Da bin ich schon; befiehl,
Was soll ich tun?
PYRGOPOLINICES: Was hat das Mädchen dir erzählt?

PALAESTRIO: Sie sagt, die Arme lamentiere, härme sich,
Zerfließe fast in Tränen, weil sie dein bedarf,
Weil du ihr fehlst; drum hat man sie nach dir geschickt.
PYRGOPOLINICES: Heiß sie sich nahen.
PALAESTRIO: Weißt du auch, was jetzt zu tun?
Du mußt dich spröde stellen, tun, als hättest du
Durchaus nicht Lust, mußt über mich herfahren, daß
Ich dich für zugänglich erklärte.
PYRGOPOLINICES: Ich versteh
Und werde deinen Lehren folgen.
PALAESTRIO: Soll ich sie nun
Herrufen, die nach dir gefragt?
PYRGOPOLINICES: Sie komme her,
Wenn sie was will.
PALAESTRIO: Wenn du was willst, Weib, komm hierher.
MILPHIDIPPA: Sei gegrüßt, du Schönster!
PYRGOPOLINICES: Wer hat meinen Beinamen ihr
Verraten? – Seien die Götter deinen Wünschen hold.
MILPHIDIPPA: O welches Glück, bei dir zu sein, das Leben lang!
PYRGOPOLINICES: Das ist zuviel verlangt.
MILPHIDIPPA: Ich rede nicht von mir, sondern
Von ihr, die dich zum Sterben liebt, von meiner Herrin.
PYRGOPOLINICES: Die gleichen Wünsche hegen viele andere auch
Und bleiben unerhört.
MILPHIDIPPA: Fürwahr, mich wundert's nicht,
Daß du, ein Mann von solcher Schönheit,
Berühmt durch Tapferkeit, Aussehen und Heldentaten,
Dich rar machst. Gibt es irgendeinen Menschen,
Der würdiger wäre, ein Gott zu sein?
PALAESTRIO *für sich*: Der hat ja gar nichts Menschliches an sich;
Ein Geier hat mehr Menschlichkeit als er.
PYRGOPOLINICES *für sich*: Nun will ich großtun, weil sie mich so lobt.
PALAESTRIO *leise zu Milphidippa*: Siehst du den Feigling, wie er in die Brust sich wirft?
Laut zu Pyrgopolinices: Willst du ihr nicht Bescheid erteilen?
Es ist die Magd von jener Frau, von der ich dir unlängst ...
PYRGOPOLINICES: Von welcher aus dem Haufen? Laufen doch so viel

Mir in den Weg, daß ich sie nicht behalten kann.
MILPHIDIPPA *auf den Ring am Finger des Pyrgopolinices zeigend*:
Von der, die selbst die Finger sich geplündert hat,
Die deinigen zu schmücken. Siehe, diesen Ring
Hab ich von ihr, die nach dir schmachtet, dem gebracht,
Der dir ihn nachher ...
PYRGOPOLINICES: Und was ist nun dein Begehr?
Sprich, Mädchen.
MILPHIDIPPA: Daß du die nicht wollst verschmähen, die so
Nach dir sich sehnt, die nur von deinem Leben lebt,
In dir nur einzig ihres Daseins Hoffnung sieht.
PYRGOPOLINICES: Was will sie jetzt?
MILPHIDIPPA: Mit dir sich unterhalten, dich
Umarmen, an den Busen drücken. Bringst du ihr
Nicht Hilfe, gibt sie sogleich die Seele auf.
Auf, mein Achilles! Was ich erfleh, gewähr es doch!
Rette die Schöne, o du schöner Mann!
Zeig uns dein gütig Herz, du Städte-Eroberer,
Du Sieger über Könige!
PYRGOPOLINICES: Wie mir doch, beim Herkules,
Das Zeug verhaßt ist! *Zu Palaestrio*: Wie oft verbot ich dir,
Du Schlingel, meine Dienste dem gemeinen Volke zu versprechen.
PALAESTRIO: Hörst du, Mädchen? Hab ich dir's
Doch längst gesagt und wiederhol es noch einmal:
Gewährt man diesem Eber volle Zahlung nicht,
Befruchtet niemals er die nächste beste junge Sau.
MILPHIDIPPA: Man wird ihm geben, was er immer fordern mag.
PALAESTRIO: Ein Goldtalent von König Philipp ist der Preis;
Um weniger tut er's nicht.
MILPHIDIPPA: Beim Kastor, das ist ja
Noch viel zu billig.
PYRGOPOLINICES: Habsucht war mein Fehler nie,
Ich habe Geld und Gut genug, besitze mehr
Als tausend Scheffel Philippsmünzen.
PALAESTRIO: Außerdem noch einen Schatz mit goldenen Barren.
Sodann hat er nicht Barren Silbers nur,
Nein, ganze Berge; so hoch ist der Ätna nicht.

MILPHIDIPPA *beiseite*: Beim Kastor, welch ein Lügenmaul!
PALAESTRIO *beiseite*: Den fopp ich brav.
MILPHIDIPPA: Und ich? Ich streich ihm um den Schnabel.
PALAESTRIO: Meisterhaft!
MILPHIDIPPA *laut*: Nun bitt ich aber, laß mich auf der Stelle gehen.
PALAESTRIO: Gib ihr Bescheid doch, ob du's tun willst oder nicht.
Was machst du dieser armen Seele, die dir nie
Was Böses antat, solche Qual?
PYRGOPOLINICES: Heiß sie zu uns
Herkommen, sag ihr, daß ich alles, was sie wünscht,
Zu tun bereit bin.
MILPHIDIPPA: Nur was billig, tust du jetzt,
Indem du die begehrst, die auch dich begehrt.
PALAESTRIO: Drum ist er eben gar so ein gescheiter Kopf.
MILPHIDIPPA: Und weil du als Fürsprecherin mich nicht hast verschmäht,
Und dich erbitten ließest . . . *Beiseite*: Nun, das heißt gefoppt!
PALAESTRIO *beiseite*: Fürwahr, ich kann vor Lachen kaum mich halten noch,
Drum wandt ich dir den Rücken zu.
PYRGOPOLINICES: Beim Pollux, Weib,
Du weißt nicht, welche Ehr ich deiner Frau erzeige.
MILPHIDIPPA: Ich weiß es wohl und will ihr's melden.
PALAESTRIO: Um schweres Geld
Hätt er an manche andere seine Dienste schon
Verkaufen können.
MILPHIDIPPA: Wahrlich, gerne glaub ich dir's.
PALAESTRIO: Pure Kriegshelden werden auf die Welt gebracht,
Sooft er eine schwängert; jener Knabe wird
Achthundert Jahre alt.
MILPHIDIPPA: Geh mir weg, du treibst nur Spaß.
PYRGOPOLINICES: Nein, tausend Jahre leben sie sogar,
Jahrhundert auf Jahrhundert.
PALAESTRIO: Darum gab ich ihr
Was weniger an, damit ihr der Verdacht nicht kommt,
Ich lög ihr etwas vor.
MILPHIDIPPA: Hu! Welches Alter muß
Er selber erst erreichen, wenn die Söhne schon

So lange leben.

PYRGOPOLINICES: Mädchen, gleich den Tag darauf,
Als Juppiter von der Göttin Ops geboren ward,
Kam ich zur Welt.

PALAESTRIO: Wär einen Tag er älter nur
Als jener, führt' im Himmel er das Regiment.

MILPHIDIPPA *leise zu Palaestrio*: Nun, nun, ich bitte, es ist genug;
Ich möchte gern lebendig von euch kommen, wenn es möglich.

PALAESTRIO: Warum gehst du nicht?
Du hast ja jetzt die Antwort.

MILPHIDIPPA: Ja,
Ich geh und hole die, in deren Dienst ich stehe.
Zu Pyrgopolinices: Willst du sonst noch was?

PYRGOPOLINICES: Ja, daß ich weniger schön wär, als ich bin!
Mein Aussehen bringt mir solche Unruhe.

PALAESTRIO: Nun?
Was stehst du? Warum gehst du nicht?

MILPHIDIPPA: Ich gehe ja.

PALAESTRIO: Und hörst du: Sag es ihr ganz genau!

MILPHIDIPPA: Daß ihr das Herz im Leibe hüpfen soll.

PALAESTRIO *leise*: Sag Philocomasium, wenn sie da ist, daß
Sie schnell nach Hause gehen soll, denn er sei da.

MILPHIDIPPA *leise*: Sie ist bei meiner Herrin;
Sie haben heimlich uns belauscht.

PALAESTRIO: Das war gescheit; sie werden nun nach dem, was sie
Gehört, die Sache um so besser steuern. *Er küßt sie.*

MILPHIDIPPA *laut*: Du hältst mich auf, ich geh.

PALAESTRIO: Weder halt ich dich zurück,
Noch rühr ich dich an, noch – ich schweige still.

PYRGOPOLINICES: Sie soll sich sputen! Die Sache geht jetzt allem vor.

Milphidippa ab ins Haus des Periplectomenus.

IV/3

Was gibst du mir nun für einen Rat, Palaestrio,
Bezüglich meiner Konkubine? Denn auf keinen Fall
Kann ich die neue zu mir nehmen, ehe
Die alte draußen ist.

PALAESTRIO: Was fragst du mich, was da zu tun?
Ich hab's dir schon gesagt, wie es am sanftesten
Sich machen läßt. Das Gold und allen Weiberputz,
Den du ihr angeschafft hast, nehme sie zur Hand,
Behalt's als Eigentum, und trag es mit sich fort.
Sag ihr, es sei die höchste Zeit, nach Haus zu gehen,
Die Zwillingsschwester und die Mutter seien da,
In deren Begleitung sie am besten könne heim
Gelangen.
PYRGOPOLINICES: Woher weißt du denn, daß sie da sind?
PALAESTRIO: Weil ich mit eigenen Augen ihre Schwester hier gesehen.
PYRGOPOLINICES: Kam diese auf Besuch zu ihr?
PALAESTRIO: Ja.
PYRGOPOLINICES: Scheint sie stramm zu sein?
PALAESTRIO: Du willst doch alles haben.
PYRGOPOLINICES: Und wo sagte denn
Die Schwester, daß die Mutter sei?
PALAESTRIO: Sie lieg im Schiff
An dickgeschwollenen Augen krank, so sagte mir
Der Kapitän des Schiffs, der sie hierhergebracht; er ist
Als Gastfreund bei dem Nachbarn drüben eingekehrt.
PYRGOPOLINICES: Und wie ist der? Ein strammer Bursch?
PALAESTRIO: Zum Henker doch!
Du wärst ein guter Zuchthengst.
Den Männern und den Weibern stellst du nach.
Doch jetzt zur Sache!
PYRGOPOLINICES: Was den Rat angeht, den du mir gibst,
So wünsch ich, daß du mit ihr von der Sache sprichst,
Da, wie ich weiß, du recht gut dich mit ihr verstehst.
PALAESTRIO: Warum gehst du nicht eher selbst zu ihr
Und regelst das Geschäft?
Sag ihr, du müßtest unbedingt nun heiraten,
Verwandte wollten's, Freunde trieben dich dazu.
PYRGOPOLINICES: Das rätst du mir?
PALAESTRIO: Warum denn nicht?
PYRGOPOLINICES: So will ich denn
Hineingehen; du stell unterdes hier vor dem Haus

Dich auf die Lauer, und zeigt sie sich, so rufe mich.
PALAESTRIO: Tu nur du das Deine.
PYRGOPOLINICES: Dafür ist bereits gesorgt:
Geht sie nicht willig, jag ich sie zum Haus hinaus.
PALAESTRIO: Das tu doch ja nicht: Laß in aller Güte sie
Von dannen ziehen, und gib ihr, wie ich schon gesagt,
Das Gold und allen Schmuck, den du ihr angeschafft.
PYRGOPOLINICES: Das will ich ja.
PALAESTRIO: Dann, glaub ich, kommst du leicht zum Ziel.
Nun aber geh hinein und steh nicht länger hier.
PYRGOPOLINICES: Ich folge dir.
Pyrgopolinices ab in sein Haus.
PALAESTRIO *zu den Zuschauern*: Nun, stellt die Sach im mindesten
Sich anders dar, als wie ich euch den Offizier,
Den Hurenkerl, geschildert gleich von Anbeginn?
Nun aber wär's am Platz, daß Acroteleutium
Samt ihrer Magd und Pleusicles gleich zu mir kämen.
Die drei Genannten treten aus dem Haus des Periplectomenus.
Beim Juppiter, wie mein gut Geschick mir überall
Zu Hilfe kommt! Die eben, die ich hergewünscht,
Sie treten miteinander aus des Nachbars Haus.

IV/4

ACROTELEUTIUM *zu Milphidippa und Pleusicles*:
Folgt mir und späht, ob nirgends sich ein Horcher zeigt.
MILPHIDIPPA: Ich sehe keinen als nur den, den wir uns selbst gewünscht.
PALAESTRIO: Und ich euch.
MILPHIDIPPA: Wie geht dir's, Architekt?
PALAESTRIO: Ich euer Architekt? O nein!
MILPHIDIPPA: Und warum nicht?
PALAESTRIO: Bin ich doch neben dir nicht wert,
Nur einen Nagel in die Wand zu schlagen.
ACROTELEUTIUM: Donnerwetter!
PALAESTRIO: Sie ist von ausgesuchter Bosheit, schlau und gewandt.
Wie hübsch den Hauptmann sie geschliffen hat!
ACROTELEUTIUM: Immer noch
Nicht arg genug.

PALAESTRIO: Sei guten Muts, vortrefflich läuft
Der ganze Handel unter unseren Händen ab,
Wenn ihr auch ferner mir mit Hilfe
Beisteht. Eben ging der Offizier
Hinein zu seiner Konkubine, sie zu bitten, mit
Der Schwester und der Mutter nach Athen zu ziehen.
PLEUSICLES: Ah, schön!
PALAESTRIO: Und alles Gold, und was er sonst an Schmuck
Ihr angeschafft, läßt er dem Mädchen als Geschenk,
Nur daß sie abzieht. Diesen Rat gab ich ihm ein.
PLEUSICLES: Das hält gewiß nicht schwer, wenn sie es wünscht und er
Danach sich sehnt.
PALAESTRIO: Du weißt ja doch: Wenn aus des Brunnens Tiefe man
Zur Höh hinaufgestiegen ist, dann eben ist
Die Gefahr am größten, daß hinab man wieder fällt.
So stehen auch wir jetzt oben an des Brunnens Rand.
Merkt nun der Hauptmann etwas nur, so läßt sich nichts
Mehr ausführen; drum ist eben jetzt die List nötiger als je.
PLEUSICLES: Wir haben ja zu unserem Bau noch Holz genug:
Drei Weiber, du der vierte, ich der fünfte, dann
Als sechster noch der Alte. Was in uns sechsen
An Betrügereien noch vorrätig ist,
Damit kann, ich bin gewiß, jede Stadt erobert werden.
PALAESTRIO: Hört mir nur zu!
ACROTELEUTIUM: Eben darum sind wir hier,
Um deinen Willen zu vernehmen.
PALAESTRIO: Schön von euch.
Ich befehle dir nun, folgendes Amt zu übernehmen.
ACROTELEUTIUM: Mein General, ich werde tuen, was du willst,
Sofern ich's kann.
PALAESTRIO: Schlau und charmant und sauber mußt
Du den Hauptmann foppen.
ACROTELEUTIUM: Wahre Lust ist mir,
Beim Kastor, dein Befehl.
PALAESTRIO: Und du weißt auch, wie?
ACROTELEUTIUM: Nicht wahr, ich muß mich stellen, als verzehrte mich
Die Liebesglut für ihn?

PALAESTRIO: Du hast's begriffen.

ACROTELEUTIUM: Und
Als schied ich dieser Liebe wegen aus der Ehe,
Voll heißer Sehnsucht, ihm mich zu vermählen.

PALAESTRIO: Ganz richtig, nur das eine merke dir noch:
Du sagst ihm, dieses Haus hier sei dein Heiratsgut,
Drum sei der Alte auch von hier schon weggegangen, als
Du dich getrennt von ihm. Sonst könnt er leicht sich scheuen,
In ein fremdes Haus zu treten.

ACROTELEUTIUM: Gut bemerkt.

PALAESTRIO: Doch wenn er herauskommt, stellst du dich von weitem
Als ob vor seiner Schönheit dir die deinige [an,
Ganz unwert sei, du seinen Reichtum, sein Gesicht
Bestauntest; dann auch lobst du wacker seine Gestalt,
Den Liebreiz seiner Züge, seine Artigkeit.
Hast du nun alles wohl begriffen?

ACROTELEUTIUM: Bestens, ja.
Bist du zufrieden, wenn ich mein Geschäft so fein
Vollführe, daß du selbst nichts auszusetzen weißt?

PALAESTRIO: Vollkommen. *Zu Pleusicles*: Nun bist du an der Reihe.
Lerne, was ich dir befehle: Sobald die Sache so weit ist,
Daß sie ins Haus gegangen ist, kommst du sogleich
In der Kleidung eines Kapitäns hierher, mit dunkelbraunem Hut,
Einer Wollbinde vor den Augen, einem braunen Mäntelchen
(Denn das ist Seemannsfarbe) auf der Schulter links
Hinaufgeknüpft, mit bloßem Arm, die Kleidung hochgerafft,
Und stellst dich so, als ob du der Kommandant des Schiffes wärst.
Bei dem Alten findest du alles, denn er hält ja Fischer sich.

PLEUSICLES: Und bin ich nun so hergerichtet, sprich, was soll
Ich tun?

PALAESTRIO: Du kommst hierher, um Philocomasium
Im Namen ihrer Mutter abzuholen, daß,
Im Fall sie nach Athen gedenkt zu reisen, schnell
Mit dir sie nach dem Hafen geh und auf das Schiff
Die Sachen schaffe, die sie mit sich nehmen will;
Du würdest gleichwohl, reise sie auch nicht mit ab,
Die Anker lichten, weil der Wind so günstig sei.

PLEUSICLES: Recht gut gefällt mir deine Schilderung; fahre fort.
PALAESTRIO: Der Hauptmann redet ihr gewiß dann plötzlich zu,
Sie solle gehen, sich sputen, daß die Mutter nicht
Werd aufgehalten.
PLEUSICLES: O du durchtriebener Kopf!
PALAESTRIO: Ich sag ihr dann, daß sie zur Hilfe mich begehr,
Um ihr Gepäck an Bord zu bringen. Er befiehlt
Mir dann, sie nach dem Hafen zu begleiten, ich aber,
Sollst du wissen, gehe schnurstracks nach Athen mit euch.
PLEUSICLES: Und sind wir dort, bist du
In weniger als drei Tagen frei.
PALAESTRIO: Nun geh schnell, und verkleide dich!
PLEUSICLES: Noch sonst was?
PALAESTRIO: Daß du alles wohl dir merken sollst.
PLEUSICLES: Ich gehe.
Pleusicles ab ins Haus des Periplectomenus.
PALAESTRIO *zu den beiden Mädchen*: Und ihr verfügt euch gleich hinein,
Denn ganz gewiß erscheint der Hauptmann gleich.
ACROTELEUTIUM: Dein Befehl ist uns Gesetz.
PALAESTRIO: So geht denn jetzt.
Acroteleutium und Milphidippa ab ins Haus.
Da öffnet sich auch schon die Tür.
Froh tritt er heraus, er hat's erreicht!
Der Arme schnappt nach einem Schatten.

IV/5

Pyrgopolinices kommt aus seinem Haus.
PYRGOPOLINICES: Was ich gewünscht, wie ich's gewünscht, in Güt und [Lieb
Hab ich von Philocomasium erlangt.
PALAESTRIO: Was tatst
Du denn so lange drinnen?
PYRGOPOLINICES: Nie noch fühlt ich mich
So heiß geliebt, als eben jetzt von diesem Weib.
PALAESTRIO: Wieso?
PYRGOPOLINICES: Was hat sie alles hergeredet! Wie
Ging alles gar so langsam! Doch zuletzt
Erreicht ich, was ich wollte, gab ihr als Geschenk,

Was sie verlangte, dich auch hab ich ihr geschenkt.
PALAESTRIO: Auch mich? Wie könnt ich leben ohne dich?
PYRGOPOLINICES: Nun, nun,
Getröste dich; ich schenke dir die Freiheit auch.
Ich gab mir alle Müh, es durchzusetzen, daß
Sie ohne dich abziehe, doch sie bestand darauf.
PALAESTRIO: Nun will ich eben auf die Götter und auf dich
Vertrauen; so weh mir's tut, von dir, dem besten Herrn,
Mich loszusagen, ist mir das erfreulich doch,
Daß, wie es ein Mann von solcher Schönheit auch verdient,
Du deine Nachbarin bekommst und ich dazu behilflich war.
PYRGOPOLINICES: Was braucht's noch mehr
Der Worte? Die Freiheit schenk ich dir und Geld und Gut,
Wenn du das erreichst.
PALAESTRIO: Es ist so gut wie durchgeführt.
PYRGOPOLINICES: Ich sehne mich danach.
PALAESTRIO: Fein sachte nur; beherrsche dich!
Sei nicht so hitzig! Sieh, da kommt sie selbst heraus.

IV/6

Acroteleutium und Milphidippa kommen aus dem Haus des Periplectomenus.
MILPHIDIPPA: Herrin, da steht der Hauptmann schon!
ACROTELEUTIUM: Wo denn?
MILPHIDIPPA: Dort links.
ACROTELEUTIUM: Ich sehe.
MILPHIDIPPA: Schiel ihn nur von der Seite an, daß er nicht merkt,
Daß wir ihn sehen.
ACROTELEUTIUM: Er ist's. Beim Pollux, jetzt gilt's,
Noch schlimmer, als wir sind, zu sein.
MILPHIDIPPA: Beginne du.
ACROTELEUTIUM *laut*: Ich bitte; du hast selbst mit ihm gesprochen?
Leise: Sprich so laut du kannst, damit er's hört.
MILPHIDIPPA *laut*: Jawohl, und ganz
Ruhig, ganz mit Muße, ganz nach Herzenslust,
Ganz wie mir's einfiel.
PYRGOPOLINICES *zu Palaestrio*: Hörst du, was sie sagt?
PALAESTRIO: Ich hör's.

Wie froh sie ist, daß sie zu dir kommen konnte!
ACROTELEUTIUM *zu Milphidippa*: Du glücklich Mädchen!
PYRGOPOLINICES: Wie sie mich so sichtlich liebt!
PALAESTRIO: Du bist's auch wert.
ACROTELEUTIUM: Recht wie ein Wunder kommt mir's vor,
Daß er dich annahm, daß er sich erbitten ließ.
Es heißt, man könne, wie bei einem Könige,
Durch Bittgesuche, durch Gesandte nur bei ihm
Zutritt erlangen.
MILPHIDIPPA: Es ging fürwahr auch schwer genug,
Bis er mich vorließ und ich mein Gesuch erreichte.
PALAESTRIO *zu Pyrgopolinices*: Wie du berühmt bist bei den Weibern.
PYRGOPOLINICES: Ich muß
Es mir gefallen lassen, Venus will es so.
ACROTELEUTIUM: Der Venus sag ich Dank dafür und bitte sie
Und flehe, daß den Mann sie mich besitzen läßt,
Dem meine Liebe, meine Sehnsucht angehört,
Daß gütig er sich gegen mich erweise, nicht
Zuwider meinen Wünschen sei.
MILPHIDIPPA: Ich hoff, es wird
So sein. Obgleich gar manches Weib nach ihm verlangt,
Er stößt sie alle von sich, außer dir allein.
ACROTELEUTIUM: Die Furcht gerade peinigt mich, daß er so gar
Verwöhnt ist, daß sein Auge, wenn er mich gesehen,
Ihn anders stimme, daß er, ein so eleganter Mann,
Mich plötzlich wegen meines Aussehens verachte.
MILPHIDIPPA: Nein,
Das tut er nicht, sei guten Muts!
PYRGOPOLINICES: Wie sie sich selbst
Herabsetzt.
ACROTELEUTIUM: Fürcht ich doch, du hast viel schöner mich
Geschildert, als ich wirklich bin.
MILPHIDIPPA: Ich habe dafür
Gesorgt, daß du noch schöner bist, als er sich dich
Hat vorgestellt.
ACROTELEUTIUM: Weigert er sich, mein Gemahl
Zu werden, will ich seine Knie erfassen, will ihn anflehen.

Kann ich nichts erreichen, geb ich mir den Tod. Ich weiß,
Ich kann nicht leben ohne ihn.

PYRGOPOLINICES: Nun seh ich wohl,
Ich muß das Weib vom Tod erretten. Soll ich hin?

PALAESTRIO: Beileibe nicht! Du machst dich ja nur gemein,
Wenn du dich so wegwirfst. Sie soll her zu dir,
Soll bitten, schmachten, harren. Willst du deinen Ruhm
Denn selber untergraben?
Dich und Phaon aus Lesbos ausgenommen, hat,
Soviel ich weiß, kein Sterblicher noch das Glück gehabt,
Daß eine Frau ihn so sehr liebte.

ACROTELEUTIUM: Ich will hinein zu ihm.
Oder rufst du ihn mir heraus, Milphidippa?

MILPHIDIPPA: O nein,
Wir wollen warten, bis sich jemand zeigt.

ACROTELEUTIUM: Ich halt's
Nicht länger aus, ich muß hinein.

MILPHIDIPPA: Die Tür ist zu.

ACROTELEUTIUM: Ich brech sie auf.

MILPHIDIPPA: Du bist von Sinnen.

ACROTELEUTIUM: Wenn er je
Geliebt hat und so klug als schön ist, wird er wohl,
Wenn meine Liebe fehlte, gütig mir verzeihen.

PALAESTRIO: Wie ganz verzehrt das arme Ding von Liebe ist!

PYRGOPOLINICES: Mir geht's nicht anders!

PALAESTRIO: Sei doch still, sie hört es sonst.

MILPHIDIPPA: Was stehst du so betroffen da, was klopfst du nicht?

ACROTELEUTIUM: Weil der nicht drin ist, den ich will.

MILPHIDIPPA: Wie weißt du das?

ACROTELEUTIUM: Ich weiß es, weiß es ganz gewiß, denn wär er drin,
Die Nase würd an seinem Duft ihn spüren.

PYRGOPOLINICES: Sie ist eine Prophetin!
Weil sie mich liebt, gab Venus ihr die seherische Kraft.

ACROTELEUTIUM: Ich weiß nicht, wo er ist, den zu sehen mich
Verlangt, doch wittere ich seine Nähe.

PYRGOPOLINICES: Sie sieht, beim Herkules,
Mehr mit der Nase als mit ihren Augen.

PALAESTRIO: Sie ist blind
Vor Liebe.
ACROTELEUTIUM: O halte mich, ich bitte dich!
MILPHIDIPPA: Warum?
ACROTELEUTIUM: Ich falle sonst
MILPHIDIPPA: Was ist's?
ACROTELEUTIUM: Ich kann mich nicht mehr aufrecht halten.
Mein Geist entflieht mir durch die Augen.
MILPHIDIPPA: Du hast gewiß
Den Offizier gesehen.
ACROTELEUTIUM: Ja.
MILPHIDIPPA: Ich seh ihn nicht;
Wo ist er denn?
ACROTELEUTIUM: Wärst du verliebt, du würdest ihn gewiß auch sehen.
MILPHIDIPPA: Beim Pollux, heißer liebst du nicht,
Als ich ihn liebte, gönntest du mir's nur.
PALAESTRIO: Fürwahr,
Dich lieben alle Weiber, wo dich eine sieht.
PYRGOPOLINICES: Ich weiß nicht, ob ich dir's bereits gesagt,
Daß ich ein Enkel bin von Venus selbst.
ACROTELEUTIUM: Milphidippa, geh
Doch hin, mein Kind, und red ihn an.
PYRGOPOLINICES: Wie sie so voll
Verehrung für mich ist!
PALAESTRIO: Sie kommt zu uns heran.
MILPHIDIPPA: Euch such ich.
PYRGOPOLINICES: Und wir dich.
MILPHIDIPPA: Wie du befohlen hast,
Bring ich hier meine Frau.
PYRGOPOLINICES: Ich sehe sie.
MILPHIDIPPA: Erlaube denn,
Daß sie sich naht.
PYRGOPOLINICES: Ich habe mich entschlossen, weil
Du mich gebeten hast, daß ich, wie es sonst wohl geschieht,
Dich nicht verschmähen will.
MILPHIDIPPA: Naht sie dir, kein Wort fürwahr
Vermag sie vorzubringen; blickt sie dich nur an,

So schneiden ihr die Augen gleich die Zunge ab.

PYRGOPOLINICES: Ich will dem Weib die Krankheit schon vertreiben.

MILPHIDIPPA: Sieh,
Wie sie, nachdem sie dich erblickt hat, zagt und bebt.

PYRGOPOLINICES: Das tun ja selbst bewehrte Männer, ist es dann
Bei einem Weib ein Wunder? Doch was will
Sie denn von mir?

MILPHIDIPPA: Du sollst zu ihr; sie wünscht mit dir
Ihr ganzes Leben hinzubringen.

PYRGOPOLINICES: Kann ich denn
Zu ihr? Sie ist ja verheiratet. Ihr Mann wird mich
Ergreifen.

MILPHIDIPPA: Deinethalben trieb sie ihren Mann
Ja von sich.

PYRGOPOLINICES: Wie war das möglich?

MILPHIDIPPA: Weil dieses Haus
Als Heiratsgut ihr eigen ist.

PYRGOPOLINICES: Wirklich?

MILPHIDIPPA: Ja,
Beim Pollux!

PYRGOPOLINICES: Dann soll sie in ihr Haus gehn, und ich folge gleich.

MILPHIDIPPA: Laß doch nicht lange warten auf dich, quäl ihr nicht
Das Herz ab.

PYRGOPOLINICES: Nein, gewiß nicht; gehet nur.

MILPHIDIPPA: Wir gehen.

Acroteleutium und Milphidippa ab in das Haus des Periplectomenus.

PYRGOPOLINICES: Doch was seh ich?

PALAESTRIO: Was denn?

PYRGOPOLINICES: Kommt nicht dort
Jemand in Seemannstracht?

PALAESTRIO: Der will gewiß zu uns.
Es ist der Kapitän.

PYRGOPOLINICES: Ich denke wohl, er will
Philocomasium mit sich nehmen.

PALAESTRIO: Ja, ich glaube.

IV/7

Pleusicles kommt als Seemann gekleidet, das linke Auge verbunden, von links.

PLEUSICLES *für sich*: Wenn ich nicht wüßte, daß auch andere mancherlei
Schelmenstückchen um der Liebe willen ausgeführt:
Ich scheute mich, in diesem Maskenkleid
Einherzugehen. Allein da viele, wie ich weiß,
Aus Liebe schon so manchen unanständigen,
Ja schlechten Streich gemacht – ich rede nicht davon,
Wie einst Achill sein eigen Volk geopfert hat . . .
Doch sieh, dort steht Palaestrio mit dem Offizier:
Nun führ ich meine Sprache gleich in anderem Ton.
Laut: Saumseligkeit! Das Weib ist deine Tochter,
Denn jede andere Verzögerung
Kommt mir geringer vor als die, die ein Weib verursacht hat.
Das ist nun einmal, denk ich, hergebrachter Brauch.
Da soll ich Philocomasium holen . . . Nun, ich will
Anklopfen. He, ist hier jemand?

PALAESTRIO: Wie, junger Mann,
Was willst, was klopfst du?

PLEUSICLES: Philocomasium such ich hier;
Ihre Mutter schickt mich. Wenn sie gehen will, soll sie gehen,
Es wartet alles auf sie, und wir möchten gern
Die Anker lichten.

PYRGOPOLINICES: Längst ist alles fertig. He,
Palaestrio, daß sie Gold, Schmuck, Kleider, und was sonst
Von Wert ist, ja fein mitnimmt. Nimm dir Helfer, es
Ins Schiff zu bringen. Alles, was ich ihr geschenkt,
Liegt schon beisammen.

PALAESTRIO: Gleich.

Palaestrio ab ins Haus des Pyrgopolinices.

PLEUSICLES *nachrufend*: Ich bitte, spute dich.

PYRGOPOLINICES: Er wird euch nicht aufhalten. – Doch was seh ich da?
Was ist mit deinem Aug geschehen?

PLEUSICLES: Mit meinem Auge?
Natürlich hab ich eines.

PYRGOPOLINICES: Das linke meine ich.

PLEUSICLES: Ich will dir's sagen: Die Liebe ist schuld, daß ich
Dies Auge nicht gebrauchen kann. Hätt ich von ihr
Mich ferngehalten, könnte ich es ebenso
Gebrauchen wie dies andere hier. – Allein die halten mich
Doch viel zu lange auf.

PYRGOPOLINICES: Sieh da, sie kommen schon!

IV/8

Philocomasium kommt in Begleitung des Palaestrio weinend aus dem Haus des Pyrgopolinices.

PALAESTRIO: Hörst du denn heute gar nicht auf zu weinen?

PHILOCOMASIUM: Soll
Ich denn nicht weinen? Wo ich meine schönste Zeit
Verlebte, muß ich scheiden.

PALAESTRIO: Siehst du dort den Mann,
Den Mutter dir und Schwester hierhersandten?

PHILOCOMASIUM: Ja.

PYRGOPOLINICES: Palaestrio, hör!

PALAESTRIO: Was willst du?

PYRGOPOLINICES: Läßt du alles aus dem Hause schaffen, was ich ihr geschenkt?

Palaestrio gibt ins Haus entsprechende Anweisungen.

[Vielleicht kurze Textlücke]

PLEUSICLES: Philocomasium, sei gegrüßt!

PHILOCOMASIUM: Du gleichfalls.

PLEUSICLES: Deine Mutter und Schwester lassen dich
Schön grüßen.

PHILOCOMASIUM: Mög es beiden stets nach Wunsch ergehen.

PLEUSICLES: Du möchtest kommen, bitten sie, derweil der Wind
Zur Abfahrt günstig ist. Die Mutter wäre selbst
Mit mir gekommen, wären ihre Augen nur
Gesund.

PHILOCOMASIUM: Ich komm, obgleich es mir recht schwer fällt;
Doch die Kindespflicht . . .

PLEUSICLES: Ich weiß, du bist vernünftig.

PYRGOPOLINICES *für sich*:
Sie hat in meinem Umgang ihre Zeit verlebt,

Sonst wäre sie noch heute dumm.

PHILOCOMASIUM: Das tut mir weh,
Daß ich von einem solchen Mann mich trennen soll.
Denn du vermagst's, eine jede so zu bilden, daß
Von Witz sie übersprudeit; und das Glück, bei dir
Zu leben, das war's, was die Brust mir höher hob,
Und dieses Ruhmes seh ich mich verlustig jetzt.

PYRGOPOLINICES: Weine nicht!

PHILOCOMASIUM: Ich kann nicht anders, wenn ich dich sehe.

PYRGOPOLINICES: Sei guten Muts!

PHILOCOMASIUM: Nur ich weiß, was ich leide.

PALAESTRIO: Es ist auch gar kein Wunder, daß
Du gern hier warst, Philocomasium: Dieses Mannes
Schönheit, sein fein Benehmen, seine Tapferkeit
Hat dir das Herz gefesselt. Ich bin nur ein Knecht,
Doch wenn ich ihn ansehe, muß ich weinen, weil
Ich scheiden soll.

PHILOCOMASIUM: Das eine nur, ich bitte dich,
Gestatte mir, dich, eh ich fort muß, noch einmal
Ans Herz zu drücken.

PYRGOPOLINICES: Es ist gestattet.

PHILOCOMASIUM *will ihn umarmen*: O meine Augen, o mein Leben!
Sie wird ohnmächtig.

PALAESTRIO *zu Pleusicles*: Halte doch das Mädchen, daß sie nicht
Zu Boden fällt!

Pleusicles fängt sie auf.

PYRGOPOLINICES: Was soll das?

PALAESTRIO: Da sie von dir scheiden muß,
Wurde der Armen plötzlich übel.

PYRGOPOLINICES: Lauf und hole Wasser!

PALAESTRIO: Wasser hilft ihr nicht. Laß sie ruhen!
Komm ihr nicht zu nahe, bis sie wieder zu sich kommt.

PYRGOPOLINICES: Die beiden stecken ihre Köpfe doch zu nah
Zusammen, das will mir nicht gefallen.
Nimm deine Lippen von den ihren, Seemann!
Hüte dich!

PLEUSICLES: Ich wollte nur sehen, ob sie noch atmet oder nicht.

PYRGOPOLINICES: Das hätte sollen mit dem Ohr geschehen.
PLEUSICLES: Wenn du es willst, so laß ich sie zurück.
PYRGOPOLINICES: Nein, nein, du sollst sie schon behalten.
PALAESTRIO: Ach, ich Armer.
PYRGOPOLINICES: Kommt heraus und bringt
Alle Sachen her, die ich ihr geschenkt.

Sklaven bringen das Gepäck aus dem Haus.

PALAESTRIO: So grüß ich, Gott des Hauses, dich zum letztenmal,
Bevor ich gehe. Mitsklaven und Mitsklavinnen,
Lebt alle wohl und glücklich! Redet Gutes nur,
Das bitt ich euch, von mir, auch wenn ich ferne bin.
PYRGOPOLINICES: Nun, Palaestrio, fasse dich!
PALAESTRIO: Ich kann nicht, ich
Muß weinen, weil ich von dir soll.
PYRGOPOLINICES: Trag's mit Geduld.
PALAESTRIO: Nur ich weiß, was ich leide.
PHILOCOMASIUM *schlägt die Augen auf*: Was ist's? Wo bin ich?
Was seh ich? Sei gegrüßt mir, holdes Tageslicht!
PLEUSICLES: Bist du nun wieder bei dir?
PHILOCOMASIUM: Sprecht doch, welcher Mann
Hielt mich im Arme? Weh mir! Bin ich bei mir selbst?
PLEUSICLES *sie umarmend*: Sei unbesorgt, mein Schätzchen.
PYRGOPOLINICES: Was ist da los?
PALAESTRIO: Eben hat sie ihre Besinnung verloren. – Mir
Wird angst und bang, ob nicht die Sache doch zuletzt
Noch ruchbar wird.
PYRGOPOLINICES: Was meinst du?
PALAESTRIO: Wenn wir all das Zeug,
So eins ums andere, durch die Straßen schleppen, könnt
Es mancher übel deuten.
PYRGOPOLINICES: Mir gehörte ja,
Nicht ihnen, was ich weggeschenkt; ich kümmere mich
Nicht viel um sie. Macht, geht, die Götter seien mit euch.
PALAESTRIO: Nur deinetwegen sagt ich's.
PYRGOPOLINICES: Ich glaube es.
PALAESTRIO: Leb wohl!
PYRGOPOLINICES: Auch du leb wohl!

PALAESTRIO *zu Pleusicles und den anderen*:
Nun geht, ich folg euch auf dem Fuß,
Nur wenig Worte hab ich noch mit meinem Herrn zu reden.

Philocomasium und Pleusicles ab nach links, die Sklaven mit dem Gepäck folgen ihnen.

Ob du gleich von jeher anderen
Mehr Treue zutrautest als mir, sag ich dennoch dir
Den wärmsten Dank für alles. Ging's nach meinem Sinn,
So wollt ich lieber Sklave bei dir bleiben als
Der Freigelassene eines anderen sein.

PYRGOPOLINICES: Sei nur guten Muts!

PALAESTRIO *schluchzend*: Ich Ärmster, denk ich dran, wie ich
Mein ganzes Wesen jetzt mit einmal ändern muß,
Mich Weiberlaunen fügen, das Soldatische ganz
Vergessen.

PYRGOPOLINICES: Zeig als wackeren Mann dich.

PALAESTRIO: Ach, ich kann
Nicht mehr! Verloren hab ich alle Lebenslust.

PYRGOPOLINICES: Geh, folge ihnen, zögere nicht länger!

PALAESTRIO: Lebe wohl!

PYRGOPOLINICES: Auch du leb wohl!

PALAESTRIO: Noch eins, vergiß es nicht; sobald
Ich frei geworden bin, send ich dir Botschaft zu,
Damit du mein Patron bleibst.

PYRGOPOLINICES: Darauf kannst du rechnen.

PALAESTRIO: Und denke manchmal auch daran, wie treu ich dir
Gedient. Wenn du dieses tust, so merkst du bald,
Wer's gut mit dir und wer es schlecht gemeint.

PYRGOPOLINICES: Das weiß und sah
Ich oft, doch so klar war mir's früher nie wie heute.

PALAESTRIO: Du weißt es? Doch heute wird es dir noch klarer werden.

PYRGOPOLINICES: Kaum überwind ich's, dich nicht zu behalten.

PALAESTRIO: Tu das nur nicht! Es hieße sonst, du lögest, seist
Kein Mann der Wahrheit, achtest Treu und Glauben nicht.
Es hieße auch, du habest keinen treuen Knecht,
Als mich allein nur. Könnt ich glauben, daß es sich
Mit Ehren ließe tun, ich riete selbst dazu;

Jedoch es kann nicht sein. Deshalb tu's nur nicht!
PYRGOPOLINICES: Geh schon, ich will mich dreinfinden.
PALAESTRIO: So lebe wohl!
PYRGOPOLINICES: Es wäre besser, wenn du tüchtig gingst.
PALAESTRIO: Zum letztenmal denn lebe wohl!
Palaestrio ab nach links.
PYRGOPOLINICES: Bis auf diesen Tag
Hielt ich den Burschen stets für einen Galgenstrick;
Nun find ich, daß er redlich war. Bedenk ich's recht,
So tat ich töricht, daß ich ihn gehen ließ. Doch jetzt
Hinein zu meinem Liebchen. Horch, die Türe knarrt!

IV/9

Ein junger Sklave kommt aus dem Haus des Periplectomenus.
SKLAVE *ins Haus*: Spart eure guten Lehren doch; ich weiß ja schon,
Was mir zu tun obliegt; ich find ihn, spür ihn auf,
Er stecke, wo er wolle, ich scheue keine Müh.
PYRGOPOLINICES: Der Junge späht gewiß nach mir, ich will ihm doch
Entgegengehen.
SKLAVE: Dich such ich eben. Sei gegrüßt,
Du Liebenswertester voll feiner Lebensart,
Dem zwei Götter ganz besonders gut gewogen sind.
PYRGOPOLINICES: Was sind das für zwei Götter?
SKLAVE: Mars und Venus sind's.
PYRGOPOLINICES: Ein witziger Bursche!
SKLAVE: Meine Herrin bittet dich,
Sie drinnen zu besuchen; dich begehrt sie,
Dich sucht sie, dich erwartet, nach dir schmachtet sie.
Hilf doch der Liebenden aus der Not! Was stehst du da?
So tritt doch ein!
PYRGOPOLINICES: Ich geh sogleich.
Pyrgopolinices ab in das Haus des Periplectomenus.
SKLAVE: Der hat sich selber nun
Ins Garn verstrickt; die Fallen sind ihm schon gestellt.
Der Alte steht auf seinem Posten, den Ehebrecher
Zu überfallen, der mit seiner Schönheit prahlt,
Der meint, wo nur ein Weib ihn sehe, sei sie auch

Verliebt in ihn, der jedem Mann und jeder Frau zuwider ist.
Nun will auch ich zum Kampf, ich höre Lärmen drin.
Ab in das Haus.

V

Periplectomenus kommt aus seinem Haus. Pyrgopolinices wird, halb entkleidet und gefesselt, von Sklaven, die Knüttel bei sich haben, herausgeschleift. Cario folgt mit seinem langen Küchenmesser.

PERIPLECTOMENUS: Hierher mit ihm! Und geht er nicht gutwillig mit,
So braucht Gewalt, und schleppt ihn durch die Lüfte fort;
Macht, daß er mitten zwischen Erd und Himmel schwebt,
Zerreißt ihn!

PYRGOPOLINICES: Periplectomenus!
Ich bitte dich, ich flehe dich an!

PERIPLECTOMENUS: Bei Gott, umsonst ist alles Flehen jetzt!
Du, Cario, sieh doch nach, ob auch dein Messer gut
Geschliffen ist.

CARIO: Schon lange hat es sich gesehnt,
Diesem geilen Ehebrecher sein Gemächte abzuschneiden,
Damit ich's um den Hals ihm hänge,
Wie einem Knaben seine Klappern.

PYRGOPOLINICES: Es ist aus mit mir!

CARIO: Noch nicht; du schreist zu früh.
Zu Periplectomenus: Soll ich jetzt auf den Burschen los?

PERIPLECTOMENUS: Nein, vorher kriegt er Prügel.

CARIO: Und zwar kräftig.
[Lücke]

PERIPLECTOMENUS: Wie kamst du zu der Frechheit, eines anderen Frau
Unzüchtig dich zu nahen, du schamloser Kerl?

PYRGOPOLINICES: Stehen mir
Die Götter bei! Man trug sich mir ohne mein Zutun an.

PERIPLECTOMENUS: Er lügt. Schlag zu!

PYRGOPOLINICES: Halt! Höre doch zuvor mich an!

PERIPLECTOMENUS: Was zögert ihr?

PYRGOPOLINICES: Ist mir denn nicht ein Wort erlaubt?

PERIPLECTOMENUS: So sprich.

PYRGOPOLINICES: Gebeten hat man mich, zu ihr zu kommen.

PERIPLECTOMENUS: Und warum nahmst du's an? Da hast du was dafür!
Er schlägt ihn.
PYRGOPOLINICES: Au, au! Ich bin schon ganz zerschlagen, ach.
Ich fleh dich an!
CARIO: Soll ich bald schneiden?
PERIPLECTOMENUS: Wann du willst. – Jetzt spannt und
Streckt den Kerl so weit als möglich auseinander.
PYRGOPOLINICES: Beim Herkules fleh ich, eh er schneidet, höre mich.
PERIPLECTOMENUS: So rede denn, bevor man dir den Garaus macht.
PYRGOPOLINICES: Ich glaubt, es sei eine Witwe; also sagte mir
Das Mädchen, das die Kupplerin gemacht.
PERIPLECTOMENUS: Versprich
Uns eidlich, daß du keinem Menschen je ein Leid
Willst antun für die Prügel, die du heut bekamst
Und noch bekommen wirst, wenn wir mit heiler Haut
Dich ziehen lassen, du Enkelchen der Venus.
PYRGOPOLINICES: Bei Mars und bei Diana schwör ich, niemand je
Ein Leid zu tun für die Prügel, die man heut mir gibt;
Im Gegenteil, ich achte, daß mir recht geschieht;
Und komm ich unentmannt davon, so widerfährt
Mir Gnade nur für Recht.
PERIPLECTOMENUS: Und hältst du nicht dein Wort . . .
PYRGOPOLINICES: So will ich ohne Fähigkeit zu zeugen sein
Mein Leben lang.
CARIO: Noch einmal Prügel, denk ich, und dann mag er ziehen.
PYRGOPOLINICES: Vergelten dir's die Götter ewig, daß du dich
So wacker meiner annimmst.
CARIO: Gib uns deshalb
Noch eine Mine Gold.
PYRGOPOLINICES: Wofür?
CARIO: Daß wir dich heut mit heilem Hodensack
Entlassen, Enkelchen der Venus! Glaube nicht,
Auf andere Weise wegzukommen!
PYRGOPOLINICES: Ihr sollt's haben.
CARIO: Ein vernünftig Wort.
Daß du, was Leibrock, Mantel oder Säbel heißt,
Behalten darfst, erwarte ja nicht.

SKLAVE *mit Prügel:* Soll ich ihn
Noch einmal prügeln, ehe du ihn ziehen läßt?
PYRGOPOLINICES: Ich bin schon weich genug von euren Knütteln,
Ich beschwöre euch!
PERIPLECTOMENUS: Löst ihm jetzt seine Fesseln!
Pyrgopolinices wird losgebunden.
PYRGOPOLINICES: Ich weiß dir Dank!
PERIPLECTOMENUS: Wenn künftig ich dich wieder hier erwische,
Ist es um deinen Hodensack geschehen.
PYRGOPOLINICES: Ich kann nichts dagegen sagen.
PERIPLECTOMENUS: Laßt uns hineingehen, Cario!
Er geht mit seinen Leuten ins Haus. Von links erscheinen die Sklaven, die das Gepäck der Philocomasium zum Hafen getragen haben.
PYRGOPOLINICES: Ah, da kommen ja
Meine Sklaven! Sag, ist Philocomasium schon abgereist?
SKLAVE: Schon lang.
PYRGOPOLINICES: O weh!
SKLAVE: So wirst du mehr noch rufen,
Sobald du weißt, was ich weiß. Jener Bursche, der
Die wollene Binde vor dem Auge hatte, war
Kein Seemann!
PYRGOPOLINICES: Wer war er denn?
SKLAVE: Philocomasiums Liebhaber.
PYRGOPOLINICES: Wie weißt du das?
SKLAVE: Ich weiß es.
Denn kaum waren sie zum Tor hinaus, so ging es gleich
Ans Küssen, ans Umarmen ohne End und Ziel.
PYRGOPOLINICES: Ich Ärmster, ach! Ich bin geprellt, das seh ich nun.
Der Erzhalunke Palaestrio hat mich betrogen:
Doch ich muß bekennen, daß mir recht geschehen ist.
Wenn es auch den anderen Ehebrechern
So erginge, gäb's bald weniger von ihnen.
Sie würden mehr sich fürchten, weniger auf diese Dinge aus sein.
Laßt uns ins Haus gehen – und ihr mögt jetzt klatschen.

MOSTELLARIA

(Die Gespensterkomödie)

Personen

GRUMIO, *Sklave vom Landgut des Theopropides*
TRANIO, *Stadtsklave des Theopropides*
PHILOLACHES, *junger Athener, Sohn des Theopropides*
PHILEMATIUM, *Hetäre, Geliebte des Philolaches*
SCAPHA, *alte Dienerin der Philematium*
SPHAERIO, *junger Sklave des Theopropides*
CALLIDAMATES, *junger Athener, Freund des Philolaches*
DELPHIUM, *Hetäre, Geliebte des Callidamates*
PHANISCUS, *Sklave des Callidamates*
PINACIUM, *Sklave des Callidamates*
THEOPROPIDES, *athenischer Kaufmann*
MISARGYRIDES, *ein Wucherer*
SIMO, *Nachbar des Theopropides*
Weitere Sklaven des Theopropides

Schauplatz ist eine Straße in Athen; im Hintergrund links das Haus des Simo, rechts das des Theopropides; auf der Bühne ein Altar. Der linke Seitenausgang führt zum Hafen und aufs Land, der rechte in die Stadt und zum Marktplatz.

EINLEITUNG

›Mostellaria‹ sc. fabula ist die von einem »mostellum« (Deminutiv von »monstrum«, Gespenst) handelnde Geschichte, womit der Titel des griechischen Originals ›Phasma‹ übereinstimmt, das wahrscheinlich Philemon verfaßt hatte. Dieser Titel ist nach einer besonders wirksamen Szene gegeben: der Sklave Tranio macht in II/2 seinem von einer Reise zurückkehrenden alten Herrn Theopropides weis, in seinem Haus gehe der Geist eines Ermordeten um und man könne es deshalb nicht mehr betreten – in Wirklichkeit will er damit nur verhüten, daß Theopropides das Trinkgelage entdeckt, das sein Sohn Philolaches mit seiner Geliebten und Gästen im Haus gerade veranstaltet. Erst in IV/2b kommt der Alte durch einen Zufall hinter den wahren Sachverhalt. Unterdessen hat Tranio ihm aber noch den Kaufpreis für die Geliebte des Philolaches, die Hetäre Philematium, unter einem Vorwand abgeluchst, so daß am Ende der entlarvte Intrigant alle seine Geisteskräfte aufbieten muß, um einer strengen Bestrafung zu entgehen. – Das Stück birgt also den alten einfachen Handlungskern, daß ein Sklave die Missetaten seines jungen Herrn vor dem alten verheimlicht, diesem sogar noch das für den kostspieligen Lebenswandel nötige Geld ablistet und am Ende trotzdem straffrei ausgeht. Auf einen Rivalen des jugendlichen Liebhabers und auf die Entdeckung, daß das geliebte Mädchen eine freigeborene Bürgerstochter sei, wurde hier verzichtet. Trotz dieser unkomplizierten und konventionellen Grundlinien ist die Komödie durch ihre einfallsreiche und amüsante Aufmachung ein Erfolg. In den Eröffnungsszenen wird der gewandte Stadtsklave Tranio durch Kontrastierung mit einem biederen Sklaven vom Land charakterisiert; der Vorstellung des verliebten Philolaches folgt die köstliche Toilettenszene der Philematium, dann als erster Höhepunkt das ausgelassene Bankett mit der realistischen Zeichnung des betrunkenen Freundes Callidamates. Die Nachricht von der Rückkehr des alten Theopropides kommt wie ein Blitz aus heiterem Himmel. Das Gelage wird von der offenen Szene ins Haus verlegt, womit gleichzeitig die Liebesgeschichte in den Hintergrund geschoben wird und die Intrigenhandlung beginnt. Nach der Irreführung des Alten durch das Märchen vom Gespensterhaus bringt das Erscheinen des Wucherers, der sein Geld fordert, Tranio in erneute Verlegenheit, der er durch eine neue Lüge, die Behauptung, Philolaches habe ein anderes Haus gekauft, wieder entrinnt, nur um sogleich in eine noch riskantere Situation zu geraten: Theopropides verlangt das neue Haus zu besichtigen, und Tranio gelingt es, den Nachbarn Simo sein Haus zeigen zu lassen, ohne daß Simo merkt, daß Theopropides des Glaubens ist, das Haus gehöre bereits ihm. Nach dieser brillanten Steigerung in immer neue Lügengespinste kommt die Wahrheit durch zwei junge Sklaven des Callidamates an den Tag, die ihren Herrn von dem Gelage im Haus des Theopropides abholen wollen und dem ihnen unbekannten Alten gerade in den Weg laufen. Dem Betrüger gelingt es jedoch, sich noch rechtzeitig im Asylschutz des Altars in Sicherheit zu bringen, bis schließlich die Bitten des Callidamates die Verzeihung des Theopropides für ihn erwirken. Das abwechslungsreiche Stück ist zusätzlich belebt durch mannigfache Gesangspartien.

I/1

Grumio kommt bäuerlich gekleidet aus dem Haus des Theopropides.

GRUMIO *zurückrufend*: Fort aus der Küche! Pack dich, fort, du Schuft!
Zwischen den Pfannen machst du deine Witze –
Hinaus, Verderben unseres Herrn, zum Haus mit dir!
So wahr ich lebe, will ich auf dem Land
Dich tüchtig strafen; fort, sag ich, du ...*[?]*!
Wie? Du versteckst dich?

TRANIO *nachkommend*: Was, zum Henker, schlägst du hier
Vorm Haus solch ein Geschrei auf? Glaubst du denn,
Du seist auf offenem Feld? Pack aus dem Hause dich!
Fort von der Tür! Hinaus aufs Feld geradenwegs!
Er schlägt ihn. Da, weil du's doch nicht anders haben willst.

GRUMIO: Au weh!
Warum schlägst du mich?

TRANIO: Weil du lebst.

GRUMIO: Ich muß es mir
Gefallen lassen. Doch laß unseren alten Herrn
Nur erst zurück sein, laß ihn gesund zurück sein,
Den, weil er fern ist, du mit Haut und Haar verschluckst.

TRANIO: Den barsten Unsinn schwatzt du doch, du Bauerntölpel:
Wie kann man einen, den man gar nicht bei sich hat,
Verschlucken?

GRUMIO: Wie, du Stadthanswurst, du Zeitvertreib
Des Pöbels, wirfst das Land mir vor? Ich glaube gar,
Du weißt, daß man dich nächstens in die Mühle schickt,
Daß du auf unserem Landgut die geschlossene
Gesellschaft als ein neues Mitglied mehren wirst.
Jetzt, weil dir's noch behagt und du's noch haben kannst,
Trink brav, verprasse Hab und Gut, verführ auch noch
Den Sohn von unserem Herrn, den bravsten jungen Mann.
Sauft Tag und Nächte durch, benehmt euch nur ganz griechisch,
Kauft Dirnen euch zur Lust und laßt sie frei, ernährt

Schmarotzer, schmauset herrlich und in Freuden fort!
War das der Auftrag, den der Alte dir erteilt,
Als er auf die Reise ging? Soll seine Sachen so
Besorgt er finden, wenn er heimkommt? Hältst du das
Für eines treuen Knechtes Pflicht, daß er dem Herrn
Sein Gut zugrunde richtet und noch dazu den Sohn?
Ja, für zugrund gerichtet halt ich ihn, da er
Auf solche Streiche sinnt, er, dem bis zu diesem Tag
Nicht einer aus der ganzen Jugend Attikas
An Sparsamkeit gleichkam und an Enthaltsamkeit.
Der trägt nunmehr fürs Gegenteil den Preis davon:
Durch dein Verdienst, in deiner Lehre wurde dies bewirkt.

TRANIO: Was geht, zum Henker, dich mein Tun und Treiben an?
Gibt's auf dem Landgut draußen denn nicht Ochsen genug,
Um die du dich bekümmern kannst? Was mir gefällt,
Ist Zechen, Lieben, Freudenmädchen nachzugehen;
Auf meiner Haut Gefahr, nicht deiner, tu ich das.

GRUMIO: Mit welcher Sicherheit er spricht!

TRANIO: Doch dich sollen Juppiter
Und alle Götter ganz vernichten! Knoblauchstinker du,
Leibhafter Unflat, Bauernkerl, Bock, Schweinestall,
Du Mischung nur aus Kot und Dreck!

GRUMIO: Was willst du denn?
Nicht jeder kann nach fremden Salben riechen, wenn
Du danach riechst, noch auch zuoberst an den Tisch
Sich legen; nicht nach deiner Art mit Leckereien
Sich gütlich tun. Behalte deine Vögel, Fische
Und Turteltauben nur für dich, und lasse mir
Mein standesgemäßes Lauchgericht. Du lebst im Glück,
Im Elend ich; das ist nun unser Los einmal:
Mein Lohn ist mir so sicher wie die Strafe dir.

TRANIO: Fast dünkt mich, als mißgönntest du mir, Grumio,
Daß mir's so wohl ergeht und dir so widerlich.
Das ist ganz in der Ordnung: Liebe ist mein Beruf,
Und Ochsenknecht zu sein der deine; mir geziemt
Ein flottes Leben, dir ein miserables.

GRUMIO: Die Henker werden dich zu einem Sieb noch machen.

So werden sie auf dem Weg zur Kreuzigung
Mit Stachelpeitschen dir den Rücken löchern,
Wenn der Alte nur zurückkommt.

TRANIO: Weißt du denn, ob das nicht früher dir geschieht
Als mir?

GRUMIO: Weil ich es nie verdient, du aber hast's
Verdient und verdienst's auch jetzt.

TRANIO: Erspare dir die Mühe
Mit deinen Reden, falls du einer tüchtigen
Zerlederung zu erliegen nicht die Lust verspürst.

GRUMIO: Gebt ihr mir nun Futter für die Ochsen?
Gebt es, falls ihr es nicht freßt! Sonst fahrt fort,
Wie ihr begonnen, sauft, schwelgt Tag und Nacht hindurch,
Freßt, stopft den Bauch euch voll und schlachtet alles ab,
Was wir gemästet.

TRANIO: Schweig und geh aufs Land hinaus;
Ich will zum Piräus gehen und für den Abend mir
Für Fische sorgen. Das Futter bringt dir morgen schon
Jemand aufs Landgut. Nun, was gibt's?
Was guckst du mich so an, du Galgenstrick?

GRUMIO: Fürwahr,
Mit diesem Namen prangst du, glaub ich, bald genug.

TRANIO: Solang's so fortgeht, kümmert mich das »bald« noch nicht.

GRUMIO: Schon gut. Doch eines merke dir: viel geschwinder kehrt
Das Unglück als das, was wir wünschen, bei uns ein.

TRANIO: Jetzt hab ich's aber satt. Fort aufs Land! Packe dich
Und halt mich nicht noch länger auf!
Tranio geht ab nach links.

GRUMIO: Da ist er weg, und was ich ihm gesagt,
Gilt ihm so viel wie nichts. O ihr Unsterblichen,
Bei eurer Treu beschwör ich euch, macht, daß sobald
Als möglich unser alter Herr nach Hause kommt,
Der nun drei volle Jahre schon abwesend ist,
Eh alles, Haus und Ländereien, zugrunde geht.
Kehrt er nicht bald zurück, so bleibt uns Vorrat nur
Für ein paar Monate. Nun will ich fort aufs Land,
Denn dort erblick ich unseren jungen Herrn: er war

Der beste Jüngling früher und ist jetzt ganz und gar verdorben.
Grumio ab nach links; Philolaches kommt aus dem Haus des Theopropides.

I/2

PHILOLACHES: Viel hab ich und auch lange hin und her gedacht
Und mancherlei Betrachtungen drüber angestellt,
In meinem Herzen auch (wenn ich ein Herz habe)
Das Ding der Länge und der Breite nach herumgewälzt:
Mit was der Mensch, wenn er geboren ist, sich wohl
Vergleichen lasse, welchem Bilde er entspreche,
Und mit einmal ist's gefunden.
Der Mensch, wenn er geboren ist, er gleicht,
So scheint mir, einem neugebauten Haus. Den Grund dafür
Will ich euch sagen. Kommt es euch für jetzt auch nicht
Wahrscheinlich vor, so will ich doch bewirken, daß
Ihr von des Satzes Richtigkeit euch überzeugt.
Ich weiß gewiß, wenn ihr mich hört, gesteht ihr selbst,
Es sei so und nicht anders. So vernehmet denn
Für das, was ich behaupte, den Beweis; ich will,
Daß ihr klar seht, wie ich selber.
Sobald ein Haus neu aufgerichtet ist, geputzt,
Und nach der Richtschnur wohlgeformt, lobt jedermann
Den Meister wie den Bau; nach diesem Muster will
Sich jeder selbst eins bauen, und man scheut keine Müh
Und keine Kosten. Zieht jedoch ein Taugenichts,
Der selbst nichts tut und Leute hat, die auch nichts tun,
Ein Mensch, der nicht auf Reinlichkeit und Ordnung hält,
Hinein, dann wird das Haus, so gut es war, im Nu
Einen Fehler kriegen, weil es schlecht verwaltet wird.
Und oft tritt auch der Fall ein, daß ein Sturm entsteht,
Der Ziegel und Traufen runterreißt, wo dann der Herr
In seiner Faulheit keine neuen machen läßt.
Es kommt ein Regen, näßt die Wände durch und durch,
Das Wasser dringt durch das Gebälk, die Luft vermorscht
Des Meisters Werk. Das Haus ist zum Gebrauche nun
Schon minder wert, und das ist nicht des Meisters Schuld.
Von der Art aber sind die Menschen großenteils:

Wenn etwas sich mit wenig Kosten flicken läßt,
So sehen sie immer zu und tun nichts, bis zuletzt
Das Mauerwerk zusammenstürzt, und also wird
Das ganze Haus von Grund auf wieder neu gebaut.
So verhält sich's mit den Bauten.
Jetzt will ich euch auch sagen, wie die Ähnlichkeit
Der Menschen mit den Häusern ihr erkennen könnt.
Erstens sind die Eltern die Verfertiger
Der Kinder; nicht nur legen sie den Grund dazu,
Sie ziehen sie auch auf und bilden sie mit allem Fleiß
Zu Festigkeit, um brauchbar für die Welt zu sein
Und angesehen bei dem Volk. Da gehen sie
Mit sich und ihren Mitteln gar nicht kärglich um.
Die Kosten halten sie für keine Kosten mehr.
Sie bilden, unterrichten sie in Wissenschaft,
Recht und Gesetz, mit Müh und Aufwand suchen sie
Das zu erreichen, daß auch andere Leute Kinder sich,
Den ihren ähnlich, wünschen. Gehen sie zum Heere ab,
Gibt man als Beistand ihnen aus der Familie jemand mit.
Wenn der Kriegsdienst abgeleistet ist,
Geben die Verfertiger sie aus der Hand.
Dann zeigt die Probe, wie der Bau sich machen wird.
Ich selber war so lange brav und ordentlich,
Als unter meiner Meister Aufsicht noch ich stand.
Doch seit ich meinem eigenen Sinne nachgelebt,
Da war auf einmal alle ihre Müh verloren.
Der Müßiggang zog bei mir ein, das war der Sturm,
Der gleich im Kommen Hagel und Regen mitgeführt,
Die Scham und alles Maß der Ehrbarkeit in mir
Zerstört und plötzlich alles von mir abgedeckt.
Drauf war ich für Ausbesserung ganz unbesorgt.
Nun schlug die Liebe, statt des Regens, mir ins Herz
Und überschwemmt' es und durchnäßte es sogleich.
Nun wich mit einemmal Vermögen, guter Ruf,
Kredit, Ehre und Tugend von mir; wirklich ward
Mein Leben immer schlimmer. Wahrlich, dies Gebälk
Ist von der Nässe ganz durchfault. Ich sehe kaum

Die Möglichkeit, mein Haus zu flicken, ohne daß
Es ganz und gar zu Boden stürzt, samt Fundament
Zugrunde geht und niemand mehr ihm helfen kann.
Gram faßt mein Herz, wenn ich bedenke, was ich war
Und was ich jetzt bin, den von allen Jünglingen
Kein anderer übertraf im Sport,
Im Diskusschleudern, Ballspiel, Speer- und Lanzenwurf,
Im Laufen, Fechten, Reiten. O wie lebt ich da
So recht vergnügt! Mit meiner strengen Lebensart
Und Sparsamkeit war anderen ich ein Vorbild.
Die besten baten sich von mir Belehrung aus.
Jetzt bin ich nichts mehr wert – und das ist meine eigene Schuld.

I/3

Die Hetäre Philematium kommt nach dem Baden aus dem Haus des Theopropides. Ihre Dienerin Scapha bringt Gegenstände für die Morgentoilette (Spiegel, Schmuckkästchen, Schminkutensilien, Handtuch etc.); ein junger Sklave (Sphaerio?) folgt.

PHILEMATIUM: Bei Kastor, ein kaltes Bad hat lange mir nicht mehr
So wohl getan, noch niemals fühlt ich mich so frisch
Und sauber, Scapha, als wie heute.
SCAPHA: Es glückt
Mit allen Dingen, weil die Ernte glücklich war.
PHILEMATIUM: Was hat die Ernte denn mit meinem Bad zu tun?
SCAPHA: Nicht mehr natürlich als dein Bad mit der Ernte.
PHILOLACHES *lauschend für sich*: O du
Holdselige Venus, dieses ist der Sturm, der mir
Jedwede Zucht, die mich bedeckt', hat weggedeckt.
Dann hat Amor mir und Cupido ins Herz geregnet,
Daß ich kein Dach mehr decken kann.
Die Wände in meinem Innern triefen schon, das Haus
Geht ganz und gar zugrunde.
PHILEMATIUM: Liebe Scapha, schau
Mich doch mal an, ob mir dieses Kleid gut steht.
Gefallen möcht ich gerne meinem Augenstern
Und Schutzpatron, dem Philolaches.
SCAPHA: Wozu schmückst du dich, da du durch deine

Liebenswürdigen Manieren doch schon liebenswürdig bist?
Nicht das Kleid ist's, was die Liebenden am Weibe lieben,
Sondern das, was in dem Kleid steckt.

PHILOLACHES *für sich*: Bei der Götter Huld!
Scapha ist liebenswürdig; das Luder weiß Bescheid.
Wie liebenswürdig weiß sie alle Sitten und Gedanken der Verliebten.

PHILEMATIUM: Und jetzt?

SCAPHA: Was ist?

PHILEMATIUM: Du sollst
Mich anschauen und betrachten, wie das Kleid mir steht.

SCAPHA: Dank deiner Schönheit steht dir alles, was du anhast.

PHILOLACHES *für sich*: Für diesen Spruch bekommst du, Scapha, heute
Gewiß etwas geschenkt von mir; du sollst mein Liebchen nicht [noch
Umsonst gepriesen haben.

PHILEMATIUM *zu Scapha*: Deine Schmeicheleien will ich nicht.

SCAPHA: Du bist ein gar zu albern Ding:
Willst du denn lieber ohne Grund getadelt sein
Als wahrheitstreu gelobt? Ich wollte, wahrlich, doch
Weit lieber unverdient mich loben lassen, als
Daß man mit Recht mich schmähte oder daß
Sich andere über mein Aussehen lustig machten.

PHILEMATIUM: Mir
Gefällt die Wahrheit, Wahrheit hör ich gern, verhaßt
Ist mir das Lügenmaul.

SCAPHA: Ich wünschte, daß du mich
So liebtest, und daß dein Philolaches dich so liebte,
Wie du anmutig bist.

PHILOLACHES *für sich*: Was sagst du Luder da?
Was soll dein Schwur: »wie ich sie liebe«? Warum hast
Du nicht hinzugesetzt: »und sie mich auch«? – Jetzt wird
Aus dem Geschenke nichts. Es ist vorbei! Du hast
Um das Versprechen selber dich gebracht.

SCAPHA: Fürwahr,
Ich muß mich wundern, wie ein Mädchen, sonst so schlau,
So unterrichtet, wohlerzogen, wie du bist,
Und gar nicht dumm, solch dummen Streich begehen kann.

PHILEMATIUM: Ermahne, bitte, mich, wenn ich was falsch mache!

SCAPHA: Du machst was falsch, bei Kastor, da für jenen einen du
Ausharrst, ihm ausschließlich zu Gefallen lebst
Und von anderen nichts wissen willst. Bei Ehefrauen, nicht
Bei Freudenmädchen ist's am Platz, nur einem Mann
Zu dienen.

PHILOLACHES *für sich*: Welches Unheil, Juppiter, geht
In meinem Hause um! Mögen alle Götter mich
Des jammervollsten Todes sterben lassen, wenn
Ich diese Vettel nicht vor Hunger, Durst und Frost
Verschmachten lasse.

PHILEMATIUM: Solche schlechten Lehren will
Ich nicht aus deinem Munde hören, Scapha.

SCAPHA: Du
Bist eine rechte Närrin, wenn du glauben kannst,
Daß ewig er dein Freund bleib und dir zugetan.
Er wird dich, denk an mich, verlassen, wenn er dich
Nur lang genug gehabt und satt hat.

PHILEMATIUM: Nein, ich hoff es nicht.

SCAPHA: Das Unverhoffte kommt weit öfter als das, was man hofft.
Du wirst, wenn meinen Worten du nicht glauben willst,
Zuletzt gewiß noch an den Taten es erkennen,
Wie wahr ich prophezeit. Sieh doch nur mich mal an,
Wie ich jetzt bin und wie ich einst war. Minder nicht,
Als du jetzt, ward auch ich geliebt, auch hielt ich mich
An einen einzigen nur; doch der, ich schwöre dir's,
Als mir das Alter mein Gesichtchen umgefärbt,
Verließ mich, ließ mich sitzen. Geradeso, glaub mir,
Wird dir's ergehen.

PHILOLACHES *für sich*: Kaum halt ich länger mich zurück;
Die Augen kratz ich dieser Hetzerin aus dem Kopf.

PHILEMATIUM: Mein Glaube ist, daß ich dem allein nur leben muß,
Der mich allein für sich allein mit seinem Geld
Hat freigekauft.

PHILOLACHES *für sich*: Ihr Götter, welch charmantes Kind!
Welch Zartgefühl! Beim Herkules, nun freut mich's erst recht,
Daß ihretwegen nichts mehr mir geblieben ist.

SCAPHA: Du bist, bei Kastor, doch recht albern!

PHILEMATIUM: Inwiefern?
SCAPHA: Daß du dich darum kümmerst, daß er dich auch liebt.
PHILEMATIUM: Wie sollt ich darum mich nicht kümmern? Ich bitte dich!
SCAPHA: Du bist jetzt frei; du hast, was du gesucht, erreicht.
Will jener dich nicht ferner lieben, so hat er das Geld verloren,
Das er für deinen Kopf bezahlt.
PHILOLACHES *für sich*: Des Tods will ich, beim Herkules, sein, erwürg ich [nicht
Das Weibsbild ganz elendiglich: diese Kupplerin
Verdirbt mit ihrem Lastermaul das Mädchen mir
Noch ganz.
PHILEMATIUM: Nie kann ich ihm so dankbar sein, wie er's
Um mich verdient hat. Den Rat, Scapha, gib mir nicht,
Ihn minder hoch zu schätzen.
SCAPHA: Nur das einzige
Bedenke: wenn du ihm allein zu Willen lebst,
Solang dir noch die Jugend blüht, beklagst du's einst
Im späteren Alter bitter.
PHILOLACHES *für sich*: Ich wollt, ich könnte jetzt
In eine Angina mich verwandeln, um
Der giftigen Bestie in den Schlund zu fahren und
Sie zu ersticken, die gottvergessene Hetzerin.
PHILEMATIUM: Die gleiche Sinnesart muß ich aus Dankbarkeit
Ihm jetzt beweisen, da ich meinen Wunsch erreicht,
Wie damals, wo ich, eh ich ihn so weit gebracht,
Ihm darum schmeichelte.
PHILOLACHES *für sich*: Mögen mit mir die Götter tun
Nach Wohlgefallen, wenn ich nicht für dieses Wort
Dich noch einmal loskaufe und der Scapha nicht
Den Hals umdrehe.
SCAPHA: Wenn du die Gewißheit hast,
Daß dir dein Unterhalt für immer sicher ist
Und dein Geliebter lebenslang dein eigen bleibt,
Dann ist mein Rat: gib ihm allein dich hin und spiel
Die Ehefrau.
PHILEMATIUM: Wie der Ruf des Menschen ist,
Ganz entsprechend fließt das Geld ihm zu.
Erhalt ich mir den guten Namen nur,

Bin ich immer reich genug.

PHILOLACHES *für sich*: Beim Herkules, kommt's einmal bei mir
So weit, daß ich verkaufen muß: weit eher noch
Ist mir mein eigener Vater feil, als daß, solang
Ich lebe, du mir darben oder betteln darfst.

SCAPHA: Und wie soll's mit den anderen, die dich lieben, gehen?

PHILEMATIUM: Sie werden um so mehr mich lieben, wenn sie sehen,
Daß Dankbarkeit von mir geübt wird.

PHILOLACHES *für sich*: Käme doch
Gleich jetzt von meines Vaters Tod mir Kunde zu,
Daß ich mich selbst von Hab und Gut enterben und
Zur Erbin sie einsetzen könnte.

SCAPHA: Was er noch
Besitzt, wird bald vertan sein; Tag und Nacht wird ja
Geschmaust, gezecht, da weiß man nichts von Sparsamkeit,
Es ist eine wahre Mastanstalt.

PHILOLACHES *für sich*: Beim Herkules, du sollst
Mir den Anfang machen, sollst erfahren, daß
Ich sparsam sein kann: nicht ein Bissen, nicht ein Schluck
Wird dir in nächster Zeit bei mir gereicht.

PHILEMATIUM: Wofern
Du Gutes von ihm reden willst, so tu's.
Doch sprichst du schlimm von ihm, sind Schläge dir gewiß.

PHILOLACHES *für sich*: Wahrhaftig, hätt ich selbst dem höchsten Juppiter
Das bare Geld, das ich für ihre Freiheit gab,
Als Opfer dargebracht, es wäre nicht so gut
Verwendet; es liegt am Tag, daß sie aus Herzensgrund
Mich liebt. Nun, bin ich nicht ein tüchtiger Kerl?
Ich hab in ihr den Schutzpatron für mich befreit,
Der stets das Wort für mich ergreifen wird.

SCAPHA: Ich sehe wohl,
Wie dir alle Männer gegen Philolaches
Nichts wert sind. Nun denn, um nicht seinethalb
Mir Schläge zuzuziehen, geb ich dir lieber recht,
Wenn du Gewißheit hast, daß er für immer dir
Ein treuer Freund wird sein.

PHILEMATIUM: Gib, Scapha, mir geschwind

Den Spiegel und das Kästchen mit dem Schmuck, damit,
Wenn meine Wonne, mein Philolaches hier sich zeigt,
Ich schön geputzt vor ihm erscheine.

SCAPHA *ihr den Spiegel gebend*: Für ein Weib,
Die sich und ihrer Schönheit nicht vertrauen kann,
Mag immerhin der Spiegel ein Bedürfnis sein:
Allein wozu brauchst du den Spiegel, die du selbst
Der schönste Gegenspiegel jeden Spiegels bist?

PHILOLACHES *für sich*: Für dieses Wort, damit du so was Hübsches nicht
Umsonst gesagt hast, mach ich, Scapha, heute noch
Ein Präsent – dir, meine Philematium!

PHILEMATIUM: Sieh, ob mein Haar auch hübsch geordnet ist,
Wie sich's gehört.

SCAPHA: Hübsch, wie du selber, glaube nur,
Ist auch dein Haar.

PHILOLACHES *für sich*: Ho, läßt sich etwas Schändlicheres
Auffinden als dies Weib? Jetzt spielt das Galgenholz
Die Schmeichlerin, und kurz zuvor erst widersprach sie stets.

PHILEMATIUM: Gib Bleiweiß her!

SCAPHA: Wozu denn Bleiweiß?

PHILEMATIUM: Um damit
Die Wangen mir zu schminken.

SCAPHA: Das wär ungefähr das
Gleiche, wie wenn Elfenbein mit Tinte du
Weiß färben wolltest.

PHILOLACHES *für sich*: Gut gesagt das mit dem Elfenbein
Und mit der Tinte. Bravo, Scapha, Beifall klatsch ich dir!

PHILEMATIUM: So gib mir Purpurschminke.

SCAPHA: Nein, die kriegst du nicht.
Sei doch gescheit! Willst du durch Übertünchen denn
Das schönste Werk verpfuschen? Schminke keiner Art
Berühre, wer in solcher Jugendblüte steht,
Nicht Bleiweiß, nicht Melos-Weiß, und auch
Nicht eine andere Schminke.

PHILEMATIUM: Nimm den Spiegel also!

Philematium küßt den Spiegel, bevor sie ihn Scapha gibt.

PHILOLACHES *für sich*: Ich Ärmster, ach!

Sie hat den Spiegel geküßt! Hätt ich doch einen Stein,
Ich schlüge diesem Spiegel gleich den Schädel ein.
SCAPHA: Da, nimm das Handtuch, wische dir die Hände ab.
PHILEMATIUM: Weshalb?
SCAPHA: Du hast den Spiegel in der Hand gehabt,
Da fürcht ich denn, daß dir die Hand nach Silber riecht
Und daß Philolaches Argwohn schöpft, ob du vielleicht
Silber von irgendwo bekommen hast.
PHILOLACHES *für sich*: Nein, noch nie
Hab eine solch durchtriebene Kupplerin ich gesehen.
Wie schlau und pfiffig die Kanaille gleich auf den Gedanken
Mit dem Spiegel kam.
PHILEMATIUM: Denkst du, ich soll mich parfümieren?
SCAPHA: Das unterlasse ganz.
PHILEMATIUM: Warum?
SCAPHA: Bei Kastor, weil
Nur dann ein Mädchen gut riecht, wenn sie gar nicht riecht.
Denn jene Vetteln, die beschmiert mit Salben sind,
Die angestrichenen, abgelebten, ohne Zahn,
Die unter Schminke bergen ihres Körpers Fehler,
Die riechen, wenn der Schweiß sich mit den Salben mischt,
Geradeso, als gösse ein Koch verschiedene Brühen
In ein Gefäß; man wird nicht klug, wonach es riecht,
Das eine nur erkennt man, daß es übel riecht.
PHILOLACHES *für sich*: Wie ausgekocht sie ist! Die übertrifft
An Wissen kein Gelehrter. Sie hat völlig recht.
Zu den Zuschauern: Der größte Teil von euch ist einverstanden auch,
Besonders wer ein altes Weib zu Hause hat,
Die ihn durch Mitgift sich erworben.
PHILEMATIUM: Scapha, sieh,
Ob der Goldschmuck und der Mantel mir so stehen,
Wie es sich gehört.
SCAPHA: Das ist nicht mein Geschäft.
PHILEMATIUM: Wessen denn, ich bitte dich?
SCAPHA: Des Philolaches, sag ich, daß er dir
Nichts kauft, als was auf deinen Beifall rechnen kann.
Mit Gold und Purpur kauft sich ja der Liebende

Des Mädchens Herz. Was hilft's, wenn ungebeten man
Ihm zeigt, was er nicht haben will? In Purpur muß
Das Alter sich verstecken; Gold ist was für Häßliche.
Ein schönes Weib ist schöner nackt, als wenn sie sich
In Purpur kleidet. Denn wer schön ist, ist geschmückt genug.
PHILOLACHES *für sich*: Zu lang schon halt ich mich zurück.
Er tritt hervor und eilt auf die beiden Frauen zu.
Was macht ihr beide hier?
PHILEMATIUM: Ich schmücke mich, damit ich dir gefalle.
PHILOLACHES: Du bist geschmückt genug.
Zu Scapha: Du geh hinein und nimm den Schmuck mit fort.
Scapha ab ins Haus.
Du aber, Philematium, meine Lust,
Mit dir möcht ich nun gerne trinken.
PHILEMATIUM: Und ich mit dir, mein Herz; was dir Vergnügen macht,
Das macht's auch mir.
PHILOLACHES: Ha, zwanzig Minen sind
Zuwenig für dies Wort.
PHILEMATIUM: O gib mir nur zehn;
Recht gerne laß ich dir's um solch geringen Preis.
PHILOLACHES: Auch jetzt hab ich zehn Minen bei dir gut;
Mach nur die Rechnung: dreißig zahlt ich ja für deinen Kopf.
PHILEMATIUM: Was wirfst du mir das vor?
PHILOLACHES: Vorwerfen, ich? O nein,
Ich wünsche vielmehr, daß man mir's vorwerfe, denn
Noch nie in meinem Leben hab ich Geld so gut
Plaziert wie dieses.
PHILEMATIUM: Ich auch konnte besser nicht
Für mich besorgt sein, als daß dich ich liebe.
PHILOLACHES: Gut
Steht somit, was die Einnahmen und die Ausgaben anbelangt,
Die Rechnung zwischen uns: du liebst mich und ich dich,
Und jeder von uns beiden glaubt recht daran zu tun.
Wer sich darüber freut, freu ewig sich des eigenen Glücks,
Die Neider aber treff ein Los, um das sie nie
Ein Mensch beneiden möge.
PHILEMATIUM: Komm und lasse dich

Hier nieder. *Zu dem Sklaven:* Reich uns Wasser für die Hände dar
Und stell ein Tischchen her. Schau, wo die Würfel sind.
Zu Philolaches: Verlangst du Salböl?

Der Sklave bringt zusammen mit einem anderen die für ein Gelage nötigen Gegenstände (einen Tisch, Ruhebetten – diese standen vielleicht bereits von Anfang an vor dem Haus –, Wasserschüsseln, Wein, Kränze usw.). Philematium und Philolaches nehmen auf einem Ruhebett Platz. Die beiden Sklaven bleiben zur Bedienung.

PHILOLACHES: Wozu braucht's das? Ich habe ja
Dich süßen Balsam neben mir. – Doch ist
Das nicht mein Freund, der dort mit seinem Liebchen kommt?
Er ist's. Callidamates kommt mit seinem Schatz.
Das ist gut, mein Augenstern! Die Waffenbrüder rücken schon
Heran; sie wollen an der Beute ihren Teil.

I/4

Callidamates kommt bekränzt und in betrunkenem Zustand mit seiner Geliebten Delphium von rechts; seine Sklaven Phaniscus und Pinacium folgen ihm.

CALLIDAMATES *zu den Sklaven*:
Ich will, daß man mich bei Philolaches zur rechten Zeit
Abholt! Hörst du? Du hast den Auftrag. Denn von dort,
Wo ich gewesen, macht ich flugs mich aus dem Staub,
So ekelhaft waren Mahl und Unterhaltung mir.
Ich will zum Schmaus jetzt lieber zu Philolaches gehen,
Der nimmt gewiß uns freundlich und gefällig auf.
Die beiden Sklaven ab nach rechts.
Zu Delphium: Komm ich dir etwa be- be- betrunken vor?

DELPHIUM: Du bist doch immer so . . .*[?]*

CALLIDAMATES: Soll
Ich dich, willst du mich umarmen?

DELPHIUM: Gern,
Wenn dir's Vergnügen macht.

CALLIDAMATES: Du bist ja allerliebst.
Führe mich bitte!

DELPHIUM: Gib acht, daß du nicht fällst! –
Halte dich aufrecht!

CALLIDAMATES: Mein Au- Au- Augenstern bist du, ich bin
Dein Zögling, o mein süßer Honig!
DELPHIUM: Gib doch acht,
Daß du dich nicht auf der Straße lagerst, bevor
Wir dorthin kommen, wo uns ein Ruhebett empfängt.
CALLIDAMATES: La- la- laß mich fallen!
DELPHIUM: Ich laß dich ja.
CALLIDAMATES: Jedoch auch das,
Was ich in der Hand halte.
DELPHIUM: Wenn du fällst, geschieht's
Nicht anders, als daß ich mit dir falle.
CALLIDAMATES: Wenn wir liegen, hebt uns nachher wieder einer auf.
DELPHIUM: Der Kerl ist betrunken.
CALLIDAMATES: Was? Be- be- betrunken bin ich?
DELPHIUM: Gib die Hand her! Ich will nicht, daß du dich stößt.
CALLIDAMATES: Da, halte sie!
DELPHIUM: Nun frisch, komm mit!
CALLIDAMATES: Wohin soll ich denn gehen?
DELPHIUM: Du weißt es nicht?
CALLIDAMATES: Soeben fällt mir's ein:
Nach Haus zum Abendessen.
DELPHIUM *auf das Haus des Theopropides zeigend*: Nein, dorthin.
CALLIDAMATES: Ja, ich erinnere mich schon.
PHILOLACHES *zu Philematium*: Mein Herz, meinst du nicht, daß ich
Den beiden da entgegengehen soll? Ich bin
Ihm mehr als jedem anderen zugetan;
Gleich bin ich wieder da.
Er erhebt sich und geht Callidamates entgegen.
PHILEMATIUM: Auch dieses »gleich« ist mir
Zu lang.
CALLIDAMATES: Ist jemand hier?
PHILOLACHES: Ja.
CALLIDAMATES: Ah, bravo, Philolaches!
Willkommen, allerbester Freund!
PHILOLACHES: Der Götter Huld
Sei mit dir! Nimm, Callidamates, Platz bei uns.
Wo kommst du her?

CALLIDAMATES *sich auf ein Ruhebett niederlassend:*
Von da, wo man einen Rausch sich holt.
PHILEMATIUM: Nun, meine Delphium, nimmst du nicht auch Platz?
Delphium legt sich neben Callidamates.
PHILOLACHES *zu dem bedienenden Sklaven:* Gib ihm zu trinken!
CALLIDAMATES: Ich will jetzt schlafen.
PHILEMATIUM *zu Delphium:* Das ist wohl für ihn nicht neu und [ungewohnt?
DELPHIUM: Was soll ich nur nachher mit ihm machen,
Philematium?
PHILEMATIUM: Laß ihn nur so!
PHILOLACHES *zum Sklaven:* Frisch auf, gib du den Pokal indes,
Bei Delphium hier beginne, schnell im Kreis herum.
Delphium, Philematium und Philolaches zechen; der Sklave bedient sie; Callidamates schläft.

II/1

Tranio kommt von links mit gekauften Fischen.
TRANIO: So ist's, der höchste Juppiter will mit aller Macht
Und allem Fleiß mich selbst und den Philolaches,
Meinen jungen Herrn, verderben. Jede Hoffnung ist
Gesunken, nirgends gibt es für die Dreistigkeit
Hinfort ein Unterkommen, ja, die Rettung selbst,
Wenn sie auch wollte, kann uns nicht mehr retten. So
Sah ich eben am Hafen einen ganzen Berg
Des jammervollsten Schicksals. Unser alter Herr
Ist wieder heimgekehrt. Mit Tranio ist's vorbei!
Ist denn kein Mensch zu finden, der sich etwas Geld
Verdienen möchte? Der die Folter für mich heute
Aushielte? Wo sind jetzt die Prügelleider, wo
Die Kettenreiber, wo die Leute, die für drei
Groschen täglich gegen gegnerische Schanzen gehen,
Wo mancher sich mit fünfzehn Lanzenstichen dann den Leib durch- [bohren läßt?
Gern will ich ein Talent dem zahlen, der zuerst
Zum Kreuze hinläuft, doch unter der Bedingung, daß
Er zwiefach sich Arm und Beine fest annageln läßt.
Ist das geschehen, hole er bei mir das bare Geld. –
Doch bin ich nicht ein armer Narr, daß ich

Spornstreichs nicht nach Hause renne?

PHILOLACHES *der den Tranio erblickt*: Unser Fischgericht
Ist da. Schau, Tranio kehrt vom Hafen eben heim.

TRANIO: Philolaches!

PHILOLACHES: Nun, was gibt's?

TRANIO: Mit mir und dir...

PHILOLACHES: Mit mir
Und dir? Was denn?

TRANIO: ... ist's aus.

PHILOLACHES: Wieso?

TRANIO: Dein Vater ist
Zurückgekommen.

PHILOLACHES: Was vernehm ich da von dir?

TRANIO: Wir sind geliefert. Dein Vater, sage ich,
Ist wieder da.

PHILOLACHES: Wo ist er, bitte?

TRANIO: Er ist im Hafen.

PHILOLACHES: Was sagst du? Wer hat ihn gesehen?

TRANIO: Ich selbst,
Sag ich, hab ihn gesehen.

PHILOLACHES: Weh mir! Was tu ich jetzt?

TRANIO: Das fragst du mich noch, Schurke? Beim Zechen liegst du hier.

PHILOLACHES: Du hast ihn gesehen?

TRANIO: Ja, so sag ich.

PHILOLACHES: Ganz gewiß?

TRANIO: Gewiß, so sag ich.

PHILOLACHES: Ich bin des Todes, wenn du die Wahrheit sagst.

TRANIO: Was brächt es mir
Für Vorteil, wenn ich löge?

PHILOLACHES: Was beginn ich nun?

TRANIO: Laß alles hier abräumen. – Wer schläft denn dort?

PHILOLACHES: Callidamates!

TRANIO: Weck ihn, Delphium!

DELPHIUM: Callidamates, Callidamates, wache auf!

CALLIDAMATES: Ich bin schon wach.
Gebt mir zu trinken.

DELPHIUM: Wach auf! Philolaches' Vater ist

Zurückgekommen.

CALLIDAMATES: Mög es ihm wohl ergehen!

PHILOLACHES: Ihm geht's
Ganz gut, ich aber bin verloren.

CALLIDAMATES: Du bist geboren, wie?

PHILOLACHES: So steh doch auf! Ich bitte dich!
Mein Vater ist gekommen.

CALLIDAMATES: Dein Vater ist gekommen?
Heiß ihn wieder gehen. Was hat ihn denn
Nach Haus getrieben?

PHILOLACHES: Was nun tun? Der Vater trifft
Beim Kommen gleich mich Unglückseligen trunken an,
Das Haus mit Gästen und mit Weibern angefüllt.
Es ist ein schlimm Geschäft, wenn man den Brunnen dann
Erst gräbt, wenn schon den Schlund der Durst ergriffen hat.
So frag auch ich jetzt bei des Vaters Ankunft erst:
Was tun?

TRANIO *auf Callidamates deutend*: Sieh nur, der hat schon wieder seinen
Geneigt und schläft. Weck ihn. [Kopf

PHILOLACHES: Wach endlich doch mal auf!
Mein Vater, sage ich, ist hier im Augenblick.

CALLIDAMATES: Dein Vater, sagst du? Gebt mir schnell die Sandalen her,
Auf daß ich mich bewaffne; diesem Vater will
Ich bald den Garaus machen.

PHILOLACHES: Du verdirbst noch alles.

DELPHIUM: Schweige, bitte!

TRANIO: Schleppt ihn sofort ins Haus hinein!

CALLIDAMATES *wird von den Sklaven weggeschleppt*:
Beim Herkules, gebt ihr mir nicht gleich
Einen Nachttopf, brauch ich als Nachtgeschirr euch selbst.

PHILOLACHES: Ich bin des Todes!

TRANIO: Sei guten Muts; ich werde eine Medizin
Für deine Ängste finden.

PHILOLACHES: Mit mir ist's ganz und gar vorbei.

TRANIO: Nur still. Soeben denk ich drauf, wie ich den Sturm
Besänftige. Ist dir's genug, wenn bei der Ankunft ich
Den Vater dahin bringe, daß er nicht nur nicht

Ins Haus hineingeht, sondern weit von hinnen flieht?
Zu den Sklaven, die wieder erscheinen: Geht ihr nur jetzt hinein
Und schafft das Zeug da schnell hinweg.

Die Sklaven tragen die Liegebetten, den Tisch, die Getränke usw. ins Haus.

PHILOLACHES: Wo bleib dann ich?

TRANIO: Wo du am liebsten bist:
Bei der da oder auch bei der!

DELPHIUM: Was also nun?
Sollen wir fort von hier?

TRANIO: Nur, Delphium, nicht zu weit.
Trinkt drin aus diesem Grund kein bißchen weniger!

PHILOLACHES: Weh mir, eh ich noch nicht weiß, wohin
Die glatten Reden zielen, rinnt vor Angst der Schweiß
An mir herab.

TRANIO: Kannst du denn gar nicht ruhig sein
Und tun, was ich dich heiße?

PHILOLACHES: Doch.

TRANIO: Allererst
Geht, Philematium du und Delphium du, hinein.

DELPHIUM: Wir sind dir beide folgsam.

Die Mädchen ab ins Haus.

TRANIO: Gebe Juppiter das!
Nun gib genau acht, was du zu besorgen hast.
Vor allen Dingen muß das Haus verschlossen sein,
Und laß drin keinen einen Laut nur von sich geben.

PHILOLACHES: Soll geschehen.

TRANIO: Als wohnte keine Menschenseele drin im Haus.

PHILOLACHES: Jawohl.

TRANIO: Sodann darf niemand Antwort geben, wenn
Der Alte an die Türe klopft.

PHILOLACHES: Sonst noch etwas?

TRANIO: Jetzt gib Befehl, daß den lakonischen Schlüssel man
Heraus mir bringe, dann will ich von außen auch
Das Haus verschließen.

PHILOLACHES: Deiner Obhut, Tranio,
Vertrau ich mich und meine Hoffnung ganz und gar.

Philolaches ab ins Haus.

TRANIO: Einem Menschen, der selbst nichts wagt,
Hilft kein Patron und kein Klient.
Für jeden, den besten wie den schlechtesten, ist es leicht,
So schnell, wie man will, einen üblen Streich zu machen.
Allein man muß stets darauf sehen, und darin zeigt
Der kluge Mann sich, daß er ob einem solchen Streich,
Er sei nun angeplant erst oder schon geschehen,
Nichts leide, was das Leben ihm verbittern kann,
Und daß alles ruhig abgeh und gefahrlos.
So soll auch in dem Wirrwarr, den ich ausgedacht,
Sich alles klar entwickeln und in aller Ruh
Ablaufen, auch für keinen von uns Widerwärtigkeit
Daraus erwachsen.

Sphaerio tritt aus dem Haus.

Doch was kommst du vor die Türe, Sphaerio?

SPHAERIO: *[Ich bringe dir den Schlüssel von Philolaches.]*

TRANIO: ...*[?]* Bestens hast du meine Vorschriften befolgt.

SPHAERIO: Inständig bittet dich mein Herr,
Daß du den Vater irgendwie in Schrecken jagst,
Damit er nicht hereinkommt.

TRANIO: Meld ihm nur, ich wolle
Ihn so weit bringen, daß das Haus er nicht einmal
Wagt anzuschauen und verhüllten Haupts, in Todesangst
Die Flucht ergreift. Gib den Schlüssel, geh hinein
Und schließ die Tür; ich will sie auch von außen schließen.

Nach Übergabe des Schlüssels Sphaerio ab ins Haus. Tranio verschließt die Tür von außen.

Jetzt komm er immerhin. Ich will dem Alten heute
Bei Lebzeiten noch solche Spiele geben, wie
Er zu seinem Leichenfest sie schwerlich einst bekommen wird.
Hinweg nur von der Tür; ich sehe zu, wie ich
Dem Alten, wenn er kommt, eine Nase drehen kann.

II/2

Theopropides erscheint von links; zwei Sklaven mit Gepäck folgen ihm.

THEOPROPIDES: Dir sag ich großen Dank, Neptunus, daß du mich
Halb lebend noch aus deinem Reich entlassen hast;

Doch wenn ich mich in Zukunft einen Fuß breit nur
Den Fluten anvertraue, dann ist's ausgemacht:
Was du mir jetzt antun gewollt hast, tu mir an.
Hinweg, hinweg von mir! Von heut an hab ich dir,
Was ich dir anvertrauen wollte, anvertraut.

TRANIO *für sich*: Fürwahr, Neptunus, schwer hast du gesündigt,
Daß du die schöne Gelegenheit vorüber ließt.

THEOPROPIDES: So kehre ich nach drei Jahren aus Ägypten heim;
Erwünscht, ich hoff es, komme ich zu der Familie.

TRANIO *für sich*: Um vieles noch erwünschter käm uns der, fürwahr,
Der deinen Tod uns meldete.

THEOPROPIDES: Doch was ist das?
Die Türe ist am hellen Tag verschlossen. Klopf ich denn:
Ist niemand da, der aufmacht? He!

TRANIO *tritt hervor*: Wer ist der Mensch,
Der sich so nah an unser Haus wagt?

THEOPROPIDES: Das ist wohl
Mein Sklave Tranio.

TRANIO: Sei gegrüßt, Theopropides,
Mein Herr! Wie freu ich mich, gesund dich hier zu sehen!
Du warst doch bisher immer wohl?

THEOPROPIDES: Ja, wie du siehst.

TRANIO: Das ist recht schön.

THEOPROPIDES: Und ihr? Seid ihr verrückt?

TRANIO: Warum?

THEOPROPIDES: Darum, weil ihr spazieren vor der Tür hier geht
Und keine Seel im Haus ist, die darüber wacht,
Daß aufgeschlossen und Bescheid gegeben wird.
Mit lauter Klopfen hab ich beide Flügel schier
Entzweigeschlagen.

TRANIO: Hu, du hast dies Haus berührt?

THEOPROPIDES: Ei, und warum denn nicht? Schlug ich doch das Tor
Mit Klopfen fast entzwei.

TRANIO: Du hast's berührt?

THEOPROPIDES: Berührt,
Ich sag's ja, und auch dran geklopft.

TRANIO: O weh!

THEOPROPIDES: Was ist?
TRANIO: Beim Herkules, da hast du gar nicht wohlgetan.
THEOPROPIDES: Was sind denn das für Sachen hier?
TRANIO: Es läßt sich nicht
Aussprechen, welchen Frevel du begangen hast.
THEOPROPIDES: Warum denn?
TRANIO: Flieh, ich bitte dich!
Geh weg von diesem Hause! Hierher flüchte dich,
Zu mir her flüchte dich! Hast du das Tor berührt?
THEOPROPIDES: Wie konnt ich klopfen, ohne daß ich's angerührt?
TRANIO: Du hast gemordet.
THEOPROPIDES: Wen denn?
TRANIO: All die Deinigen.
THEOPROPIDES: Das mögen dir die Götter und Göttinnen all
Antun für dieses Wort des Unheils.
TRANIO: Ich bin in Furcht,
Daß du dich und deine Sklaven da nicht entsühnen kannst.
THEOPROPIDES: Weshalb? Was für eine Neuigkeit bringst du mir da?
TRANIO: *[Berühre rasch die Erde]* und laß
Die beiden da sofort zur Seite gehen.
THEOPROPIDES *nachdem er die Erde berührt hat*: Tretet auf die Seite.
TRANIO: Rührt
Das Haus nicht an. Berührt auch ihr die Erde.
THEOPROPIDES: Sprich,
Beim Herkules, dich doch einmal aus! Ich bitte dich
[Und sage deinem Herrn, weshalb du mich
Vor meinem Haus die Flucht ergreifen läßt.]
TRANIO: Schon sieben Monate sind es her, daß dieses Haus
Kein Mensch mit einem Fuße mehr betreten hat,
Seitdem wir ausgezogen.
THEOPROPIDES: Sag mir nur, warum.
TRANIO: Sieh erst dich um, ob niemand unserem
Gespräch zuhorchen kann.
THEOPROPIDES: Es ist alles sicher.
TRANIO: Sieh
Dich nochmals um.
THEOPROPIDES: Es ist niemand da. Nun red einmal.

TRANIO: Eine Blutschuld lastet auf dem Haus.

THEOPROPIDES: Wie, was? Ich kann
Das nicht verstehen.

TRANIO: Ein Frevel, sag ich, ward verübt
Vor vielen Jahren schon, in alter, alter Zeit,
Doch erst ganz kürzlich haben wir die Tat entdeckt.

THEOPROPIDES: Was für ein Frevel? Wer beging ihn? Sag es, bitte!

TRANIO: Ein Gastfreund schlug mit eigener Hand den Gastfreund tot,
Derselbe, mein ich, der das Haus an dich verkauft.

THEOPROPIDES: Tot schlug er ihn?

TRANIO: Und nahm dem Gastfreund auch sein Gold,
Und unbestattet scharrt' er hier im Haus ihn ein.

THEOPROPIDES: Weshalb argwöhnt ihr, daß dies geschehen sei?

TRANIO: Ich will dir's sagen; höre nur. Als einst dein Sohn
Auswärts zu Abend aß und heim vom Mahle kam,
Begaben wir uns alle ins Bett und schliefen ein.
Von ungefähr hatt ich die Lampe zu löschen
Vergessen; da mit einemmal erhob er ein
Entsetzliches Geschrei.

THEOPROPIDES: Wer, mein Sohn?

TRANIO: Pst, still!
Nur zugehört! Er sagte mir, ein Toter sei
Im Traum zu ihm gekommen.

THEOPROPIDES: So, im Traum?

TRANIO: So ist's.
Doch höre nur; der Tote, sagt' er, habe zu ihm
Wie folgt gesprochen.

THEOPROPIDES: Im Traum?

TRANIO: Das wundert dich,
Daß er im Wachen nicht zu ihm gesprochen hat,
Er, der vor sechzig Jahren schon ermordet ward?
Du bist doch manchmal gar zu töricht.

THEOPROPIDES: Ich bin ja schon still.

TRANIO: Vernimm nun, was er sprach: »Ich bin Diapontius,
Als Gastfreund kam ich übers Meer. Ich wohne hier;
Die Wohnung ist mir angewiesen. Der Orkus gönnte
Am Acheron keine Stätte mir, weil ich zu früh

Ums Leben bin gekommen. Treulos hat man mich
Betrogen, von dem Gastfreund ward ich umgebracht,
Der hat mich unbestattet heimlich hier im Haus
Wegen meines Golds verscharrt, der Frevler. Wandere du
Von hier hinweg! Dies Haus, es ist des Greuels voll,
Eine Wohnung ist's des Fluchs.« Was für Gespenster hier
Umgehen, dies zu beschreiben reicht ein Jahr nicht aus.
Geräusche im Haus. Pst, pst!

THEOPROPIDES: Was ist geschehen, beim Herkules? Sag es mir!

TRANIO: Die Türe hat geknarrt? Hat er an sie geschlagen?

THEOPROPIDES: Kein Tropfen Blut bleibt mir; lebendig rufen mich
Die Toten hinab zum Acheron.

TRANIO *für sich*: O weh! Gewiß
Verderben die mir noch den ganzen Spaß; mir ist
Ganz bange, daß er mich auf frischer Tat ertappt.

THEOPROPIDES: Was sprichst du mit dir selbst da?

TRANIO: Von der Tür hinweg!
Beim Herkules, flieh, ich bitte dich!

THEOPROPIDES: Wohin soll ich denn
Fliehen? Flieh du auch!

TRANIO: Ich fürchte nichts;
Ich habe mit den Toten Frieden.

STIMME AUS DEM HAUS: He, Tranio!

TRANIO *zur Tür sprechend*: Du rufst mich doch nicht an, wenn du vernünftig bist,
Ich habe nichts getan, ich schlug nicht an die Tür.

THEOPROPIDES: Ich bitte dich . . .

TRANIO: *[Keinen Laut!]*

THEOPROPIDES: *[Sag, warum sprichst du zu der Tür?]*

TRANIO: *[Geh weg von hier!]*

THEOPROPIDES: Tranio, was treibt dich um?
Wer war's, mit dem du eben sprachst?

TRANIO: Hast du mich denn
Gerufen? Bei der Götter Huld! Ich glaubte fest,
Der Tote drin begehre mich zur Sühne, weil
Du an die Tür geklopft. Du stehst noch immer da
Und folgst meinen Worten nicht?

THEOPROPIDES: Was soll ich tun?

TRANIO: Wirf keinen Blick zurück, entflieh verhüllten Haupts!
THEOPROPIDES: Und warum fliehst denn du nicht?
TRANIO: Ich habe Frieden mit den Toten.
Ein erneutes Geräusch aus dem Haus läßt Tranio erschrecken.
THEOPROPIDES: Gut, doch was war eben da?
Warum fuhrst du so zusammen?
TRANIO: Sei doch meinethalb
Ganz außer Sorgen; ich bin schon auf meiner Hut.
Du aber flieh von hinnen über Hals und Kopf,
Wie du begonnen, und fleh den Herkules an um Schutz.
THEOPROPIDES: Dich, Herkules, ruf ich an!
Er läuft (wohl nach links) von der Bühne weg.
TRANIO *für sich*: Auch ich, damit er dir
Die Schwerenot, Alter, heute auf den Nacken jagt. –
Ihr ewigen Götter, eure Treue ruf ich an,
Was für einen üblen Streich hab ich heute ausgeführt.

III/1

Misargyrides kommt von rechts.
MISARGYRIDES *für sich*: Ein schlechteres Jahr, um Geld auf Zinsen [auszuleihen,
Sah ich in meinem Leben nie als dieses Jahr.
Von früh bis in die Nacht treib ich mich auf dem Markt
Umher und kann bei niemand auch nur einen Groschen
Von meinem Geld mehr unterbringen.
TRANIO *für sich*: Wahrlich, jetzt
Bin ich auf immer ein total geschlagener Mann!
Da kommt der Wechsler, der zum Kauf des Mädchens, und
Was sonst verbraucht noch ward, das Geld hat vorgestreckt.
Nun kommt der Handel an den Tag, wofern ich nicht
Vorkehrung treffe, daß der Alte nichts erfährt.
Ich will doch zu ihm hingehen.
Er erblickt den Theopropides, der eben (wohl von links) wieder auf die Bühne kommt.
Doch was ist denn das,
Daß er so eilig sich nach Haus zurückbegibt?
Am Ende hat er gar schon etwas aufgeschnappt.
Hin also und ihn angeredet. Hu, wie ist

So bange mir! Es gibt doch nichts Miserableres,
Als wenn ein Mensch ein bös Gewissen hat wie ich.
Doch dem sei, wie ihm wolle, ich fahre dennoch fort,
Mein Spiel zu treiben. Was kann ich anders machen?
Zu Theopropides: Woher des Wegs?

THEOPROPIDES: Ich bin bei dem gewesen, der
Dies Haus an mich verkauft hat.

TRANIO: Hast du ihm etwas
Von dem gesagt, was du von mir erfahren hast?

THEOPROPIDES: Beim Herkules, alles sagt ich ihm.

TRANIO *für sich*: Weh mir Armem!
Mit meinen Schelmenstreichen ist's nun wohl vorbei.

THEOPROPIDES: Was murmelst du da vor dich hin?

TRANIO: Es ist weiter nichts;
Doch sag mir: hast du's ihm erzählt?

THEOPROPIDES: Ja freilich, und
Zwar alles nach der Reihenfolge.

TRANIO: Gestand er dir
Den Vorfall mit dem Gastfreund?

THEOPROPIDES: Nein, er leugnet ihn.

TRANIO: Er leugnet? . . .*[?]*

THEOPROPIDES: Wenn er's gestanden hätte, sagt ich's dir.
Was meinst du nun, was jetzt zu tun sei?

TRANIO: Was ich meine?
Ich bitte, nimm zugleich mit ihm einen Richter an,
Doch sieh auf einen solchen, der mir Glauben schenkt,
Dann kommst du so leicht, wie der Fuchs die Birne frißt,
Zu deinem Recht.

MISARGYRIDES *für sich*: Ei sieh, da ist ja Tranio,
Des Philolaches Sklave. Die geben mir weder meinen Zins
Noch mein geliehenes Kapital.

THEOPROPIDES *zu Tranio, der auf den Wucherer zugeht*: Wo willst du hin?

TRANIO: Ich? Nirgends. *Für sich:* Ach, ich armer,
Verworfener, unter einem bösen Stern geborener Mensch!
Gewiß spricht er in Gegenwart des Herrn mich an.
Ich bin doch recht unglücklich. Nunmehr haben sie
Von hier und dort mich in der Klemme. Da muß ich doch

Den Vorsprung vor ihm nehmen.
MISARGYRIDES *für sich*: Der geht auf mich zu;
Es steht gut für mich; nun darf ich hoffen, Geld zu sehen.
TRANIO *für sich*: Der ist umsonst vergnügt.
Laut: Willkommen, Misargyrides!
MISARGYRIDES: Gleichfalls willkommen! Wie steht's mit dem Geld?
TRANIO: Geh
Zum Henker, Bestie! Mußt du gleich beim Kommen mir
Den Spieß entgegenschleudern?
MISARGYRIDES *halblaut*: Bei dem Burschen sind
Die Taschen leer.
TRANIO *ebenso*: Der Bursch ist wirklich ein Prophet.
MISARGYRIDES: Laß deine Winkelzüge nur beiseite.
TRANIO: Was führt dich her?
MISARGYRIDES: Wo ist Philolaches?
TRANIO: Gelegener, wahrlich, hättest du zu keiner Zeit
Mir kommen können, als du eben kommst.
MISARGYRIDES: Wieso?
TRANIO: Tritt her zu mir.
MISARGYRIDES: Wird hier mein Geld mir ausbezahlt?
TRANIO: Ich weiß, du hast eine gute Stimme! Schrei nicht so!
MISARGYRIDES: Ich will nun aber einmal schreien.
TRANIO: Ei, tu mir doch
Was zu Gefallen.
MISARGYRIDES: Und worin soll das bestehen?
TRANIO: Geh jetzt, ich bitte dich, nach Haus.
MISARGYRIDES: Ich soll gehen?
TRANIO: Und komm
So gegen Mittag wieder.
MISARGYRIDES: Krieg ich dann mein Geld?
TRANIO: Ganz sicher. Geh jetzt nur.
MISARGYRIDES: Was soll ich hin und her
Erst laufen, Mühe mir machen und die Zeit vertun?
Wie wär's, wenn ich bis Mittag gleich hier wartete.
TRANIO: Nein, doch; geh heim, es ist mein voller Ernst, geh heim!
MISARGYRIDES: Zahlt mein Geld mir nur. Was soll das Possenspiel?
TRANIO: Geh heim, beim Herkules! Höre doch!

MISARGYRIDES *auf Theopropides deutend:* So muß ich diesen da
Am Ende noch herrufen.
TRANIO: Bravo! Schreie nur;
Das bringt dir Glück.
MISARGYRIDES: Ich will ja nur, was mir gehört.
So manchen Tag schon führt ihr mich auf diese Art
Am Narrenseil herum. Wenn ich euch lästig bin,
Gebt mir mein Geld, dann geh ich: dieses eine Wort
Bringt alles Hin- und Hergerede schnell zum Schluß.
TRANIO: Du sollst dein Kapital bekommen.
MISARGYRIDES: Nein, den Zins,
Den Zins zuerst!
TRANIO: Du Scheusal aller Menschen, bist
Wohl hergekommen, daß du dich im Schreien übst?
Tu, was du willst; er gibt dir nichts, er schuldet nichts.
MISARGYRIDES: Er schuldet nichts?
TRANIO: Nicht ein Körnchen kannst du von ihm holen.
Oder fürchtest du, daß er sich auf und davon macht,
Daß er die Stadt verläßt wegen deiner Zinsen,
Wo du das Kapital ja schon bekommen kannst?
MISARGYRIDES: Das will ich ja gar nicht. Meine Zinsen, die will ich zuerst.
TRANIO: Werde nicht lästig.
Man gibt dir nichts; tu, was du willst. Du bist ja nicht
Der einzige, denk ich, welcher Geld auf Zinsen leiht.
MISARGYRIDES: Den Zins her, meinen Zins verlang ich, her den Zins!
Bezahlt ihr mir nicht auf der Stelle meinen Zins?
Zins will ich haben.
TRANIO: Zins hier und Zins dort!
Der weiß doch auch von nichts zu schwatzen als von seinem Zins.
Ein garstigeres Vieh als dich
Hab ich in meinem ganzen Leben nicht gesehen.
MISARGYRIDES: Mit solchen Reden schreckst du mich, beim Pollux, [nicht.
THEOPROPIDES *für sich:* Es geht da hitzig her.
Ist es auch weit weg, so brennt es übel doch.
Zu Tranio: Was ist das für ein Zins, sag an, den der verlangt?
TRANIO: Sein Vater, sieh, ist eben erst
Von Reisen heimgekehrt, der wird dir Kapital

Und Zins bezahlen; komm daher uns ferner nicht
Mit deiner Forderung in die Quere. Sieh doch selbst,
Ob er sich lang besinnt.

MISARGYRIDES: Bekomm ich was, ich nehm's.

THEOPROPIDES: Sag mir doch ...

TRANIO: Was willst du?

THEOPROPIDES: Wer ist der Mann da? Was
Verlangt er? Warum nennt so oft er meinen Sohn
Philolaches? Warum schimpft er dich ins Angesicht?
Was ist man ihm denn schuldig?

TRANIO: Laß, ich bitte dich,
Mit einem Geldstück doch der schmutzigen Bestie
Das Maul verstopfen.

THEOPROPIDES: Ich?

TRANIO: Laß mit einem Silberstück
Dem Burschen übers Maul hauen.

MISARGYRIDES: Silberhiebe, die
Ertrag ich gern.

TRANIO: Hörst du? Scheint dir der Kerl da nicht ganz wie gemacht
Zum Wucherer, diesem allerschlimmsten Menschenschlag?

THEOPROPIDES: Mich kümmert nicht, wer er ist, woher er ist.
Ich will nur wissen, was das für ein Silber ist,
Von dem man spricht.

TRANIO: Es ist ... Philolaches schuldet ihm ein wenig.

THEOPROPIDES: Wieviel denn nur?

TRANIO: So vierzig Minen. Du denkst doch nicht, das sei viel?

THEOPROPIDES: Das ist in der Tat sehr wenig!
Ich hörte auch von Zinsen für dies Geld.

TRANIO: Vierundvierzig Minen schuldet man für Kapital und Zinsen.

MISARGYRIDES: Ja, so viel ist's. Ich verlang nicht mehr.

TRANIO: Ich wollt wahrhaftig, daß du einen Groschen mehr verlangst. –
Versprich ihm, sie zu zahlen, daß er weitergeht.

THEOPROPIDES: Das soll ich tun?

TRANIO: Ja doch.

THEOPROPIDES: Ich?

TRANIO: Selber sag ihm's zu.
So höre doch, versprich's ihm! Mach, ich rat es dir!

THEOPROPIDES: Antworte mir: was ist mit jenem Geld geschehen?
TRANIO: Das ist in Sicherheit.
THEOPROPIDES: Nun, wenn's so sicher ist,
So zahlt doch ihr's.
TRANIO: Dein Sohn hat ein Haus gekauft.
THEOPROPIDES: Ein Haus?
TRANIO: Ein Haus.
THEOPROPIDES: Bravo! Philolaches bildet sich
Ganz nach dem Vater, gibt sich schon mit Handel ab.
Ein Haus, sagst du?
TRANIO: Ja, ja, ein Haus; doch weißt du auch,
Was für eins?
THEOPROPIDES: Wie kann das ich wissen?
TRANIO *bewundernd*: Ah!
THEOPROPIDES: Was für eins?
TRANIO: Frag mich nicht.
THEOPROPIDES: Was willst du damit sagen?
TRANIO: Es glänzt wie ein Spiegel, wie der pure Glanz.
THEOPROPIDES: Nun ja, das hat er gut gemacht.
Doch sprich: Um welchen Preis schloß er den Handel ab?
TRANIO: Um ebensoviel schwere Talente, wie ich und du
Zusammen zählen. Vierzig Minen hat er angezahlt;
Die sind's, die der uns lieh. Bist du im klaren nun?
Denn wie's mit deinem Haus so wurde, wie ich dir
Erzählte, kauft' er auf der Stell ein anderes Haus.
THEOPROPIDES: Das hat er gut gemacht.
MISARGYRIDES *zu Tranio*: He du! Der Mittag naht.
TRANIO *zu Theopropides*: Befriedige diesen Unflat doch, sonst bringt er
Noch beide um. [uns
THEOPROPIDES: Höre, Freund, mit mir hast du es nun zu tun.
MISARGYRIDES: Das heißt: ich krieg's von dir?
THEOPROPIDES: Hol's morgen ab.
MISARGYRIDES: Ich geh. Bekomm ich's morgen nur,
Bin ich zufrieden.
Misargyrides ab nach rechts.
TRANIO *für sich*: Daß die Götter alle doch
Fluch und Verderben schickten über diesen Kerl!

Um ein Haar hätt er meinen Plan mir ganz durchkreuzt.
Es gibt wahrlich heutzutage kein wüsteres Menschenvolk,
Keins, das so wenig taugt wie das der Wucherer.

THEOPROPIDES: In welcher Gegend hat mein Sohn das Haus gekauft?

TRANIO *für sich*: O weh, nun ist's aus mit mir!

THEOPROPIDES: Gibst du mir nicht
Antwort auf meine Frage?

TRANIO: Doch; ich sinne nur
Auf des Besitzers Namen.

THEOPROPIDES: Dann besinn dich rasch!

TRANIO *für sich*: Was mach ich jetzt? Lüg ich ihm vor, es habe sich
Sein Sohn hier in der allernächsten Nachbarschaft ein Haus gekauft?
Die beste Lüge, hört ich immer sagen, ist
Die, die noch kochendheiß ist. Was uns die Himmlischen
Eingeben, bin zu sagen ich entschlossen.

THEOPROPIDES: Nun denn,
Hast du dich jetzt besonnen?

TRANIO *wie wenn der Name des Verkäufers ihm entfallen wäre*:
Hol der Henker ihn!
Verstohlen auf Theopropides zeigend: Nein, lieber den! –
Hier von dem nächsten Nachbarn hat dein Sohn das Haus gekauft.

THEOPROPIDES: Kann ich mich darauf verlassen?

TRANIO: Wenn du
Das Kaufgeld zahlen willst, bestimmt; wenn du
Jedoch nicht zahlst, dann freilich nicht.
Hat er das Haus nicht in sehr guter Lage eingekauft?

THEOPROPIDES: In der besten.
Ich will nun doch das Haus einmal genau besehen.
Klopf an die Türe, Tranio, ruf von drinnen
Jemand heraus zu dir.

TRANIO *für sich*: O weh! Da bin ich nun
Schon wieder in der Klemme, was ich sagen soll.
Von neuem wirft die Flut mich an das gleiche Riff.
Was nun? Beim Herkules, nirgends mehr ein Ausweg; ich
Bin offenbar ertappt.

THEOPROPIDES: So ruf doch jemanden heraus,
Und bitt ihn, daß er uns herumführt.

TRANIO: He, du! – Doch hier sind Frauen drin.
Da muß man doch erst sehen, ob sie wollen oder nicht.
THEOPROPIDES: Recht ist und billig diese Rücksicht. Gehe denn
Und frag; ich will indessen, bis du wiederkommst,
Hier außen warten.
TRANIO *für sich*: Stürzten doch die Götter all
Dich Graukopf in den tiefsten Höllenschlund hinab,
So wirfst du meinen schlausten Plänen überall
Dich in den Weg! – Ha, prächtig! Sieh, Simo selbst,
Der Herr des Hauses, tritt da eben aus der Tür.
Simo kommt aus seinem Haus.
Ich will nun auf die Seite, bis ich mir den Senat der Pläne
In mein Herz versammelt habe; ist es mir erst klar,
Wie ich das Ding angreife, geh ich hin zu ihm.

III/2

SIMO: So gut ging mir's daheim seit einem Jahre nicht,
Noch hat ein Essen mir so wohl geschmeckt wie heute;
Ein köstlich Mahl hat meine Frau mir aufgetischt.
Nun heißt sie mich zu Bette gehen. Daraus wird nichts.
Daß ich doch das nicht auf der Stelle gleich gemerkt,
Warum sie mir ein besser Essen gab als sonst:
Die Alte wollt ins Kämmerlein hinein mich ziehen.
Der Schlaf nach Tisch ist ungesund; geh mir vom Leib!
Ganz heimlich macht ich aus dem Haus ins Freie mich.
Nun platzt mein Weib, das weiß ich, drin beinah vor Zorn.
TRANIO *für sich*: Nichts Gutes steht für den Abend diesem Greis bevor;
Schlecht fällt gewiß das Essen und die Nachtruh aus.
SIMO *für sich*: Je mehr ich mir's im Geist vergegenwärtige,
Fest steht's: wenn einer eine reiche Frau besitzt,
Den ladet's nicht zum Schlummer ein; ungern nur
Sucht er sein Lager auf. So ist es wenigstens
Bei mir der Fall: ich gehe lieber auf den Markt,
Als daß ich mich zu Hause niederlege. *Zu den Zuschauern:* Wie
In diesem Punkte eure Frauen sind,
Das weiß ich freilich nicht, allein nur allzu gut
Weiß ich, daß mir's bei meiner schlimm ergeht

Und daß es immer schlimmer werden wird.

TRANIO *für sich*: Wenn dir's für dein Weglaufen, Alter, übel geht,
So darfst du deshalb keinen Gott beschuldigen;
Mit vollem Rechte miß die Schuld dir selber bei.
Doch nun ist's Zeit, den Alten anzureden. Halt,
Das tut's! Ich hab's heraus, wie ich ihn packen kann,
Wie ich durch List die Last vom Halse wälze. Ich will
Hin zu ihm. – Simo, der Götter Huld sei mit dir!

SIMO: Willkommen, Tranio!

TRANIO: Wie geht es dir?

SIMO: Nicht schlecht.
Was machst du?

TRANIO *Simos Hand ergreifend*: Die Hand des allerbesten Herrn
Halt ich.

SIMO: Recht freundlich; danke für das Kompliment.

TRANIO: Du bist's auch wert.

SIMO: Ich aber halte einen Sklaven, der nichts taugt. –
Und nun? Wie bald ...

TRANIO: Was ist?

SIMO: ... das, was hier drinnen zu geschehen pflegt! –

TRANIO: Was denn?

SIMO: Du weißt schon, was ich meine.
Sei vernünftig, zeig dich mir gefällig.
Denk auch daran, wie kurz das Leben ist!

TRANIO *gibt sich naiv*: Was? Ha, nun merk ich endlich, was du meinst;
Du spielst auf unser Treiben an.

SIMO: Recht flott,
Beim Herkules, bringt ihr eure Zeit zu: das paßt ganz zu euch.
Bei Wein und Braten und dem Ausgesuchtesten
Und Feinsten, was der Fischmarkt liefert, führt ihr
Ein Leben ...

TRANIO: Ja, so war es vordem, jetzt ist uns
Das alles aus der Hand gegangen.

SIMO: Wieso?

TRANIO: So, Simo, daß von Grund aus ruiniert wir sind.

SIMO: Schweig mir doch! Bis jetzt ging alles euch nach Wunsch.

TRANIO: Daß es gegangen, wie du sagst, das leugne ich nicht;

Wir haben in der Tat nach Herzenslust gelebt,
Doch nunmehr, Simo, hat der Fahrwind unser Schiff
Im Stich gelassen.
SIMO: Was, wieso?
TRANIO: Elendiglich.
SIMO: War's denn nicht sicher auf das trockene Land gebracht?
TRANIO: Ach!
SIMO: Was ist denn?
TRANIO: Mit mir Ärmstem ist es ganz vorbei.
SIMO: Warum?
TRANIO: Weil ein Schiff gekommen ist, das unserem Schiff
Die Flanke aufgerissen hat.
SIMO: Von ganzem Herzen nehm
Ich Anteil, Tranio. Doch sag, was ist geschehen?
TRANIO: Mein Herr ist wieder von der Reise da.
SIMO: Da wird für dich nun sicherlich der Strick gedreht:
Erst in die Eisen, dann ans Kreuz geradewegs.
TRANIO: Auf meinen Knien flehe ich dich an: tu meinem Herrn
Doch ja nichts kund.
SIMO: Von mir erfährt er nichts, da brauchst du keine Angst zu haben.
TRANIO: Heil dir, mein Schutzpatron!
SIMO: Für die Art von Klienten danke ich.
TRANIO: Aber um
Auf das zu kommen, weshalb unser Alter mich
Hierher zu dir geschickt hat . . .
SIMO: Gib mir erst Bescheid
Auf das, was ich dich frage: Hat euer alter Herr
Von diesen Dingen schon etwas gemerkt?
TRANIO: Noch nicht
Das mindeste.
SIMO: Schalt er nicht sein Söhnchen tüchtig aus?
TRANIO: Er ist so heiter wie der hellste Sonnenschein.
Nun aber geht er dich durch mich inständig an,
Daß ihm erlaubt sein möge, sich in deinem Haus
Etwas umzusehen.
SIMO: Es ist nicht zu verkaufen.
TRANIO: Das weiß ich wohl;

Allein der Alte will in seinem eigenen Haus
Ein Frauengemach, ein Badezimmer, ein Vestibül
Und einen Säulengang anbringen.

SIMO: Was hat er alles da
Zusammengeträumt?

TRANIO: So höre denn: Er will
So bald als möglich seinen Sohn verehelichen;
Zu diesem Zweck will er ein Frauengemach erbauen;
Da hab ihm, sagte er, irgendein Architekt
Die Einrichtung bei dir besonders hoch gerühmt.
Nun möcht er, falls du nichts dagegen hättest, sich daran
Ein Muster nehmen. Er hat gehört,
Der Aufenthalt im Sommer sei hier gar so schön,
Man sitze schattig hier im Freien den ganzen Tag.

SIMO: Beim Pollux, nein! Wenn überall sonst Schatten ist,
Scheint hier von früh bis abends spät die Sonne;
Gleich einem Mahner steht sie vor der Tür,
Und nirgends treff ich Schatten an, ich müßt ihn denn
Im Brunnen suchen.

TRANIO: Wie? Hast eine du vielleicht
Aus Sarsina, wenn du keinen Schatten (keine Umbrierin) hast?

SIMO: Laß mich in Ruhe. Wie ich dir gesagt, so ist's.

TRANIO: Er will es gleichwohl sehen.

SIMO: Das tu er immerhin,
Wenn's ihm Vergnügen macht, und ist dann etwas da,
Das ihm gefällt, mag er nach meinem Muster bauen.

TRANIO: Darf ich den Mann herrufen?

SIMO: Geh, ruf ihn herbei.

TRANIO *für sich*: Vom großen Alexander sagt man, ebenso
Von Agathokles, beide hätten in der Welt
Die allergrößten Taten ausgeführt. Wie wird's
Von mir, dem Dritten, heißen, der ich ganz allein
Unsterbliches vollbringe? Seinen Sattel trägt
Der hier, sowie der Alte dort den seinigen.
Zu neuem Vorteil hab ich mir nicht schlecht den Weg
Gebahnt. Die Maultiertreiber legen Sättel bloß
Mauleseln auf; ich aber sattle Menschen mir.

Für große Lasten sind sie brauchbar: lege du,
So viel dir gut dünkt, ihnen auf, sie tragen es. –
Nun weiß ich nicht, ob ich den dort anreden soll.
Ich will doch zu ihm hingehen. He, Theopropides!
THEOPROPIDES *von ihm abgewendet*: Wer ruft mich da?
TRANIO: Der allertreuste Knecht den Herrn.
Von da, wo du mich hingeschickt hast, bring ich dir
Bestausgerichtet alles her.
THEOPROPIDES: Ich bitte dich,
Weswegen hast du dort so lange dich verweilt?
TRANIO: Der Alte hatte gerade keine Zeit, da mußt
Ich warten.
THEOPROPIDES: Fest klebt dir ein alter Fehler an:
Die Langsamkeit.
TRANIO: Erinnere dich des Spruches doch:
»Zugleich zu blasen und zu schlürfen ist nicht leicht.«
Ich konnte doch gleichzeitig hier und dort nicht sein.
THEOPROPIDES: Was nun?
TRANIO: Beschau ganz nach Belieben dir das Haus.
THEOPROPIDES: Komm, führe mich.
TRANIO: Ich halt dich doch nicht auf!
THEOPROPIDES: Ich folge dir.
TRANIO: Der Alte, sieh nur, wartet selber an der Tür
Auf dich; allein er ist betrübt, daß er das Haus
Verkauft hat.
THEOPROPIDES: Und warum denn?
TRANIO: Er bittet mich,
Ich soll Philolaches überreden, daß er es
Zurück ihm gebe.
THEOPROPIDES: Dieser Ansicht bin ich nicht.
Was jeder ausgesät hat, erntet er:
Gesetzt, wir hätten einen schlechten Kauf gemacht,
Stünd's auch, den Handel aufzuheben, nicht bei uns.
Man muß heimnehmen, wo man was gewinnen kann;
Mitleid empfinden steht dem Menschen übel an.
TRANIO: Mit dem Gerede geht nur Zeit verloren. Komm
Und folge mir.

THEOPROPIDES: Ich bin bereit.
TRANIO: Dort ist der Alte. *Zu Simo:* Sieh, da bring ich dir den Mann.
SIMO: Ich bin erfreut, Theopropides, daß du so gesund
Von deiner Reise da bist.
THEOPROPIDES: Sei der Götter Huld
Mit dir!
SIMO: Man sagte mir, du willst in diesem Haus
Dich etwas umsehen?
THEOPROPIDES: Wenn es dir nicht unangenehm ist.
SIMO: O nein, recht angenehm. Tritt ein und sieh dir's an.
THEOPROPIDES: Doch die Frauen . . .
SIMO: Du brauchst dich keinen Pfifferling
Ums Weibervolk zu kümmern; wandle überall
Nach Lust im Haus herum, als wär's dein eigenes.
THEOPROPIDES: Als wär's?
TRANIO *leise zu ihm:* O laß ihn, weil er so bekümmert ist,
Nicht fühlen, daß du es gekauft hast. Siehst du nicht
Den Trauerblick des alten Mannes?
THEOPROPIDES: Wohl seh ich ihn.
TRANIO: Um also nicht den Schein zu geben, als wolltest du
Aus Schadenfreude ihn verspotten, tu des Kaufs hinfort
Nicht mehr Erwähnung.
THEOPROPIDES: Das begreif ich, auch gefällt
Mir deine Mahnung, die von menschenfreundlicher
Gesinnung zeugt. *Zu Simo:* Doch nun?
SIMO: Tritt ein, und mustere
Mit Muße nach Belieben alles durch.
THEOPROPIDES: Du zeigst
Dich gar so freundlich und gefällig gegen mich.
SIMO: Fürwahr, das will ich auch.
TRANIO *zu Theopropides:* Nun, wie gefällt dir hier
Das Vestibül da vor dem Hause, wie der Wandelgang?
THEOPROPIDES: Er ist
Recht stattlich in der Tat.
TRANIO: Sieh nur die Pfosten an der Türe an,
Wie fest gefügt sie sind und von welcher Stärke.
THEOPROPIDES: Ich habe nicht leicht schönere gesehen.

SIMO: Nun ja,
Sie waren ihrer Zeit auch teuer genug.

TRANIO *zu Theopropides*: Hörst du,
Wie er »sie waren« sagt und sich der Tränen kaum
Enthalten kann?

THEOPROPIDES: Wieviel betrug der Preis dafür?

SIMO: Drei Minen hab ich für das Paar bezahlt, die Fracht
Nicht eingerechnet.

THEOPROPIDES: Ach, sie sind doch lange nicht
So gut, wie anfangs ich geglaubt.

SIMO: Weswegen?

THEOPROPIDES: Weil
Der Holzwurm sie von unten angefressen hat.

TRANIO: Vermutlich wurden sie zur Unzeit ausgehauen;
Der Mißgriff brachte Nachteil. Doch sie sind auch jetzt
Noch recht gut brauchbar, wenn man sie mit Pech bezieht.
Die hat kein Breifraß, kein barbarischer Handwerksmann
Gemacht: sieh nur die Fugen in den Flügeln an.

THEOPROPIDES: Ich seh's.

TRANIO: Sieh her, wie fest sie schlafen.

THEOPROPIDES: Schlafen?

TRANIO: Nun,
Wie fest, so wollt ich sagen, sie geschlossen sind.
Bist du zufrieden?

THEOPROPIDES: Je mehr ich mir das Haus
Betrachte, desto mehr gefällt mir's.

TRANIO *in das Haus hineinzeigend*: Siehst du dort
Auch das Gemälde, wo eine Krähe zwei Geier foppt?

THEOPROPIDES: Ich seh es nicht.

TRANIO: Doch ich seh's:
Da steht die Krähe, die zerzaust die beiden Geier
Einen nach dem anderen. Hierher mußt du sehen, auf mich,
Wenn du die Kräh erblicken willst. Siehst du sie jetzt?

THEOPROPIDES: Wahrhaftig, nirgends seh ich eine Krähe.

TRANIO: Nun, so schaue dorthin, in eure Richtung, wenn
Die Krähe du nicht erblicken kannst, ob du vielleicht
Die Geier siehst.

THEOPROPIDES: Ich sehe ein für allemal
Nichts von gemalten Vögeln hier.
TRANIO: So laß es jetzt
Nur gut sein, ich verzeihe dir's; dein Alter macht,
Daß du nicht scharf mehr siehst.
THEOPROPIDES: Doch was ich sehen kann,
Gefällt mir wirklich alles außerordentlich.
SIMO: Geh nur noch etwas weiter, es wird dich nicht gereuen.
THEOPROPIDES: Ein guter Rat, beim Pollux!
SIMO *einem Sklaven im Haus zurufend*: Heda, Bursche! Führ
Im ganzen Haus und sämtlichen Gemächern mir
Den Herrn herum! *Zu Theopropides:* Gern dient ich selbst als Führer [dir,
Hätt auf dem Markt ich nicht zu tun.
THEOPROPIDES: Geh mir doch weg
Mit diesem Anführer. Lieber lauf ich in die Irre,
Als daß ich mich von einem anführen lassen will.
SIMO: Durchs Haus nur, meine ich.
THEOPROPIDES: Darf ich also ohne Anführer gehen?
SIMO: Recht gerne.
THEOPROPIDES: Ich geh also hinein.
TRANIO: Warte noch. Ich will
Erst nachsehen, ob der Hund ...
THEOPROPIDES: So mach und sieh.
TRANIO *(die Gesten meinen Simo):* St! Geh weg! St! Haust du verflixter Hund nicht ab?
Willst du dich zum Henker packen? Wie? Du liegst noch da?
So scher dich doch davon!
SIMO: Es hat gar nichts zu bedeuten. Geh
Nur weiter. Sie ist so sanft wie eine trächtige Hündin!
Tritt frisch ein, ich muß jetzt auf den Markt hinab.
Simo ab nach rechts.
THEOPROPIDES *ihm nachrufend*: Du warst recht freundlich gegen mich; Glück auf den Weg!
Zu Tranio: He, Tranio, schaff den Hund hier von der Türe weg,
Auch wenn er nicht gefährlich ist.
TRANIO: Sieh sie nur an,
Wie sanft sie daliegt. Wenn du nicht lästig

Oder feig erscheinen willst . . .
THEOPROPIDES: Sei's denn. Folge mir!
TRANIO: Nicht Fingers breit bleib ich von deinen Fersen weg.
Beide gehen ins Haus des Simo hinein; Pause.

III/3

Theopropides und Tranio kommen aus dem Haus des Simo.
TRANIO: Was hältst du von dem Handel?
THEOPROPIDES: Ich bin ganz entzückt.
TRANIO: Dünkt dir's zu teuer bezahlt?
THEOPROPIDES: Beim Pollux, niemals noch
Sah ich ein Haus, das so wie dies verschleudert ward.
TRANIO: Hat's deinen Beifall?
THEOPROPIDES: Ob es meinen Beifall hat,
Fragst du? Den hat's, und zwar im allerhöchsten Grad.
TRANIO: Das Frauengemach, der Säulengang, wie stand's damit?
THEOPROPIDES: Ganz rasend schön! Ich glaube nicht, daß irgendwo
Im ganzen Stadtbezirk man einen größeren trifft.
TRANIO: Ich und Philolaches haben ja deswegen auch
Von allen Säulengängen in der ganzen Stadt
Das Maß genommen.
THEOPROPIDES: Und?
TRANIO: Er ist weit und breit
Der längste unter allen.
THEOPROPIDES: Ihr Unsterblichen!
Ein wunderschöner Kauf! Beim Herkules, brächte man
Mir gleich sechs Talente Silber bar herbei,
Ich nähm sie nicht dafür.
TRANIO: Herr, nähmst du sie auch,
Ich gäb es niemals zu.
THEOPROPIDES: Wir haben unser Geld
Bei diesem Handel profitabel angelegt.
TRANIO: Auf meinen Rat und meinen Antrieb ist's geschehen –
Das kannst du sagen. Ich war's, der ihn so weit gebracht,
Daß er die Summe, die zur Anzahlung nötig war,
Auf Zins vom Wechsler nahm.
THEOPROPIDES: Du hast das Schiff mir flott

Erhalten. Nicht wahr, noch achtzig Minen sind's,
Die wir dem Manne schulden?

TRANIO: Weiter keinen Deut.

THEOPROPIDES: Noch heute soll er es bekommen.

TRANIO: Daran tust du wohl.
Indessen, wenn kein Grund dich abhält, kannst du's ja
Mir übermachen; ich sodann bezahl es ihm.

THEOPROPIDES: Daß nur kein Schaden mir daraus erwächst, wenn ich
Dir's gebe.

TRANIO: Als ob ich auch im kleinsten Scherze nur
Es wagte, dich mit Wort oder Tat zu hintergehen.

THEOPROPIDES: Wie? Sollt ich auf der Hut nicht sein, das mindeste
Dir zu vertrauen?

TRANIO: Habe ich, seitdem ich dir gehöre,
Auch nur ein einzig Mal zum besten dich gehabt?

THEOPROPIDES: Weil ich mich fein in acht nahm. Dies verdank ich mir
Und meinem Geist; ich bin verständig genug, wenn ich
Vor dir allein in acht mich nehme.

TRANIO: Wie du meinst.

THEOPROPIDES: Geh nun gleich aufs Land, berichte meinem Sohn,
Ich sei zurück.

TRANIO: Wie du befiehlst, so soll's geschehen.

THEOPROPIDES: Lauf eilig; sag ihm, daß er in die Stadt zugleich
Mit dir soll kommen.

TRANIO: Gut. *Für sich:* Nun mach ich mich hinein
Zu meinen Spießgesellen durch die Hintertür
Und melde, daß alles hier in bester Ordnung ist
Und daß den Alten glücklich ich hinweggebracht.

Tranio ab nach links; Theopropides bleibt wartend vor dem Haus des Simo stehen.

IV/1

Phaniscus kommt von rechts.

PHANISCUS: Die Sklaven, die sich, wenn auch keiner Schuld bewußt,
Gleichwohl vor Strafe fürchten, sind gemeiniglich
Dem Herrn von großem Nutzen. Die dagegen, die
Vor nichts sich fürchten, wenn sie Strafe gleich verdient,

Geraten leicht auf dumme Pläne. Sie üben sich
Im Laufen, und sie fliehen. Werden sie jedoch ertappt,
Erwerben sie ein Eigentum an Prügeln,
Weil sie an Gütern nichts erwerben konnten.
Sie legen mehr und mehr dazu und schaffen sich
So Schätze dieser Art. Ich aber will vor jeglichem
Vergehen mich lieber hüten als den Rücken mir
Besudeln lassen: rein, wie bisher, soll das Fell
Mir bleiben, und stets halt ich Schläge fern von mir.
Gelingt mir dieses nur, so bin ich wohlbedeckt.
Mag's auch auf andere Schläge regnen, bin doch ich
Im Trockenen. Wie die Sklaven sich den Herren ziehen,
Ist dieser in der Regel: gegen gute gut,
Schlimm gegen schlimme. Jetzt gibt's auch in unserem Haus
Halunken genug, Vergeuder ihres Eigentums,
Bereit zu jeder Prügelsuppe. Sollen sie
Dem Herrn entgegengehen, heißt es gleich: »Ich mag nicht, laß
Mich ungeschoren. Ich weiß schon, wo es dich so schnell
Hintreibt. Nach der Weide geht, beim Herkules,
Dein Trachten, Maultier!« Solcher Lohn ward mir zuteil
Für meinen besten Willen. Drum macht ich mich weg,
Und von dem ganzen Sklaventroß hol ich allein
Den Herren ab. Erfährt's dann dieser morgen früh,
Wie wird er mit dem Ochsenziemer sie zerbleuen!
Am Ende gilt ihr Fell mir doch stets weniger
Als mein eigenes. Viel eher werden sie
Zu Ochsenschlächtern, als daß ich ein Seiler werde.

IV/2a

Pincaium eilt von rechtsher dem Phaniscus nach.

PINACIUM: Halt ein, Phaniscus! Bleibe stehn und sieh dich um!
PHANISCUS: Laß mich in Ruhe!
PINACIUM: Sieh doch, wie sich der Affe bläht!
Bleibst du nicht gleich, du schmutziger Schmarotzer, stehen?
PHANISCUS: Warum heißt du Schmarotzer mich?
PINACIUM: Das sag ich dir:
Weil man mit einem Imbiß dich hinbringen kann,

Wohin man will.

PHANISCUS: Das ist meine Sache.
Ich esse gern. Was kümmert's dich?

PINACIUM: Du gibst dich kühn,
Da ja der Herr dich liebt.

PHANISCUS: Ah! Mir tun die Augen weh!

PINACIUM: Warum?

PHANISCUS: Weil sie der Rauch belästigt.

PINACIUM: Schweig du,
Du Grobschmied, der gewöhnlich Bleigeld prägt.

PHANISCUS: Du bringst mich nie dahin, daß ich dich beschimpfe.
Der Herr kennt mich.

PINACIUM: Er muß doch wohl sein Ruhepolster kennen.

PHANISCUS: Wärst du nicht
Betrunken, sprächst du nicht so boshaft.

PINACIUM: Soll ich dir deinen Willen tun, wo du ihn mir
Nicht tun willst?

PHANISCUS: So komm, du übles Stück, den Herren abzuholen.
Bitte rede mir nicht mehr von solchen Dingen.

PINACIUM: Gut. So klopf ich an die Tür.
Er klopft an die Haustür des Theopropides.
Holla, ist niemand da, der diese Tür schützt
Vor Quälerei? Zeigt niemand sich und öffnet mir?
Niemand erscheint. Es kann auch gar nicht anders sein,
Wo solch Gesindel wohnt. Doch desto mehr
Tut Vorsicht not, daß keiner kommt, der mich zerwalkt.

IV/2b

PHANISCUS *nach kurzem Horchen*: Da ist kein Lärm von Gästen, wie das [früher war,
Kein Mädchen, das die Flöte spielt, noch jemand sonst
Läßt sich vernehmen.

THEOPROPIDES *wird aufmerksam und nähert sich*: Was geschehen hier für [Dinge?
Was suchen diese Leute da vor meinem Haus?
Was wollen sie? Was gucken sie hinein?

PHANISCUS: Ich muß
Noch weiter klopfen. Heda, Tranio, öffne doch!
Machst du nicht auf?

THEOPROPIDES: Was ist das für eine Geschichte denn?
PHANISCUS: So mach doch einmal auf! Wir kommen, unseren Herrn,
Callidamates, abzuholen.
THEOPROPIDES: He, ihr Burschen,
Was treibt ihr hier? Was schlagt ihr denn das Haus entzwei?
PHANISCUS: He, du Alter, was fragst du nach dem,
Was dich nichts angeht?
THEOPROPIDES: Was mich nichts angeht?
PHANISCUS: Falls du nicht zufällig der neue Präfekt bist,
Wo du dich um fremde Dinge kümmerst,
Sie untersuchen, sehen, hören willst.
THEOPROPIDES: Das Haus da, wo ihr steht, ist mein.
PHANISCUS: Was sagst du da? Verkaufte denn Philolaches
Das Haus? Ohne Zweifel will der Alte uns betrügen.
THEOPROPIDES: Ich sag die Wahrheit. Aber was wollt ihr denn hier?
PHANISCUS: Ich will es sagen: da drin zecht unser Herr.
THEOPROPIDES: Da drin zecht euer Herr?
PHANISCUS: So sagt ich dir.
THEOPROPIDES: Du bist doch gar zu spaßig, Bursch.
PHANISCUS: Ihn abzuholen kommen wir.
THEOPROPIDES: Wen?
PHANISCUS: Unseren Herrn.
Wie oft verlangst du, daß ich dir's noch sagen soll?
THEOPROPIDES: Bursch, hier wohnt niemand. –
Du kommst mir doch wie ein braver Bursche vor.
PHANISCUS: Wohnt denn nicht in diesem Haus
Der junge Philolaches?
THEOPROPIDES: Er wohnte hier.
Doch zog schon lange er aus diesem Haus heraus.
PINACIUM *zu Phaniscus*: Dem Alten spukt's gewiß im Hirn.
PHANISCUS *zu Theopropides*: Du irrst gewaltig, Vater, denn wofern
Er heut nicht oder gestern ausgezogen ist,
Weiß ich ganz sicher, daß er hier wohnt.
THEOPROPIDES: Nein, seit sechs Monaten wohnt niemand mehr hier.
PINACIUM: Du träumst.
THEOPROPIDES: Ich?
PINACIUM: Ja, du.

THEOPROPIDES: Bleib mir vom Leib; laß mit dem Burschen da
Mich reden. – Hier wohnt niemand.
PHANISCUS: Hier wohnt ganz bestimmt jemand. Denn gestern,
Vorgestern, vorvorgestern und noch weiter zurück –
Seitdem der Vater in der Fremde weilt –,
Nie hat man hier das Trinken auch drei Tage nur
Gelassen.
THEOPROPIDES: Was sagst du da?
PHANISCUS: Daß drei Tage nie vergangen sind,
Wo nicht geschmaust, gezecht ward, wo man Dirnen nicht
Herholte, griechisch lebte, Leier- und Flötenspielerinnen einlud.
THEOPROPIDES: Wer hat das getan?
PHANISCUS: Philolaches.
THEOPROPIDES: Was für ein Philolaches?
PHANISCUS: Der, dessen Vater sich, wie ich glaube, Theopropides nennt.
THEOPROPIDES: Ich bin des Todes, wenn er Wahrheit spricht. Ich muß
Ihn weiter noch ausfragen. – Also Philolaches,
Er sei nun, wer er wolle, sagst du, pflege dort
Mit eurem Herrn zu zechen?
PHANISCUS: Ja, hier, sage ich.
THEOPROPIDES: Du siehst gar nicht so dumm aus, Bursche, wie du bist;
Besinne dich einmal, ob du nicht zum Vespern
Irgendwo eingekehrt bist und etwas mehr, als nötig war,
Getrunken hast.
PHANISCUS: Wieso?
THEOPROPIDES: Ich meine nur, ob du
Nicht etwa ans falsche Haus geraten bist.
PHANISCUS: Ich weiß ja doch, wohin ich gehen muß und wohin
Ich wirklich ging. Philolaches, dessen Vater sich
Theopropides nennt, wohnt hier, derselbe, der, seitdem
Sein Vater in Handelsangelegenheiten weg-
Gereist ist, eine Flötenspielerin hat freigekauft.
THEOPROPIDES: Philolaches also?
PHANISCUS: Ja, sie heißt Philematium.
THEOPROPIDES: Um wieviel?
PINACIUM: Um dreißig Talente.
PHANISCUS: Bei Apollo, nein;

Nur um dreißig Minen!
THEOPROPIDES: Dafür hat er sie freigekauft?
PHANISCUS: Um dreißig Minen hat er sie freigekauft.
THEOPROPIDES: Dreißig Minen, sagst du, kostete
Das Mädchen dem Philolaches?
PHANISCUS: Ja.
THEOPROPIDES: Und er hat sie freigelassen?
PHANISCUS: Ja.
THEOPROPIDES: Und, seit sein Vater weg war, immerfort
Gezecht mit deinem Herrn?
PHANISCUS: Ja.
THEOPROPIDES: Und hat er auch
Das Haus hier nebenan gekauft?
PHANISCUS: Nein.
THEOPROPIDES: Gab er nicht
Dem Besitzer vierzig Minen gleich als Pfand?
PHANISCUS: Nein, nein.
THEOPROPIDES: Du bist mein Tod.
PHANISCUS: Nein, er war seines Vaters Tod.
THEOPROPIDES: Das ist nur zu wahr.
PHANISCUS: Ich wollt, es wäre falsch. Du bist gewiß ein Freund von [seinem Vater.
THEOPROPIDES: Sein Vater ist fürwahr arm dran.
PHANISCUS: Das ist noch nichts, nur dreißig Minen, gegen das,
Was sonst er noch in Saus und Braus vertut.
THEOPROPIDES: Er hat seinen Vater ruiniert.
PHANISCUS: Der einzige Tranio,
Die gottverdammte Sklavenseele, wär imstande
Und brächte selbst des Herkules Beute durch. Fürwahr,
Mich dauert nur der Vater. Wenn der innewird,
Was alles da geschieht, so frißt dem armen Mann
Der Gram das Herz ab.
THEOPROPIDES: Wenn das wirklich die Wahrheit ist.
PHANISCUS: Was hätt ich denn davon, dich zu betrügen?
PINACIUM *klopft wieder an die Haustür*: Macht niemand mir die Türe auf?
PHANISCUS: Was klopfst du denn?
Es ist ja niemand drin. Die sind wohl zum Schmaus
Woanders hin. So wollen wir auch nun weggehen ...

THEOPROPIDES: Bursch!
PHANISCUS: ... und weitersuchen. Folge mir!
PINACIUM: Ich folge.
THEOPROPIDES: Bursch, du willst schon gehen?
PHANISCUS: Die Freiheit ist ein Schutz für deinen Rücken.
Wenn ich nicht meinen Herren fürcht und für ihn sorge,
Gibt es nichts, womit ich meinen Rücken decken kann.

Phaniscus und Pinacium auf der Straße ab.

IV/3

THEOPROPIDES: Ich bin des Todes! Was braucht's der Worte mehr? Nach [dem,
Was ich gehört, bin ich nicht nach Ägypten nur
Gesegelt, nein, in öde Länder hab ich mich,
Bis zu den fernsten Küsten selbst hinausgewagt,
Drum weiß ich jetzt auch nicht mehr, wo ich bin; doch bald
Will ich's erfahren. Sieh, da kommt der Mann, von dem
Mein Sohn das Haus gekauft. Wie geht's?
SIMO *von rechts kommend*: Vom Markte komm
Ich eben heim.
THEOPROPIDES: Hat sich nichts Neues auf dem Markt
Heute zugetragen?
SIMO: Doch.
THEOPROPIDES: Und was?
SIMO: Ich sah daselbst
Einen Leichenzug.
THEOPROPIDES: Na, das ist eine Neuigkeit!
SIMO: Einen Leichenzug sah ich; der Tote, sagte man,
Sei eben lebend noch gewesen.
THEOPROPIDES: Fahre dir
Das Wetter über den Kopf.
SIMO: Was fragst du mich denn auch
So in den Tag hinein nach Neuigkeiten?
THEOPROPIDES: Weil
Ich heute erst von der Reise heimgekommen bin.
SIMO: Ich bin nach auswärts schon versagt; damit du nicht
Auf den Gedanken kommst, für diesen Abend mich
Zum Essen einzuladen.

THEOPROPIDES: Daran denk ich auch,
Beim Pollux, nicht.
SIMO: Doch morgen, wenn kein anderer
Mich eher einlädt, speis ich gern bei dir.
THEOPROPIDES: An das
Zwar denk ich nicht, doch falls du jetzt nichts Wichtigeres
Vorhast, schenke mir Gehör.
SIMO: Recht gern.
THEOPROPIDES: Du hast
Vierzig Minen von Philolaches als Pfand erhalten?
SIMO: Keinen Heller, soviel ich weiß.
THEOPROPIDES: Doch ja,
Vom Sklaven Tranio.
SIMO: Von dem noch viel weniger.
THEOPROPIDES: Die er dir als Anzahlung gegeben.
SIMO: Was träumst du da?
THEOPROPIDES: Ich nicht, du aber wohl, da du Geschehenes
Durch Leugnen ungeschehen zu machen hoffst.
SIMO: Was denn?
THEOPROPIDES: Nun, das Geschäft, das, während ich auf Reisen war,
Mein Sohn hier mit dir abgeschlossen hat.
SIMO: Mit mir
Hätt ein Geschäft er abgeschlossen, während du
Fort warst? Was denn für eins und wann?
THEOPROPIDES: Ich schulde dir
Achtzig Minen.
SIMO: Mir, beim Herkules, nicht! Doch bist
Du sie schuldig, her damit! Was man verspricht,
Das muß man halten. Denke nur ans Leugnen nicht.
THEOPROPIDES: Gewiß, ich leugne, was ich schuldig bin, nicht ab
Und werd es zahlen; doch auch du wirst hoffentlich
Nicht leugnen, daß du vierzig Minen schon empfingst.
SIMO: Beim Pollux, schau mich doch nur einmal an und gib
Mir Antwort!

[Zwei Verse Lücke]

THEOPROPIDES: Ich will dir sagen. Das ist genau . . . *[?]*
Was er dir schuldete für das Haus.

SIMO: So, er soll ein Haus von mir gekauft haben?

[Ein Vers Lücke]

Deinen Sohn, so sagte er, wollest du verheiraten
Und drum in deinem Hause bauen.

THEOPROPIDES: Ich wolle hier bauen?

SIMO: So hat er mir gesagt.

THEOPROPIDES: Weh mir, ich bin des Todes! Der Atem geht mir aus!
Nachbar, ich bin verloren, liege schon im Grab!

SIMO: Hat Tranio etwas eingebrockt?

THEOPROPIDES: Nein, ausgebrockt.
Ganz scheußlich hat er heute mich und dich gefoppt.

SIMO: Was sagst du?

THEOPROPIDES: Wie ich schon gesagt, verhält es sich:
Unaufhörlich hat er heute dich und mich gefoppt.
Nun bitt ich dich, daß du mit Rat und Tat mir hilfst.

SIMO: Was willst du?

THEOPROPIDES: Komm, ich bitte, mit mir.

SIMO: Soll geschehen.

THEOPROPIDES: Und gib mir Sklaven mit und Peitschen.

SIMO: Nimm sie dir.

THEOPROPIDES: Bei der Gelegenheit erzähl ich dir sodann,
Wie unerhört er heute mich betrogen hat.

Beide ab ins Haus des Simo.

V/1

Tranio erscheint, wohl von rechts.

TRANIO: Ein Mensch, der in Verlegenheiten furchtsam ist,
Ist keinen Deut wert. Was ein Deut
Bedeutet, weiß ich freilich nicht.
Nachdem mein Herr mich auf das Land hinausgeschickt,
Um seinen Sohn hereinzuholen, schlich ich durch
Ein Winkelgäßchen mich zu unserem Garten hin,
Ich öffnete die Tür, die an das Gäßchen stößt,
Und führte so das ganze Heer, männlichen wie weiblichen
Geschlechts, hinaus. Als ich nun meine Kompanie
Aus der Belagerung hatt in Sicherheit gebracht,
Faß ich den Plan, die ganze Kameradschaft zu

Einem Kriegsrat zu berufen. Doch ich habe sie
Kaum beieinander, so schließen sie aus ihrem Rat mich aus.
Nun, da ich sehe, daß ich selbst verkauft soll werden,
Tu ich in aller Eile, was die meisten tun,
Die sich in Angst und Not befinden: Streich auf Streich
Wird fortgespielt, daß nie und nirgends Ruhe wird;
Denn länger, das ist klar, kann es dem Alten nicht
Verborgen bleiben.

[Lücke, vier Verse.]

Ich komme ihnen noch zuvor und schließ ein Bündnis.
Was halte ich mich auf? Was ist das? Hat die Tür
Hier nebenan geknarrt? Es ist mein Herr. Ich will
Doch etwas kosten von der Sprache, die er führt.

THEOPROPIDES *aus dem Haus des Simo kommend und zurücksprechend*:
Stellt euch nur hinter die Schwelle, und springt auf meinen Ruf
Sogleich hervor, dann legt ihr unverzüglich ihm
Handschellen an. Hier vor dem Haus erwart ich ihn,
Der mich zum Narren hat gehabt; ganz närrisch will auch ich
Mit seinem Fell umgehen, so wahr ich lebe.

TRANIO *für sich*: Nun ist's am Tag. Jetzt, Tranio, gilt's, dich umzusehen,
Was du anfängst.

THEOPROPIDES *für sich*: Klug und pfiffig muß ich ihn
Zu fangen suchen, wenn er kommt. Nicht tret ich gleich
Mit meiner Herzensmeinung vor; ich werfe erst
Die Angelschnur aus, stelle mich, als wüßt ich noch
Gar nichts von alledem.

TRANIO *für sich*: O du verschmitzter Kerl!
In ganz Athen gibt's keinen so durchtriebenen Kopf;
Den kann man heut nicht mehr betrügen als den Stein hier. –
Will doch hin zu ihm und ihn anreden.

THEOPROPIDES: Nunmehr wünscht ich doch, er käme bald.

TRANIO: Falls du mich suchst, da hast du mich, Mann gegen Mann.

THEOPROPIDES: Sehr gut! Wie geht dir's, Tranio?

TRANIO: Unsere Leute sind
Bald hier vom Land. Demnächst wird Philolaches sich
Einfinden.

THEOPROPIDES: In der Tat, der kommt mir ganz gelegen:

Hier unser Nachbar scheint mir ein verwegener
Und schlimmer Bursch zu sein.

TRANIO: Wieso?

THEOPROPIDES: Er will euch gar
Nicht kennen.

TRANIO: Uns nicht kennen?

THEOPROPIDES: Auch habe er von euch
Nie einen Kreuzer Geld erhalten.

TRANIO: Geh, du treibst
Nur Spaß mit mir; das sagt er nicht, ich glaub es nicht.

THEOPROPIDES: Doch, doch, er sagt's. Auch habe er an Philolaches nie
Sein Haus verkauft.

TRANIO: Er leugnet, daß er Geld bekam?
Ich bitte dich!

THEOPROPIDES: Er bot sogar den Eid mir an,
Wenn ich's verlange, daß er weder das Haus verkauft
Noch Geld erhalten. Alles, wie du mir's erzählt,
Habe ich ihm vorgehalten.

TRANIO: *[Lücke]*

THEOPROPIDES: Dasselbe hab ich ihm gesagt.

TRANIO: Und was erwidert' er?

THEOPROPIDES: Alle seine Sklaven bot er zum Verhör mir an.

TRANIO: Ach, Possen! Die stellt er dir nie.

TRHEOPROPIDES: Er stellt sie, ja!

TRANIO: Nun, so fordere ihn vor den Richter.

THEOPROPIDES: Warte nur,
Ich werde meine Sache führen, ganz gewiß.

TRANIO: Bring mir den Burschen her.

THEOPROPIDES: Wie wär es denn, wenn ich
Die Leute mir herholte?

TRANIO: Längst schon hätte das
Geschehen sollen. Oder lasse deinen Sohn
Sein Eigentumsrecht geltend machen auf das Haus.

THEOPROPIDES: Ich will doch lieber erst die Sklaven zum Verhör
Herholen.

TRANIO: Gut, der Meinung bin ich auch. Indes
Setz ich mich hier auf den Altar.

Tranio setzt sich auf den Altar.

THEOPROPIDES: Wozu denn das?

TRANIO: Du merkst auch gar nichts: Daß die Sklaven sich
Nicht hierher flüchten, die er zum Verhöre stellt.
Drum führ ich hier den Vorsitz, daß das Verhör
Uns nicht ins Wasser fällt.

THEOPROPIDES: Steh auf!

TRANIO: Keineswegs.

THEOPROPIDES: Laß
Den Altar unbesetzt, ich bitte dich.

TRANIO: Warum?

THEOPROPIDES: Weil's just mein Wunsch ist, daß sie dahin flüchten!
Um so viel leichter setze ich's beim Richter durch,
Daß er verurteilt wird zu zahlen.

TRANIO: Tu, was du willst.
Was machst du dir da neue Mühe? Weißt du nicht,
Welch ein bedenklich Ding es ist, zum Richter gehen?

THEOPROPIDES: So stehe also auf! Ich möchte mich gern über was
Mit dir beraten.

TRANIO: Nun, ich kann von hier aus auch
Dir Rat erteilen. Wenn ich sitze, bin ich viel
Gescheiter; auch ist Rat von heiliger Stätte her
Weit kräftiger.

THEOPROPIDES: Steh auf, mach keine Possen, sieh
Mir ins Gesicht. *Blickt ihn freundlich an.*

TRANIO: Ja?

THEOPROPIDES: Nun, siehst du?

TRANIO: Ich sehe. Träte jetzt ein Dritter zwischen uns,
Er stürbe Hungers.

THEOPROPIDES: Und warum das?

TRANIO: Weil bei uns
Nichts zu verdienen ist. Wir sind, beim Herkules,
Beide schlau.

THEOPROPIDES: Weh mir!

TRANIO: Was ist dir?

THEOPROPIDES: Du hast mich betrogen.

TRANIO: Wieso?

THEOPROPIDES: Du hast mich sauber ausgeschneuzt.
TRANIO: Ist es dir recht so? Fließt
Der Schleim nach Wunsch?
THEOPROPIDES: Du hast sogar das ganze Hirn
Mir aus dem Kopf hinausgeschneuzt. Von der Wurzel aus kenn
Ich eure ganze Schurkerei. Was sag ich da?
Nicht nur von der Wurzel aus, nein, mit der Wurzel selbst.
Fürwahr, nicht ungestraft kommst du mir heut davon:
Reisholz und Feuer laß ich um den Altar herum, du Schuft,
Anzünden.
TRANIO: Tu das nicht; gesotten schmeck ich ja
Weit besser als gebraten.
THEOPROPIDES: Ein Exempel will, bei Gott,
An dir ich statuieren lassen.
TRANIO: Weil ich gefalle, willst du zum Exempel mich
Erwählen?
THEOPROPIDES: Sprich, wie ließ ich meinen Sohn zurück,
Als ich auf die Reise ging?
TRANIO: Mit Händen, Füßen, mit
Zehn Fingern, Ohren, Augen, Mund.
THEOPROPIDES: Das ist es nicht,
Was ich dich frage.
TRANIO: Nun wohlan, so geb ich dir
Auch eine andere Antwort. Aber sieh, Callidamates,
Der Busenfreund von deinem Sohn, kommt eben da;
Vor diesem magst du mit mir tun, was du nur willst.

V/2

Callidamates kommt von rechts.

CALLIDAMATES *für sich*: Nachdem ich allen Schlaf begraben und meinen
Hab ausgeschlafen, sagte mir Philolaches, [Rausch
Sein Vater sei aus fernen Landen heimgekehrt,
Und wie sein Sklave ihn nach seiner Ankunft an der Nase hat
Herumgeführt. Er fürchte sich, ihm vors Gesicht
Zu kommen. So bin aus der ganzen Kompanie
Ich denn allein zum Sprecher ausersehen,
Verzeihung ihm vom Vater zu erflehen. – Doch sieh,

Wie schön. Willkommen heiße ich dich, Theopropides!
Ich freue mich, daß du gesund zurückgekehrt;
Nimm doch bei mir die Mahlzeit heute abend ein.
THEOPROPIDES: Sei auch mit dir, Callidamates, der Götter Huld!
Doch für die Mahlzeit danke ich.
CALLIDAMATES: Kommst du nicht?
TRANIO: Versprich's;
Ich will für dich erscheinen, wenn dir's nicht beliebt.
THEOPROPIDES: Du Schurke spottest meiner noch?
TRANIO: Weil ich für dich
Zur Abendmahlzeit gehen will?
THEOPROPIDES: Das tust du nicht;
Ich werde sorgen, daß man dich, wie du verdient,
Ans Kreuz bringt.
CALLIDAMATES: Laß das und geh mit mir zu Tisch.
TRANIO: So sag's doch zu! Was schweigst du?
CALLIDAMATES: Aber du? Warum
Hast zum Altar du dich geflüchtet?
TRANIO: Du verstehst auch nichts.
Er hat bei seiner Ankunft mich erschreckt.
Zu Theopropides: Bringe du jetzt vor,
Was ich getan. Hier steht er, sieh, der zwischen uns
Entscheiden soll. Mach, fange die Verhandlung an!
THEOPROPIDES: Er hat mir meinen Sohn verführt, behaupte ich.
TRANIO: So höre denn! Ich gebe zu, daß er gefehlt,
Daß, als du fort warst, er ein Mädchen freigekauft,
Auch Geld auf Zins geborgt und dieses durchgebracht hat.
Allein, hat damit er was anderes getan,
Als was die Söhne aus den ersten Häusern tun?
THEOPROPIDES: Bei meiner Treu! Da gilt es, auf der Hut zu sein.
Du bist ein ganz durchtriebener Redner.
CALLIDAMATES: Lasse mich
In dieser Sache Richter sein. *Zu Tranio:* Du, stehe auf,
Ich will den Sitz einnehmen.
THEOPROPIDES: Schön in deine Hand
Leg ich den Streit.
TRANIO: Da liegt eine Falle drin. *Zu Callidamates:*

Mach erst, daß ich für mich nicht mehr zu fürchten brauche
Und daß du meine Ängste auf dich nimmst.
Tranio verläßt den Altarsitz nicht.

THEOPROPIDES: Alles andere
Schlag ich so hoch nicht an wie die Manier, womit
Er mich genarrt.

TRANIO: Fürwahr, das hab ich gut gemacht;
Das freut mich erst noch recht. In einem Alter, wo
Der Kopf schon grau ist, sollte man gescheiter sein.

THEOPROPIDES: Was mach ich nun?

TRANIO: Wenn du ein Freund des Diphilus oder des
Philemon bist, so erzähle ihnen, wie dein Sklave dich
An der Nase hat herumgeführt; den schönsten Stoff
Zu einem Lustspiel lieferst du damit.

CALLIDAMATES: Nun schweig
Ein wenig, laß mich sprechen! – Hör mich an!

THEOPROPIDES: Es sei.

CALLIDAMATES: Du weißt, daß ich von allen Freunden deines Sohns
Der erste bin. Er hat mich angegangen, denn
Er schämt sich, vor dein Angesicht zu treten, weil
Er weiß, daß du erfahren hast, was er getan.
Nun bitt ich dich, verzeih ihm seinen dummen Streich
Um seiner Jugend willen; ist er doch dein Sohn.
Du weißt, daß man in diesem Alter solches Spiel
Gern spielt. Was er getan, hat er mit uns getan.
Wir alle haben Schuld. Zins, Kapital und alles, was
Das Mädchen kostet, zahlen wir, bestreiten wir,
Und zwar aus unseren Mitteln, nicht den deinigen.

THEOPROPIDES: Kein Fürsprech konnte kommen, der so leicht wie du
Sich Eingang bei mir schafft. Ich bin nicht bös auf ihn,
Ich habe keinen Groll. Vor meinen Augen mag
Er lieben, zechen, treiben, was sein Herz erfreut.
Wenn er nur Reu empfindet, daß er Geld vertan,
So ist mir das genug.

CALLIDAMATES: Tief fühlt er diese Reue.

TRANIO: Er hat Verzeihung. Was wird nun mit mir geschehen?

THEOPROPIDES: Mit Ruten laß ich, Unflat, aufgehängt dich prügeln.

TRANIO: Auch wenn mich's reut?

THEOPROPIDES: So wahr ich lebe, du bist des Todes!

CALLIDAMATES: Laß doch vollkommen deine Gnade sein, erlaß
Um meinetwillen auch dem Tranio seine Schuld!

THEOPROPIDES: Eher sei dir alles, was du willst, gewährt von mir,
Als daß ich ihn für seine Übeltaten nicht
Zugrunde richte.

CALLIDAMATES: Laß ihn doch laufen, ich bitte dich.

TRANIO: *[Lücke]*

THEOPROPIDES: Siehst du, wie der Galgenstrick sich mir widersetzt?

CALLIDAMATES: Tranio, sei doch vernünftig, schweige!

THEOPROPIDES: Höre doch
Mit deinem Bitten auf: die Peitsche wird ihn schon
Zur Ruhe bringen.

CALLIDAMATES: Dessen bedarf's nicht; laß dich doch
Erbitten!

THEOPROPIDES: Nichts von Bitten!

CALLIDAMATES: Doch, ja doch!

THEOPROPIDES: Bleibe mir mit Bitten fern!

CALLIDAMATES: Umsonst verbietest du mir sie:
Die eine Schuld verzeih ihm mir zuliebe doch!

TRANIO: Was sträubst du dich? Als ob ich nicht gleich morgen schon
Einen neuen Streich ausübte? Dann kannst du ja
Für beides mich, für das und jenes, züchtigen.

CALLIDAMATES: Laß dich erflehen!

THEOPROPIDES: So geh denn ungestraft hinweg!
Bedanke dich bei dem dafür! – Zuschauer,
Das Stück ist nun beendet; klatscht uns Beifall zu!

RUDENS

(Das Seil)

Personen

ARCTURUS, *Gestirngottheit, Prologsprecher*
SCEPARNIO, *Sklave des Daemones*
PLEUSIDIPPUS, *junger Mann aus Athen, Liebhaber der Palaestra*
DAEMONES, *älterer Mann aus Athen, Vater der Palaestra*
PALAESTRA, *Sklavin des Labrax, Tochter des Daemones*
AMPELISCA, *Sklavin des Labrax*
PTOLEMOCRATIA, *ältere Frau, Priesterin im Tempel der Venus*
FISCHER, *eine Gruppe*
TRACHALIO, *Sklave des Pleusidippus*
LABRAX, *ein Kuppler*
CHARMIDES, *ein Mann aus Sizilien, Gastfreund des Labrax*
TURBALIO, *Sklave des Daemones*
SPARAX, *Sklave des Daemones*
GRIPUS, *Sklave des Daemones, Fischer*
Drei Begleiter des Pleusidippus

Der Schauplatz ist in der Nähe von Kyrene. Im Hintergrund der Bühne stehen rechts das Gehöft des Daemones und links ein Tempel der Venus, vor dem sich ein Altar befindet. Der linke Seitenausgang führt zur Stadt Kyrene mit ihrem Hafen, der rechte zur unbewohnten Meeresküste.

EINLEITUNG

Der Titel bezieht sich auf Szene IV/3, wo der Sklave Gripus erscheint, der einen Reisekoffer aus dem Meer gefischt hat. Trachalio, der Sklave eines anderen Herrn, hat ihn beobachtet und hält nun das Seil des Netzes fest, in dem sich der Koffer befindet. Die beiden Sklaven balgen sich um das Fundstück, der eine zieht am Netz, der andere am Tau nach der entgegengesetzten Seite: ein lustiges Bühnenbild, an das der Titel erinnern soll. – Die figuren- und abwechslungsreiche Handlung mischt Sentimentalität mit komischem Spaß. Sie spielt bei Kyrene, in der Nähe des Meeresstrandes, nachdem in der Nacht ein Sturm dort gewütet hatte. Ein athenischer junger Mann (Pleusidippus) ist wieder einmal in ein Mädchen (Palaestra) verliebt, das sich im Besitz eines Kupplers (Labrax) befindet. Er hat diesmal schon einen Kaufvertrag abgeschlossen, und Labrax hat eidlich bekräftigt, ihm Palaestra zu übergeben, will ihn aber dennoch hintergehen und versucht unbemerkt mit dem Mädchen nach Sizilien wegzufahren – ein Vorhaben, das nur durch das Eingreifen der Götter vereitelt wird, denn Arcturus erregt als Strafe für den Meineidigen den Seesturm, der das Schiff des Labrax untergehen läßt. Palaestra rettet sich mit ihrer Magd (Ampelisca), Labrax mit einem schurkischen Gastfreund (Charmides) auf getrennten Wegen ans Land, wobei sie gerade dort ankommen, wo zuvor das Treffen mit Pleusidippus vereinbart worden war, am Tempel der Venus draußen vor der Stadt. Labrax lädt neue Schuld auf sich, als er versucht, die beiden Mädchen, die sich ins Asyl der Göttin geflüchtet haben, mit sich zu nehmen; er wird darin nur durch das Dazwischentreten des neben dem Tempel wohnenden Mannes (Daemones) gehindert, der diese Freveltat nicht zuläßt. Als Pleusidippus schließlich eintrifft, zieht er Labrax wegen des Vertragsbruchs vor das kyrenäische Gericht. Da Palaestra dort dem jungen Athener zugesprochen wird, könnte die Handlung damit abgeschlossen sein. Das Mädchen soll jedoch nicht nur befreit, sondern darüber hinaus als Athenerin anerkannt werden, damit Pleusidippus sie am Ende heiraten kann. Als Vater fungiert Daemones, der schon zuvor seine Tochter nichtsahnend vor dem Kuppler schützte, ein rechtschaffener Athener, der aus finanziellen Gründen emigriert war. Die Wiedererkennung wird herbeigeführt mittels jenes Koffers des Labrax, den Gripus, der Sklave des Daemones, aus dem Meer gefischt hat und den Trachalio, der Sklave des Pleusidippus, in jener Titelszene ihm streitig macht. Daemones, zum Schiedsrichter berufen, erfährt, daß sich in dem Koffer ein Kästchen mit Wiedererkennungszeichen der Palaestra befindet, die Trachalio als Eigentum des Mädchens reklamiert. Die Identifikation der Gegenstände durch Palaestra läßt Daemones erkennen, daß er seine Tochter vor sich hat. – Das griechische Original stammt von Diphilos, sein Titel ist nicht gesichert.

PROLOG

ARCTURUS: Der Völker, Meer und Länder ringsumher bewegt,
Dessen Bürger bin ich in dem Staat der Himmlischen.
So bin ich, wie ihr seht, ein glänzendhell Gestirn,
Ein Zeichen, das stets aufgeht zu seiner Zeit
Hier und am Himmel: Arcturus ist mein Name.
Er, der Herrscher über die Götter und die Menschen, Juppiter,
Verteilt uns, dahin den, den dorthin, durch die Welt,
Daß wir der Menschen Tun, Art, Treu und Redlichkeit
Erforschen, daß er einen jeden mit Reichtum segnet,
[Der sich wohl verhält.]
Wer falschen Streit anhebt durch falsches Zeugnis, wer
Geld, das er schuldet, abschwört vor Gericht,
Dessen Namen bringen schriftlich wir vor Juppiter:
Tagtäglich weiß er, wer da Böses sinnt.
Wenn einer hier durch Meineid ungerechtes Gut
Gewinnen will, vom Richter falschen Spruch erlangt,
Ändert den schon gefällten Spruch er wieder um und setzt
Eine weit größere Strafe an, als jener durch den Streit gewann.
Die Frevler freilich bilden sich gewöhnlich ein,
Es lasse Juppiter durch Geschenk und Opfer sich
Versöhnen, und verlieren Müh und Geld dabei,
Und zwar deshalb, weil er von Meineidigen keine Sühnegaben [nimmt.
Weit leichter wird der Fromme, der in Demut naht,
Erhörung sich verschaffen, als wer Frevel tut.
Darum ermahn ich euch, die ihr rechtschaffen seid
Und euer Leben führt in Treu und Redlichkeit:
[Textlücke]
Beharrt dabei, damit ihr später Freude habt. –
Doch jetzt vernehmt des Stückes Inhalt; deshalb kam ich her.
Fürs erste: diese Stadt, so hat es Diphilos
Gewollt, nennt man Kyrene. Hier wohnt Daemones
Auf seinem Feld und Landgut, hart am Meeresstrand.

Der alte, brave Mann kam aus Athen
Landflüchtig hierher, doch war's keine Übeltat,
Weshalb er seine Heimat missen muß, nein,
Indem er anderen half, geriet er selbst in Not.
Gefälligkeit bracht ihn um sein wohlerworbenes Gut.
Dem kam einst seine Tochter noch als kleines Kind
Abhanden. Ein verworfener Bursche kaufte sie
Dem Räuber ab, ein Kuppler; dieser brachte drauf
Die Jungfrau hierher nach Kyrene. – Ein junger Mann
Aus Attica, ein Landsmann von Daemones hier, erblickte sie,
Als eben sie vom Lautenspiel nach Hause ging.
Er verliebte sich, ging hin zum Kuppler, wird mit ihm
Um dreißig Minen für das Mädchen handelseins,
Gibt eine Anzahlung und verpflichtet eidlich ihn.
Der Kuppler aber, wie sich das von selbst versteht,
Bekümmert sich kein Haar um sein gegebenes Wort,
Noch um den Schwur, den er dem jungen Mann getan.
Ein Silizier war als Gast bei ihm, ein alter Schuft
Aus Agrigent, ihm völlig gleich, ein Verräter an
Der eigenen Vaterstadt; der fing nun alsobald
Die Reize dieses Mädchens und der anderen Frauen,
Die der Kuppler hielt, zu rühmen an.
Er schlägt ihm vor, sie sollten miteinander nach
Sizilien gehen; das sei ein Land der Lüstlinge,
Dort werd er leicht zum reichen Mann, dort ließe sich
Ein riesiges Geschäft mit Freudenmädchen machen.
Er überredet ihn. Ein Schiff wird heimlich nun gemietet,
Sein Hab und Gut schleppt nachts der Kuppler in das Schiff.
Dem jungen Mann, der ihm das Mädchen abgekauft,
Sagt er, er wolle der Venus ein Gelübde einlösen.
Dies hier ist der Venustempel, und hierher lud er
Den jungen Mann zum Essen ein. Er selbst bestieg
Sogleich das Schiff und segelt mit den Dirnen ab.
Der Jüngling hört von anderen, was geschehen war:
Der Kuppler sei entflohen. Der Jüngling kommt zum Hafen:
Weit weg auf hoher See befand sich schon das Schiff.
Ich, als ich sah, wie man die Jungfrau wegschleppte,

Brachte Hilfe ihr und dem Hurenwirt den Untergang zugleich.
Ich jagte Sturm auf, warf die Meeresfluten hoch empor;
Denn ich Arctur bin heftig wie sonst kein Gestirn,
Sturm bringt mein Aufgang, Sturm noch mehr mein Untergang.
Jetzt sitzen beide, der Gastfreund und der Hurenwirt,
Gestrandet auf dem Felsenriff, zerschellt ist nun ihr Schiff.
Doch jenes Mädchen und noch eine andere,
Ihre Magd, die sprangen von dem Schiff angstvoll in ein Boot hinab.
Jetzt treibt die Flut sie von dem Riff dem Lande zu,
Zum Hause jenes Alten, der als Verbannter dort
Wohnt und dem Dach und Ziegel auch der Sturm zerschlug.
Sceparnio kommt mit einer Hacke aus dem Haus des Daemones.
Der soeben da heraustritt, ist sein Knecht.
Auch werdet ihr sogleich den Jüngling kommen sehen,
Der jenes Mädchen von dem Kuppler hat gekauft.
Lebt wohl! Seid stark, daß eure Feinde Angst bekommen.
Arcturus ab.

I/1

SCEPARNIO: Ihr ewigen Götter, welch ein Ungewitter hat
Neptunus diese Nacht auf uns herabgesandt!
Der Sturm hat unser Landhaus abgedeckt.
Was braucht es viele Worte?
Es war kein Sturm, es war – die »Alkmene« des Euripides.
So hat er alle Ziegel von dem Dach gestürzt,
Durchsichtig und an Lücken reich das Dach gemacht.

I/2

Sceparnio macht sich daran, Lehm auszugraben, mit dem die Sturmschäden beseitigt werden sollen; Pleusidippus kommt mit drei bewaffneten Begleitern von links.

PLEUSIDIPPUS *zu seinen Begleitern*: Da hab ich euch von eurer Arbeit [weggeführt
Und hab doch nicht erreicht, weshalb ich euch geholt,
Den Kuppler auch am Hafen nicht erwischt;
Doch geb ich nicht aus Trägheit meine Hoffnung auf,
Drum hielt ich euch, ihr Freunde, länger noch zurück.
Jetzt komm ich, hier beim Venustempel mich umzusehen,

Wo er, wie er mir sagte, ein Opfer bringen wollte.

SCEPARNIO *für sich*: Am klügsten, denk ich, wär's, ich schabte diesen
Der mich so plagt, zusammen. [Lehm,

PLEUSIDIPPUS: Da spricht neben mir
Jemand.

Daemones kommt aus seinem Haus.

DAEMONES: Sceparnio, he!

SCEPARNIO: Wer nennt bei meinem Namen mich?

DAEMONES: Der Geld für dich bezahlt hat.

SCEPARNIO: Das soll wohl soviel
Bedeuten, Daemones, daß ich dein Sklave bin.

DAEMONES: Wir brauchen viel Lehm, drum grabe nur recht tief
Den Boden auf; ich seh, daß ich das ganze Haus
Neu decken muß, denn wie es jetzt ist, ist es weit
Durchsichtiger als ein Sieb.

PLEUSIDIPPUS: Sei, Vater, mir gegrüßt,
Ja, alle beide!

DAEMONES: Sei gegrüßt!

SCEPARNIO: Bist du ein Mann
Oder ein Weib, der du diesen hier deinen Vater nennst?

PLEUSIDIPPUS: Ein Mann natürlich.

SCEPARNIO: Dann suche, Mann, dir anderwärts
Einen Vater auf.

DAEMONES: Ich hatte nur ein Töchterchen,
Und dieses eine ging verloren. Männliche
Nachkommen hatt ich nie.

PLEUSIDIPPUS: Doch die Götter werden sie dir geben.

SCEPARNIO: Du sollst, wer du auch seist, es schwer büßen,
Daß du mit deinem Schwatzen uns bei dem Geschäft,
Das uns in Anspruch nimmt, noch mehr zu schaffen machst.

PLEUSIDIPPUS: Ist das hier eure Wohnung?

SCEPARNIO: Was geht dich das an?
Spürst du die Orte aus, wo's was zu stehlen gibt?

PLEUSIDIPPUS: Das muß ein reicher und bewährter Sklave sein,
Der, wenn der Herr zugegen ist, das Maul nicht hält
Und so unhöflich spricht zu einem freien Mann.

SCEPARNIO: Und unverschämt und frech ist jedenfalls ein Mensch,

Der störend nur so hertritt an ein fremdes Haus,
Wo man ihm doch nichts schuldet.

DAEMONES: Schweig, Sceparnio!
Was willst du, junger Mann?

PLEUSIDIPPUS: Für diesen eine Strafe,
Der, wenn der Herr daneben steht, so vorlaut ist;
Dich aber, ist dir's nicht beschwerlich, möcht ich nur
Mit wenigen Worten etwas fragen.

DAEMONES: Bin ich gleich
Beschäftigt, steh ich doch zu Diensten.

SCEPARNIO: Gehst du denn
Nicht lieber nach dem Sumpf und schneidest Rohr, das Haus
Damit zu decken, solange noch das Wetter trocken ist?

DAEMONES: Schweig! – Und du sage, was du wünschst.

PLEUSIDIPPUS: So sag mir denn,
Was ich dich frage. Sahst du einen Menschen hier
Mit grauem Kopf und krausen Haaren, einen Schuft,
Betrüger und Meineidigen?

DAEMONES: Gar viele so,
Denn wegen solcher Leute leb ich in der Not.

PLEUSIDIPPUS: Hier bei dem Venustempel, mein ich, einen, der
Zwei Mädchen bei sich hatte und sich rüstete,
Ein Opfer zu vollziehen, gestern oder heute.

DAEMONES: Nein, wahrlich, junger Mann, seit vielen Tagen schon
Sah ich dort niemand opfern. Doch es kann mir nicht
Entgehen, wenn hier jemand opfert: immer holen sie
Von hier sich Wasser, Feuer, Krüge, Messer, Spieß,
Auch Schüsseln für das Eingeweide oder sonst etwas.
Mit einem Wort: Für Venus hab ich Töpf und Brunnen angeschafft,
Und nicht für mich. Doch jetzt ist da seit vielen Tagen Ruh.

PLEUSIDIPPUS: Wie du dich aussprichst, sprichst du mein Verderben aus.

DAEMONES: Soviel an mir liegt, magst du wohl sein und gesund.

SCEPARNIO: He, du, der des Bauches wegen um die Tempel schweift,
Weit besser ist's, wenn du daheim dir kochen läßt.

DAEMONES: Wahrscheinlich lud man hierher dich zum Frühmahl ein,
Und der dich einlud, kam nicht.

PLEUSIDIPPUS: Ja, so ist's.

SCEPARNIO: Es ist nicht schlimm, wenn nüchtern du nach Hause gehst.
Du solltest eher zu Ceres als zu Venus laufen;
Denn die Venus sorgt für Liebe; Ceres aber für das Korn.
PLEUSIDIPPUS: Da hat mich jener Kerl doch schändlich angeschmiert.
DAEMONES *nach rechts blickend*: Ihr ewigen Götter! Was ist das,
Die Menschen dort am Strand? [Sceparnio,
SCEPARNIO: Mir kommt's so vor,
Als ob zu einem Abschiedsmahle sie geladen sind.
DAEMONES: Wieso?
SCEPARNIO: Weil gestern, glaub ich, nach dem Essen sie
Ins Bad gegangen sind.
DAEMONES: Ihr Schiff ist in der See zerschellt.
SCEPARNIO: So ist's. Ebenso wie hier, zu Land,
Das Haus und unsere Ziegel.
DAEMONES: Hu, hu!
Wie winzig seid ihr Menschlein! Wie sie, über Bord
Geschleudert, schwimmen!
PLEUSIDIPPUS: Wo sind, ich bitte dich,
Die Menschen?
DAEMONES: Dort, rechts – siehst du? – längs dem Strand.
PLEUSIDIPPUS: Ganz richtig.
Zu seinen Begleitern: Folgt mir! Wär er's, den ich suche, doch,
Der Schurke! *Zu Daemones und Sceparnio:* Ihr lebt wohl!
Pleusidippus mit seinen Begleitern ab nach rechts.
SCEPARNIO *ruft ihm nach*: Da sorgen wir dafür,
Auch ohne dich. – Doch, o Palaemon, heiliger
Begleiter des Neptunus und des Herkules Gefährte,
Wie die Sage geht, was muß ich sehen!
DAEMONES: Was siehst du denn?
SCEPARNIO: Zwei Mädchen seh
Ich dort in einem Boote sitzen, ganz allein.
Wie sich die Armen quälen! Bravo, bravo, fein!
Vom Felsenriffe treibt die Flut ihr Boot zum Strand,
Kein Steuermann wär besser das zu tun imstand.
Ich glaube, daß ich nie noch größere Wellen sah.
Gerettet sind sie, wenn sie dort der Flut entgehen.
Jetzt, jetzt geht's schief: die eine ist schon über Bord!

Doch da ist seichter Grund, da schwimmt sie leicht hindurch.
Juchhe! Sie steht schon aufrecht, kommt hierher.
Nun steht die Sache gut. – Jedoch die andere
Sprang auf den Boden aus dem Boot. Wie sie im Wasser auf
Die Kniee sinkt vor Angst! Sie ist gerettet, ist
Schon aus dem Wasser, ist am trockenen Strand. Doch, wendet sie
Sich rechts, dann ist's ihr Untergang. Hm, die wird heut
Sich noch recht schön verirren!

DAEMONES: Was geht dich das an?

SCEPARNIO: Rückt auf das Riff sie los, fällt rücklings sie herab;
Dann freilich ist der Irrfahrt schnell das Ende nah.

DAEMONES: Wenn du bei denen diesen Abend essen willst,
Dann magst du für sie sorgen, Sceparnio;
Doch willst bei mir du essen, dann tu den Dienst bei mir.

SCEPARNIO: Du hast ganz recht.

DAEMONES: Nun denn, so komm mit mir.

SCEPARNIO: Jawohl!

Daemones mit Sceparnio ab in sein Haus.

I/3

Palaestra erscheint rechts. Sie ist allein, ihre Kleider sind durchnäßt.

PALAESTRA: Viel minder elend stellt der Menschen Los sich dar,
Wenn man davon bloß spricht, wie hart dagegen, wenn
Sie's selbst erfahren müssen! Hat's Gott so gewollt,
Daß ich in solchem Aufzug angstvoll über Bord
Geschleudert ward in unbekannte Gegenden?
Zu dem Geschicke sollt ich Unglückselige
Geboren worden sein? Das also ward mein Teil,
Weil frommen Sinn ich so gewissenhaft bewies?
Denn ohne allen Schmerz ertrüg ich diesen Schmerz,
Hätt Unrecht wider Götter und die Eltern ich verübt.
Doch wenn ich stets besorgt war, wie ich solches mied,
Dann schickt ihr Götter dies unwürdig, unverdient
Und maßlos über mich. Denn was soll künftighin
Des Frevlers Los sein, wenn Schuldlose solchen Lohn
Von euch empfangen? Ja, wär ich mir bewußt, daß ich,
Daß meine Eltern sich versündigt, würd ich mich

Nicht so beklagen. Doch meines Herrn
Verbrechen trifft auch mich; es ist seine Freveltat,
Die mich so sehr in Not bringt. Er verlor sein Schiff
Samt Hab und Gut im Meer. Ich bin ungefähr
Nun alles, was von Eigentum ihm übrigblieb.
Auch die, die in dem Boote mit mir fuhr,
Fiel über Bord. Nun steh ich ganz allein.
O wäre sie am Leben mir erhalten nur,
Viel leichter wäre dann durch ihre Hilfe meine Müh.
Wo find ich Hilfe nun, wo Hoffnung oder Rat,
Ich, die so einsam hier steht am einsamen Ort?
Hier ragen Felsenriffe, hier erbraust das Meer;
Da ist kein Mensch, der mir entgegenkommt.
[Textlücke, etwa 2 Verse]
Was auf dem Leib ich trage, das allein besitz ich noch.
Wo ich Nahrung finde, wo ein Obdach, weiß ich nicht.
Wo bleibt zum Weiterleben mir da Hoffnung noch?
Ganz fremd ist mir der Ort, nie war zuvor ich hier.
Hätt ich nur irgend jemand, der mir Weg und Steg
Von hieraus zeigt', allein so bin ich ganz und gar
ratlos, ob da-, ob dorthin ich mich wenden soll.
Kein angebautes Land erblick ich in der Näh.
Frost, Irrsal, Schrecken lähmen alle Glieder mir.
Ihr, meine unglückseligen Eltern, wisset nicht,
Wie groß das Unglück ist, in dem ich nunmehr bin.
Ich bin so frei geboren, wie man es nur kann,
Und es war doch umsonst. Bin ich nicht Sklavin jetzt,
Wie wenn im Sklavenstand ich geboren worden wär?
Gar nichts konnte ich denen nützen,
Die für sich mich aufgezogen haben.

I/4

Ampelisca kommt von rechts, ohne Palaestra zu sehen.

AMPELISCA: Was ist wohl besser für mich und was richtiger,
Als daß von diesem Körper ich das Leben nehme?
So elend leb ich, so viel Sorgen quälen meine Brust.
Ja, so ist es: nichts mehr gilt hinfort das Leben mir;

Sie ist dahin, die Hoffnung, die mich hielt.
Rings herum bin ich gelaufen, habe jegliches
Versteck durchstöbert, ob ich die Genossin nicht
Durch Rufen, Spähen, Lauschen auskundschaften kann.
Doch nirgends find ich sie, noch weiß ich Rat, wohin
Ich gehen soll, sie aufzusuchen; nirgends zeigt
Sich jemand, der auf meine Fragen Antwort gibt.
So öd und einsam gibt's nichts in der weiten Welt
Wie diesen Ort und diese Gegend. Dennoch, ist
Sie noch am Leben, werd auch ich mein Leben lang
Nicht müde, sie zu suchen.

PALAESTRA: Welche Stimme tönt
Mir da ins Ohr?

AMPELISCA: O Schreck, wer spricht so nahe hier?

PALAESTRA: Ach süße Hoffnung, steh mir bei,
Reiß mich aus der Angst, in der ich bin!

AMPELISCA: Sicher drang eine Frauenstimme mir ans Ohr!

PALAESTRA: Eine Frau ist es, ich hörte eine Frauenstimme.
Bei Gott, ist es die Ampelisca?

AMPELISCA: Wie, hör ich nicht dich, Palaestra?

PALAESTRA: Ich will sie doch, daß sie mich hören kann,
Beim Namen rufen: Ampelisca!

AMPELISCA: Wer ist da?

PALAESTRA: Ich bin's, Palaestra.

AMPELISCA: Sprich, wo bist du?

PALAESTRA: Jetzt fürwahr
Im größten Elend.

AMPELISCA: Dann bin ich Genossin dir,
Und nicht geringer ist mein Teil als deiner.
Doch dich zu sehen verlange ich.

PALAESTRA: Mir geht es ebenso.

AMPELISCA: Laß uns die Schritte richten nach der Stimme Klang.
Wo bist du?

PALAESTRA: Hier; komm nur geradewegs hierher
Zu mir.

AMPELISCA: Sogleich geschieht es.

PALAESTRA: Reiche mir die Hand.

AMPELISCA: Da hast du sie.
PALAESTRA: Ach bitte, sprich, du lebst noch?
AMPELISCA: Dein Werk ist's, daß ich neu jetzt wieder leben mag,
Da meine Hand dich fassen darf. Doch glaub ich kaum,
Daß du's bist, die ich fasse. Komm, umarme mich,
Du, meine Hoffnung, Linderung aller meiner Not!
PALAESTRA: Du nimmst mein eigenes Wort mir von dem Munde weg.
Doch nunmehr laß uns gehen.
AMPELISCA: Wohin, bitte, sollen wir gehen?
PALAESTRA: Den Strand entlang.
AMPELISCA: Wohin du magst, begleit ich dich.
Doch wollen wir mit so durchnäßten Kleidern hier
Herumstreifen?
PALAESTRA: Am besten trägt man mit Geduld,
Was nicht zu ändern ist. Doch, bitte, was ist das?
AMPELISCA: Was denn?
PALAESTRA: Siehst du nicht, Teure, dort den Tempel?
AMPELISCA: Wo?
PALAESTRA: Zur Rechten.
AMPELISCA: Ja, der Ort scheint mir der Götter würdig.
PALAESTRA: Dann sind Menschen auch
Gewiß nicht weit von hier; so lieblich ist der Ort.
Was immer für ein Gott es sei, ich fleh ihn an,
Daß er uns Armen, Gramgebeugten Hilfe bringt.

I/5

Ptolemocratia tritt aus dem Tempel.
PTOLEMOCRATIA: Wer sind die, die hier meiner Herrin Schutz erflehen?
Es rief mich vor die Tür der Laut der Betenden.
Gut ist die Göttin und freundlich, keinem Nahenden
Abhold, nein, eine wohlgeneigte Schützerin.
PALAESTRA: Wir bieten, Mutter, dir den Gruß.
PTOLEMOCRATIA: Ihr Mädchen seid
Mir auch gegrüßt. Doch sagt, woher ihr kommt,
Die Kleider so durchnäßt? Ich bitt euch drum, ihr seid
Recht jammerwürdig angetan.
PALAESTRA: Von gar nicht fern

Führt uns der Weg zu Land daher, doch weit entfernt
Ist jener Ort, von wo wir hergesteuert sind.
PTOLEMOCRATIA: So trug ein hölzern Roß euch durch den blauen Pfad
Zu uns?
PALAESTRA: Genauso ist's.
PTOLEMOCRATIA: Da hätt es euch geziemt,
In weißem Festgewand mit Opfertieren euch zu nahen.
Nicht so, wie ihr seid, kommt man sonst zum Heiligtum.
PALAESTRA: Wie? Wir, vom Meer soeben ausgeworfen,
Wo, bitte, nähmen wir Opfertiere her?
Jetzt wollen wir, ganz hilflos, deine Knie umfangen,
Wir, denen fremd das Land, fremd jede Hoffnung ist:
Daß du uns gastlich aufnimmst, deinen Schutz verleihst
Und unser, die Erbarmen suchen, dich erbarmst,
Da nirgends uns ein Obdach, nirgends Hoffnung winkt,
Auch weiter nichts, als was du siehst, uns übrigblieb.
PTOLEMOCRATIA: Reicht beide mir die Hände und erhebt euch von den [Knieen!
Barmherziger ist keine Frau als ich.
Doch hier, ihr Mädchen, wohnt Armut und Dürftigkeit,
Kaum reicht mir's für das eigene Leben; der Venus
Diene ich mit meiner eigenen Speise.
AMPELISCA: Ist das, ich bitte dich, der Venus Heiligtum?
PTOLEMOCRATIA: Jawohl, und Priesterin dieses Tempels nennt man [mich.
Doch, wie gering auch mein Besitz ist, freundlich teile ich,
Soweit die Mittel reichen. – Kommt herein mit mir!
PALAESTRA: Wie gütig und wie liebevoll erweist du dich,
Mutter, gegenüber uns.
PTOLEMOCRATIA: So ist es meine Pflicht.

Alle drei ab in den Venustempel.

II/1

Eine Gruppe von Fischern kommt mit Körben und Angelgerät von links.

FISCHER: Allweg sind doch die armen Leute schlimm daran,
Besonders wenn sie keinen Erwerb haben
Und von keiner Handwerkskunst etwas verstehen; die Not
Heißt dann an dem genug haben, was man eben hat.
Uns seht ihr ungefähr an unserem Aufzug an,

Wie reich wir sind: dies Rohr und diese Angel hier
Gibt uns Erwerb und Brot. Tagtäglich ziehen wir
Zur Stadt hinaus ans Meer und suchen unsere Kost.
Statt auf die Rennbahn, auf den Turnplatz, gehen wir
Den Meerigeln, Austern, Schnecken, Perlenmuscheln, den
Seenesseln, den Mies- und den Kammuscheln nach.
Dann geht's zum Fischfang mit der Angel auf die Klippen.
Die Nahrung holen wir im Meer. Ist uns das Glück
Nicht günstig, läßt kein Fisch sich fangen, kehren wir
Gesalzen und ganz rein gewaschen still nach Haus
Und schlafen ohne Essen. Und wie jetzt die See
In Fluten aufwallt, ist auch keine Hoffnung da.
Gelingt's uns nicht, von Muscheln was zu fangen, ja,
Dann sind wir abgespeist. Drum laßt uns flehen gehen
Zur guten Venus, daß sie heut uns freundlich hilft.

II/2

Trachalio kommt von links.

TRACHALIO: Ich habe sorgsam acht gegeben, meinen Herrn
Nicht zu verfehlen, denn als eben er das Haus
Verließ, sagt' er, er gehe nach dem Hafen hin.
Mir trug er auf, hier bei dem Venustempel ihn
Zu erwarten. Doch das trifft sich ganz geschickt, da stehen
Ja Leute, die ich fragen kann; ich will mal hin.
Gott grüß euch, ihr Meeresdiebe, ihr Muschelsammler und
Ihr Angler, Volk von Hungerleidern.
Was treibt ihr? Wie geht ihr zugrunde?

FISCHER: Wie's Fischern ziemt,
Durch Hungern, Dursten ...

[Textlücke, 1 Vers]

TRACHALIO: Habt ihr nicht,
Solang ihr dasteht, einen jungen Mann gesehen
Mit kühnen Zügen, roten Wangen, voller Kraft,
Und bei ihm noch drei andere in Kriegsmänteln und
Mit Schwertern?

[Textlücke, 1 Vers]

FISCHER: Von dem Aussehen, wie du's hier beschreibst,

Kam unsers Wissens niemand diesen Weg.

TRACHALIO: Saht ihr vielleicht
Einen alten Mann mit einer Glatze, der wie ein Silen aussah,
Mit dickem Bauch, stumpfnasig, untersetzt, mit Runzeln auf der [Stirn,
Gebogenen Augenbrauen, einen abgefeimten Kerl,
Den Göttern wie den Menschen gleich zuwider, voll
Von jeder Lumperei, von Schand und Missetat,
Der zwei recht hübsche Dirnchen mit sich führte?

FISCHER: Wer
Mit solchen Gaben auf die Welt gekommen ist
Und sie betätigt, sollte eher zum Henker als
Zu Venus gehen.

TRACHALIO: Doch, ob ihr ihn sahet, sagt!

FISCHER: Nein, von der Art kam niemand her. Leb wohl!

Die Fischer gehen nach rechts ab.

TRACHALIO: Lebt wohl!
Ich wußt es gut; wie ich's geahnt, so ist's geschehen.
Er hat meinen Herrn betrogen. Der Kupplerhund
Ist durchgebrannt, er hat sich auf ein Schiff gesetzt,
Die Dirnen weggeführt. Ich hab es prophezeit.
Auch lud er meinen Herrn hierher zum Essen ein,
Die Lasterquelle. Was kann jetzt ich Besseres tun
Als auf meinen Herrn hier warten, bis er kommt?
Zugleich will ich die Venuspriesterin, falls ich sie
Zu sehen bekomme, fragen, ob ihr weiteres
Vielleicht bekannt ist: sie wird Auskunft geben.

II/3

Ampelisca tritt mit einem leeren Wasserkrug aus dem Tempel.

AMPELISCA *zurücksprechend*: Versteh schon: drüben bei dem Landhaus, [das zunächst
Dem Venustempel liegt, da soll ich klopfen und
Um Wasser bitten.

TRACHALIO: Welche Stimm ist mir am Ohr
Vorbeigeflogen?

AMPELISCA: Himmel, wer ist's, der hier spricht?
Wen seh ich?

TRACHALIO: Ist das Ampelisca nicht, die aus

Der Tempeltüre tritt?
AMPELISCA: Ist das Trachalio nicht,
Den ich erblicke, Pleusidippus' Diener?
TRACHALIO: Ja,
So ist's.
AMPELISCA: Er ist's. Trachalio, sei gegrüßt!
TRACHALIO: Auch du,
Ampelisca, sei gegrüßt! Wie geht dir's?
AMPELISCA: Schlecht genug
Für mein nicht übles Alter.
TRACHALIO: Beruf es nicht!
AMPELISCA: Der Kluge muß die Wahrheit immer beisteuern.
Doch sag mir, bitte, wo ist Pleusidippus, dein Herr?
TRACHALIO: Ei ja, du fragst, als wär er nicht da drin.
AMPELISCA: Beim Pollux, nein,
Er ist nicht da und kam auch nie hierher.
TRACHALIO: Er kam
Nicht her?
AMPELISCA: Es ist, wie du sagst.
TRACHALIO: Das, Ampelisca, ist
Sonst nicht meine Art. Doch ist das Essen nicht
Bald fertig?
AMPELISCA: Welches Essen, bitte?
TRACHALIO: Meint ich doch,
Ihr richtet hier ein Opfer zu.
AMPELISCA: Du träumst wohl?
TRACHALIO: Soviel ist sicher: Labrax hat den Pleusidippus
Hierher zum Mahl geladen, dein Herr meinen Herrn.
AMPELISCA: Da sagst du mir, beim Pollux, nichts, was mich verwundert.
Wenn er Gott und die Welt betrog, so ist das Kupplerart.
TRACHALIO: So richtet hier denn weder ihr noch euer Herr
Ein Opfer zu?
AMPELISCA: Du hast's getroffen.
TRACHALIO: Aber was
Machst du denn hier?
AMPELISCA: Aus großem Unglück und äußerster
Angst, aus Todesnot nahm uns, die Hilf-

Und Mittellosen, hier die Venuspriesterin
Zu sich, mich und Palaestra.

TRACHALIO: Bitte, ist Palaestra hier,
Die Geliebte meines Herrn?

AMPELISCA: Gewiß.

TRACHALIO: O Lust und Wonne, die in deiner Botschaft liegt,
Meine Ampelisca! Doch ich möchte gern von der Gefahr,
In der ihr schwebet, hören.

AMPELISCA: Ach, in dieser Nacht
Ist unser Schiff gescheitert, mein Trachalio.

TRACHALIO: Was für ein Schiff? Was erzählst du mir denn da?

AMPELISCA: Bitte, hast du nicht vernommen, wie der Kuppler uns
Wollt insgeheim von hier weg nach Sizilien
Fortschleppen und all sein Besitztum in ein Schiff
Zusammenpackte? Das ist alles nun zugrund
Gegangen.

TRACHALIO: Sei gegrüßt, Neptun, du freundlicher!
Kein Würfelspieler spielt so fein wie du. Fürwahr,
Der Wurf gelang dir meistermäßig; ruiniert
Hast du den eidvergessenen Schurken. Doch wo ist
Der Kuppler Labrax jetzt?

AMPELISCA: Er trinkt sich wohl zu Tod,
Ihn lud Neptun heut nacht zu großen Humpen ein.

TRACHALIO: Gewiß, da mußt er seinen Krug ganz austrinken.
Wie hab ich, meine Ampelisca, dich so lieb!
Wie du so süß bist, wie du Honigworte sprichst!
Doch sage, wie seid ihr, du und Palaestra, denn
Gerettet worden?

AMPELISCA: Sollst es gleich erfahren. Aus
Dem Schiffe sprangen wir angstvoll in ein Boot hinein,
Als wir das Schiff an Klippen hingeschleudert sahen.
Ich löste, während alles ganz betäubt noch war,
Geschwind das Tau ab; uns riß mit dem Boot der Sturm
Rechts ab von jenen, und so wurden wir von Wind
Und Wogen jammerwürdig auf jedwede Art
Die ganze Nacht umhergeworfen. Kaum noch trug
Der Wind uns heut halbtot an das Gestad zurück.

TRACHALIO: Ich kenne das; das ist so ganz Neptuns Manier,
Er übt eine sehr genaue Marktaufsicht:
Wenn eine Ware nicht in Ordnung ist,
Wirft er gleich alle weg.
AMPELISCA: Den Strick verdienst du um den Kragen.
TRACHALIO: Nein, du selbst,
Meine Ampelisca. Von dem Kuppler wußt ich längst,
Daß er's so machen würde, oft sagt ich's voraus.
Am besten wär's, ich ließe mir die Haare stehen
Und spielte den Propheten.
AMPELISCA: Wenn dein Herr und du
Das wußtet, warum hieltet ihr ihn nicht zurück?
TRACHALIO: Was sollt er machen?
AMPELISCA: Was er machen sollte? Das
Fragst du? Wenn er verliebt war, mußt er Tag und Nacht
Achthaben, auf der Wache stehen. Dein Pleusidippus,
Der sorgte für uns soviel, wie wir ihm
Wert waren.
TRACHALIO: Wie redest du nur so?
AMPELISCA: Es ist ja klar.
TRACHALIO: So, meinst du? Wer zum Baden geht
Und noch so scharf auf seine Kleider Achtung gibt,
Kann doch bestohlen werden, weil er ja leicht
Den Falschen in das Auge faßt; der Dieb jedoch
Weiß gut, auf wen er lauern muß. Der Wächter kennt
Den Dieb nicht. – Doch führ mich zu ihr hinein. Wo ist sie?
AMPELISCA: Geh nur hier in der Venus Heiligtum hinein,
Da wirst du sie antreffen, wie sie sitzt und weint.
TRACHALIO: Das seh ich gar nicht gern. Doch warum weint sie denn?
AMPELISCA: Gleich sag ich dir's. Es quält sie in der Seele, daß
Der Kuppler ihr ein Kästchen nahm, das sie besaß,
Worin sie Sachen hatte, mit denen sie
Ihre Eltern konnt erkennen. Dieses sei zugrund
Gegangen, fürchtet sie.
TRACHALIO: Wo war das Kästchen denn?
AMPELISCA: Im Schiffe dort. Er selber schloß es in den Koffer ein,
Damit ihr jede Möglichkeit genommen wäre, je

Die Eltern aufzufinden.
TRACHALIO: Schand- und Freveltat!
Sie, die frei sein sollte, zwingt man zur Sklaverei.
AMPELISCA: Jetzt meint sie, daß er mit dem Schiff
Ins tiefe Meer versunken sei. Auch alles Gold und Silber,
Das der Kuppler hatte, war da drin.
TRACHALIO: Auch möglich, daß jemand hinabgetaucht ist und
Ihn heraufgeholt hat.
AMPELISCA: Darüber härmt und grämt sie sich,
Daß ihr die Sachen fehlen.
TRACHALIO: Um so mehr ist's nötig,
Daß ich hineingeh und sie tröste, daß sie sich
Nicht also abquält, denn ich weiß, das Gute ist
Oft unverhofft gekommen.
AMPELISCA: Ich hingegen weiß,
Daß langes Hoffen und Harren
Schon manchen hat gemacht zum Narren.
TRACHALIO: Darum ist Gleichmut die beste Würze jedes Grams.
Ich will hineingehen, wenn du nichts dagegen hast.
Trachalio ab in den Tempel.
AMPELISCA: Geh nur. Ich will jetzt tun, was mir die Priesterin
Auftrug, und Wasser holen bei dem Nachbarn hier.
Ich würd es alsogleich bekommen, sagte sie,
Wenn ich's in ihrem Namen forderte. – Wohl noch nie
Hab ich eine alte Frau gesehen, die mehr verdient,
Daß Götter und auch Menschen ihr gefällig sind:
Wie liebenswürdig, wie edelmütig und wie ehrenhaft, wie gar
Nicht widerwillig sie uns, die Armen, Nassen, Schüchternen,
Gescheiterten, Halbentseelten aufnahm, anders nicht,
Als wären ihre eigenen Kinder wir!
Und wie sie gar selbst aufgeschürzt das Wasser uns
Zum Bade wärmte! Daß sie nicht lange warten muß,
Hol ich, wie sie befohlen hat, das Wasser jetzt. –
He! Ist niemand im Haus, der öffnet? Kommt niemand?

II/4

Sceparnio kommt aus dem Haus des Daemones.

SCEPARNIO: Wer geht so mit Gewalt auf unsere Türe los?

AMPELISCA: Ich bin's.

SCEPARNIO: He, was gibt's Gutes hier? Ein Mädchen, ei,
Wie hübsch!

AMPELISCA: Sei mir willkommen, junger Mann!

SCEPARNIO: Auch dir
Recht schönen Gruß, mein junges Kind.

AMPELISCA: Zu euch will ich.

SCEPARNIO: Gern geb ich dir Quartier, wenn du heut abend kommst,
Grad wie du da bist; denn fürwahr, jetzt hab ich nichts,
Womit ich dienen kann. Doch sprich, was wünschest du,
Mein feines Schätzchen? *Er faßt sie an.*

AMPELISCA: Halt du! Die Vertraulichkeit
Geht gar zu weit.

SCEPARNIO: Ihr ewigen Götter! Der Venus
Leibhaftig Ebenbild! Welch muntere Äuglein!
Welch ein Leib! Beißend gebräunt –
Pikant, das wollt ich sagen. Welch eine schöne Brust!
Und wie ihr Kuß so wonnig schmeckt!

AMPELISCA: Noch bin ich nicht
Als Bauernkost gemeines Gut. Willst du die Hand
Nicht gleich hinwegtun?

SCEPARNIO: Darf ich denn dich Feine nicht
So fein und sanft berühren?

AMPELISCA: Wenn's die Zeit erlaubt,
Dann bin ich gern zu Scherz und Schäkereien bereit;
Jetzt, Freund, für meinen Auftrag sage mir:
Willst du mir helfen oder nicht?

SCEPARNIO: Was willst du denn?

AMPELISCA *auf den Krug zeigend*: Wer klug ist, dächt ich, merkte, was ich
Aus meinem Aufzug schon. [will,

SCEPARNIO *mit obszöner Geste*: Auch aus dem meinigen
Kann, wer klug ist, merken, was ich will.

AMPELISCA: Die Priesterin der Venus hieß Wasser holen mich bei euch.

SCEPARNIO: Ich aber bin vom Hofstaat: bittest du mich nicht,
So kriegst du keinen Tropfen. Denn auf unser Risiko,
Mit unserem Werkzeug gruben wir den Brunnen aus.
Nur hübsch geschmeichelt, keinen Tropfen kriegst du sonst!
AMPELISCA: Warum mißgönnst du mir das Wasser, das ja selbst
Der Feind dem Feind gewährt?
SCEPARNIO: Warum mißgönnst du mir
Die Gunstbezeugung, die der Freund dem Freund gewährt?
AMPELISCA: Ich will ja alles tun, mein Schätzchen, was du willst.
SCEPARNIO: Juchhe! Nun geht's mir gut, denn sie nennt mich bereits
Ihr Schätzchen. Du kriegst Wasser, sollst mich nicht umsonst
Liebhaben. Gib den Krug mir her.
AMPELISCA: Da hast du ihn,
Bring, bitte, ihn geschwind zurück.
SCEPARNIO: Gleich; warte nur, mein Schatz.
Sceparnio mit dem Krug ab ins Haus.
AMPELISCA: Was sag ich doch der Priesterin, daß ich hier so lang
Verweilte? Wie ich Ärmste jetzt noch bebe, wenn
Mein Auge nur das Meer erblickt! – Jedoch, was seh
Ich Ärmste dort am fernen Strande? Meinen Herrn,
Den Kuppler, und den Gastfreund aus Sizilien,
Die ich beide schon im Meer versunken glaubte.
So lebt uns denn des Unheils mehr, als wir gedacht.
Jedoch, was zögere ich? Flugs zum Tempel, daß ich dies
Palaestra meld und vorher zum Altare wir
Uns flüchten, eh der Schuft von Kuppler uns erreicht
Und festnimmt. Fort! Die Sache leidet nicht Verzug.
Ampelisca läuft in den Tempel.

II/5

Sceparnio kommt mit gefülltem Krug zurück.
SCEPARNIO: Ihr ewigen Götter, niemals hab ich doch gedacht,
Daß solche Lust im Wasser stecke! Wie vergnügt
Zog ich's herauf! Viel minder tief als sonst erschien
Der Brunnen mir; ganz ohne Mühe kam's zutag.
Doch, ohne mich zu rühmen, bin ich nicht
Ein Schwerenöter, daß ich heut so ein Verhältnis

Angesponnen habe? – Hier ist dein Wasser, schönes Kind.
Trag's mit dem gleichen Anstand, wie ich's trug, damit
Du mir gefällst. – Jedoch, mein Schatz, wo bist du? Nimm
Das Wasser da! Wo bist du? Ja, beim Herkules,
Sie liebt mich, das ist klar, drum hat die Schelmin sich
Versteckt. Wo bist du? Nimmst du nicht den Krug zur Hand?
Wo steckst du denn in aller Welt? – Ich sehe sie
Wahrhaftig nirgends: die hält mich zum Narren gar.
So stell ich denn den Krug hier mitten in den Weg.
Allein, wenn irgend jemand käm und trüg ihn fort,
Den heiligen Krug der Venus, schlecht bekäme mir
Das Ding. Mir ist wahrhaftig gar nicht wohl dabei,
Ob mir das Weib nicht Fallen stellt, damit man mich
Erwische mit dem heiligen Venuskrug.
Dann ließe mich die Obrigkeit mit vollem Recht
In Fesseln sterben, wenn man mit dem Krug mich säh:
Er ist gezeichnet, kündet selbst, wem er gehört.
Beim Herkules, ich rufe mir die Priesterin vor die Tür,
Daß sie den Krug annimmt. Ich will zur Türe hin. –
Holla, Ptolemocratia, nimm den Krug zu dir!
Ein unbekanntes Mädchen hat ihn mir gebracht. –
Ich muß ihn selbst hineintragen. Da hab ich ein Amt gefunden,
Wenn ich umsonst für sie noch Wasser schleppen muß!
Sceparnio mit dem Krug ab in den Tempel.

II/6

Labrax kommt durchnäßt von rechts.

LABRAX: Wer elend sich will machen und zum Bettelmann,
Der mag sich und sein Leben dem Neptun vertrauen.
Denn wer mit dem sich je nur eingelassen hat,
Den schickt er so, wie mein Exempel zeigt, nach Haus.
Fürwahr, Libertas, das war schlau von dir, daß du
Zugleich mit Herkules deinen Fuß nicht in ein Schiff
Hast setzen wollen. – Doch wo ist mein Gast, der dies
Unglück an mir verschuldet hat? Da kommt er ja.
Charmides erscheint durchnäßt von rechts.

CHARMIDES: Was, zum Henker, Labrax, läufst du so? So eilig dir

Zu folgen bin ich nicht imstande.

LABRAX: O wärst du doch,
Eh dich mein Auge sah, schon in Sizilien
Am Galgen umgekommen, du, durch dessen Schuld
Mich Armen all dies Unglück traf.

CHARMIDES: O hätt ich doch
An jenem Tag, wo du mich in dein Haus geführt,
Im tiefsten Kerkerloch gesteckt! Ich flehe zu
Der Götter Macht, daß du dein ganzes Leben lang
Nur solche Gäste habest, die dir ähnlich sind.

LABRAX: Als bösen Geist hab ich dich in mein Haus geführt.
Weswegen horcht ich Schuft auf deine Schwätzerei?
Wozu die Reise, diese Schiffbesteigerei,
Bei der mir mehr zugrunde ging, als ich besaß?

CHARMIDES: Das ist fürwahr doch gar kein Wunder, daß dein Schiff
Gescheitert ist, das solchen Schuft und solchen Schuftes Gut
Getragen hat.

LABRAX: Du hast mit deinen Schmeicheleien
Mich ganz zugrund gerichtet.

CHARMIDES: Ein ruchloseres
Gastmahl ward mir an deinem Tische vorgesetzt,
Als Tereus und Thyestes es bekommen haben.

LABRAX: Weh, mir wird übel. Bitte, halte mir den Kopf!

Labrax erbricht sich.

CHARMIDES: Fürwahr, ich wollte, du spieest dir die Lunge aus.

LABRAX: Palaestro, Ampelisca, he! Wo seid ihr denn?

CHARMIDES: Den Fischen, glaub ich, geben auf dem Meer sie Fraß.

LABRAX: Zum Bettler hast du mich durch deine Schuld gemacht,
Weil ich auf deine Lügen und Prahlereien hörte.

CHARMIDES: Von Rechts wegen schuldest du mir großen Dank.
Hab ich dich faden Burschen doch eingesalzt.

LABRAX: Mach, daß du fortkommst, packe dich zum Galgen hin!

CHARMIDES: Geh du! Die Reise hab ich eben selbst gemacht.

LABRAX: Weh mir! Wo lebt ein Mensch so Jammers voll wie ich?

CHARMIDES: Mein Jammer, Labrax, wiegt den deinen weit noch auf.

LABRAX: Wieso?

CHARMIDES: Weil ich unschuldig bin, du schuldig bist.

LABRAX: O du Schilfrohr! Wie beneid ich doch dein Glück,
Daß du den Ruhm der Trockenheit dir stets bewahrst.
CHARMIDES: Ich meines Teiles üb im modernen, schnellen Kampfstil
Ich zittere und bebe ständig hin und her. [mich;
LABRAX: Ein kalter Bademeister bist du doch fürwahr, Neptun!
Mitsamt den Kleidern ging ich von dir fort, und doch
Quält mich die Kälte. Nicht einmal ein Schenklokal
Für Glühwein hat er eingerichtet; nein, er reicht
Gesalzenes und eiskaltes Zeug zum Trank uns dar.
CHARMIDES: Wie glücklich ist dagegen doch der Eisenschmied,
Der bei den Kohlen sitzt: der hat beständig warm.
LABRAX: O würde doch das Los der Ente mir zuteil,
Die, wenn sie aus dem Wasser kommt, gleich trocken ist.
CHARMIDES: Wie wär's, wenn ich mich irgendwo beim Possenspiel
Als Manducus ließ engagieren?
LABRAX: Weshalb?
CHARMIDES: Weil mit den Zähnen ich
Laut klappere. Doch mich dünkt, man hat mich heut
Mit vollem Recht gewaschen.
LABRAX: Wieso?
CHARMIDES: Weil ich mich
Mit dir zusammen auf das gleiche Schiff gewagt,
Mit dir, der du die See von Grund mir aufgeregt.
LABRAX: Dir schenkt ich ja Gehör; du warst's, der mir versprach,
Man könne dort mit Freudenmädchen riesige
Geschäfte machen; dort könn ich Haufen Golds
Zusammenscharren, sagtest du.
CHARMIDES: Und du, du wüstes Tier,
Verlangtest schon, daß ganz Sizilien dir ins Maul
Geflogen kommen sollte.
LABRAX: Welcher Walfisch hat
Den Koffer mir verschluckt, worin ich all mein Geld
Und Silber eingepackt?
CHARMIDES: Derselbe, glaub ich, der den Beutel mir verschlang,
Der, voll mit Silber, in dem Mantelsack gesteckt.
LABRAX: O weh! So bin ich bis auf diesen einen Rock
Herabgekommen und den Lumpenmantel da!

Mit mir ist's aus!
CHARMIDES: Da können wir ja Brüderschaft
Zusammen machen; ist es doch das gleiche Los,
Das uns getroffen hat.
LABRAX: Wären wenigstens
Die Dirnen noch gerettet, dann wär immerhin
Noch etwas Hoffnung da. Doch wenn der junge Pleusidippus
Mich jetzt erblickt, von dem ich für Palaestra schon
Die Anzahlung empfangen habe, nun, der bindet mir
Einen sauberen Handel auf den Hals.
CHARMIDES: Was heulst du, Narr?
Fürwahr, du hast, solange deine Zunge lebt,
Genug, um allen Leuten tüchtig rauszugeben.

II/7

Sceparnio kommt aus dem Tempel.
SCEPARNIO: Was soll das heißen, daß die beiden Mädchen drin
Im Venustempel weinend sitzen und das Bild
Der Göttin fest umfassen? Vor wem fürchten sich
Die Armen etwa? In dieser letzten Nacht,
So sagen sie, seien auf der See sie lang umher
Und an den Strand geworfen worden.
LABRAX: Junger Mann,
Ich bitt um alles, sage mir, wo die Mädchen sind,
Von denen du da sprichst.
SCEPARNIO: Im Venustempel hier.
LABRAX: Wieviel sind es?
SCEPARNIO: Just so viel wie du und ich.
LABRAX: Nun, die gehören mir.
SCEPARNIO: Nun, davon weiß ich nichts.
LABRAX: Wie sehen sie aus?
SCEPARNIO: Recht hübsch. Ich könnt in beide mich
Verlieben, hätt ich wacker erst gezecht.
LABRAX: Nicht wahr, sie sind noch jung?
SCEPARNIO: Nicht wahr, du fällst einem zur Last?
Geh, wenn du Lust hast, selbst hinein und schau!
LABRAX: Gewiß sind die drin meine Mädchen, Charmides.

CHARMIDES: Mag Juppiter dich verderben, seien sie's oder nicht.
LABRAX: Gleich stürze ich mich in den Venustempel.
Labrax ab in den Tempel.
CHARMIDES: Lieber noch
In den tiefsten Abgrund! – Guter Freund, ich bitte, gib
Ein Plätzchen mir, wo ich mich schlafen legen kann.
SCEPARNIO: Schlaf überall hier, wo du Lust hast, niemand wehrt's;
Es ist ein öffentlicher Grund.
CHARMIDES: Siehst du denn meinen Aufzug nicht?
Daß meine Kleider ganz durchnäßt sind? Gib mir doch
Ein trockenes Gewand so lang, bis meines trocken ist;
Ich werd dir's irgendwo vergelten.
SCEPARNIO: Sieh her, ich habe nur die eine Decke da.
Die ist trocken; du kannst sie haben, wenn du willst.
Das ist mein Mantel, ist mein Hut, wenn Regen kommt.
Gib mir dein Zeug, ich will es trocknen.
CHARMIDES: Ho! Dir ist's
Noch nicht genug, daß mich das Meer gewaschen hat,
Du willst zu Land mich nochmals ausplündern.
SCEPARNIO: Ob man dich auswäscht oder ruiniert, ist mir
Ganz einerlei; dir borg ich nicht das Mindeste,
Es sei denn, daß du mir ein Pfand gibst. Schwitze du,
Komm um im Frost, sei krank du oder sei gesund,
Solch ungeschliffenen Gast mag ich im Hause nicht.
Es gibt ohnedies schon Streit genug.
Sceparnio ab in das Haus des Daemones.
CHARMIDES: Gehst du schon fort?
Das ist ein Sklavenhändler, sei er, wer er will.
Der kennt kein Erbarmen. Doch was steh ich Ärmster hier
So naß? Was geh ich in den Venustempel nicht
Und schlafe meinen Rausch aus, den ich gestern mir
Ganz wider meines Herzens Neigung angezecht?
Neptun hat uns Meereswasser zugegossen,
Als wär es Wein aus Griechenland.
Er wollte mit dem Salztrank wohl
Uns einen offenen Leib verschaffen. Was soll ich mehr sagen?
Hätt er ein wenig nur noch weiter eingeladen uns,

Wir wären gleich dort eingeschlafen; jetzt aber schickt
Er halbtot uns nach Haus. – Nun will ich doch
Nachsehen, was da drin mein Zechkumpan, der Kuppler, treibt.
Charmides ab in den Tempel.

III/1

Daemones kommt aus seinem Haus.
DAEMONES: Die Götter treiben doch ein sonderbares Spiel
Mit den Menschen; sonderbare Träume schicken sie
Im Schlaf uns zu und gönnen uns selbst da nicht Ruh.
So hab auch ich in dieser letztverflossenen Nacht
Einen wunderbaren, unverständlichen Traum gehabt.
Es kam mir vor, als säh ich einen Affen, der
Zu einem Schwalbennest emporzuklettern sich
Die größte Mühe gab; doch bracht er's nicht dahin,
Es auszunehmen. Bald darauf, so träumte mir,
Kam geraden Schritts der Affe auf mich zu und bat,
Ich möchte zu dem Zweck ihm eine Leiter leihen.
Auf das erwidert ich dem Affen etwa so:
[Textlücke, 1 Vers]
»Von Philomele und von Prokne stammen die Schwalben ab.«
Ich bitte ihn, er möchte meinen Landsgenossinnen
Kein Leid antun. Doch der wurde nur noch wütender
Und machte Miene, mir schwer zu drohen.
Er ruft mich vor Gericht. Und dort, ich weiß nicht wie,
Pack ich im Zorn den Affen mitten um den Leib
Und schlag in Fesseln dies vermaledeite Biest.
Auf was ich nun des Traumes Inhalt deuten soll,
Darüber konnt ich heute noch zu keinem Resultat
Gelangen. – Doch, was ist das für ein Lärm
Im nahen Venustempel? Das ist doch sehr merkwürdig.

III/2

Trachalio rennt aus dem Tempel.
TRACHALIO: Auf! Leute von Kyrene! Eure Redlichkeit
Erfleh ich mir, ihr Ackerbauer, all ihr Nachbarn,
Die ihr im Umkreis dieser Gegend Wohnung habt:

Bringt Hilfe dem, der Hilfe braucht, straft beispiellos
Das schlimmste Beispiel! Rächet, daß der Frevler Macht
Nicht größer sei als die der Unschuld, welche sich
Bekannt zu werden durch Verbrechen scheut.
Stellt an der Frechheit ein Exempel auf, belohnt
Die Sittsamkeit! Sorgt, daß man nach Gesetzen hier und nicht
Nach dem Recht des Stärkeren leben darf!
Eilt her zum Venustempel! Nochmals fleh ich euch an,
Euch, die ihr nah seid und mein Schreien hört!
Bringt Hilfe denen, die nach altem Brauch ihr Haupt
Der Venus und der Venuspriesterin anvertraut!
Dreht doch dem Frevel das Genick um, ehe er
Sich an euch selbst heranwagt!

DAEMONES: Nun, was gibt's denn da?

TRACHALIO *sich niederwerfend*: Bei diesen deinen Knien, o Greis, wer du [auch bist,
Beschwör ich dich ...

DAEMONES: Laß doch die Knie in Ruh und gib
Auskunft, warum du lärmst.

TRACHALIO: Ich bitt und fleh dich an,
Wenn du in diesem Jahr dir reichlichen
Ertrag erhoffst an Silphion und Silphionmilch
Und daß die Ausfuhr wohlbehalten bis nach Capua
Gelangt und daß dein Triefaug einmal trocken wird ...

DAEMONES: Bist du bei Sinnen?

TRACHALIO: Wenn du recht viel Silphionsamen
Zu gewinnen hoffst, laß, alter Mann, die Hilfe dir
Nicht leid sein, die ich von dir bitte.

DAEMONES: Aber ich
Beschwöre bei Schienbeinen, Knöcheln, Rücken dich:
Wofern du hoffst, daß dieses Jahr dir fruchtbar sei
An Ulmenrutenbündeln und die Prügelernte
Ergiebig werde, gib mir Auskunft, was denn vor-
Gefallen ist, weshalb du solchen Lärm machst.

TRACHALIO: Was wünschst du mir Böses? Was ich dir gewünscht,
War lauter Gutes.

DAEMONES: Ich auch wünsche Gutes dir,
Ich wünsche dir nur das, was du verdienst.

TRACHALIO: Laß uns zur Sache kommen.

DAEMONES: Nun, was gibt es denn?

TRACHALIO: Zwei ganz unschuldige Mädchen sind im Tempel drin,
Die brauchen deinen Beistand. Wider Gesetz und Recht
Ward hier im Venustempel und wird immer noch
In schwerster Art gefrevelt; selbst die Priesterin
Der Venus muß Unwürdiges dulden.

DAEMONES: Welcher Mensch
Besitzt die Unverschämtheit, daß er sich erfrecht,
Die Priesterin zu beleidigen? – Doch die Mädchen, sprich,
Wer sind sie denn und welches Unrecht leiden sie?

TRACHALIO: Gib acht nur, ich erzähle dir's. Der Göttin Bild
Umfaßten sie, und er, der Schurke, sucht sie davon wegzureißen.
Frei sollten beide sein.

DAEMONES: Wer ist denn der, der so gering die Götter schätzt?
Sag's rasch!

TRACHALIO: Ein Kerl voll Trug, Verbrechen, Mord
Und Meineid, ein Gesetzesübertreter, ruchlos, frech,
Einer, der keine Scham kennt; daß ich kurz und gut es sag:
Ein Kuppler ist's – was braucht's noch weitere Schilderung?

DAEMONES: Beim Pollux! Wie du da den Burschen schilderst, ist
Er reif, den Lohn für seine Frevel zu empfangen.

TRACHALIO: Ja, der Schuft!
Die Priesterin hat er an ihrer Kehle fest gepackt.

DAEMONES: Fürwahr, zu seinem größten Schaden tat er das. –
Zum Haus: Herbei, Turbalio! Sparax! Nun, wo seid ihr denn?

TRACHALIO: Geh doch hinein, ich bitte, steh den Mädchen bei.

DAEMONES *zum Haus*: Ich mag nicht zweimal rufen.

Die beiden Sklaven kommen aus dem Haus des Daemones.

DAEMONES: Folgt mir!

TRACHALIO: Frisch an das Werk!
Befiehl, daß man die Augen ihm aussteche, wie die Köche es
Bei den Tintenfischen tun.

DAEMONES: An den Füßen schleppt
Den Burschen mir heraus wie ein geschlachtet Schwein!

Daemones mit seinen Sklaven ab in den Tempel.

TRACHALIO: Ich höre Lärm. Mit Fäusten, glaub ich, wird der Kuppler nun

Gekämmt. Wie gönnte ich es dem verruchten Kerl,
Wenn sie die Kiefer ihm entzahnten. – Aber schau,
Da treten ja die Mädchen selbst aus dem Heiligtum voll Angst.

III/3

Palaestra und Ampelisca kommen aus dem Tempel.

PALAESTRA: So weit ist's nun, daß allen Rates, allen Trosts,
Daß allen Beistands, allen Schutzes bar wir sind.
Nicht bleibt uns irgendeine Hoffnung, die zum Heile führt.
Wir kennen nicht den Weg, der einzuschlagen ist;
Verzweiflung und Angst hat uns beide erfaßt.
Solch Unrecht widerfuhr uns, solche tiefe Schmach
Soeben in dem Tempel drin von unserem Herrn,
Der frevelhaft die greise Priesterin jählings griff,
Sie wegstieß, niederwarf aufs allerschändlichste
Und mit Gewalt vom Götterbild hinweg uns riß.
Da unsere Sache, unser Schicksal so nun steht,
Bleibt nur der Tod noch übrig. Besser als der Tod
Ist nichts in solchem Elend.

TRACHALIO: Wie? Was spricht man da?
Warte ich noch mit meinem Trost? Palaestra, he!

PALAESTRA: Wer ruft?

TRACHALIO: He, Ampelisca!

AMPELISCA: Gott! Wer ist's, der ruft?

PALAESTRA: Wer ist's, der mich beim Namen nennt?

TRACHALIO: Sieh dich nur um,
Und du erfährst es.

PALAESTRA: O du meiner Rettung Hoffnung!

TRACHALIO: Schweig still, sei guten Mutes und vertrau auf mich.

PALAESTRA: O wär es möglich, daß Gewalt mich nicht erdrückt,
Sie, die mich zwingt, Gewalt mir selber anzutun!

TRACHALIO: Hör auf; du bist nur töricht.

PALAESTRA: Tröste länger nicht
Mit leeren Worten mich, die Unglückselige.
Schaffst du nicht durch die Tat uns Schutz, Trachalio, dann
Ist's um uns geschehen. Fest steht's, lieber sterben als Gewalt
Von diesem Kuppler dulden. Und doch hab ich bloß

Ein Weiberherz; wenn an den Tod ich Ärmste auch
Nur denke, fährt der Schmerz durch alle Glieder mir.
O dieser schlimme Tag!

TRACHALIO: Habt dennoch guten Mut.

PALAESTRA: O sprich, wo find ich diesen Mut?

TRACHALIO: Nur keine Furcht.
Setzt hier auf den Altar euch hin.

PALAESTRA: Wie kann uns der
Mehr Schutz gewähren als das Bild der Göttin drin
Im Heiligtum, das wir soeben fest umfaßt,
Von dem man mit Gewalt uns weggerissen hat?

TRACHALIO: Setzt euch nur her, ich will euch hier schon beschützen;
Seht als Schanzwall, als Feldlager den Altar hier an.
Hier will ich euch verteidigen; unter Venus' Schirm
Biet ich des Kupplers Bosheit Trotz.

Palaestra und Ampelisca begeben sich zum Altar.

PALAESTRA: Wir folgen dir.
Und zu dir, hehre Venus, flehen wir beide,
Deinen Altar umfassend, voller Tränen, auf den Knien:
Nimm uns in deine Obhut und verleih uns Schutz!
Die Frevler, die dein Heiligtum entwürdigten,
Bestraf, uns aber laß im Frieden den Altar
Zum Sitz erwählen, uns, die heute nacht Neptun
In seiner Flut gebadet. Zürn uns nicht darob
Und rechne es uns nicht als Fehler an, wenn dieses Bad
Uns nicht so rein gewaschen hat, wie du verlangst.

TRACHALIO: Sie bitten nur, was billig ist, das seh ich selbst,
Drum solltest du's gewähren; Nachsicht wäre hier
Gar wohl am Platz: die Angst hat sie so weit gebracht.
Aus einer Muschel bist du der Sage nach geboren,
Drum stoße deren Muscheln auch nicht von dir weg! –
Doch sieh, da tritt ja, wie gerufen, aus der Tür
Der alte Herr, mein Schutzherr und der eurige.

III/4

Daemones kommt aus dem Tempel, mit ihm seine beiden Sklaven, die Labrax herausjagen.

DAEMONES: Fort aus dem Heiligtum, du schändlichster Gottesfrevler,
Seit es Menschen gibt! – Und ihr, geht weg
Und setzt auf den Altar euch. – Doch wo sind sie denn?

TRACHALIO: Schau hierher!

DAEMONES: Bestens; das wollte ich eben. Laß ihn jetzt
Nur näherkommen. –
Zu Labrax: Du willst, daß wir das Götterrecht hier brechen?
Zu einem seiner Sklaven: Stoß ihm die Faust ins Maul!
Der Sklave schlägt ihn.

LABRAX: Das Unrecht, das ich jetzt
Erdulde, mußt du teuer zahlen.

DAEMONES: Droht er noch,
Der Freche?

LABRAX: Was mit Recht ich habe, raubt man mir.
Meine beiden Mägde nimmst du mit Gewalt mir weg!

TRACHALIO: So stelle aus dem Senate von Kyrene denn
Uns einen reichen, angesehenen Mann als Richter,
Ob dein mit Recht sie seien oder frei mit Recht
Und ob mit Recht man dich ins Kerkerloch
Soll werfen und, solang du lebst, dir Wohnung dort
Anweisen, bis dein Fuß es durchgetreten hat.

LABRAX: Das kam mir heute doch entfernt nicht in den Sinn,
Daß ich mit einem Galgenstrick mich zanken soll.
Zu Daemones: Dir gilt mein Wort.

DAEMONES: Nein, dem dort, der dich besser kennt,
Gib vorher Rechenschaft.

LABRAX *zu Daemones*: Mit dir verhandle ich.

TRACHALIO: O nein, mit mir hast jetzt du zu verhandeln.
Gehören jene Mädchen dir?

LABRAX: Ja.

TRACHALIO: Nun wohlan, rühr die eine oder die andere
Auch nicht mit dem kleinsten Finger an.

LABRAX: Und tät ich es?

TRACHALIO: Beim Herkules, sogleich machte ich dich zum Fechterball,

Hinge dich auf und schlüg mit Fäusten drein,
Meineidiger Schuft!

LABRAX: Ich sollte meine Mägde nicht
Wegführen dürfen vom Altar der Venus?

DAEMONES: Nein;
Denn also ist's Gesetz bei uns.

LABRAX: Mit eueren
Gesetzen hab ich nichts zu schaffen; ich führe nun
Die beiden fort. Bist, Alter, du verliebt in sie –
Naß, wie sie sind –, gern nehm ich trockenes Geld dafür.
Wenn sie aber Venus selbst gefielen, kann auch sie
Sie haben gegen Geld.

DAEMONES: Sie soll dir noch zahlen?
Jetzt, daß du meine Meinung vollends merkst:
Versuch's einmal und brauche nur den mindesten Zwang,
Sei's auch im Scherz bloß, gegen sie, so schick ich dich
So zugerichtet heim, daß du dich selbst nicht kennst.
Zu den Sklaven: Und euch, schlagt ihr die Augen ihm nicht aus dem [Kopf,
Umflecht ich, wie man Binsen um die Myrten flicht,
Mit Ruten.

LABRAX: Du wendest Gewalt an gegen mich?

TRACHALIO: Du wirfst uns noch
Gewalt vor, Schandfleck, du?

LABRAX: Dreifacher Galgenstrick,
Du wagst's, Grobheiten mir zu sagen?

TRACHALIO: Ich gesteh's, ein
Dreifacher Galgenstrick bin ich und du ein tadelloser Ehrenmann:
Doch vermindert das ihr Recht, frei zu sein?

LABRAX: Was, frei?

TRACHALIO: Und deine Herrinnen noch dazu, fürwahr!
Sie stammen aus dem echten Griechenland. – Die eine da
Ist zu Athen geboren, freier Eltern Kind.

DAEMONES: Was hör ich da von dir?

TRACHALIO: Die hier ist aus Athen,
Frei von Geburt.

DAEMONES: Aus meiner Heimat ist sie wirklich?

TRACHALIO: Bist du denn nicht aus Kyrene?

DAEMONES: Nein, in Attika, zu Athen, bin ich
Geboren, erzogen, groß geworden.
TRACHALIO: Schütze denn,
Ich bitte dich, Alter, deine Mitbürgerinnen.
DAEMONES *für sich*: O meine Tochter! Seh ich diese, mahnst du fern
An all mein Elend mich. Drei Jahre war sie alt,
Als sie verlorenging. Lebt sie noch, wäre sie
Gerade so groß wie diese da.
LABRAX: Um bares Geld
Hab ich die beiden ihrem Herren abgekauft.
Was geht das mich an, ob Athen, ob Theben ihr
Geburtsort ist, wenn nur als Sklavinnen sie mir
So dienen, wie's das Recht erheischt.
TRACHALIO: Auf diese Art,
Schamloser Mädchenmarder, nimmst den Eltern du
Die Kinder weg und zertrittst sie in
Einem unwürdigen Gewerbe. – Wo die andere da ihre Heimat hat,
Das weiß ich freilich nicht, doch das ist ausgemacht,
Daß sie viel besser ist als du, unsauberer Kerl.
[Textlücke wahrscheinlich]
LABRAX: Das ist alles Quatsch.
TRACHALIO: Nun, was gilt die Wette, wer von uns
Den besten Rücken hat? Wenn auf dem deinigen
Sich nicht mehr Prügeldokumente finden, als
Ein großes Lastschiff Nägel hat, so nenne mich
Das größte Lügenmaul. Dann sieh den meinen an,
Nachdem ich erst den deinen inspiziert, ob er
So rein nicht ist, daß jeder Taschenmacher sagen muß,
Kein besseres, reineres Leder geb es weit und breit.
Was hindert mich, mit Ruten blutig dich zu hauen?
Was blickst du nach den Mädchen? Wenn du die berührst,
Reiß ich dir die Augen aus.
LABRAX: Jetzt gerade, weil du's verbietest,
Nehme ich sie beide mit mir fort.
DAEMONES: Was wirst du tun?
LABRAX: Ich hole den Vulcan her, der ist Venus' Feind.
Labrax geht auf das Haus des Daemones zu, um dort anzuklopfen.

DAEMONES: Wo geht er hin?

LABRAX: Ist niemand hier? He!

DAEMONES: So du nur
Die Schwelle berührst, fürwahr, dann lad ich auf dein Maul
Von Prügelgarben eine ganze Ernte ab.
Hier gibt's kein Feuer;
Von trockenen Feigen leben wir.

TRACHALIO: Ich will dir Feuer geben, daß auf deinem Kopf
Die Flamme hell genug brennen soll.

LABRAX: Nun, dann will ich
Mir anderswo schon Feuer suchen.

DAEMONES: Und findest du's?

LABRAX: Dann zünd ich einen mächtigen Brand hier an.

DAEMONES: Um dich zu verbrennen?

LABRAX *auf Palaestra und Ampelisca zeigend*: Nein,
Diese zwei verbrenn ich lebend dort auf dem Altar.

DAEMONES: Nur zu! Dann, wahrlich, pack ich dich sofort am Bart
Und schleudere dich ins Feuer; halb gebraten dann
Werf ich zum Fraß den Geiern dich und Adlern vor.
Für sich: Wenn ich das Ding so recht bedenke, so ist das
Der Affe, der die Schwalben mir zum Trotze wollt
Aus dem Neste stehlen, wie im Schlaf ich träumte.

TRACHALIO: Weißt du, um was ich dich gern bäte, alter Mann?
Gib acht auf die da, schütze sie vor Gewalt; ich hol
Indessen meinen Herrn.

DAEMONES: Such ihn und bring ihn her.

TRACHALIO: Daß der da nur nicht...

DAEMONES: Dem geht's schlecht, wenn er sie nur
Berührt, nur Miene dazu macht.

TRACHALIO: Sorge dafür!

DAEMONES: Ist vorgesorgt. Geh nur!

TRACHALIO: Gib auf den acht, auf daß er nicht entwische; denn
Der Henker hat mein Wort, daß ich ihm heute noch
Den Burschen liefere oder ein Talent.

DAEMONES: Geh nur, ich werde, bis du wieder da bist, sie bewachen.

TRACHALIO: Ich bin gleich wieder da.

Trachalio ab nach rechts.

III/5

DAEMONES: Willst, Kuppler, du jetzt, wenn man dir die Wahl beläßt,
Mit Prügeln oder ohne solche ruhig sein?
LABRAX: Dein Schwatzen, Alter, kümmert mich nicht im mindesten.
Was mir gehört, reiß ich, trotz dir und Juppiter
Und Venus, bei den Haaren vom Altar hinweg.
DAEMONES: Rühr sie nur an!
LABRAX: Beim Herkules, ja, das werd ich tun!
DAEMONES: Wohlan denn, komm nur näher!
LABRAX *auf Turbalio und Sparax zeigend*: Heiß du erst die zwei
Ein wenig zur Seite gehen.
DAEMONES: Nein, vorwärts, auf dich los!
LABRAX: Fürwahr, so mein ich's nicht.
DAEMONES: Doch wenn sie vorwärts gehen,
Was tust du dann?
LABRAX: Dann zieh ich mich zurück. Jedoch,
Begegnest, Alter, du mir jemals in der Stadt,
Dann, wahrlich, heißt mich niemand einen Kuppler mehr,
Wirst du von mir nicht heimgeschickt mit Schand und Spott.
DAEMONES: Tu immer, was du drohst. Wenn du die Mädchen da
Nur anrührst, kriegst du Prügel.
LABRAX: Und wie viele wohl?
DAEMONES: Soviel, wie eben genug für einen Kuppler sind.
LABRAX: Dein Drohen gilt mir keinen Heller. Dir zum Trotz
Reiß ich die Mädchen beide weg.
DAEMONES: Nur angerührt!
LABRAX: Das tu ich auch, beim Herkules!
DAEMONES: Tu's! Doch weißt du, wie?
Zu seinem Sklaven: Geh nur, Turbalio, bring aus dem Haus uns flugs
Zwei Keulen.
LABRAX: Keulen?
DAEMONES: Aber ordentliche, lauf geschwind!
Turbalio ab ins Haus.
Zu Labrax: Ich will dich schon empfangen, wie du's würdig bist.
LABRAX *für sich*: O schändlich, daß ich meinen Helm im Schiff verlor.
Hätt ich ihn noch, wie wär er mir so hoch erwünscht!

Laut: Doch sprechen darf ich wenigstens mit ihnen?

DAEMONES: Nein!

Aha, da kommt mein Keulenträger eben recht.

Turbalio kommt mit zwei Keulen zurück.

LABRAX *für sich*: Das ist's, beim Pollux, was mir in den Ohren klingt.

DAEMONES: He, Sparax, eine Keule nimm auch du zur Hand.
Nun stellt euch auf, der eine hier, der andere dort,
Nehmt beide euern Platz ein. So. Jetzt hört mich an:
Wenn der gewaltsam die da mit dem Finger nur
Berührt und ihr mit diesen ihn nicht so begrüßt,
Daß er nicht weiß, wie er nach Hause kommen soll,
So seid beide ihr verloren. Spricht er eine an,
Dann gebt ihr ihm Antwort an der Mädchen Statt.
Und will er selber fortgehen, wickelt alsogleich
Die Beine ihm, so derb ihr könnt, in Prügel ein.

LABRAX: Auch fortgehen darf ich nicht einmal?

DAEMONES *zu den Sklaven*: Ihr wißt genug.
Und wenn dann jener Knecht, der seinen Herrn jetzt holt,
Mit diesem herkommt, geht ihr gleich ins Haus hinein.
Besorgt das, rat ich euch, mit größter Pünktlichkeit.
Daemones ab in sein Haus.

LABRAX: Wie rasch, bei Gott, verwandeln hier die Tempel sich!
In Venus' früherem Heiligtum wohnt jetzt Herkules,
Drum hat der Greis zwei Keulenhalter hergestellt.
Ich weiß wahrhaftig nicht, wohin ich fliehen soll,
So wüten beide, Land und Meer, jetzt gegen mich.
Palaestra!

TURBALIO *mit der Keule drohend*: Was willst du?

LABRAX: Weg! Das ist ein Mißverständnis:
Die Palaestra, die hier Antwort gibt, ist nicht die meine.
He, Ampelisca!

SPARAX *mit der Keule drohend*: Hüte dich, sonst geht's dir schlimm!

LABRAX *für sich*: Das geht noch an. Die dummen Burschen raten gut.
Laut: Doch frag ich euch, he! Macht es irgendwem Beschwer,
Wenn ich zu den Mädchen herangehe?

TURBALIO und SPARAX: Uns eben nicht.

LABRAX: Doch mir vielleicht könnt's widerwärtig werden?

TURBALIO: Nein,
Wofern du dich nur hütest.
LABRAX *näherkommend*: Wovor soll ich mich hüten?
SPARAX *ihn mit der Keule schlagend*:
Da, vor diesem schweren Mißgeschick.
LABRAX: Beim Herkules! Laßt
Mich weg, ich bitte euch!
TRACHALIO *ironisch*: Geh nur, wenn du willst!
Labrax schickt sich an wegzugehen; die Sklaven stürzen sich mit den Keulen auf ihn.
LABRAX: Oh, das ist wohlgetan; ich sag euch Dank dafür.
Ich bleibe besser hier; bleibt ihr dort nur stehen!
Beim Pollux! Schlecht erging mir's heut in jeder Art.
Ich will die Mädchen durch Belagerung besiegen.

III/6

Pleusidippus und Trachalio kommen im Gespräch von rechts.
PLEUSIDIPPUS: Der Kuppler wollte meine Geliebte mit Gewalt
Weg vom Altar der Venus reißen?
TRACHALIO: Ja, genau.
PLEUSIDIPPUS: Und du schlugst ihn nicht gleich tot?
TRACHALIO: Mir fehlte nur ein Schwert.
PLEUSIDIPPUS: Du konntest einen Prügel nehmen, einen Stein.
TRACHALIO: Sollt ich auf einen Menschen wie auf einen Hund
Mit Steinen losgehen?
PLEUSIDIPPUS: Ja, auf einen so miserablen Schuft!
LABRAX: Jetzt ist es aus mit mir! Da kommt ja Pleusidippus;
Der fegt im Kehricht mich hinweg mit Haut und Haar.
PLEUSIDIPPUS: Und saßen die Mädchen damals beim Altare noch,
Als du mich herzuholen gingst?
TRACHALIO: Sie sind noch dort.
PLEUSIDIPPUS: Und wer ist ihr Beschützer dort?
TRACHALIO: Ein alter Herr,
Mir unbekannt, der Venus Nachbar. Dieser hat
Uns besten Dienst geleistet: er beschützt
Sie mit den Knechten; ihm hab ich sie anvertraut.
PLEUSIDIPPUS: Führ geradewegs zum Kuppler mich. Wo ist der Kerl?

LABRAX *der entgegengekommen war*: Gruß dir!

PLEUSIDIPPUS: Ich will von deinem Gruß nichts. Wähle schnell:
Was ist dir lieber? Soll man dich, den Strick um den Hals,
Durch die Luft wegschleppen oder auf dem Boden ziehen?
Triff deine Wahl, solang's noch geht.

LABRAX: Ich will beides nicht.

PLEUSIDIPPUS: Geh eilends an den Strand, Trachalio, und befiehl
Den Männern, die ich mit mir nahm, um diesen Kerl
Dem Henker auszuliefern, nach der Stadt zu gehen
Und mich am Hafen zu erwarten. Kehre dann
Hierher zurück und übernimm die Wache hier.
Ich schleppe den hergelaufenen Schurken vor Gericht.

Trachalio ab nach rechts.

Zu Labrax: Marsch, vor den Richter!

LABRAX: Was verbrach ich denn?

PLEUSIDIPPUS: Du fragst?
Du, der du die Anzahlung für das Mädchen schon von mir
Empfingst und dennoch mit ihr wegfuhrst?

LABRAX: Ich bin nicht weggefahren.

PLEUSIDIPPUS: Warum leugnest du?

LABRAX: Ausgefahren, wahrlich, bin ich nur.
Wegfahren konnt ich leider nicht. Ich sagte ja,
Ich würd am Venustempel dir zu Diensten stehn.
Hielt ich nicht Wort? Bin ich nicht hier?

PLEUSIDIPPUS: Bring alles das
Beim Richter an. Kein weiteres Wort mehr. Folge mir!
Pleusidippus ergreift den Labrax.

LABRAX *rufend*: O liebster Charmides, steh mir bei, ich bitte dich!
Man dreht den Hals mir um, schleppt mich hinweg!

Charmides kommt aus dem Tempel.

CHARMIDES: Wer ruft
Beim Namen mich?

LABRAX: Siehst du, wie man mich wegschleppt?

CHARMIDES: Ja,
Ich seh's und seh's mit Lust.

LABRAX: Und hast du nicht den Mut,
Zu Hilfe mir zu kommen?

CHARMIDES: Wer schleppt dich hinweg?
LABRAX: Der junge Pleusidippus.
CHARMIDES: Wie dich's traf, so hab's.
Am besten ist's, du gehst gefaßten Muts ins Loch:
Du hast erreicht, wonach umsonst sich mancher sehnt.
LABRAX: Was meinst du damit?
CHARMIDES: Nun, daß man erlangt, auf was
Man immer losging.
LABRAX: Folge mir, ich bitte dich!
CHARMIDES: Dein Rat ist ganz so wie du selbst: du gehst ins Loch
Und willst, daß ich dir folgen soll. – Willst du mich loslassen?
LABRAX: Mit mir ist's aus!
CHARMIDES: O wär es wahr!
PLEUSIDIPPUS *den Labrax mit sich ziehend, zum Altar gewandt*:
Geliebteste Palaestra du und Ampelisca, bleibet hier
Am Platze, bis ich wiederkomme.
TURBALIO: Besser wär's,
Das ist mein Rat, sie gingen indes zu uns hinein,
Bis du sie abholst.
PLEUSIDIPPUS: Einverstanden; schön von euch.

Turbalio und Sparax führen die Mädchen zum Haus des Daemones.

LABRAX *zu den Sklaven*: Ihr tut an mir wie Diebe.
TURBALIO: Wie Diebe? *Zu Pleusidippus*: Schlepp ihn weg!
LABRAX: Ich bitte dich, Palaestra, fleh dich an ...
PLEUSIDIPPUS: Folg mir, Schindersknecht!

Die Sklaven mit den Mädchen ab ins Haus.

LABRAX: Gastfreund!
CHARMIDES: Dein Gastfreund bin ich nicht, bedanke mich
Für solche Gastfreundschaft.
LABRAX: So stößt du mich von dir?
CHARMIDES: Ich halt es so: einmal getrunken und nicht mehr.
LABRAX: Daß dich die Götter strafen!
CHARMIDES: Fluche das dir selbst!

Pleusidippus zieht Labrax mit sich fort nach links.

Ich glaube, jeder Mensch verwandelt sich dereinst
In ein besonderes Tier: der Kuppler, denk ich, wird
Zum Täuberich, denn demnächst wird ihm den Hals

Ein Columbar verzieren; heut noch baut er sich sein Nest
Im Kerker. – Doch nun fort! Ich will sein Fürsprecher sein,
Vielleicht erwirk ich, daß er schneller – verurteilt wird.
Charmides ab nach links.

IV/1

Daemones kommt aus seinem Haus.

DAEMONES: Es war doch wohlgetan und macht mir viele Lust,
Daß ich den beiden Mädchen heut zu Hilfe kam:
Auf die Manier bekam ich doch Klientinnen,
Und allerliebst dazu von Aussehen und noch jung;
Allein mein Ripp von Eheweib belauert mich
Auf Schritt und Tritt, daß ich auch nicht die mindeste
Gemeinschaft mit den Mädchen unterhalten kann.
Inzwischen wundere ich mich, was Gripus, unser Knecht,
Macht, der heut nacht ans Meer zu fischen ging.
Viel klüger tat er, wenn daheim er blieb und schlief.
Denn ohne Zweck vergeudet jetzt er Müh und Netz,
Wie's gegenwärtig stürmt und diese Nacht gestürmt.
In den Fingern will ich kochen, was er heute fängt:
So allgewaltig wogt die Meerflut, wie ich seh. –
Doch meine Frau ruft mich zum Mittagessen; darum fort
Nach Haus, dort schwatzt die Ohren sie mir wieder voll.
Daemones ab in sein Haus.

IV/2

Gripus kommt von rechts; er trägt einen Reisekoffer in seinem Fischernetz, dessen Schleppseil er hinter sich herzieht.

GRIPUS: Neptunus, meinem Schutzherrn, sag ich Lob und Dank,
Der in der Salzflut, die von Fischen wimmelt, haust,
Dieweil er mir, dem reich Begabten und mit Beute schwer
Beladenen, aus dem Bezirke, der sein eigen ist,
Heimkehr gewährt hat auf dem wohlerhaltenen Kahn,
Der in des Meers Gewoge mir auf seltene Art
Durch reichen Fang Gewinn gebracht. Ganz wunderbar,
Unglaublich hübsch fiel heute dieser Fischzug aus,
Und doch fing ich an Fischen nicht ein Lot, nur, was

Im Netz hier steckt. Denn als ich noch in tiefer Nacht
Zur Arbeit aufstand, dacht ich einzig an Erwerb,
Und nicht an Schlaf und Ruh. Trotz Sturm und Wetter wagte
Ich den Versuch, des Herrn Not und die eigene
Knechtschaft zu mildern, darum spart ich keinen Fleiß.
Kein Mensch ist so nichtsnutzig wie der Faule; tief
Verhaßt ist diese Art mir. Wach sein muß der Mann,
Der seine Pflicht zu rechter Zeit erfüllen will.
Er darf nicht lange warten, bis der Herr zur Pflicht
Ihn antreibt; denn wer gerne schläft, der ruht sich selbst
Zur Schmach und ohne Vorteil. Ich, der tätig war,
Fand heut etwas, was, wollt ich nur, das Faulsein mir
Ermöglichte. Was hier drin ist, fand ich im Meer:
Sei's, was es will, schwer ist's; Gold, denk ich, ist wohl drin,
Und außer mir weiß niemand drum. Jetzt, Gripus, bietet die
Gelegenheit sich dar, daß vor dem Volke dich
Der Prätor frei erklärt. Das mach ich so, ich hab's
Wohl ausgesonnen: schlau und listig tret ich vor
Den Herrn, versprech ihm nach und nach ein wenig Geld,
Daß er mich frei macht. Hab ich meine Freiheit erst,
Dann schaff ich mir Gebäude, Feld und Sklaven an,
Auf großen Schiffen treib ich Handel, ich werde als
König selbst bei Königen gelten. Dann auch bau ich mir
Zur Lust ein Schiff, und wie es einst Stratonicus tat,
Besuch ich rings die Städte. Ist mein Ruhm dann
Ausgebreitet, gründ ich eine große Stadt
Mit Wall und Mauern, die den Namen Gripus führt,
Als Denkmal meines Ruhms und meiner Taten.
Ein großes Königreich stift ich da auch. Große Dinge gehen
Im Kopfe mir herum. Weg mit dem Koffer jetzt!
Inzwischen nimmt der König heut sein Mittagsmahl
Noch mit Salz und Essig, ohne weitere gute Zukost, ein.

IV/3

Während Gripus sich ins Haus begeben will, kommt Trachalio von rechts.

TRACHALIO: He, halt!

GRIPUS: Warum denn halten?

TRACHALIO: Bis ich dir das Seil
Aufrollen helfe, das du nachschleppst.

Trachalio erfaßt geschwind das Seil, wodurch das Netz vermutlich derart zugezogen wird, daß der Koffer nicht mehr herausgenommen werden kann.

GRIPUS: Laß es nur!

TRACHALIO: Ich will dir aber helfen. Was man Guten tut,
Ist nicht verloren.

GRIPUS: Gestern war ein grauser Sturm;
Ich habe keine Fische, gib dir keine Müh,
Mein junger Freund; ganz naß bring ich mein Netz zurück,
Doch ohne Schuppenvieh.

TRACHALIO: Beim Pollux, mir ist's auch
Um Fische nicht zu tun, nur um ein Wort mit dir.

GRIPUS: Wer du auch seist, du bist mir in den Tod verhaßt.

TRACHALIO: Ich lasse dich nicht fort. Bleib da.

GRIPUS: Nimm dich in acht,
Sonst geht's zu bösen Häusern. Warum hältst du mich
Zurück, du Schuft?

TRACHALIO: So höre nur.

GRIPUS: Ich höre nicht.

TRACHALIO: Du sollst nun aber hören.

GRIPUS: Sag ein andermal
Mir, was du willst.

TRACHALIO: Oh, es ist wohl der Rede wert,
Was mir am Herzen liegt.

GRIPUS: So sprich, was ist es denn?

TRACHALIO: Sieh mal, ob niemand in der Nähe uns belauscht.

GRIPUS: Ist's etwas, was mich angeht?

TRACHALIO: Allerdings. Doch sprich,
Hast du auch einen guten Rat für mich?

GRIPUS: Ja, sag nur, was es gibt.

TRACHALIO: Ich sage dir's, nur halte reinen Mund; gib mir
Dein Wort darauf, daß du nie was verraten willst.

GRIPUS *gibt ihm die Hand*: Du hast mein Wort: wer du auch bist, ich verrate nichts.

TRACHALIO: So höre denn: ich sah mit an, wie einer stahl;
Der Herr, den er bestahl, war mir bekannt. Ich ging

Drauf zu dem Dieb und schlug ihm die Bedingung vor:
Der Mann, den du bestohlen, ist mir wohl bekannt;
Gibst du die Hälfte mir, so zeig ich's ihm nicht an.
Er gab mir keine Antwort. Was gebührt nun mir
Davon? Die Hälfte, nicht wahr?

GRIPUS: Wahrlich, noch viel mehr,
Denn gibt er nichts, so zeigst du wohl dem Herrn es an.

TRACHALIO: Ganz, wie du rätst, will ich es tun. Nun merke wohl:
Das alles geht dich selber an.

GRIPUS: Was ist denn geschehen?

TRACHALIO: Den Besitzer dieses Koffers kenne ich schon lange.

GRIPUS: Was denn?

TRACHALIO: Und auch die Art, wie er verlorenging.

GRIPUS: Doch ich weiß, wie er gefunden wurde. Ich kenne auch den,
Der ihn gefunden und jetzt im Besitze hat.
Das geht fürwahr doch dich gerad so wenig an
Wie jenes mich. Ich kenne den, der jetzt ihn hat,
Du den, der ihn zuvor gehabt. Kein Mensch bekommt
Von mir ihn jemals wieder; hoffe nicht zu früh.

TRACHALIO: Bekommt ihn nicht? Auch wenn der Herr kommt?

GRIPUS: Einen Herrn,
Bemüh dich nicht umsonst, gibt's in der ganzen Welt
Dafür nicht außer mir; mein ist er durch den Fang.

TRACHALIO: Meinst du?

GRIPUS: Glaubst du, der Fisch, solang im Meer er [schwimmt,
Sei mein? Nur die ich fange – fang ich überhaupt –,
Gehören mir, die sind mein Eigentum. Kein Mensch
Macht Anspruch darauf, niemand begehrt sein Teil davon;
Auf offenem Markt verkaufe ich als meine Ware sie;
Das Meer ist allgemeines Gut.

TRACHALIO: Dem stimm ich bei;
Und drum gehört nicht minder auch der Koffer mir
Und dir gemeinsam, fand man ihn im Meere doch:
Er ist Gemeingut.

GRIPUS: Ha, du unverschämter Kerl!
Bestünde das, wie du mir's hingestellt, zu Recht,
Die Fischer gingen all zugrund; denn stünden sie

Mit ihren Fischen auf dem Markt, da würde doch
Kein Mensch mehr kaufen, jeder spräche seinen Teil
Von Fischen an: gefangen seien sie, sagte man,
Im Meere, das Gemeingut ist.

TRACHALIO: Wie unverschämt!
Bist du so frech, den Koffer mit den Fischen zu
Vergleichen? Scheint das eines und dasselbe dir?

GRIPUS: Das ist nicht meine Sache. Wenn Netz und Angel ich
Auswerfe, zieh ich dran heraus, was hängenbleibt;
Was Netz und Angel fangen, gehört mir ganz allein.

TRACHALIO: Nein, nein, wenn ein Gerät du fängst, so ist's nicht dein.

GRIPUS: Du Sophist!

TRACHALIO: Aber sahst du einen Fischer je,
Du Galgenstrick, der einen Koffer fing als Fisch
Und ihn zu Markte trug? Du kannst ja doch dich nicht
Mit jedem Gewerbe befassen, wie du willst.
Du willst ein Fischer und zugleich ein Koffermacher sein.
Entweder mußt du dartun, was ein Koffer für
Ein Fisch ist, oder was im Meere nicht geboren ist
Und keine Schuppen hat, da liegenlassen.

GRIPUS: Wie?
Hast du nicht längst vor diesem schon vernommen, daß
Ein Koffer auch ein Fisch ist?

TRACHALIO: Schuft, das ist er nicht!

GRIPUS: Ei freilich ist er's; ich als Fischer weiß das wohl.
Doch fängt man ihn nicht eben häufig; keiner kommt
So selten an das Land.

TRACHALIO: Das hilft dir nichts! Du denkst,
Ich lasse mich foppen, Galgenstrick! Was hat er für eine Farbe?

GRIPUS: Von dieser Farbe fängt man äußerst wenige:
Andere haben rotes Leder, wieder andere
Sind auch groß und schwarz.

TRACHALIO: Ich weiß. Beim Herkules, sicher wirst
Du bald dich selbst in einen solchen Kofferfisch
Verwandeln. Gib nur acht: zuerst gerb ich das Fell
Dir rot und nachher schwarz.

GRIPUS *für sich*: Was für ein Schurke lief

Mir heute in den Weg!

TRACHALIO: Wir schwatzen hier umsonst;
Indes vergeht der Tag. Sieh lieber zu,
Nach was für einem Schiedsspruch wir uns richten sollen.

GRIPUS: Nach dem über den Koffer.

TRACHALIO: Wirklich?

GRIPUS: Ja.

TRACHALIO: Du bist wahrhaftig dumm.

GRIPUS: Gruß dir, weiser Thales!

TRACHALIO: Diesen Koffer da
Bekommst du heut nicht ohne Schieds- und Mittelsmann,
Dessen Spruch die Sach entscheidet.

GRIPUS: Sprich, bist du bei Trost?

TRACHALIO: Ich bin verrückt.

GRIPUS: Und ich besessen.
Gleichwohl laß ich ihn nicht.

TRACHALIO: Sprich nur ein Wörtchen noch,
So lad ich mit Ohrfeigen dir den Schädel voll.
Wie einen neuen Schwamm man ausdrückt, drück ich dir,
Wofern du ihn nicht losläßt, jeden Tropfen Saft
Aus deinem Leib.

GRIPUS: Rühr mich nur an: ich schlage dich
An den Boden, wie ich es sonst mit dem Polypen tue.
Hast du zum Boxen Lust?

TRACHALIO: Wozu das? Teile du
Doch lieber deinen Fang mit mir.

GRIPUS: Hier fällt für dich
Nichts ab als höchstens Prügel. Sprich nichts weiter an;
Ich muß jetzt gehen.

TRACHALIO: Ich aber dreh das Schiff dir um,
Daß du nicht fort kannst. Bleib!

Trachalio zieht an dem Seil, Gripus am Netz mit dem Koffer.

GRIPUS: Wenn du an meinem Schiff
Das Vorderteil regierst, so bin ich Steuermann:
Laß das Seil los, du Halunk!

TRACHALIO: Ich laß es los, wenn du
Den Koffer losläßt.

GRIPUS: Niemals, beim Herkules, wirst du heute
Auch nur um einen Feilspan reicher.
TRACHALIO: Durch dein Weigern kommst
Du nie mit mir ins reine. Teilst du nicht mit mir,
So geht die Sache an den Schiedsmann oder wird
Mit Beschlag belegt.
GRIPUS: Was ich doch aus dem Meere zog ...
TRACHALIO: ... und ich vom Strande aus mit ansah.
GRIPUS: ... mit eigener Müh,
Mit eigener Arbeit, eigenem Netz und eigenem Kahn.
TRACHALIO: Wär ich, wenn nun der Herr erschiene, welchem er
Gehört, ich, der von ferne zugesehen hat,
Als du ihn fandest, nicht so gut ein Dieb wie du?
GRIPUS: Durchaus.
TRACHALIO: Wart, Halunke! Weshalb bin ich dann ein Dieb
Und trotzdem kein Teilhaber? Das will ich von
Dir wissen.
GRIPUS: Weiß es nicht, auch kenn ich nicht
Die Gesetze, die ihr in der Stadt drin habt, nur das
Behaupt ich, daß er mein ist.
TRACHALIO: Und ich ebenso, daß er mein ist.
GRIPUS: Halt! Nun hab ich's gefunden; du bist weder Dieb
Noch Teilhaber.
TRACHALIO: Auf welche Art?
GRIPUS: Laß mich jetzt gehen; auch du
Geh ruhig deines Weges; weder zeigst du mich
Bei jemand an, noch geb ich dir was ab vom Fang.
Du schweigst, und ich will auch nicht mucksen; so ist's wohl
Am besten und am richtigsten.
TRACHALIO: Was wagst du mir
Für einen Vorschlag zu machen?
GRIPUS: Den ich schon längst getan:
Daß du nach Hause gehst, das Seil da fahrenläßt
Und mir nicht weiter lästig fällst.
TRACHALIO: Halt, auch ich will
Heraus mit einem Vorschlag.
GRIPUS: Ach, ich bitte dich,

Geh lieber mit ihm weg.

TRACHALIO: Sprich, kennst du irgendwen
In dieser Gegend?

GRIPUS: Meine Nachbarn allerdings.

TRACHALIO: Wo wohnst du?

GRIPUS: Weit hinweg von da, dort draußen in
Den fernsten Feldern.

TRACHALIO: Stimmst du bei, wenn wir den Herrn
Zum Schiedsmann wählen, der in diesem Landhaus wohnt?

GRIPUS: Laß erst das Seil ein wenig los, daß ich's
Mir überlegen kann.

TRACHALIO: Das soll geschehen.

Trachalio läßt das Seil etwas locker, so daß Gripus sich etwas von ihm entfernen kann.

GRIPUS *für sich:* Juchhe! Es geht ganz gut!
Der Fang, er ist für immer mein. Den eigenen Herrn
Bestellt zum Schiedsmann er im eigenen Stalle mir;
Und der wird doch, beim Herkules, seinem eigenen Knecht
Nicht einen Deut absprechen. Nun, der weiß auch nicht,
Was für einen Vorschlag er getan. – Zum Richter denn!

TRACHALIO: Wie nun?

GRIPUS: Ich weiß zwar, unbestritten ist mein Recht,
Doch sei's drum, eh ich mit dir boxe.

TRACHALIO: So ist's recht.

GRIPUS: Führst du mich vor den unbekannten Schiedsmann auch:
Ist er gerecht nur, ist er mir, auch unbekannt, bekannt,
Im anderen Fall ist wildfremd der Bekannte mir.

IV/4

Daemones kommt mit den beiden Mädchen aus seinem Haus; hinter ihnen Turbalio und Sparax.

DAEMONES: Im Ernst, ihr Mädchen, fürcht ich, ob ich alles gleich
Zulieb euch tu, daß euretwegen meine Frau
Mich aus dem Haus noch jagt: Kebsweiber schlepp ich ihr
Hinein vor ihren Augen, sagt sie. Darum nehmt
Ihr lieber eure Zuflucht zum Altar als ich.

PALAESTRA und AMPELISCA: O weh uns Armen!

Die beiden Mädchen flüchten zum Altar.

DAEMONES: Ihr sollt ungefährdet sein;
Ich steh dafür, seid ohne Furcht.
Zu Turbalio und Sparax: Warum denn lauft
Ihr hintendrein heraus? Ich bin ja da; kein Mensch
Wird ihnen Leid antun. Ihr beiden Wächter geht
Jetzt nur ins Haus hinein, der Wachdienst ist vollbracht.

Turbalio und Sparax zurück ins Haus.

GRIPUS: Willkommen, Herr!

DAEMONES: Gleichfalls, mein Gripus! Nun, was gibt's?

TRACHALIO: Ist das dein Sklave?

GRIPUS: Er braucht sich nicht zu schämen.

TRACHALIO: Ich habe nichts
Mit dir zu tun.

GRIPUS: So mache, daß du fortkommst.

TRACHALIO: Sag,
Ich bitte dich, ist das dein Sklave, alter Herr?

DAEMONES: Er ist's.

TRACHALIO: Hm, ganz vortrefflich, wenn es deiner ist.
Willkommen abermals.

DAEMONES: Gleichfalls. Bist du es nicht,
Der kurz zuvor erst seinen Herrn zu holen ging?

TRACHALIO: Jawohl.

DAEMONES: Was willst du nun?

TRACHALIO: Der also ist dein Sklave?

DAEMONES: Er ist's.

TRACHALIO: Vortrefflich, wenn's der deine ist.

DAEMONES: Was gibt's?

TRACHALIO: Er ist ein Schuft.

DAEMONES: Und was hat dir der Schuft getan?

TRACHALIO: Die Knochen, wollt ich, schlüge man dem Kerl entzwei.

DAEMONES: Was gibt's, daß ihr euch streitet?

TRACHALIO: Höre mich!

GRIPUS: Nein, höre mich!

TRACHALIO: Mich, denk ich, der den Streit erhob.

GRIPUS: Wärst du kein frecher Bursche, du höbest dich hinweg.

DAEMONES: Gripus, gib acht und schweig!

GRIPUS: Soll der das Wort vor mir
Erhalten?
DAEMONES: Höre zu! *Zu Trachalio*: Sprich du!
GRIPUS: Gibst du dem Fremden denn
Das Wort vor deinem eigenen Knecht?
TRACHALIO: Wie doch der das Maul
Sich gar nicht stopfen läßt! Was ich dir sagen will:
Von dem Kuppler, den du aus dem Venustempel kurz
Zuvor hinauswarfst, hat er diesen Koffer.
GRIPUS: Nein, ich hab ihn nicht.
TRACHALIO: Du leugnest, was ich doch mit Augen seh?
GRIPUS: Du sollst es aber gar nicht sehen. – Hab ich ihn oder nicht:
Was gehen dich meine Sachen an?
TRACHALIO: Wie du ihn hast,
Ob mit Recht oder ohne Recht, das ist der Punkt.
GRIPUS: Hab ich ihn nicht gefangen, schlag mich meinethalb
Ans Kreuz: doch, wenn im Meer ich mit dem Netz ihn fing,
Warum gehört er eher dir als mir?
TRACHALIO: Er schwatzt
Nur leeres Zeug. Wie ich gesagt, so ging es zu.
GRIPUS: Was sagst du denn?
TRACHALIO: Ich sage, was einer aus der ersten Reihe sagen würde:
(Zu Daemones) Stopf ihm sein Maul, wenn er dir gehört.
GRIPUS: Wie? Willst du mir's
So machen lassen, wie's dein Herr mit dir wohl macht?
Wenn dein Herr dir auch das Maul zu stopfen pflegt –
Das ist sicher nicht des unseren Brauch.
DAEMONES: Darin hat er freilich recht.
Was willst du nun? Sprich!
TRACHALIO: Ich? Ich fordere weder Teil
An jenem Koffer, noch behaupt ich, daß er mein.
Doch ist ein Kästchen drin, das dem Mädchen da gehört,
Das, wie ich längst schon sagte, frei geboren ist.
DAEMONES: Du meinst wohl die, von der du mir unlängst gesagt,
Daß sie eine Landsmännin von mir sei?
TRACHALIO: Genau.
Und was von Spielzeug sie dereinst als Kind besaß,

Ist in dem Kästchen, das in diesem Koffer steckt.
Ihm nützt es gar nichts, doch dem armen Mädchen kann's,
Wenn sie's zurückerhalt, vielleicht behilflich sein,
Ihren Eltern nachzuforschen.

DAEMONES: Sie soll's haben. Still!

GRIPUS: Beim Herkules, nein, ich geb ihm nichts.

TRACHALIO: Ich will ja nur
Das Kästchen mit dem Spielzeug haben.

GRIPUS: Und wie nun,
Wenn das von Golde wäre?

TRACHALIO: Was liegt dir daran?
Mit Golde wiegt man Gold, mit Silber Silber auf.

GRIPUS: Laß erst das Gold mich sehen, nachher darfst du auch
Das Kästchen sehen.

DAEMONES: Nimm dich in acht und schweige still.
Zu Trachalio: Du fahr zu sprechen fort, wie du begonnen hast.

TRACHALIO: Um eines bitt ich dich: erbarm dich dieser Mädchen doch,
Wenn jener Koffer wirklich dem Kuppler gehört,
Wie ich vermute; denn Vermutung ist es bloß,
Gewisses will ich nichts behaupten.

GRIPUS: Siehst du nicht,
Wie schlau der Schuft laviert?

TRACHALIO: So laß mich sprechen doch,
Wie ich begann. Gehört der Koffer jenem Schuft
In Wahrheit, nun, so müssen ihn die Mädchen wohl
Erkennen, laß ihn diesen zeigen.

GRIPUS: Zeigen, sagst du?

DAEMONES: Er hat nicht unrecht, Gripus, wenn er sagt, daß du
Den Koffer ihnen zeigen sollst.

GRIPUS: Nein, beim Herkules,
Ganz unerhörtes Unrecht.

DAEMONES: Warum?

GRIPUS: Weil, zeig ich ihn,
Die auf der Stelle sagen werden, sie kennen ihn.

TRACHALIO: Verfluchter Kerl, denkst du, die Menschen seien alle
Gleich dir meineidige Schufte?

GRIPUS *auf Daemones zeigend*: Alles will ich gern

Ertragen, steht nur der da treu zu mir.

TRACHALIO: Der steht
Dir freilich jetzt nicht fern; doch das Zeugnis kommt von dort.

DAEMONES: Gripus, merk auf!
Zu Trachalio: Du, sage kurz, was du verlangst.

TRACHALIO: Ich sagt es schon, doch hast du's nicht recht aufgefaßt,
Sag ich's zum zweitenmal: diese beiden Mädchen
Sollten frei sein, wie ich bereits bemerkt.
Diese da ward einst in Athen als kleines Kind geraubt.

GRIPUS: Doch was hat mit dem Koffer das zu schaffen, sprich,
Ob diese frei oder ob sie Sklavinnen sind?

TRACHALIO: Soll alles man
Dir zweimal sagen, Schuft, damit der Tag vergeht?

DAEMONES: Hör auf mit deinem Schimpfen jetzt und setze mir
Klar auseinander, was ich dich gefragt.

TRACHALIO: Es muß
Ein geflochtenes Kästchen sich in diesem Koffer da
Befinden, drin die Zeichen sind, mit denen sie
Ihre Eltern kann erkennen. Wie sie zu Athen
Als kleines Kind geraubt ward, wurden die zugleich
Gestohlen, wie ich schon gesagt.

GRIPUS: Daß Juppiter und alle Götter
Dich verderben! Was, du Giftmischer,
Was sagst du? Sind die etwa stumm und können nicht
Für sich selber sprechen?

TRACHALIO: Nein, sie schweigen, weil ein Weib,
Das schweigt, stets besser ist als eins, das spricht.

GRIPUS: Nun ja,
So bist du, wie du redest, weder Mann noch Weib.

TRACHALIO: Warum das?

GRIPUS: Weil im Reden wie im Schweigen du
Nichts taugst. – Sprich, wird wohl heut noch mir das Wort vergönnt?

DAEMONES: Wenn du mir heute nur ein einzig Wort noch sprichst,
Mach ich um einen Kopf dich kürzer.

TRACHALIO: Alter Herr,
Wie schon gesagt, ich bitte, daß du ihm befiehlst,

Das Kästchen jenen zurückzugeben; fordert er
Entgelt dafür, den soll er haben; was sonst noch
In dem Koffer ist, mag er behalten.

GRIPUS: Nun erst sprichst du so,
Da du einsiehst, daß das Recht auf meiner Seite ist.
Vorher verlangtest du die Hälfte.

TRACHALIO: Nein, ich verlang sie
Auch noch jetzt.

GRIPUS: Einst sah ich einen Habicht, der
Hat auch verlangt und nichts bekommen.

DAEMONES: Kann ich dir
Das Maul nicht ohne Prügel schließen?

GRIPUS: Wenn der schweigt,
Dann schweig auch ich, doch spricht er, gönn auch mir das Wort.

DAEMONES: Gib nur jetzt mir den Koffer.

GRIPUS: Dir vertrau ich ihn;
Doch, wenn von derlei Sachen nichts darinnen ist,
Dann sprich ihn mir zurück.

DAEMONES: Gewiß.

GRIPUS: Da, nimm ihn hin!

DAEMONES: Palaestra du und Ampelisca gebt nun acht,
Was ich euch sagen will: ist das der Koffer hier,
In dem dein Kästchen sein soll?

PALAESTRA *vom Altar*: Ja, er ist's.

GRIPUS: O weh!
Verloren bin ich Ärmster! Kaum hat sie ihn recht
Gesehen, gleich sagt sie auch ja.

PALAESTRA: Ich kann die Sache dir
Leicht auseinandersetzen. In dem Koffer muß
Ein geflochtenes Kästchen sein. Was dies enthält, benenn
Ich alles nach der Reihe dir; du brauchst mir nichts
Davon zu zeigen. Red ich unwahr, soll mein Wort
Nichts gelten; ihr könnt alles, was darinnen ist,
Für euch behalten. Red ich aber wahr, o dann
Gib mir zurück, ich bitte dich, was mir gehört.

DAEMONES: Es ist gewährt. Das schlichte Recht nur forderst du
Nach meiner Ansicht.

GRIPUS: Wahrlich nein! Das schreiendste
Unrecht nach meiner. Wie, wenn dieses Mädchen nun
Wahrsagen oder zaubern kann und alles, was
Darin ist, richtig herzählt: soll die Zauberin es dann
Bekommen?

DAEMONES: Nichts bekommt sie, wenn sie nicht wahr spricht.
Hier hilft alles Zaubern nichts. Mach also
Den Koffer frei, daß ich gleich sehen kann, was wahr ist.

Gripus löst den geknoteten Strick vom Koffer.

TRACHALIO: Jetzt hat er's.

GRIPUS: Er ist frei.

DAEMONES: Öffne ihn.

Gripus hebt den Deckel des Koffers auf.

DAEMONES: Ich sehe ein Kästchen. Ist es dieses?

Daemones nimmt das Kästchen heraus und zeigt es Palaestra.

PALAESTRA: Ja, es ist's.
O meine Eltern, euch trag im Verschluß ich hier,
Hier barg ich jede Hoffnung, jedes Mittel, euch
Je aufzufinden!

GRIPUS: Dann, wahrhaftig, müssen dir
Die Götter bös sein, wer du immer bist, daß du
Die Eltern in solch engem Raum zusammenpackst.

DAEMONES: Tritt hierher, Gripus, dich ja geht der Handel an.
Du, Mädchen, gib von fern uns an, was drin ist, und
Beschreibe alles, wie es aussieht, Stück für Stück.
Allein, beim Herkules, wenn du auch im kleinsten nur
Einen Fehler machst, selbst wenn du hintendrein zum richtigen
Umlenkst, ist all dein Reden null und nichtig, Weib!

GRIPUS: Streng rechtlich ist dein Spruch.

TRACHALIO: Er spricht ja nicht zu dir,
Denn du bist ungerecht.

DAEMONES: Nun, Mädchen, rede du.
Gripus, paß auf und schweig.

PALAESTRA: Spielzeug ist drin.

DAEMONES: Hier ist's.

GRIPUS: Geschlagen bin ich schon im ersten Treffen! Halt,
Zeig ihr es nicht!

DAEMONES: Wie sieht es aus? Gib Punkt für Punkt
Mir Antwort.
PALAESTRA: Zuerst kommt ein kleines goldenes Schwert
Mit Lettern drauf.
DAEMONES: Sag an, was das für Lettern auf
Dem Schwertchen sind.
PALAESTRA: Es ist meines Vaters Namenszug.
Dann auf der anderen Seite ein doppelschneidiges kleines Beil,
Auch golden und mit Lettern; auf demselben steht
Der Name meiner Mutter.
DAEMONES: Halt! Wie lautet denn
Deines Vaters Name auf dem Schwertchen?
PALAESTRA: Daemones.
DAEMONES: Ihr ewigen Götter! Wo steht meine Hoffnung?
GRIPUS: Nein,
Wo steht die meine?
DAEMONES: Weiter, weiter! Bitte, schnell!
GRIPUS: Gemach nur oder geht zum Henker!
DAEMONES: Sage mir:
Wie lautet deiner Mutter Name, welcher auf
Dem Äxtlein steht?
PALAESTRA: Daedalis.
DAEMONES: Heil und Glück bestimmten mir
Die Götter.
GRIPUS: Und Verderben mir.
DAEMONES *leise*: Gripus, es kann
Nicht anders sein, es ist meine Tochter.
GRIPUS: Meinethalb.
Verderben alle Götter dich, daß du mich heut
Mit Augen sahst, und mich verflucht bornierten Kerl,
Der ich nicht vorher hundertmal mich umgeschaut,
Ob nirgends wer mich sehen könne, als das Netz
Ich aus dem Wasser zog.
PALAESTRA: Dann auch ein Sichelchen
Von Silber, ferner zwei verschlungene Händchen und
Ein Schweinchen.
GRIPUS: Scher geradewegs zum Henker dich

Samt Schwein und Ferkelchen.

PALAESTRA: Auch ein Amulett von Gold,
Das zum Geburtstag einst mein Vater mir geschenkt.

DAEMONES: Ja, ja, sie ist's! Sie zu umarmen halt ich mich
Nicht länger mehr. Du, meine Tochter, sei gegrüßt;
Ich bin's, der dich gezeugt, dein Vater Daemones.
Und hier im Haus ist deine Mutter Daedalis.

PALAESTRA: Willkommen, unverhoffter Vater!

DAEMONES: Sei gegrüßt!
Mit welcher Freude drück ich dich an meine Brust.

TRACHALIO: Wie schön und lieblich, daß euch eure Liebe solch
Ein Glück bereitet.

DAEMONES: Nimm, Trachalio, trage schnell
Den Koffer hier ins Haus!

TRACHALIO: Seht unseren Gripus da,
Den Schuft: daß dir dein Streich so schlecht bekommen ist,
Dazu gratulier ich dir.

DAEMONES: Auf! Und laß uns jetzt, mein Töchterchen,
Zur Mutter gehen, die genauer noch
Die Sache wird von dir erforschen, da sie stets
Mehr um dich war und auch die Zeichen besser kennt.

TRACHALIO: Laßt uns denn alle reingehen,
Da wir alle unser Teil beitragen.

PALAESTRA: Komm, Ampelisca, mit hinein.

AMPELISCA: Wie freut es mich, daß dir die Götter gnädig sind.

Daemones, Palaestra, Ampelisca und Trachalio mit dem Koffer ab ins Haus.

GRIPUS: Ich Dummkopf, der ich bin, daß ich den Koffer heut
Gefischt und nicht, nachdem ich ihn gefischt, alsbald
An einem abgelegenen Ort versteckte! Ach!
Ich ahnte wohl, daß dieser Fang viel Sturm für mich
Nachziehen würde, weil ihn wilder Wettersturm
Mir zugeführt. Beim Pollux, Gold und Silber ist
Genug darin. Was bleibt mir Besseres übrig, als
Ich geh hinein und häng mich ganz im stillen auf –
So lange wenigstens, bis der Ärger von mir weicht.
Gripus ab ins Haus. Pause.

IV/5

DAEMONES: Ihr ewigen Götter, wer ist glücklicher als ich,
Der unverhofft ich meine Tochter wiederfand!
Wenn je einmal die Götter einem Sterblichen
Gutes erweisen wollen, kommt's auf irgendeine Art
Gewiß an einen frommen Mann. So fand auch ich,
Der weder etwas hoffte noch erwartete,
Ganz wie durch Zufall heut mein liebes Töchterchen.
Die will ich nun dem jungen Mann von edelster
Abkunft und Vornehmheit vermählen, der
Athener und dazu noch mein Verwandter ist.
Den möcht ich schleunigst zu mir herbescheiden, drum
Hieß ich auch seinen Sklaven hin zum Markte gehen.
Mich wundert, daß er noch nicht aus dem Hause kommt.
Ich will doch hin zur Türe. Was erblick ich da?
Daemones blickt durch die Tür ins Innere des Hauses.
Meine Frau umarmt die Tochter und hängt ihr am Hals.
Fast zu albern und aufdringlich ist mir ihre Zärtlichkeit.

IV/6

Ins Haus sprechend: Besser, mein ich, wär es doch,
Du machtest eine kleine Pause im Küssen, Frau.
Triff Anstalt, daß ein Opfer ich, wenn ich hineinkomme,
Darbringen kann den Göttern unseres Herdes, die
Den Hausstand heut uns so vermehrt; wir haben ja
Vorrat an Opferlämmern und auch Schweinen. – Doch warum,
Ihr Weiber, haltet ihr mir den Trachalio auf?
Ah, da tritt er, wie gerufen, aus dem Haus.
Trachalio kommt aus dem Haus.
TRACHALIO *zurücksprechend*: Er stecke, wo er will, ich find ihn dennoch [auf,
Den Pleusidippus, und bring ihn mit mir zu dir.
DAEMONES: Erzähl ihm, wie die Sache mit meiner Tochter sich
Begeben hat, und bitt ihn, alles andere
Im Stich zu lassen und hierherzukommen.
TRACHALIO: Gut.
DAEMONES: Sag ihm, ich wolle meine Tochter ihm zur Frau geben, ...

TRACHALIO: Gut.

DAEMONES: ... ich kenne seinen Vater, sei verwandt mit ihm.

TRACHALIO: Gut.

DAEMONES: Aber schnell.

TRACHALIO: Gut.

DAEMONES: Sorge, daß er sogleich kommt –
Das Essen werde schon bereitet.

TRACHALIO: Gut.

DAEMONES: Ist wirklich alles gut?

TRACHALIO: Ja, gut. Aber weißt du, was ich von dir erbitten will?
Denk an dein Versprechen, daß ich heute noch
Die Freiheit soll erhalten.

DAEMONES: Gut.

TRACHALIO: Sprich du ein Wort
Für mich bei Pleusidippus, daß er frei mich läßt.

DAEMONES: Gut.

TRACHALIO: Laß auch deine Tochter für mich bitten; die
Erlangt es leicht.

DAEMONES: Gut.

TRACHALIO: Und daß Ampelisca mich
Zum Mann nimmt, wenn ich frei bin.

DAEMONES: Gut.

TRACHALIO: Und daß für meine guten Taten
Man mich lohnt.

DAEMONES: Gut.

TRACHALIO: Ist wirklich alles gut?

DAEMONES: Ja, gut. Gleiches nur vergelt ich dir mit Gleichem. Doch
Geh schnell zur Stadt hinauf und komm auch schnell zurück.

TRACHALIO: Gut. Sogleich bin ich wieder da. Du rüst indes,
Was nötig ist.

DAEMONES: Gut.

Trachalio ab nach links.

Kerl, verderbe dich Herkules
Mit deinem ewigen »gut«. Wie der die Ohren mir
Voll schrie! Ich mochte sagen, was ich wollte, immer »gut«!

IV/7

Gripus kommt aus dem Haus des Daemones.

GRIPUS: Erlaubst du endlich einmal mir, ein Wort an dich
Zu richten, Daemones?
DAEMONES: Gripus, sprich, was hast du?
GRIPUS: Es ist wegen jenes Koffers. Bist du klug, so bleib's:
Was Gott beschert, das halte fest.
DAEMONES: Dünkt's billig dir,
Daß mein ich nenne, was doch einem anderen gehört?
GRIPUS: Was ich im Meere fand?
DAEMONES: Um so viel besser ist's
Für den, der es verloren hat. Der Koffer wird
Deswegen um kein Jota mehr dein Eigentum.
GRIPUS: Drum bist du arm, weil zu zart dein Gewissen ist.
DAEMONES: O Gripus, Gripus! Gar zu viele Schlingen gibt's
Im Menschenleben, wo mit List man uns berückt.
In die meisten hat Lockspeisen man hineingelegt:
Wer gierig, ohne Maß nach solcher Speise schnappt,
Fängt in der Schlinge sich durch seine Lüsternheit.
Doch wer bedachtsam, klug und schlau sich vorgesehen,
Darf lange Zeit des Wohlerworbenen sich erfreuen.
Mich dünkt, es werde selbst zum Raube dieser Raub
Und gehe reicher, als er einkam, wieder fort.
Ich sollte, was als fremdes Gut man mir gebracht,
Verbergen? Nein, nie tut das euer Daemones.
Der Kluge nimmt sich billig jederzeit in acht,
Daß er sich keiner Übeltat bewußt ist. Nein,
Ich wünsche nie unrecht erworbenen Gewinn.
GRIPUS: Von Komödianten hab
Ich sonst wohl derlei Weisheitssprüche angehört:
Man klatschte jedesmal, wenn sie dem Publikum
Solch weise Sitten anempfahlen. Doch sobald
Jedweder seinen eigenen Weg nach Hause ging,
Befolgte keiner, was man ihm ans Herz gelegt.
DAEMONES: Geh jetzt ins Haus hinein, du wirst mir sonst zur Last;
Gönn deiner Zunge Ruh! Von mir bekommst du nichts;

Gib keiner eiteln Hoffnung Raum.

GRIPUS: So will ich denn
Die Götter bitten, daß, was in dem Koffer ist,
Sei's Gold, sei's Silber, allzumal zu Asche wird.
Gripus ab ins Haus.

DAEMONES: Das ist's, daß unser Sklavenvolk so wenig taugt:
Denn wenn der Kerl mit einem anderen Sklaven hier
Zusammentraf, er hätte diesen wie sich selbst
Zum Dieb gestempelt. Während er in eigener Hand
Den Fang zu halten glaubte, ward er selbst zum Fang:
Es zieht der eine Fang den andern mit sich fort.
Ich will hinein jetzt und mein Opfer bringen; dann
Befehl ich, daß man alsbald uns das Essen kocht.
Daemones ab in sein Haus.

IV/8

Pleusidippus und Trachalio kommen im Gespräch von links.

PLEUSIDIPPUS: Sag alles das mir nochmals, mein Trachalio, du
Mein liebes Herz, mein Freigelassener, mein Patron,
Nein, nein, mein Vater! Also Vater und Mutter fand
Palaestra?

TRACHALIO: Ja, so ist es.

PLEUSIDIPPUS: Und sie ist
Meine Landsmännin?

TRACHALIO: Ich glaube, ja.

PLEUSIDIPPUS: Und wird bald meine Frau?

TRACHALIO: Vermutlich.

PLEUSIDIPPUS: Denkst du, daß er sie mir heute noch
Verlobt?

TRACHALIO: Ich denke wohl.

PLEUSIDIPPUS: Wünsch ich dem Vater Glück,
Daß er sie fand?

TRACHALIO: Ich denke wohl.

PLEUSIDIPPUS: Der Mutter auch?

TRACHALIO: Ich denke wohl.

PLEUSIDIPPUS: Was denkst du denn?

TRACHALIO: Was du verlangst,

Das denk ich.

PLEUSIDIPPUS: Nun, so sprich, wie hoch versteigt sich wohl
Dein Denken?

TRACHALIO: Meins? Ich denke wohl.

PLEUSIDIPPUS: Sprich doch einmal
Und bleibe nicht beim Denken stehen.

TRACHALIO: Ich denke wohl.

PLEUSIDIPPUS: Soll ich eilen?

TRACHALIO: Ich denke wohl.

PLEUSIDIPPUS: Oder soll ich eher weilen?

TRACHALIO: Ich denke wohl.

PLEUSIDIPPUS: Grüß ich bei meiner Ankunft sie?

TRACHALIO: Ich denke wohl.

PLEUSIDIPPUS: Den Vater auch?

TRACHALIO: Ich denke wohl.

PLEUSIDIPPUS: Die Mutter dann?

TRACHALIO: Ich denke wohl.

PLEUSIDIPPUS: Was ferner? Soll den Vater ich
Bei meiner Ankunft auch umarmen?

TRACHALIO: Ich denke nicht.

PLEUSIDIPPUS: Die Mutter?

TRACHALIO: Ich denke nicht.

PLEUSIDIPPUS: Sie selber doch?

TRACHALIO: Ich denke nicht.

PLEUSIDIPPUS: O weh! nun hält er nicht mehr stand.
Da eben, wo ich's wünsche, denkt er nicht.

TRACHALIO: Du bist nicht mehr
Bei Sinnen. Komm!

PLEUSIDIPPUS: Führ mich, Patron, wohin du willst.

Beide ab ins Haus des Daemones.

V/1

Labrax kommt von links.

LABRAX: Wo lebt ein Mensch auf Erden, der unglücklicher
Heute wär als ich? Vor dem Fremdengericht hat Pleusidippus
Mich angeklagt. Palaestra ist mir aberkannt.
Ich bin verloren! Wahre Freudenkinder sind

Die Kuppler doch: denn wenn den Kuppler Schaden trifft,
So freut sich alle Welt. Nun will ich die andere,
Die mein noch ist, drin in der Venus Heiligtum
Aufsuchen und mit mir nehmen, als das einzige,
Was vom verlorenen Gute mir noch übrigblieb.

V/2

Gripus kommt aus dem Haus des Daemones; er hält einen verrosteten Bratspieß in der Hand und will ihn mit einem Leder blankputzen.

GRIPUS: Beim Pollux, bis heut abend seht den Gripus ihr
Nicht mehr am Leben, falls man mir den Koffer nicht
Zurückgibt.
LABRAX *für sich*: Weh! Hör ich von einem Koffer nur
Ein Wort, so ist's, als führ ein Pfeil mir durch die Brust.
GRIPUS: Der Schurke da läuft frei herum; ich, der ich doch
Mit meinem Netz den Koffer aufgefischt und ihn
Zutag gefördert, ich soll völlig leer ausgehen?
LABRAX: Ihr ewigen Götter! Wie durch seine Reden mir
Der Mensch die Ohren spitzt.
GRIPUS: Mit Lettern ellenlang
Will ich's, beim Herkules, allerwärts anschreiben: wenn
Jemand einen Koffer, voll mit Gold und Silber, verloren hat,
Der soll zu Gripus kommen. Ihr bekommt ihn nicht,
Wie ihr euch anmaßt.
LABRAX: Dieser Mensch da weiß, bei Gott,
Wer meinen Koffer hat, so kommt mir's vor. Ich muß
Doch hin zu ihm. Ich bitt euch, Götter, steht mir bei!
GRIPUS *spricht ins Haus hinein*: Was rufst du mich hinein? Hier vor der Türe will
Ich ihn putzen; ist das Ding ja doch, als wär's aus Rost
Gemacht und nicht aus Eisen, denn je mehr ich putze,
Um so viel mehr wird's rot und dünn.
LABRAX: Willkommen, junger Mann!
GRIPUS: Die Götter seien mit dir
Und deinem ungeschorenen Kopf!
LABRAX: Was machst du da?
GRIPUS: Ich putze einen Bratspieß.
LABRAX: Und wie geht es dir?

GRIPUS: Was kümmert's dich? Bist du vielleicht ein Medicus?
LABRAX: Ein Buchstabe noch gehört hinzu.
GRIPUS: So bist du ein
Mendicus denn?
LABRAX: Aufs Haar getroffen.
GRIPUS: Nun, dazu
Paßt ganz dein Aussehen. Doch was ist dir denn passiert?
LABRAX: Rein ausgewaschen hat mich in der letzten Nacht
Das Meer. Gescheitert ist mein Schiff; ich Ärmster kam
Um alles, was ich hatte.
GRIPUS: Was verlorst du denn?
LABRAX: Einen Koffer, voll mit Gold und Silber.
GRIPUS: Ist dir im
Gedächtnis noch, was alles in dem Koffer war,
Der dir zugrunde ging?
LABRAX: Was hilft's? Er ist dahin.
GRIPUS: Und wenn auch; darf man denn davon nicht reden? Wie?
Wenn ich den Finder wüßte? Gib mir genaure
Merkmale an.
LABRAX: In einem Beutel befanden sich
Achthundert goldene Philippsmünzen; außer diesen noch
Daneben in einem Täschchen hundert Minen Gold.
GRIPUS *für sich*: Ein großer Fang, beim Herkules! Nicht geringen Lohn
Bringt der mir ein. Wie gut es mit uns Menschen doch
Die Götter meinen! Reich an Gaben geh ich weg.
Gewiß gehört der Koffer dem da. *Laut:* Fahre nur
In der Beschreibung fort.
LABRAX: In einer Börse war
Ein schwer Talent von Silber, richtig eingezählt.
Dann noch ein Schöpfkrug, Humpen, Schale, Becher, Kelch.
GRIPUS: Oho! Da hattest du ja prächtige Schätze.
LABRAX: Das ist ein jammervolles, ein verdammtes Wort:
Gehabt haben und nicht haben.
GRIPUS: Wieviel würdest du
Dem geben, der die Sachen dir ausfindig macht
Und Nachweis drüber gibt? Geschwind heraus damit!
LABRAX: Dreihundert Didrachmen!

GRIPUS: Possen!
LABRAX: Nun, vierhundert denn!
GRIPUS: Ein Lumpenkram!
LABRAX: Fünfhundert!
GRIPUS: Taube Nüsse das!
LABRAX: Sechshundert!
GRIPUS: Krabbeln Würmchen im Getreid umher?
LABRAX: So geb ich – siebenhundert dir.
GRIPUS: Dein Mund war warm,
Jetzt wird er wieder kälter.
LABRAX: Tausend Didrachmen denn!
GRIPUS: Du sprichst im Traume.
LABRAX: Weiter geb ich nicht. Geh fort!
GRIPUS: So höre doch: bin ich, beim Herkules, einmal fort,
Dann bin ich nicht mehr hier.
LABRAX: Willst du elfhundert?
GRIPUS: Ach,
Du schläfst wohl?
LABRAX: Nun, wieviel verlangst du? Sag es selbst.
GRIPUS: Auf daß du mir nicht wider Willen weiter bietest:
Ein schwer Talent; doch davon geht kein Dreier ab,
Du magst ja sagen oder nein.
LABRAX: Je nun, ich seh,
Es muß sein; gut denn, ein Talent.
GRIPUS: So tritt daher;
Hier soll Venus dich verpflichten.
LABRAX: Gebiete mir,
Was dir beliebt.
GRIPUS: Berühre mit der Hand hier den
Altar der Venus.
LABRAX: Ist geschehen.
GRIPUS: Jetzt leiste mir
Bei Venus einen Eid.
LABRAX: Was für einen Eid?
GRIPUS: Wie ich
Dich's heißen werde.
LABRAX: Sprich vor, was dir beliebt.

Für sich: Hab ich's zu Hause, brauch ich niemand mehr zu bitten.
Labrax läßt den Altar listig los.
GRIPUS: Halt den Altar fest.
LABRAX: Ich halte ihn.
GRIPUS: Und schwöre mir,
Daß du das Geld mir geben willst am gleichen Tag,
Wo dir der Koffer ausgeliefert wird.
LABRAX: Es sei.
Venus von Kyrene, dich ruf ich als Zeugin an:
Wenn mir der Koffer, den ich auf dem Schiff verlor,
Samt Gold und Silber unversehrt ermittelt wird
Und er zurück in meine Hand gegeben ist...
GRIPUS: »Dann will ich hier dem Gripus« – sag's und faß mich an!
LABRAX: Dann will ich hier dem Gripus – Venus, höre mich! –
Ein schwer Talent in Silber zahlen auf der Stell.
GRIPUS: Doch übst du Trug, so sprich es aus, daß Venus dein
Gewerb vernicht und dich mit Leib und Leben selbst.
Behalt das im Gedächtnis, wenn du geschworen hast.
LABRAX: Und wenn ich, Venus, je dagegen sündige,
So bitte ich, daß alle Kuppler elend sind.
GRIPUS: Das wird geschehen, auch wenn du dein Versprechen hältst.
Wart hier; ich ruf indes den alten Herrn heraus.
Du fordere dann den Koffer gleich von ihm zurück.
Gripus ab ins Haus des Daemones.
LABRAX: Und gäb er hundertmal den Koffer mir zurück,
So schuld ich ihm doch wahrlich keinen Deut dafür:
Von mir hängt's ab, was meine Zunge auch schwören mag.
Doch still; er ist schon wieder mit dem Alten da.

V/3

Gripus kommt wieder aus dem Haus, hinter ihm Daemones mit dem Koffer.
GRIPUS *zu Daemones*: Komm doch hierher!
DAEMONES: Wo ist der Kuppler?
GRIPUS *zu Labrax*: He du! Der
Hat deinen Koffer.
DAEMONES: Ja, ich hab ihn und gesteh's,
Daß er bei mir ist. Nimm ihn, wenn er dir gehört.

Den ganzen Inhalt stell ich unversehrt zurück;
Behalt ihn, wenn er dein ist.
LABRAX: Ja, ihr Götter, ja,
Es ist der meine. Sei gegrüßt, mein Koffer!
DAEMONES: Gehört er dir?
LABRAX: Du fragst? Und hätt ihn Juppiter
Indes gehabt, es ist der meine doch.
DAEMONES: Der ganze
Inhalt ist unversehrt; ein einzig Kästchen nur
Mit Spielzeug nahmen wir heraus, mit dessen Hilfe
Ich heute meine Tochter fand.
LABRAX: Wen?
DAEMONES: Die zuvor
Dir angehörte, die Palaestra, hat sich als
Mein Kind herausgestellt.
LABRAX: Recht schön ist das, fürwahr!
Daß das so ganz nach deinem Wunsch gekommen ist,
Freut mich.
DAEMONES: Dir das zu glauben ist nicht eben leicht.
LABRAX: Beim Herkules! Dir zu zeigen, daß mich's wirklich freut,
Sollst du mir keinen Deut für sie bezahlen. Ich
Beschenke dich mit ihr.
DAEMONES: Bei Gott, viel Gütigkeit.
LABRAX: Nein, ganz von deiner Seite.
GRIPUS *zu Labrax*: He du! Hast du jetzt
Den Koffer?
LABRAX: Ja.
GRIPUS: So mache schnell!
LABRAX: Schnell machen? Was?
GRIPUS: Mein Geld mir auszuzahlen.
LABRAX: Nichts bezahl ich dir
Und bin dir auch nichts schuldig.
GRIPUS: Was ist das für ein Benehmen?
Du mir nichts schuldig?
LABRAX: Nein, beim Herkules!
GRIPUS: Hast du mir's
Nicht zugeschworen?

LABRAX: Allerdings, und noch einmal
Schwör ich, wenn mir's Vergnügen macht. Der Eid ist ja
Zum Schutz des Guts, nicht zum Verlieren eingeführt.

GRIPUS: Gib mir mein schwer Talent von Silber, rat ich dir,
Meineidiger Schurke!

DAEMONES: Weshalb, Gripus, forderst du
Von dem hier ein Talent?

GRIPUS: Weil er's zu zahlen schwur.

LABRAX: Weil mir's gefiel zu schwören. Bist du Pontifex
Für meinen Meineid?

DAEMONES: Und wofür versprach er dir
Das Geld?

GRIPUS: Wenn ich den Koffer ihm in seine Hand
Ausliefern würde, schwur er mir, ein schwer Talent
In Silber mir zu zahlen.

LABRAX: Nenne mir deinen Vertreter, mit dem ich zum
Gericht kann gehen: ich will verlieren, wenn ich nicht
Mit Arglist bei dem Abschluß des Vertrags hintergangen worden bin
Oder wenn ich überhaupt schon 25 Jahre bin.

GRIPUS *auf Daemones zeigend*: Das hier ist mein Vertreter.

LABRAX: Den da mag ich nicht.

DAEMONES *zu Labrax:* Ich duld es nicht, daß du ihm etwas vorent-[hältst,
Wenn ich nicht geurteilt habe, daß er im Unrecht ist.
Versprachst du ihm das Geld?

LABRAX: Ja.

DAEMONES: Was du meinem Knecht
Versprochen, muß mein sein. Du, Kuppler, denke nicht,
Daß du nach Kupplertreu hier handeln kannst, o nein!

GRIPUS: Er glaubte schon, da hab er einen vor sich, der
Sich prellen lasse. Her nur mit dem baren Geld!
Das geb ich sogleich diesem hier, auf daß er mir
Die Freiheit dafür schenkt.

DAEMONES *zu Labrax*: Da ich nun gegen dich
So freundlich mich gezeigt und dir durch mein Bemühen
Dein Gut gerettet ist ...

GRIPUS: Beim Herkules, nein!
Durch mich und nicht durch dich!

DAEMONES *zu Gripus:* Wenn du gescheit bist, schweig!
Zu Labrax: So ziemt sich's, daß du für die Wohltat deinerseits
Dich dankbar zeigst.
LABRAX: Es spricht für mein Recht, daß du mich bittest.
DAEMONES *ironisch:* Natürlich mir zum Schaden will ich deines nur.
GRIPUS: Jetzt geht mir's gut. Der Kuppler wankt. Es winkt mir schon
Die Freiheit.
DAEMONES: Der fand deinen Koffer; der gehört
Als Sklave mir; den Koffer aber hab ich selbst
Dir aufbewahrt mit allem Geld.
LABRAX: Ich danke dir,
Und ohne weiteres zahl ich das Talent dir aus,
Wie ich's dem zugeschworen.
GRIPUS: He du, sei gescheit
Und gib es mir.
DAEMONES: Willst du wohl schweigen oder nicht?
GRIPUS: Du stellst dich an, als wär es dir um mich zu tun,
Und sorgst nur für dich selbst. Doch dies hier sollst du mir
Nicht nehmen, wenn ich gleich den anderen Fang verlor.
DAEMONES: Geprügelt wirst du, sprichst du noch ein einzig Wort.
GRIPUS: Schlag meinethalb mich tot; ich schweige anders nicht,
Als wenn mir ein Talent den Mund stopft.
LABRAX: Schweige doch!
Für dich ja sorgt er.
DAEMONES: Kuppler, tritt hierher!
LABRAX: Ja.

Labrax tritt nahe an Daemones heran; die folgenden Verhandlungen kann Gripus nicht genau verstehen.

GRIPUS: Nur laut verhandelt! Kein Gemurmel, kein Gezisch!
Das mag ich nicht.
DAEMONES: Sag einmal mir: wie teuer kam
Das andere Mädchen, Ampelisca, dich zu stehen?
LABRAX: Auf tausend Didrachmen.
DAEMONES: Soll ich einen glänzenden
Vorschlag dir machen?
LABRAX: Nun, das möcht ich allerdings.
DAEMONES: Halbieren das Talent wir denn.

LABRAX: Gut.

DAEMONES: Nimm für Ampelisca
Die Hälfte, daß sie frei wird, und die andere
Gib Gripus hier.

LABRAX: Recht gern.

DAEMONES: Für diese Hälfte laß
Ich Gripus frei, durch den du deinen Koffer fandst
Und ich mein Kind.

LABRAX: Da tust du wohl. Nimm dafür
Den schönsten Dank.

Labrax gibt Daemones ein halbes Talent.

GRIPUS: Wie bald bekomm ich nun mein Geld?

DAEMONES: Ist schon erledigt; ich habe es, Gripus.

GRIPUS: Lieber möcht
Ich's selbst.

DAEMONES: Von dem bekommst du nichts mehr;
Gib keiner Hoffnung Raum. Und was den Eid betrifft,
Entbind ihn dessen.

GRIPUS: Ach und weh! Es ist aus mit mir!
Häng ich mich jetzt nicht selber auf, bringst du mich um.
Von heut ab, wahrlich, laß ich nicht zum zweitenmal
Von dir mich prellen.

DAEMONES: Kuppler, sei du heut mein Gast.

LABRAX: Recht gern, der Vorschlag sagt mir zu.

DAEMONES: So kommt herein. –
Auch euch, ihr Herrn Zuschauer, lüd ich gern zu Tisch.
Aber ich kann euch nichts geben, hab auch nichts
An Frischgeschlachtetem mehr zu Haus und glaub,
Daß ihr schon längst woanders eingeladen seid.
Doch wenn ihr dieses Stück recht laut beklatschen wollt,
Lad ich euch alle in sechzehn Jahren zur Tafel bei mir ein.
Ihr beide aber speist schon heute bei mir.

LABRAX und GRIPUS: Gern.

DAEMONES: So klatscht!

TERENZ

ANDRIA

(Das Mädchen von Andros)

Personen

PROLOGSPRECHER
SIMO, *ein alter Bürger von Athen*
SOSIA, *Freigelassener des Simo*
DAVUS, *Sklave des Simo*
MYSIS, *Sklavin der Glycerium*
PAMPHILUS, *Sohn des Simo*
CHARINUS, *Freund des Pamphilus*
BYRRIA, *Sklave des Charinus*
LESBIA, *Hebamme*
GLYCERIUM, *Geliebte des Pamphilus*
CHREMES, *ein alter Bürger von Athen, Freund des Simo*
CRITO, *Fremder aus Andros*
DROMO, *Sklave des Simo*
Einige weitere Sklaven des Simo

Schauplatz der Handlung ist eine Straße in Athen; im Hintergrund rechts das Haus des Simo, links das der Glycerium. Ein bekränzter Altar steht vor den Häusern. Der rechte Bühnenausgang führt auf den Marktplatz und in die Stadt hinein, der linke zum Hafen.

EINLEITUNG

Die Titelfigur, Glycerium, das Mädchen aus Andros, kommt nie auf die Bühne; die Entdeckung, daß es eigentlich ein Mädchen aus Athen ist, bildet jedoch das Ziel der Handlung. Ein junger Athener (Pamphilus) hat sich in sie verliebt, als sie in Begleitung ihrer vermeintlichen Schwester (Chrysis) von Andros kam, und will sich nicht mehr von ihr trennen, ohne daß er bis jetzt gewagt hätte, dies seinem Vater (Simo) zu gestehen. Dieser hat jedoch andere Pläne: sein Sohn soll gut bürgerlich die Tochter des reichen Chremes (Philumena) heiraten. Angesichts der Liaison des Pamphilus hat Chremes nein dazu gesagt. Simo will zu Beginn des Stückes nun die verfahrene Situation dadurch lösen, daß er seinem Sohn gegenüber vorgibt, die Heirat mit der Tochter des Chremes solle jetzt stattfinden. Falls sein Sohn einverstanden ist, hofft er, Chremes doch noch gewinnen zu können; falls er sich aber weigert, wäre das bisher nur Vermutete bestätigt, und Simo könnte seinen Sohn mit gehöriger Strenge behandeln. Der Sklave des Simo (Davus), der mit dem Herzen wie üblich auf seiten seines jungen Herrn steht, durchschaut, daß die Heirat im Augenblick nur fingiert ist, und rät deshalb Pamphilus, dem Vater seine Zusage zu geben im Vertrauen darauf, daß die Heirat wegen des Widerstandes des Chremes ja ohnehin nicht stattfinden wird. Der intrigante Sklave scheitert diesmal mit seiner List: Simo erreicht nach der Zusage seines Sohnes die Einwilligung des Chremes zur Heirat. Pamphilus ist in verzweifelter Lage, zumal da seine Geliebte Glycerium ihm an diesem Tage sogar ein Kind geboren hat. Das überraschende Erscheinen eines Mannes aus Andros (Crito) löst die Situation: durch seine Angaben stellt sich heraus, daß Glycerium selbst Athenerin und sogar eine verschollene Tochter des Chremes ist. Einer Heirat von Pamphilus und Glycerium steht danach nichts mehr im Wege. Diese aus der ›Andria‹ des Menander übernommene Handlung ist von Terenz durch Einführung eines zweiten athenischen Jünglings (Charinus) und seines Sklaven (Byrria) erweitert worden – die Tochter des Chremes, die bisher leer ausgegangen war, hat dadurch auch einen Liebhaber erhalten, und das

Stück kann mit der Aussicht auf eine Doppelhochzeit der beiden Chremestöchter schließen. Es ist umstritten, ob Terenz diese zweite Liebeshandlung frei hinzugedichtet hat (es wäre sein stärkster Eingriff in die Handlung seiner griechischen Originale) oder ob er sie aus der ›Perinthia‹ Menanders übernahm, die er laut Prolog als Sekundärvorlage benutzte. Das Auseinanderklaffen von Sein und Schein, die wechselseitigen falschen Vorstellungen, die die verschiedenen Personen über die Pläne ihrer Mitspieler haben, und die daraus sich ergebenden Irrwege machen den Reiz des Stückes aus. Aufgeführt wurde es erstmals an den *Ludi Megalenses,* den Spielen zu Ehren der Magna Mater, des Jahres 166 v. Chr.

PROLOG

Als unser Dichter sich gewandt zur Bühnenwelt,
War einzig seine Sorge die, daß allem Volk
Die Stücke wohlgefielen, die er dichtend schuf.
Doch daß es jetzt ganz anders kam, erkennt er wohl.
Denn mit Prologen müht er sich so viele Zeit,
Nicht um den Stoff zu erzählen, nein, auf Schmähungen
Dem alten Dichter, seinem Feind, zu dienen nur.
Jetzt, bitt ich, höret, was man ihm zur Last gelegt.
Menander schrieb eine Andria und Perinthia:
Wer eins der Stücke gründlich kennt, kennt alle zwei.
Nach ihrem Inhalt nicht so gar verschieden, sind
Sie doch im Ausdruck und im Stil verschiedner Art.
Was paßte, trug der Dichter aus dem einen Stück
(Er will es frei bekennen) in die Andria
Hinüber und benützt' es wie sein Eigentum.
Dies tadeln jene Herren und behaupten fest:
Komödien so zu vermengen, das gezieme nicht.
Da wandelt der Verstand sich wohl zum Unverstand.
Denn wer ihn anklagt, wahrlich, klagt den Nävius,
Den Plautus, Ennius, unseres Manns Vorbilder, an,
Die doch in ihrer Lässigkeit ihm höher stehen
Als sie mit ihrer dunklen Regelmäßigkeit.
Jetzt rat ich, daß man künftig ruht, Schandworte spart,
Damit man nicht Schandtaten von sich selbst erfährt.
Seid günstig, hört uns ruhig und bedächtig an,
Daß ihr erkennt, was sich hoffen läßt für uns,
Ob die Komödien, die er noch zu schaffen denkt,
Des Sehens würdig oder auszuzischen sind.

I/1

Simo, Sosia und einige Sklaven, die Einkäufe tragen, von rechts.
SIMO *zu den Sklaven*: Ihr da, tragt dies hinein! – Nun geht!
Die Sklaven ab ins Haus des Simo. Du, Sosia,

Bleib! Auf ein Wörtchen nur!

SOSIA: Verstehe schon: du meinst,
Ich soll dies gut besorgen.

SIMO: Nein, was andres!

SOSIA: Was
Kann meine Kunst denn Größeres für dich tun als dies?

SIMO: Freund, was ich will, dazu bedarf's nicht deiner Kunst;
Wohl aber brauch ich, was ich stets an dir bemerkt:
Treu und Verschwiegenheit.

SOSIA: Laß hören, was du willst.

SIMO: Dein Dienst bei mir war, wie du weißt, von Jugend auf,
Seit ich dich kaufte, jederzeit gar mild und leicht;
Und weil du stets mir dientest wie ein freier Mann,
Erhob ich dich zu meinem Freigelassenen:
Ich lohnte dir mit meinem höchsten Preis dafür.

SOSIA: Weiß alles noch.

SIMO: Es reut mich nicht.

SOSIA: Mich, Simo, freut's,
Tat oder tu ich irgend was, das dir gefällt,
Und daß es dir des Dankes wert war, dank ich dir.
Doch dieses Wort, es drückt mich: solches Mahnen klingt
Fast wie ein Vorwurf, als vergäß ich dir den Dank.
Sprich's aus in einem Worte: was ist dein Begehr?

SIMO: Nun gut. Vor allem sag ich dir: mit dem Hochzeitsfest,
Das du dir eingebildet, ist's nicht ernst gemeint.

SOSIA: Wozu den Schein denn?

SIMO: Höre die Sache von Anbeginn:
Du wirst das Treiben meines Sohns und meinen Plan,
Und welche Rolle du dabei zu spielen hast,
Daraus erkennen. Als er reif zum Jüngling ward
Und freier leben durfte – denn wie sollte man
Vorher ihn kennen oder sein Gemüt durchschaun,
Wo Jahre, Furcht, der Pädagog ihn zügelten ...

SOSIA: Natürlich.

SIMO: ... tat er, was die meisten Jungen tun,
Daß sie das Herz an etwas, seien es Pferde, seien's
Jagdhunde, hängen oder an Philosophie –

Von diesem allem trieb er nichts vor anderem
Mit Leidenschaft, und alles wieder doch mit Maß.
Das freute mich.
SOSIA: Und nicht mit Unrecht; denn mir deucht,
Gar nützlich sei's im Leben, nie zu viel zu tun.
SIMO: So war sein Leben: Alle litt und trug er leicht;
Mit wem er Umgang pflog, dem gab er ganz sich hin,
War seinen Launen fügsam, war niemandem feind,
Nahm sich vor andern nichts heraus: am leichtesten
Erwirbt man so Lob ohne Neid, schafft Freunde sich.
SOSIA: Da tat er klug; denn heutzutage gilt der Spruch:
Nachsicht erwirbt uns Freunde, Wahrheit aber Haß.
SIMO: Indessen zog – drei Jahre sind es jetzt – ein Weib
Aus Andros her, in unsre nächste Nähe hier,
Durch Mangel und der Anverwandten Lässigkeit
Gezwungen, bildschön, strahlend in der Jugend Glanz.
SOSIA: Ich fürchte, die von Andros bringt uns Böses mit.
SIMO: Erst lebte sie ganz ehrbar, sparsam, hart sogar;
Denn Woll und Webstuhl schafften ihr den Unterhalt.
Doch als sich ein Verliebter, Geld anbietend, fand,
Und bald ein andrer (wie sich aller Menschen Herz
Leicht von der Arbeit zum Genuß hinüberneigt),
So ging sie's ein und machte dann ein Gewerb daraus.
Und ihre Buhlen nahmen, wie's denn geht, einmal
Auch meinen Sohn mit, ihnen dort gesellt zu sein.
Da dacht ich auf der Stelle: nun, der ist im Netz!
Den traf's! Am Morgen gab ich auf die Sklaven acht,
Die kamen oder gingen, frug: »Ei, höre, Bursch:
Wer hatte Chrysis gestern? Sprich!« Denn also hieß
Das Mädchen.
SOSIA: Ich verstehe.
SIMO: »Phädrus, Clinia,
Niceratus«, rief einer; »die drei machten ihr
Zugleich den Hof.« – »Und Pamphilus?« – »Der schmauste mit
Von seinem Teil.« Das freute mich. Ich frage nun
Am zweiten Tag und finde, daß mein Pamphilus
Ganz ohne Schuld ist, meine denn: der ist erprobt

Genug, ein echtes Muster von Enthaltsamkeit.
Denn wer mit Geistern dieser Art zusammenstößt
Und doch in solchen Dingen unerschüttert bleibt,
Hält selbst in seinem Leben schon das rechte Maß.
Nun, mir gefiel das, alle priesen mein Geschick
Aus einem Munde, wünschten mir einstimmig Glück,
Daß ich der Vater solches wackern Sohnes sei.
Was red ich weiter? Angelockt durch diesen Ruf,
Kam Chremes selbst zu mir und trug sein einzig Kind
Mit reicher Morgengabe für den Sohn mir an.
Gern ging ich's ein; heut sollte Hochzeit sein.

SOSIA: Und nun,
Was hindert, daß man sie zusammengibt?

SIMO: Vernimm.
Nur wenig Tage später, als sich dies begab,
Starb Chrysis, unsre Nachbarin.

SOSIA: Schön, schön! Ich bin
Recht froh: vor Chrysis war mir angst.

SIMO: Da stellte nun
Mein Sohn mit Chrysis' Freunden oft im Haus sich ein,
Besorgte mit die Leiche, war betrübt und ließ
Mitunter Tränen fallen. Das gefiel mir wohl.
Ich dachte: nur nach kurzem Umgang nimmt er so
Sich ihren Tod zu Herzen; wie wär's, hätt er erst
Sie gar geliebt? Was wird er mir, dem Vater, tun?
In diesem allem sah ich nur ein menschlich Herz,
Nur lautere Sanftmut, Güte. Doch was red ich lang?
Um seinetwillen ging ich selbst zur Leiche mit.

SOSIA: Nun, was ist's?

SIMO: Vernimm.
Man trägt sie fort; wir gehn. Da seh ich bei den Frauen
Zufällig dort ein junges Mädchen, von Gestalt –

SOSIA: Recht hübsch vielleicht?

SIMO: Und von Gesicht – ach, Sosia! –
So unschuldsvoll, so reizend; Schöneres gibt es nichts.
Und weil sie mehr als die andern mir zu jammern schien,
Auch vor den andern von Gestalt ansehnlich war,

Von edlem Anstand, trat ich zum Gefolge hin,
Frug, wer sie sei; »der Chrysis Schwester«, hieß es da.
Das fuhr mir gleich durchs Herz: »Aha! Das ist es, das!
Daher die Tränen! Das ist der Grund des Mitgefühls!«
SOSIA: Wie bangt mir, wo das enden wird!
SIMO: Indessen schritt
Der Zug voran; wir folgen, sind zum Grab gelangt.
Man legt sie auf das Feuer; alles weint; indes
Trat diese Schwester unbedacht mit viel Gefahr
Dem Feuer allzu nahe. Da gibt Pamphilus,
Ganz außer sich, die wohlverhehlte Liebe kund.
Er springt hinzu, schlingt seinen Arm um sie und ruft:
»Glycerium, was tust du? Kind, du suchst den Tod?«
Und sie – der Liebeshandel ward jetzt offenbar –
Warf ganz vertraulich weinend sich an seine Brust.
SOSIA: Was sagst du!
SIMO: Zornig geh ich heim und voll Verdruß.
Doch war zum Schelten wenig Grund. Er spräche wohl:
»Was tat ich? Was verbrach ich? Was war mein Vergehen?
Ich wehrte, Vater, daß sie nicht ins Feuer sprang;
Ich ward ihr Retter.« Wohl ein triftig Wort!
SOSIA: Gewiß!
Denn wenn du den schiltst, der ein Leben rettete,
Was tätst du dem, der Schaden oder Unglück schafft?
SIMO: Den Tag darauf kommt Chremes mir ins Haus und schreit:
Abscheulich sei's! Er höre, Pamphilus halte sich
Die Fremde dort als seine Frau. Ich leugne dies
Hartnäckig; doch er bleibt dabei. Wir trennen uns
Am Ende so, daß Chremes mir erklärt, sein Kind
Ihm nicht zu geben.
SOSIA: Hast du da nicht deinen Sohn . . .
SIMO: Auch dieses war zum Schelten noch kein rechter Grund.
SOSIA: Wie meinst du das?
SIMO: Er konnte sagen, und mit Recht:
»Du hast dem Dinge, Vater, selbst ein Ziel gesetzt.
Bald muß ich mich in fremde Laune fügen: laß
Mich noch bis dahin leben nach dem eigenen Sinn.«

SOSIA: Wo bleibt dir denn zum Schelten noch Gelegenheit?
SIMO: Wenn um der Liebschaft willen er die Frau verschmäht,
Dann erst geziemt sich, daß man straft die Ungebühr.
Jetzt ist mein Plan: die falsche Hochzeit soll, wenn er
Sich sträubt, mir einen wahren Grund zum Schelten leihen;
Auch soll der Schurke Davus, führt er einen Kniff
Im Schild, ihn jetzt verbrauchen, wo sein Ränkespiel
Nicht schadet. Der wird, glaub ich fest, mit Hand und Fuß
Sich mir entgegenstemmen, mehr mir zum Verdruß
Als meinem Sohne zu Gefallen.
SOSIA: Und warum?
SIMO: Du fragst?
Ein jeder Zoll ein Bösewicht! Doch, faß ich ihn!
Wozu die Worte? Wenn mir, was ich wünsche, glückt,
Daß Pamphilus nicht widerstrebt, bleibt Chremes nur,
Den muß ich noch erbitten, und das, hoff ich, geht.
Dir liegt jetzt ob: du richtest die Hochzeit täuschend ein,
Erschreckst den Davus, gibst auf meinen Sohn mir acht,
Was der betreibt und welchen Plan er mit ihm spinnt.
SOSIA: Genug! Ich will's besorgen. Laß uns ungesäumt
Nunmehr hineingehen!
SIMO: Geh voran; ich komme nach.

Sosia ab in das Haus des Simo.

I/2

Kein Zweifel, daß mein Pamphilus die Frau nicht will.
Das merkt ich an des Davus Angst, als er vernahm,
Heut sei die Hochzeit. Doch da tritt er selbst heraus.
DAVUS *für sich, ohne den Simo zu sehen*:
Mich sollt es wundern, liefe das so ab; stets war mir's bang, wohin
Die Geduld des Herrn am Ende führt.
Nachdem er schon vernommen, daß sein Sohn die Frau nicht haben soll,
So sagt' er unsereinem doch kein Wort und nahm's nicht übel auf.
SIMO *für sich*: Doch jetzt wird er's, und ich meine, daß es dir ganz schlecht bekommt.
DAVUS *für sich*: Er wollte so uns unversehens mit falscher Freude täuschen und

Dann, wenn wir frei von Furcht voll Hoffnung sind, im Schlaf uns überraschen, daß
Wir nicht beraten könnten, wie sein Plan zu hintertreiben sei.
Wie schlau!

SIMO *laut*: Was schwatzt der Schurke da?

DAVUS: Der Herr! Ich dachte nicht an ihn.

SIMO: Davus!

DAVUS: Was?

SIMO: Hierher!

DAVUS *für sich*: Was will er?

SIMO: Nun, was sagst du?

DAVUS: Was?

SIMO: Du fragst?
Mein Sohn sei, sagen sie, verliebt.

DAVUS: Darum kümmert sich fürwahr das Volk.

SIMO: He! Hörst du, Davus?

DAVUS: Allerdings.

SIMO: Doch wär's von mir, dem Vater, hart,
Danach zu forschen; denn wie kann mich's kümmern, was er früher tat?
Solang's die Zeit erlaubte, ließ ich seinen Wünschen freien Lauf.
Doch dieser Tag bringt anderes Leben, fordert andere Lebensart.
Jetzt fordre ich – bitt ich, muß es sein –, führ ihn zum rechten Weg zurück!

DAVUS: Was soll das?

SIMO: Wer verliebt ist, grollt, bedenkt man ihn mit einer Frau.

DAVUS: Man sagt's.

SIMO: Wenn einer nun dabei noch einen schlechten Mentor hat,
So wendet er sein krankes Herz meist auf die schlimme Seite nur.

DAVUS: Gott! Das versteh ich nicht.

SIMO: Nicht?

DAVUS: Nein! Bin Davus, bin nicht Oedipus.

SIMO: So soll ich denn, was übrig ist, dir deutlich sagen?

DAVUS: Allerdings.

SIMO: Bemerk ich heute, daß du mir, um Pamphilus'
Hochzeit zu hintertreiben, einen Kniff versuchst
Und dich dabei als rechten Schlaukopf zeigen willst:
So peitsch ich dich und schicke dann zur Mühle dich dein Leben lang,

Mit dem Beding, statt deiner selbst zu mahlen, laß ich je dich los.
Verstehst du dieses? Oder auch selbst das noch nicht?
DAVUS: Versteh es gut,
So offen nanntest du das Ding, klar, ohne Rückhalt, unverblümt.
SIMO: In allem wollt ich lieber als in diesem Fall betrogen sein.
DAVUS: Gott behüte!
SIMO: Du spottest? Mich betrügst du nicht; ich rate dir:
Nichts Unbedachtes! Sage nicht, es habe niemand dich gewarnt:
Nimm dich in acht!
Simo ab nach rechts.

I/3

DAVUS: Jetzt, Davus, hast du keine Zeit zum Säumen und zum Müßiggehen,
Wofern ich, was der Alte von der Hochzeit meinte, recht verstand.
Wird da durch List nicht vorgekehrt, so stürzt mich's oder meinen Herrn.
Auch bin ich noch unschlüssig, was ich tue: helf ich Pamphilus?
Soll ich dem Alten folgen hier? – Verlaß ich jenen, muß mir um
Sein Leben bangen; helf ich ihm, fürcht ich des Greises Drohungen,
Dem schwer was weiszumachen ist. Denn um die Liebschaft weiß er schon,
Bewacht mich, daß ich keinen Trug ihm bei der Hochzeit spinnen kann.
Bemerkt er was, dann weh mir! Ja, beliebt's ihm, bricht er's wohl vom Zaun
Und stürzt mich, schuldig oder nicht, kopfüber in die Mühl hinab.
Zu all dem Übel kommt noch dies: Glycerium,
Ob Gattin oder Freundin, fühlt von Pamphilus
Sich schwanger; und da höre man die Verwegenheit:
Das können nur Verrückte, nicht Verliebte, tun –
Was auch zur Welt mag kommen, aufziehen wollen sie's.
Jetzt sinnen sie zusammen noch ein Märchen aus:
Sie sei athenische Bürgerin. »Es war einmal
Ein alter Kaufmann, der bei Andros Schiffbruch litt
Und starb. Da fand sie Chrysis' Vater auf dem Strand
Und nahm die kleine Waise auf.« O Fabelei!

Mir erscheint's nicht glaublich; ihnen selbst gefällt ihr Hirngespinst.
Doch Mysis kommt von ihr heraus. Nun gleich zum Markt,
Den Pamphilus zu sprechen, daß sein Vater ihn
Nicht unversehens überfällt!
Davus ab nach rechts.

I/4

Mysis kommt aus dem Haus der Glycerium.
MYSIS: Archylis, schon lange hört ich's: holen soll ich Lesbia.
Nun, beim Himmel, dieses Weib ist trunken stets und ohne Kopf,
Nimmer wert, daß man sie rufe bei der ersten Niederkunft!
Und doch hol ich sie! Da seht den Unverstand der Vettel nur!
Weil sie säuft mit ihr! Ich bitt euch, Götter, schenkt ihr Glück
Zur Geburt, laßt jene lieber bei andern einen Fehlgriff tun!
Pamphilus kommt von rechts auf die Bühne.
Was seh ich aber Pamphilus da ganz außer sich? Was soll das sein?
Will warten hier, will sehen, ob die Verstörung nicht was Arges bringt!

I/5

PAMPHILUS *für sich*: Heißt denn das auch menschlich handeln? Ist das auch des Vaters Recht?
MYSIS *für sich*: Was hat der?
PAMPHILUS: Um alle Götter! Was ist Hohn, wenn's das nicht ist?
Beschlossen hat er heute, mir ein Weib zu geben: mußt ich das
Nicht vorher wissen? Mußt er das nicht mir zuvor ankündigen?
MYSIS: Ich Arme, weh! Was hör ich da?
PAMPHILUS: Und der Mann, der seine Tochter mir als Frau verweigert hat,
Der Chremes ändert seinen Sinn, weil er mich unverändert sieht?
Will so mit allem Ernste mich losreißen von Glycerium?
Wenn das geschieht, ist's aus mit mir!
Ist wohl ein Mensch so freudenlos, so jammervoll, wie ich es bin?
Bei der Götter und der Menschen Treu!
Kann ich denn in keiner Weise Chremes' Schwägerschaft entgehen?
Ha, wie oft verschmäht, verachtet! Fertig alles, abgetan!
Man weist mich fort und holt mich wieder! Und warum? Wenn's das nicht ist,
Was, wie mir ahnt, dahintersteckt... Ein Stück von einer Mißgeburt

Ziehen sie auf, und weil sich niemand diese gern aufzwingen läßt,
Kommt man zu mir.

MYSIS: Die Rede hat mich Arme fast entseelt vor Angst.

PAMPHILUS: Und was mein Vater denken mag:
Etwas so Wichtiges so leicht zu nehmen! Im Vorübergehen
Am Markte ruft er: »Pamphilus, heut hast du Hochzeit; rüste dich;
Geh gleich nach Hause!« War mir's doch, als sagt' er: »Geh und hänge dich!«
Wie versteinert stand ich, konnte nicht ein Wort vorbringen, nicht
Einen Vorwand, noch so schal, so dumm, so falsch: ich war verstummt.
Fragt nun jemand, was ich täte, wenn ich es zuvor gewußt:
Etwas, um dies nicht zu tun! Was aber tu ich jetzt zuerst?
So viele Sorgen umstricken mich, ziehen hierhin, ziehen dorthin mein Herz:
Mitleid mit ihr und Liebe zu ihr, Furcht vor der Hochzeit, dann die Scheu
Vorm Vater, der so nachsichtsvoll bis jetzt mich alles treiben ließ,
Was meinem Herzen Freude war. Ihm sollt ich widerstreben? Ach!
Ich schwanke, was ich tue.

MYSIS: Weh! Mir bangt, wohin dies Schwanken führt.
Doch tut es not, daß er mit ihr oder ich mit ihm jetzt spreche von ihr.
Solang er schwankt, so schwankt er auch bei kleinem Anstoß hin und her.

PAMPHILUS: Wer spricht da? – Mysis, sei gegrüßt!

MYSIS: Dank, Pamphilus!

PAMPHILUS: Wie geht es ihr?

MYSIS: Du fragst? Sie liegt in Wehen und ist bekümmert, weil das Hochzeitsfest
Von früherher auf heute festgesetzt war; auch befürchtet sie,
Du möchtest sie verlassen.

PAMPHILUS: Ha! Ich könnte dies versuchen, ich
Zulassen, daß sie meinethalb sich täusche, sie,
Die mir ihr Herz, ihr ganzes Leben anvertraut,
Die mir unendlich teuer, die mir Gattin ist?
Zulassen, daß ihr keusch und fein gewöhntes Herz,
Durch Not gedrängt und Mangel, sich zum Bösen kehrt?
Nein, nein!

MYSIS: Mir ist nicht bange, liegt's an dir allein;
Doch wenn Gewalt dich zwänge?
PAMPHILUS: Glaubst du mich so feig,
So gar undankbar, so gefühllos oder roh,
Daß nicht ihr Umgang, ihre Liebe, Schamgefühl
Mich mahnte, mich antriebe, stets ihr treu zu sein?
MYSIS: Eins weiß ich, sie verdient es, daß du ihrer denkst.
PAMPHILUS: »Denkst, denkst!« O Mysis, Mysis, jetzt noch sind sie mir,
Der Chrysis letzte Worte von Glycerium,
Ins Herz geschrieben. Schon fast sterbend rief sie mich.
Ich kam – ihr wart beiseite, wir allein – sie sprach:
»Mein Pamphilus, wie reizend und wie jung sie ist,
Das siehst du, weißt, wie wenig ihr jetzt beides hilft,
Um ihrer Ehr und ihrer Habe Schirm zu sein.
Bei dieser Rechten fleh ich denn, bei deinem Wort,
Bei deinem Genius, bei des Kinds Hilflosigkeit
Beschwör ich dich: laß nicht von ihr, verlaß sie nicht,
Wenn wie einen Bruder ich dich stets geliebt,
Wenn sie vor allen dich allein stets hochgeschätzt
Und stets in allen Dingen dir zu Willen war!
Dich geb ich ihr zum Manne, Vormund, Vater, Freund;
Hier meine Habe befehl ich dir und deiner Treu.«
So gab sie jene in meine Hand. Dann faßte sie
Der Tod. Ich nahm sie, daß sie mein auf ewig sei.
MYSIS: So hoff ich.
PAMPHILUS: Doch was gehst du weg von ihr?
MYSIS: Die Hebamm hol ich.
PAMPHILUS: Schnell denn, und – hörst du? Rede ja kein Wörtchen von der Hochzeit,
Daß dieses ihre Leiden nicht noch mehre!
MYSIS: Ich verstehe.
Mysis ab auf der Straße, wohl nach rechts; Pamphilus bleibt im Hintergrund stehen.

II/1

Charinus und Byrria kommen von rechts.
CHARINUS: Byrria, wirklich? Heut vermählt sich Pamphilus mit ihr?
BYRRIA: Gewiß!

CHARINUS: Wer sagt es?

BYRRIA: Eben hört ich's auf dem Markt von Davus.

CHARINUS: Weh mir, weh!

Wie, zwischen Furcht gespannt und Hoffnung, mein Geist sich aufrechthielt bis jetzt,

So sinkt er, seit die Hoffnung schwand, jetzt matt dahin, von Gram verzehrt.

BYRRIA: Ach, Charin, weil nicht geschehen kann, was du willst, so wolle nur,

Was geschehen kann.

CHARINUS: Bei Gott, ich will nichts anderes als Philumena.

BYRRIA: Viel geratener wär's, du banntest aus dem Herzen diese Liebe,

Statt umsonst mit solchen Worten anzufachen deine Glut.

CHARINUS: Gesunde wissen leicht für Kranke guten Rat. Doch dächtest du

An meiner Statt wohl anders.

BYRRIA: Nun, wie dir's beliebt!

CHARINUS: Doch ich sehe Pamphilus.

Eh ich untergehe, bleibt nichts unversucht.

BYRRIA *für sich*: Was hat er vor?

CHARINUS: Ja, Ich bitt ihn selbst, ich fleh ihn an, entdeck ihm meine Liebe!

Er tut's gewiß, er schiebt um ein paar Tage noch die Hochzeit auf!

Indessen, hoff ich, fügt sich was.

BYRRIA: Das »was« ist nichts.

CHARINUS: Du, Byrria,

Was meinst du? Red ich wohl ihn an?

BYRRIA: Warum nicht? Hilft's auch weiter nichts,

So denkt er doch, du kommst ihm ins Gehege bei der künftigen Frau.

CHARINUS: Schere alsbald dich zum Henker, Bösewicht, mit dem Verdacht!

PAMPHILUS *hinzutretend*: Sieh da, Charin! Willkommen!

CHARINUS: Dank dir, Pamphilus!

Zu dir komm ich, suche Hoffnung, suche Rettung, Hilfe, Rat.

PAMPHILUS: Mir fehlt's am Rate, wahrlich, und zu helfen hab ich keine Macht.

Doch was ist's?

CHANRIUS: Heut hast du Hochzeit?

PAMPHILUS: Ja, so heißt es.

CHARINUS: Pamphilus,

Ist's an dem, so siehst du heute mich zum letztenmal.

PAMPHILUS: Wieso?

CHARINUS: Ach! Ich kann's nicht sagen; Byrria, sag du es ihm.
BYRRIA: Nun ...
PAMPHILUS: Was ist's?
BYRRIA: Er ist in deine Braut verliebt.
PAMPHILUS: Da denkt er wahrlich nicht wie ich.
Aber kamst du weiter schon mit ihr, Charin?
CHARINUS: Ach, Pamphilus,
Nein!
PAMPHILUS: Wie wünscht ich's!
CHARINUS: Jetzt bei unsrer Freundschaft, Liebe, bitt ich dich
Vor allem – nimm sie nicht!
PAMPHILUS: Ich werde mich bemühen.
CHARINUS: Doch kannst du nicht,
Liegt die Heirat dir am Herzen ...
PAMPHILUS: Am Herzen?
CHARINUS: Ein paar Tage doch
Schieb es auf, bis ich verreist bin, um es nicht zu sehen.
PAMPHILUS: Vernimm!
Meiner Ansicht nach, Charinus, ziemt es nie dem braven Mann,
Auch nur kleinen Dank zu fordern, wenn er keinen Dank verdient.
Mich verlangt mehr, dieser Heirat zu entfliehn, als du sie suchst.
CHARINUS: Du belebst mich neu!
PAMPHILUS: Jetzt, wenn ihr, du und da der Byrria,
Was vermögt, schafft, sinnt, erfindet, müht euch, daß du sie bekommst!
Ich will trachten, sie nicht zu bekommen.
CHARINUS: Mir genug!

Davus erscheint von rechts.

PAMPHILUS: Gerade recht
Seh ich Davus: ihm vertrau ich.
CHARINUS *zu Byrria*: Und du hinterbringst mir nichts,
Als was man nicht zu wissen braucht. Auf, packe dich!
BYRRIA: Von Herzen gern.
Byrria ab nach rechts.

II/2

DAVUS *für sich:* Guter Gott, was bring ich Gutes! Doch wo find ich Pamphilus?
Will ihm alle Furcht benehmen, will sein Herz mit Lust erfüllen.
CHARINUS: Weiß nicht, was der so vergnügt ist.
PAMPHILUS: Es ist nichts; er kennt mein Leid noch nicht.
DAVUS: Wenn er hörte, daß die Hochzeit schon gerüstet wird für ihn...
CHARINUS: Hörst du?
DAVUS: ... sucht' er atemlos mich sicher in der ganzen Stadt.
Doch wo such ich? Wohin wend ich mich zuerst?
CHARINUS: Freund, red ihn an!
DAVUS *sich besinnend*: Ich hab's.
PAMPHILUS: Davus, he! So bleib doch!
DAVUS: Wer ist's, der mich ...? Pamphilus!
Ich suche dich! Schön – auch Charin! Kommt beide recht! Ich will [zu euch.
PAMPHILUS: Davus, weh mir!
DAVUS: Höre doch!
PAMPHILUS: Ich Ärmster!
DAVUS: Weiß schon, was dich drückt ...
CHARINUS: Götter, ach! Mir geht's ans Leben.
DAVUS: Und was dich drückt, weiß ich auch.
PAMPHILUS: Heute hab ich ...
DAVUS: Weiß es.
PAMPHILUS: Hochzeit.
DAVUS: Ha, du plagst mich; weiß ich's doch!
Du bist besorgt, ihr Mann zu werden; du, es nicht zu werden.
CHARINUS: Wohl!
PAMPHILUS: Ebendies.
DAVUS: Und ebendies hat keine Not, vertraue mir!
PAMPHILUS: Ich beschwöre dich, befrei mich Armen bald von dieser [Angst!
DAVUS: Nun – Chremes gibt dir seine Tochter nicht.
PAMPHILUS: Wie weißt du das?
DAVUS: Ich weiß.
Eben erst packt mich dein Vater, sagt mir, heute geb er dir
Eine Frau, und vieles sonst noch, was ich jetzt nicht sagen kann.
Eilends lauf ich gleich zu dir, um dir's zu sagen, auf den Markt.

Wie ich dich nicht finde, steig ich eine Höhe dort hinan,
Schaue mich um – vergebens –, sehe plötzlich da den Byrria,
Frag ihn, doch er sah dich nicht. Wie ärgerlich! Was nun zu tun?
Auf dem Heimweg scheint die Sache mir verdächtig. Unser Tisch
Schlecht bestellt, der Herr verdrießlich, jetzt mit einmal Hochzeit – [das paßt
Nicht zusammen.

PAMPHILUS: Wo soll das hinaus?

DAVUS: Ich sogleich zu Chremes hin.
Wie ich hinkomm, alles einsam vor der Tür – das freut mich schon.

CHARINUS: Nicht so schlimm!

PAMPHILUS: Nur weiter, weiter!

DAVUS: Ich bleibe stehen und seh indes
Niemand eingehen, niemand ausgehen, keine Frau im ganzen Haus;
Nichts von Schmuck, nichts von Geräusch; ich trete näher, guck [hinein ...

PAMPHILUS: Gute Zeichen!

DAVUS: Meinst du, daß sich das für eine Hochzeit paßt?

PAMPHILUS: Nein, ich glaub's nicht, Davus.

DAVUS: »Glaub's nicht«, sagst du? Dann verstehst du's falsch.
Ganz gewiß ist's. Auch bemerkt ich noch beim Weggehen, daß ein Bursch
Kohl und Fischchen für den Alten kaum für einen Groschen bringt.

CHARINUS: Heut bin ich durch dich gerettet, Davus.

DAVUS: Davon weiß ich nichts.

CHARINUS: Wieso? Dem da gibt er sie doch keinesfalls.

DAVUS: Du närrischer Kerl!
Wird sie denn notwendig deine Frau, wenn der sie nicht bekommt?
Sieh dich um, fleh an des Alten Freunde, schmeichle ...

CHARINUS: Rätst mir gut!
Ich geh, auch wenn diese Hoffnung oft mich täuschte! Lebe wohl.
Charinus ab nach rechts.

II/3

PAMPHILUS: Was bezweckt mein Vater denn? Wozu die Täuschung?

DAVUS: Höre mich.
Zürnt er jetzt, weil seine Tochter Chremes dir nicht geben will,
Muß er selbst für ungerecht sich halten, und mit allem Recht;
Kennt er doch nicht deine Meinung, wie du von der Heirat denkst.

Aber weigerst du die Heirat, wälzt er alle Schuld auf dich;
Dann gibt's Sturm.

PAMPHILUS: Will alles dulden.

DAVUS: Pamphilus, dein Vater ist's!
Recht bedenklich! Und das Mädchen steht allein: schnell findet er
Einen Vorwand, sie zur Stadt hinauszuschaffen.

PAMPHILUS: Was?

DAVUS: Im Nu!

PAMPHILUS: Rede denn: was tu ich, Davus?

DAVUS: Sage, du wollst sie nehmen.

PAMPHILUS: Ich?
Das sagen?

DAVUS: Warum nicht?

PAMPHILUS: Nimmermehr!

DAVUS: Bequeme dich.

PAMPHILUS: Laß deinen Rat!

DAVUS: Bedenke, was draus werden kann.

PAMPHILUS: Man sperrt von ihr mich aus, sperrt hier mich ein.

DAVUS: O nein!
Ich denke mir die Sache so: Dein Vater sagt:
Heut hast du Hochzeit, will ich; du antwortest: ja.
Wie will er dann dich schelten? Was er als gewiß
Sich vorgesetzt, das machst du dadurch ungewiß
Und wagst dabei nichts. Denn kein Zweifel: Chremes gibt
Sein Kind dir nicht. Du laß darum von deinem Tun
Nicht ab, daß Chremes seinen Sinn nicht ändere.
Du sträubst dich nicht, daß, will er auch, er dir mit Grund nicht zürnen kann.
Denn was du hoffst, das stoß ich leicht dir um. »Bei solchem Treiben gibt eher noch
Kein Mensch mir seine Tochter je zur Frau« – er findet
Für dich ein armes Mädchen auf, als daß er dich verderben läßt.
Doch nimmst du's ganz gleichgültig, schläferst du ihn ein; in Ruhe sucht
Er dann ein anderes Mädchen aus; indessen tritt was Günstiges ein.

PAMPHILUS: So meinst du?

DAVUS: Ohne Zweifel.

PAMPHILUS: Sieh, wohin du mich verlockst!

DAVUS: O still!

PAMPHILUS: Nun gut! Nur daß er nichts erfährt, daß sie von mir ein [Kind gebar!
Denn ich versprach es aufzuziehen.

DAVUS: Welch unbesonnener Streich!

PAMPHILUS: Sie nahm
Mein Wort mir ab als Unterpfand, daß ich sie nicht verlassen will.

DAVUS: Ich mach es schon. Doch der Vater, sieh! Laß dich vor ihm [nicht traurig sehen!

Simo kommt von rechts.

II/4

SIMO *für sich*: Will sehen, was sie treiben, was sie sinnen da.

DAVUS *zu Pamphilus*: Der zweifelt nicht, daß du dich sträuben wirst; er [kommt
Tiefsinnig da aus irgendeinem Winkel her
Und hofft mit einer Rede, die er ausgedacht,
Dich zu verwirren. Bleibe denn nur hübsch gefaßt.

PAMPHILUS: Ja, könnt ich's, Davus!

DAVUS: Sei versichert, Pamphilus:
Dein Vater wechselt heute nicht ein Wort mit dir,
Wenn du die Frau zu nehmen dich bereit erklärst.

II/5

Byrria erscheint von rechts; er schleicht Simo nach, ohne bemerkt zu werden.

BYRRIA *für sich*: Mein Herr befahl mir, alles stehen zu lassen und
Nach Pamphilus zu spähen, was er in betreff
Der Heirat heute machen wird. Deswegen bin
Ich jetzt dem Alten auf der Ferse nach. Doch sieh!
Da steht er selbst mit Davus. Jetzt die Ohren auf!

SIMO *für sich*: Da sind ja beide.

DAVUS *zu Pamphilus*: Nun gib acht!

SIMO: He, Pamphilus!

DAVUS *zu Pamphilus*: Wie unvermutet sieh nach ihm dich um!

PAMPHILUS: Aha,
Mein Vater!

DAVUS *leise*: Brav!

SIMO: Heut hast du Hochzeit, wie gesagt.

BYRRIA: Jetzt ist mir angst und bange, was er sagen wird.

PAMPHILUS: Nicht hier noch sonstwo wird's an mir je fehlen.

BYRRIA *für sich*: Ach!

DAVUS *zu Pamphilus*: Er ist verstummt.

BYRRIA *für sich*: Was sagt er?

SIMO: Du tust, wie's dir geziemt,
Indem du dich in Güte meinem Wunsche fügst.

DAVUS *zu Pamphilus*: Nun – hab ich recht?

BYRRIA *für sich*: Mein Herr hat seine Braut verloren.

SIMO *zu Pamphilus*: Geh jetzt hinein, damit du fertig bist, wenn's gilt.

PAMPHILUS: Gut!

Pamphilus ab ins Haus des Simo.

BYRRIA *für sich*: Daß man doch nicht einem Menschen trauen darf!
Wahr ist es, was man im gemeinen Leben sagt,
Daß jeder Gutes lieber sich als andern gönnt.
Ich sah sie schon: ein hübsches Mädchen, wie ich mich
Erinnere. Drum verarg ich's nicht dem Pamphilus,
Wenn er sie lieber selbst umarmt als meinem Herrn
Sie läßt. Ich meld's ihm, daß er Leid mit Leid mir lohnt.

Byrria ab nach rechts.

II/6

DAVUS *für sich*: Der denkt, ich führe gegen ihn jetzt einen Streich
Im Schild und sei deswegen hiergeblieben.

SIMO: Was
Sagt da der Davus?

DAVUS: Eben jetzt soviel wie nichts.

SIMO: Nichts?

DAVUS: Ja, völlig nichts.

SIMO: Und doch erwartet ich's.

DAVUS *für sich*: Ich merk's, es kam ihm unverhofft; das wurmt den Mann.

SIMO: Kannst du die Wahrheit sagen?

DAVUS: Oh, nichts leichter!

SIMO: Nun,
Ist ihm die Heirat etwa nicht ganz angenehm,
Weil er sich eingelassen mit der Fremden da?

DAVUS: Nein; oder wenn auch, mag's ihn zwei, drei Tage nur
Verstören; du weißt ja, wie das geht – dann gibt es sich.

Er hat auch selbst die Sache reiflich überdacht.
SIMO: Das lob ich.
DAVUS: Solang's dem Alter passend war und ihm erlaubt,
Hat er geliebt, doch heimlich, sorgte, daß es ihm
Nie Schande brachte, wie's dem wackern Manne ziemt.
Jetzt soll er freien, und zu freien entschloß er sich.
SIMO: Ein bißchen traurig schien er mir denn doch zu sein.
DAVUS: Nicht dessentwegen; doch um etwas grollt er dir.
SIMO: Was ist es?
DAVUS: Kindereien.
SIMO: Was?
DAVUS: Nichts.
SIMO: Sag es doch!
DAVUS: Er meint, zu karg bestelle man's.
SIMO: Mich meint er?
DAVUS: Dich.
»Der Schmaus da«, sagt er, »kostet ihn zehn Drachmen kaum.
Soll das die Hochzeitsfeier sein für seinen Sohn?
Wen meiner Freunde soll ich jetzt, und heut zumal,
Zu Gaste bitten?« – Ich sag es unter uns –
Du machst's auch gar zu knapp. Das lob ich nicht.
SIMO: Du schweigst!
DAVUS *für sich*: Den traf's.
SIMO: Ich sorge schon, daß alles richtig geht. –
Für sich: Was soll das sein? Was will der alte Schelm? Denn, traun,
Der ist der Rädelsführer, wenn's was Böses gibt.

III/1

Mysis kommt mit Lesbia, wohl von rechts; Simo und Davus bleiben im Hintergrund, während die Frauen an ihnen vorbeigehen.

MYSIS: Wohl ist es, wie du sagtest, Lesbia! Man sieht
Fast keinen Mann, der seinem Mädchen Treue hält.
SIMO *zu Davus*: Die Magd von der aus Andros.
DAVUS *zu Simo*: Was?
SIMO: Ja, ja, sie ist's.
MYSIS: Doch Pamphilus . . .
SIMO: Was sagt sie?

MYSIS: ... hielt sein Wort.
SIMO: Aha!
DAVUS *für sich*: Daß doch mein Herr taub würde oder diese stumm!
MYSIS: Denn was sie gebiert, er zieht es auf.
SIMO: O Juppiter!
Was hör ich? Wenn sie die Wahrheit sagt, ist's aus mit mir.
LESBIA: Der junge Mensch hat doch ein gutes Herz.
MYSIS: Gewiß!
Doch komm hinein, versäume sie nicht.
LESBIA: Ich komme schon.

Mysis und Lesbia ab in das Haus der Glycerium.

DAVUS *für sich*: Wie helf ich mir aus dieser Klemme?
SIMO: Was ist das?
Wär er so toll? Von einer Fremden? – Halt! Ich weiß;
Ich Tor, jetzt endlich merk ich was!
DAVUS *für sich*: Nun, was merkt er denn?
SIMO *für sich*: Das ist der erste Streich, den der mir spielt! Man tut,
Als sei sie Mutter: so wird Chremes abgeschreckt.
GLYCERIUM *im Haus rufend*: Lucina, hilf mir! Rette mich! Ich fleh dich an.
SIMO: Oho! So schnell? Wie lächerlich! Vor ihrer Tür,
Vernimmt sie, steh ich; gleich geht's los!
Zu Davus: Du hast die Zeit
In deinem Stück nicht passend eingeteilt.
DAVUS: Was? Ich?
SIMO: Die Schüler sind wohl schwach im Kopf?
DAVUS: Verstehe nicht.
SIMO *für sich*: Wär's mit der Hochzeit wirklich Ernst, und wäre mir
Der Bursch unvorbereitet auf den Hals gerückt:
Wie hätt er da mir mitgespielt! Jetzt geht es ganz
Auf seine Rechnung, während ich im Hafen bin.

III/2

Lesbia kommt aus dem Haus der Glycerium.

LESBIA *zurücksprechend*: Bis jetzt, Archylis, sind die Anzeichen alle
Bei ihr ganz in Ordnung; recht gut wird es abgehen.
Jetzt mach ihr schnell ein Bad zurecht, gebt das Tränklein
Ihr ein, das ich verschrieb, so viel wie ich verordnet;

Will gleich wieder hier sein.

Für sich: Traun, einen hübschen Jungen hat der Pamphilus!
Gott gebe, daß er leben bleibt, weil Pamphilus so edel denkt
Und vor der Sünde sich gescheut, dem guten Mädchen weh zu tun.

Lesbia ab nach rechts.

SIMO *zu Davus*: Das ist auch wieder ein Streich von dir! Das sieht ein [jeder, der dich kennt.

DAVUS: Was?

SIMO: Nicht im Haus verordnet sie, was dort die Wöchnerin bedarf;
Nein, außen auf der Gasse schreit sie's erst den Leuten drinnen zu.
O Davus, werd ich so von dir verachtet? Oder schein ich dir
Danach geartet, daß du so gar offen mich zu täuschen wagst?
So greift's doch fein an, daß ihr mich zu fürchten scheint, erführ ich [es.

DAVUS *für sich*: Nun wahrlich, jetzt täuscht er sich selbst, nicht ich.

SIMO: Ich habe dir's gesagt;
Ich warnte dich, ich drohte. Hast du mich gescheut? Was lag dir dran?
Soll ich dir denn nun glauben, daß sie niederkam von Pamphilus?

DAVUS *für sich*: Jetzt merk ich, was der Alte meint, weiß, was zu tun!

SIMO: Warum so stumm?

DAVUS: Was? Glauben? Grad als hätte man die Sache dir nicht gemeldet!

SIMO: Mir was?

DAVUS: Aha! So hättst du selbst ihr Spiel durchschaut?

SIMO: Der spottet noch!

DAVUS: Es ward dir hinterbracht. Woher denn käme dir auch der [Verdacht?

SIMO: Weil ich dich kannte.

DAVUS: Das heißt wohl: es sei auf meinen Rat geschehen?

SIMO: Ich weiß es gewiß.

DAVUS: Du kennst mich noch nicht gründlich, Simo, wie ich bin.

SIMO: Ich kennte dich nicht?

DAVUS: Fang ich nur zu sprechen an, so meinst du gleich,
Ich täusche dich; und darum wag ich wahrlich kaum zu mucksen [mehr.

SIMO: Dies eine weiß ich: niemand kam hier in die Wochen.

DAVUS: Richtig!
Demungeachtet wird dir bald ein Junge vor die Tür gelegt.
Daß dies geschehen wird, meld ich dir schon jetzt, damit du's wissest
Und nicht hernach mir sagst, es sei nach Davus' Rat und List geschehen.

Ferne sei's, das wünsch ich ernstlich, daß du sowas denkst von mir!
SIMO: Woher weißt du das?
DAVUS: Ich hört und glaub es. Vieles trifft zusammen,
Was mich auf die Meinung bringt. Erst gab sie vor, von Pamphilus
Schwanger zu sein. Dies fand sich falsch. Jetzt weil sie sieht, daß alles drinnen
Für die Hochzeit wird gerüstet, muß die Magd zur Stelle fort,
Um die Hebamm ihr zu rufen, und ein Kind bringt diese mit.
Nicht beseitigt gilt die Hochzeit, wenn du nicht das Kind erblickst.
SIMO: Wie meinst du? Da du wußtest, daß man dies betrieb,
Was sagtest du's nicht ungesäumt dem Pamphilus?
DAVUS: Wer hat von ihr ihn abgebracht als ich? Wir alle wissen ja,
Wie heftig er sie liebte. Jetzt gelüstet ihn nach einer Frau.
Das überlaß nur mir! Indes betreibe, wie du sie bis jetzt
Betriebst, die Hochzeit fernerhin: der Himmel, hoff ich, steht dir bei.
SIMO: Geh nur ins Haus; dort harre mein, und rüste zu, was nötig ist.

Davus ab ins Haus.

Daß ich das alles glaube, meint der Bursche wohl;
Doch ist vielleicht auch alles, was er sagte, wahr.
Indes – was kümmert's mich? Mir ist am wichtigsten,
Was mir mein Sohn selbst zugesagt. Ich gehe jetzt
Zu Chremes, bitt ihn um sein Kind; gelingt mir das,
Dann sei die Hochzeit lieber heut als morgen erst!
Denn wenn mein Sohn nicht halten will, was er versprach,
Kein Zweifel, daß ich dann mit Recht ihn zwingen kann.
Doch siehe, recht gelegen kommt hier Chremes selbst.

III/3

Chremes kommt von rechts.

SIMO: Willkommen, Freund!
CHREMES: Dich such ich eben.
SIMO: Und ich dich.
CHREMES: Du kommst erwünscht.
Mir sagten Leute, daß du dich geäußert, heut sei deines Sohns
Hochzeit mit meiner Tochter. Sprich: sind jene rasend oder du?
SIMO: Ein Wörtchen nur: dann hörst du, was ich will von dir und was du fragst.
CHREMES: Ich höre; sage, was du willst.

SIMO: Bei den Göttern und bei unsrer Freundschaft bitt ich dich,
Die, früh begonnen, Chremes, mit den Jahren wuchs,
Bei deiner einzigen Tochter und bei meinem Sohn,
Den mir zu retten völlig steht in deiner Macht:
O hilf mir hierin, laß die Hochzeit uns begehen,
Wie sie bestimmt war!
CHREMES: Ach, beschwöre mich doch nicht,
Als müßtest du durch Bitten dies von mir erflehen!
Ein anderer, meinst du, sei ich jetzt als dazumal,
Als ich sie dir zusagte? Wenn es beiden frommt,
Daß sie zusammenkommen, gut, so hole sie!
Doch wenn daraus für beide mehr Unglück entsteht
Als Glück, so bitt ich, rate selbst, was beiden frommt,
Als wenn sie dein Kind wäre und sein Vater ich.
SIMO: So will ich, Chremes, so verlang ich, soll's geschehen!
Und mahnte nicht die Sache selbst, verlangt ich's nicht.
CHREMES: Wieso?
SIMO: Glycerium schmollt mit meinem Sohn.
CHREMES: Was hör ich da?
SIMO: So, daß ich sie zu trennen hoffen darf.
CHREMES: Geschwätz!
SIMO: So ist's, gewiß!
CHREMES: Ja, ja, so, wie man sagen hört:
Zank bei Verliebten macht die Liebe wieder jung.
SIMO: Dann bitt ich, kommen wir zuvor, noch ist es Zeit,
Solange noch die Kränkung ihr sein Herz verschließt.
Eh dieser Weiber Tränen, Tück und Heuchelei
Sein krankes Herz zu Mitleid wieder stimmen, laß
Uns eine Frau ihm geben! Wenn der Ehe Band
Und edle Lieb ihn fesselt, dann, o Chremes, reißt
Er, hoff ich, leicht aus diesen Übeln sich heraus.
CHREMES: So scheint es dir; ich glaube, daß er nicht mit ihr
Beständig leben, noch daß ich das dulden kann.
SIMO: Wie willst du dies denn wissen, wenn du's nicht versuchst?
CHREMES: Doch hart erscheint mir der Versuch bei meinem Kind.
SIMO: Das ist zuletzt die ganze Unannehmlichkeit,
Daß – Gott verhüt es! – eine Trennung nötig wird.

Doch bessert er sich, wie viel Angenehmes dann!
Du gibst dem Freund den Sohn zurück, gewinnst dir selbst
Den wackern Eidam und der Tochter einen Mann.
CHREMES: Nun, wenn du überzeugt bist, daß es nützen kann –
Nie steh ich dem im Wege, was dir Nutzen bringt.
SIMO: Mit Recht, o Chremes, hab ich stets dich hochgeschätzt.
CHREMES: Aber sprich ...
SIMO: Nun? [schmollen?
CHREMES: Woher weißt du, daß sie miteinander
SIMO: Mir sagt' es Davus selbst, und der kennt ihr geheimstes Treiben;
Er rät die Hochzeit mir so sehr als möglich zu beeilen.
Der tät es, meinst du, wüßt er nicht, mein Sohn sei's auch zufrieden?
Doch hör es selbst aus seinem Mund! *Er ruft ins Haus hinein*:
He, ruft heraus den Davus!
Doch sieh, da kommt er schon von selbst.

III/4

Davus kommt aus dem Haus des Simo.
DAVUS *zu Simo*: Ich suche dich.
SIMO: Was gibt es denn?
DAVUS: Was wird die Braut nicht abgeholt? Schon wird es Abend.
SIMO *zu Chremes*: Hörst du?
Zu Davus: Mir, Davus, war längst bang vor dir, du machtest mir es ebenso,
Wie sonst der Sklaven Art es ist, und suchtest mich zu hintergehen,
Weil Pamphilus ein Liebchen hat.
DAVUS: Ich täte das?
SIMO: Ich glaubte so;
Und das besorgend, hab ich euch verborgen, was du jetzt erfährst.
DAVUS: Und was?
SIMO: Vernimm! Denn fast vertrau ich dir.
DAVUS: Jetzt endlich kennst du mich?
SIMO: Mit unsrer Hochzeit war's nicht Ernst.
DAVUS: Wie das? Nicht Ernst?
SIMO: Nein, nur um euch
Recht auszuholen, tat ich so.
DAVUS: Ei was!

SIMO: So ist's.
DAVUS: Seh einer mir!
Dahinter wär ich nimmermehr gekommen. Ha, welch schlauer Plan!
SIMO: Nun höre! Wie ich eben dir hineinzugehen bedeutete,
Kommt mir der Mann da recht gelegen in den Wurf.
DAVUS *für sich*: Ist's aus mit uns?
SIMO: Und ich erzähl ihm, was du mir vorhin gesagt . . .
DAVUS *für sich*: Was hör ich da?
SIMO: Bitt um die Tochter ihn, mit Müh erbitt ich sie.
DAVUS *für sich*: Weh, wehe mir!
SIMO: Was sagtest du?
DAVUS: Ich sagte: »Wohl, wohl!«
SIMO *auf Chremes zeigend*: Dieser steht jetzt nicht [im Weg.
CHREMES: Ich will nach Haus und lasse gleich Anstalten treffen, komme
Hierher zurück und meld es euch. [dann
Chremes ab nach rechts.
SIMO: Jetzt bitt ich dich, Freund Davus, weil
Du doch allein die Heirat mir zustand gebracht . . .
DAVUS *für sich*: Ja, ganz allein.
SIMO: So gib dir Mühe, meinen Sohn auch fernerhin zu bessern.
DAVUS: Ich
Will alles tun.
SIMO: Du kannst es jetzt, solang er ihr im Herzen grollt.
DAVUS: Sei ohne Sorgen.
SIMO: Sprich, wo ist er jetzt?
DAVUS: Ich denke, wohl zu Haus.
SIMO: Ich geh und sage, was ich dir gesagt, auch ihm.
Simo ab ins Haus.
DAVUS: Ich bin dahin!
Was säum ich noch, geradenwegs von hier zur Mühle hinzugehen?
Zum Bitten bleibt mir keine Statt: so hab ich alles jetzt verwirrt,
Den Herrn getäuscht, den jungen Herrn gedrängt zur Heirat, welche heut
Zustande kommt, vom Alten nicht gehofft, vom Sohne nicht gewünscht.
Das nenn ich Pfiffe! Wär ich still gesessen, dann blieb alles gut.
Pamphilus stürzt aus Simos Haus.

Doch sieh, da kommt er selbst! O weh!
Ach, wäre doch hier eine Kluft, daß ich hinab mich stürzte gleich!

III/5

PAMPHILUS *ohne den Davus zu bemerken*: Wo ist der Unhold, der mich [heute . . .
DAVUS *für sich*: Weh mir!
PAMPHILUS: Und ich muß bekennen,
Recht geschah mir, der so albern, der so ganz ratlos gewesen,
Daß er einem Wicht von Sklaven anvertraut sein ganzes Glück!
Mir wurde meiner Torheit Lohn; doch er bezahlt mir auch dafür.
DAVUS *für sich*: Mich trifft kein Unfall künftig mehr, entgeh ich heute diesem Schlag.
PAMPHILUS: Was sag ich meinem Vater nun? Kann ich verweigern, was ich doch
Ihm eben erst noch zugesagt? Mit welcher Stirne wagt ich das?
Ich weiß nicht, wie mir helfen.
DAVUS *für sich*: So auch ich! Doch denk ich ernstlich dran,
Versprech ihm, Rat zu schaffen, um das Ungewitter hinauszuziehen.
PAMPHILUS *erblickt den Davus*: Aha!
DAVUS: Er sieht mich.
PAMPHILUS: Guter Freund, he! Siehst du, wie dein Rat mich jetzt
Verwickelt hat?
DAVUS: Ich wickle dich bald auch heraus.
PAMPHILUS: Heraus?
DAVUS: Gewiß!
PAMPHILUS: Wie eben.
DAVUS: Besser, hoff ich, geht's.
PAMPHILUS: Dir sollt ich glauben, Galgenbrand?
Das ganz Verworrene wolltest du entwirren? – Ha, wem traut ich da!
Dem, der aus tiefster Ruhe heut in diese Heirat mich gestürzt!
Sagt ich es nicht, so werd es kommen?
DAVUS: Ja.
PAMPHILUS: Und du verdienst . . .
DAVUS: Das Kreuz!
Aber laß mich zu mir selbst nur kommen, ich finde schon was aus!
PAMPHILUS: Ach, ich habe keine Zeit, dich jetzt zu strafen, wie ich's will!

Denn in dieser Lage muß ich nur an meine Sicherheit
Denken, darf mir nicht gestatten, dich zu strafen nach Gebühr.

IV/1

Charinus kommt von rechts auf die Bühne.

CHARINUS *für sich*: Sollte man's glauben wohl oder aussprechen gar,
Daß ein Mensch von Natur je so bösartig sei,
Daß der Schmerz seiner Mitmenschen ihm Freude macht,
Daß er aus ihrem Leid seine Vorteile zieht?
Ist das recht? Wahrlich, das ist die ruchloseste
Menschenart: wenn es abzuschlagen gilt, hält sie wohl
Scham zurück; aber kommt dann die Zeit, die das Wort
Lösen soll, wird ihr Herz, notgedrängt, offenbar.
Zwar sie gehen sauer dran, sagen ungern nein;
Doch die Not zwingt dazu.
Ohne Scham, ohne Scheu heißt es dann plötzlich: »Wer
Bist du? Was schuld ich dir? Sollt ich mein Mädchen dir ...?
Bin mir doch der Nächste selbst.«
Fragst du: »Wo bleibt das Wort?« schämen sich die Leute nicht,
Scheuen sich nicht, wo's nötig wäre, scheuen sich, wo's nicht nötig ist.
Doch was tu ich? Soll ich hingehen, halt ich seinen Streich ihm vor?
Schelt ihn tüchtig aus? Dann sagt wohl einer: da gewinnst du nichts.
Viel! Ich hab ihn doch geärgert, meinen Mut an ihm gekühlt.

PAMPHILUS *auf Charinus zutretend*:
Unwissend, helfen Götter nicht, verderbt ich mich und dich, Charin.

CHARINUS: Unwissend? Endlich fand sich doch ein Grund; du hast dein [Wort gelöst.

PAMPHILUS: Endlich?

CHARINUS: Denkst du mich noch immer hinzuziehen durch [solch Geschwätz?

PAMPHILUS: Was ist das?

CHARINUS: Ich sagte kaum: ich liebe sie, so gefiel sie dir.
Weh mir Armen, daß ich dein Herz nach dem meinen mir gedacht!

PAMPHILUS: Freund, du irrst.

CHARINUS: Dir dünkte deine Freude nicht vollkommen genug,
Hättest du nicht durch leere Hoffnung mich Verliebten angeführt.
Nimm sie!

PAMPHILUS: Nehmen? Ach, in welchem Leid ich stecke, weißt du nicht,

Weißt nicht, wie große Qualen mir mein Henkersknecht durch seinen Rat
Bereitet . . .

CHARINUS: Ist's ein Wunder denn, wenn er an dir ein Muster nimmt?

PAMPHILUS: Du sprächest anders, wenn du meine Liebe kenntest oder mich.

CHARINUS: Ich weiß, du zanktest lange mit dem Vater, und der zürnt dir jetzt,
Weil er zur Heirat heute dich zu zwingen nicht imstande war.

PAMPHILUS: Beileibe nicht: wie wenig kennst du meine Not!
Die Hochzeit war ein bloßer Schein; mir eine Frau
Zu geben, daran dachte keine Seele jetzt.

CHARINUS: Ich weiß, du leidest diesen Zwang freiwillig.

PAMPHILUS: Halt!
Du weißt noch nicht . . .

CHARINUS: Ich weiß, sie wird jetzt deine Frau.

PAMPHILUS: Was quälst du mich? So höre: niemals ließ er ab,
Er drängte mich, nach meines Vaters Wunsch zu tun,
Er riet, er bat so lange, bis er's durchgesetzt.

CHARINUS: Wer tat dies?

PAMPHILUS: Davus.

CHARINUS: Davus? Warum?

PAMPHILUS: Ich weiß nur eins:
Schwer zürnten mir die Götter, daß ich seinem Rat mein Ohr geliehen.

CHARINUS: Ist's also, Davus?

DAVUS: Freilich.

CHARINUS: Ha! Was sagst du, Kerl?
Daß dich die Götter straften, so, wie du's verdienst!
Traun, wollten alle seine Widersacher ihn
Zur Heirat zwingen, rieten sie nichts anderes ihm!

DAVUS: Ich bin geschlagen, aber noch nicht matt.

CHARINUS: Ja, ja!

DAVUS: So ging es nicht: nun – gehen wir einen andern Weg!
Doch meinst du wohl, das Unglück lasse sich nicht mehr
Zum Heile wenden, weil es einmal übel ging?

PAMPHILUS: Nein, nein; ich glaube, wenn du recht im Zuge bist,
So machst du mir aus einer Hochzeit schließlich zwei.

DAVUS: Ich bin verpflichtet, als dein Sklave, Pamphilus,
Mit Händen, Füßen, Tag und Nacht mich abzumühen,
Den Kopf zu wagen, wenn ich dir nur nützen kann.
Doch du, verrechn ich mich einmal, mußt mir verzeihen.
Mißrät mein Tun auch, fehlt es nicht an meinem Fleiß.
Ersinne du was Besseres und mich laß davon.
PAMPHILUS: Sehr gern; nur bringe mich auf meinen früheren Stand.
DAVUS: Das werd ich.
PAMPHILUS: Aber unverweilt.
DAVUS: St! Bleib! Glyceriums Türe [knarrt.
PAMPHILUS: Das gilt nicht dir.
DAVUS: Ich suche ...
PAMPHILUS: Jetzt erst?
DAVUS: Bald erfährst du, was ich fand.

IV/2

Mysis tritt aus dem Haus der Glycerium.
MYSIS *zurücksprechend*: Er stecke, wo er will – ich find ihn dir gewiß und bring ihn mit,
Deinen Pamphilus; nur mußt du dich nicht grämen, liebes Herzchen.
PAMPHILUS: Mysis!
MYSIS: Was ist's? – Ei, Pamphilus! Du kommst mir eben [recht.
PAMPHILUS: Was gibt's?
MYSIS: Sie läßt dich bitten, liebst du sie, sogleich zu ihr zu kommen;
Sie will dich sehen, die Herrin.
PAMPHILUS: Ach! Nun hebt das Leid von neuem an.
Zu Davus: So müssen wir Armen, ich und sie, durch deine Schuld jetzt leiden. Denn
Sie ruft nur, weil sie merkte, daß man mir die Hochzeit rüstet.
CHARINUS: Wie wär es doch so still davon, wenn dieser still gewesen!
DAVUS *zu Charinus*: Nun – ist er nicht von selber toll genug, so hetz ihn noch!
MYSIS: Jawohl,
Das ist es eben: darum grämt sich jetzt die Arme!
PAMPHILUS: Mysis!
Bei allen Göttern schwör ich dir, ich will sie nie verlassen,

Nie, macht ich auch darüber mir die ganze Welt zu Feinden!
Ziel meiner Wünsche, ward sie mein; die Herzen stimmen
zusammen; fort
Mit jedem, der uns scheiden will! Nichts raubt sie mir als nur der
MYSIS: Ich atme wieder. [Tod.
PAMPHILUS: Wahrer ist kein Spruch Apolls als dieses:
Ist's möglich, daß mein Vater glaubt, daß meine Schuld es nicht sei,
Wenn diese Heirat rückwärts geht: nun gut! Doch ist's unmöglich,
Dann tu ich, was am nächsten liegt: er glaube, daß ich schuld sei.
Wie geht es mir!
CHARINUS: So schlecht wie mir!
DAVUS: Ich suche Hilfe.
CHARINUS: Recht so!
PAMPHILUS *zu Davus*: Dein Treiben kenn ich.
DAVUS: Glaube mir, ich bringe dir's in Ordnung.
PAMPHILUS: Gleich muß es sein.
DAVUS: Ich hab es schon...
CHARINUS: Was ist's?
DAVUS *auf Pamphilus zeigend*: Für den, und nicht für dich!
CHARINUS: Ist mir genug!
PAMPHILUS: Was willst du? Sprich!
DAVUS: Zum Handeln, fürcht ich, wird mir
Der Tag nicht reichen; denke nicht, ich habe Zeit zum Schwatzen.
Drückt euch darum von hinnen; denn ihr seid mir hier im Wege!
PAMPHILUS: Ich eile zu ihr.
Pamphilus ab ins Haus der Glycerium.
DAVUS *zu Charinus*: Und du? Wohin?
CHARINUS: Soll ich die Wahrheit sagen?
DAVUS *für sich*: Der fängt mir noch ein lang Gerede an.
CHARINUS: Wie wird mir's denn gehen?
DAVUS: Schamloser, hast du nicht genug, daß dir das Fristchen
Um welches ich die Hochzeit ihm verzögere? [gutkommt,
CHARINUS: Aber . . .
DAVUS: Was denn?
CHARINUS: Ich muß sie haben!
DAVUS: Narr!
CHARINUS: Wenn du was erreichst, komm zu mir!

DAVUS: Was soll ich kommen? Ich habe nichts.

CHARINUS: Aber wenn du was . . .

DAVUS: So komm ich.

CHARINUS: Hast du dann was,
Ich bin zu Haus.

Charinus ab nach rechts.

DAVUS: Du, Mysis, wart ein wenig, bis ich zurück bin.

MYSIS: Warum denn?

DAVUS: Weil es nötig ist.

MYSIS: Auf, eile!

DAVUS: Bin gleich wieder da.

Davus ab ins Haus der Glycerium.

IV/3

MYSIS: Daß doch der Mensch nichts Sicheres hat! Ihr Götter, helft!
Da meint ich, dieser Pamphilus sei meiner Herrin höchstes Gut,
Ihr Freund, Geliebter, ihr Gemahl, an jedem Ort
Für sie bereit! Und welchen Jammer bringt er nun
Der Armen! Leicht mehr Übles hier als Gutes dort.
Doch Davus kommt.

Davus kommt mit dem neugeborenen Kind aus Glyceriums Haus.

Zu Davus: Mein Lieber, was ist das? Wohin
Mit dem Kinde?

DAVUS: Mysis, ich bedarf zu dem Geschäft
All deiner Ränke, deiner allzeit fertigen List.

MYSIS: Was hast du vor?

DAVUS: Da nimm den Knaben schnell mir ab,
Und leg ihn hin vor unsere Tür.

Davus übergibt das Kind.

MYSIS: Was, Henker, doch
Nicht auf die Erde?

DAVUS: Nimm die Zweige vom Altar,
Und streue sie darunter.

MYSIS: Warum tust du das nicht selbst?

DAVUS: Daß, wenn mein Herr mich schwören läßt, daß ich das Kind
Nicht hingelegt, ich unbedenklich schwören kann.

MYSIS: So, so! Du bist da plötzlich ganz gewissenhaft!

DAVUS: Mach eilig, daß du hörest, was ich ferner will.

Während Mysis Zweige vom Altar nimmt und das Kind auf sie vor die Tür des Simo legt, erscheint Chremes, von rechts kommend.

O Gott!

MYSIS: Was ist's?

DAVUS: Da kommt der Vater unserer Braut!

Jetzt fort mit meinem Plane, den ich zuerst erdacht!

MYSIS: Verstehe nicht.

DAVUS *mit dem Rücken zum Publikum*:

Ich stelle mich, als ob auch ich von rechts
Hierher käme. Du gib acht, damit du mir
Auf meine Reden, wie ich's brauche, dienen kannst.

MYSIS: Was du beginnst, versteh ich nicht. Doch, kann ich euch
In irgend etwas nützen, was du besser weißt,
So bleib ich, will nicht hindern, was euch frommen kann.

Davus entfernt sich rasch, wohl nach links, um nachher wieder von rechts her zu erscheinen. Mysis bleibt bei dem Kind stehen.

IV/4

CHREMES *für sich*: Da komm ich wieder, nun ich alles nach Gebühr
Zur Hochzeit meiner Tochter vorbereitete,
Und lasse sie holen. Aber was ist das? – Ein Kind! –
Du, Mädchen, hast du's hergelegt?

MYSIS *sich nach Davus umsehend*: Wo kam er hin?

CHREMES: Antwortest du mir nicht?

MYSIS: Ich seh ihn nirgends. Ach!
Der Mensch verließ mich, ging davon.

DAVUS *von rechts kommend*: Ihr Götter, helft!
Was für ein Lärm am Markte! Wie das Volk sich zankt!
So teuer alles! *Für sich:* Sonst zu sagen weiß ich nichts.

MYSIS *leise zu Davus*: Was lässest du mich hier allein?

DAVUS *scheinbar ohne Chremes zu bemerken*: Was geht da vor?
Woher der Junge, Mysis? Wer legt' ihn dahin?

MYSIS *leise*: Bist du gescheit, mich das zu fragen?

DAVUS: Wen denn sonst?
Ich sehe ja niemand sonst . . .

CHREMES *für sich*: Wo es wohl her sein mag?

DAVUS *sie heimlich kneifend*: Nun, was ich frage ... sagst du's?
MYSIS: Au!
DAVUS *leise*: Tritt weiter rechts!
MYSIS *leise*: Du bist verrückt! Warst du's nicht selbst ...?
DAVUS *leise*: Wofern du mehr
Als das, wonach ich frage, sprichst – nimm dich in acht!
Laut: Wo kommt das Kind her? Sag es laut!
MYSIS: Von uns.
DAVUS: Haha!
Kein Wunder, wenn sich eine Buhlerin ohne Scham
Benimmt!
CHREMES *für sich*: Es ist die Magd der Fremden, seh ich recht.
DAVUS: Ei, scheinen wir denn euch dazu gemacht, mit uns
Ein solches Spiel zu treiben?
CHREMES *für sich*: Nun, da kam ich recht!
DAVUS: Gleich schaffst du mir den Knaben weg von der Türe hier!

Mysis will mit dem Knaben gehen.

Leise: Du bleibst und gehst mir keinen Schritt von der Stelle da!
MYSIS *leise*: Daß dich das Wetter ...! Ich Arme! So erschreckst du mich.
DAVUS *laut*: Nun – hörst du wohl?
MYSIS: Was willst du?
DAVUS: Fragst du immer noch?
Sprich: wem gehört der Junge, den du hergebracht?
MYSIS: Das weißt du nicht?
DAVUS: Laß, was ich weiß; antworte mir!
MYSIS: Nun, eurem ...
DAVUS: Unserm?
MYSIS: Pamphilus.
DAVUS: Ha! Pamphilus?
MYSIS: Wie? Nicht?
CHREMES *für sich*: Mit Recht wohl hatt ich vor der Ehe Scheu.
DAVUS: O galgenwürdiges Schelmenstück!
MYSIS: Was schreist du so?
DAVUS: Ich hab ihn gestern abend zu euch bringen sehen.
MYSIS: Du frecher Bube!
DAVUS: Ja, ich sah die Canthara
Ganz voll bepackt.

MYSIS: Den Göttern weiß ich's wahrlich Dank,
Bei der Entbindung waren einige freie Frauen.
DAVUS: Sie kennt den Mann schlecht, dem sie dieses Spiel gespielt.
Wenn Chremes, meint sie, vor dem Haus den Knaben sieht,
Dann gibt er seine Tochter nicht. Nein, um so mehr!
CHREMES *für sich*: Er wird es bleiben lassen!
DAVUS: Jetzt, damit du's weißt:
Nimmst du das Kind nicht, wälz ich's alsbald mitten auf
Die Straße hin und wälze dich im Kot herum.
MYSIS: Gewiß, du bist nicht nüchtern, Mensch!
DAVUS: Ein Schelmenstück
Folgt auf das andre: munkelt man doch schon, sie sei
Eine athenische Bürgerin.
CHREMES: Oho!
DAVUS: Er müsse sie
Heiraten kraft des Rechtes.
MYSIS: Ist sie's etwa nicht?
CHREMES: In ein lustiges Unglück fiel ich da fast unversehens!
DAVUS: Wer spricht da? – Chremes, ach, du kommst gerade recht!
Hör an!
CHREMES: Ich hörte alles.
DAVUS: Wirklich alles schon?
CHREMES: Von Anfang alles, sag ich.
DAVUS: Wie? Hast du's gehört?
O Frevel! Die da muß sogleich zur Folter fort. –
Das ist er: glaub nicht, daß du nur den Davus foppst!
MYSIS: Ich Arme! Nichts Unwahres sprach ich, lieber Herr.
CHREMES: Weiß alles schon. Ist Simo zu Haus?
DAVUS: Ja.

Chremes ab in Simos Haus, Davus umarmt Mysis.

MYSIS: Weg von mir,
Verruchter! Wenn Glycerium nicht alles dies . . .
DAVUS: Du Närrchen weißt nicht, was das war!
MYSIS: Wie sollt ich auch?
DAVUS: Das ist der Schwiegervater. Auf andere Weise konnt er nicht
Erfahren, was er sollte.
MYSIS: Hätt ich's doch gewußt!

DAVUS: Wie? Meinst du, gleich viel sei es, ob du frisch und frei
Vom Herzen weg sprichst alles oder einstudiert?

IV/5

Crito tritt von links her auf.

CRITO *für sich*: In dieser Straße, sagt man, wohnte Chrysis einst,
Die lieber hier unehrlich Schätze sammelte,
Als arm und ehrlich leben mocht im Vaterland.
Durch ihren Tod fällt ihr Vermögen mir anheim.
Hier kann ich fragen, seh ich. Seid willkommen!

MYSIS: Gott!
Wen seh ich? Ist das Crito, Chrysis' Vetter? Ja,
Er ist's.

CRITO: Willkommen, Mysis!

MYSIS: Heil auch, Crito, dir!

CRITO: Und Chrysis ...? Ach!

MYSIS: Uns Arme hat sie tief gebeugt.

CRITO: Wie geht's denn euch? Gut, hoff ich.

MYSIS: Wie das Sprichwort sagt:
Da's nicht geht, wie man wünscht, so lebt man, wie man kann.

CRITO: Wie lebt Glycerium? Fand sie schon die Eltern hier?

MYSIS: Wär's so!

CRITO: Noch nicht? Zu böser Stunde zog ich aus.
Denn wußt ich dieses, setzt ich nie den Fuß hierher.
Der Chrysis Schwester hieß sie stets und galt dafür.
Was die besaß, besitzt sie jetzt, und anderer
Beispiel belehrt mich, wie gewinnreich und wie leicht
Für mich, den Fremden, ein Prozeß hier ist. Sie hat
Wohl einen Freund auch, denk ich, der sie gern vertritt;
Denn als sie fortging, war sie doch schon ziemlich groß.
Man schilt mich Erbschleicher, Bettler, Ränkeschmied;
Und dann auch – ich hab keine Lust, sie auszuziehen.

MYSIS: Mein bester Crito, ja, du bist der alte noch!

CRITO: Nun, weil ich einmal hier bin, führe mich zu ihr;
Ich muß sie sehen.

MYSIS: Herzlich gern.

Crito und Mysis ab ins Haus der Glycerium.

DAVUS: Ich gehe mit.
Wie die Sachen liegen, darf der Alte mich nicht sehen.
Davus folgt ins Haus der Glycerium. Das Kind dürfte dabei von Mysis oder evtl. auch von Davus wieder weggebracht worden sein.

V/1

Chremes und Simo kommen aus dem Haus des letzteren.
CHREMES: Simo, Proben meiner Freundschaft gab ich dir bereits genug,
Lief genug Gefahr um dich; so laß du jetzt mit Bitten ab.
Opfert ich doch fast die Tochter auf, um dir gerecht zu sein.
SIMO: Nein, ich fordere, bitte dringend, daß du jetzt den Freundesdienst,
Den dein Wort mir längst gelobt hat, Chremes, durch die Tat bewährst.
CHREMES: Sieh, wie der Eifer, deinen Wunsch zu krönen, dich unbillig macht.
Denn daß die Güte Grenzen hat, und was du willst, bedenkst du nicht.
Bedächtest du's, du drängtest mich nicht länger so voll Ungebühr.
SIMO: Wieso?
CHREMES: Du fragst noch? Du bewogst mich, daß ich einem jungen Fant,
Der, verstrickt in anderer Liebe, jeder Heirat abhold war,
Meine Tochter gab – zum Zank, auf ungewisse Dauer nur,
Um mit ihrem Leid und Schmerze deinen Sohn zu heilen. Ich
Ließ mich ein, solang es ging; jetzt geht es nicht; so füge dich!
Hier ist sie Bürgerin, sagt man, und hat ein Kind; so laß uns denn weg!
SIMO: Bei den Göttern allen fleh ich, glaube doch den Leuten nicht,
Deren Vorteil heischt vor allem, daß an ihm nichts Gutes sei.
Nur der Hochzeit wegen hat man dies erdacht und angestellt.
Ist der Grund, der solches tun heißt, weggeräumt, so lassen sie's.
CHREMES: Du irrst: ich sah selbst ihre Magd mit Davus zanken.
SIMO: Ich kenne das.
CHREMES: Und ganz im Ernste, während sie nicht bemerkten, daß ich nahe war.
SIMO: Ich glaub's, und Davus sagte längst, die Dirnen hätten so was vor.
Ich weiß nicht, wie ich's heute nur vergessen; sagen wollt ich dir's.

V/2

Davus kommt aus dem Haus der Glycerium.

DAVUS *zurücksprechend, ohne Chremes und Simo zu bemerken*:
Jetzt seid ganz getrost, sag ich euch . . .

CHREMES: Sieh, da ist der Davus ja.

SIMO: Wo kommt der her?

DAVUS: . . . unter des Fremden und unter meinem Schutz.

SIMO: Was gibt es da?

DAVUS *für sich*:
Ankunft, Zeit, Person – ich fand das nie so geschickt beisammen!

SIMO: Wen
Lobt der Schuft?

DAVUS *für sich*: Wir sind geborgen.

SIMO: Ich red ihn an!

DAVUS *erblickt den Simo*: Es ist der Herr!
Was jetzt tun?

SIMO: Willkommen, Freund!

DAVUS: Ei, Simo! Sieh da, Chremes auch!
Alles ist im Hause schon gerüstet.

SIMO: Hast es schön besorgt.

DAVUS: Wenn's beliebt, so laß sie holen.

SIMO: Ganz gewiß; das fehlte noch.
Jetzt antwort auch du. Was hast du dort zu schaffen?

DAVUS: Ich?

SIMO: Ja, du.

DAVUS: Ich?

SIMO: Ja, du.

DAVUS: Ging eben erst hinein . . .

SIMO: Als fragt ich, seit wie lang!

DAVUS: Ich mit deinem Sohn.

SIMO: So wäre der im Haus? Wie plagt man mich!
Hast du nicht gesagt, sie hätten sich entzweit, du Galgenstrick?

DAVUS: Ja.

SIMO: Warum denn ist er dort?

CHREMES: Was meinst du wohl? Er zankt mit ihr.

DAVUS: Nein, ein schimpfliches Beginnen, Chremes, höre jetzt von mir.

Eben kommt ein alter Mann da, keck und klug, wer, weiß ich nicht;
Wenn man sein Gesicht betrachtet, hält man ihn für wunder was:
Strenger Ernst in allen Zügen, seine Worte voll Gewicht.

SIMO: Nun, was bringst du?

DAVUS: Was ich selbst ihn sagen hörte, weiter nichts.

SIMO: Was denn?

DAVUS: Er wisse, daß Glycerium in Athen Bürgerin sei.

SIMO *in sein Haus rufend*:
Dromo, he!

DAVUS: Was gibt es?

SIMO: Dromo!

DAVUS: Höre mich!

SIMO: Kein Wort mehr! Dromo!

DAVUS: Höre doch!

DROMO *tritt aus dem Hause*: Was soll ich?

SIMO: Den da schlepp am Schopfe flugs ins Haus!

DROMO: Wen?

SIMO: Davus.

DAVUS: Warum?

SIMO: Weil mir's gefällt. Fort, fort!

DAVUS: Was tat ich?

SIMO: Fort mit ihm!

DAVUS: Wenn ich nur ein Wort gelogen, töte mich!

SIMO: Ich höre nichts.
Will dich schon in Atem setzen!

DAVUS: Auch, wenn alles wahr ist?

SIMO: Auch!
Zu Dromo: Du bindest ihn, und sperrst ihn ein, und schnürst ihn krumm an Hand und Fuß! –
Zu Davus: Ich will, so wahr ich lebe, heut dir zeigen, was
Es heißt, den Herrn zu hintergehen, wie jener dort
Mir fühlen soll, wie gewagt es sei, den Vater zu
Betrügen!

Dromo ergreift den Davus und schleppt ihn fort.

CHREMES: Wüte nicht so arg!

SIMO: Da, Chremes, sieh
Die Kindesliebe! Fühlst du nicht Mitleid mit mir?

So vielen Jammer auszustehen um einen solchen Sohn!
In das Haus der Glycerium rufend:
He! Komm heraus da, Pamphilus! Schämst du dich nicht?

V/3

Pamphilus kommt aus dem Haus der Glycerium.
PAMPHILUS: Wer ruft mich? Weh! Mein Vater ist's!
SIMO: Was sagst du, du ...?
CHREMES: Ach! Sage lieber, was los ist, und schimpfe nicht.
SIMO: Als wäre gegen diesen auch ein Wort zu hart! –
Nun? Ist Glycerium Bürgerin?
PAMPHILUS: Sie sagen so.
SIMO: »Sie sagen so!« Welch unerhörte Dreistigkeit!
Bedenkt er, was er spricht? Bereut er, was er tat?
Zeigt seine Farbe die geringste Spur von Scham?
So gar nicht sich zu beherrschen, daß er trotz Gesetz
Und Landesart und seines Vaters Willen sie
Dennoch zu seiner größten Schmach besitzen will!
PAMPHILUS: Ich Armer!
SIMO: Ha, das fühlst du jetzt erst, Pamphilus?
Damals, ja damals, als du dir's in den Kopf gesetzt,
Auf jede Weise deinem Wunsch gerecht zu sein,
Da paßte freilich dieses Wort recht wohl auf dich.
Indes, warum denn quäl ich mich? Was härm ich mich,
Verkümmere mir mein Alter um den Toren da?
Soll ich für seine Sünden büßen? Nein, er mag
Sie nehmen, mit ihr leben, und zum Geier gehen!
PAMPHILUS: Mein Vater!
SIMO: Wie? Mein Vater? Als bedürftest du
Des Vaters noch! Haus, Gattin, Kinder fanden sich
Trotz dieses Vaters Willen; und nun kommt ein Mann
Und sagt, sie wäre Bürgerin von hier: Triumph!
PAMPHILUS: Darf ich ein Wort nur, Vater...?
SIMO: Wie? Was willst du noch?
CHREMES: Doch, Simo, hör ihn.
SIMO: Hören ich? Was hätt ich noch
Zu hören?

CHREMES: Laß ihn reden doch!

SIMO: Er rede: sei's!

PAMPHILUS: Daß ich das Mädchen liebe, gesteh ich; ist das Sünde, gesteh ich's auch.
Dir ergeb ich mich, Vater: lege jede Last mir auf; befiehl!
Soll ich freien, von ihr mich trennen? Tragen will ich's, so gut ich kann.
Eines nur bitt ich: glaube nicht, daß ich den Alten angestellt!
Darf ich ihn holen und mich reinigen?

SIMO: Was? Ihn holen?

PAMPHILUS: Vater, ja.

CHREMES: Was er begehrt, ist billig: gewähr es!

PAMPHILUS: Laß dich erbitten!

SIMO: Sei es denn!

Pamphilus ab ins Haus der Glycerium.

Alles möcht ich tragen, wenn sich's nur nicht findet, daß mich der betrügt.

CHREMES: Sei das Vergehen auch noch so groß, ein Vater ahndet's nicht so streng.

V/4

Pamphilus und Crito treten aus dem Haus der Glycerium.

CRITO: Laß das Bitten; jeder von diesen Gründen allein bestimmt mich schon:
Weil du's bist, weil's Wahrheit ist und weil ich ihr befreundet bin.

CHREMES: Seh ich Crito da, von Andros? Ja, er ist's.

CRITO: Willkommen, Chremes!

CHREMES: Seltener Gast, wie kommst du her?

CRITO: Es traf sich so. Doch – ist das Simo?

CHREMES: Ja.

SIMO: Du suchst mich? Ei! Du sagst, Glycerium sei Bürgerin?

CRITO: Leugnest du's?

SIMO: So abgerichtet kommst du her?

CRITO: Wieso?

SIMO: Du fragst?
Soll dir's ungeahndet hingehen, daß du frei erzogene,
Unerfahrene junge Leutchen trüglich in die Falle lockst,

Daß du durch Vorspiegelungen ködernd und Verheißungen
Ihren Lüsten schmeichelst . . .

CRITO: Bist du toll?

SIMO: Und durch der Ehe Band
Liebeleien mit Buhlerinnen ohne Scheu zusammenleimst?

PAMPHILUS: Weh! Mir bangt, der Fremde hält nicht stand.

CHREMES: Du dächtest anders, Simo,
Kenntest du ihn recht. Er ist ein wackerer Mann.

SIMO: Ein wackerer Mann?
Kommt er doch so ganz gelegen heut am Hochzeitstage selbst
Und nie zuvor! Freilich, Chremes, einem solchen muß man trauen.

PAMPHILUS: Scheut ich nicht den Vater, wüßt ich, was darauf sich sagen [läßt!

SIMO *zu Crito*: Ränkeschmied!

CRITO: Was?

CHREMES *zu Crito*: Freund, so ist er. Laß ihn!

CRITO: Sei er, wie er will!
Sagt er fortan, was beliebt, so hört er, was ihm nicht beliebt.
Kümmern mich denn eure Händel? – Fasse du dich in Geduld!
Ob ich Wahrheit oder Lüge sage, stellt sich bald heraus.
Einen Athener warf ein Schiffbruch einst vor Andros an den Strand
Nebst dem Mädchen, das noch Kind war. Hilflos wandt er sich zuerst
Durch Zufall an Chrysis' Vater.

SIMO: Tischt uns der ein Märchen auf!

CHREMES: Laß doch!

CRITO: Unterbricht er so mich?

CHREMES: Weiter!

CRITO: Der ihn aufnahm, war
Mein Verwandter. Dort erfuhr ich, daß er ein Athener sei:
Dort auch starb er.

CHREMES: Und er hieß –?

CRITO: Kann nicht so schnell dir – Phania?

CHREMES: O Gott!

CRITO: Ja, ja! Ich glaube, Phania hieß er. Dies weiß ich gewiß:
Er sagte, daß er von Rhamnus sei.

CHREMES: Ach Gott!

CRITO: Das hörten viele noch
Damals in Andros.

CHREMES: Träfe doch mein Hoffen ein! Sprich, gab er nicht
Das Kind für seines aus?
CRITO: Nein.
CHREMES: Für wessen denn?
CRITO: Für seines Bruders Kind.
CHREMES: Dann ist sie mein.
CRITO: Was sagst du?
SIMO: Wie? Was?
PAMPHILUS *für sich*: Spitze die Ohren, Pamphilus!
SIMO *zu Chremes*: Das glaubst du? Wie?
CHREMES: Der Phania war mein Bruder.
SIMO: Recht! Ich kannt ihn wohl.
CHREMES: Er floh von hier vor dem Kriege fort und folgte mir nach Asien.
Sie hier zu lassen, trug er Scheu; seitdem vernehm ich jetzt zuerst,
Wie's ihm ergangen.
PAMPHILUS: Ich bin außer mir: so ganz bewegt mein Herz
Furcht, Hoffen, Freude, Staunen ob dem ungeahnten großen Glück!
SIMO *zu Chremes*: Du fandst in ihr die Tochter, ach, wie freut mich das!
PAMPHILUS: Ich glaub es wohl.
CHREMES: Doch bleibt mir noch ein Skrupel, der mich quält.
PAMPHILUS *für sich*: Du wirst mir ekelhaft
Mit deinen Bedenken, suchst an Binsen Knoten auf!
CRITO *zu Chremes*: Was wäre das?
CHREMES: Der Name trifft nicht zu.
CRITO: Sie trug als Kind auch einen anderen.
CHREMES: Nun?
Entsinnst du dich?
CRITO: Ich denke nach.
PAMPHILUS *für sich*: Soll der mit seiner Vergeßlichkeit
Mein Glück verzögern dürfen, da ich selbst mir selbst hier helfen [kann?
Das darf nicht sein! – Pasibula war ihr Name, Chremes.
CHREMES: Ja.
CRITO: Ja, ja!
PAMPHILUS: Sie sagte mir ihn tausendmal.
SIMO: Daß, Chremes, dies uns alle freut,
Das glaubst du, glaub ich.

CHREMES: Ja, bei Gott, ich glaube dir's.
PAMPHILUS *zu Simo*: Was fehlt nun noch?
SIMO: Sohn, wie die Sachen liegen, bin ich längst versöhnt.
PAMPHILUS: Lieb Väterchen!
Und Chremes läßt mir meine Frau, wie ich sie habe.
CHREMES: Ganz gewiß,
Wenn nicht dein Vater anders will.
PAMPHILUS *mit der Geste des Geldzählens*: Und dies –?
CHREMES: Verstehe: die Mitgift, Freund,
Ist zehn Talente.
PAMPHILUS: Nehm es an.
CHREMES: Nun schnell zur Tochter! Crito, komm
Mit mir; sie kennt mich sicher nicht.
Chremes und Crito ab ins Haus der Glycerium.
SIMO *nachrufend:* Was bringt ihr sie denn nicht hieher?
PAMPHILUS: Da mahnst du recht; dies trag ich gleich dem Davus auf.
SIMO: Der kann ja nicht.
PAMPHILUS: Wie?
SIMO: Weil er mehr und schwerer trägt.
PAMPHILUS: Und was?
SIMO: Gefesselt hat man ihn.
PAMPHILUS: Mein Vater, das geschah nicht recht.
SIMO: Ich wollt es so.
PAMPHILUS: Ach, laß ihn los!
SIMO: Es sei!
PAMPHILUS: Doch bald!
SIMO: Ich gehe schon.
Simo ab in sein Haus.
PAMPHILUS: O wonnevoller, seliger Tag!

V/5

Charinus kommt von rechts.
CHARINUS: Will sehen, wie's dem Pamphilus geht! – Da ist er.
Charinus verharrt beobachtend.
PAMPHILUS *für sich*: Mancher glaubt vielleicht,
Daß ich dies nicht wirklich glaube; doch für wirklich nehm ich's jetzt.
Mir erscheint der Götter Leben darum nur als ewig, weil

Ihre Freuden ewig dauern. Und so ward Unsterblichkeit
Mir auch, wenn ein Hauch des Kummers niemals diese Freude trübt.
Doch wen säh ich jetzt am liebsten, um mein Glück ihm kundzutun?

CHARINUS *für sich*: Was freut sich der so?

Davus kommt aus dem Haus des Simo.

PAMPHILUS: Davus kommt! Kein Mensch ist mir so lieb, wie der:
Denn ich weiß, er wird allein sich herzlich meiner Freude freuen.

DAVUS *für sich*: Wo ist denn Pamphilus?

PAMPHILUS: Davus, he!

DAVUS: Wer ruft mir?

PAMPHILUS: Ich bin's – Pamphilus.
Weißt du nicht, was mir geschah?

DAVUS: Nein; aber wohl, was mir geschah.

PAMPHILUS: Und ich auch.

DAVUS: So ging es also nach der Welt gewohntem Lauf,
Daß du mein Unglück erfuhrest, eh als ich dein Glück erfuhr.

PAMPHILUS: Meine Glycerium hat ihre Eltern wieder.

DAVUS: Herrlich!

CHARINUS *für sich*: Ah!

PAMPHILUS: Und ihr Vater ist der beste Freund von uns.

DAVUS: Wer?

PAMPHILUS: Chremes.

DAVUS: Schön!

PAMPHILUS: Und sie wird jetzt ungesäumt mir angetraut.

CHARINUS *für sich*: Träumt dem vielleicht,
Was er wachend wünschte?

PAMPHILUS: Doch der Knabe, Davus –

DAVUS: Still doch! Du
Bist allein der Götter Liebling.

CHARINUS *für sich*: Wohl mir, wenn dies Wahrheit ist!
Ich will zu ihm!

PAMPHILUS: Wer hier? Charinus, ah, du kommst mir eben recht!

CHARINUS: Glück dir!

PAMPHILUS: Hörtest du's?

CHARINUS: Ja, alles. Denke mein in deinem Glück!
Chremes ist nun ganz der Deine, tut dir alles, was du willst.

PAMPHILUS: Sicher! Doch zu lange wär es, hier zu warten, bis er kommt.

Komm; er ist jetzt bei Glycerium. Davus, du geh heim, und schnell
Rufe Leute, sie zu holen. Was besinnst du dich?

DAVUS: Ich gehe.

Pamphilus und Charinus ab ins Haus der Glycerium.

DAVUS *zu den Zuschauern*: Wartet nicht auf ihre Rückkehr: drinnen ist Verlobung jetzt;
Drinnen wird, was sonst zu tun ist, abgemacht. – Nun klatschet brav!

EUNUCHUS

(Der Eunuch)

Personen

PROLOGSPRECHER
PHAEDRIA, *junger Athener, Sohn des Simo, Liebhaber der Thais*
PARMENO, *Sklave Phaedrias*
THAIS, *Hetäre*
GNATHO, *Parasit bei Thraso*
CHAEREA, *jüngerer Bruder des Phaedria*
THRASO, *ein Offizier, Rivale des Phaedria*
PYTHIAS, *Sklavin der Thais*
CHREMES, *junger Athener, Bruder der Pamphila*
DORIAS, *Sklavin der Thais*
ANTIPHO, *Freund des Chaerea*
DORUS, *ein alter Eunuch*
SOPHRONA, *eine Amme*
SIMO, *älterer athenischer Bürger, Vater des Phaedria und des Chaerea*
Pamphila, Schwester des Chremes
Sklavin, Zofe der Phamphila
Zwei Sklavinnen, Mägde der Thais
Simalio, Syriskus, Donax, Sklaven des Thraso

Schauplatz der Handlung ist eine Straße in Athen. Im Hintergrund das Haus des Simo und das der Thais. Der rechte Seitenausgang führt in die Stadt und zum Marktplatz, der linke zum Piräushafen und aufs Land.

EINLEITUNG

Zwei Eunuchen treten in dem Stück auf, ein echter (Dorus) und ein falscher, der als Eunuch verkleidete junge Athener Chaerea, nach dessen effektvollen Auftritten das Stück seinen Namen erhalten hat. Als scheinbarer Eunuch schleicht er sich zu der Dame seines Herzens ein und überwältigt die Überraschte in dieser Maskierung. Die Komödie ist die bunteste von allen des Terenz; sie ist prall gefüllt mit Handlung, bestückt mit zahlreichen Personen und kräftig in ihren Scherzen, so daß sie bisweilen an ein plautinisches Stück erinnert. Nicht umsonst hatte Terenz mit ihr seinen größten Erfolg. An den *Ludi Megalenses* des Jahres 161 (vielleicht auch schon früher) aufgeführt, soll sie sogleich wiederholt worden sein und dem Dichter 8000 Sesterzen eingebracht haben – mehr als irgendeine römische Komödie vorher, wie die antiken Kommentatoren bemerken. Als Vorlage hatte Terenz den ›Eunuchos‹ des Menander genommen; er hat ihn jedoch noch mit Szenenteilen des menandrischen ›Kolax‹ angereichert, in denen ein Offizier und sein Parasit auftraten. – Das alte Handlungsschema – ein athenischer Jüngling schaltet mit Hilfe seines Sklaven einen gefährlichen Nebenbuhler aus und setzt sich in den Besitz des von ihm geliebten Mädchens, das sich am Ende als attische Bürgerin entpuppt – ist im Eunuchus auf eine originelle Weise abgewandelt. Während sonst das Mädchen selbst wenig in die Handlung eingreift und List oder Gewalt der Männer über sein Schicksal bestimmen, ist hier die Mädchenrolle (Thais) zur aktiv handelnden Hauptperson erhoben worden. Nicht der sie liebende junge Mann (Phaedria), auch nicht sein Sklave (Parmeno), sondern die Hetäre selbst führt den Kampf gegen den Nebenbuhler, den Offizier Thraso. Die Neuerung hatte nun aber gewissermaßen eine Spaltung der Mädchenrolle zur Folge: Die aktiv ihr Schicksal bestimmende Frau sollte offenbar am Ende nicht als brave Bürgerin den jungen Athener heiraten. So wurde neben die tatkräftige weltgewandte Hetäre ein Mädchen (Pamphila) gestellt, das die üblichen Voraussetzungen mitbrachte, um am Ende als Bürgerstochter wiedererkannt und verheiratet zu werden. Die Einführung der Pamphila machte dann ihrerseits einen neuen Liebhaber nötig, der in einem Bruder des Phaedria gefunden wurde (Chaerea). Auf diese Weise füllen die Schicksale von zwei Liebespaaren die Handlung. Menander hat die Figur der Hetäre Thais in den Mittelpunkt des Stückes gestellt. Am Anfang scheint sie eine der Hetären zu sein, wie man sie gewohnt ist, die es nur darauf anlegen, ihre Liebhaber nach Kräften auszunehmen. Im Verlauf der Handlung erweist sie sich aber nicht nur ihrer gesamten Umgebung gegenüber als überlegen, sondern sie bewährt sich auch menschlich. Das Motiv der »ehrbaren Dirne« hat hier eine lebensvolle Gestaltung erfahren.

PROLOG

Strebt irgendwer, von allen Gutgesinnten Lob
Zu ernten und, wenn möglich, keinem weh zu tun:
Bei solchen schreibt der Dichter seinen Namen ein.
Meint aber jemand, daß man ihn nicht gar gelind
Mit Worten angelassen, der bedenke dies:
Antwort, nicht Angriff war's: er hat zuerst verletzt,
Der gut übersetzend, doch schlecht schreibend
Aus guten griechischen Stücken schlechte lateinische machte.
Er gab Menanders »Phasma« jüngst; im »Schatze« läßt
Er erst den Angeklagten sich verteidigen,
Warum das Gold ihm zugehöre, noch bevor
Der Kläger auseinandersetzt, woher der Schatz
Sein sei, woher er in des Vaters Grab geriet.
Er täusche nur sich selbst nicht oder denke so:
»Mir weiß er nichts mehr vorzurücken, ich bin durch.«
Vor solchem Irrtum hüt er sich, laß ab zu schmähen.
Noch vieles hab ich, was ich jetzt ihm schenken will;
Doch vorgebracht wird's, wenn er mich so fort verletzt,
Wie er begonnen. So bewirkt er, daß das Stück,
Das heut gespielt wird, als die Ädilen es gekauft –
Den Eunuchen Menanders –, ihm zu sehen gestattet ward.
Zur Stelle sind die Behörden, und das Spiel beginnt.
Da schreit er: »Ein Dieb, kein Dichter, hat das Stück gemacht;
Doch hat er unsereinem da nichts weisgemacht.
Von Nävius, Plautus gibt's ein altes Stück, Kolax;
Der Söldner und der Schmarotzer sind daraus entwandt.«
Ist dies ein Fehler, hab ich aus Versehen gefehlt;
Auf einen Diebstahl war's dabei nicht abgesehen.
Gleich könnt ihr selbst urteilen, daß dem also sei.
Der Kolax ist von Menander, ein Parasit darin
Und ein Bramarbas von Soldat. Diese Rollen nahm,
Er leugnet's nicht, der Dichter aus dem Griechischen

Herüber; doch gewußt zu haben, daß das Stück
Lateinisch schon vorhanden sei, das leugnet er.
Und wenn die gleichen Rollen uns kein anderer mehr
Vorführen darf: wie kann man fortan biedere
Hausfrauen, geschäftige Sklaven, wie gefräßige
Schmarotzer, böse Dirnen und ruhmredige
Kriegsleute schildern, was vom eingeschwärzten Kind
Vorbringen, was vom Alten, den sein Sklave prellt,
Von Liebe, Haß und Eifersucht? Kurzum, es gibt
Kein Wörtchen, das nicht früher schon gesprochen ward.
Drum ist es billig, daß ihr seht und überseht,
Wenn, was die Alten taten, jetzt die Jungen tun.
So merket auf und hört in aller Stille zu,
Damit ihr über unser Stück gerecht erkennt.

I/1

Phaedria kommt mit Parmeno aus dem Haus des Simo.

PHAEDRIA: Was soll ich tun? Nicht gehen? Auch jetzt nicht, da sie selbst
Mich ruft? Oder richt ich lieber so mich ein,
Daß ich die Schmach nicht dulde von der Buhlerin?
Sie schloß mich aus, ruft mich zurück: geh ich zurück?
Nein, nimmermehr, auch wenn sie kniend mich anflehte!

PARMENO: Könntest du's, das Beste wär's,
Das Männlichste. Doch fängst du's an und führst es nicht
Standhaft zum Ziel und hältst nicht aus, kommst unbegehrt
Noch vor dem Friedensschluß von selbst, verrätst dich so,
Wie du verliebt bist, ohne sie nicht leben kannst:
Dann ist es aus, verloren du! Sie spottet dein,
Der schmählich überwunden ihr zu Füßen liegt.
Solang es Zeit ist, denke denn mit allem Ernst:
Herr, hat ein Ding nicht in sich selbst Verstand und Maß,
So kannst du's niemals mit Verstand bewältigen.
Die Liebe führt die Übel alle mit: Verdacht,
Beleidigung, Feindschaften, Waffenruhe, Krieg
Und Friede wieder. Diesem Unbestand Bestand
Verleihen zu wollen durch Vernunft wär ebenso,
Als wenn du strebtest, mit Vernunft ein Narr zu sein.

Und was du jetzt im Zorne bei dir überdenkst:
»Die sollt ich ..., die den ..., die mich ..., die nicht ...? Laß nur!
Nein, lieber sterb ich! Fühlen soll sie, wer ich bin!«
Die Worte wird ein falsches Tränchen, das sie kaum
Nach jämmerlichem Reiben aus den Augen preßt,
Auslöschen. Du verklagst dich selbst als schuldig und
Zahlst ihr noch Strafe.

PHAEDRIA: Schande, Schmach! Jetzt fühl ich erst,
Wie sie verrucht ist und ich selbst wie jammernswert.
Ich bin ihr gram und glühe vor Liebe; wissentlich,
Lebendig, sehend sterb ich und weiß keinen Rat.

PARMENO: Nicht Rat? Du kaufst so billig, wie du kannst, dich los
Aus deiner Knechtschaft, sei's um wenig oder viel,
Und härmst dich nicht!

PHAEDRIA: Das rätst du?

PARMENO: Wenn du klug bist, Herr,
So füge zu den Plagen, die die Liebe hat,
Nicht neue; trage, die sie hat, mit Mannesmut!

Thais tritt aus ihrem Haus.

Doch sieh, da kommt sie, unseres Ackers Hagelschlag;
Denn was wir ernten sollten, schnappt sie uns hinweg.

I/2

THAIS *für sich*: Ich Arme! Phaedria, fürcht ich, ist recht böse mir
Und nahm es leider anders auf, als ich's gemeint,
Daß man die Tür ihm gestern schloß.

PHAEDRIA *zu Parmeno*: Mich packt es kalt
Am ganzen Leibe, seit ich sie gesehen.

PARMENO *zu Phaedria, auf Thais zeigend*: Getrost!
Tritt näher ans Feuer! Da wird dir's heiß, mehr als genug.

THAIS: Wer spricht da? – Du warst also hier, mein Phaedria?
Was stehst du hier? Gehst nicht geradenwegs ins Haus?

PARMENO *leise*: Davon,
Daß man dich ausschloß, nicht ein sterbend Wort!

THAIS: Du schweigst?

PHAEDRIA: Natürlich, weil die Türe mir stets offensteht
Und ich bei dir die erste Rolle spiele.

THAIS: Ach, still davon!

PHAEDRIA: Was, still? O Thais, meine Thais, wäre doch
Das Maß der Liebe zwischen uns so gleich verteilt,
Daß dies dich also schmerzte, wie mir's wehe tut,
Oder ich gleichgültig bliebe, daß du das getan!

THAIS: O quäle dich nicht, mein liebes Herz, mein Phaedria!
Nicht weil ein anderer teurer mir und werter ist,
Geschah es. Nein, so war es: es mußte sein.

PARMENO: Wie's geht: aus Liebe schlossest du die Tür vor ihm.

THAIS: So kannst du reden, Parmeno? Schön! – Doch du vernimm,
Weshalb ich dich gerufen.

PHAEDRIA: Gut!

THAIS *auf Parmeno zeigend*: Erst sage mir:
Kann dieser Mensch auch schweigen?

PARMENO: Ich? Vortrefflich! Doch
Merk's wohl, mit dem Bedinge geb ich dir mein Wort:
Vernehm ich Wahres, schweig ich und behalt es treu.
Ist's aber nichtig, Lüge, Trug, gleich platz ich los,
Bin voller Ritzen, hier und dort rinnt's durch mich durch.
Drum, wenn's verschwiegen bleiben soll, sprich Wahres nur.

THAIS: Von Samos war meine Mutter her und wohnte dann
In Rhodos.

PARMENO: Davon schweigt man leicht.

THAIS: Ihr machte dort
Ein Handelsmann ein kleines Mädchen zum Geschenk;
Es war aus Attika geraubt.

PARMENO: Ein Bürgerskind?

THAIS: Ich glaube – weiß es nicht gewiß. Es kannte schon
Der Eltern Namen; doch Vaterland und anderes,
Was auf die Spur wohl führte, war ihm unbekannt,
Auch war es dafür noch zu jung. Der Handelsherr
Bemerkte noch, die Räuber, die es ihm verkauft,
Die hätten ihm gesagt, von Sunium sei's geraubt.
Die Mutter nahm's, begann es sorgsam aufzuziehn
Und unterwies es in allem, wie ihr eigenes Kind.
Die Leute glaubten, daß es meine Schwester sei.
Ich zog mit dem Fremden, damals meinem einzigen Freund,

Hierher, und was ich habe, hinterließ er mir.
PARMENO: Es ist beides Lüge: das rinnt durch!
THAIS: Wieso?
PARMENO: Du warst
Mit einem nicht zufrieden, noch gab der allein –
Auch dieser trug ein gutes, schönes Teil dir zu.
THAIS: Wohl wahr; doch laß mich kommen erst, wohin ich will.
Indes der Kriegsmann, der zu mir in Lieb erglüht,
Nach Karien abging, wurdest du mit mir bekannt.
Seitdem, du weißt es, schenkt ich dir mein ganzes Herz,
Und meine Heimlichkeiten all vertrau ich dir.
PARMENO: Auch das verschweigt der Parmeno wohl nicht!
THAIS: Ist das denn zweifelhaft?
Hört doch, ich bitte. Meine Mutter starb daselbst
Unlängst. Ihr Bruder, ziemlich stark aufs Geld erpicht,
Der sieht das schöne Mädchen, das die Laute spielt,
Und bringt es, hoffend auf Gewinn, alsbald zum Markt
Und schlägt es los. Zu gutem Glücke war daselbst
Mein Freund zugegen, der sie mir – von alledem,
Was ich erzählt, nichts wissend – zum Geschenke kauft.
Er kam hierher. Doch merkend, daß ich auch mit dir
Umgehe, sucht er allerlei Vorwände, mir
Das Mädchen nicht zu geben, sagt, er gäbe sie,
Wofern er Bürgschaft hätte, daß ich ihn vor dir
Begünstige, und nicht befürchten müßte, daß
Ich ihn verließe, wann ich sie von ihm empfing:
Doch das besorg er. Aber ich vermute stark,
Er fand an ihr Gefallen.
PARMENO: War nicht noch mehr?
THAIS: Nein; ich befragte sie darauf. – Nun, Freund, warum
Ich sie zu haben wünschte, gibt's der Gründe viel.
Erst, weil sie meine Schwester hieß; dann möcht ich sie
Den Ihren wiedergeben; einsam steh ich hier,
Bin ohne Freund und Anverwandte; darum will
Ich Freunde mir erwerben durch solch gutes Werk.
Da, bitt ich, hilf mir, Lieber, daß mir's leichter wird.
Laß ihm die nächsten Tage nur, die wenigen,

Bei mir den Vorrang. Schweigst du?
PHAEDRIA: Niederträchtige!
Bei dem Betragen willst du noch Antwort von mir?
PARMENO: Schön, bravo, Lieber! Endlich wurmt's! Jetzt bist du Mann.
PHAEDRIA: Ich wußte nicht, wohin du wolltest! – »Ein kleines Kind«,
»Von hier geraubt«, »die Mutter zog's als eignes auf«,
»Hieß Schwester«, »nähm es gern ihm ab, den Seinen es
Zurückzugeben« – und das Ende von allem ist:
Mich schließt man aus, ihn läßt man ein. Und dies warum?
Ihn liebst du mehr als mich und fürchtest, daß dir die,
Die Fremde, solchen tapfern Herrn abwendig macht.
THAIS: Mir bangte davor?
PHAEDRIA: Nun, wovor denn bangt dir sonst?
Macht er allein Geschenke? Hast du je gesehen,
Daß meiner Liebe reicher Born sich dir verschloß?
Sprich: als du sagtest, daß du dir aus dem Mohrenland
Ein Mädchen wünschtest, ließ ich da nicht alles stehen,
Es aufzusuchen? Den Eunuchen wolltest du
(Nur Königinnen halten die), ich trieb ihn auf.
Für beide zählt ich gestern zwanzig Minen hin.
Obwohl von dir verachtet, dacht ich doch daran.
Für solche Liebe solcher Dank!
THAIS: Nun, Phaedria,
Wie gern ich auch sie hätte – und ich denke, daß
Es so am ersten möglich ist –, so will ich doch,
Dich nicht zum Feind zu haben, tun, was du verlangst.
PHAEDRIA: O daß du dies Wort ehrlich und von Herzen sprächst:
»Dich nicht zum Feind zu haben!« Könnt ich glauben, daß
Du's redlich meintest, allem unterzög ich mich!
PARMENO *für sich*: Er wankt, er ist von einem Wort besiegt! Wie schnell!
THAIS: Ich spräche nicht von Herzen? Ach! Was hast du je
Auch nur im Scherz von mir begehrt und nicht erlangt?
Ich kann dich nicht einmal bewegen, daß du nur
Zwei Tage zugestehst?
PHAEDRIA: Ja, wenn's nur zweie sind!
Doch – möchten's nur nicht zwanzig Tage werden!
THAIS: Nein!

Nein! Mehr als zwei nicht, höchstens...

PHAEDRIA: Höchstens? Genug, genug!

THAIS: Nicht mehr! Die laß mich nur erbitten!

PHAEDRIA: Muß ich doch
Tun, was du forderst!

THAIS: Habe Dank! Wie lieb ich dich!

PHAEDRIA: Ich geh aufs Land. Dort plag ich die paar Tage mich.
Ich bin entschlossen: muß ja tun, was Thais will.
Du, Parmeno, laß nun die beiden holen!

PARMENO: Gleich.

Parmeno ab in Simos Haus.

PHAEDRIA: Für die zwei Tage, Thais, lebe wohl!

THAIS: Auch du,
Mein Phaedria! Willst du sonst noch etwas?

PHAEDRIA: Was ich will?
Daß du, dem Kriegsmann nahe, doch ihm ferne seist;
Daß du mich liebest Tag und Nacht, nach mir dich sehnst,
Von mir allein träumst, mich erwartest, mein gedenkst,
Mein harrst in Hoffnung, mein dich freust, ganz mir gehörst,
Kurz, daß du mein Herz seiest, weil ich das deine bin.

Phaedria ab in sein Haus.

THAIS: Ich Arme! Wenig traut er mir, so scheint es fast,
Urteilt nach anderen Mädchen, jetzt auch über mich.
Soweit ich selbst mich kenne, weiß ich ganz gewiß,
Daß ich in keinem Worte noch falsch war und mir
Kein Mensch im Herzen teurer ist als Phaedria.
Des Mädchens wegen tat ich, was ich hier getan.
Beinahe hoff ich, daß ich ihren Bruder schon
Gefunden, einen jungen Mann aus edlem Haus,
Der heut zu mir zu kommen mir versprochen hat.
Ich will hinein und ihn erwarten, bis er kommt.

Thais ab in ihr Haus.

II/1

Phaedria in Reisekleidung und Parmeno treten aus Simos Haus.

PHAEDRIA: Wie gesagt, laß ihr die beiden holen!

PARMENO: Ja.

PHAEDRIA: Doch ganz behutsam!

PARMENO: Gut!

PHAEDRIA: Doch gleich!

PARMENO: Gut!

PHAEDRIA: Hab ich's endlich dir genug gesagt?

PARMENO: Haha!
Du fragst, als wäre das so schwer!
Könntest du doch mit so leichter Müh, wie dies verlorengeht,
Etwas finden!

PHAEDRIA: Ich bin mit verloren, was mir näher liegt!
Laß dich das nicht so verdrießen!

PARMENO: Keineswegs! Gleich führ ich's aus.
Befiehlst du noch was anderes?

PHAEDRIA: Streiche mein Geschenk heraus, so sehr du kannst, und
Den Nebenbuhler, so weit du kannst. [vertreibe von ihr

PARMENO: Das geschieht auch ungeheißen.

PHAEDRIA: Jetzt aufs Land! Dort will ich bleiben.

PARMENO: Mein es auch.

PHAEDRIA: Doch höre!

PARMENO: Was denn?

PHAEDRIA: Meinst du, daß ich stark genug sei,
Auszuhalten, zwischenein nicht umzukehren?

PARMENO: Du? Gewiß nicht!
Du kehrst sogleich um oder läufst nachts, wenn der Schlaf dich flieht, hierher.

PHAEDRIA: Ich schaffe, bis ich müde bin, daß ich, auch ungern, schlafen muß.

PARMENO: Dann bist du wach und matt zugleich! Das, Herr, gewinnst du.

PHAEDRIA: Nimmermehr!
Fort muß sie, diese Weichlichkeit! Ich gebe viel zuviel mir nach.
Ich könnte sie nicht, tät es not, drei ganze Tage missen?

PARMENO: Ha!
Drei ganze lange Tage, Herr? Sieh, was du tust!

PHAEDRIA: Es bleibt dabei!

Phaedria geht ab nach links.

PARMENO: Welche Krankheit! Götter! Schafft die Liebe so den Menschen um,

Daß er gar nicht mehr sich gleichsieht? War doch niemand weniger
Aufgelegt zu Faseleien, so gesetzt und streng wie der!

Gnatho kommt mit Pamphila und ihrer Zofe von links.

Aber sieh, wer kommt denn dorther! Ah! Des Söldners Parasit,
Gnatho: bringt das Mädchen mit sich, zum Geschenk für sie. Potz [Welt!
Die ist schön. Ich fürchte, da besteh ich heut in Schande mit
Meinem runzeligen Eunuchen. Thais selbst ist minder hübsch.

II/2

GNATHO *für sich*: Wie doch ein Mensch vor dem anderen ist, o Götter! Klug und dumm!
Welch ein Abstand! Eben ward mir dieses recht auffallend klar.
Heute traf ich, als ich ankam, meines Rangs und Standes einen,
Der, wie ich, kein Knauser, auch sein Vatergut vergurgelt hatte,
Seh ihn struppig, schmutzig, hager, siech, zerlumpt, verschrumpft vom Alter.
»Welch ein Aufputz!« rief ich. – »All das Meine hab ich, ach, verloren:
Wo geriet ich hin? Die Freunde kehren alle mir den Rücken.«
Wie verächtlich kam mir der vor gegen mich! »He, Feigster«, rief ich,
»Sankst du so, daß keine Hoffnung dir in dir mehr übrigbleibt?
Kam mit dem Gelde der Kopf abhanden? Sieh mich an, bin gleichen Standes,
Welche Farbe, Glanz der Kleidung, welch ein stattlich Bäuchelchen!
Alles hab ich und doch gar nichts. Hab ich nichts, doch fehlt mir nichts.«
»Ach, ich kann nicht Späße machen, Schläg ertragen kann ich nicht.«
»Wie? Du meinst, mit solchen Dingen geh es? Irrst dich straßenlang.
Ehemals, vor fünfzig Jahren, trug dies Handwerk etwas ein.
Neue Netze wirft man jetzt aus: ich beschritt den Weg zuerst.
Tröpfe gibt's; die wollen stets die ersten sein: sie such ich auf;
Ihnen geb ich nicht mich selbst zum Lachen hin; nein, ich zuerst
Komme lachend ihnen entgegen und bewundere ihren Witz.
Was sie sagen, lob ich; nehmen sie's zurück, ich lob es auch.
Sagt man nein, vernein ich; sagt man ja, bejah ich; überall
Stimm ich bei: der Handel trägt uns heutzutag am meisten ein.«
PARMENO *für sich*: Traun, ein ganz durchtriebener Schalk! Der macht die Gimpel völlig toll.

GNATHO: Indes wir also sprechend uns dem Speisemarkte nähern,
Läuft alles froh zu mir heran, was Leckerbissen feil hat:
Fischhändler, Köche, Fleischer, auch Wurstmacher, Fischer, denen ich
Was zugewandt in reicher und in knapper Zeit und später.
Sie grüßen, laden mich zu Gast und wünschen Glück zur Heimkehr.
Wie nun der Hungerleider mich in solchen hohen Ehren
Mein Brot so leicht verdienen sieht, beginnt er und beschwört mich,
Daß ich ihm erlaube, dies von mir zu lernen: und ich hieß ihn
Mir folgen, daß womöglich, wie der Philosophen Schulen
Nach diesen, auch Parasiten einst Gnathoniker sich nennen.
PARMENO *für sich*: Was Müßiggang und fremde Kost nicht tun!
GNATHO: Indes – was säum ich,
Zur Thais sie zu bringen und zu Tische sie zu laden?
Doch seh ich da den Parmeno, des Nebenbuhlers Sklaven,
Betrübt vor Thais' Türe stehen. Gut, gut! Die frieren sicher.
Den Schuft da muß ich necken.
PARMENO *für sich*: Die meinen, Thais sei schon
Durch das Geschenk ihr Eigentum.
GNATHO: Den schönsten Gruß beut Gnatho
Dem hochverehrten Parmeno. Wie geht's?
PARMENO: Man steht.
GNATHO: Das seh ich.
Sprich, siehst du was, das dir mißfällt?
PARMENO: Dich.
GNATHO: Glaub's. Doch nicht sonst noch was?
PARMENO: Wieso?
GNATHO: Du bist betrübt.
PARMENO: O nein!
GNATHO: Sei's nicht! Doch wie gefällt dir
Die Sklavin hier?
PARMENO: Nicht übel, traun.
GNATHO *für sich*: Das brennt den Kerl.
PARMENO *für sich*: Was er für ein Heuchler ist!
GNATHO: Was meinst du? Wie muß dies Geschenk die Thais freuen?
PARMENO: Das heißt: wir
Sind ausgetan! Doch merke dir's: in allem herrscht der Wechsel.
GNATHO: Sechs volle Monde, Parmeno, will ich dir Ruhe schaffen:

Da rennst du mir nicht auf und ab, wachst nicht bis an den Morgen.
Mach ich dich glücklich?

PARMENO: Mich? Ja, ja!

GNATHO: So dien ich Freunden.

PARMENO: Bravo!

GNATHO: Ich halte dich wohl auf: du denkst woanders hinzugehen?

PARMENO: Das nicht.

GNATHO: So nimm dich meiner an: verschaffe dort mir Einlaß.

PARMENO: Nur immerzu! Die Türe steht dir offen, da du diese bringst.

GNATHO: Soll ich dir jemand hier herausrufen?

Gnatho mit Pamphila und ihrer Zofe ab ins Haus der Thais.

PARMENO: Laß nur zwei Tage schwinden!
Dann sollst du, der im Glücke jetzt mit einem kleinen Finger
Die Tür aufmacht, umsonst daran mit beiden Fersen pochen.

Gnatho kommt zurück.

GNATHO: Du hier noch immer, Parmeno? He! Stehst du denn auf Wache,
Daß nicht vom Hauptmann insgeheim zu ihr ein Bote laufe?
Gnatho ab nach links.

PARMENO: Ein feiner Witz! Dem Hauptmann muß der Kerl wundersam gefallen.

Chaerea kommt von links.

Doch sieh, da kommt der jüngere Sohn von meinem Herrn. Mich wundert,
Wie der nur vom Piräus kommt; dort ist er jetzt bei der Miliz.
Da gibt es was; er läuft so schnell und sieht sich um nach etwas.

II/3

CHAERA *für sich*: Ich bin des Todes!
Weg ist das Mädchen, weg bin ich, da sie mir aus den Augen schwand!
Wo such ich sie? Wo späh ich nach? Wen frag ich? Wohin wend ich mich?
Ich weiß es nicht. Mein einziger Trost ist: wo sie sei, lang bleibt sie nicht
Versteckt. O Schönheit! Alle Frauen verbann ich jetzt aus meinem Sinn.
Alltagsgesichter, die mich all anekeln!

PARMENO: Auch der andere, sieh!

Schwatzt der nicht auch von Liebe was? Mein vielgeplagter alter
Und der ist so, daß, fängt er an, [Herr!
Das Tun des einen, im Vergleich mit seiner Wut,
Als Kinderspiel erscheinen wird.

CHAEREA: Vertilgten alle Götter ihn, den Alten, der mir den Weg vertrat,
Und mich auch, daß ich stehenblieb und gar um ihn mich
Sieh, Parmeno! Willkommen! [kümmerte! –

PARMENO: Was so traurig? Was so aufgeregt?
Wo kommst du her?

CHAEREA: Ich? Wahrlich, ich weiß nicht woher und nicht wohin.
So ganz vergaß ich mich.

PARMENO: Wieso?

CHAEREA: Ich bin verliebt.

PARMENO: Ah!

CHAEREA: Parmeno, jetzt zeige, welch ein Mann du bist.
Du weißt noch, oft versprachst du mir, wenn ich des Vaters
Speiseschrank
Dir heimlich in dein Kämmerlein zuschleppte: »Chaerea, suche dir
Ein Liebchen nur, dann sollst du sehen, was ich dabei dir nützen kann.«

PARMENO: Geh, Narr!

CHAEREA: Nun, das sagtest du; jetzt halte mir, was du versprachst;
Und wohl verdient's die Sache, daß du deine Kraft zusammennimmst.
Kein Mädchen ist's wie unsre hier, wo fort und fort die Mutter ruft:
»Herab die Schultern! Festgeschnürt die Brüste, daß man schlanker
wird!«
Ist eine wohlbeleibt, so heißt's: »Den Fechter setzt auf schmale Kost!«
Wie voll auch die Natur, man macht sie binsengleich durch lauter
Drum liebt man sie. [Kunst.

PARMENO: Und nun, die deine?

CHAEREA: So was sah man nie!

PARMENO: Potz Welt!

CHAEREA: Die Farbe der Natur, voll Saft und Kraft.

PARMENO: Ihr Alter?

CHAEREA: Sechzehn Jahre.

PARMENO: Die Blüte selbst!

CHAEREA: Die schaffe mir, sei's durch Gewalt, sei's heimlich, sei's
Durch Bitten: mir ist alles gleich, wofern sie nur die Meine wird.

PARMENO: Nun, wem gehört sie?

CHAEREA: Weiß es nicht.

PARMENO: Woher?

CHAEREA: Auch nicht.

PARMENO: Wo wohnt sie denn?

CHAEREA: Auch dieses nicht.

PARMENO: Wo sahst du sie?

CHAEREA: Auf dem Wege.

PARMENO: Wie verlorst du sie?

CHAEREA: Das war's, warum ich, als ich kam, voll Ärger war.
Wohl gibt es keinen Menschen, dem so sehr wie mir,
Wenn ihm das Glück winkt, alles sich entgegenstemmt.
Verdammter Streich! Ich Armer!

PARMENO: Nun, was war's?

CHAEREA: Du kennst
Des Vaters Freund und Vetter, Archidemides?

PARMENO: Ja.

CHAEREA: Wie ich ihr nachschleiche, kommt mir der daher.

PARMENO: Recht unbequem!

CHAEREA: Nein, nein! Ein wahres Unglück war's.
Denn »unbequem« sagt viel zu wenig, Parmeno.
Ich kann beschwören, daß ich ihn in den letzten sechs,
Ja sieben Monden nie gesehn, nur eben jetzt,
Wo ich es gar nicht wünschte, gar nicht brauchte. Ha!
Geht das mit rechten Dingen zu? Sprich!

PARMENO: Nimmermehr!

CHAEREA: Aus weiter Ferne läuft er gleich auf mich daher,
Gekrümmt, mit hängenden Lippen, zitternd, keuchend. »He,
He! Warte, Chaerea«, ruft er, und – ich bleibe stehen.
»Du solltest mir . . .« – »Sprich!« – »Morgen muß ich vor Gericht.«
»Nun?« – »Sag es deinem Vater ja, damit er nicht
Vergißt, als Beistand frühe mir zur Hand zu sein.«
Dies Schwatzen währt 'ne Stunde. »Willst du sonst was?« – »Nein.«
Ich eile weiter. Als ich nach dem Mädchen sah,
Da hatte sie sich eben hierher umgewandt
In unsere Straße.

PARMENO *für sich*: Sicher meint er jene, die

Der Thais geschenkt ward.

CHAEREA: Als ich herkam, war sie weg.

PARMENO: Es gingen andere Leute mit dem Mädchen noch?

CHAEREA: Ein Parasit und eine Magd.

PARMENO: Sie ist es, ja!
Gib's auf! Es ist vorüber.

CHAEREA: Du hast anderes vor.

PARMENO: Nein, gerade das.

CHAEREA: Du kennst sie? Hast du sie gesehen?

PARMENO: Ich kenne sie, ich sah sie, weiß, wohin sie kam.

CHAEREA: Mein Parmeno, du kennst sie? Weißt du, wo sie ist?

PARMENO: Hierher ward sie zur Hetäre Thais als Geschenk gebracht.

CHAEREA: Wer vermag solch groß Geschenk zu geben?

PARMENO: Thraso, der Soldat,
Phaedrias Rivale.

CHAEREA: Da hat mein Bruder einen schweren Stand.

PARMENO: Wenn du wüßtest, welch Geschenk er dem Geschenk [entgegenstellt,
Sprächst du doppelt so.

CHAEREA: Und welches?

PARMENO: Einen Eunuchen.

CHAEREA: Götter, wie?
Jenes Scheusal, das er gestern kaufte? Jenes alte Weib?

PARMENO: Ebenden.

CHAEREA: Man wirft ihn sicher samt dem Geschenk zur Tür hinaus.
Doch daß Thais uns so nah wohnt, wußt ich nicht.

PARMENO: Seit kurzem erst.

CHAEREA: Welch ein Unstern, daß ich nie noch sie gesehen! Ei, sage mir:
Ist sie denn so schön?

PARMENO: Gewiß.

CHAEREA: Doch gegen unsere?

PARMENO: Kein Vergleich.

CHAEREA: Bitte, Lieber: mache, daß sie mein wird.

PARMENO: Will mir alle Mühe
Geben, will dir helfen. Hast du sonst noch was?

CHAEREA: Wohin willst du gehen?

PARMENO: Nach Haus;
Will zur Thais die Sklaven bringen, wie dein Bruder mir befahl.

CHAEREA: Ach, wie ist der Eunuch so glücklich, daß er kommt in dieses [Haus!

PARMENO: Wieso?

CHAEREA: Du fragst? Die reizende Mitsklavin darf er stets um sich
Im Hause sehen, spricht mit ihr, wohnt unter einem Dach mit ihr;
Zuweilen ißt er auch mit ihr und schläft in ihrer Nähe wohl.

PARMENO: Was meinst du, wenn du der Beglückte würdest?

CHAEREA: Wie das, Parmeno?
Sprich!

PARMENO: Ziehe seine Kleider an.

CHAEREA: Die Kleider? Und was weiter dann?

PARMENO: Ich bringe dich statt seiner hin...

CHAEREA: Gut.

PARMENO: Gebe dich für ihn aus ...

CHAEREA: Ah!

PARMENO: Und alle Freuden wären dein, die du dem andern zugedacht:
Du speistest mit ihr, wärst um sie, du schäkertest, berührtest sie,
Du schliefst in ihrer Nähe, da kein Mensch in Thais' Haus dich kennt.
Auch sehen sie nach Alter und Gestalt dich leicht für einen Eunuchen an.

CHAEREA: Schön, Parmeno: der beste Rat, den je ein Mensch gegeben hat!
Ins Haus jetzt! Zieh mich an! Dann fort, und bring mich hin, so [schnell du kannst!

PARMENO: Gemach! Ich trieb nur Scherz.

CHAEREA: Du Schwätzer!

Chaerea will ihn nach Haus ziehen.

PARMENO *widerstrebend*: Weh mir! Was hab ich getan?
Wo drängst du mich hin? Du wirfst mich noch zu Boden! Laß mich, [sag ich dir!

CHAEREA *ihn fortstoßend*: Vorwärts!

PARMENO: Im Ernst?

CHAEREA: Es bleibt dabei.

PARMENO: Du spielst ein sehr gewagtes Spiel.

CHAEREA: Gewiß nicht. Fort!

PARMENO: Ich aber muß die Suppe dann ausessen.

CHAEREA: Pah!

PARMENO: Es ist ein Frevel!

CHAEREA: Frevel wär's, wenn ich in einer Dirne Haus
Hingeh und diesen Hexen, die mit uns und unserer Jugend nur

Ihr Spiel getrieben, fort und fort in jeder Art uns marterten,
Dies jetzt vergelte, wenn ich so sie täusche, wie sie uns getäuscht?
Wär's edler etwa, wollt ich gar dem Vater eine Nase drehen?
Das dürfte tadeln, wer es hört; den Dirnen ist ihr Recht geschehen.

PARMENO: Nun, muß es einmal sein, so sei's! Nur schiebe nachher nicht [die Schuld
Auf mich.

CHAEREA: Gewiß nicht.

PARMENO: Du befiehlst's?

CHAEREA: Ich will's, befehl's und zwinge dich.
Ich werde stets einstehen dafür. Komm jetzt!

PARMENO: Ihr Götter, segnet es!

Chaerea und Parmeno ab ins Haus des Simo.

III/1

Thraso und Gnatho treten von links auf.

THRASO: Und Thais also sagt mir schönen Dank dafür?

GNATHO: Den schönsten.

THRASO: Wirklich? Freut es sie?

GNATHO: Nicht das Geschenk
So sehr, als weil du's gabest. Das ist ein Triumph
Für sie.

Parmeno tritt aus dem Hause, ohne von den anderen bemerkt zu werden, und bleibt im Hintergrund.

PARMENO: Ich muß doch sehen, ob's Zeit ist, um sie
Zu bringen. Doch – der Hauptmann!

THRASO: Ja, mir ist es so
Gegeben: alles, was ich tue, findet Dank.

GNATHO: Das merkt ich lange.

THRASO: Selbst der König sprach mir stets
Den höchsten Dank aus, was er nie bei anderen tat.

GNATHO: Ruhm, den sich andere mühevoll erwerben, trägt
Auf sich hinüber durch ein Wort, wer witzig ist
Wie du.

THRASO: Gewiß.

GNATHO: Du warst des Königs …

THRASO: Allerdings.

GNATHO: Augapfel.

THRASO: Recht! Sein ganzes Heer vertraut' er mir,
Die Pläne . . .
GNATHO: Wunder!
THRASO: War er dann der Menschen satt,
Ward ihm die Arbeit lästig, und er wollte sich
Ausruhen, um sozusagen sich, du weißt . . .
GNATHO: Um sich
Den Jammer aus der Seele wegzuspeien.
THRASO: Du hast's:
Dann zog er mich zu Tische, mich allein.
GNATHO: Der Daus!
Wie fein er wählt, der König!
THRASO: Das ist seine Art:
Ein Mann für wenig Leute!
GNATHO: Nein, für keinen, wenn
Er dich allein hat.
THRASO: Alle waren voller Neid
Und bissen heimlich; aber mich schiert's keinen Deut.
Sie platzten fast vor Neid, besonders einer, der
Sein Oberst bei den indischen Elefanten war.
Wie der's zu bunt mir machte, rief ich: »Strato, he!
Bist du so grimmig, weil du Bestien kommandierst?«
GNATHO: Bei meiner Seele, witzig, fein! Potz Wetter! Ja,
Den stachst du tüchtig: aber er?
THRASO: War gleich verstummt.
GNATHO: Wie konnt er anders?
PARMENO *für sich*: Himmel! Welch armseliger,
Elender Tropf! Und da der Schuft!
THRASO: Doch, Gnatho, das –
Wie ich den Rhodier packte bei dem Gelage –
Erzählt ich dir's noch nicht?
GNATHO: Noch nie. Ich bitt, erzähl's.
Für sich: Ich hört es mehr als tausendmal.
THRASO: Der Rhodier,
Ein junges Bürschchen, war mit mir bei dem Gelage.
Ich hatt ein Dirnchen mit. Mit diesem tändelt' er
Und spottet' mein. »Was, Unverschämter?« rief ich: »Was?

Du, selbst ein Hase, jagst nach zartem Fleisch?«

GNATHO: Haha!

THRASO: Was sagst du?

GNATHO: Witzig! Köstlich! Unvergleichlich fein!
War dieses Witzwort denn von dir? Ich hielt's für alt.

THRASO: Du kennst es?

GNATHO: Längst: als eins der besten.

THRASO: Es ist von mir.

GNATHO: Mich dauert der Junge, daß du so ihn abgeführt.
Er meint' es nicht so böse, war aus gutem Haus ...

PARMENO *für sich*: Daß dich der Geier!

GNATHO: Wie benahm er sich?

THRASO: Er war
Vernichtet. Alle wollten sich totlachen: kurz,
Der Schrecken aller war ich nun.

GNATHO: Mit vollem Recht.

THRASO: Doch soll ich wohl bei Thais mich entschuldigen?
Sie meinte doch, ich liebe die.

GNATHO: Nichts weniger.
Nein, mache sie noch eifersüchtiger.

THRASO: Wie?

GNATHO: Du fragst?
Verstehst du? Wenn sie Phaedria einmal erwähnt,
Ihn lobt, du weißt, wie das dich ärgert.

THRASO: Allerdings.

GNATHO: Um dich davor zu schützen, gibt's ein Mittel nur.
Sobald sie Phaedria dir nennt, so nennst du gleich
Die Pamphila. Dann, wenn sie sagt: laß uns einmal
Den Phaedria zu Tische laden, sagst du: laß
Zum Singen Pamphila rufen. Lobt sie Phaedrias
Schönheit, so lobst du Pamphilas. Mit einem Wort:
Vergilt ihr Gleiches mit Gleichem; das greift ihr ans Herz.

THRASO: Wenn sie mich liebte, wäre das wohl angebracht.

GNATHO: Da sie von dir Geschenke hofft und gerne nimmt,
So liebt sie dich schon lange; so wird's leicht für dich,
Ihr weh zu tun. Sie fürchtet, was sie jetzt genießt,
Das zieht sich einmal, wenn du zürnst, woandershin.

THRASO: Ganz recht! Ich kam auf diesen Einfall wirklich nicht.

GNATHO: Ach, Spaß! Du hast's nur nicht bedacht: sonst hättest du
Leicht ebendas gefunden und viel Besseres noch.

III/2

Thais tritt vor die Tür ihres Hauses.

THAIS: Mir war's, ich hörte den Soldaten eben. Ah!
Er selbst! – Willkommen, Thraso!

THRASO: Meine Thais, ach!
Mein Schatz, wie geht es? Hast du mich ein bißchen lieb
Der Lautenspielerin wegen?

PARMENO *für sich*: Ei, wie artig! Welch
Ein schöner Eingang!

THAIS: Ungemein, wie du's verdienst.

GNATHO: So kommt zu Tisch! Was säumst du?

PARMENO *für sich*: Nun, die krochen wohl
Aus einer Schale!

THAIS: Wenn's beliebt: ich bin bereit.

PARMENO *für sich*: Ich trete näher, stelle mich, als käm ich erst.
Vortretend zu Thais: Du willst weggehen, Thais?

THAIS: Ah, du, Parmeno?
Du trafst es; heute geh ich.

PARMENO: Wohin?

THAIS: Wie? Siehst du's nicht?

PARMENO: Ich seh es, und mich ärgert's. – Wenn du willst, so sind
Phaedrias Geschenke dir zur Verfügung.

THRASO: Nun? Was gehen wir nicht?

PARMENO *zu Thraso*: Erlaube, bitt ich, daß man ihr mit deiner Gunst
Geschenke bringen, ihr sich nahen, sie sprechen darf.

THRASO: Das mögen schöne Geschenke sein, nicht unsern gleich!

PARMENO: Es wird sich zeigen.
Ins Haus rufend: He! Bringt die beiden schnell heraus,
Von welchen ich euch sagte.

Die Negersklavin kommt aus dem Haus.

He! Komm du daher.
Weit aus dem Mohrenland ist die.

THRASO: Drei Minen wert.

GNATHO: Kaum!

PARMENO: Dorus, he! Wo steckst du? –

Chaerea erscheint, als Eunuch verkleidet.

Sieh, der Eunuch für dich!

Wie wohlgebildet von Gestalt! Wie jugendlich!

THAIS: Beim Himmel, hübsch!

PARMENO: Ei, Gnatho, was sagst du dazu?

Nun? Hast du was zu tadeln? Oder, Thraso, du?

Sie schweigen: Lob's genug! – Prüf ihn in Wissenschaft,

In Ringerkünsten, in Musik: in allem, was

Ein freier Jüngling wissen muß, ist er bewährt.

THRASO: Den Eunuchen möcht ich, wär es not, auch nüchtern wohl...!

PARMENO: Und der das sendet, fordert nicht, daß du für ihn

Nur lebst und anderen, ihm zulieb, die Türe sperrst,

Schwatzt nicht von Schlachten, prahlt mit seinen Narben nicht

Und fällt dir nie beschwerlich, was ein Gewisser tut.

Nein, wenn es dir nicht lästig, wenn du's wünschest, wenn

Sich's schickt, genügt's ihm, wenn er eingelassen wird.

THRASO: Der Sklave muß bei einem armen Schlucker sein,

Das sieht man.

GNATHO: Ja, kein Mensch, der einen anderen

Bezahlen könnte, litte solchen Wicht um sich!

PARMENO *zu Gnatho*: Du schweige! Bist doch unter dem gemeinsten Troß.

Wer dem *(auf Thraso deutend)* zu schmeicheln über sich gewinnen kann,

Der holte, traun, sein Futter aus der Flamme selbst.

THRASO *zu Thais*: Wir gehen?

THAIS: Die führ ich erst hinein und ordne, was

Geschehen soll; dann komm ich unverweilt zurück.

Thais mit Chaerea und der Negersklavin ab in ihr Haus.

THRASO *zu Gnatho*: Ich gehe. Du erwarte sie!

PARMENO: Wie paßt sich's auch:

Feldherr und Liebste Arm in Arm am hellen Tag!

THRASO: Wozu mit dir viel Worte? Du bist wie dein Herr.

Parmeno ab ins Haus des Simo.

GNATHO: Haha!

THRASO: Was lachst du?

GNATHO: Über das, was du gesagt;
Auch fiel mir ein, wie du den Rhodier heimgeschickt.
Thais kommt zurück, begleitet von Pythias und zwei anderen Mägden.
Doch Thais kommt.
THRASO *zu Gnatho*: Voran du! Mache dort im Haus
Anstalt.
GNATHO: Es soll geschehen!
Gnatho ab nach links.
THAIS *zu Pythias*: Höre, Pythias,
Und merk es wohl: wenn Chremes unterdessen kommt,
So bitt ihn wiederzukommen. Ist's ihm unbequem,
So bleib er; kann er dieses nicht, führ ihn zu mir.
PYTHIAS: Es wird geschehen.
THAIS: Was wollt ich sonst noch sagen? Ja,
Ja! Nehmt das junge Mädchen mir doch hübsch in acht,
Und bleibt zu Hause.
Pythias verschwindet ins Haus der Thais.
THRASO: Gehen wir nun!
THAIS *zu ihren beiden Mägden*: Ihr, folget mir!
Thraso, Thais und ihre Mägde ab nach links.

III/3

Chremes erscheint von rechts.
CHREMES *für sich*: Fürwahr, je mehr ich's überlege, glaub ich fest:
Bei dieser Thais komm ich doch noch übel weg,
So listig rüttelt sie an mir, bringt mich herum.
Schon als sie mich zum ersten Male rufen ließ,
Fragt einer: »Was hast du mit der?« Ich kannte sie nicht.
Wie ich hinkam, fand sie einen Vorwand, daß ich blieb.
Sie habe geopfert, wolle jetzt was Wichtiges
Mit mir verhandeln. Damals hatt ich gleich Verdacht,
Dahinter stecke Trug. Sie setzt' sich neben mich,
Ward ganz vertraulich, führte das Gespräch, und als
Es stockte, fing sie wieder an: wie lange schon
Mein Vater tot sei. »Lange schon«, erwidert ich.
Ob ich ein Gut auf Sunium hätte? Wie weit vom Meer?
Ich glaube, sie hat Lust dazu und hofft vielleicht

Mir's abzulocken. Endlich noch: ob mir von dort
Nicht eine kleine Schwester einst verschwunden sei?
Wer bei dem Kind gewesen, was es angehabt,
Als es von uns verschwunden? Ob jemand es noch
Erkennen könnte? – Wozu soll das Fragen sein?
Sie will gewiß – frech, wie sie einmal ist – sich selbst
Für jenes Kind ausgeben, das verlorenging.
Doch dieses hat nicht über sechzehn Jahre, wenn's
Noch lebt, und älter als ich selbst ist Thais ja.
Jetzt schickt sie wieder, bittet, daß ich komme: nun,
Sie sage, was sie vorhat, oder lasse sie
Mich ungeschoren! Denn fürwahr, ich komme nicht
Zum dritten Male.
Er klopft an die Haustüre der Thais.
Holla! He!

PYTHIAS *von innen*: Wer klopft?

CHREMES: Ich bin's,
Der Chremes.

PYTHIAS *heraustretend*: O du süßer Schatz!

CHREMES *für sich*: Sagt ich's nicht?
Man stellt mir nach!

PYTHIAS: Inständig bittet Thais dich,
Doch morgen wiederzukommen.

CHREMES: Was? Ich muß aufs Land.

PYTHIAS: O tu's.

CHREMES: Ich kann nicht.

PYTHIAS: Nun, so bleibe hier bei uns,
Bis Thais heimkommt.

CHREMES: Nimmerdar!

PYTHIAS *liebkosend*: Warum, mein lieber Chremes?

CHREMES: Geh fort zum Geier!

PYTHIAS: Wenn du denn nicht anders willst,
So gehe dort hinüber, wo sie ist.

CHREMES: Es sei!

PYTHIAS: Auf, Dorias, führ ihn ungesäumt zu Thraso hin.

Dorias erscheint und führt Chremes nach links weg, Pythias ab ins Haus der Thais.

III/4

Antipho kommt von rechts.

ANTIPHO: Wir jungen Burschen kamen im Piräus gestern überein,
Am heutigen Tag ein Picknick zu halten. Die Besorgung fiel
Dem Chaerea zu; man gab sein Pfand; bestimmt ward Ort und
Um ist die Stunde, nichts bereit am festgesetzten Orte; [Stunde.
Und Chaerea läßt sich nirgends sehen. Was soll ich davon denken?
Jetzt schickten mich die anderen ab, ihn aufzusuchen: muß doch sehen,
Ob er daheim ist.
Chaerea in der Kleidung des Eunuchen kommt aus dem Haus der Thais.
Aber wer kommt hier aus Thais' Hause?
Ist er es? Oder nicht? Er ist's! Welch Aussehen! Welcher Aufzug!
Welch Ungetüm! Kann nicht genug mich wundern, kann's nicht fassen.
Doch was es sei, ich will von fern hier lauschen, was daraus wird.

III/5

CHAEREA *für sich*: Ist hier jemand? – Niemand. – Kommt nicht jemand hinter mir? – Kein Mensch.
Nun, so darf ich meine Lust ausbrechen lassen! Juppiter!
Jetzt hätt ich nichts dawider, wenn jemand mich töten wollte,
Daß mir das Leben diese Lust durch keinen Kummer trübte! –
Doch will denn kein Neugieriger jetzt in den Wurf mir kommen,
Der mich verfolgt bei jedem Schritt, mit Fragen quält bis auf den Tod?
Warum ich so frohlocke, woher ich komme, wohin ich wolle, woher
Ich genommen das Kleid, auf was ich erpicht, ob ich gescheit sei oder toll?

ANTIPHO: Ich will zu ihm, mir diesen Dank nach seinem Wunsch verdienen. –
Ei, Chaerea, was frohlockst du so? Was soll das Kleid? Was freust du dich?
Was hast du vor? Du bist doch noch gescheit? Was starrst du so
Was schweigst du? [mich an?

CHAEREA: Ha, du Sonntagskind! Mein Bester, sei willkommen!
Ich möchte keinen Menschen auf der Welt jetzt lieber sehen als dich.

ANTIPHO: Ich bitte, sage mir, was es ist.

CHAEREA: Nein, ich beschwöre dich, vernimm!
Das Mädchen, das mein Bruder liebt, du kennst es?

ANTIPHO: Ja; die Thais doch?

CHAEREA: Dieselbe.

ANTIPHO: Wohl entsinn ich mich.

CHAEREA: Ihr ward ein Mädchen heut geschenkt.
Was soll ich ihre Reize dir lobpreisend schildern, Antipho?
Du kennst mich, weißt, wie gut ich auf Schönheiten mich verstehe.
Die traf mein Herz. [Nun:

ANTIPHO: Ei!

CHAEREA: Sähst du sie, du gäbest ihr den ersten Preis.
Kurz, ich verliebte mich in sie. Zufällig fand sich ein Eunuch
In unserm Hause, den mein Bruder jüngst für Thais angekauft
Und noch nicht übergeben. Da riet mir mein Sklave, Parmeno,
Etwas; ich griff es auf.

ANTIPHO: Und was?

CHAEREA: Du hörst es eher, wenn du schweigst:
Daß ich die Kleidung tauscht und mich statt seiner dorthin führen [ließ.

ANTIPHO: Wie? Statt des Eunuchen?

CHAEREA: Ja.

ANTIPHO: Und welchen Vorteil hofftest du davon?

CHAEREA: Du fragst? Sie sehen, hören, um die Herzgeliebte sein, o Freund,
Das lohnte sich der Mühe doch! – Man brachte mich zu Thais hin.
Sie nimmt mich augenblicklich an, führt mich vergnügt ins Haus [hinein,
Empfiehlt das Mädchen . . .

ANTIPHO: Wem? Dir?

CHAEREA: Mir.

ANTIPHO: Da war sie wohl in sicherer Hut!

CHAEREA: Ich solle keinen Mann zu ihr einlassen, nicht weggehen, allein
Mit ihr allein ins innere Haus verziehen. Ich nicke zu, verschämt
Zur Erde blickend.

ANTIPHO: Armer Schelm!

CHAEREA: Ich, sagt sie, gehe fort – zu Gast.
Sie nimmt die Mägde mit; ein paar neu angenommene Mädchen läßt
Sie zur Bedienung ihr zurück; die rüsten gleich ein Bad für sie.

Zur Eile mahn ich. Wie das Bad bereitet wird, sitzt jene drin
Im Zimmer und beschaut ein Bild, worauf gemalt war, wie vordem
Zeus einen goldenen Regen in den Schoß der Danae fallen ließ.
Auch ich begann es anzuschauen, und weil es war ein ähnlich Spiel,
Das jener ehmals schon gespielt, so freute sich mein Herz noch mehr,
Daß sich ein Gott in Gold gehüllt und heimlich in ein fremdes Haus
Geschlichen durch das Regenloch und einer Dirne Sinn berückt.
Und welcher Gott? Vor dessen Donner des Himmels höchste Zinne bebt!
Und ich, ein Menschlein, sollte das nicht tun? O wohl, ich tu's, und [gern!
Indes ich noch dies denke, ruft man ihr, ins Bad zu gehen.
Sie geht, sie badet, kommt zurück; dann bringt man sie zu Bette.
Ich harre, was man mir befiehlt. Kommt eine, sagt: »He, Dorus!
Da nimm den Fächer, fächl ihr so ein wenig zu: wir baden.
Wenn wir gebadet, kannst du's auch.« Ich nahm ihn, finster blickend.

ANTIPHO: Da hätt ich doch dein frech Gesicht gar gerne sehen mögen,
Wie du dich ausnahmst, in der Hand den Fächer, langer Esel!

CHAEREA: Kaum war's gesagt, so stürzten sie sich all hinaus zur Türe.
Sie gehen ins Bad, sie toben, schreien, wie immer, wenn die Herrschaft
Fort ist. Indessen schläft das Mädchen ein. Ich schiele heimlich
So durch den Fächer hin nach ihr; ich sehe mich auch sonst um,
Ob alles sicher. Als ich das sah, schob ich vor den Riegel ...

ANTIPHO: Was dann?

CHAEREA: Dann? Gimpel!

ANTIPHO: Ja, ich bin's.

CHAEREA: Ich sollte solchen Glücksfall,
Der mir so schön, so kurz, erwünscht und unverhofft sich darbot,
Verlorengeben? War ich dann nicht wirklich, was ich vorgab?

ANTIPHO: Wahrhaftig, du hast recht. Indes was ward aus unserm Mahle?

CHAEREA: Das ist bestellt.

ANTIPHO: Brav! Wo? Daheim?

CHAEREA: Beim Freigelassenen Discus.

ANTIPHO: Sehr weit!

CHAEREA: Um so viel schneller laß uns eilen!

ANTIPHO: Tausche die Kleider!

CHAEREA: Wo? Weh mir! Denn von Hause bin ich jetzt verbannt; ich fürchte,

Mein Bruder möchte drinnen sein; auch ist bereits der Vater
Vom Lande wohl zurückgekehrt.

ANTIPHO: So komm mit mir nach Hause;
Da kannst du wechseln; ist es doch am nächsten.

CHAEREA: Wohl gesprochen!
So komm; ich will zugleich daselbst mit dir zu Rate gehen,
Wie ich des Mädchens ferner noch Herr werden kann.

ANTIPHO: Es sei so!

Chaerea und Antipho ab nach rechts.

IV/1

Dorias kommt mit Goldschmuck in der Hand von links.

DORIAS: Bei den Göttern, wie ich ihn gesehen, fürcht ich Arme [wirklich,
Daß der Tollkopf heute Lärm macht oder Thais gar mißhandelt.
Denn wie der junge Chremes kam, des Mädchens Bruder, bittet sie
Den Soldaten, ihn hereinzulassen. Der, alsbald ergrimmend,
Wagt es doch nicht, nein zu sagen. Thais drängt dann, ihn zu laden.
Dieses tat sie, ihn zu halten; denn um ihm das, was sie wünschte,
Von der Schwester mitzuteilen, dazu war jetzt nicht die Zeit.
Verdrießlich lud er ihn; er blieb. Sie fängt mit ihm zu plaudern an.
Der Soldat meint, ein Rival sei vor das Aug ihm hingesetzt,
Will auch ihr nun wehe tun, ruft: »Junge, hol uns Pamphila,
Daß sie hier uns unterhalte.« – »Nimmermehr darf die zum Mahl«,
Tobte Thais. Der Soldat besteht darauf; nun setzt es Zank.
Sie indes nimmt heimlich ihr Geschmeide, gibt mir's heimzutragen.
Dies beweist, sie wird sich aus dem Staube machen, wann sie kann.
Dorias bleibt im Hintergrund vor dem Haus der Thais stehen.

IV/2

Phaedria erscheint von links.

PHAEDRIA: Nach unserm Landhof gehend, sann ich unterwegs,
Wie's geht, wenn einem etwas auf dem Herzen drückt,
Auf dies und das und wieder das, und alles ward
Mir immer schwärzer. Kurz, in solchen Gedanken ging
Ich unvermerkt am Gut vorbei. Schon war ich weit,
Da merkt ich's. Übellaunig kehrt ich wieder um.
Gerad am Seitenwege blieb ich stehen, begann

Bei mir zu denken: Himmel, soll ich ohne sie
Zwei Tage hier sein, ganz allein? Nun, was verschlägt's?
Gar nichts. Wie? Nichts? Wenn ich sie nicht berühren darf,
So darf ich sie doch sehen; ist jenes mir verwehrt,
So doch dieses nicht. Auch nur von ferne lieben ist
Doch etwas noch! So ging ich wissentlich am Haus vorbei. –

Pythias stürzt aus dem Haus der Thais.

Doch was kommt Pythias plötzlich so verstört heraus?

IV/3

PYTHIAS: Ha! Wo find ich den verruchten Wicht? Wo such ich ihn, ich
Solch verwegene, freche Tat zu wagen! Weh! [Arme?
PHAEDRIA *für sich*: Was soll das heißen?
PYTHIAS: Hat der Bube doch, nachdem er sie mißbraucht, der Armen
Das ganze Kleid zerrissen, ihr sogar die Haare noch zerzaust! [noch
PHAEDRIA: Ah!
PYTHIAS: Wenn ich ihn jetzt hätte – Gott!
Wie wollt ich ihm mit den Nägeln gleich ins Auge fliegen, dem giftigen Hund!
PHAEDRIA: Im Hause ging, indes ich fort war, sicher etwas Arges vor.
Ich rede sie an! – Was soll die Hast? Was ist's? Wen suchst du, Pythias?
PYTHIAS: Ach, Phaedria! Wen ich suche? Geh mit deinen feinen
Du hingehörst! [Geschenken, wo
PHAEDRIA: Was willst du nur?
PYTHIAS: Du fragst noch? Was hat der Eunuch, den du geschickt, uns angestellt!
Entehrt die Jungfrau, die der Offizier meiner Herrin schenkte!
PHAEDRIA: Was?
PYTHIAS: Weh mir!
PHAEDRIA: Du bist berauscht.
PYTHIAS: O wären's alle meine Feinde so!
DORIAS *hervortretend*: O Götter! Meine Pythias! Was war denn das für
PHAEDRIA: Du rasest! Wie kann ein Eunuch dies tun? [ein Ungetüm?
PYTHIAS: Ich weiß nicht, was er ist:
Was er getan, liegt offen da.
Das Mädchen weint, und fragt man sie warum, so sagt sie's nicht vor Scham.

Der saubere lose Vogel läßt sich nirgends sehen. Mir ahnt sogar,
Er ließ zum Abschied irgend was mitgehen.

PHAEDRIA: Gewaltig wundert's mich,
Wohin der Schwächling weiter sich verlaufen hat. Er muß zurück
In unser Haus sein.

PYTHIAS: Lieber, sieh doch einmal nach!

PHAEDRIA: Du hörst es gleich.

Phaedria ab in sein Haus.

DORIAS: Ach, solch verruchte Freveltat, meine Liebe, hab ich nie auch nur gehört!

PYTHIAS: Ich habe wohl gehört, sie seien unmäßig auf die Frauen erpicht,
Vermögen aber nichts; indes an so was hätt ich nie gedacht;
Ich hätte sonst ihn eingesperrt, ihm nicht das Mädchen anvertraut.

IV/4

Phaedria zerrt den Eunuchen Dorus aus seinem Haus.

PHAEDRIA: Heraus zur Türe, frecher Wicht! Du sträubst dich noch,
Ausreißer? Kamst mich teuer zu stehen! Fort!

DORUS: Gnade!

PHAEDRIA: Ha!
Da sieh nur, wie der Galgenstrick das Maul verzerrt!
Was läufst du wieder heim? Was kleidest du dich um?
Mensch, rede! – Säumt ich nur ein bißchen, Pythias,
Er wär entronnen; war ja schon halb auf der Flucht.

PYTHIAS: Du hast den Burschen?

PHAEDRIA: Und wie sollt ich nicht?

PYTHIAS: O schön!

DORIAS: Ja wahrlich, schön!

PYTHIAS: Wo steckt er?

PHAEDRIA: Fragst du? Siehst du nicht?

PYTHIAS: Sehen soll ich? Wen? Ich bitte.

PHAEDRIA *auf Dorus zeigend*: Den!

PYTHIAS: Wer ist der Mensch?

PHAEDRIA: Den man zu euch heut brachte.

PYTHIAS: Den hier, Phaedria,
Hat niemand von uns mit seinen Augen je gesehen.

PHAEDRIA: Wie? Nicht gesehen?

PYTHIAS: Glaubst du denn, das wäre der,
Der uns gebracht ward?
PHAEDRIA: Keinen anderen hatt ich ja.
PYTHIAS: Ach, wie verglichst du diesen mit dem anderen! Der
War schön von Aussehen, wohlgebaut.
PHAEDRIA: So schien er auch
Vorher, solang das bunte Kleid ihn schmückte. Jetzt
Dünkt er dir häßlich, weil er's ausgezogen hat.
PYTHIAS: Ich bitte, schweig! Als wäre der Unterschied so klein!
Ein junger Mensch ward heut in unser Haus gebracht;
Den möchtest du wohl gerne sehen, Phaedria!
Da dieser ist ein welker, schlummertrunkner Greis,
Grau wie ein Wiesel.
PHAEDRIA: Welch Gewäsche das! Du bringst
Mich so weit, daß ich selbst nicht weiß, was ich gekauft.
Zu Dorus: Du! Hab ich dich gekauft?
DORUS: Ja.
PYTHIAS: Laß ihn jetzt auch mir
Antworten.
PHAEDRIA: Frage!
PYTHIAS: Kamst du heut in unser Haus?
Dorus schüttelt verneinend den Kopf.
Er schüttelt! – Doch der andere kam, von Parmeno
Gebracht, ein Sechzehnjähriger.
PHAEDRIA *zu Dorus:* Erst erkläre mir:
Woher die Kleidung, die du hier anhast? Du schweigst?
Unhold, du willst nicht reden?
DORUS *stockend:* Da kam Chaerea . . .
PHAEDRIA: Mein Bruder?
DORUS: Ja.
PHAEDRIA: Wann?
DORUS: Heute.
PHAEDRIA: Wie lang?
DORUS: Eben erst.
PHAEDRIA: Mit wem?
DORUS: Mit Parmeno.
PHAEDRIA: Kanntest du ihn früher schon?

DORUS: Nein, hörte nie ihn nennen.

PHAEDRIA: Woher wußtest du,
Es sei mein Bruder?

DORUS: Parmeno behauptete,
Er sei's: der gab mir dieses Kleid.

PHAEDRIA *für sich*: Verdammt!

DORUS: Er selbst
Zog meines an; dann gingen beide zusammen fort.

PYTHIAS *zu Phaedria*: Glaubst du denn jetzt endlich, daß ich nüchtern bin, dich nicht belog?
Wird dir's endlich klar, das Mädchen litt Gewalt?

PHAEDRIA: Ha, Bestie!
Glaubst du, was der schwatzte?

PYTHIAS: Was ihm glauben? Wo die Sache spricht!

PHAEDRIA *leise zu Dorus*: Komm ein wenig hier beiseite! – Hörst du? Noch ein wenig! So!
Sage mir nun noch einmal: zog Chaerea dein Kleid dir aus?

DORUS: Ja!

PHAEDRIA: Und zog es selbst an?

DORUS: Ja!

PHAEDRIA: Und kam an deiner Statt hierher?

DORUS: Ja!

PHAEDRIA: Gerechte Götter! Welch verwegener Schurke!

PYTHIAS: Weh!
Glaubst du's endlich, daß mit uns ein schändlich Spiel getrieben ward?

PHAEDRIA: Freilich, du glaubst alles, was der sagt!
Für sich: Ich weiß nicht, was ich soll.
Leise zu Dorus: He, du: leugne wieder! –
Laut: Kann ich denn die Wahrheit heute nicht
Aus dir pressen? Sahst du Chaerea, meinen Bruder?

DORUS: Nein.

PHAEDRIA: Der kann
Ohne Schläge nicht gestehen. Fort! Einmal sagt er ja, dann nein.
Leise zu Dorus: Bitte mich!

DORUS: Ach, Phaedria, Gnade!

PHAEDRIA *ihn fortstoßend*: Fort, hinein!

DORUS: Au, au! O weh!

PHAEDRIA *für sich*: Anders weiß ich nicht mit Anstand aus der Sache mich zu ziehen.
Laut: Es ist vorbei, wenn du mich auch noch narren willst, elender [Wicht!
Phaedria mit Dorus ab ins Haus des Simo.
PYTHIAS *zu Dorias*: Das ist ein Streich von Parmeno; so wahr ich lebe, [weiß ich das.
DORIAS: Sicher!
PYTHIAS: Doch mit gleicher Münze zahl ich ihm noch heute heim.
Jetzt – was rätst du, daß ich tun soll?
DORIAS: Mit dem Mädchen, meinst du doch?
PYTHIAS: Soll ich's sagen oder schweigen?
DORIAS: Wenn du klug bist, weißt du nicht,
Was du weißt, nichts vom Eunuchen oder von des Mädchens Schmach.
So befreist du dich von aller Not, und ihr geschieht ein Dienst.
Sage nur, fort sei der Dorus.
PYTHIAS: Recht!
DORIAS: Doch kommt nicht Chremes dort?
Dann ist Thais auch nicht fern.
PYTHIAS: Wie das?
DORIAS: Weil schon der Zank begann,
Als ich fortging.
PYTHIAS: Trage den Schmuck weg! Der erzählt mir, was es gibt.
Dorias ab ins Haus der Thais.

IV/5

Chremes kommt betrunken von links.
CHREMES: Ei, ei! Da ward ich angeführt! Der Wein ist Sieger, den ich trank.
Solang ich noch bei Tische saß, da kam ich mir hübsch nüchtern vor.
Erst seit ich aufstand, tut mir Fuß und Kopf nicht recht mehr seinen [Dienst.
PYTHIAS: He, Chremes!
CHREMES: Wer ruft? Pythias, ah! Was ist denn das? Du kommst mir jetzt
Viel schöner vor als früher.
PYTHIAS: Du bist jedenfalls viel munterer.
CHREMES: Wahr ist das Wort: wenn Ceres fehlt und Bacchus fehlt, ist [Venus kalt.
Kam aber Thais lang vor mir?

PYTHIAS: Verließ sie denn den Söldner schon?
CHREMES: Schon lange, sehr lang. Zwischen beiden setzt es einen [harten Strauß.
PYTHIAS: Und hieß sie dich nicht folgen?
CHREMES: Nein! Beim Gehen nickte sie mir zu.
PYTHIAS: Das genügte nicht?
CHREMES: Ich wußte die Bedeutung nicht; der Söldner erst
Erklärte, was ich nicht verstand: er warf mich vor die Tür hinaus.
Doch sieh, sie selbst hier! Ich wundere mich, wie ich ihr zuvorgekommen bin!

IV/6

Thais kommt in Eile von links.

THAIS *für sich*: Sicher ist er nächstens hier, sie mir zu nehmen: mag er kommen!
Aber die Augen kratz ich ihm aus, berührt er sie mit einem Finger.
Seine Prahlereien und Possen laß ich mir so lang gefallen,
Wie es bei den Worten bleibt; doch wenn er Ernst macht, kriegt er [Schläge.
CHREMES: Thais, ich bin schon lange hier.
THAIS: Mein Chremes, ach! Dich such ich eben.
Weißt du, daß der Zank um dich entstand, ja daß die ganze Sache
Dich betrifft?
CHREMES: Wie das? O Himmel!
THAIS: Weil ich dir die Schwester wieder
Schaffen wollte, hab ich dies und manches der Art noch gelitten.
CHREMES: Wo ist sie?
THAIS: Hier bei mir.
CHREMES: So?
THAIS: Sorge nicht.
Dein und ihrer würdig ist sie hier erzogen.
CHREMES: Wirklich?
THAIS: Wirklich!
Sie verehr ich dir und fordere keinen Preis dafür von dir.
CHREMES: Dir, Thais, werd ich dankbar sein, wie du's verdienst, mit Wort und Tat.
THAIS: Doch daß du sie nur nicht verlierst, bevor du sie von mir empfängst!
Denn sie ist's, die mir der Söldner mit Gewalt zu nehmen kommt.

Zu Pythias: Geh hin, und hole, Pythias, das Kästchen mit den Zeichen.

Von links erscheint Thraso zusammen mit Gnatho, Sanga, dem Koch, der einen großen Schwamm, und drei Dienern, von denen einer eine Brechstange trägt.

CHREMES *Thraso erblickend:* Ha, Thais! Siehst du ihn?

PYTHIAS *zu Thais:* Wo liegt's?

THAIS: Im Schranke. Mache doch, Säumerin!

Pythias ab ins Haus.

CHREMES: Sieh, mit welcher Heeresmasse rückt er gegen dich heran!
Ah! Ah!

THAIS: Götter! Bist du furchtsam, liebes Kind?

CHREMES: O geh mir doch!
Ich und furchtsam? Wahrlich, niemand auf der Welt kann's minder [sein.

THAIS: Das tut auch not.

CHREMES: Mir ist nur bang, wofür du mich ansehen magst.

THAIS: Bedenke nur: dein Gegner ist ein Fremdling, minder angesehen,
Ist minder hier als du bekannt und hat der Freunde weniger.

CHREMES: Weiß das. Doch töricht ist's, geschehen zu lassen, was man meiden kann.
Wir sehen uns lieber vor, als daß wir nach dem Schimpf uns rächen.
Geh, verriegle drinnen deine Tür, indes ich auf dem Markte dort
Sachwalter hole, die für uns in diesem Streite handeln.

THAIS: Bleib!

CHREMES: Es ist besser!

THAIS: Bleibe!

CHREMES: Laß mich: bald bin ich zurück.

THAIS: Die braucht es nicht!
Sage nur: es ist meine Schwester; als ein Kind verlor ich sie;
Eben hab ich sie gefunden.
Zu Pythias, die soeben mit einem Kästchen aus der Tür kommt:
Zeig die Zeichen!

PYTHIAS *reicht das Kästchen:* Hier!

THAIS *zu Chremes:* Da nimm es!

Chremes nimmt das Kästchen an sich; Pythias wieder ab ins Haus.

Braucht der Mensch Gewalt, so führ ihn vor Gericht. Verstehst du?

CHREMES: Ja.

THAIS: Rede nur recht dreist heraus!

CHREMES: Das werd ich.

THAIS: Krempele dir die Ärmel hoch!

Für sich: Weh mir!

Den ich mir zum Verteidiger erkoren, der braucht selbst einen Patron.

IV/7

THRASO: Ich, Gnatho, trüge solchen Schimpf, solch ungeheuren, ungerächt?

Nein, lieber sterb ich. Simalio, Syriskus, Donax, folgt mir nach!

Erst will ich das Haus erstürmen . . .

GNATHO: Recht!

THRASO: Heraus die Dirne reißen ...

GNATHO: Brav!

THRASO: Sie prügeln dann.

GNATHO: Schön!

THRASO: Donax, auf, ins Zentrum hier mit dem Hebebaum!

Simalio, du an den linken Flügel! Auf den rechten, Syriskus, du!

Ihr anderen, he! Wo steckt der Hauptmann Sanga mit den Söldnern?

SANGA: Hier!

THRASO: Wie? Memme! Denkst du mit dem Schwamm zu fechten, daß du kommst mit dem?

SANGA: Ich? Meines Feldherrn Tapferkeit, der Krieger Mut ist mir bekannt.

Hier kann's nicht abgehen ohne Blut: wie wasch ich dann die [Wunden aus?

THRASO: Wo sind die andern?

SANGA: Was für andere? Sannio nur bewacht das Haus.

THRASO *zu Sanga*: Du, ordne sie! Ich bleibe hinten; da geb ich allen das Signal.

GNATHO: Das nenn ich klug! Nun die gestellt sind, bringt er sich in [Sicherheit.

THRASO: Das gleiche tat schon Pyrrhus.

CHREMES *zu Thais*: Siehst du, Thais, was der Mann beginnt?

Ja, ganz in Ordnung war mein Rat, die Türen abzuschließen.

THAIS: Traun!

Der jetzt ein Held dir scheint, er ist ein feiger Tropf. Drum fürchte [nichts.

THRASO *zu Gnatho*: Was rätst du?

GNATHO: Wieviel gäb ich drum, du hättest eine Schleuder hier,

Um ungesehen von ferne sie zu treffen: ha, wie liefen die!

THRASO: Doch da seh ich Thais selber.

GNATHO: Geht es bald zum Sturme?

THRASO: Halt!

Alle Mittel muß der weise Mann versuchen, eh er kämpft.

Möglich, daß sie ohne Zwang tut, was ich fordere.

GNATHO: Götter, helft!

Was ist Klugheit wert! Nie geh ich, ohne weiser zu sein, von dir.

THRASO *zu Thais*: Thais, vor allem gib mir Antwort: als ich dir das Mädchen gab,

Schworst du nicht, die nächsten Tage ganz nur mein zu sein?

THAIS: Und nun?

THRASO: Fragst du? Die du deinen Buhlen vor die Augen mir gebracht...

THAIS *verächtlich*: Was mit dem beginnen?

THRASO: Und dich heimlich fortgemacht mit ihm!

THAIS: So gefiel mir's.

THRASO: Gib das Mädchen mir heraus, sonst brauch ich Gewalt!

CHREMES: Dir heraus? Du sie berühren? Aller . . .

GNATHO *zu Chremes*: Ha, was tust du? Still!

THRASO *zu Chremes*: Was? Die Meine soll ich nicht berühren?

CHREMES: Deine, sagst du, Schuft?

GNATHO *zu Chremes*: Hüte dich; du kennst den Mann nicht, den du schimpfst!

CHREMES *zu Gnatho*: Gleich packe dich!

Zu Thraso: Weißt du, was dein wartet? Wenn du heute hier Unfug beginnst,

Denkst du dieses Orts und Tages, denkst du mein, solang du lebst!

GNATHO *zu Chremes*: Dich bedaur ich, daß du dir den großen Mann zum Feinde machst.

CHREMES *zu Gnatho*: Heute schlag ich dir den Kopf ein, gehst du nicht!

GNATHO: Was sagst du, Hund?

Machst du's so?

THRASO *zu Chremes*: Wer bist du, Mensch? Was willst du? Was geht sie dich an?

CHREMES: Hör es: erstens ist sie frei.

THRASO: Ha!

CHREMES: Bürgerin Athens.

THRASO: Oho!

CHREMES: Meine Schwester:

THRASO: Unverschämter!

CHREMES: Jetzt erklär ich dir, Soldat,
Daß du nicht an sie die Hand legst! – Thais, ich gehe zu Sophrona,
Ihrer Amme, weise hier die Zeichen ihr.

THRASO: Du wehrst mir, was
Mir gehört?

CHREMES: Das will ich.

Chremes geht mit dem Kästchen schnell nach rechts ab.

GNATHO *zu Thraso*: Hörtest du's? Er macht sich selbst zum Dieb.
Dies genügt.

THRASO *zu Thais*: Sagst du dasselbe?

THAIS: Suche den, der Antwort gibt!

Thais ab in ihr Haus.

THRASO *zu Gnatho*: Was tun wir nun?

GNATHO: Wir gehen zurück. Die kommt von freien Stücken schon
Und bittet.

THRASO: Glaubst du?

GNATHO: Ganz gewiß! Ich weiß ja, wie die Weiber sind:
Willst du, so wollen sie nicht; willst du nicht, so wollen sie.

THRASO: Ja, ja.

GNATHO: Soll ich das Heer entlassen?

THRASO: Wenn du willst.

GNATHO: Wie's braven Kriegern ziemt,
Freund Sanga, sei der Heimat und des Herdes wieder eingedenk!

SANGA: Schon lange wohnt mein Sehnen bei den Schüsseln.

GNATHO: Brav!

THRASO: Ihr, folget mir!

Thraso, Gnatho, Sanga und die drei Sklaven ab nach links.

V/1

Thais kommt mit Pythias aus ihrem Haus.

THAIS: Hör auf mit deinem Kauderwelsch, unnützes Ding!
»Ich weiß – ich weiß nicht – er ist fort – ich hört es – ich
War nicht zugegen.« – Wirst du mir nicht endlich klar
Und offenherzig sagen, was es immer sei?
Das Mädchen in zerrissenem Kleide weint, ist stumm,

Der Eunuch davon – Weswegen? Was fiel vor? Du schweigst?
PYTHIAS: Was soll ich Arme sagen? Ach! Man sagt, es sei
Gar kein Eunuch gewesen.
THAIS: Wer denn war es sonst?
PYTHIAS: Der Chaerea.
THAIS: Der Chaerea? Welcher Chaerea?
PYTHIAS: Nun, da der Bruder Phaedrias, der junge Mensch.
THAIS: Was sagst du, Hexe?
PYTHIAS: Hab es als gewiß gehört.
THAIS: Was wollt er? Warum kam er denn?
PYTHIAS: Ich weiß es nicht;
Er liebte, glaub ich, Pamphila.
THAIS: Weh über mich!
Ich bin verloren, wenn du da die Wahrheit sagst.
Sie weint darum?
PYTHIAS: Ich glaube.
THAIS: Wie, Nichtswürdige?
Was hab ich dir denn, als ich fortging, eingeschärft?
PYTHIAS: Was sollt ich? Ihm vertraut ich sie, wie du's befahlst.
THAIS: Verdammt! Dem Wolf vertrautest du das Lamm! O Schmach,
Daß man mich so berückte!

Chaerea erscheint in der Kleidung des Eunuchen von rechts.

Wer ist dort der Mensch?
PYTHIAS: Still, meine Herrin, bitte, still! Wir sind gedeckt;
Wir haben ihn, den Burschen!
THAIS: Wo?
PYTHIAS: Da, linker Hand.
Sieh nur!
THAIS: Ich seh ihn.
PYTHIAS: Heiß ihn greifen, ungesäumt!
THAIS: Was, Törin, machen wir mit ihm?
PYTHIAS: Das fragst du noch?
O sieh nur, ob dir sein Gesicht nicht unverschämt
Vorkommt! Ist es das nicht? Und seine Frechheit noch dazu!

V/2

CHAEREA *für sich*: Beim Antipho waren beide Eltern, Mutter und Vater,
Wie mir zum Trotz im Hause, daß ich ungesehen
In keiner Art eintreten konnte. Während ich
Nun vor der Tür bin, stößt mir ein Bekannter auf.
Sobald ich den sah, lief ich fort, so schnell es ging,
In ein verödet Seitengäßchen, dann von dort
In ein anderes, dann ein drittes. Also rannt ich mich
Erbärmlich ab, um nicht erkannt zu werden. Doch
Steht dort nicht Thais? Ja, sie selbst! Was fang ich an?
Zum Henker! Doch was schiert's mich? Was wird sie mir tun?
THAIS *zu Pythias*: Wir wollen hin! – Willkommen, wackerer Dorus! [Sprich:
Du bist entlaufen?
CHAEREA: Herrin, ja.
THAIS: Das dünkt dir recht?
CHAEREA: Nein.
THAIS: Glaubst du, straflos bleibe dir's?
CHAEREA: Die eine Schuld
Vergib mir: tu ich wieder was, dann töte mich.
THAIS: Dir bangte vor meiner Strenge?
CHAEREA: Nein.
THAIS: Wovor denn sonst?
CHAEREA *auf Pythias deutend*: Vor der, sie möchte mich bei dir [anschuldigen.
THAIS: Was tatest du?
CHAEREA: Eine Kleinigkeit.
PYTHIAS: Schamloser, ha!
Das dünkt dir eine Kleinigkeit, ein Bürgerkind
Zu schänden?
CHAEREA: Für meine Nebensklavin hielt ich sie.
PYTHIAS: Was, Nebensklavin? Kaum noch halt ich mich, dem Kerl
Ins Haar zu fahren: gar zu spotten kommt er noch!
THAIS *hält Pythias zurück*: Laß das bleiben, Närrin!
PYTHIAS: Warum? Zerzaust ich ihn,
Dem Galgenstricke blieb' ich wohl was schuldig noch,
Zumal der Mensch als deinen Sklaven sich bekennt.
THAIS: Laß dieses gut sein. Chaerea, du handeltest deiner

Nicht würdig. Wär ich dieses Schimpfs auch noch so wert,
So war's doch deiner unwürdig, ihn mir anzutun.
Fürwahr, ich weiß nicht, was ich nun beginnen soll
Des Mädchens wegen. So verrücktest du mir jetzt
Die ganze Rechnung, daß ich sie den Ihren nicht,
Wie's billig und mein Wille war, zustellen kann,
Um mir von ihnen vollen Dank zu schaffen, Freund.
CHAEREA: Doch hoff ich, Thais, bindet uns jetzt ewige
Freundschaft. Wie oft schon hat aus solchen Dingen, hat
Aus schlimmem Anfang sich geknüpft das innigste
Verhältnis! Wohl hat's eine Gottheit so gefügt.
THAIS: In solchem Sinne nehm ich's auch, so wünsch ich es.
CHAEREA: Doch bitt ich, eines wisse noch: nicht euch zur Schmach,
Aus Liebe tat ich also nur.
THAIS: Das weiß ich und
Verzeihe dir gerade deshalb um so mehr.
Nicht so gefühllos oder unerfahren ist
Mein Herz, daß ich nicht wüßte, was die Liebe kann.
CHAEREA: Auch dich, so wahr ich lebe, Thais, lieb ich schon.
PYTHIAS: Dann rat ich, Herrin, sei vor ihm auf deiner Hut.
CHAEREA: Ich wage nichts.
PYTHIAS: Dir trau ich gar nicht.
THAIS *zu Pythias*: Schweige doch!
CHAEREA *zu Thais*: Jetzt stehe du mir, bitt ich, hier zur Seite, hilf;
Dir, deiner Treu befehl ich, übergeb ich mich.
Dich wähl ich zur Beschützerin, dich fleh ich an;
Ich bin des Todes, wenn sie nicht die Meine wird.
THAIS: Doch wenn dein Vater –
CHAREA: Ach, er will – ich weiß gewiß –,
Ist sie nur Bürgerin.
THAIS: Wenn du hier ein wenig noch
Verziehst – des Mädchens Bruder kommt gleich selbst hierher.
Er ruft die Amme, welche sie als Kind genährt.
Dann wirst du beim Erkennen selbst zugegen sein.
CHAEREA: Wohlan, ich bleibe.
THAIS: Wollen wir nicht, bis er kommt,
Im Hause lieber warten als hier vor der Tür?

CHAEREA: Von Herzen gerne.
PYTHIAS *zu Thais*: Was, ich bitte, fällt dir ein?
THAIS: Wieso?
PYTHIAS: Du fragst noch? Denkst du diesen noch einmal
Ins Haus zu führen?
THAIS: Warum nicht?
PYTHIAS: Glaube meinem Wort:
Da setzt es einen neuen Strauß.
THAIS: Ach, schweige doch!
PYTHIAS: Du hast des Menschen Dreistigkeit noch nicht durchschaut.
CHAEREA: Sei unbesorgt!
PYTHIAS: Dir, Chaerea, glaub ich eher nicht,
Als bis ich eine Probe sah.
CHAEREA: Nun, Pythias,
So hüte du mich.
PYTHIAS: Traun, dir möcht ich weder was
Zu hüten geben noch dich hüten. Packe dich!
THAIS: Da kommt der Bruder eben recht!
CHAEREA: Ich bitte dich:
Laß uns hineingehen, Thais! In dem Kleide darf
Er mich nicht auf der Straße sehen.
THAIS: Du schämst dich wohl?
CHAEREA: Gewiß:
PYTHIAS: Gewiß? Das Jüngferchen!
THAIS: Geh; ich folge dir. –
Du bleibst, um Chremes einzuführen, Pythias!
Thais mit Chaerea ab in ihr Haus.

V/3

PYTHIAS *für sich*: Was kann ich gleich ausdenken, was in aller Welt,
Womit ich jenem Galgenstrick vergelten kann,
Der uns den Menschen eingeschwärzt?
Chremes und Sophrona erscheinen von rechts.
CHREMES *zu Sophrona*: Ei, rühre dich
Doch schneller, Frau!
SOPHRONA: Ich tu's.
CHREMES: Und bleibst auf einem Fleck.

PYTHIAS *zu Chremes*: Nun? Sah die Frau die Zeichen?
CHREMES: Alle zeigt ich ihr.
PYTHIAS: Was sagt sie, Freundchen? Kennt sie sie?
CHREMES: Ja, aus dem Kopf.
PYTHIAS: Das freut mich; denn ich bin dem Mädchen hold. Nun geht
Ins Haus; die Herrin wartet lange schon auf euch.
Chremes und Sophrona ab in das Haus der Thais. Parmeno kommt aus dem Haus des Simo.
Ei, sieh! Da kommt ja Parmeno, der Ehrenmann:
Wie harmlos schlendert er daher! Ich denke, wenn
Die Götter helfen, quäl ich ihn nach meiner Art.
Ich geh hinein, der Erkennung wegen gewiß zu sein;
Dann komm ich wieder, mach ihm bang, dem Galgenstrick.
Pythias ab ins Haus der Thais.

V/4

PARMENO *für sich*: Ich will doch einmal sehen, was der Chaerea
Hier treibt. O Götter! Hat er's listig angefaßt,
Welch echtes Lob, welch großes, erntet Parmeno!
Denn nichts zu sagen, daß ich ihm zum schwierigen
Besitz des Liebchens, das um hohe Preise nur
Feil war der kargen Buhlerin, ganz mühelos
Verholfen, ohne Kosten und Verlust – so dünkt
Mir dies vor allem köstlich und der Palme wert:
Ich fand ein Mittel, wie der junge Mensch den Sinn,
Die Art der Buhlerinnen kennenlernt und, früh
Damit bekannt geworden, sie für immer haßt.
Ist eine nicht zu Hause, scheint nichts reinlicher,
Nichts abgemessener, zierlicher, nichts artiger.
Zu Tisch mit ihrem Buhlen, tut sie leckerhaft.
Doch ihren Schmutz, Heißhunger, ihre Bettelei
Zu sehen, wie garstig, wie gefräßig sie daheim
Zur aufgewärmten Suppe schwarzes Brot verschlingt –
Das all zu sehen, ist ein Glück für Jünglinge.
Pythias ist während der letzten Worte Parmenos wieder aus dem Haus gekommen.
PYTHIAS *für sich*: Für solche Wort und Taten sollst du büßen, Schuft!

Nicht ungestraft, Mensch, treibst du deinen Spott mit uns.
Laut: Götter, helft! Welch schauderhafte Tat! Der arme junge Mensch!
Parmeno, verruchter Bube, der ihn hergebracht!

PARMENO *für sich*: Was ist's?

PYTHIAS: Ach, er jammert mich! Ich floh zur Tür heraus, um nicht zu sehen,
Welche Greuel man ihm antun will, wie's heißt.

PARMENO: O Juppiter!
Welch ein Lärm? Geht mir's ans Leben? Eil ich hin! –
Greuel soll – an wem geschehen?

PYTHIAS: Frecher Mensch, das fragst du noch?
Wolltest uns berücken, und den Jüngling richtest du zugrunde,
Den du als Eunuchen brachtest!

PARMENO: Wie? Was ist geschehen? Sprich!

PYTHIAS: Höre! Weißt du, daß die Jungfrau, die der Thais heut geschenkt ward,
Bürgerin von hier und daß ihr Bruder hohen Stammes ist?

PARMENO: Nein.

PYTHIAS: Je nun, es ist erwiesen. Diese hat der Mensch entehrt.
Nicht so bald erfuhr's der Bruder, ein gewaltig heftiger Mann . . .

PARMENO: Nun, was tat er?

PYTHIAS: Als er erstens ihn erbärmlich knebeln hieß ...

PARMENO: Knebeln?

PYTHIAS: Thais mochte bitten, mochte flehen, es war umsonst.

PARMENO: Was du sagst!

PYTHIAS: Jetzt droht er gar noch, was man Ehebrechern tut –
Was ich nie gesehen und auch nie sehen will . . .

PARMENO: Wie erfrecht er sich
Solchen Frevels?

PYTHIAS: Wie denn solchen Frevels?

PARMENO: Kann ein Frevel größer sein?
Wer sah je, daß man in einer Dirne Haus des Ehebruchs
Wegen jemand greift?

PYTHIAS: Ich weiß nicht.

PARMENO: Nun, so wißt denn, Pythias,
Ich verkünd euch und erklär euch: es ist der Sohn von meinem Herrn.

PYTHIAS: Himmel, der ist's?

PARMENO: Daß ihm Thais nur kein Leid geschehen läßt!

Doch warum geh i c h nicht alsbald selbst hinein?

PYTHIAS: Sieh, Parmeno,
Was du tust! Ihm hilfst du nichts und richtest dich zugrund; denn dir
Geben sie am ganzen Handel Schuld.

PARMENO: Was soll ich Armer nun?
Was beginnen?

Simo erscheint von links.

Doch da, seh ich, kommt der Greis vom Land zurück.
Sag ich's oder nicht? Ich sag's ihm, weiß ich auch, daß großes Leid
Mir bevorsteht. Doch er muß dem Sohne helfen.

PYTHIAS: Gut gesagt!
Du erzähl ihm nach der Reihe, wie es kam: ich geh hinein.
Pythias ab ins Haus der Thais.

V/5

SIMO *für sich*: Die Nähe meines Gutes bringt mir d e n Gewinn,
Daß weder Land mir, weder Stadt zum Ekel wird.
Denn ward ich satt des einen, ändere ich nur den Ort.
Doch sieh!
Steht dort nicht unser Parmeno? – Wohl ist er's! – Wen
Erwartest du da vor der Türe, Parmeno?

PARMENO: Wer spricht? – Aha!
Bist wohlbehalten wieder hier: das freut mich.

SIMO: Wen
Erwartest du?

PARMENO: Weh! Schrecken lähmt mir die Zunge.

SIMO: Nun!
Was ist es? Sprich! Was bebst du? Ist doch alles wohl?

PARMENO: Herr, erstens bitt ich, glaube mir – 's ist wirklich so –,
An allem, was geschehen, hab i c h keine Schuld.

SIMO: Geschehen? Und was denn?

PARMENO: Du fragst mit Recht; die Sache sollt ich freilich erst
Erzählen. Einen Eunuchen kaufte Phaedria,
Ihr ein Geschenk zu machen.

SIMO: Wem?

PARMENO: Der Thais hier.

SIMO: Er kaufte? Weh! Wie teuer?

PARMENO: Zwanzig Minen.

SIMO: Weh,
Weh mir!

PARMENO: Und eine Harfnerin liebt Chaerea.

SIMO: Was? Liebt er? Weiß der Knabe schon, was Dirnen sind?
Und kam zur Stadt? Ein Übel folgt aufs andere!

PARMENO: Sieh mich nicht an darüber! Ich verführt ihn nicht.

SIMO: Sei still von dir! Ich will dich, Galgenbrand, so wahr
Ich lebe ... Doch erzähl es erst, sei's, was es sei!

PARMENO: Man brachte statt des Eunuchen ihn in Thais' Haus.

SIMO: Wie? Statt des Eunuchen?

PARMENO: Ja. Dann packten sie ihn dort
Als Ehebrecher, banden ihn ...

SIMO: Das tötet mich!

PARMENO: So frech sind diese Dirnen!

SIMO: Ist vielleicht noch sonst
Ein Leid, ein Schaden übrig, den du nicht genannt?

PARMENO: Nein, weiter nichts.

SIMO: So stürm ich gleich ins Haus hinein!
Simo ab ins Haus der Thais.

PARMENO *für sich*: Kein Zweifel, daß der Handel mir ganz schlecht [bekommt!
Indes, was konnt ich anderes tun? Mich freut nur, daß
Dem Volk durch mich was Übles widerfahren wird.
Der Alte suchte lange schon nach einem Grund,
Was Rechtes ihnen anzutun. Jetzt fand er ihn!

V/6

Pythias tritt aus dem Haus der Thais.

PYTHIAS *lachend*: Schon lange, traun, erlebt ich nichts, was mir erwünschter wäre,
Als wie der Alte in seinem Wahn vorhin zu uns hereinkam!
Mir war's allein zum Lachen, weil ich wußte, was ihn ängstigt.

PARMENO *für sich*: Was ist denn das?

PYTHIAS: Jetzt wünscht ich nur mit Parmeno zu sprechen.
Wo steckt er doch?

PARMENO: Sie sucht mich?

PYTHIAS: Eil ich hin zu ihm! Dort ist er.

PARMENO: Was, Närrin, hast du vor? Was lachst du fort und fort?

PYTHIAS: O weh mir!
Ganz matt bin ich vor Lachen über dich.

PARMENO: Warum?

PYTHIAS: Du fragst noch?
Nie sah ich noch, nie werd ich mehr solch einen Pinsel sehen. Ach!
Nicht sagen kann ich, welchen Spaß du drinnen uns bereitet.
Ich meinte doch sonst immer, du seist abgefeimt und pfiffig.
Wie? Mußtest du zur Stelle denn, was ich dir sagte, glauben?
Genügte dir der Frevel nicht, zu welchem du den Jungen
Verführtest? Mußtest du ihn auch dem Vater noch verraten?
Wie, meinst du wohl, war ihm zu Mut, als ihn in solchem Anzug
Sein Vater sah? Wie? Merkst du nicht, jetzt geht es dir ans Leben?

PARMENO: Schanddirne du! Was sagst du da? Du logst mich an und lachst noch?
Macht dir's, du Bübin, solchen Spaß, uns auszuhöhnen?

PYTHIAS: Freilich!

PARMENO: Wenn dir's so hingeht ...

PYTHIAS: Meinst du nicht?

PARMENO: Ich tränke dir's ein.

PYTHIAS: Versteht sich.
Doch hat es, hoff ich, Parmeno, noch Zeit mit deiner Drohung.
Erst hängst du, Tor du, der den Sohn durch Schelmereien in Verruf bringt
Und dann dem Vater ihn verrät! Dich werden beide zeichnen.

PARMENO: Weh über mich!

PYTHIAS: Das ist dein Lohn für dein Geschenk. Ich gehe.

Pythias ab ins Haus der Thais.

PARMENO: Mich selbst verratend, laß ich heut mein Leben, wie die Spitzmaus.

V/7

Gnatho und Thraso erscheinen von links.

GNATHO: Welche Hoffnung, welcher Plan führt uns hierher? Was willst du, Thraso?

THRASO: Ich? Der Thais mich ergeben, tun, was sie befiehlt.

GNATHO: Wieso?

THRASO: Diente nicht auch Herkules der Omphale?

GNATHO: Das Muster paßt.
Für sich: Säh ich nur, wie ihr Pantoffel sanft auf deinem Kopfe tanzt!
Zu Thraso: Horch! Da knarrt schon ihre Tür.
Chaerea kommt in gewöhnlicher Kleidung aus dem Haus der Thais.
THRASO: Ach, Himmel! Was ist aber das?
Sah ich den doch nie bis jetzt! Was stürzt er denn so schnell heraus?

V/8

CHAEREA: O Landsgenossen! Ist ein Mensch wohl heute glücklicher als ich?
Nein, wahrlich, nein! Die Götter haben ihrer Allmacht Fülle ja
Ganz klar an mir bewiesen, dem so schnell so viele Freude ward.
PARMENO: Was jubelt der?
CHAEREA *Parmeno erblickend*: Mein Parmeno! Du meiner ganzen Seligkeit
Anfänger und Vollender! Weißt du, welche Wonnen mir erblühen?
Daß meine Pamphila Bürgerin ist?
PARMENO: Ich hört es.
CHAEREA: Daß sie meine Braut?
PARMENO: Erwünscht, so wahr mir Götter . . .
GNATHO *zu Thraso*: Hörst du, was der sagt?
CHAEREA: Auch Phaedria
Ist nun mit seiner Liebe ganz geborgen; ein Haus wird es jetzt:
Wie freut mich das! Die Thais hat des Vaters Hut und unserem Schutz
Sich übergeben.
PARMENO: Sie gehört dem Bruder also ganz?
CHAEREA: Jawohl.
PARMENO: Ein neuer Grund zur Freude noch: den Söldner wirft man [vor die Tür!
CHAEREA: Auf, meld es gleich dem Bruder, wo er sei!
PARMENO: Ich seh im Hause nach.
Parmeno ab ins Haus des Simo.
THRASO *zu Gnatho*: Kann, Gnatho, noch ein Zweifel sein? Jetzt ist's für [immer aus mit mir.
GNATHO: Kein Zweifel, mein ich.
CHAEREA: Was erwähn ich erst, was preis ich allermeist?
Ihn, der den Rat mir gab zur Tat? Mich, der die Tat ins Werk gesetzt?
Preis ich des Glückes Göttin, sie, die mir das Steuer führte, die
So viel, so Großes, so erwünscht in einen Tag zusammenschloß?

Preis ich des Vaters Freundlichkeit und nachsichtsvolle Huld? O
Erhalt uns, fleh ich, dieses Glück! [Zeus,

V/9

Phaedria kommt aus dem Haus Simos.

PHAEDRIA: O Götter! Ganz unglaublich ist,
Was Parmeno mir jetzt erzählt hat. Doch wo ist mein Bruder?

CHAEREA: Hier.

PHAEDRIA: Mich freut es sehr …

CHAEREA: Ich glaub es. Traun, es gibt nichts Liebenswerteres,
Als deine Thais, Bruder, ist. So liebt sie unser ganzes Haus.

PHAEDRIA: Mir lobst du sie?

THRASO *zu Gnatho*: Ach, je weniger ich mir erhoffe, desto mehr nimmt
Auf dich nur hoff ich, Gnatho. [die Liebe zu.

GNATHO: Was begehrst du?

THRASO: Bring es doch dahin
Durch Bitten, durch Geschenke, daß ein Plätzchen mir bei Thais

GNATHO: Es ist schwierig. [bleibt.

THRASO: Wenn dir's nur beliebt – ich kenne dich. Gelingt es dir,
Verlange jeden Lohn und Preis; du sollst erhalten, was du willst.

GNATHO: Im Ernst?

THRASO: Gewiß.

GNATHO: Wenn mir's gelingt, so fordre ich, daß, du seist daheim,
Seist außen, stets dein Haus mir offensteht und ungeladen mir
Dein Tisch gedeckt ist.

THRASO *indem er ihm die Hand reicht*: Auf mein Wort!

GNATHO: So rüst ich mich!

PHAEDRIA: Wen hör ich hier?
Ha, Thraso!

THRASO: Seid willkommen!

PHAEDRIA: Du weißt wohl noch nicht, was eben hier
Vorfiel?

THRASO: O doch!

PHAEDRIA: Was seh ich also dich in dieser Gegend hier?

THRASO: Auf euch vertrauend …

PHAEDRIA: Weißt du, wie? Laß dir's gesagt sein: treff ich je,
Soldat, in dieser Straße dich und sagst du gleich: »Ich suchte sonst

Jemand, mein Weg ging hier hinaus«, dann mord ich dich!

GNATHO: Das wäre schlimm!

PHAEDRIA: Merkt's euch!

GNATHO: Daran erkenn ich euren Hochsinn nicht.

PHAEDRIA: Es bleibt dabei!

GNATHO: Vernehmt vorerst ein Wort nur! Wenn euch dann gefällt, [was ich gesagt,
So tut's!

PHAEDRIA: Wir hören.

GNATHO: Thraso, tritt ein wenig auf die Seite hier.
Zu Phaedria und Chaerea: Vor allen Dingen wünsch ich sehr, ihr beide glaubtet mir aufs Wort,
Daß, was für ihn ich tue, meist um meinetwillen nur geschieht.
Doch nützt es euch gleichfalls, so wär es Unverstand, tut ihr es nicht.

PHAEDRIA: Was ist's?

GNATHO: Den Kriegsmann, rat ich, nimm als Nebenbuhler an.

PHAEDRIA: Wieso?
Als Nebenbuhler?

GNATHO: Phaedria, bedenke doch das eine nur:
Du willst mit ihr gern leben und lebst gerne flott. Was du dafür
Aufwenden kannst, ist wenig nur, und Thais braucht entsetzlich viel.
Daß dieses alles deiner Lieb ohn eigene Kosten nie gebricht,
Dazu verhilft kein anderer dir so leicht und sicher; denn er hat
Viel wegzuschenken, und fürwahr, kein anderer Mensch gibt reichlicher.
Er ist ein Tölpel, abgeschmackt, ein träger Klotz, schnarcht Tag und Nacht,
In ihn verliebt sich Thais nicht; du jagst ihn leicht weg, wann du [willst.

PHAEDRIA *zu Chaerea*: Was tun wir?

GNATHO: Dieses höre noch; ich achte das fürs Wichtigste:
Kein andrer Mann tischt einem Gast kostbarer auf und reichlicher.

PHAEDRIA: Mir scheint der Mann auf jeden Fall recht brauchbar.

CHAEREA: Ja, das mein ich auch.

GNATHO: Ganz recht! Um eines bitt ich noch: nehmt mich in euren [Zirkel auf!
Ich schleppe mich schon lang genug mit diesem Stein.

PHAEDRIA: Das wollen wir.

CHAEREA: Und gerne.

GNATHO: Dafür geb ich euch, dir, Phaedria, dir, Chaerea,

Zum Dank den Mann preis: zehrt ihn auf, treibt Spaß mit ihm nach [Herzenslust.
CHAEREA: Topp!
PHAEDRIA: Er verdient's.
GNATHO: Tritt näher, Thraso!
THRASO: Lieber, sprich: wie steht's mit uns?
GNATHO: Wie's steht? Die kannten dich noch nicht. Sobald ich ihnen deine Art
Geschildert, deine Taten und Verdienste recht ins Licht gestellt,
Hatt ich's gewonnen.
THRASO: Bravo, Freund: nimm meinen besten Dank! Ich war
Doch nirgends, wo nicht alle Welt im höchsten Grad mich liebgewann.
GNATHO: Nun, sagt ich's nicht, der ist ein Mann vom allerfeinsten Salz Athens?
PHAEDRIA: Versprochen hast du nicht zu viel. Nun – gehn wir! Ihr, lebet wohl und klatscht!

HEAUTONTIMORUMENOS

(Der Selbstquäler)

Personen

PROLOGSPRECHER
CHREMES, *älterer athenischer Bürger*
MENEDEMUS, *älterer athenischer Bürger*
CLITIPHO, *Sohn des Chremes*
CLINIA, *Sohn des Menedemus*
SYRUS, *Sklave des Chremes, bzw. seines Sohnes*
DROMO, *Sklave des Menedemus, bzw. seines Sohnes*
BACCHIS, *Hetäre, Geliebte des Clitipho*
ANTIPHILA, *armes Mädchen, Geliebte des Clinia*
SOSTRATA, *Frau des Chremes*
CANTHARA, *Amme, Magd der Sostrata*
PHRYGIA, *Sklavin der Bacchis*
Über zehn Mägde der Bacchis

Schauplatz der Handlung ist ein Dorf am Rand von Athen. Im Hintergrund der Bühne die Häuser des Menedemus und des Chremes. Der rechte Seitenausgang führt in die Stadt, der linke aufs Land.

EINLEITUNG

Terenz hat auch hier den Titel von seiner Vorlage übernommen. Es war der ›Heautòn timorúmenos‹ Menanders. Der ›Selbstquäler‹ ist der alte Menedemus, der seinen Sohn durch übermäßige Strenge aus dem Haus vertrieben hat und in der Anfangsszene des Stücks nun umgekehrt durch ein Übermaß von Reue sich so zermartert, daß er sich keinen angenehmen, von Arbeit und Mühe freien Tag mehr gönnt. Im Brennpunkt des Interesses stehen hier also nicht die Liebesaffären der Söhne, sondern die Reaktionen der Väter. Zur Kontrastierung und wechselseitigen Beleuchtung erscheinen alle typischen Figuren in doppelter Ausfertigung: zwei Väter, zwei liebende Söhne, zwei geliebte Mädchen und zwei Sklaven. Dem Titelhelden ist der alte Chremes gegenübergestellt, der zunächst den Selbstpeiniger mit Anteil nehmenden und verständigen Ratschlägen zu belehren sucht, dann aber, als er selbst seine Philosophie in die Praxis umzusetzen hat, seinem eigenen Sohn gegenüber in keiner Weise klüger handelt und am Ende umgekehrt von dem zur Einsicht gekommenen Menedemus belehrt werden muß. Die Söhne, der Clinia des Menedemus und der Clitipho des Chremes, sind im Grunde beide vom gleichen Schlag, voll von Liebesleidenschaft und vorerst blind für die Erfordernisse der Zukunft, nur daß Clinia in Antiphila ein armes, tugendhaftes Mädchen liebt, das im Verlauf des Stückes als einstmals ausgesetzte Tochter des Chremes wiedererkannt wird, wodurch einer Heirat der beiden nichts mehr im Wege steht, während Clitipho die aufwendige Hetäre Bacchis liebt, die er am Ende verlassen muß, um gleichfalls dem Hafen einer bürgerlichen Ehe zuzusteuern. Von den beiden Sklaven, Syrus und Dromo, ist Syrus, der Sklave des Chremes, die profiliertere Figur. Durch seine Initiative erhält das Stück Bewegung, durch seine List unterliegen die Väter den verschiedenen einander ablösenden Täuschungen. Zunächst wird Bacchis als Geliebte des Clinia ausgegeben. Später wird das Intrigenspiel noch wesentlich komplizierter. Menedemus erfährt die Wahrheit, Chremes aber glaubt nun, daß sein Nachbar getäuscht werde, wodurch er selbst in um so schlimmerer Täuschung befangen ist. –

Das psychologische Interesse an dem richtigen Verhalten der Väter zu ihren Söhnen und der Spaß an dem Truggewebe der Täuschungsmanöver halten einander auf solche Weise die Waage. – Das Stück wurde erstmals aufgeführt an den *Ludi Megalenses* des Jahres 163.

PROLOG

Damit sich niemand wundere, daß die Rolle, die
Sonst Jüngere spielen, der Poet dem Greise gab,
Erklär ich dies vor allem; dann bedeut ich euch,
Warum ich auftrat. Ein neues, fehlerloses Stück
Nach einem noch unbekannten griechischen Original
Wird heut gespielt, der Heautontimorumenos.
So liegt zwei Komödien ein einziger Stoff zugrund.
Daß das Stück neu ist und welches es ist,
Vernahmt ihr eben; jetzo, wer's geschrieben hat
Und wer es griechisch abgefaßt, erklärt ich euch,
Wenn ich nicht glaubte, daß dem größten Teil von euch
Dies wohlbekannt sei. Nun mit wenig Worten nur
Vernehmt, warum ich Alter diese Rolle nahm.
Er wollte, daß ich Redner, nicht Vorredner sei;
Ihr seid zu Richtern, ich zum Anwalt hier bestellt.
Doch dieses Anwalts Redekunst wird nur so viel
Vermögen, wie der Treffendes aussann, von dem
Die Rede, die ich halten soll, geschrieben ward.
Denn was Gerüchte bösgewillt ausbreiteten,
Er schmelze viele griechische in wenige
Lateinische Stücke zusammen, er bestreitet's nicht,
Noch reut es ihn; er denkt's in Zukunft auch zu tun.
Er hat für sich Vorgänge wackerer Männer, und
Was diese taten, meint er, ist auch ihm erlaubt.
Dann – was der alte bösgewillte Dichter sagt,
Er habe plötzlich sich gewandt zur Bühnenkunst,
Der Freunde Geist vertrauend, nicht der eigenen Kraft,
Hierüber soll nur euer Urteil, euer Spruch
Entscheiden. Darum bitt ich euch: o schenket nicht
Unbilliger Rede mehr Gehör als billiger.
Seid billige Richter; krönt mit Ruhm den Dichter, der
Euch neue Stücke sonder Fehl zu sehen gibt,

Damit sich der nicht schmeichle, daß ihr stimmt für ihn,
Der neulich einem Sklaven, der in voller Hast
Den Weg daherkam, alle Volk zurufen ließ:
»Warum er einen tollen Herrn bediene? Mehr
Von seinen Albernheiten wird der Dichter euch
Berichten, wenn er andere neue Stücke hier
Vorführt und jener seinem Schmähen kein Ende macht.
Hört stille zu, vergönnt mir, daß ich ungestört
Ein ruhig Stück euch auf der Bühne zeigen kann,
Damit ich nicht habsüchtige Kuppler, hungrige
Schmarotzer, rennende Sklaven, zornige Greise, nicht
Schamlose Ränkespinner stets darstellen muß
Mit angestrengter Mühe, gellendem Geschrei.
Nehmt mir zuliebe dieses auf als guten Grund,
Daß mir in etwas meine Müh erleichtert wird.
Die neueren Dichter schonen ja des Greises nicht.
Macht eine Rolle Mühe, läuft man gleich zu mir;
Die sanfteren Rollen bringt man einem andern Trupp.
In diesem Lustspiel herrscht die reine Rede.
Macht die Probe denn,
Was mein Talent nach beiden Seiten hin vermag.
...
Stellt ein Beispiel auf an mir, daß Jüngere sich
Bemühen, euch mehr zu gefallen als sich selbst.

I/1

Menedemus (in bäuerlicher Arbeitskleidung, mit einer Hacke) und Chremes kommen im Gespräch aus dem Haus des Menedemus.

CHREMES: Zwar die Bekanntschaft unter uns ist äußerst neu,
Erst seit du hier in der Nähe dir das Gut gekauft;
Auch war bis hierher zwischen uns sonst kein Verkehr:
Doch weil du wackern Sinnes und mein Nachbar bist,
Was mir an Freundschaft nahe grenzt, so wag ich's denn,
Dir offen vorzustellen und nach Freundesart:
Du scheinst mir mehr, als deinem Alter taugt, zu tun,
Dich mehr zu mühen, als deine Lage nötig macht.
Was willst du damit? Sage mir in aller Welt:

Was suchst du? Sechzig Jahre zählst du, mehr vielleicht,
Vermut ich: niemand in der ganzen Gegend hat
Ein schöneres Landgut, größer und einträglicher;
Du hast das Haus voll Sklaven; doch so angestrengt,
Als hättest du keinen, mühst du dich statt ihrer ab.
Ich mag so früh ausgehen oder noch so spät
Nach Hause kommen, wie ich will, so sehe ich
Dich graben oder pflügen oder sonst was tun:
Kein Feierstündchen gönnst du dir und schonst dich nicht.
Nicht zum Vergnügen tust du dies, das ist mir klar.
Du sagst vielleicht: was hier getan wird, genügt mir nicht.
Doch kämst du weiter, wenn du, statt dich selbst zu mühen,
Die Leute lieber fort und fort beschäftigtest.

MENEDEMUS: Gönnt dein Geschäft denn, Chremes, dir so viele Zeit,
Daß Fremdes dich bekümmert, was dich nicht berührt?

CHREMES: Mensch bin ich; nichts, was menschlich, acht ich mir als fremd.
Nimm dieses Wort, als mahnt ich oder fragt ich dich,
Wenn's recht getan ist, um es selbst zu tun; wo nicht,
Davon dich abzuschrecken.

MENEDEMUS: Ich bin's so gewohnt;
Du handle, wie es dir beliebt.

CHREMES: Kann denn ein Mensch
Gewohnt sein, sich zu quälen?

MENEDEMUS: Ich bin's so gewohnt.

CHREMES: Wär's bloße Arbeit, schwieg ich wohl; doch welch ein Leid
Ist das? Wodurch denn ludest du so schwere Schuld
Auf dich?

MENEDEMUS: O Gott!

CHREMES: Nicht weinen! Laß mich wissen, was es immer sei!
Sprich ohne Rückhalt! Fürchte nichts! Vertraue mir!
Ich gehe dir mit Troste, Rat und Tat zur Hand.

MENEDEMUS: Du willst es wissen?

CHREMES: Aus dem schon genannten Grund.

MENEDEMUS: So sei's!

CHREMES: Doch stelle deine Hacke da indes
Beiseite: müh dich nicht!

MENEDEMUS: Nein!

CHREMES: Wie stellst du dich?
MENEDEMUS: Laß! Frei von Arbeit darf ich keinen Augenblick
Mir gönnen.
CHREMES *nimmt Menedemus die Hacke weg*: Nein, ich leid es nicht.
MENEDEMUS: Das ist Gewalt!
CHREMES *indem er die Hacke in der Hand wägt*:
Hui! Wie die schwer ist! Wetter!
MENEDEMUS: So hab ich's verdient.
CHREMES: Nun sprich!
MENEDEMUS: Ich habe einen einzigen jungen Sohn.
Was sag ich, ach! ich habe? Nein, ich hatte, Freund.
Ob er noch mein ist, weiß ich nicht.
CHREMES: Wieso?
MENEDEMUS: Vernimm.
Hier lebt ein armes altes Weib, das von Korinth
Herzog, in deren Tochter sich mein Clinia
Wie toll verliebte, daß sie fast wie Mann und Frau
Zusammenlebten. Alles das blieb mir geheim.
Als ich's erfahren, fing ich ihn zu quälen an,
Behandelt ihn, nicht wie das liebeskranke Herz
Des Jünglings es bedurfte, nein, unmenschlich hart
Und grausam, nach der Väter altgewohnter Art.
Tagtäglich schalt ich: »Hoffst du das denn lange Zeit
So fortzutreiben, während noch dein Vater lebt,
Daß du mit ihr fast wie mit einer Frau verkehrst?
Da irrst du, Söhnchen, glaubst du das, und kennst mich schlecht.
Fürwahr, du nennst dich meinen Sohn so lange nur,
Wie du dich aufführst, wie's dir ziemt; verschmähst du dies,
So werd ich wissen, was mir ziemt, mit dir zu tun.
Das kommt allein vom vielen Müßiggehen. Ich gab
In deinem Alter nicht mit Liebeleien mich ab;
Nach Asien ging ich als ein armer Mensch, und dort
Erwarb ich mir Vermögen und Kriegsruhm zugleich.«
Am Ende gab der Jüngling, der so oft von mir
Die harten Reden hörte, sich besiegt und ging.
Er glaubte, daß ich Alter, der ihm freundlich sei,
Mehr wisse, besser sorge, als er selbst für sich.

Er ging zum König als Soldat nach Asien.
CHREMES: Was sagst du!
MENEDEMUS: Heimlich ging er, ist seit drei Monaten nun weg.
CHREMES: Ihr beide fehltet, ob der Schritt des Sohnes auch
Von Ehrgefühl und nicht geringem Mute zeugt.
MENEDEMUS: Als ich's erfuhr von denen, die darum gewußt,
Ging ich betrübt nach Hause, mit verstörtem Kopf,
Ratlos und wie gebrochen vor Bekümmernis.
Ich setze mich, mein Hausgesinde läuft herbei,
Der zieht mir aus die Schuhe, der rennt hin und her,
Der legt zurecht die Polster und besorgt das Mahl:
Kurz, jeder tat geschäftig, meinen Kummer mir
Zu lindern. Dies ansehend, sprach ich so zu mir:
»So viele Menschen sind allein um mich besorgt,
Um mir allein zu genügen? So viel Mägde, mich
Zu kleiden? So viel soll ich ganz allein daheim
Aufwenden? Aber meinen Sohn, den einzigen,
Dem das wie mir zu genießen und noch mehr gebührt,
Weil solches Alter mehr dafür empfänglich ist,
Den trieb ich harter Vater ins Elend hinaus!
Nein, tät ich solches, würd ich jeder Strafe mich
Für würdig achten. Ja, solang er also lebt,
Hilflos, vom Vaterlande fern durch meine Schuld,
So lange büß ich seinethalb an meinem Leib,
Arbeite, erwerbe, spare, bin ihm dienstbar nur.«
So tat ich auch: im Hause ließ ich nichts zurück,
Nicht Hausgerät noch Kleider, alles schafft ich fort;
Dienstmägde, Sklaven, außer die durch Ackerbau
So viel erwarben, als auf sie verwendet ward,
Führt ich zu Markte, schlug sie los, vermietete
Sogleich das Haus; fünfzehn Talente löst ich so
Und kaufte dieses Gut mir an; hier plack ich mich.
Ich dachte, daß ich minder mich an meinem Sohn,
Solang ich selber elend sei, versündigte;
Und Frevel wär's, genöß ich eine Freude hier,
Bevor er glücklich heimgekehrt als Mitgenoß.
CHREMES: Ich achte gegen Kinder dich für mildgesinnt

Und ihn für folgsam, wenn man ihn geschickt und sanft
Behandelt. Doch du kanntest ihn nicht recht und er
Dich nicht: so geht es, wo man nicht ganz offen lebt.
Wie wert er dir sei, hast du niemals ihm gezeigt;
Er wagte nicht, dir Dinge zu vertrauen, woraus
Man gegen Väter kein Geheimnis machen muß.
Wenn dies geschah, du hättest so was nicht erlebt.

MENEDEMUS: Wohl ist es so: der größte Fehler liegt an mir.

CHREMES: Doch hoff ich, bald soll's besser gehen; ich glaube fest,
Er kommt dir ehstens wohlbehalten wieder heim.

MENEDEMUS: Das gebe Gott!

CHREMES: Er wird es! Jetzt, wenn dir's gefällt,
Wir haben heute Bacchusfest, sei hier mein Gast.

MENEDEMUS: Kann nicht.

CHREMES: Warum nicht? Schone, Freund, dich doch einmal
Ein wenig. Das wünscht sicher auch dein ferner Sohn.

MENEDEMUS: Ich trieb den Sohn in Mühsal; Unrecht wär es da,
Sie selber fliehen zu wollen.

CHREMES: Bleibt's dabei?

MENEDEMUS: Gewiß.

CHREMES: Leb wohl.

MENEDEMUS: Auch du.

Menedemus, die Hacke geschultert, ab nach links.

CHREMES: Er hat mir Tränen ausgepreßt,
Mich jammert sein. Doch ist es hohe Zeit, soviel
Ich sehe, Nachbar Phania zu mahnen, daß
Er jetzt zu Tische komme: will doch gehen und sehen,
Ob er daheim ist.

Chremes ab nach rechts. In der Pause traten vielleicht unter Musikbegleitung tanzend die Gelagegäste des Chremes auf und verschwanden in seinem Haus; danach kommt Chremes zurück.

CHREMES: Keiner Mahnung hat's bedurft.
Schon lange sei er, sagen sie, in meinem Haus:
Die Gäste warten meiner. Geh ich denn hinein!
Doch halt! Warum knarrt eben meine Türe da?
Wer tritt heraus zum Hause? Will hier zur Seite gehen.

I/2

Clitipho kommt aus dem Haus des Chremes.

CLITIPHO *zurücksprechend*: Noch hast du nichts zu fürchten, Clinia; sie säumen nicht zu lange.
Ich weiß gewiß, dein Liebchen wird gleich samt dem Boten hier sein.
So laß von diesem Kummer ab, der ohne Grund dich ängstigt.

CHREMES: Mit wem spricht da mein Sohn?

CLITIPHO: Mein Vater! Eben wünscht ich ihn zu sprechen. – Vater, du kommst
Mir, wie gerufen.

CHREMES: Nun?

CLITIPHO: Du kennst den Menedemus, unseren Nachbarn?

CHREMES: Wohl.

CLITIPHO: Weißt, daß er einen Sohn hat?

CHREMES: Ich vernahm's, in Asien.

CLITIPHO: Vater, nein!
Er ist bei uns.

CHREMES: Was?

CLITIPHO: Als er kam und an das Land stieg, führt ich ihn
Alsbald zum Mahl: wir waren schon von unsern Knabenjahren her
Die besten Freunde.

CHREMES: Sohn, du teilst mir eine frohe Kunde mit.
Nun wünscht ich wahrlich um so mehr, Menedemus äße heut mit uns,
Daß ich zuerst ihm unverhofft die Freude bieten könnte. Doch
Dazu ist jetzt noch Zeit.

CLITIPHO: O tu's nicht, Vater! Das geht nimmer an.

CHREMES: Warum?

CLITIPHO: Noch weiß er selbst nicht, was er tun soll; eben kommt er erst.
Er fürchtet seines Vaters Zorn, und ob des Mädchens Herz ihm treu
Geblieben, das er sterblich liebt; von ihr allein rührt alles her,
Daß Sohn und Vater sich entzweit und er zuletzt entwich.

CHREMES: Ich weiß.

CLITIPHO: Jetzt schickt er ihr den Sklaven in die Stadt, ich gab den Syrus mit.

CHREMES: Was sagt er?

CLITIPHO: Was? Er sei ein armer Mensch.

CHREMES: Ein armer Mensch? Wen kann
Man minder dafür halten? Hat er nicht, was Glück bei Menschen heißt?

Hat Eltern, Freunde, Verwandte, Geld, Geschlecht, ein blühend Vaterland!
Wohl richtet das sich nach dem Sinn des Besitzers: derlei Dinge sind
Ein Glück für den, der's weise braucht, für andere nur ein Ungemach.
CLITIPHO: Doch war der Alte jederzeit unleidlich, und ich fürchte jetzt,
Er könnte, wenn sein Zorn entbrennt, sich wider seinen Sohn [vergehen.
CHREMES: Der?
Leise für sich: Doch ich will mich zurückhalten; denn ihm frommt es, [wenn's dem Sohne bangt.
CLITIPHO: Was sagst du da?
CHREMES: Wie's immer war, er hätte bleiben sollen. Wenn
Der Vater etwas barscher war, als ihm gefiel: o hätt er's nur
Gelitten! Wen ertrüg er, wenn er seinen Vater nicht ertrug?
Wohl muß der Sohn dem Vater doch sich fügen, und nicht umgekehrt!
Und wenn man hart ihn nennt – er ist es nicht. Der Eltern »Unrecht« läuft fast immer
Auf eins hinaus: ein Vater, auch der's leichter nimmt, will nimmer, daß
Der Sohn sich oft mit Dirnen, oft mit Gastereien zu schaffen macht.
Er gibt ihm spärlich Geld; und das ist alles doch zum Guten nur.
Doch ist das Herz von böser Lust einmal gefesselt, dann entspricht
Dem auch des Menschen Geist und Art – wie könnte dies auch anders sein?
Ein goldner Spruch ist: spiegle dich an anderen, dadurch werde klug.
CLITIPHO: Hast recht.
CHREMES: Ich geh hinein und sehe, was man uns zum Essen bringt.
Du – denn es ist schon spät am Tag – entferne dich nicht allzu weit.
Chremes ab in sein Haus.

II/1

CLITIPHO: Welch ungerechte Richter sind die Väter doch den Jünglingen!
Sie meinen, billig sollten wir als Greise gleich geboren sein
Und auf Genüsse nicht erpicht, wozu die Jugend uns verlockt.
Nach ihrer Neigung, wie sie ist, nicht, wie sie war, beherrschen sie
Die Söhne. Wird mir einst ein Sohn, will ich ein milder Vater sein.
Dann nehm ich Einsicht, geb ich Nachsicht, wenn er sich verfehlte; nicht

Wie meiner, der am Nachbarn jetzt mir seine Meinung offenbart.
Zum Henker! Was erzählt er nicht von sich für Streiche, wann er sich
Bezecht! Jetzt heißt es: spiegle dich an anderen, dadurch werde klug!
Gar schlau! Er weiß noch nicht, wie taub ich jetzt für seine Lehren bin.
Mehr stachelt mich des Liebchens Wort: »Gib! Bringe mir was Hübsches mit!«
Und nichts zu sagen weiß ich dann; kein Mensch ist übler dran als ich.
Denn Clinia, wenn auch seine Not genug ihn drängt, hat doch dafür
Ein gut und keusch erzogenes Mädchen, mit Buhlerkünsten unbekannt.
Meine Geliebte ist herrisch, vornehm, frech, prachtliebend und verschwenderisch.
Begehrt sie was von mir, so heißt es: »Beste, gern bin ich bereit.«
Denn ihr gestehen, ich habe nichts, das darf ich nicht. Seit kurzem erst
Geriet ich in diese Not; mein Vater weiß noch nichts davon.

II/2

Clinia kommt aus dem Haus des Chremes.

CLINIA *für sich*: Sie wären längst da, säh es, ach! mit meiner Liebe günstig aus:
Doch fürcht ich sehr, das Mädchen ward verführt, indes ich ferne war.
So vieles trifft zusammen hier, was meinen Argwohn noch verstärkt:
Gelegenheit, Ort, Jugend, dann die schlechte Mutter, welcher sie
Gehorchen muß und welcher nichts so süß wie Geld ist.

CLITIPHO: Clinia!

CLINIA *erschreckend*: Weh!

CLITIPHO: Sieh dich vor, daß niemand dich aus deines Vaters Haus erblickt!

CLINIA: Das will ich; doch fürwahr, mir ahnt, ich weiß nicht welches Ungemach.

CLITIPHO: Urteilst du stets das Schlimmste nur, bevor du weißt, wie's wirklich steht?

CLINIA: Stünd alles gut, sie wären hier.

CLITIPHO: Sie werden kommen.

CLINIA: Aber wann?

CLITIPHO: Ein wenig weit ist's, wie du weißt. Auch kennst du wohl der Frauen Art:
Bis sie beschließen, bis sie handeln, wird's ein Jahr.

CLINIA: Mein Clitipho,

Mir bangt.

Dromo und Syrus erscheinen im Gespräch von rechts.

CLITIPHO: Frischauf! Sieh Dromo samt dem Syrus! Beide kommen sie.

II/3

SYRUS: Meinst du?

DROMO: Ja; doch während wir so miteinander plaudern, sind Die zurückgeblieben.

CLITIPHO *zu Clinia*: Nun, sie kommt ja! Hörst du, Clinia?

CLINIA: Endlich hör ich, seh ich wieder, leb ich wieder, Clitipho.

SYRUS *zu Dromo*: Ist's ein Wunder? Sind sie doch so schwer bepackt; ein [ganzes Heer Mägde folgen ihr.

CLINIA: Himmel! Woher hat sie Mägde?

CLITIPHO: Fragst du mich?

DROMO: Nein, wir hätten sie nicht verlassen sollen! Was die schleppen!

CLINIA *seufzend*: Ach!

SYRUS: Kleider, Gold – und schon wird's Abend, und sie wissen nicht den Weg.

Das war dumm von uns. Geh ihnen doch entgegen, Dromo! Schnell! Was besinnst du dich?

Dromo ab nach rechts.

CLINIA *nach rechts schauend, zu Clitipho*: Ich Armer! Welche Hoffnung [schwand mir hin!

CLITIPHO: Was ist das? Was macht dir Sorge?

CLINIA: Fragst du noch? Sieh, Mägde, Gold, Kleider! Und ich ließ sie doch mit einem Mädchen nur zurück! Woher, meinst du, kommt das alles?

CLITIPHO *lachend*: Ah! Nun erst versteh ich dich.

SYRUS: Götter! Welch ein Schwarm von Leuten! Unser Haus erfaßt ihn kaum.

Was die zehren! Was die trinken! Armer Alter, welche Not! *Bemerkt Clinia und Clitipho:* Aber sieh da, die ich suchte!

CLINIA: Juppiter! Wo bleibt die Treu?

Indes ich Tor um deinetwillen flüchtig bin, bereichertest
Du dich, verließest treulos mich in meiner Not, Antiphila,
Du, der ich alles, Ehre, selbst des Kindes Pflicht aufopferte!
Wie schmerzt es mich, denk ich daran, wie fühl ich Scham und Reue nun,

Daß mich der Vater, der so oft der Dirnen Art mir schilderte,
Umsonst gewarnt hat und von ihr mich abzubringen nie vermocht!
Jetzt soll's geschehen! Als es mir Dank bringen konnte, wollt ich nicht.
Ich Sohn des Unglücks! Wehe mir!

SYRUS *für sich*: Der hat unsere Reden sicher falsch
Verstanden. – Clinia, du denkst dein Liebchen anders, als es ist.
So viel wir selbst aus allem hier mutmaßten, ist ihr Leben, Herr,
Ist ihre Zuneigung zu dir noch ganz wie sonst.

CLINIA: O rede! Denn ich wünsche jetzt nichts sehnlicher,
Als daß ich unbegründet hier vermutete.

SYRUS: Zuerst, damit du alles weißt: das alte Weib,
Die sonst für ihre Mutter galt, die war es nicht.
Sie ist nun tot. Das hört ich, als sie's unterwegs
Der anderen selbst erzählte.

CLITIPHO: Welcher anderen?

SYRUS: Laß erst erzählen, Clitipho, was ich begann;
Dann komm ich hierauf.

CLITIPHO: Eile!

SYRUS: Nun vor allem denn:
Man kam zu Hause, Dromo pocht ans Tor, da tritt
Ein altes Weib vor: kaum eröffnet sie die Tür,
Warf der sich ungesäumt hinein; ich folge nach.
Die Alte schiebt den Riegel vor und geht sofort
Zurück an ihre Spindel. Hierdurch oder nie
War's auszumitteln, wie sie ihre Zeit verbracht,
Indes du fern warst, da wir unvermutet sie
Jetzt überraschten. So ja gab's Gelegenheit,
Zu sehen, was sie täglich tat, und dies enthüllt
Am ehsten, welchen Geistes Kind ein jeder ist.
Wir kamen eben, da sie fleißig Wolle wob,
Einfach gekleidet, in ein Trauergewand gehüllt,
Der Alten wegen, denk ich, die gestorben war.
Kein Gold: geschmückt wie eine, die sich schmückt für sich,
Und nicht mit eiteln Künstelein herausgeputzt;
Die Locken lang, freiwallend, kunstlos um das Haupt
Zurückgeworfen. Also war's!

CLINIA: Mein Syrus, ach!

Nicht täusche mich mit eitler Freude Schein.

SYRUS: Das Weib
Spann Fäden. Eine kleine Magd war ferner da,
Die webte mit, in schlechte Lumpen eingehüllt,
Nachlässig, schmutzig.

CLITIPHO: Wenn das wahr ist, Clinia –
Und gerne glaub ich's –, wer ist glücklicher als du?
Das Mädchen, schmutzig und beschmutzt – bemerkst du's wohl?
Auch das verbürgt der Herrin Unschuld offenbar,
Wenn ihre Dienerinnen schlecht gehalten sind.
Denn wer den Weg zur Herrin finden will, befolgt
Die Regel, daß er ihre Magd zuerst beschenkt.

CLINIA *zu Syrus*: Nur weiter! Aber suche ja nicht meine Gunst
Durch Lügen! Als du mich genannt, was sagte sie?

SYRUS: Sobald sie hört, du wärst zurück und bätest sie,
Zu dir zu kommen, eilt sie vom Geweb hinweg
Und überströmt mit Tränen ihr Gesicht: man sah,
Welch namenloses Sehnen sie nach dir empfand.

CLINIA: Vor Freude weiß ich, großer Gott, nicht, wo ich bin:
So bangte mir.

CLITIPHO: Ein leerer Wahn! Ich wußt es wohl.
Nun aber – wer ist denn die andere, Syrus? Sprich!

SYRUS: Wir bringen deine Bacchis.

CLITIPHO: Wie? Was? Bacchis ihr?
Ha, du Schalk, wo willst du hin mit der?

SYRUS: Wohin sonst als zu uns?

CLITIPHO: Zu dem Vater?

SYRUS: Ja, zu dem.

CLITIPHO: Der unverschämte, freche Mensch!

SYRUS: Höre!
Wer nicht wagt, vollbringt kein großes, kein der Rede wertes Werk.

CLITIPHO: Sieh da! Willst dir Ruhm gewinnen, setzest mich, mein Leben dran:
Wenn du hier nur wenig fehlgreifst, Frevler, ist's um mich geschehen!
Zu Clinia: Was soll man mit ihm machen?

SYRUS: Aber ...

CLITIPHO: Aber?

SYRUS: Darf ich, red ich.
CLINIA *zu Clitipho*: Laß ihn!
CLITIPHO: Gut!
SYRUS: So steht die Sache: gleich als ...
CLITIPHO *zornig*: Was beginnt denn der so breit?
Wetter!
CLINIA: Syrus, er hat recht. Ja, laß das! Komm zur Sache gleich!
SYRUS: Wahrlich, nicht mehr kann ich's bergen: vielfach Unrecht tust [du mir,
Clitipho, bist unerträglich.
CLINIA *zu Clitipho*: Mußt ihn hören; schweige denn!
SYRUS: Lieben willst du, willst genießen, ihr Geschenke schaffen, willst
Nicht Gefahr bei dem Genusse: bist ein gar gescheiter Narr,
Wenn gescheit sein heißt, zu wollen, was man nicht erlangen kann.
Nimm das eine mit dem andern, oder gib nur beides auf.
Siehe zu, von beiden Fällen welchen du jetzt lieber willst.
Doch ich weiß, gut und gefahrlos ist der Plan, den ich erdacht.
Denn du kannst jetzt deine Freundin ohne Furcht im Vaterhaus
Bei dir sehen; auf gleichem Wege schaff ich dir das Geld, das du
Ihr versprachst, um dessentwillen du das Ohr mir taub gemacht.
Was verlangst du mehr?
CLITIPHO: Wofern das geht!
SYRUS: Ob's geht, lehrt ein Versuch.
CLITIPHO: Nun, so sag uns, welchen Plan du hast.
SYRUS: Wir tun, als wäre dein
Mädchen seine Freundin.
CLITIPHO: Herrlich! Aber was macht der mit seiner?
Soll sie auch für seine gelten? Bringt nicht eine Schimpf genug?
SYRUS: Nein, die kommt zu deiner Mutter.
CLITIPHO: Dahin!
SYRUS: Clitipho, zu lang
Wär's, den Grund davon zu sagen; triftig ist er wohl.
CLITIPHO: Geschwätz!
Was mir's fromme, der Gefahr mich auszusetzen, seh ich nicht.
SYRUS: Bangt dir davor, weiß ich anderes noch; ihr beide werdet es
Ganz gefahrlos finden.
CLITIPHO: So was sinn uns aus.
SYRUS: Von Herzen gern.

Gleich will ich ihr entgegengehen, ich heiße sie
Umkehren.

CLITIPHO: Na! Was sagtest du?

SYRUS: Dich will ich so
Von aller Angst erlösen, daß du ganz in Ruh
Auf beiden Ohren schlafen kannst.

CLITIPHO: Was mach ich jetzt?

CLINIA: Du? Was für dich gut ist...

CLITIPHO *ihn unterbrechend, zu Syrus*: Syrus, sag im Ernste doch!

SYRUS: Nur zu! Später wünschest du's zu spät zurück.

CLINIA *in der unterbrochenen Rede fortfahrend*: ...nimm; genieße, solange [du's kannst; du weißt ja nicht...

CLITIPHO: Syrus, sag ich...

SYRUS *sich nach rechts entfernend*: Immer, immer zu! Ich tu es doch.

CLINIA *fortfahrend*: ... ob die Gelegenheit für dich je wiederkehrt.

CLITIPHO *zu Clinia*: Hast wahrlich recht!
Zu dem abgehenden Syrus: He, Syrus! Syrus, sag ich, he!

SYRUS *für sich*: Dem brennt's! – Was soll's?

CLITIPHO: Kehr um!

SYRUS *zurückkehrend*: Da bin ich: sprich, was ist's?
Auch dies gefällt dir wieder nicht?

CLITIPHO: Nein, Syrus, nein!
Mich, meine Liebe, meinen Ruf vertrau ich dir.
Du schalte hier und walte, du sei Richter hier!
Nur sorge, daß dir nichts dabei zuschulden kommt.

SYRUS *zu Clitipho*: Daß du mir diese Mahnung gibst, ist lächerlich,
Als ob die Sache minder mich beträf als dich.
Spielt uns dabei das Schicksal einen bösen Streich,
So kriegst du tüchtig Zank und ich den Buckel voll.
Deswegen nehm ich keineswegs die Sache leicht.
Doch bitte diesen, daß er sagt, sie wäre sein.

CLINIA: Wie kann ich anders? Es ist einmal so weit gediehen,
Ich muß es tun.

CLITIPHO: Freund, meinen besten Dank!

CLINIA: Daß uns
Die Bacchis nur nicht linkisch ist!

SYRUS: Die hab ich schon
Vollkommen abgerichtet.

CLITIPHO: Doch mich wundert nur,
Daß du so leicht sie überreden konntest, die
So stolz – und was für Leute! – fortzuweisen pflegt.
SYRUS: Zu rechter Zeit – und das entscheidet überall –
Kam ich zu ihr. Denn einen Söldner traf ich, der
Sich kläglich eine Nacht von ihr erbat. Sie faßt'
Den Mann so listig, daß sie, durch Verweigern ihn
Noch mehr entflammend, dir zugleich gefällig war.
Doch merke dir, nicht unbesonnen stürme drein!
Du weißt, in solchen Dingen sieht dein Vater scharf;
Auch weiß ich, wie du deiner selbst nicht mächtig bist.
Des Nickens, Winkens, Seufzens, doppeldeutigen
Geredes, Räusperns, Hustens, Lachens enthalte dich!
CLITIPHO: Du sollst mich loben.
SYRUS: Sieh dich vor!
CLITIPHO: Ja, wundern sollst
Du dich.

Bacchis, Antiphila und die das Gepäck tragenden Mägde erscheinen nun von rechts; mit ihnen Dromo.

SYRUS: Wie schnell die Mädchen nachgekommen sind!
CLITIPHO: Wo, wo? *Er will ihnen entgegen; Syrus hält ihn zurück.*
Was hältst du mich?
SYRUS: Die geht dich nichts mehr an.
CLITIPHO: Ja, bei dem Vater; doch bis dahin . . .
SYRUS: Nimmermehr!
CLITIPHO: O laß!
SYRUS: Nein, sag ich.
CLITIPHO: Nur ein wenig.
SYRUS: Nichts damit!
CLITIPHO: Nur grüßen!
SYRUS: Fort du, bist du klug!
CLITIPHO: Ich gehe schon.
Der aber? *Auf Clinia deutend.*
SYRUS: Bleibt.
CLITIPHO: Der Hochbeglückte!
SYRUS: Fort mit dir!

Clitipho ab ins Haus des Chremes.

II/4

BACCHIS *zu Antiphila*: Meiner Treu! Dich lob ich, preise dein Geschick, Antiphila,
Daß du dich bestrebt, so wacker wie von Ansehen schön zu sein,
Und mich wundert's nicht, bei Gott, wenn jeder sich um dich bewirbt.
Denn wie edel du gesinnt bist, hat mir dein Gespräch enthüllt.
Und erwäg ich nun bei mir im Geiste deine Lebensart,
Wie du selbst und deinesgleichen jede fern sich hält den Schwarm,
Kann mich's nicht befremden, daß ihr also seid, wir anderen nicht.
Denn es frommt euch, gut zu sein; uns wehrt es, wer mit uns verkehrt.
Unsere Freunde werden nur durch Körperschönheit angelockt;
Schwinden unsre Reize, tragen sie ihr Herz woandershin.
Haben wir indes für uns nicht vorgesorgt, stehen wir allein.
Wenn ihr euch einmal entschlossen, nur mit einem Mann zu leben,
Dessen Art der euren zusagt, schließt er auch sich ganz an euch.
Solches Band vereint die Herzen beider unauflöslich fest,
Daß kein Sturm, kein Ungewitter ihre Lieb erschüttern kann.

ANTIPHILA *zu Bacchis*: Andre Frauen kenn ich nicht; mein höchstes Ziel war immer dies,
Daß ich mein Glück nirgendwoanders als in seinem Glücke fand.

CLINIA *für sich*: Ach, Antiphila! Du allein führst mich ins Vaterland zurück!
Denn solang ich fern von dir war, trug ich jede Mühe leicht,
Nur nicht, daß du mir geraubt warst.

SYRUS: Glaub es.

CLINIA: Kaum ertrag ich es,
Daß solches Herz nach meinem Wunsch ich Armer nicht besitzen darf.

SYRUS: Ja, wie ich deinen Vater kenne, macht er dir's noch lange schwer.

BACCHIS *Clinia bemerkend*: Wer ist der Jüngling dort – er blickt nach uns?

ANTIPHILA: Ach, Freundin, halte mich!

BACCHIS: Was ist dir, Liebe?

ANTIPHILA: Weh! Ich bin des Todes!

BACCHIS: Was erschreckt dich so,
Antiphila?

ANTIPHILA: Seh ich Clinia?
BACCHIS: Wen siehst du?
CLINIA *Antiphila umarmend*: Sei willkommen, Herz!
ANTIPHILA: O mein ersehnter Clinia!
CLINIA: Wie lebst du?
ANTIPHILA: Daß
Du wohl zurück bist, freut mich.
CLINIA: Ach, Antiphila!
Hab ich dich wirklich, die mein Herz so heiß ersehnt?
SYRUS: Kommt nur ins Haus! Der Alte wartet euer längst.

Alle ab ins Haus des Chremes.

In der Pause verließen vielleicht die Gelagegäste tanzend unter Musikbegleitung das Haus des Chremes.

III/1

Am anderen Morgen kommt Chremes aus seinem Haus.

CHREMES: Schon will es tagen. Auf, an meines Nachbarn Tür
Zu pochen! Ich sag ihm zuerst, nun sei sein Sohn
Zurück, wiewohl der Junge das nicht gerne sieht.
Denn weil ich sehe, wie er über seines Sohns
Weggang sich abhärmt, kann ich doch dem armen Mann
Die unverhoffte Freude nicht verbergen, da
Für jenen aus der Kunde keine Gefahr entspringt.
Nein, nein! Dem Alten dien ich, wie's nur möglich ist.
Ich sehe, wie mein Junge seinem Freunde dient
Und treulich seine Sorgen teilt; so müssen auch
Wir Alte gegen Alte stets gefällig sein.

Menedemus tritt aus seinem Haus.

MENEDEMUS *für sich*: Entweder ward ich von Natur vor anderen
Zu Leid geboren, oder 's ist ein falsches Wort,
Daß Gram und Sorge durch die Zeit sich mindere.
Bei mir vermehrt mit jedem Tage sich der Gram
Um meinen Sohn: je länger ich ihn missen muß,
Je größer wird mein Sehnen, wird mein Schmerz um ihn.
CHREMES: Dort ist er vor dem Hause schon; ich red ihn an. –
Menedemus, sei willkommen! Eine Kunde dir
Zu bringen eil ich, die du wohl am liebsten hörst.

MENEDEMUS: Vernahmst du, Chremes, irgend was von meinem Sohn?
CHREMES: Er ist gesund.
MENEDEMUS: Wo weilt er, wo?
CHREMES: Bei mir im Haus.
MENEDEMUS: Mein Sohn ist hier?
CHREMES: Ja.
MENEDEMUS: Kam er?
CHREMES: Freilich.
MENEDEMUS: Wirklich? Kam
Mein Clinia?
CHREMES: Ja.
MENEDEMUS: So gehen wir! Führe mich zu ihm.
CHREMES: Nicht wissen sollst du, daß er heimgekehrt; er flieht
Vor deinem Anblick und besorgt, du möchtest ihm,
Um sein Vergehen zu strafen, nun noch härter sein.
MENEDEMUS: Du sagtest ihm nicht, wie ich denke?
CHREMES: Nein.
MENEDEMUS: Warum?
CHREMES: Dir selbst und ihm ist schlecht gedient, wenn du so sanft
Und weich dich anstellst und so leicht dein Recht vergibst.
MENEDEMUS: Kann's nicht: ein harter Vater war ich schon genug.
CHREMES: Ah bah! Du gehst nach beiden Seiten hin zu weit,
Tust allzuviel im Geben und Versagen, Freund:
Den gleichen Nachteil bringt dir dies und jenes ein.
Erst als der Sohn mit diesem Mädchen freundlich tat,
Die gern vorliebnahm dazumal und wenig nur
Bedurfte, kämpftest du so lang dagegen, bis
Er endlich fortlief. Wider Willen fing sie dann
Zum Unterhalt sich jedem preiszugeben an.
Jetzt willst du alles geben, wo die Dirne nur
Mit großen Opfern unterhalten werden kann.
Denn daß du's weißt, wie trefflich sie sich eingeübt,
Dem Ehrenmanne, der sich ihr in Lieb ergab,
Den Rest zu geben: erstlich hat sie mehr bereits
Als zehn Mägde mitgebracht, die Gold und Putz
Belastet. Wär ihr Liebster ein Satrap, er wird
Doch ihren Aufwand nie bestreiten können, Freund,

Geschweige du.

MENEDEMUS: Ist sie im Hause?

CHREMES: Sie? Ich hab's
Empfunden, sie und ihr Gefolg einmal bei mir
Bewirtet: muß ich's noch einmal, ist's aus mit mir.
Denn – um anderes zu übergehen – um wie viel Wein hat sie mich
Gebracht mit ihrem Kosten nur! »Der ist soso!
Der kratzt, Papachen; gib doch etwas Milderes her!«
All unsre Fässer, alle Tonnen brach ich an,
Hielt alles stets in Atem, und für eine Nacht.
Wie wird es dir gehen, zehrt sie fort und fort an dir?
Ich fühle herzlich, weiß es Gott, Mitleid mit dir,
Menedemus.

MENEDEMUS: Mag er immer tun, was ihm gefällt:
Er verbrauche, vertu, verprasse – bleibt er nur bei mir,
Gern will ich alles leiden.

CHREMES: Ist's dein Wille so,
Dann laß ihn ja nicht merken, daß du wissentlich
Das Geld dazu gibst: dies vor allem rat ich dir.

MENEDEMUS: Was tu ich?

CHREMES: Alles eher noch, als was du denkst.
Gib's ihm durch einen andern. Laß vom Sklaven dich
Durch List berücken. Doch ich wittere schon so was:
Sie sind daran, betreiben's heimlich unter sich.
Dein Knecht und Syrus zischeln sich beständig zu;
Sie teilen ihre Pläne wohl den Jungen mit,
Und besser ist es, ein Talent auf diesem Weg
Verlieren, als auf jenem eine Mine. Jetzt
Kommt's nicht auf Geld an, sondern wie's dem Jünglinge
Von uns gefahrlos in die Hand gegeben wird.
Denn wenn er einmal deinen Sinn erkannt und sieht,
Daß du des Lebens hohes Glück und all dein Gut
Aufopfern lieber als den Sohn verlieren willst:
Welch breite Pforten öffnest du der Schlechtigkeit!
Fortan verliert das Leben allen Reiz für dich;
Uns alle verschlechtert Ungebundenheit.
Was ihm in Sinn kommt, wünscht er sich; ihn kümmert nicht,

Ob's etwa recht ist oder nicht, wonach er strebt.
Du kannst nicht dulden, daß er samt dem Geld verdirbt;
Du weigerst dich zu geben; er greift schnell zu dem,
Womit er sichere Wirkung sich bei dir verspricht,
Und droht dir ohne weiteres gleich davonzugehen.

MENEDEMUS: Du scheinst mir wahr zu reden, wie's der Sache ziemt.

CHREMES: Kein Auge schloß ich diese Nacht, ich sann darauf,
Zurückzuführen deinen Sohn.

MENEDEMUS *reicht ihm die Hand*: Gib mir die Hand!
Freund, laß dir das auch fürder angelegen sein.

CHREMES: Ich bin bereit.

MENEDEMUS: Noch eine Bitte: hörst du?

CHREMES: Sprich.

MENEDEMUS: Sie haben, wie du merktest, mich zu täuschen vor;
Ich wünsche, daß sie's zeitig tun. Gern gäb ich ihm,
Was er verlangt, und möcht ihn selbst gleich sehen.

CHREMES: Gut!
Ein klein Geschäft noch hält mich. Unsere Nachbarn hier,
Simus und Crito, streiten um die Grenze da.
Ich soll entscheiden. Doch ich geh und sage, daß
Ich heute mein Versprechen nicht erfüllen kann.
Gleich komm ich wieder.
Chremes ab.

MENEDEMUS: Tu das! – Gott, wie sonderbar,
Daß aller Menschen Wesen so geartet ist,
Daß Blick und Urteil schärfer trifft in fremden als
In eigenen Dingen! Etwa weil Lust oder Schmerz
Zu sehr in eigenen Dingen uns gefangenhält?
Um wie viel besser rät mir der als ich mir selbst!

CHREMES *zurückkommend*: Um ruhig dir zu dienen, macht ich schnell [mich los:
Ich muß den Syrus fassen, ihn ermuntern.

Syrus tritt aus dem Haus des Chremes.

Dort kommt einer aus meinem Hause. Geh du jetzt hinein;
Sie könnten merken, daß wir einverstanden sind.

Menedemus ab in sein Haus.

III/2

SYRUS *für sich*: Lauf um an allen Enden, Geld! Du mußt herbei!
Den Alten gilt's ins Garn zu ziehen.
CHREMES *für sich*: Nun, dacht ich's nicht?
Die hecken einen Gaunerstreich uns aus. Ja, ja!
Wohl ist der Sklave Clinias zu dumm dazu;
Drum hat man unserem Burschen hier das Amt vertraut.
SYRUS *für sich*: Wer spricht da? – Weh! Hat er's gehört?
CHREMES: Ei, Syrus!
SYRUS: Ah!
CHREMES: Was machst du hier?
SYRUS: Nichts, Chremes; doch bewundere ich dich.
So früh? Und trankst doch gestern so!
CHREMES: Nicht übers Maß.
SYRUS: Nicht, sagst du? Bist du wahrlich doch, dem Spruche nach,
Jung wie ein Adler.
CHREMES: Ei ja!
SYRUS: Fein, recht artig ist
Die Freudendirne.
CHREMES: Ja, so dünkte sie mir auch.
SYRUS: Traun, eine stattliche Gestalt!
CHREMES: So leidlich hübsch.
SYRUS: Nicht so wie vordem, doch wie sie jetzt sind, da ist sie wirklich [schön.
Und leicht begreif ich's, daß sie Clinia sterblich liebt.
Doch ist sein Vater ein Nimmersatt, ein zäher Filz –
Der Nachbar drüben. Kennst du den? Der sitzt im Geld
Vollauf, und bloß aus – Mangel lief sein Sohn davon.
Du weißt, es ist dem also?
CHREMES: Nun, wie sollt ich nicht?
Der Mensch verdient die Mühle.
SYRUS: Wer?
CHREMES: Der Sklave da
Des jungen Menschen ...
SYRUS *für sich*: Syrus, mir wird bang um dich!
CHREMES: Der das geschehen ließ.
SYRUS: Ei, was sollt er tun?

CHREMES: Du fragst?
Etwas erfinden, eine List ersinnen, um
Dem Jüngling zu schaffen für sein Mädchen und
Den grämlichen Alten, wider seinen Willen auch,
Vom Untergang zu retten.
SYRUS: Herr, du spaßest wohl.
CHREMES: So hätt er's machen sollen, Syrus.
SYRUS: Ho! Du lobst,
Die ihren Herrn betrügen?
CHREMES: Ist's am rechten Ort,
Da lob ich's ...
SYRUS: Bravo!
CHREMES: ... weil es oft ein Mittel ist,
Um großem Leid zu wehren. Ward's hier angewandt,
Nicht fortgelaufen wär ihm dann sein einziger Sohn.
SYRUS *für sich*: Ist, was er sagt, Ernst oder Scherz? Doch meinen Mut
Und Eifer, es zu wagen, hat er neu belebt.
CHREMES: Und jetzt – was säumt er? Bis sein Herr nochmals entläuft,
Weil er des Mädchens Geldverbrauch nicht decken kann?
Sinnt er dem Alten nicht eine Falle zu stellen?
SYRUS: Er ist
Zu dumm.
CHREMES: So mußt du helfen, Freund, dem Clinia
Zulieb.
SYRUS: Ich kann das immerhin, wenn du's befiehlst;
Denn wie man's anzugreifen hat, versteh ich wohl.
CHREMES: Nun, desto besser!
SYRUS: Lügen ist nicht meine Art.
CHREMES: So tu's.
SYRUS: Doch höre! Denk an deine Rede hier,
Wenn's je sich treffen sollte, daß dein eigener Sohn
Was Ähnliches sich erlaubte, wie's bei Menschen geht.
CHREMES: Nun, dazu wird's nicht kommen.
SYRUS: Ja, das hoff ich auch
Und sag es auch nicht, weil ich was an ihm bemerkt.
Doch wär es so, dann! Weißt du doch, wie jung er ist.
Und käm's dazu, dann könnt ich, Chremes, dich fürwahr

Recht hübsch bedienen.
CHREMES: Was in diesem Fall zu tun,
Das sehen wir, wenn es nötig ist. Jetzt tust du dies!
Chremes ab in sein Haus.
SYRUS: Vom Herrn vernahm ich nimmerdar ein klügeres Wort:
Nie dacht ich, daß ich einen Streich so ungestraft
Ausführen dürfte. Doch wer kommt aus unserem Haus?

III/3

Chremes führt Clitipho aus der Tür.
CHREMES: Was ist das doch? Welch Betragen, Clitipho? Geziemt sich [das?
CLITIPHO: Nun, was tat ich?
CHREMES: Eben sah ich, wie du deine Hand der Dirne ...
SYRUS *für sich*: Weh! Wir sind verraten!
CLITIPHO: Ich?
CHREMES: Mit meinen Augen – leugne nicht!
Tust an ihm so schmählich Unrecht, daß du nicht die Hand [bemeisterst.
Das ist doch wahrlich eine Schmach,
Einen Freund bei dir empfangen und die Freundin ihm verführen!
Gestern auch beim Weine warst du frech!
SYRUS: Weh!
CHREMES: Wie vermessen!
Götter, ach! Wie war mir bange, was daraus noch werden sollte!
Scharf bemerken ja Verliebte, wo kein anderer Mensch es denkt.
CLITIPHO: Oh, der traut mir, Vater, daß er so was nie von mir besorgt.
CHREMES: Immerhin! Doch geh den Leuten eine Zeitlang aus den Augen:
Vieles bringt die Liebe mit, wo deine Gegenwart nur stört.
Ich schließe dieses von mir selbst: jetzt eben hab ich keinen Freund,
Dem meine Heimlichkeiten all ich offenbarte, Clitipho.
Des einen Würde schreckt mich ab, beim anderen auch Scham vor mir selbst,
Um nicht für unklug oder frech zu gelten. Ihm geht's ebenso.
Wir müssen einsehen, wie und wo nach anderen uns zu richten ziemt.
SYRUS *zu Clitipho*: Was schwatzt der?
CLITIPHO *betroffen*: Weh!
SYRUS: Gab ich je dir solche Lehren, Clitipho?

Hast als nüchtern und enthaltsam dich bewährt!

CLITIPHO: O schweige doch!

SYRUS: Fein, fürwahr!

CHREMES: Ich muß mich schämen, Syrus.

SYRUS: Glaub's, und nicht mit Unrecht.

Auch mich ärgert's.

CLITIPHO *zu Syrus*: Hörst du noch nicht auf?

SYRUS: Ich sage, wie ich's denke.

CLITIPHO: Darf ich nicht in ihre Nähe?

CHREMES: Ist das der einzige Weg dazu?

SYRUS *für sich*: Es ist vorüber! Der verrät sich, eh ich noch das Geld [geschafft.

Laut: Darf ich armer Tor dir raten, Chremes?

CHREMES: Und wozu?

SYRUS: Befiehl

Ihm wegzugehen.

CLITIPHO: Wo soll ich hin?

SYRUS: Wo dir's beliebt. Gib ihnen Platz!

Spazier umher!

CLITIPHO: Spazieren? Wo?

SYRUS: Als wenn's an Platz gebräche! Nun,

Geh hierhin, dorthin, geh, wohin du willst!

CHREMES: So recht: das mein ich auch.

CLITIPHO *leise zu Syrus*: Gott soll dich strafen, Syrus, daß du mich von hier vertreibst!

SYRUS: Und du,

Du laß in Zukunft deine Hände ruhn!

Clitipho ab auf der Straße, wohl nach rechts.

Zu Chremes: Nun, was sagst du, Herr? Was, denkst du, wird er künftig alles tun,

Wenn du nicht ihn hütest, strafst, ermahnst, so viel dir Gott die [Macht gibt?

CHREMES: Will dafür schon sorgen.

SYRUS: Ja, du mußt ihn jetzt ins Auge fassen ...

CHREMES: Wohl!

SYRUS: Wenn du klug bist, Herr; denn mir gehorcht er immer weniger.

CHREMES: Hast du, Syrus, ausgerichtet, was ich jüngst mit dir besprach?

Was Gescheites ausgesonnen oder nicht?

SYRUS: Die Prellerei

Meinst du? Vorhin fand ich so was.

CHREMES: Bravo! Sage mir: was ist's?

SYRUS: Höre! Doch wie eines aus dem anderen kommt . . .

CHREMES: Nun, Syrus, was?

SYRUS: Abgefeimt ist diese Dirne.

CHREMES: Ja, so scheint es.

SYRUS: Wüßtest du,
Welchen Streich die jetzt im Schilde führt! Da war ein altes Weib
Aus Korinth hier; diesem hat sie tausend Drachmen vorgestreckt.

CHREMES: Nun?

SYRUS: Die Alte starb und hinterließ ein kleines Töchterchen.
Die ist ihr als Pfand geblieben für die Schuld.

CHREMES: Verstehe schon.

SYRUS: Diese hat sie mitgebracht, dieselbe, die bei deiner Frau ist.

CHREMES: Nun?

SYRUS: Sie bittet Clinia, das Geld ihr jetzt zu geben; dafür
Bleibt das Mädchen ihm zum Pfande.

CHREMES: Das verlangt sie wirklich?

SYRUS: Wie?
Zweifelst du?

CHREMES: Ich meinte nur so. Was gedenkst du jetzt zu tun?

SYRUS: Ich? Zu Menedemus sag ich, weggeraubt aus Karien
Sei das Kind, sei reich und vornehm; lös er's ein, gewinn er viel.

CHREMES: Irrst dich.

SYRUS: Wie?

CHREMES: Statt Menedemus sag ich dir: »Ich kauf es nicht.«

SYRUS: Was du sagst! Ein schlechter Trost das!

CHREMES: »Ist es doch nicht nötig.«

SYRUS: Nicht
Nötig?

CHREMES: Wahrlich, nein!

SYRUS: Wieso? Das wundert mich.

CHREMES: Du hörst es schon.

SYRUS: Warte! Was geht unsere Tür so gewaltig knarrend auf?

IV/1

Sostrata kommt mit Canthara aus dem Haus des Chremes.

SOSTRATA *zu Canthara*: Das ist, wofern nicht alles täuscht, gewiß der [Ring, mit dem mein Kind
Einst ausgesetzt ward: sicherlich!

CHREMES *verwundert*: Was soll die Rede, Syrus?

SOSTRATA *zu Canthara*: Nun?
Du meinst es nicht auch?

CANTHARA: Wie du mir ihn zeigtest, sagt ich dir sogleich,
Er sei's.

SOSTRATA. Du wirst ihn doch genau betrachtet haben, Liebe?

CANTHARA: Ja.

SOSTRATA: So geh hinein, und wenn sie schon gebadet hat, so melde [mir's.
Ich wart indes auf meinen Mann.

Canthara zurück ins Haus.

SYRUS *zu Chremes*: Sie will zu dir; sieh, was sie will.
Sie scheint verstimmt; es ist nicht umsonst: nichts Schlimmes doch?

CHREMES *zu Syrus*: Was wird es sein?
Mit großem Anlauf schwatzt sie wohl uns große Albernheiten vor.

SOSTRATA: Ah, lieber Mann!

CHREMES: Ah, liebe Frau!

SOSTRATA: Dich such ich.

CHREMES: Sage, was du willst.

SOSTRATA: Fürs erste bitt ich, glaube nicht, ich hätte wider dein Gebot
Etwas gewagt.

CHREMES: Das soll ich glauben, wenn es gleich unglaublich ist?
Gut!

SYRUS *für sich*: Daß sie sich entschuldigt, läßt, Gott weiß, auf welch Vergehen schließen.

SOSTRATA: Du weißt noch, als ich schwanger war, erklärtest du mir ernstlich, wenn
Ein Mädchen käme, wolltest du's nicht aufziehen?

CHREMES: Weiß, was du tatst:
Du zogst es doch auf.

SYRUS *für sich*: Ja, sie tat's: ein neuer Schaden meinem Herrn!

SOSTRATA: Nein, nein! Es war hier aus Korinth ein altes Weib von [wackerer Art:
Der gab ich's auszusetzen.

CHREMES: Gott! Wie kann ein Mensch so hirnlos sein!
SOSTRATA: Was tat ich? Weh mir!
CHREMES: Fragst du noch?
SOSTRATA: Mein Chremes, fehlt ich, tat ich es Unwissend.
CHREMES: Leugnetest du's auch, eines weiß ich doch gewiß:
Unwissend, unbesonnen sprichst und tust du, was du sprichst und tust.
So viele Blößen zeigst du hier. Denn erstens, wenn du mein Gebot
Ausführen wolltest, mußtest du das Mädchen töten, durftest nicht
Scheinbar den Tod ihm geben, und des Lebens Hoffnung in der Tat.
Indes darüber sag ich nichts; Mitleid, Mutterherz – es sei!
Wie trefflich aber sorgtest du! Was wolltest du? Bedenke nur!
Der Alten überließest du die Tochter aufs Geratewohl,
Sich preiszugeben oder öffentlich als Sklavin feilzustehen.
Du dachtest, glaub ich: Wenn sie nur am Leben bleibt, ist alles gut.
Was fängt man an mit Leuten, die, was recht und gut und billig ist,
Was besser oder schlimmer, was frommt oder schadet, nicht verstehen,
Nur ihrer Laune folgen?
SOSTRATA: Wohl hab ich gefehlt, mein Chremes, ich
Bekenne mich als schuldig; jetzt – schon deines Alters wegen mußt
Du gegen mich nachsichtig sein –, jetzt laß in deiner Milde mich,
In deinem Rechtsgefühle Schutz für meine Torheit finden, Herr!
CHREMES: Ich will es dir verzeihen, obwohl dich meine Güte, Sostrata,
Zu manchem schlimmen Streich verwöhnt. Doch sage mir, sei's, was es will,
Warum du diesen Schritt getan.
SOSTRATA: So wie wir armen Törinnen
Recht abergläubisch alle sind, so zog ich mir, als ich das Kind
Der Alten übergab, den Ring vom Finger ab; den sollte sie
Mit ihm zugleich aussetzen, daß das Kind, im Fall es stürbe, doch
Nicht ganz an unserer Habe leer ausginge.
CHREMES: Das war recht. Da hast
Du dich und sie gerettet.
SOSTRATA *indem sie den Ring vorzeigt*: Das hier ist der Ring.
CHREMES: Woher bekamst
Du ihn?
SOSTRATA: Das junge Mädchen, das die Bacchis mit sich brachte . . .

SYRUS *für sich*: Ho!

CHREMES: Was sagte die?

SOSTRATA: Gab ihn mir aufzuheben, als sie baden ging.
Ich schenkt ihm anfangs keine Acht; als ich ihn ansah, kannt ich ihn
Sogleich und sprang zu dir heraus.

CHREMES: Was ahnst du nun, was findest du
In ihr?

SOSTRATA: Ich weiß nicht: forsche sie selbst aus, woher sie ihn bekam,
Wenn's noch herauszubringen ist.

SYRUS *für sich*: Ich Armer, ach! Da seh ich ja
Mehr Hoffnung, als ich wünsche. Wenn sich's so verhält, gehört sie [uns.

CHREMES: Die Alte lebt noch, welcher du sie übergabst?

SOSTRATA: Ich weiß es nicht.

CHREMES: Und welche Kunde brachte sie?

SOSTRATA: Daß sie getan, was ich befahl.

CHREMES: Wie hieß die Frau, damit wir uns nach ihr erkundigen?

SOSTRATA: Philtere.

SYRUS *für sich*: Sie ist es! Wundern soll mich's, wenn die Dirne nicht [geborgen ist
Und ich verloren.

CHREMES: Sostrata, komm mit hinein!

SOSTRATA: Wie das sich jetzt
So unverhofft gefügt! O Freund, wie bangte mir, du möchtest jetzt
So hart und unbarmherzig sein wie ehedem bei der Geburt!

CHREMES: Oft darf man nicht sein, was man will, gestattet es die Lage nicht.
Jetzt wünsch ich eine Tochter mir, und früher lag mir nichts daran.

Chremes und Sostrata ab ins Haus.

IV/2

SYRUS: Auf mich, wofern nicht alles trügt, rückt bald ein Unglück an: so sehr
Sind meine Truppen überall jetzt im Gedräng, ich müßte denn
Was finden, daß der Alte von des Sohnes Liebe nichts erfährt.
Denn meine Hoffnung auf das Geld, mein Wunsch, ihn anzuführen, ist
Umsonst; ich juble, wenn ich nur mit heiler Haut entwischen kann.
Daß solch ein fetter Bissen mir vom Munde weggerissen wird,

Das schmerzt. Was sinn ich aus? Ich muß den Plan von neuem schmieden. Ist
Doch nichts so schwierig, daß es nicht durch Suchen auszugrübeln sei. –
Wie? Wenn ich's so nun machte? – Nein! – Wenn aber so? – Nicht besser ist's. –
So mein ich. – Nein! – Doch ja, recht gut. Juheissa! Nun geht's allerliebst.
Ich hoffe doch, das flüchtige Geld, das hol ich nächstens wieder ein.

IV/3

Clinia tritt aus dem Haus des Chremes.

CLINIA *für sich*: Nun mag in Zukunft immerhin mir, was da will, begegnen,
Mir macht es keinen Kummer mehr: so groß ist meine Freude!
Jetzt füg ich mich dem Vater, bin noch mäßiger, als er selbst es will.

SYRUS *für sich*: Ich ahnte recht, sie ward erkannt, soweit ich ihn verstehe.
Laut zu Clinia: Ich freue mich, daß alles so nach deinem Wunsch gegangen.

CLINIA: Mein Syrus, hast du's schon gehört?

SYRUS: Gewiß; ich war ja stets dabei.

CLINIA: Ist einem Menschen solches Glück jemals geworden?

SYRUS: Niemals.

CLINIA: Und nicht um meinetwillen, traun, ist meine Freude jetzt so groß,
Als um des Mädchens willen: sie ist jeder Ehre würdig.

SYRUS: Ich glaub es; doch nun, Clinia, sei du mir auch gefällig:
Denn auch des Freundes Sache muß man möglichst sicherstellen.
Der Alte darf vom Liebchen nichts . . .

CLINIA *ohne vor Freude darauf zu hören*: Ach, Juppiter!

SYRUS: O schweige!

CLINIA *ohne zu hören*: Antiphila meine Gattin!

SYRUS: Soll ich nie zu Worte kommen?

CLINIA: Mein Syrus, ach! Ich bin so froh! Geduld!

SYRUS: Die zeig ich wahrlich.

CLINIA: Ein Götterleben wurde mir.

SYRUS: Was hilft mir all mein Reden?

CLINIA: Ich höre: sprich!

SYRUS: Du merkst nicht auf.

CLINIA: Doch, doch!

SYRUS: Wir müssen sorgen,
Auch deines Freundes Sache jetzt in Sicherheit zu bringen.
Denn gehst du jetzt hinweg von uns und lässest Bacchis hier, so
Der Alte wohl sogleich, sie sei Clitiphos Geliebte: [merkt
Doch wenn du sie mitnimmst, so bleibt es nach wie vor verborgen.

CLINIA: Was aber, Syrus, stände wohl mehr meiner Eh im Wege?
Mit welcher Stirn dem Vater nahen? Was ihm erklären? Weißt du's?

SYRUS: Wohl!

CLINIA: Was soll ich sagen? Welchen Grund anführen?

SYRUS: Lügen sollst du nicht.
Nein, offen, wie es sich verhält, erzähl es.

CLINIA: Wirklich?

SYRUS: Freilich.
»Du liebst Antiphila, wollst sie freien; des Clitipho sei diese.«

CLINIA: Was du verlangst, ist gut, gerecht, nicht schwierig auszuführen.
Auch soll ich meinen Vater wohl erbitten, eurem Alten
Es zu verbergen?

SYRUS: Nein, er soll ihm offen alles kundtun.

CLINIA: He! Bist du klug, bist nüchtern? Du bereitest ihm Verderben.
Wie kann er da denn sicher sein? Das sage mir.

SYRUS: Dieser Plan verdient die Palme: hier erheb ich stolz das Haupt,
Da mir solche Kraft und Fülle solcher Schlauheit innewohnt,
Daß ich beide mit der Wahrheit täusche, daß, wenn euer Herr
Unserem sagt, sie sei des Sohnes Liebchen, er's ihm doch nicht glaubt.

CLINIA: Aber dadurch raubst du mir die Hoffnung auf die Heirat wieder:
Chremes gibt mir nicht die Tochter, glaubt er die von mir geliebt.
Doch dich kümmert nicht, wie mir's geht, hilfst du nur dem Clitipho.

SYRUS: Wehe! Meinst du denn, ich wolle, daß man so sich ewig stellt?
Einen Tag nur, bis ich das Geld auspresse! Basta! Länger nicht!

CLINIA: Das genügt dir? Aber wenn sein Vater es erfährt, wie dann?

SYRUS: Oder, wie die Leute sagen: »Wenn der Himmel niederstürzt?«

CLINIA: Freund, mir bangt ...

SYRUS: Dir bangt? Als stünd es nicht zu jeder Zeit dir frei,
Aus der Schlinge dich zu lösen, wenn du alles offenbarst.

CLINIA: Nun, es sei! Man hole Bacchis!

SYRUS: Wie gerufen, kommt sie selbst.

IV/4

Bacchis tritt mit Phrygia aus dem Haus des Chremes.

BACCHIS: Gar frech hat Syrus mich hierhergelockt durch sein Versprechen –
Zehn Minen, die er mir gelobt! Doch wenn er jetzt mich anführt,
Dann soll er später oft umsonst mich bitten herzukommen.
Doch – nein: ich sag es ihm auf Ort und Stunde zu; er meldet's
Für ganz gewiß, und Clitipho harrt schon und hofft; dann führ ich
Ihn an und komme nicht, und dann büßt Syrus mit dem Rücken.

CLINIA *zu Syrus*: Recht hübsche Dinge verspricht sie dir.

SYRUS: Du glaubst, sie scherze? Hüte ich
Mich nicht, sie tut's.

BACCHIS: Die schlafen hier; ich will sie munter machen.
He, Phrygia, hast du aufgemerkt, wie der Charinus' Landhaus
Vorhin beschrieb?

PHRYGIA: Ja.

BACCHIS: Rechter Hand zunächst an diesem Gute?

PHRYGIA: Ganz recht.

BACCHIS: Eil hin; es feiert dort das Bacchusfest der Kriegsmann.

SYRUS *für sich*: Was will denn die?

BACCHIS: Sag ihm, ich sei ganz ungern hier und könne
Nicht weg; doch würd ich irgendwie sie hintergehen und kommen.

SYRUS *vortretend*: Weh! – Bleibe, Bacchis, bleibe! Wohin schickst du die? Ich bitte.
O laß sie hier!

BACCHIS *zu Phrygia*: Geh!

Phrygia ab nach links.

SYRUS: Liegt das Geld doch da!

BACCHIS: Ja doch, ich bleibe.

SYRUS: Sogleich bekommst du's.

BACCHIS: Nach Belieben! Dräng ich denn?

SYRUS: Doch, Liebe –

BACCHIS: Was denn?

SYRUS: Zu Menedemus mußt du jetzt und dein Gefolge
Mitnehmen.

BACCHIS: Kerl, was hast du vor?

SYRUS: Ich? Nun, ich präge Geld aus
Und gebe dir's.

BACCHIS: Du meinst, du darfst mich höhnen?

SYRUS: Das hat seinen Grund.

BACCHIS: Hab ich's mit dir auch dort zu tun?

SYRUS: Nein; dein Galan kehrt wieder.

BACCHIS: So gehen wir!

SYRUS *zu Clinia*: Folge!

Clinia und Bacchis ab ins Haus des Menedemus.

SYRUS *ins Haus*: Dromo, he!

DROMO *kommt aus dem Hause des Chremes*: Wer ruft mich?

SYRUS: Syrus.

DROMO: Was da?

SYRUS: Schnell bringe Bacchis' Mägde hier in euer Haus hinüber.

DROMO: Warum?

SYRUS: Nicht fragen! Laß sie mit sich nehmen, was sie hergebracht.
Der Alte hofft, er komme durch den Abzug aus den Kosten.
Er weiß nicht, welchen Schaden ihm das bißchen Vorteil bringen wird.
Du weißt von allem, was du weißt, nichts, Dromo, wenn du klug bist!

DROMO: Ich werde stumm sein.

Dromo ab ins Haus des Chremes.

IV/5

Dromo führt die mit Gepäck beladenen Mägde der Bacchis vom Haus des Chremes in das des Menedemus. Auch Chremes tritt aus seinem Haus und beobachtet den Abzug.

CHREMES: So wahr mir Gott! Der Menedemus jammert mich,
Daß solches Unheil über ihn gekommen ist,
Die Dirne da zu füttern samt dem ganzen Troß.
Wohl wird er's einige Tage lang nicht fühlen, weil
Ihn so gewaltig nach dem lieben Sohn verlangt.
Doch sieht er, wie tagtäglich so viel Kosten ihm
Im Haus erwachsen, und wie das kein Ende nimmt,
Dann wird er wünschen, daß der Sohn bald wieder zieht.
Ah, Syrus!

SYRUS *für sich*: Red ich gleich mit ihm!
CHREMES: Du, Syrus!
SYRUS: Ah!
CHREMES: Was ist's?
SYRUS: Mit dir zu sprechen wünscht ich lange schon.
CHREMES: Mir scheint, du hast mit dem Alten was zu tun gehabt.
SYRUS: Du meinst, wovon wir schon zuvor –? Gesagt, getan.
CHREMES: In vollem Ernst?
SYRUS: Wahrhaftig.
CHREMES: Dafür muß ich dir
Die Backen streicheln; alter Syrus, komm daher.
Ich muß dir etwas Liebes tun und tu es gern.
SYRUS: Ja, wenn du wüßtest, wie geschickt ich's angelegt.
CHREMES: Ei, prahlst du, daß dir alles so nach Wunsch geglückt?
SYRUS: Wahrhaftig, nein! Ich sage die Wahrheit.
CHREMES: Sprich, was ist's?
SYRUS: Die Bacchis sei das Liebchen deines Clitipho,
Sagt Clinia dem Menedemus; er habe sie
Nur mitgebracht, daß du's nicht merken solltest.
CHREMES: Gut!
SYRUS: Im Ernste?
CHREMES: Wahrlich, allzu fein!
SYRUS: Nun, eben recht.
Doch höre, was für eine List noch weiter kommt.
Er habe selbst dann deine Tochter auch gesehen,
Er sei von ihren Reizen ganz bezaubert: kurz,
Er wünsche sie zur Frau.
CHREMES: Die erst gefundene?
SYRUS: Ja.
Er denkt um sie zu werben.
CHREMES: Syrus, wozu das?
Ich kann es nicht begreifen.
SYRUS: Da begreifst du schwer.
CHREMES: Vielleicht.
SYRUS: Man gibt ihm für die Hochzeit Geld, wofür
Er Goldgeschmeide, Kleider – merkst du was?
CHREMES: Kaufen kann?

SYRUS: Das ist's.
CHREMES: Ich gebe, ich verlobe sie ihm nicht.
SYRUS: Warum nicht?
CHREMES: Fragst du? Solchem Menschen...
SYRUS: Wie's beliebt.
Du sollst sie, Herr, ihm nicht auf immer geben, nein,
Dich nur so stellen.
CHREMES: Das ist meine Sache nicht.
Du mische deine Karten, wie du willst, und mich
Laß aus dem Spiele! Soll ich einem Menschen denn
Mein Kind verloben, dem ich es nicht geben will?
SYRUS: Ich glaubte ...
CHREMES: Nimmermehr!
SYRUS: ... es hätte sich gefügt;
Und ich begann es, weil du mir's vorhin so streng
Befahlst.
CHREMES: Ich glaub es.
SYRUS: Ich indessen lasse mir's
Auch so gefallen, Chremes.
CHREMES: Und ich wünsche sehr,
Du suchst es auszuführen, nur auf anderm Weg.
SYRUS: Gut; etwas anderes also! Doch das Geld, wovon
Ich sagte, daß es die der Bacchis schuldig ist,
Das muß man ihr jetzt zahlen; nicht einwenden kannst
Du jetzt: »Was geht es mich an? Ward es mir geliehen?
War's mein Befehl? Wie kann sie ohne mein Geheiß
Mein Kind verpfänden?« Wahr, o Chremes, ist der Spruch:
Das größte Recht ist oft die größte Schlechtigkeit.
CHREMES: Ich tu's nicht.
SYRUS: Dürfen's andere gleich, du darfst es nicht.
Du kamst vorwärts, wurdest reich, das glaubt die Welt.
CHREMES: Nun denn, ich will's ihr bringen.
SYRUS: Nein, das überlaß
Dem Sohne lieber.
CHREMES: Und warum?
SYRUS: Er gilt einmal
Als ihr Geliebter.

CHREMES: Weiter?

SYRUS: Weil die Sache mehr
Wahrscheinlichkeit gewönne, wenn er's selbst ihr gibt.
Und so gelang ich leichter auch zu meinem Zweck.
Clitipho erscheint (wohl) von rechts.
Da kommt er selbst. Geh, hole doch das Geld!

CHREMES: Sogleich.
Chremes ab in sein Haus.

IV/6

CLITIPHO *für sich*: Nichts ist so leicht, was einem nicht schwer würde, [wenn
Man's tut mit Unlust. Der Spaziergang schon, wiewohl
Ganz unbedeutend, hat mich doch recht matt gemacht.
Und weiß der Himmel, ob man nicht aufs neue mich
Von hier vertreibt, um meine Bacchis nicht zu sehen! –
Ha, Syrus! Daß doch alle Götter und Göttinnen
Mit deinem Rat und Plane dich vernichteten!
Nur immerfort auf solche Dinge sinnst du ja,
Um mich zu martern.

SYRUS: Gehe, wo du hingehörst!
Fast hätte dein Mutwille mir Unglück gebracht.

CLITIPHO: Wär's nur geschehen! Du verdienst es.

SYRUS: Ich? Wodurch?
Mich freut es, daß du das gesagt, bevor das Geld,
Das ich dir geben wollte, kam aus meiner Hand.

CLITIPHO: Was soll ich dir denn sagen? Du gehst hin und holst
Mir her das Liebchen, das ich nicht berühren darf.

SYRUS: Ich grolle nicht mehr. Aber weißt du, wo dir jetzt
Die Bacchis ist?

CLITIPHO: Bei uns.

SYRUS: Nein.

CLITIPHO: Wo?

SYRUS: Bei Clinia.

CLITIPHO: Weh mir!

SYRUS: Getrost! Gleich sollst du das versprochene Geld
Ihr überbringen.

CLITIPHO: Bist du nicht gescheit? Woher?

SYRUS: Von deinem Vater.
CLITIPHO: Foppst du mich?
SYRUS: Bald zeigt es sich.
CLITIPHO: Fürwahr, ich bin recht glücklich. Syrus, meinen Dank!
Chremes tritt mit einem Geldsack aus seinem Haus.
SYRUS: Der Vater kommt hier. Zeige nicht Verwunderung,
Warum's geschehen soll. Achte stets auf meinen Wink.
Was er gebeut, das tue: sprich nur weniges.

IV/7

CHREMES: Wo steckt denn Clitipho?
SYRUS *heimlich zu Clitipho*: Sag: hier.
CLITIPHO: Hier bin ich, hier.
CHREMES *zu Syrus*: Was vorgeht, hast du's ihm gesagt?
SYRUS: Ja, größtenteils.
CHREMES *zu Clitipho*: Da nimm das Geld, und schaff es hin.
SYRUS *leise zu Clitipho, da dieser es zu nehmen zögert*: Was stehst du, Stock?
So nimm es doch!
CLITIPHO *zu Chremes*: Hier, gib es!
Chremes gibt den Geldsack seinem Sohn.
SYRUS *zu Clitipho*: Nun geschwind mir nach!
Zu Chremes: Du, wart indessen, bis wir wiederkommen, hier;
Denn dort zu bleiben haben wir nicht lange Grund.
Syrus mit Clitipho ab ins Haus des Menedemus.
CHREMES: Zehn Minen hat jetzt meine Tochter schon von mir;
Die seh ich an als Zahlung für den Unterhalt.
Für Putz und Kleidung folgen noch zehn andere nach,
Und zwei Talente spricht sie dann als Mitgift an.
Wie vieles – Rechtes, Schlechtes – bringt die Sitte mit!
Jetzt muß ich alles lassen, muß jemand erspähen,
Mit dem ich teile, was ich mir im Schweiß erwarb.

IV/8

Menedemus tritt aus seinem Haus.
MENEDEMUS *zurücksprechend*: Jetzt acht ich unter allen mich den [Glücklichsten,
Sohn, weil ich sehe, daß du dich zum Besseren
Gewandt.

CHREMES *für sich*: Wie irrt er!
MENEDEMUS: Eben, Chremes, such ich dich.
Erhalte, du kannst es, meinen Sohn, mein Haus und mich!
CHREMES: So sprich: was soll ich?
MENEDEMUS: Eine Tochter fandest du heute.
CHREMES: Und –?
MENEDEMUS: Diese wünscht sich Clinia zur Gattin.
CHREMES: Welch
Ein Mensch du bist! Ich bitte …
MENEDEMUS: Nun?
CHREMES: Vergaßest du,
Was wir besprachen wegen einer Schelmerei,
Um Geld dir abzunehmen auf dem Weg?
MENEDEMUS: Ich weiß.
CHREMES: Das eben ist im Werke.
MENEDEMUS: Wie? Was sagst du da?
In meinem Haus das Mädchen ist ja Clitiphos
Geliebte.
CHREMES: Sagt man. Und du glaubst es?
MENEDEMUS: Allerdings.
CHREMES: Und Clinia, sagt man weiter, wolle sie zur Frau,
Damit du Geld hergebest, wenn ich sie verlobt,
Um Putz, Geschmeid und anderes anzuschaffen, was
Not tut.
MENEDEMUS: So ist's. Das kriegt die Dirne.
CHREMES: Freilich, ja,
Er gibt es ihr.
MENEDEMUS: So freut ich Armer mich umsonst!
Doch will ich alles lieber als ihn missen, Freund.
Was meld ich jetzt, o Chremes, ihm von dir zurück,
Daß er's nicht merkt, ich merk es, und es übelnimmt?
CHREMES: Menedemus, nein, du gibst zu sehr ihm nach.
MENEDEMUS: O laß!
Es ist begonnen. Hilf es mir vollenden, Freund.
CHREMES: Sag ihm, die Heirat hätten wir beredet.
MENEDEMUS: Gut.
Was weiter dann?

CHREMES: Ich sei zu allem gern bereit;
Der Schwiegersohn gefalle mir; ja, wenn du willst,
Sag ihm, ich hätte sie zugesagt.
MENEDEMUS: Das wollt ich ja.
CHREMES: Damit er um so schneller Geld von dir verlangt
Und du's geschwind loswerden kannst?
MENEDEMUS: Das will ich.
CHREMES: Traun!
Wie ich die Sache sehe, wirst du seiner bald
Satt werden. Doch wie's immer sei, gib nur mit Maß
Und nur behutsam, bist du klug.
MENEDEMUS: So will ich tun.
CHREMES: Geh nun hinein, und höre, was er fordert. Wenn
Du mein bedarfst, werd ich zu Hause sein.
MENEDEMUS: Ja, ja!
Dann wird dir alles, was ich tue, kundgetan.

Chremes und Menedemus ab in ihre Häuser.

V/1

Menedemus kommt aus seinem Haus.

MENEDEMUS: Daß ich eben kein gewitzter, scharfer Kopf bin, weiß ich wohl;
Aber hier mein Helfer Chremes, mein Berater, Führer, Warner,
Tut es hierin mir zuvor. Denn jeder Name paßt auf mich,
Den man dummen Leuten zuruft, Tölpel, Bleiklotz, Esel, Stock,
Auf ihn von allem nichts, da seine Dummheit über alles geht.

Chremes kommt aus seinem Haus.

CHREMES *zurücksprechend*: Ach, Frau, so laß doch endlich ab, mit Dank für dein gefundenes Kind
Die Götter taub zu schreien, wenn du sie nicht messen willst nach dir,
Als ob sie nichts verstehen, es sei denn hundertmal und mehr gesagt. –
Doch warum bleibt mir mein Sohn so lange mit dem Syrus aus?
MENEDEMUS: Wer, sagst du, Chremes, bleibt so lang?
CHREMES: Ah, Menedemus, bist du da?
Hast du deinem Sohn berichtet, was ich dir gesagt?
MENEDEMUS: Jawohl.
CHREMES: Und was sagt er?

MENEDEMUS: Oh, der jubelt, wie ein rechter Bräutigam.
CHREMES: Hahaha!
MENEDEMUS: Was lachst du?
CHREMES: Meines Sklaven Syrus Schelmerei
Fiel mir ein.
MENEDEMUS: So?
CHREMES: Selbst die Mienen anderer übt er ein, der Schalk!
MENEDEMUS: Weil mein Sohn so fröhlich aussieht, meinst du?
CHREMES: Freilich.
MENEDEMUS: Ja, daran
Dacht ich auch.
CHREMES: Der alte Schlaukopf!
MENEDEMUS: Mehr noch, wenn du mehr erfuhrst,
Schien's dir also.
CHREMES: Wirklich?
MENEDEMUS: Höre...
CHREMES: Warte noch! Erst wüßt ich gern,
Was du aufgewandt. Wie du dem Sohn mein Jawort meldetest,
Warf dir Dromo gleich das Wort hin: eine Braut bedürfe Putz,
Goldgeschmeide, Mägde, daß du Geld für all das spendetest.
MENEDEMUS: Nein.
CHREMES: Wie? Nein?
MENEDEMUS: Nein, sag ich.
CHREMES: Auch der Sohn nicht?
MENEDEMUS: Chremes, nicht ein Wort.
Dieses eine nur verlangt er, daß die Hochzeit heute sei.
CHREMES: Sonderbar! Mein Syrus aber? Ließ auch der nichts merken?
MENEDEMUS: Nichts.
CHREMES: Weshalb, weiß ich nicht.
MENEDEMUS: Wie seltsam! Anderes weißt du doch so gut.
Doch dein Syrus eben stutzt auch deinen Sohn so herrlich zu,
Daß man's auch kein bißchen wittert, daß sie Clinias Liebchen ist.
CHREMES *betroffen*: Was du sagst!
MENEDEMUS: Von Küssen, von Umarmen nichts! Das rechn ich nicht.
CHREMES: Kann die Mummerei noch weiter gehen?
MENEDEMUS: Hoho!
CHREMES: Was?

MENEDEMUS: Höre nur!
Ganz im Hinterteile meines Hauses ist ein Kämmerchen;
Dorthin ward ein Bett getragen und mit Polstern dicht belegt.
CHREMES: Nun, und dann – was dann?
MENEDEMUS: Gesagt, getan, ging Clitipho hinein.
CHREMES: Er allein?
MENEDEMUS: Allein.
CHREMES: Ich fürchte...
MENEDEMUS: Bacchis ging gleich hinterher.
CHREMES: Sie allein?
MENEDEMUS: Allein.
CHREMES: O Himmel!
MENEDEMUS: Als sie drinnen waren, ward
Gleich die Tür gesperrt.
CHREMES: Und das sah Clinia?
MENEDEMUS: Mit mir zugleich.
CHREMES: Die Bacchis ist die Freundin meines Sohnes: ich
Geschlagener Mann!
MENEDEMUS: Wie?
CHREMES: Kaum für zehn Tage reicht
Da mein Vermögen.
MENEDEMUS: Wie? Du machst dir Sorge, daß
Er seinem Freund hier einen Liebesdienst erweist?
CHREMES: Ja, seiner Freundin.
MENEDEMUS: Sollt er das?
CHREMES: Du zweifelst noch?
Kann einer denn so milden, sanften Herzens sein,
Daß er vor seinen Augen sich sein Mädchen . . .?
MENEDEMUS: Pah!
Warum nicht? Um so leichter mich zu hintergehen!
CHREMES: Du spottest? Ich bin über mich jetzt selbst erbost.
Wie viel geschah, woran ich's merken konnte, wenn
Ich nicht ein Klotz war! Wehe mir! Was sah ich nicht!
Doch wenn ich lebe, sollen sie mir's büßen, traun!
Denn gleich . . .
MENEDEMUS: Beherrschest du dich nicht? Und schonst dich nicht?
Bin ich dir nicht Beispiels genug?

CHREMES: Ich weiß vor Zorn
Mich nicht zu lassen.
MENEDEMUS: Solche Sprache redest du?
O pfui der Schande, daß du anderen Rat erteilst,
Für andere klug bist und dir selbst nicht helfen kannst!
CHREMES: Was tu ich?
MENEDEMUS: Das, worin ich's, wie du meinst, versah.
Er fühle, daß du Vater bist, er wage ganz
Dir zu vertrauen, dich um alles anzugehen;
Nicht fremde Hilfe such er und verlasse dich!
CHREMES: Der Wüstling wandere lieber fort in alle Welt,
Als daß er seinen Vater hier zum Bettler macht!
Denn wenn ich fürder seinen Aufwand tragen soll,
Dann muß ich endlich noch zur Hacke greifen, Freund.
MENEDEMUS: Wie vieles Unheil schaffst du dir, wofern du nicht
Auf deiner Hut bist! Unerbittlich zeigst du dich
Zuerst, und dann verzeihst du doch, und ohne Dank.
CHREMES: Ach, wenn du wüßtest, wie's mich schmerzt!
MENEDEMUS: Nun, wie's beliebt! –
Wie steht es? Soll mein Sohn ihr Gatte werden? Doch
Du weißt vielleicht was Besseres.
CHREMES: Haus und Eidam steht
Mir an.
MENEDEMUS: Wieviel Mitgift bestimmst du meinem Sohn?
Warum verstummst du?
CHREMES: Mitgift?
MENEDEMUS: Ja.
CHREMES: Ach!
MENEDEMUS: Chremes, sei
Nicht bang, und wär's auch wenig: uns liegt nichts am Geld.
CHREMES: Zwei Talente, mein ich, sind für mein Vermögen schon genug.
Aber willst du Hab und Sohn mir retten, sage, meiner Tochter
Hab ich meine Güter alle zugesagt.
MENEDEMUS: Was hast du vor?
CHREMES: Stelle deshalb dich verwundert, frag ihn auch zugleich, [warum ich
Also tue.
MENEDEMUS: Doch ich weiß ja selber nicht, warum du's tust.

CHREMES: Ich? Warum? Den Burschen, der in Lust und Üppigkeit zerfließt,
Mach ich dadurch mürbe, daß er nimmer weiß, wo aus noch ein.
MENEDEMUS: Was?
CHREMES: Kein Wort mehr! Laß mich hierin meinem Sinne folgen!
MENEDEMUS: Gut!
Willst du's so?
CHREMES: Ja.
MENEDEMUS: Sei's!
CHREMES: Wohlan! Er rüste sich, die Braut zu holen!
Menedemus ab in sein Haus.
Meinem Sohn wird's, wie's für Kinder ziemt, mit Worten eingetränkt.
Doch den Syrus – den, so wahr ich lebe, schick ich so geputzt,
So gekämmt heim, daß er an mich denken soll sein Leben lang!
Denkt der Mensch, er dürfe mich zum Narren haben, zum Gespött?
Nein, so wahr mich Gott! Er wagte keiner Witwe das zu tun,
Was er mir getan!

V/2

Clitipho kommt im Gespräch mit Menedemus aus dessen Haus; Syrus folgt ihnen.

CLITIPHO: Ach, Menedemus, ist es möglich, daß
Mein Vater in so kurzer Zeit sein Vaterherz mir ganz entzog?
Weshalb nur? Welch argen Frevel hab ich Armer denn verübt?
Tun doch alle so.
MENEDEMUS: Ich weiß zwar, daß es dich viel tiefer schmerzt,
Den es trifft; doch kränkt es mich nicht minder. Weshalb, weiß ich nicht,
Noch begreif ich's. Eines weiß ich, daß ich dir von Herzen wohlwill.
CLITIPHO: Sagtest du nicht, mein Vater wäre hier?
MENEDEMUS: Da steht er!
Menedemus zurück ins Haus.
CHREMES *der das Vorige gehört hat*: Clitipho,
Was verklagst du mich? Ich sorgte nur für dich und deine Torheit;
Was ich hier tun mochte, tat ich dir zuliebe. Weil ich sah,
Wie der Leichtsinn dich beherrscht, der Genuß des Augenblicks
Dir als Höchstes gilt und du der fernen Zukunft nicht gedenkst,

Sorgt ich, daß du weder darben noch mein Gut verschleudern kannst.
Da du selbst durch dein Gebaren mir verwehrst, das Meinige
Dir zu geben, dem's zuerst gebührte, wandt ich mich an die,
Welche dir am nächsten standen; ihrer Hut vertraut ich es.
Also bleibt für deine Torheit, Clitipho, für immer dort
Eine Zuflucht offen: Obdach, Kost und Kleidung.

CLITIPHO: Wehe mir!

CHREMES: Besser ist's, als wenn d u ' s erbtest und der Bacchis spendetest!

SYRUS *für sich*: Weh! Ich Frecher! Welch Gewirre schuf ich hier aus [Unverstand!

CLITIPHO: Daß ich doch tot wäre!

CHREMES: Lerne lieber erst, was Leben heißt.
Weißt du dies und widert dich das Leben an, dann wähle Tod.

SYRUS *tritt vor*: Herr, erlaubst du?

CHREMES: Sprich!

SYRUS: Doch – bin ich sicher?

CHREMES: Sprich nur!

SYRUS: Wie verkehrt,
Ja, wie sinnlos ist es, daß der büßen soll, was ich verbrach!

CHREMES: Mische dich nicht ein! Dich, Syrus, klagt kein Mensch an. [Nicht Altar
Brauchst du noch Fürsprecher zu suchen.

SYRUS *betroffen*: Was ist das?

CHREMES: Ich zürne nicht,
Weder dir noch dem, und billig zürnt auch ihr nicht über mich.
Chremes ab in sein Haus.

SYRUS: Weg ist er: hätt ich doch gefragt...

CLITIPHO: Und was?

SYRUS: Von wem ich essen soll!
So hat er uns verstoßen. Du hast freilich bei der Schwester Brot.

CLITIPHO: Ha, Syrus! So weit kam es, daß mich gar der Hunger quälen [soll?

SYRUS: Behalten wir das Leben nur, so hoff ich...

CLITIPHO: Was?

SYRUS: Wir werden dann
Brav hungern müssen.

CLITIPHO: Kannst du noch bei solchem Ernste spaßen, kommst
Mir nicht mit Rat zu Hilfe?

SYRUS: Bin jetzt eben dran, sann schon darauf,
Solange noch dein Vater sprach. Und wenn ich's recht verstehe ...

CLITIPHO: Nun?
SYRUS: So wird er nicht gar ferne sein.
CLITIPHO: Wieso?
SYRUS: Ja, ja: ich glaube, du
Bist nicht der Sohn der Leute da.
CLITIPHO: Wie kommt dir der Gedanke? Bist
Du recht bei Sinnen, Syrus?
SYRUS: Ich will sagen, wie ich's meine: du
Urteile selbst. Solange du ihr einziger warst und ihnen sonst
Noch keine Freude näher lag, da sahen sie dir alles nach,
Da gaben sie; jetzt fanden sie die Tochter auf, mit ihr den Grund,
Dich auszustoßen.
CLITIPHO: Dieses läßt sich hören.
SYRUS: Oder meinst du wohl,
Daß dein Versehen ihn allein so aufgebracht?
CLITIPHO: Ich glaube nicht.
SYRUS: Erwäge nun dies eine noch: dem Sohne, der unrecht getan,
Pflegt sonst die Mutter beizustehen, ihn bei des Vaters Härte stets
Zu schützen. Hier geschieht es nicht.
CLITIPHO: Hast recht. Indes, was tu ich jetzt?
SYRUS: Des Zweifels wegen frage bei den Eltern an: sprich offen! Ist
Es nicht an dem, so stimmst du sie alsbald zu Mitleid oder hörst,
Von wem du stammst.
CLITIPHO: Du rätst mir gut; ich folge dir.
Clitipho ab in das Haus des Chremes.
SYRUS *für sich*: Der Einfall kam
Mir noch zur rechten Stunde. Je kleinmütiger sich der Junge zeigt,
Um so leichter kommt er mit dem Vater ab nach seinem Wunsch.
Er nimmt vielleicht auch eine Frau; indes das frommt dem Syrus nichts.

Chremes tritt aus seinem Haus.

Was ist es dort? Mein Alter kommt! Da flücht ich. Nach dem Vorfall
Ist's seltsam, daß er mich nicht gepackt. Ich muß zu Menedemus;
Den nehm ich als Fürsprecher an; dem Alten trau ich gar nicht.
Syrus ab ins Haus des Menedemus.

V/3

Sostrata folgt Chremes.

SOSTRATA: Traun, bist du nicht auf deiner Hut, Mensch, bringst du [deinen Sohn ins Leid.
Und ich begreife nicht, wie so
Was Ungereimtes in den Kopf dir kommen konnte, lieber Mann.
CHREMES: Du bist doch Weib und immer Weib! Hab ich in meinem Leben je
Etwas gewollt, da du dich mir nicht widersetztest, Sostrata?
Doch frag ich: »Weshalb tust du so? Wo fehlt ich denn?« dann weißt [du nicht,
Warum du Törin jetzt so dreist mir widerstrebst.
SOSTRATA: Ich wüßt es nicht?
CHREMES: Ja, ja, du weißt es. Stimme nur das alte Lied nicht wieder an.
SOSTRATA: Unbillig wahrlich, daß ich bei dem ernsten Falle schweigen soll!
CHREMES: Wer fordert das? Du rede nur! Ich tu es um nichts weniger.
SOSTRATA: Im Ernst?
CHREMES: Unfehlbar!
SOSTRATA: Was du da für Übel stiftest, siehst du nicht?
Er meint, er sei nicht unser Sohn.
CHREMES: Was sagst du?
SOSTRATA: Ja, so ist's gewiß.
CHREMES: Gesteh es nur!
SOSTRATA: Ich bitte dich! Das treffe meiner Feinde Haupt!
Ich soll gestehen, daß der mein Sohn nicht wäre, den ich selbst gebar?
CHREMES: Was? Ist dir bang, du könntest's nicht beweisen, ob du wolltest [auch?
SOSTRATA: Weil sich die Tochter wiederfand?
CHREMES: Nein. Was noch mehr zum Glauben zwingt:
Weil er in seinen Sitten dir
Ganz ähnelt; daran zeigt er sich als deinen Sohn; er ist so ganz
Dein Ebenbild, kein Fehl an ihm, der nicht der Mutter eigen ist.
Auch brächte wohl solch einen Sohn, wie dieser ist, kein Weib zur [Welt,
Als du.

Clitipho kommt aus dem Haus des Chremes.

Doch sieh, da kommt er selbst.
Wie feierlich ernsthaft! Wenn man ihn so sieht, so meint man wunder [was.

V/4

CLITIPHO: Mutter, wenn es eine Zeit gab, wo ich deine Freude war,
Wo du freudig deinen Sohn mich nanntest, so beschwör ich dich,
Daß du dieser Zeit gedenkst und mir Verlassenem Mitleid schenkst.
Laß mich meine Eltern wissen: diesen Wunsch gewähre mir!
SOSTRATA: Lieber Sohn, um alle Götter banne den Gedanken doch,
Daß du fremder Leute Kind seist.
CLITIPHO: Ich bin's.
SOSTRATA: Weh! Wie fragst du so?
Mögst du so uns überleben, als du mir entstammst und ihm!
Liebst du mich, so laß mich niemals solch ein Wort mehr hören!
CHREMES: Und –
Scheust du mich, so laß mich nie mehr solch Betragen sehen an dir!
CLITIPHO: Welches denn?
CHREMES: Du willst es wissen? Nun! Du bist ein Taugenichts,
Bist ein Ränkeschmied, ein Schlemmer, Faselhans und Hurenbold,
Bist ein Prasser – glaube mir's, und glaube, daß du unser bist!
CLITIPHO: Also kann kein Vater sprechen.
CHREMES: Stammtest du aus meinem Haupt,
Wie Minerva nach der Sage aus Juppiters, ich ließe doch
Darum nicht durch deine Laster mich entehren, Clitipho.
SOSTRATA: Gott verhüt es!
CHREMES: Was die Götter hier vermögen, weiß ich nicht;
Aber was in meiner Macht steht, führ ich ohne Wanken aus.
Was du hast, das suchst du: Eltern. Was dir abgeht, suchst du nicht:
Wie du deinem Vater folgen und zu Rate halten sollst,
Was er mühevoll erworben. Durch Betrug vor Augen mir
Die – zu führen! Vor der Mutter schäm ich mich das garstige
Wort zu nennen; aber du, Fant, schämst dich nicht, so was zu tun.
CLITIPHO *für sich*: Wehe mir! Wie fühl ich heute meine Nichtigkeit so tief!
Oh, die Schande! Wo beginn ich, daß ich ihn mit mir versöhne?

V/5

Menedemus kommt aus seinem Haus.
MENEDEMUS: Nein, gewiß! Der Chremes martert mir den Jungen gar zu [arg,

Gar zu grausam. Muß hinaus, muß Frieden stiften. Herrlich! Da
Seh ich beide.

CHREMES *zu Menedemus*: Ei, warum wird meine Tochter nicht geholt?
Was bestätigst du die Mitgift nicht?

SOSTRATA: Ich bitte, lieber Mann,
Tu es nicht!

CLITIPHO: Vergib mir, Vater!

MENEDEMUS: Chremes, nimm's nicht allzu streng;
Laß dich doch erbitten!

CHREMES: Bacchis soll ich schenken Hab und Gut?
Wissend nicht!

MENEDEMUS: Wir dulden's auch nicht.

CLITIPHO: Vater, willst du meinen Tod
Nicht, vergib!

SOSTRATA: Ja, teurer Chremes!

MENEDEMUS: Lieber, sei doch nicht so hart!

CHREMES: Was zu tun? Ich kann es nicht durchführen, so wie ich's begann.

MENEDEMUS: Also tust du deiner würdig.

CHREMES: Nur geschieht's mit dem Beding,
Daß er tut, was ich für billig achte.

CLITIPHO: Vater, fordere nur!
Alles tu ich.

CHREMES: Nimm ein Weib!

CLITIPHO: Ach, Vater!

CHREMES: Keinen Widerspruch!

MENEDEMUS: Ich nehm's auf mich: er tut's!

CHREMES: Er selbst ist stumm.

CLITIPHO: O Gott!

SOSTRATA: Bedenkst du dich?

CHREMES: Nun, was wählt er?

MENEDEMUS: Alles tut er.

SOSTRATA: Im Beginn, wenn du's nicht kennst,
Ist es lästig; lernst du's kennen, ist es leicht.

CLITIPHO: Ich bin bereit.

SOSTRATA: Lieber Sohn, ein nettes Mädchen weiß ich, das dir wohlgefällt:
Unseres Freundes Phanokrates Tochter.

CLITIPHO: Jene mit dem roten Haar,

Grünen Augen, krummer Nase, Sprenkeln im Gesichte?
Vater, nein, das kann ich nicht!
CHREMES: Sieh den Lecker da! Man meint, er sei in seinem Fach.
SOSTRATA: Ich weiß
Eine andere noch.
CLITIPHO: Nein, wenn ich einmal freien muß, so weiß ich selbst,
Wen ich will.
CHREMES: Brav, lieber Sohn!
CLITIPHO: Die Tochter des Archonides.
SOSTRATA: Die gefällt mir.
CLITIPHO: Vater, eins noch!
CHREMES: Was?
CLITIPHO: Vergib dem Syrus auch,
Was er mir zulieb getan hat.
CHREMES: Sei's denn! *An die Zuschauer:* Ihr, lebt wohl und klatscht!

PHORMIO

(Der Parasit Phormio)

Personen

PROLOGSPRECHER
DAVUS, *Sklave, Freund des Geta*
GETA, *Sklave des Demipho*
ANTIPHO, *Sohn des Demipho*
PHAEDRIA, *Sohn des Chremes*
DEMIPHO, *älterer athenischer Bürger*
PHORMIO, *ein Parasit*
HEGIO, CRATINUS, CRITO – *Freunde und Rechtsbeistände des Demipho*
DORIO, *Bordellbesitzer*
CHREMES, *älterer athenischer Bürger, Bruder des Demipho*
SOPHRONA, *Amme der Phanium*
NAUSISTRATA, *Frau des Chremes*
Ein Sklave des Demipho

Schauplatz der Handlung ist eine Straße in Athen. Im Hintergrund der Bühne links das Haus des Chremes, in der Mitte das des Demipho, rechts das des Dorio. Der linke Seitenausgang führt zum Hafen, der rechte zum Markt.

EINLEITUNG

Terenz wich hier das einzige Mal vom Titel seiner Vorlage ab und nannte die Komödie ›Phormio‹ nach der Hauptperson, die das Intrigenspiel des Stückes dirigiert (es ist diesmal kein Sklave, sondern ausnahmsweise ein Parasit). Der Titel des von Apollodoros von Karystos verfaßten Originals, ›Epidikazomenos‹ (oder »-e«), nimmt auf einen spezifisch griechischen, dem römischen Recht unbekannten Vorgang Bezug, auf dem die Handlung des Stückes aufbaut. Wenn in Athen von einem aus bürgerlicher Ehe stammenden Mädchen weder sein Vater noch sein Großvater väterlicherseits noch ein Bruder oder dessen Söhne mehr am Leben waren, wurde sie zur »Erbtochter«, für die besondere gesetzliche Bestimmungen galten. Sie kam unter die Obhut des Archon, der sie in einem Gerichtsverfahren dem nächsten männlichen Verwandten zusprach. Das bedeutete, daß dieser nicht nur Anspruch auf die Hand des Mädchens hatte, sondern sogar verpflichtet war, sie zu heiraten oder mit einer Mitgift ihr zu einer angemessenen Heirat zu verhelfen. So erstrebenswert also eine solche »Erbtochter« sein konnte, wenn sie ein Vermögen mit sich brachte, so lästig war sie, wenn sie mittellos dastand. Ein solches Gerichtsverfahren nannte man »epidikasía«; »epidikazómenos« hieß derjenige, der durch seinen Antrag vor Gericht das Mädchen dem nächsten Verwandten zusprechen ließ, etwas, was in unserem Stück Phormio getan hat (»epidikazoméne« wäre das Mädchen, das zugesprochen wird – der griechische Titel ist in beiden Formen überliefert). – Die Handlung ist sehr elegant konstruiert. Es geht wieder um zwei Liebespaare (die weiblichen Partner treten im Stück jedoch nicht auf). Die beiden jungen Athener (Antipho und Phaedria) sind die Söhne von zwei Brüdern (Demipho und Chremes), die zu Beginn auf Reisen sind. Antipho liebt ein alleinstehendes, armes, tugendhaftes Mädchen, das athenische Bürgerin ist (Phanium). Da eine außereheliche Liaison von dem Mädchen und seiner alten Amme (Sophrona) abgelehnt wird, will Antipho sie heiraten, wagt es aber nicht aus Furcht vor seinem Vater, bei dem er mit solch einer Mesalliance schlecht angekommen wäre. Der findige Parasit

Phormio sieht den Ausweg, daß er Antipho vor Gericht zieht, ihn dort zum nächsten Verwandten der Waise erklärt und Antipho darauf gerichtlich gezwungen wird, Phanium zu heiraten. Das geschieht, und der heimkehrende Demipho steht vor vollendeten Tatsachen. Natürlich versucht er sofort, die Heirat rückgängig zu machen, wozu, da er mit dem Gericht nichts zu tun haben will, am förderlichsten zu sein scheint, wenn er Phormio durch Zahlung einer gewissen Geldsumme (30 Minen) bewegen kann, Phanium zu übernehmen und sie selbst zu heiraten. Phormio willigt ein, nicht um das Mädchen tatsächlich zu heiraten (da plant er spätere Winkelzüge), sondern um die 30 Minen zu erhalten, die er Phaedria übergeben will, welcher sich augenblicklich in Geldverlegenheit befindet: seine Geliebte (Pamphila), die Sklavin eines Bordellbesitzers (Dorio), soll an einen Offizier verkauft werden. Mit Hilfe der 30 Minen kann Phaedria das Mädchen für sich retten. Unterdessen ist auch der Bruder des Demipho, Chremes, heimgekehrt. Er hatte in Lemnos eine Tochter aus einer verheimlichten zweiten Ehe vergeblich gesucht (mit Demipho war vereinbart gewesen, daß Antipho sie heiraten sollte). Zur größten Überraschung findet Chremes diese Tochter nun eben in Phanium wieder, und die Brüder wünschen deshalb jetzt durchaus die Aufrechterhaltung der Ehe Phaniums mit Antipho. Phormio, der von dem Umschlag Wind bekommen hat, fordert Phanium gemäß den Abmachungen für sich und kann, als sie ihm verweigert wird, die 30 Minen als Gewinn einbehalten. Er selbst kommt zusätzlich noch dadurch auf seine Kosten, daß er die Frau des Chremes (Nausistrata) über den Seitensprung ihres Mannes aufklärt und sie sich so verpflichtet. Die skrupellose Wendigkeit des Parasiten hat einen vollen Triumph über die wurmstichige Moralität der beiden Alten errungen. – Aufgeführt wurde die Komödie in Rom erstmals an den *Ludi Romani* des Jahres 161.

PROLOG

Weil jener alte Dichter unseren Dichter nicht
Von seiner Kunst losreißen und in Ruhestand
Versetzen konnte, sucht er ihn durch Schmähungen
Vom Schreiben abzuschrecken. Also sagt er denn,
Die Stücke, die der früher schrieb, die seien gar
Zu matt und niedrig, dürftig in Manier und Stil:
Wohl, weil er nie den tollen Jüngling vorgeführt,
Der eine Hirschkuh fliehen, Hunde ihr folgen sieht,
So daß sie weinend ihn beschwört, ihr beizustehen.
Doch wenn der Mann begriffe, daß sein Stück als neu
Mehr durch des Mimen Kunst gefiel als seine Kunst:
Er würde wahrlich minder kühn beleidigen.
Wenn einer jetzt behauptet oder also denkt:
»Hätt ihn der alte Dichter nicht vorher gereizt,
Der neue fände keinen Stoff zum Prologus;
Was wüßt er vorzubringen, dürft er keinen schmähen?«
So dient zur Antwort: Allen winkt als Siegespreis
Die Palme, die der Musen edler Kunst sich weihen.
Dem Dichter seinen Unterhalt zu rauben, will
Sein Gegner ihn abziehen von seiner Kunst, indes
Er selbst ihm nur entgegnen, nicht ihn reizen will.
Kämpft er mit guten Worten, hört er Gutes auch.
Was er zuerst auszahlte, wird ihm heimgezahlt.
Von ihm indes zu reden laß ich ab sofort,
Sobald er selber seinesteils abläßt zu schmähen.
Vernehmt nun, was ich will. Ich bring ein neues Stück;
Die Griechen nennen's »Epidikazomenos«,
Den Römern heißt es »Phormio«, weil Phormio
Darin die erste Rolle spielt, ein Parasit,
Durch den die Handlung meistens sich abwickeln wird,
Wenn sich der Dichter eure Gunst versprechen darf.
Merkt auf und hört uns gütig und mit Ruhe zu,

Daß nicht ein Los uns treffe, wie vordem einmal,
Als unsere Truppe vor dem Lärm vom Platze wich.
Den gab die Kunst des Mimen uns zurück im Bund
Mit eurer Nachsicht, eurem wohlgewogenen Sinn.

I/1

Davus kommt mit einem Geldbeutel in der Hand von rechts.

DAVUS: Mein bester Freund, mein Landsmann Geta suchte da
Mich gestern auf. Der hatte lange schon bei mir
Von seiner Rechnung noch ein Restchen gut an Geld;
Das mußt ich ihm aufbringen; nun, hier hab ich es.
Denn seines Herrn Sohn, hör ich, nahm sich eine Frau;
Der wird's, vermut ich, als Geschenk zusammengekratzt.
Das ist doch ganz unbillig, daß, wer wenig hat,
Daß der dem Reichern immer noch zulegen soll!
Was er von seinem Deputat am Munde sich
Abdarbend hellerweise kaum zusammengespart,
Das nimmt ihm die mit einem Griff, denkt nicht daran,
Wie sauer er's verdiente. Weiter blutet er
Nochmals mit einer Gabe, wenn die Frau gebiert,
Mit einer dritten an des Kindes Namenstag,
Und wenn man's einweiht: alles nimmt die Mutter ein;
Der Kleine gibt den Namen her. Doch – Geta kommt!

I/2

Geta tritt aus dem Haus des Demipho.

GETA *zurücksprechend*: Wenn mich ein Rotkopf sucht …
DAVUS: Laß! Hier ist er!
GETA: Oh, wollt eben dir entgegen, Davus.
DAVUS *gibt ihm den Geldbeutel*: Nimm da! Sieh,
Ganz gutes Geld, gerade, was ich schuldig war.
GETA: Das freut mich! Danke, daß du's nicht vergessen hast.
DAVUS: Zumal nach heutiger Mode. So weit kam es jetzt:
Schön danken muß man, zahlt ein Mensch etwas zurück.
Doch was so finster?
GETA: Weißt du nicht, in welcher Angst,
In welcher Not wir leben?

DAVUS: Nun, was ist's?
GETA: Vernimm:
Nur mußt du schweigen können.
DAVUS: Geh doch, Törichter!
Beim Gelde fandest du mich treu und scheust dich nun,
Mir Worte zu vertrauen? Dich zu hintergehen,
Was hülfe mir's denn?
GETA: Höre mich.
DAVUS: Ich bin zu Dienst.
GETA: Du kennst den älteren Bruder unseres alten Herrn,
Den Chremes?
DAVUS: Freilich.
GETA: Auch den Phaedria, seinen Sohn?
DAVUS: So gut wie dich.
GETA: Bei beiden Alten traf es sich zu gleicher Zeit,
Daß der nach Lemnos, unserer nach Kilikien ging,
Zu einem alten Freunde. Der lockt' ihn dahin
Durch Briefe, wo er Berge Goldes ihm verhieß.
DAVUS: Ihm, der so viel und übergenug besaß?
GETA: O still!
So ist er.
DAVUS: Ha, ich hätte sollen König sein!
GETA: Die beiden Alten ließen, als sie gingen, mich
Als Mentor ihrer Söhne, sozusagen, hier
Zurück.
DAVUS: Ein schweres Ehrenamt, o Geta, hast
Du da dir aufgebürdet.
GETA: Ich erfuhr's; ich weiß,
Ich blieb zurück im Zorne meines Genius.
Ich wollt es erst abwehren. Doch was red ich viel?
Indes ich meinem Alten treu mich zeigte, ging
Mein Rücken drauf. Da fiel der alte Spruch mir ein:
»Die Hufe wider den Stachel – welch ein Unverstand!«
So fing ich an, in alles mich zu fügen, tat,
Was sie verlangen mochten.
DAVUS: Du verstandst den Markt.
GETA: Der unsere tat nichts Arges erst. Der Phaedria

Fand gleich ein Dirnchen, eine Harfnerin, in die
Er rasend sich verliebte. Bei dem ärgsten Filz
Von Kuppler war sie Sklavin, und er konnte nichts
Ihr schenken; da war durch die Väter vorgesorgt.
So blieb die Augenweide nur, nichts anderes als
Nachlaufen, sie zur Schule führen und zurück.
Wir, unbeschäftigt, widmeten uns dem Phaedria.
Der Schule gegenüber, wo sie Stunde nahm,
War eine Baderstube. Dort erwarteten
Wir sie gewöhnlich, bis sie wieder nach Hause ging.
Einst, als wir dort so saßen, trat ein junger Mensch
Herein in Tränen. Ganz betroffen fragten wir,
Was ihm geschehn. »Ach«, rief er, »niemals schien mir so
Wie jetzt die Armut eine drückend schwere Last.
Ich sah ein armes Mädchen in der Nähe hier
Jetzt eben seiner Mutter Tod beweinen. Die
Lag gegenüber. Kein Bekannter oder Freund,
Kein Anverwandter als ein altes Mütterchen
War bei der Leiche zu helfen da. Mir brach das Herz.
Das Mädchen selbst war wunderschön.« Was red ich lang?
Er hatt uns alle gerührt. Sofort sprach Antipho:
»Was meint ihr? Gehen wir, sehen wir sie?« – »Ich denke, ja;
Kommt nur! Du führ uns, Freund!« – Wir gehen, wir kommen hin,
Wir sehen. Ein schönes Mädchen! Um so schöner noch,
Weil ihrer Schönheit keine Kunst zu Hilfe kam.
Zerstreut die Haare, nackt der Fuß, sie selbst verstört,
In schlechtem Kleide, tränenvoll: was, wenn sie nicht
So schön gewesen, ihren Reiz verdunkelte.
Der andere, den die Harfnerin gefesselt, rief
Nur: »Ziemlich artig!« Doch der unsere ...

DAVUS: Weiß es schon:
Verliebte sich.

GETA: Und wie! – Vernimm, wie weit er's treibt.
Des andern Tages eilt er stracks zur Alten, fleht,
Das Mädchen ihm zu lassen. Doch sie schlägt es ab.
Das sei nicht recht; sie sei athenische Bürgerin,
Brav, braver Eltern Kind: gesetzlich könn er sie

Zur Gattin haben, wenn er wolle, doch anders nicht.
Was war zu machen? Gerne hätt er sie gefreit;
Doch bange war ihm vor des fernen Vaters Zorn.
DAVUS: Hätt ihm der Vater bei der Heimkehr nicht willfahrt?
GETA: Der sollt ein Mädchen ohne Geld, von niederem Stand,
Ihn freien lassen? Nimmermehr!
DAVUS: Wie ging's zuletzt?
GETA: Wie's ging? Es lebt ein frecher Mensch hier, Phormio,
Ein Parasit – vertilgten alle Götter ihn!
DAVUS: Was machte der denn?
GETA: Gab den Rat: »Es ist Gesetz,
Daß Waisentöchter dem nächsten Anverwandten sich
Vermählen und daß dieser sie heiraten muß.
Ich sage, du seist ihr verwandt, ich selber sei
Ein Freund von ihrem Vater, und belange dich.
Wir kommen vor die Richter. Wer der Vater sei,
Wer Mutter, wie sie dir verwandt – das alles, Freund,
Erdicht ich, wie mir's eben paßt in meinen Zweck.
Du widerlegst nichts, und gewonnen ist das Spiel.
Dein Vater kommt, man klagt mich an, was kümmert's mich?
Genug, wir haben sie.«
DAVUS: Ein lustig frecher Streich!
GETA: Dem leuchtet's ein; wir kommen, wir verlieren, sie
Wird seine Frau.
DAVUS: Was sagst du?
GETA: Was du hörst.
DAVUS: O Freund,
Wie wird dir's gehen?
GETA: Weiß es nicht; das weiß ich nur:
Wir werden ruhig tragen, was das Schicksal bringt.
DAVUS: Recht! Also ziemt's dem Mann.
GETA: Ich hoff auf mich allein.
DAVUS: Brav!
GETA: Soll ich mir Fürsprecher suchen, die für mich
So bitten: »Diesmal laß ihn ziehen! Kommt später nur
Das mindeste, bitt ich nicht für ihn.« Am Ende heißt's
Wohl gar: »Sobald ich fort bin, schlag ihn immer tot!«

DAVUS: Der Pädagoge, der das Harfenmädchen liebt,
Wie treibt's denn der?

GETA: Ganz sachte nur!

DAVUS: Er hat vielleicht
Nicht viel zu geben?

GETA: Bloße Hoffnung, weiter nichts.

DAVUS: Sein Vater – ist er wieder da?

GETA: Noch nicht.

DAVUS: Und wann
Erwartet ihr euren Alten?

GETA: Sicher weiß ich's nicht.
Doch eben, hör ich, ward ein Brief von ihm gebracht,
Der bei den Hafenwächtern liegt; den hol ich jetzt.

DAVUS: Begehrst du sonst was, Geta?

GETA: Geh es dir erwünscht!

Davus ab nach rechts.

Ins Haus: He, Junge! – Kommt niemand?

Ein junger Sklave tritt heraus.

Er gibt ihm das Geld. Da, nimm, und gib's der Dorcium.

Sklave mit Geldbeutel ins Haus des Demipho; Geta nach links ab.

I/3

Antipho und Phaedria treten auf, wahrscheinlich beide aus dem Haus des Chremes.

ANTIPHO: Also dahin kam es, daß ich vor dem Manne, der mein Bestes
Will, vor meinem Vater zittre, wenn ich denk an seine Heimkehr?
Wär ich wohlbedacht gewesen, würd ich ihn erwarten, wie
Sich's gebührt.

PHAEDRIA: Wieso?

ANTIPHO: Du, mein Vertrauter bei dem kühnen Streiche,
Fragst? O wär's dem Phormio nie mir das zu raten eingefallen!
Hätt er mich doch nicht in meiner Leidenschaft zu dem getrieben,
Was die Quelle meines Unglücks ist! Sie wäre dann nicht mein.
Hätte das auch einige Tage mich geschmerzt, so litte doch
Mein Gemüt nicht unablässig diese Qual . . .

PHAEDRIA: Hör einer nur!

ANTIPHO: Indes ich warte, wann er kommt, der diesem Umgang mich entreißt.
PHAEDRIA: Ein anderer klagt, weil's Liebchen fehlt; du härmst dich im Liebesübermaß,
Bist überreich an Liebe, Freund.
Denn, Antipho, dein Leben ist des Wünschens und des Strebens wert.
Dürft ich so lang genießen, was ich liebe: bei den Göttern, traun,
Ich wollte mit dem Tode mich vertragen! Du erwäge nun,
Wie mir's bei diesem Mangel ist, was deine Fülle dir gewährt.
Geschweige, daß ein Mädchen, frei geboren, wohlerzogen auch,
Du sonder Aufwand dir gewannst, daß, wie du wünschtest, dir ein Weib
Geworden, ohne deinem Ruf zu schaden, frei vor aller Welt.
Wie glücklich, fehlt dir nicht der Sinn, der stets bescheiden trägt sein Glück!
Hättest du mit diesem Kuppler nur zu tun wie ich, dann fühltest du's.
So sind wir alle von Natur: mit unserm Lose nie vergnügt.
ANTIPHO: Du scheinst im Gegenteile mir jetzt hochbeglückt, mein Phaedria;
Dir steht die Wahl noch immer frei, ob deinen Liebeshandel du
Fortsetzen, ob aufgeben willst. Ich, Freund, geriet so tief hinein,
Daß ich die Meine nicht behalten noch von ihr mich trennen kann.

Geta erscheint von links.

Doch – seh ich hier nicht Geta, der in vollem Lauf daherkommt?
Er ist es. Mir ist bange: was hat der mir jetzt zu melden?

I/4

GETA *für sich, er geht an Antipho und Phaedria vorbei, ohne sie zu bemerken*:
Weh dir, Geta, wenn du nicht schnell irgendeinen Plan ersinnst!
Solches Unglück schwebt mit einmal unversehens über dir!
Wie dem ich jetzt entfliehen soll, wie mich herausziehen, weiß ich nicht.
Denn länger (ganz unmöglich ist's) bleibt unsere Keckheit nicht geheim.
ANTIPHO *zu Phaedria*: Was kommt denn der so ganz verstört?
GETA *für sich*: Dann bleibt mir kaum ein Augenblick; mein Herr ist da!
ANTIPHO: Welch Mißgeschick!
GETA *für sich*: Wenn er's hört, wo find ich dann ein Mittel gegen seine Wut?

Red ich, setz ich ihn in Flammen; schweig ich, reiz ich ihn noch mehr;
Will ich etwa rein mich waschen, wasch ich einen Mohren weiß.
Weh! Mir bangt um mich; noch mehr macht Antipho mir Angst und Sorgen:
Ihn bedaur ich, für ihn fürcht ich, er hält mich zurück: sonst hätt ich
Recht mich vorgesehen und mich an unsers Alten Zorn gerächt,
Hätte schnell was eingesackt und auf die Beine mich gemacht.

ANTIPHO: Was? Sinnt der auf Flucht und Diebstahl?

GETA: Wo find ich aber Antipho? Wo soll ich ihn zu suchen gehen?

PHAEDRIA *zu Antipho*: Dich nennt er.

ANTIPHO: Etwas Arges bringt der Bote da, so ahnt mir.

PHAEDRIA: Geh!
Bist du klug?

GETA: Ich eile heim; dort ist er meist.

Geta eilt dem Haus des Demipho zu.

PHAEDRIA: Wir wollen ihn zurückrufen.

ANTIPHO: Bleib stehen!

GETA: Recht herrisch, traun,
Wer du sein magst!

ANTIPHO: Geta, he!

GETA: Er ist es selbst, zu dem ich will.

ANTIPHO: Was bringst du, bitt ich? Sage mir's mit einem Worte, wenn [du kannst.

GETA: Das will ich.

ANTIPHO: Sprich!

GETA: Beim Hafen da ...

ANTIPHO: Mein Vater?

GETA: Ja.

ANTIPHO: Weh, weh mir!

PHAEDRIA: Ach!

ANTIPHO: Was tun?

PHAEDRIA *zu Geta*: Was sagst du?

GETA: Seinen Vater, deinen Oheim, sah ich dort.

ANTIPHO: Wo find ich Hilfe wider dies urplötzlich ungeheure Leid?
Wenn mein Geschick dahin mich treibt, von dir zu scheiden, [Phanium,
Dann ist des Lebens Reiz für mich verblüht.

GETA: Nun, wenn es also steht,

Geziemt dir doppelt wach zu sein. Dem tapfern Manne hilft das [Glück.

ANTIPHO: Ich bin nicht bei mir.

GETA: Antipho, du mußt es jetzt am ehesten sein; Denn merkt der Vater deine Furcht, so wird er glauben, daß du was Verbrochen habest.

PHAEDRIA: Wohl!

ANTIPHO: Ich kann nicht anders werden, als ich bin.

GETA: Was tätst du, wenn was Schwereres dir jetzt zu tun obläge?

ANTIPHO: Da Ich das nicht kann, vermöcht ich dies noch minder.

GETA *zu Phaedria*: So ist's nichts: wir gehen! Wozu die Mühe verschwenden? Da geh ich lieber.

PHAEDRIA: Ich mit dir.

ANTIPHO: O bleibt! Wie? Wenn ich mich verstellte? So?

GETA: Du faselst.

ANTIPHO: Seht mir ins Gesicht! Nun, ist's so recht?

GETA: Nein!

ANTIPHO: Oder so?

GETA: Beinahe.

ANTIPHO: Oder so?

GETA: Genug! – Nun, bleibe dabei, steh ihm Rede, Wort um Wort und Satz um Satz, Daß nicht mit wilden Worten er dich zornig aus dem Felde schlägt.

ANTIPHO: Schon recht.

GETA: Gewalt, Gesetz, Gericht zwang wider Willen dich dazu – Verstehst du? Doch wer ist der Greis ganz unten auf der Straße dort?

ANTIPHO: Er ist's: ich kann nicht bleiben.

GETA: Ha! Was tust du? Wohin, Antipho? Ich sage, bleib!

ANTIPHO: Ich kenne mich und meine Schuld; Und euch empfehl ich Phanium und mein Leben.

Antipho eilt nach rechts weg, während Demipho von links erscheint.

PHAEDRIA: Was Wird nun geschehen, Geta?

GETA: Du wirst ausgezankt;

Mich hängt man auf und peitscht man, wenn mir richtig ahnt.
Doch wie wir eben angemahnt den Antipho,
So müssen wir's nun selber machen, Phaedria.
PHAEDRIA: Vom Müssen schweige; sage nur: was soll ich tun?
GETA: Du wirst dich wohl erinnern, als der Handel da
Begann, was eure Rede war zu künftiger
Beschönigung der Schuld: Die Sache sei gerecht,
Erweisbar und gewinnbar, harmlos, ohne Arg,
Von allen Seiten sicher.
PHAEDRIA: Ich erinnere mich.
GETA: So mußt du jetzt auch reden, oder, wenn es geht,
Noch besser und noch schlauer.
PHAEDRIA: Ja, das soll geschehen.
GETA: Nun mache dich zuerst an ihn. Ich bleibe hier
Im Hinterhalte stehen, um an deinen Platz
Zu rücken, wenn du matt geworden bist.
PHAEDRIA: Wohlan!

II/1

Geta und Phaedria belauschen die folgenden Worte Demiphos.
DEMIPHO *für sich*: So hat ohne meinen Willen Antipho sich denn vermählt?
Vor des Vaters Macht – was sag ich Macht? –, vor meinem Zorne sich
Nicht einmal gescheut? O schamlos! Freches Tun! Ha, Geta, du
Hofmeister!
GETA *zu Phaedria:* Endlich!
DEMIPHO *für sich*: Soll mich wundern, was sie sagen, welchen Grund
Aufbringen!
GETA *zu Phaedria*: Ist schon aufgebracht: da sorge nicht!
DEMIPHO: Er sagt vielleicht:
»Ungerne tat ich's; das Gesetz zwang mich.« Das laß ich gelten.
GETA: Schön!
DEMIPHO: Doch wissend, schweigend seinem Feind die Sache preiszugeben, zwang
Ihn das Gesetz auch dazu?
PHAEDRIA: Das ist schwer.
GETA: Ich mach es leicht. Nur zu!

DEMIPHO: Was soll ich tun? So wundersam, so wider Hoffen traf mich das.
Ich glühe ganz vor Ärger, daß ich meinen Geist nicht sammeln kann.
Wohl sollte jeder, wann es ihm am besten geht, gerade dann
Bei sich erwägen, wie er sich im Mißgeschick benehmen will.
Wer aus der Fremde wiederkehrt, der denke stets nur an Gefahr,
Verlust, Verbannung, dann: der Sohn hab einen schlimmen Streich gespielt,
Tot sei die Gattin oder krank die Tochter: allgemeines Los
Sei das, es könne so geschehen – daß nichts ihn unerwartet trifft.
Was wider sein Verhoffen ihm begegnet, acht er für Gewinn.
GETA *zu Phaedria*: Unglaublich ist's, wie weit an Geist dem Herrn ich überlegen bin.
Schon überdacht ich alles Leid, das, wenn er wiederkommt, mir droht.
Ich muß den Mühlstein ewig drehen, man peitscht mich, legt mir Fesseln an;
Ich muß im Feld arbeiten: nichts von alledem kommt unverhofft.
Was wider mein Erwarten mir begegnet, acht ich für Gewinn.
Doch was säumst du gleich zuerst ihn freundlich schmeichelnd anzugehen?

Phaedria geht auf Demipho zu.

DEMIPHO: Phaedria, seh ich, kommt mir dort entgegen, meines [Bruders Sohn.
PHAEDRIA: Willkommen, Oheim!
DEMIPHO: Danke! – Wo ist Antipho?
PHAEDRIA: Kamst glücklich wieder . . .
DEMIPHO: Danke! Doch antworte mir!
PHAEDRIA: Ist wohl, ist hier. – Du fandest alles recht nach Wunsch?
DEMIPHO: Ich wünschte das.
PHAEDRIA: Wieso?
DEMIPHO: Du fragst noch, Phaedria?
Ihr habt indes 'ne schöne Heirat hier gemacht.
PHAEDRIA: Ha, zürnst du darum ihm?
GETA *für sich*: Du schlauer Wicht!
DEMIPHO: Ich sollte dem nicht zürnen? Trät er mir doch selbst
Vor Augen, daß er's fühlte, wie durch seine Schuld
Der milde Vater jetzt der allerstrengste ward.

PHAEDRIA: Er tat ja gar nichts, Oheim, daß du zürnen kannst.
DEMIPHO: Seht! Alles gleich! Der eine wie der andere!
Ja, kennt man einen, kennt man alle.
PHAEDRIA: So ist's nicht.
DEMIPHO: Tut einer Böses, ist der andere da zum Schutz,
Hilft ihm, vertritt ihn; einer löst den anderen ab.
GETA *für sich*: Beim Himmel, treffend hat der Alte beider Tun
Gezeichnet, ohne daß er's weiß!
DEMIPHO: Denn wäre dem
Nicht so, du hieltest, Phaedria, so nicht zu ihm.
PHAEDRIA: Ist Antipho hier schuldig, daß er nicht genug
Das Geld beachtet, Oheim, oder seinen Ruf,
Dann red ich nicht für ihn; er büße seine Schuld!
Wenn aber jemand, bauend auf Verschlagenheit,
Uns jungen Leuten Schlingen legt' und im Gericht
Obsiegte: sind wir oder sind die Richter schuld?
Aus Neid und Mißgunst nehmen die's dem Reichen oft
Und schenken's dann dem Armen aus Barmherzigkeit.
GETA *für sich*: Kennt ich den Prozeß nicht, glaubt ich, traun, er rede wahr!
DEMIPHO: Wo ist ein Richter, welcher dein Recht wissen kann,
Wofern du selber nicht ein Wort entgegnen willst,
Wie er getan hat?
PHAEDRIA: Als ein Jüngling edler Zucht
Und Sitte tat er. Wie man vor die Richter kam,
Vermocht er nicht zu sagen, was er ausgedacht;
So hatte Scham den blöden Jüngling stumm gemacht.
GETA *für sich*: Brav macht er's! Doch ich gehe gleich den Alten an.
Laut: Willkommen, Herr!
Wie freut mich's, daß du wohlbehalten wiederkamst!
DEMIPHO: Ha, wackerer Hüter, sei gegrüßt! Du meines Hauses Stütze, [dem
Ich meinen Sohn bei meinem Weggang anbefahl!
GETA: Schon lange hör ich, wie du hier uns unverdient
Anklagst, und mich von allen am unverdientesten.
Was, meinst du, sollt ich hierin tun? Der Sklave ja
Darf vor Gericht nicht sprechen, darf nicht Zeuge sein,
So wollen's die Gesetze.

DEMIPHO: Gut, das räum ich ein.
Auch war dem unerfahrenen Jüngling bang, und du
Bist Sklave. Aber war sie noch so nah verwandt,
Er mußte sie nicht freien, nein, ausstatten nur
Für einen andern Gatten, wie's Gesetz befiehlt.
Aus welchem Grunde, frag ich, führt' er lieber denn
Ein armes Mädchen mir ins Haus?

GETA: Es fehlte nicht
An einem Grunde, nur am Geld.

DEMIPHO: Er hätte das
Ja borgen können.

GETA: Borgen! Das ist leicht gesagt.

DEMIPHO: Am Ende, wenn's nicht anders ging, auf Zinsen.

GETA: Ah!
Vortrefflich! Wenn ihm einer nur darliehe, Herr,
Solang du lebst!

DEMIPHO: So kann's nicht bleiben! Nimmermehr!
Um alle Welt nicht darf sie mir nur einen Tag
Mit ihm vermählt sein! Bringt mir ohne weiteres
Den saubern Burschen, oder zeigt mir, wo er wohnt.

GETA: Den Phormio?

DEMIPHO: Des Mädchens Anwalt mein ich.

GETA: Er
Soll gleich erscheinen.

DEMIPHO: Aber wo ist Antipho?

GETA: Zu Hause nicht.

DEMIPHO: Geh, Phaedria, such und bring ihn her.

PHAEDRIA: Ich gehe geraden Weges hin.

GETA *leise zu Phaedria*: Zur Pamphila!

Phaedria und Geta ab nach rechts; Phaedria schlüpft, ohne daß Demipho es bemerkt, in das Haus des Dorio.

DEMIPHO: Ich gehe heim, die Götter meines Hauses zu
Begrüßen, dann zum Forum, einige Freunde mir
Herbeizurufen, die mir hier zur Seite stehen,
Auf daß ich, kommt der Phormio, gerüstet sei.

Demipho ab in sein Haus, aus dem er nach kurzer Zeit wieder herauskommt und nach rechts abgeht.

II/2

Phormio und Geta erscheinen im Gespräch von rechts.

PHORMIO *gähnend und halb trunken*:
Also seinen Vater scheuend, sagst du, lief er weg?

GETA: Jawohl.

PHORMIO: Ließ die Phanium allein?

GETA: Ja.

PHORMIO: Und der Alte war im Zorn?

GETA: Sehr.

PHORMIO: So ruht die ganze Sache, Phormio, jetzt auf dir allein.
Hast du's eingebrockt, so mußt du's auch ausessen: rüste dich!

GETA: Bitte, bitte ...

PHORMIO *ohne auf ihn zu hören*: Wenn er fragt ...

GETA: Auf dich vertrauen wir.

PHORMIO: Aufgemerkt!
Wenn er erwidert ...

GETA: Du bewogst uns.

PHORMIO *geht nachsinnend hin und her*: Also, denk ich ...

GETA: Steh uns bei!

PHORMIO: Bringe den Alten her! Mein Plan ist ganz in meinem Kopfe [reif.

GETA: Was?

PHORMIO: Was sonst, als daß die Phanium bleibt und ich den Antipho
Von der Schuld frei mache, ganz auf mich den Zorn des Alten lenke?

GETA: Tapferer Mann und wackerer Freund! Nur, Phormio, wird mir manchmal bang,
Daß dich diese Tapferkeit am Ende noch zum Blocke führt.

PHORMIO: Nein! Ich machte den Versuch schon oft und kenne meinen Weg.
Wie viel Menschen, meinst du, hab ich schon bis auf den Tod geprügelt,
Fremde, Bürger selbst? Je mehr ich's lernte, desto leichter ging's.
Hast du je vernommen, daß man wegen Mißhandlung mich belangt?

GETA: Wie das?

PHORMIO: Weil man nie dem Habicht und dem Geier Schlingen legt,
Die doch Schaden tun; den Vögeln, welche nichts tun, legt man sie.

Denn bei diesen bringt's Gewinn; bei jenen ist die Müh umsonst.
Überall bedroht Gefahr den, dem sich was ausrupfen läßt;
Doch von mir weiß alles, daß nichts mein ist. Aber, sagst du wohl,
Wenn du verurteilt bist, gesellt man dich dem Hausgesinde zu! –
Keinen Fresser will man füttern, und man tut gescheit daran,
Wenn man nicht mit höchster Wohltat Übeltat vergelten will.

GETA: Antipho kann nie genug dir lohnen, wie du's würdig bist.

PHORMIO: Nein, kein Mensch kann seinem Gönner lohnen, wie er's würdig ist.
Ohne Kosten kommst und gehst du, schmückst dich, salbst dich, badest dich,
Wohlgemut und ruhig; während Sorg und Aufwand ihn verzehrt,
Hast du, was du willst; er hängt das Maul, du lachst; du trinkst zuerst,
Nimmst zuerst am Tisch den Platz ein, hast ein zweifelhaftes Mahl.

GETA: Was bedeutet das?

PHORMIO: Du zweifelst, welche Speise du zuerst nimmst.
Wenn du recht bedenkst, wie kostbar und wie lecker alles hier:
Muß dir da, wer solches bietet, nicht als ein wahrer Gott erscheinen?

GETA: Der Alte kommt! – Sieh, was du tust! Der erste Kampf – der hitzigste.
Bestandst du den, dann steht dir ganz nach Herzenslust zu spielen frei.

II/3

Demipho, begleitet von seinen Freunden Hegio, Cratinus und Crito, kommt von rechts.

DEMIPHO: Habt ihr gehört, daß einem eine größere Schmach,
Ein größeres Unrecht widerfuhr, als mir geschah?
Ach, Freunde, helft!

GETA *zu Phormio*: Er ist erzürnt.

PHORMIO *zu Geta*: Gib acht auf mich!
Den will ich hetzen.
Laut, daß Demipho ihn hört: Ihr, des Himmels Götter! Ha!
Die Phanium wär ihm nicht verwandt, sagt Demipho?

GETA: Er sagt's.

PHORMIO: Und wer ihr Vater, wiß er nicht?

GETA: Er sagt's.

PHORMIO: Und wisse selbst nicht, wer der Stilpo war?
GETA: Er sagt's.
DEMIPHO *zu seinen Freunden*: Das, glaub ich, ist er selber, den ich meinte. Kommt!
PHORMIO: Der armen Waise Vater kennt man nicht, von ihr
Will niemand etwas wissen. Was tut doch der Geiz!
GETA: Sprichst du mir schlecht von meinem Herrn, so geht's dir schlecht.
DEMIPHO *zu seinen Freunden*: Der Freche kommt und klagt mich obendrein noch an!
PHORMIO: Dem Jüngling, dem verdenk ich's gar nicht, wenn er ihn
Nur wenig kannte: denn der Mann war schon bejahrt,
War arm und lebte meistens auf dem Lande, wo
Er sich von Taglohn nährte; dort bestellt' er uns
Ein Gut für unsern Vater. Oft erzählte mir
Der Greis, der Vetter kümmre sich gar nicht um ihn.
Doch welch ein Mann! Der beste, den ich je gesehen.
GETA: Ganz also wie du selber!
PHORMIO *leise*: Daß der Henker dich!
Laut: Denn hätt ich ihn für diesen nicht gehalten, nie
Weckt ich von eurem Hause mir so schweren Haß
Um sie, die der so wenig edel von sich stößt.
GETA: Nichtswürdiger, schimpfst du hinterrücks auf meinen Herrn?
PHORMIO: Er hat's verdient.
GETA: Ha, Bube, schweigst du?
DEMIPHO: Geta, he!
GETA *zu Phormio*: Du Gelderpresser, Rechtsverderber!
DEMIPHO: Geta, he!
PHORMIO *leise zu Geta*: Antworte!
GETA: Wer da?
DEMIPHO: Schweige!
GETA: Der hat hinterrücks
Auf dich mit Reden, die er selbst, nicht du, verdient,
Zu schmähen nicht abgelassen.
DEMIPHO: Ei, so schweige doch!
Zu Phormio: Vergönne mir vor allem erst die Bitte, mir
Antwort zu geben, junger Mann, wenn dir's gefällt.

Wer, sagst du, war dein Freund da? Sprich! In welcher Art
Behauptet er mit mir verwandt zu sein?

PHORMIO: Du fragst,
Als hättest du ihn nie gekannt.

DEMIPHO: Ich ihn gekannt?

PHORMIO: Gewiß.

DEMIPHO: Das leugne ich: hilf du meinem Gedächtnis nach,
Weil du's behauptest!

PHORMIO: Alle Welt! So kanntest du
Nicht deinen Vetter?

DEMIPHO: Wie du mich zu Tode quälst!
Den Namen sage!

PHORMIO: Den Namen?

DEMIPHO: Ja! – Was schweigst du jetzt?

PHORMIO *beiseite*: Weh, weh! Der Nam entfiel mir.

DEMIPHO: Wie? Was sagst du?

PHORMIO *leise zu Geta*: Freund!
Entsinnst du dich noch, wie wir ihn vorhin genannt,
So flüstere mir es zu.
Laut: Das sag ich nicht. Du willst
Mich prüfen, gleich als wäre dir es unbekannt.

DEMIPHO: Was? Ich dich prüfen?

GETA *flüsternd*: Stilpo!

PHORMIO: Nun – was schiert es mich?
Stilpo!

DEMIPHO: Wie heißt er?

PHORMIO: Stilpo, sag ich: du kanntest ihn?

DEMIPHO: Ich kannt ihn nicht; auch war mir nie ein Mensch verwandt,
Der diesen Namen führte.

PHORMIO: Wie? Du schämst dich nicht?
Doch hätt er zehn Talente hinterlassen ...

DEMIPHO: Daß
Dich Gott ...

PHORMIO: Du wärst der erste dann, der euren Stamm
Vom Ahn und Urahn aus dem Kopf dahergesagt.

DEMIPHO: Ganz richtig! Käm ich vor Gericht, ich würde, wie
Sie mir verwandt sei, sagen. Tu du's ebenfalls,

Ja, sage, wie ist sie verwandt?
GETA: Schön, lieber Herr!
Ganz recht so!
Zu Phormio: He du, wehre dich!
PHORMIO: Ich hab es klar
Am rechten Ort erläutert, wem ich's schuldig war:
Den Richtern. Warum widerlegt' es nicht dein Sohn,
Wenn's ungegründet war?
DEMIPHO: Du sprichst von meinem Sohn?
Nicht sagen läßt sich, wie beschränkt sich der benahm.
PHORMIO: So wende du dich, der du ja so weise bist,
An die Gerichtsbehörden, daß zum andernmal
Sie dir ein Urteil sprechen in demselben Streit.
Du bist allein ja König, der in einem Streit
Zweimal ein Urteil vom Gericht verlangen darf.
DEMIPHO: Wiewohl Gewalt an mir geschah, so will ich doch,
Bevor ich Händel suche vor Gericht und dich
Anhöre, sie ausstatten, wie's Gesetz befiehlt,
Als wäre sie mit mir verwandt. So führe sie
Hinweg aus meinem Hause: nimm fünf Minen hier!
PHORMIO: Haha! Wie schnackisch!
DEMIPHO: Fordere ich was Unbilliges?
Wie? Soll mir selbst nicht werden, was gemeines Recht
Doch jedem zuspricht?
PHORMIO: Aber will denn das Gesetz,
Daß man sie ablohnt und sofort nach Hause schickt,
Wie eine Metze, wenn man ihr den Hof gemacht?
Soll nicht der nächste darum nur ihr Gatte sein,
Daß nicht aus Armut sich vergeht die Bürgerin
Und nur mit einem Manne lebt? Das wehrst du jetzt!
DEMIPHO: Ganz recht, der nächste! Sind wir das? Warum?
PHORMIO: Halt!
Was entschieden ist, soll man nicht angreifen!
DEMIPHO: Nicht angreifen? Nein, ich raste nicht,
Bis ich es durchgesetzt!
PHORMIO: Wie albern!
DEMIPHO: Laß mich nur!

PHORMIO: Auch haben wir's am Ende nicht mit dir zu tun.
Dein Sohn ja, nicht du, ward verurteilt; denn zum Freien
War deine Zeit vorüber.

DEMIPHO: Denke, daß er selbst
Das alles spreche, was von mir gesprochen wird:
Sonst werf ich ihn zum Hause samt dem Weib hinaus.

GETA *zu Phormio*: Er ist erzürnt.

PHORMIO *zu Demipho*: So böse darfst du doch nicht sein!

DEMIPHO: So willst du mir denn überall zuwider tun,
Unhold?

PHORMIO *heimlich zu Geta*: Er fürchtet sich vor uns, so sorglich er's
Verbirgt.

GETA *ebenso zu Phormio*: Der Anfang macht sich ganz erwünscht für dich.

PHORMIO *zu Demipho*: Wie dir's gemäß ist, trage, was du tragen mußt,
Und laß uns Freunde sein!

DEMIPHO: Verlang ich denn, dein Freund
Zu werden? Will dich weder hören, weder sehen.

PHORMIO: Sie kann, verträgst du dich mit ihr, dein Alter dir
Erheitern: denke nur an deine Jahre.

DEMIPHO: Dich
Erheitre sie: nimm du sie!

PHORMIO: Laß den Grimm!

DEMIPHO: Hab acht!
Genug der Worte! Schaffst du sie nicht bald hinweg,
So werf ich sie vor die Türe. Hörst du's, Phormio?

PHORMIO: Behandelst du sie anders, als der Freien ziemt,
Droht dir ein schwerer Handel. Hörst du's, Demipho?
Leise zu Geta: Wenn's nötig ist, ich bin zu Haus.

GETA: Verstehe schon.

Phormio ab nach rechts.

II/4

DEMIPHO: Welch große Sorge, welches Leid macht mir der Sohn,
Der mich und sich verwickelt in die leidige
Heirat! Er läßt sich gar nicht sehen; dann wüßt ich doch,
Was er dazu sagt oder was er willens ist.
Zu Geta: Geh einmal hin, sieh, ob er heimgekommen ist.

GETA: Sogleich.

Geta ab ins Haus des Demipho.

DEMIPHO *zu seinen drei Freunden*: Ihr sehet, wie der Handel steht. Was soll
Ich tun? Sprich, Hegio!

HEGIO: Ich? Cratinus, denk ich, erst,
Wenn dir's gefällt.

DEMIPHO: So sprich, Cratinus!

CRATINUS: Ich?

DEMIPHO: Ja, du!

CRATINUS: Ich wünschte, daß du tätest, was dir dienlich ist.
Ich meine: was dein Sohn getan, da du ferne warst,
Wird in den alten Stand versetzt nach Recht und Fug;
Und das erlangst du, mein ich.

DEMIPHO: Sprich jetzt, Hegio.

HEGIO: Ich glaube, der sprach mit Bedacht. Doch also geht's:
»Viel Köpfe, viele Sinne; jedem seine Art!«
Ich meine nicht, daß umgestoßen werden kann,
Was nach Gesetz geschehen: schimpflich wäre das.

DEMIPHO: Sprich, Crito.

CRITO: Wie ich meine, muß man's noch einmal
Erwägen; es ist gar wichtig.

HEGIO *sich empfehlend zu Demipho*: Willst du weiter nichts?

DEMIPHO: Dank euch! Ich bin viel ungewisser als zuvor.

Hegio, Cratinus und Crito ab nach rechts; Geta tritt aus dem Haus des Demipho.

GETA: Es heißt, er sei noch nicht zurück.

DEMIPHO: So wart ich denn
Auf meinen Bruder. Was mir der rät, will ich tun.
Ich will im Hafen fragen, wann er wiederkommt.

Demipho ab nach links.

GETA: Ich aber will den Antipho jetzt suchen, ihm,
Was hier geschehen ist, kundzutun. Doch seh ich recht,
So stellt er hier sich eben, wie gerufen, ein.

III/1

Antipho kommt von rechts.

ANTIPHO *für sich*: Antipho, traun, manchen Tadels bist du wert bei der Gesinnung!

So von hier zu gehen, dein Leben fremder Hut dahinzugeben!
Glaubtest du, daß andere besser als du selbst dich wahren würden?
Anderes lassend, mußtest du doch für die Gattin Sorge tragen,
Daß sie nicht, auf dich vertrauend und getäuscht, ein Leid erführe!
Bist doch du's, auf dem allein der Armen Trost und Hilfe ruht.

GETA *näher tretend*: Auch wir, o Herr, wir tadeln dich schon lange, daß [du dich entfernt ...

ANTIPHO: Dich sucht ich.

GETA: Ließen aber doch deshalb den Mut nicht sinken.

ANTIPHO: Sprich,
Ich bitte dich: wie steht's um mich und meine Sache? Witterte
Mein Vater was?

GETA: Noch nichts.

ANTIPHO: Und hab ich weiter Hoffnung?

GETA: Weiß nicht.

ANTIPHO: Ach!

GETA: Doch Phaedria ließ nicht ab, für dich zu kämpfen.

ANTIPHO: Bin's an ihm gewohnt.

GETA: Dann hat sich Phormio, wie sonst, auch hier als wackerer Mann [bewährt.

ANTIPHO: Was tat er?

GETA: Schlug durch Worte nieder des aufgebrachten Greises Zorn.

ANTIPHO: Schön, Phormio!

GETA: Und ich, so viel ich konnte...

ANTIPHO: Dank euch allen, Freund!

GETA: Wie gesagt, so steht es für den Anfang. Noch ist alles ruhig,
Und dein Vater wartet, bis der Oheim kommt.

ANTIPHO: Warum?

GETA: Er wolle,
Sagt er, nach dem Rat des Oheims handeln in der Sache hier.

ANTIPHO: Ha, wie bangt mir, wenn der Oheim, Geta, jetzt gesund zurückkommt!
Denn an seinem Wort allein hängt Leben oder Tod für mich.

Phaedria und Dorio treten aus des letzteren Haus.

GETA: Phaedria kommt.

ANTIPHO: Wo?

GETA: Sieh, da tritt er vor aus seinem Tummelplatz.

III/2

PHAEDRIA *hält den Dorio am Arme*: Dorio, höre doch!
DORIO: Ich höre nicht.
PHAEDRIA: Ein Wort nur!
DORIO: Laß mich gehen!
PHAEDRIA: Höre mich!
DORIO: Mir ekelt's wahrlich! Tausendmal das alte Lied!
PHAEDRIA: Doch ich sage, was du gerne hörst.
DORIO: So sprich: ich höre schon.
PHAEDRIA: Laß dich doch erbitten, warte die drei Tage nur! – Wohin
Willst du jetzt?
DORIO: Mich sollt es wundern, wenn du mir was Neues sagtest.
ANTIPHO *zu Geta*: Der Kuppler, fürcht ich...
GETA *zu Antipho*: Dreht sich seinen eignen Strick.
PHAEDRIA: Traust du mir denn nicht?
DORIO: Du faselst.
PHAEDRIA: Wenn ich dir gelobe...
DORIO: Possen!
PHAEDRIA: Gute Zinsen, sollst du sagen, bringt der Liebesdienst dir ein.
DORIO: Schwätzer!
PHAEDRIA: Wirst es nicht bereuen: traun, im Ernste!
DORIO: Träumerei!
PHAEDRIA: Auf, versuch's! Nicht lange währt es.
DORIO: Immer nur das alte Lied!
PHAEDRIA: Du wirst mir Blutsverwandter, Freund, wirst Vater, wirst...
DORIO: Ja, schwatze nur!
PHAEDRIA: Solltest du so harten Herzens und so unerbittlich sein,
Daß dich weder Mitgefühl noch Flehen je erweichen kann?
DORIO: Solltest du so unverständig, Phaedria, so hirnlos sein,
Daß du mich hinhältst mit Worten, gleisnerisch herausgeputzt,
Und das Mädchen unentgeltlich haben willst?
ANTIPHO *für sich*: Er jammert mich.
PHAEDRIA *für sich*: Schlimm genug! Er traf das Rechte.
GETA *für sich*: Bleiben doch sich beide gleich!
PHAEDRIA: Daß gerade, während Antipho mit gleichen Sorgen kämpft,
Mich der Unfall treffen muß!

ANTIPHO *hervortretend*: Ach, Phaedria, was ist es denn?
PHAEDRIA: Antipho, du Sohn des Glückes!
ANTIPHO: Ich?
PHAEDRIA: Dein Liebchen ist bei dir;
Und du durftest nie mit solchem Mißgeschick den Kampf bestehen.
ANTIPHO: Wie? Bei mir? Nein, an den Ohren halt ich, wie man sagt, den
Den ich weder loszulassen, weder festzuhalten weiß. [Wolf,
DORIO *auf Phaedria deutend*: Ebenso geht mir's mit dem.
ANTIPHO *zu Dorio*: Ei, sei des Kupplernamens wert!
Zu Phaedria: Hat der etwas angestellt?
PHAEDRIA: Der? Wozu ein Unmensch nur imstand ist:
Meine Pamphila verkauft!
GETA: Was? Sie verkauft?
ANTIPHO: Im Ernst? Verkauft?
PHAEDRIA: Ja, verkauft!
DORIO: Abscheulich! Eine für sein Geld erkaufte Magd!
PHAEDRIA: Kann ihn nicht erbitten, noch zu warten, auf drei Tage nur
Jenem nicht sein Wort zu halten, bis ich das versprochene Geld
Mir von Freundeshand verschaffe. – Wenn ich's dann nicht zahle, sollst
Du nicht eine Stunde länger mehr verziehen.
DORIO: Du machst mich taub.
ANTIPHO: Die Frist, um die er bittet, ist nicht lang; gewähr ihm seinen Wunsch.
Er wird für diesen Liebesdienst den Preis verdoppeln, Dorio.
DORIO: Eitle Worte!
ANTIPHO: Willst du Pamphila ziehen lassen aus der Stadt?
Kannst du fühllos dulden, daß der Liebesbund zerrissen wird?
DORIO: Weder ich noch du...
GETA: O straften dich die Götter, wie du's wert bist!
DORIO: Gegen meine Weise trug ich, Phaedria, dich manchen Monat:
Du versprachst und zahltest nichts und weintest. Jetzt im Gegenteil
Fand ich den, der zahlt und nicht weint: mache nun dem Besseren Platz.
ANTIPHO: Wahrlich, wenn mir recht ist, ward früher ja ein Termin
Wo du sie ihm geben solltest. [festgesetzt,
PHAEDRIA: Freilich.
DORIO: Leugn ich etwa dies?

ANTIPHO: Ist der Tag um?
DORIO: Nein; der heutige geht ihm vor.
ANTIPHO: Du schämst dich nicht
Deines Wortbruchs?
DORIO: Nein, wenn's etwas einbringt.
GETA: Unflat!
PHAEDRIA: Dorio,
Ist das recht?
DORIO: So bin ich. Wenn ich dir gefalle, brauche mich.
ANTIPHO: So betrügst du den?
DORIO: Mitnichten: er betrügt mich, Antipho.
Denn wie ich bin, weiß er doch; ihn hab ich anders mir gedacht.
Er betrog mich; ich bin immer noch der alte gegen ihn.
Aber wie dem sei, noch will ich dies tun: morgen früh versprach
Der Soldat das Geld zu zahlen. Bringst du's eher, folg ich streng
Meiner Regel: wer zuerst zahlt, hat das Vorrecht. Lebe wohl!
Dorio ab nach rechts.

III/3

PHAEDRIA: Was ist zu tun? Wo schaff ich dem so plötzlich Geld, ich Armer, der
Minder hat als nichts? O hätt er mir doch nur drei Tage Frist
Zugestanden! Da war mir's versprochen.
ANTIPHO *zu Geta*: Sehen wir ruhig zu,
Daß er elend wird, der immer, wie du weißt, mir freundlich half?
Nein, wir wollen, nun es not tut, ihm vergelten, was er tat!
GETA: Billig wär's gewiß.
ANTIPHO: Wohlan denn! Retten kannst du ihn allein.
GETA: Nun, was soll ich?
ANTIPHO: Schaffe Geld!
GETA: Das will ich; aber sprich: woher?
ANTIPHO: Mein Vater ist zurück.
GETA: Was nun?
ANTIPHO: Dem Klugen ist ein Wort genug.
GETA *indem er die Gebärde des Stehlens macht*:
So meinst du?
ANTIPHO: Ja.

GETA: Fürwahr, du rätst mir schön: o geh mir weg damit!
Bin schon froh, bringt deine Heirat keine Prügel mir; und nun
Willst du, daß ich dem zuliebe gar ans Kreuz mich schlagen lasse?

ANTIPHO: Er hat recht.

PHAEDRIA: Wie, Geta? Bin ich euch so fremd?

GETA: Das mein ich nicht.
Aber ist es ein Geringes, daß der Greis uns allen zürnt?
Müssen wir ihn gar noch reizen, daß kein Raum für Bitten bleibt?

PHAEDRIA: Soll ein anderer sie von meinen Augen weg in fremdes Land
Führen? Ha! Nun denn, solang ihr könnt und ich noch da bin, sprecht,
Antipho, mit mir, o seht mich an!

ANTIPHO: Warum? Was hast du vor?

PHAEDRIA: Wo man sie hinbringe, fest ist mein Entschluß, ich eil ihr nach
Oder sterbe!

GETA: Wünsche Glück dazu! Doch geht's wohl nicht so schnell?

ANTIPHO *zu Geta*: Ob du nicht in etwas helfen kannst...

GETA: Worin?

ANTIPHO: O sinne nach,
Daß er nicht, hier oder dort, was tue, das hernach uns reut.

GETA *nach einer kleinen Pause*: Gut! Ich denk, ihm ist geholfen: doch mir bangt, uns geht es schlimm.

ANTIPHO: Sei nicht bange! Glück und Unglück tragen wir vereint mit [dir.

GETA: Sprich: wieviel Geld hast du nötig?

PHAEDRIA: Mehr als dreißig Minen nicht.

GETA: Dreißig? Hu! Ein teures Liebchen!

PHAEDRIA: Nein, fürwahr, sehr billig ist's.

GETA: Gut! Ich schaff es.

PHAEDRIA *umarmt ihn*: Liebster!

GETA: Weg da!

PHAEDRIA: Brauch es gleich.

GETA: Bekommst es gleich.
Doch noch eins: zum Helfershelfer brauch ich Phormio dabei.

ANTIPHO: Ist zur Hand! Dem kannst du keck aufpacken, was du willst: [er trägt's.
Der ist einzig Freund dem Freunde.

GETA: Gehen wir denn sogleich zu ihm!

ANTIPHO: Kann ich euch in irgend etwas dienen?

GETA: Nein; doch geh nach Haus;

Tröste dort das arme Weibchen, das gewiß vor lauter Angst
Halb entseelt ist. Säumst du?

ANTIPHO: Nichts auf Erden kann ich lieber tun.

Antipho ab ins Haus des Demipho.

PHAEDRIA *zu Geta*: Nun, wie willst du's machen?

GETA: Davon unterwegs. Jetzt fort von hier!

Phaedria und Geta ab nach rechts.

IV/1

Demipho und Chremes kommen von links.

DEMIPHO: Nun, Chremes? Hast du deine Tochter mitgebracht –
Was dich nach Lemnos führte?

CHREMES: Nein.

DEMIPHO: Warum denn nicht?

CHREMES: Als ihre Mutter sieht, ich bleibe hier zu lang,
Zudem des Mädchens Alter meine Zögerung
Nicht länger tragen konnte, zog sie, sagte man,
Mir nach mit ihrem ganzen Haus.

DEMIPHO: Was bliebst du denn,
Als dir die Kunde wurde, noch so lange dort?

CHREMES: Nun, eine Krankheit hielt mich ab.

DEMIPHO: Wieso?

CHREMES: Du fragst?
Das Alter selbst ist eine Krankheit. Daß sie wohl
Anlangten, sagt der Schiffer, der sie hergebracht.

DEMIPHO: Was meinem Sohn begegnet, als ich ferne war,
Vernahmst du?

CHREMES: Das verrückt mir eben meinen Plan.
Denn trag ich einem Fremden meine Tochter an,
So muß ich ihm vollständig Auskunft geben, wie,
Durch wen sie meine Tochter ist. Du, wußt ich wohl,
Du meinst's mit mir so redlich wie ich selbst mit mir.
Der dort, der Fremde, wenn er mich zum Schwäher will,
Hält reinen Mund, solang wir gute Freunde sind:
Sobald er aber mich verschmäht, dann weiß er mehr,
Als dienlich ist; dann, fürcht ich, hört es meine Frau.
Geschieht das, muß ich aus dem Haus mit leerer Hand;

Von all dem Meinen ist ja nichts mein als ich selbst.
DEMIPHO: Das weiß ich wohl und bin darüber sehr besorgt.
Auch will ich nicht ermüden, will nicht eher ruhen,
Als bis ich dir erfüllte, was ich dir versprach.

IV/2

Geta kommt von rechts, unbemerkt von Demipho und Chremes.
GETA *für sich*: Nie sah ich einen schlauern Kopf als Phormio.
Ich komme, sag ihm, daß wir Geld benötigen,
Und wie's in bester Weise wohl zu schaffen sei.
Kaum sagt ich's ihm zur Hälfte, da begriff er's schon.
Er freut sich, lobt mich, will sofort den Alten sehen
Und dankt den Göttern, daß sich ihm Gelegenheit
Darbiete, sich dem Phaedria nicht minder Freund
Zu zeigen als dem Antipho. Ich hieß am Markt
Ihn warten; dorthin führ ich ihm den Alten zu.
Indem er den Demipho gewahr wird: Da ist er! Und wer weiter? –
Potz! Der Vater kam
Von Phaedria! – Doch was erschreck ich Esel? Weil
Ich zwei für einen habe, die ich täuschen kann?
Bequemer ist es, mein ich, wenn man doppelt hofft.
Dort will ich mir es holen, wo ich gleich zuerst
Es holen wollte. Gibt es der, dann ist es recht;
Und ist's bei dem nichts, mach ich mich an den Gastfreund da.

IV/3

Antipho tritt aus dem Haus des Demipho; da Geta schon an diesem mittleren Haus vorbeigegangen ist in Richtung auf die vor dem linken Haus stehenden beiden Alten, bemerkt er den Antipho nicht mehr. Antipho belauscht das folgende Gespräch.
ANTIPHO *für sich*: Ich wart es ab, wie bald der Geta wiederkommt.
Doch seh ich da den Oheim mit dem Vater. Ach!
Mir bangt, wozu der meinen Vater treiben wird.
GETA *für sich*: Ich gehe hin. – Willkommen, Chremes!
CHREMES: Danke dir.
GETA: Mich freut's, du bist gesund zurück.
CHREMES: Ich glaub's.

GETA: Wie geht's?
CHREMES: Viel Neues hier, wie immer, wenn man von Reisen kommt.
GETA: Wahr! Weißt du's schon von Antipho?
CHREMES: Weiß alles schon.
GETA *zu Demipho*: Du sagtest's ihm? – Abscheulich, Chremes, also sich
Getäuscht zu sehen!
DEMIPHO: Eben sprach ich mit ihm davon.
GETA: Auch ich – ich ging darüber mit mir selbst zu Rat,
Und einen Ausweg fand ich, wie ich meine.
CHREMES: Was?
DEMIPHO: Und welchen?
GETA: Als ich ging von dir, kam Phormio
Zufällig mir entgegen ...
CHREMES: Wer ist Phormio?
GETA: Der, der das Mädchen ...
CHREMES: Ach! Ich weiß.
GETA: Ich dachte gleich:
Erst mußt du den ausholen, nahm ihn mir allein,
Und sprach: »Warum, Freund Phormio, versuchen wir
Nicht lieber erst die Sache zwischen uns in Ruh
Und Güte beizulegen als in Zank und Streit?
Mein Herr – er denkt großmütig, ist Prozessen feind.
Denn traun, die anderen, seine Freunde, gaben ihm
Aus einem Mund jetzt eben allzumal den Rat,
Sie vor die Tür zu werfen.«
ANTIPHO *für sich*: Was beginnt der Mensch?
Wo will's hinaus am Ende?
GETA: »Meinst du, das Gesetz
Werd ihn zur Strafe ziehen, wenn er sie verstößt?
Da sind wir sicher. Wahrlich, du wirst schwitzen, wenn
Du dich mit dem einlässest. Solch ein Zungenheld
Ist er. Indessen, wenn er's auch verlöre, gilt's
Am Ende doch nicht seinem Kopf, nur seinem Geld.«
Sobald ich merkte, daß der Mensch geschmeidig ward:
»Wir sind allein jetzt«, sagt ich; »he, was muß ich dir
In die Hände drücken, daß mein Herr die Klage läßt,
Daß die das Haus räumt, du hinfort nicht lästig bist?«

ANTIPHO *für sich*: Ist der verrückt?
GETA: »Denn sicher weiß ich: wenn du nur
In etwas gut und billig sprichst, dann werdet ihr –
So gütig ist er – heute nicht drei Worte mehr
Zusammen wechseln.«
DEMIPHO: Wer gebot dir so zu tun?
CHREMES: O laß doch! Besser konnten wir an unser Ziel
Nicht hingelangen.
ANTIPHO *für sich*: Wehe mir!
CHREMES: Sprich fort!
GETA: Zuerst
Benahm er sich wie toll.
CHREMES: Nun, was verlangt er denn?
GETA: Was? Schrecklich viel!
CHREMES: Wieviel denn?
GETA: »Wenn er ein attisches
Talent erhielte ...«
DEMIPHO: Ja, die Pest! Schämt der sich nicht?
GETA: Da sagt ich ihm: »Wie, wenn er die einzige Tochter selbst
Ausstatten müßte ...?«
DEMIPHO: Wenig half mir's also, daß
Ich keine habe: fand sich hier doch eine, die
Mitgift begehrt.
GETA: Um kurz zu sein, mit seinen Albernheiten euch
Nicht aufzuhalten – endlich war sein letztes Wort:
»Ich wollte meines Freundes Kind, wie's billig war,
Schon gleich im Anfang freien; denn ich dachte mir,
Wie drückend ihr es wäre, wenn als Arme sie
Geriet an einen reichen Mann in Sklaverei.
Doch ich – bekenn ich's offen dir! – brauch eine Frau,
Die etwas mir zubrächte, meine Schulden zu
Bezahlen. Und auch jetzt noch, gibt mir Demipho,
Was ich von der bekomme, der ich mich verlobt,
So wünscht ich keine lieber mir als die zur Frau.«
ANTIPHO *für sich*: Ob der aus Einfalt oder gar Böswilligkeit
So tut, mit Absicht oder nicht, ich weiß es nicht.
DEMIPHO: Wie, wenn er schuldet seinen Kopf?

GETA: Sein Gütchen sei
Verpfändet um zehn Minen.
DEMIPHO: Gut! Er nehme sie!
Ich zahl's.
GETA: Ein Häuschen um zehn andere noch.
DEMIPHO: Hoho!
Zuviel!
CHREMES: O schrei nicht! Diese zehn geb ich dazu.
GETA: »Die Frau bedarf ein Mädchen; dann gebricht noch was
An Hausgeräte; Geld zum Hochzeitsfest bedarf's:
Für das zusammen rechne noch zehn andere.«
DEMIPHO: Nein, da verklag er lieber mich zehntausendmal!
Nichts geb ich! Höhnen soll mich noch der schmutzige Kerl?
CHREMES: Ich geb es; sei doch ruhig! Mach nur, daß dein Sohn
Die nehme, die wir ihm bestimmt.
ANTIPHO *für sich*: Weh, wehe mir!
Mit deinen Ränken, Geta, bringst du mich noch um!
CHREMES: Um meinetwillen muß sie fort; so muß ich auch
Dies Opfer bringen.
GETA: »Gib, so schnell dir's möglich ist,
Mir Kunde«, sprach er endlich, »ob sie Phanium
Mir geben wollen, daß ich weiß, woran ich bin,
Und mich von der losmache. Denn die Leute sind
Bereit, die Mitgift ungesäumt zu zahlen.«
CHREMES: Gleich
Soll er's bekommen; also künd er jenen auf
Und nehme diese!
DEMIPHO: Mög es ihm zum Fluch gedeihen!
CHREMES: Da hab ich ganz gelegen jetzt das Geld bei mir,
Den Zins, den meines Weibes Gut auf Lemnos trägt:
Da nehm ich's und sage meiner Frau, du brauchst das Geld.
Chremes und Demipho treten in das Haus des ersteren.

IV/4

Antipho nähert sich Geta.
ANTIPHO: He, Geta!
GETA: Nun?

ANTIPHO: Was tatest du?

GETA: Die Alten prellt ich um das Geld.

ANTIPHO: Ist das genug?

GETA: Ich weiß nicht; so viel ward verlangt.

ANTIPHO: Soll das auf meine Frage, Kerl, die Antwort sein?
Du Schlingel!

GETA: Nun, was meinst du?

ANTIPHO: Was? Ich danke dir's,
Daß ich geradesweges nur mich hängen kann.
O daß doch alle Götter dich und Göttinnen
Der Oberwelt und Unterwelt, zum warnenden
Beispiel für andere, von der Welt vertilgten! Ha,
Wer etwas gut besorgen will, trag's diesem auf,
Der aus der Stille des Meeres ihn auf Klippen wirft!
Was konnte minder frommen, als den wunden Punkt
Zu berühren oder meine Frau zu nennen? Sprich!
Mein Vater hofft jetzt, ihrer loszuwerden. Sieh,
Wenn Phormio das Geld erhält, so muß er sie
Heimführen: was wird weiter dann?

GETA: Der nimmt sie nicht.

ANTIPHO: Ich weiß es; aber wenn sie nun ihr Geld zurück
Verlangen, wird er uns zuliebe lieber sich
Einstecken lassen.

GETA: Antipho, was ließe sich
Nicht böse machen, wenn es schief geschildert wird?
Du lässest weg das Gute, nennst das Schlimme nur.
Jetzt höre mich dagegen. Wenn er das Geld bekommt,
Muß er sie nehmen, sagtest du. Das räum ich ein.
Doch wird zum Hochzeitrüsten ihm, zum Opfern und
Einladen noch ein bißchen Zeit verstattet sein.
Indessen schaffen Freunde, was versprochen ist.
So zahlt er's wieder.

ANTIPHO: Doch was gibt er vor?

GETA: Du fragst?
Gar vieles! »Böse Zeichen sah ich hinterher:
Mir lief ein fremder rabenschwarzer Hund ins Haus;
In meinem Hof fiel eine Schlange vom Dach herab;

Die Henne krähte; ein Seher widerriet; mir hat
Ein Opferschauer untersagt, vor Winter noch
Was Neues anzufangen.« Ein vollgültiger Grund!
So geht es.

ANTIPHO: Wenn's nur geht!

GETA: Es geht: vertraue mir! –

Demipho und Chremes kommen wieder aus des letzteren Haus. Demipho trägt einen Geldbeutel.

Dein Vater! – Geh zu Phaedria, das Geld sei da.

Antipho ab nach rechts.

DEMIPHO *zu Chremes*: Sei ruhig; dafür sorg ich schon, daß uns der Mensch nicht hintergeht.
Das Geld da geb ich nicht so blindlings her, ich ziehe Zeugen bei,
Wem und warum ich's gebe.

GETA *für sich*: Wie vorsichtig, wo's nicht nötig ist!

CHREMES: So mußt du's machen; eile nur, solang er noch des Sinnes ist!
Denn wenn die andere mehr ihn drängt, so kündet er uns wieder auf.

GETA *für sich*: Du trafst es!

DEMIPHO *zu Geta*: Führe mich denn hin zu ihm!

GETA: Sogleich.

CHREMES: Ist das geschehen,
Geh hin zu meiner Frau: sie soll mit der noch sprechen, eh sie geht,
Ihr sagen, wir vermählten sie dem Phormio; sie möge drum
Nicht zürnen; der sei passender, weil er mit ihr bekannter sei.
Wir hätten unsere Pflicht getan, so viel zur Mitgift ihr bezahlt,
Wie er begehrt.

DEMIPHO: Was, Henker, liegt denn dir daran?

CHREMES: Viel, Demipho.
Die Pflicht zu tun ist nicht genug, wenn's nicht die Welt gutheißt. Es soll
Mit ihrem Willen auch geschehen; sonst sagt sie, daß man sie verjagt.

DEMIPHO: Das kann auch i c h tun.

CHREMES: Frau zur Frau paßt besser.

DEMIPHO: Gut: ich bitte sie.

Demipho und Geta ab nach rechts.

CHREMES: Mir geht es jetzt im Kopf herum, wo ich die Meinen finden kann.

V/1

Sophrona eilt aus dem Haus des Demipho.

SOPHRONA *ohne den Chremes zu sehen, für sich*: Was zu tun? Wo find ich Arme einen Freund? Mit wem berat ich's?
Wo erfleh ich Hilfe mir?
Denn mir bangt, daß meine Herrin meines Rates wegen Unbill
Leiden muß: so zürnt des Jünglings Vater über dies Beginnen.

CHREMES *für sich*: Wer ist die Alte, die halb entseelt aus meines Bruders Hause stürzt?

SOPHRONA: So zu tun, bewog mich Armut. Daß die Heirat nicht Bestand
Habe, wußt ich, aber riet denn doch dazu, damit wir nur
Vor der Hand zu leben hätten.

CHREMES: Trügt mich mein Gedächtnis nicht,
Täuscht mich nicht mein Auge, seh ich wahrlich meiner Tochter [Amme.

SOPHRONA: Auch ihr Vater...

CHREMES: Was beginn ich nur?

SOPHRONA: ... ist nirgends aufzuspüren.

CHREMES: Sprech ich? Wart ich noch, bis ihre Rede mir noch mehr enthüllt?

SOPHRONA: Könnt ich den jetzt finden, wäre mir nicht bange mehr.

CHREMES: Sie ist es.
Hin zu ihr!

SOPHRONA: Wer spricht da?

CHREMES: Sophrona!

SOPHRONA: Wer nennt da meinen Namen?

CHREMES: Sieh nach mir!

SOPHRONA: Um alle Götter! Ist das Stilpo?

CHREMES: Nein!

SOPHRONA: Wie? Nicht?

CHREMES: Sophrona, tritt von der Türe dort ein wenig hier herüber.
Bei diesem Namen nenne mich nicht mehr.

SOPHRONA: Warum? Bist du nicht der,
Für den du stets dich ausgegeben?

CHREMES *auf seine Haustür deutend*: Pst!

SOPHRONA: Was fürchtest du die Tür?

CHREMES: Da drinnen haust mein grimmig Weib. Den Namen Stilpo legt ich einst

Mir fälschlich bei, damit ihr euch nicht unbedachtsam wohl einmal
Verschwatztet und dann meine Frau es irgendwie erführe.

SOPHRONA: Ha!
So freilich war's unmöglich uns, dich hier zu finden.

CHREMES: Sage mir:
Was hast du mit dem Hause für Verkehr, aus dem du kamest?
Wo sind die Meinen?

SOPHRONA: Ach!

CHREMES: Was ist's? Sie leben doch?

SOPHRONA: Die Tochter
Lebt noch: der armen Mutter hat der Gram das Herz gebrochen.

CHREMES: Das tut mir weh!

SOPHRONA: Ich alte Frau, verlassen, arm, hier unbekannt,
Tat, was ich konnte, gab zur Frau das Mädchen an den Jüngling hier,
Dem dieses Haus gehört.

CHREMES: Dem Antipho?

SOPHRONA: Ja, diesem eben.

CHREMES: Was? Hat er denn zwei Frauen?

SOPHRONA: Ah! Ich bitte! Nur die eine.

CHREMES: Und die andere, die mit ihm verwandt sein soll...?

SOPHRONA: Ist die.

CHREMES: Was sagst du!

SOPHRONA: Wir kamen überein, daß er sein Liebchen ohne Mitgift
Heiraten konnte.

CHREMES: Guter Gott! Wie oft führt blinder Zufall
Herbei, was man zu wünschen nicht gewagt! Ich komm und finde
Die Tochter hier vermählt mit wem ich wollt und wie ich wollte.
Woran wir zwei mit aller Macht uns abgemüht, hat diese
Ohn unsere Sorge ganz allein vollbracht durch ihre Sorge.

SOPHRONA: Jetzt überlege, was zu tun! Des Jünglings Vater kam zurück
Und soll darob gewaltig ungehalten sein.

CHREMES: Hat keine Not.
Doch laß um alle Welt niemand erfahren, daß sie mein ist.

SOPHRONA: Ich sag es niemand.

CHREMES: Folge mir! Das weitere hörst du drinnen.

Chremes und Sophrona ab ins Haus des Demipho.

V/2

Demipho und Geta kommen von rechts.

DEMIPHO: Wir selbst sind schuld, daß schlechtes Tun dem schlechten Mann Gewinn bringt;
Denn gar zuviel liegt uns daran, für mild und gut zu gelten.
»Flieh«, heißt es, »nicht am eignen Haus vorbei!« War's nicht genügend,
Daß der uns einen Streich gespielt? Man warf ihm auch noch Geld hin,
Davon zu leben, bis er uns ein neues Bubenstück verübt.

GETA: Sehr richtig.

DEMIPHO: Jetzt wird noch belohnt, wer Recht verkehrt in Unrecht.

GETA: Sehr wahr.

DEMIPHO: Wie töricht waren wir, ihm in die Hand zu spielen!

GETA: Und käme man nur so mit ihm davon, daß er sie nähme!

DEMIPHO: Fragt dies sich noch?

GETA: Wie das ein Mensch ist, kann er leicht sich ändern.

DEMIPHO: Sich ändern? Was?

GETA: Ich weiß von nichts; doch möglich wär es immer.

DEMIPHO: Ich tue, was mein Bruder rät, und hole seine Frau, daß
Sie mit ihr spreche. Geta, geh und melde, daß sie komme.
Demipho ab in das Haus des Chremes.

GETA *für sich*: Für Phaedria ist Geld geschafft; der Hader hat ein Ende.
Gesorgt ist, daß die Phanium nicht sogleich fortmuß von hier. Was weiter?
Was wird's? Du steckst im alten Kot, borgst, um zu zahlen,
Das Ungewitter über dir verzog sich eine Weile;
Die Prügel sind im Wachsen, wenn du nicht gehörig achthast.
Jetzt will ich schnell nach Hause gehen und Phanium bedeuten,
Damit sie vor Nausistratas Gerede nicht sich fürchte.
Geta ab in Demiphos Haus.

V/3

Demipho und Nausistrata kommen aus dem Haus des Chremes.

DEMIPHO: Auf, wie du pflegst, Nausistrata, sieh, daß du sie begütigst,
Daß sie mit freiem Willen tut, was wir verlangen.

NAUSISTRATA: Gerne.

DEMIPHO: Du tust mir hier den gleichen Dienst wie vorhin durch das Darlehen.

NAUSISTRATA: Tat's gerne; wenn ich minder tat, als ziemte, trägt mein Die Schuld. [Gatte

DEMIPHO: Warum denn?

NAUSISTRATA: Weil er, was mein Vater wohl erworben, Nachlässig wahrnimmt. Dieser zog aus seinen Gütern jährlich zwei Talente. Wie doch ein Mann vor dem andern ist!

DEMIPHO: Zwei – sagst du?

NAUSISTRATA: Und das in viel wohlfeilerer Zeit, doch zwei Talente!

DEMIPHO: Der Tausend!

NAUSISTRATA: Was hältst du davon?

DEMIPHO: Freilich wohl...

NAUSISTRATA: Wär ich als Mann geboren: Ich wollte zeigen...

DEMIPHO: Glaube schon.

NAUSISTRATA: ... wie man's...

DEMIPHO: O Beste, schone dich, Daß du mit ihr ... Leicht könnte dich das junge Weib ermüden!

NAUSISTRATA: Wie du befiehlst! Doch sieh, da kommt mein Mann aus deinem Hause.

Chremes tritt aus dem Haus Demiphos.

CHREMES *ohne seine Frau zu bemerken, zu Demipho*: Du! Hat er das Geld schon?

DEMIPHO: Wurde gleich von mir besorgt.

CHREMES: O hätt er's nicht! – Weh, meine Frau! Fast hätt ich da zuviel gesagt!

DEMIPHO: Warum denn nicht?

CHREMES: Schon recht!

DEMIPHO: Nun, sprachst du schon mit ihr, weshalb sie hierherkommen [soll?

CHREMES: Schon abgemacht.

DEMIPHO: Was sagt sie denn?

CHREMES: Sie läßt sich nicht fortbringen.

DEMIPHO: Und Warum nicht?

CHREMES: Beide lieben sich von Herzen.

DEMIPHO: Kümmert das denn uns?

CHREMES: Sehr viel! Auch ist sie, hör ich, uns verwandt.

DEMIPHO: Du faselst.

CHREMES: Ja, so ist's.
Ich rede nicht ins Blaue; wohl entsinn ich mich.

DEMIPHO: Bist du verrückt?

NAUSISTRATA *zu Demipho*: Ach, tu der Anverwandten doch kein Leid!

DEMIPHO: Sie ist's nicht.

CHREMES: Leugn es nicht.
Des Vaters Name wurde falsch genannt; das führt dich irr.

DEMIPHO: Sie kennt
Den Vater nicht?

CHREMES: O doch!

DEMIPHO: Warum denn nannte sie ihn falsch?

CHREMES *leise zu Demipho*: Du willst
Mir heute nichts einräumen, willst mich nicht verstehen?

DEMIPHO: Du sagst ja nichts.

CHREMES: So laß doch!

NAUSISTRATA: Ich begreife nicht: was soll das sein?

DEMIPHO: Ich weiß es nicht.

CHREMES *leise*: Nun, willst du's wissen? Wisse denn: kein andrer Mensch
Steht näher ihr als ich und du. [– so wahr mir Gott! –

DEMIPHO: Bei allen Göttern, laßt zu ihr
Uns gehn! Wir alle müssen das recht wissen oder nicht.

CHREMES: Gemach!

DEMIPHO: Was hast du?

CHREMES: Schenkst du mir so wenig Glauben?

DEMIPHO: Glauben soll ich es?
Nicht weiter soll ich forschen? Gut! Es sei! Was aber wird aus ihr,
Der Tochter unseres Freundes?

CHREMES: Recht!

DEMIPHO: Die lassen wir denn ziehen?

CHREMES: Ja.

DEMIPHO: Und jene bleibt?

CHREMES: Gewiß.

DEMIPHO: Du kannst jetzt also gehen, Nausistrata.

NAUSISTRATA: So, glaub ich, ist es wahrlich auch für alle besser, daß sie bleibt,
Als wie du's anfingst. Denn sie schien mir äußerst fein, als ich sie sah.
Nausistrata ab in das Haus des Chremes.

DEMIPHO: Wie ist's damit? Sprich!
CHREMES: Schloß sie schon die Türe?
DEMIPHO: Ja.
CHREMES: Die Götter sind
Uns gnädig! Meine Tochter fand ich deinem Sohn vermählt.
DEMIPHO: Wie war
Dies möglich?
CHREMES: Zum Erzählen ist der Ort nicht sicher.
DEMIPHO: Komm hinein!
CHREMES: Doch wünsch ich, unsere Söhne selbst erführen nichts davon.

Demipho und Chremes gehen in das Haus des ersteren.

V/4

Antipho kommt von rechts.

ANTIPHO *für sich*: Wie's auch mit meiner Sache steht, mich freut das Glück des Vetters.
Wie weise, solchen Wünschen nur im Herzen Raum zu geben,
Die leicht befriedigt werden, auch wenn schlimme Lose fallen!
Wie der das Geld empfangen, war er seiner Sorge ledig.
Ich kann in keiner Weise mich aus diesen Wirren retten:
Wenn's heimlich bleibt, bin ich in Angst; wird's öffentlich, bin ich beschimpft.
Auch nicht nach Hause ging ich jetzt, wenn nicht sich Hoffnung zeigte,
Die Phanium zu behalten. Doch wo kann ich Geta finden,
Ihn fragen, wann es passend sei, daß ich den Vater spreche?

V/5

Phormio kommt von rechts.

PHORMIO *für sich*: Das Geld empfing ich, gab es an den Kuppler, nahm die Dirne mit,
Und Phaedria besitzt sie nun als eigen; denn frei ward sie jetzt.
Nun bleibt mir nur noch eines auszurichten: daß die Alten mir
Zum Zechen Ruhe lassen; denn ich möcht einmal recht lustig sein.
ANTIPHO: Sieh, Phormio! – Was sagst du?
PHORMIO: Wie?
ANTIPHO: Was wird er tun, der Phaedria?

Wie denkt er jetzt im Vollgenuß der Liebe sich zu sättigen?
PHORMIO: Er spielt nun deine Rolle.
ANTIPHO: Welche?
PHORMIO: Er läuft vor seinem Vater fort,
Gibt dir dafür die seine, meint, du sollst für ihn der Sprecher sein.
Denn zechen will er jetzt bei mir. Ich will den Alten sagen, daß
Ich auf den Markt nach Sunium, die Magd zu kaufen, gehe, die
Der Geta vorhin gegen sie erwähnt; sie möchten sonst, im Fall
Sie hier mich nicht mehr sehen, sich einbilden, ich vertu ihr Geld.
Doch still! Deine Türe knarrt.
ANTIPHO: Sieh, wer herauskommt.
PHORMIO: Geta ist's.

V/6

Geta eilt voll Freude aus dem Haus des Demipho.
GETA *für sich*: Hohe Glücksgöttin, mit wieviel Wonne, wie ganz unversehens,
Hast du diesen Tag belastet meinem Herrn, dem Antipho ...
ANTIPHO *zu Phormio*: Was will der hier?
GETA: Und von Furcht entlastet uns, seine Freunde!
Doch was säum ich jetzt, warum belast ich nicht die Schulter mir
Mit dem Mantel, such ihn eilig und erzähl ihm, was geschehen?
ANTIPHO *zu Phormio*: Du, verstehst du, was er schwatzt?
PHORMIO: Verstehst du's?
ANTIPHO: Nichts.
PHORMIO: So viel ich auch.
GETA: Will zu Dorio gehen – da sind sie jetzt.
ANTIPHO: He, Geta!
GETA: Nun, da hast du's!
Wenn man forteilt, ruft man einen: ist's ein Wunder?
ANTIPHO *ruft noch lauter*: Geta, he!
GETA *ohne sich umzusehen*: Der schreit fort. Nein, du gewinnst nichts mit dem Lärmen!
ANTIPHO *hinter ihm her*: Willst du stehen?
GETA: Geh zum Henker!
ANTIPHO: Ja, der holt dich, Schurke, stehst du nicht sogleich!
GETA: Es muß doch wohl ein guter Freund sein; droht mit Schlägen! –

Nicht der, den ich suche? Ja, er ist's! [Aber ist's

ANTIPHO: Geschwind daher! Was gibt's?

GETA: Du Beglücktester von allen Menschen, so die Erde trägt!
Denn fürwahr, du bist allein der Götter Liebling, Antipho!

ANTIPHO: Das möcht ich sein; doch wissen möcht ich auch, warum ich's glauben soll.

GETA: Nicht genügt es, wenn ich dich mit Freuden überschütte?

ANTIPHO: Du
Marterst mich!

PHORMIO: Hinweg mit dem Gerede! Sage, was du bringst!

GETA: Ah! Du auch hier, Phormio?

PHORMIO: Freilich. Nur geschwind!

GETA *zu Antipho*: So höre denn!
Zu Phormio: Als wir auf dem Markte dir das Geld gegeben, gingen Gradenwegs nach Haus. [wir
Zu Antipho: Indes schickt mich der Herr zu deiner Frau.

ANTIPHO: Und warum?

GETA: Das kann ich übergehen, weil's nicht hierhergehört.
Ich trat ins Frauengemach, da läuft ein Sklave, Mida, her zu mir,
Zupft hinten mich am Mantel, zieht mich hinterwärts; ich seh mich um,
Frag, was er mich aufhalte. Niemand, sagt er, darf zur jungen Frau.
Sophrona führt eben Chremes, unseres Alten Bruder, ein;
Der sei jetzt bei ihnen drinnen. Als ich das vernommen, schleich ich
Leisen Schrittes an die Türe, trete näher, bleibe stehen,
Halt den Atem, lege das Ohr an, horche auf, belausche so
Jedes ihrer Worte.

ANTIPHO: Recht so, Geta!

GETA: Da vernahm ich denn
Wunderdinge zum Entzücken, und vor Freude schrie ich fast.

ANTIPHO: Was?

GETA: Was meinst du wohl?

ANTIPHO: Ich weiß nicht.

GETA: Wahrlich, äußerst wunderbar!
Man entdeckte, daß dein Oheim deiner Gattin Vater ist.

ANTIPHO: Was?

GETA: Er pflog mit ihrer Mutter einst in Lemnos heimlich Umgang.

PHORMIO: Possen! Ihren Vater sollte die nicht kennen?

GETA: Glaube mir,
Irgendwas liegt dem zu Grunde. Doch wie konnt ich vor der Tür
Alles hören, was sie drinnen unter sich abmachten?

ANTIPHO: Traun!
Dies Gerede hört ich auch schon.

GETA: Gebe dir noch was darauf,
Daß du's eher glaubst. Dein Oheim kommt indessen vor die Tür;
Gleich hernach geht er mit deinem Vater wiederum ins Haus.
Beide sagen, sie gestatten, daß du sie behalten dürfest.
Auch bin ich gesandt, dich aufzusuchen und vor sie zu bringen.

ANTIPHO: Ha! So reiß mich fort! Was säumst du?

GETA: Komm, o komm!

ANTIPHO: Mein Phormio,
Lebe wohl!

PHORMIO: Auch du. Wie freut mich's, daß sich das so wohl gefügt!
Antipho und Geta ab ins Haus des Demipho.

V/7

PHORMIO *für sich*: O großes, unverhofftes Glück, das ihnen ward!
Am besten kann ich jetzt die Alten hintergehen,
Kann Phaedria von seiner Geldnot lösen, daß
Er keinen seiner Freunde mehr zu bitten braucht.
Er soll das Geld, so wie sie's ungern ausgezahlt,
Behalten; wie das möglich wird, das gibt sich selbst.
Jetzt muß ich andere Mienen und Gebärden mir
Aneignen; hier ins nächste Gäßchen stell ich mich,
Und trete vor, sobald sie aus dem Hause gehen.
Denn auf den Markt nach Sunium, wohin ich erst
Zu reisen vorgab, geh ich nicht.
Phormio zieht sich nach rechts zurück.

V/8

Chremes und Demipho kommen aus dem Haus des letzteren.

CHREMES: Ein artiges,
Ein feines Mädchen! Hab ich recht?

DEMIPHO: Ja, ganz gewiß.

Den Göttern sag ich großen Dank von Herzensgrund,
Daß dies für uns so glücklich abgelaufen ist.
Jetzt ohne Säumen müssen wir zu Phormio,
Um unsre dreißig Minen ihm zu nehmen, eh
Er sie verschleudert.

Phormio erscheint von rechts.

PHORMIO *scheinbar für sich*: Will doch gehen zu Demipho,
Wenn er zu Haus ist . . .
DEMIPHO *zu Phormio*: Eben wollten wir zu dir.
PHORMIO: Wohl in derselben Sache?
DEMIPHO: Freilich.
PHORMIO: Dacht ich's doch!
Bei mir – was wollt ihr? Sonderbar! Ihr fürchtet wohl,
Ich möchte nicht tun, was ich einmal zugesagt?
Nein! Eines doch, sei meine Armut noch so groß,
Bewahrt ich mir noch immer: man vertraute mir.
Deswegen komm ich, euch zu melden, Demipho,
Daß ich bereit bin. Wollet ihr, gebt mir die Frau.
Denn alles andere setzt ich nach, wie's billig war,
Weil ihr's so lebhaft wünschtet, was mir nicht entging.
DEMIPHO: Doch dir die Frau zu geben, riet mir dieser ab.
»Was sagt die Welt wohl«, sprach er, »wenn du solches tust?
Erst, als du's schicklich konntest, da geschah es nicht.
Als Witwe sie jetzt auszustoßen wäre Schmach.«
Dies alles etwa hieltst du selbst mir früher vor.
PHORMIO: Ihr spielt mir übermütig mit.
DEMIPHO: Wieso?
PHORMIO: Du fragst?
Weil ich nun auch die andere nicht mehr freien kann.
Mit welcher Stirne soll ich vor sie treten, sprecht,
Die ich verschmähte?
CHREMES *leise zu Demipho*: Sag ihm noch: »Dann seh ich auch,
Daß Antipho von ihr sich ungern trennen wird.«
DEMIPHO: Dann seh ich auch, daß Antipho, mein Sohn, sich höchst
Ungerne wahrlich trennen wird von seiner Frau.
Komm also mit zum Forum, und laß dort das Geld
Mir wiederum auf meinen Namen schreiben, Freund.

PHORMIO: Das ich bereits an meine Gläubiger verschrieb?
DEMIPHO: Was soll daraus nun werden?
PHORMIO: Gibst du mir die Frau,
Die du mir angelobtest: gut, so nehm ich sie.
Doch willst du sie bei dir behalten, Demipho,
Muß mir die Mitgift bleiben. Denn es wäre doch
Unbillig, käm ich eurethalb zu kurz, indes
Ich, euch allein zuliebe, mich von jener schied,
Die mir das gleiche zugebracht.
DEMIPHO: Du packe dich
Von hier mit deiner Prahlerei zum Henker, du
Landläufer! Meinst du immer noch, man kenne dich
Und deine bösen Streiche nicht?
PHORMIO: Du kränkst mich.
DEMIPHO: Hättest
Du sie genommen, wenn man sie dir gäbe?
PHORMIO: Nun!
Du magst die Probe machen.
DEMIPHO: Daß mein Sohn bei dir
Mit ihr zusammenwohne, das war euer Plan.
PHORMIO: Was sagst du da? Ich frage.
DEMIPHO: Gib mir gleich das Geld.
PHORMIO: Ja, gib du nur die Frau heraus.
DEMIPHO: Fort zum Gericht!
PHORMIO: Nun, wenn ihr mir noch länger lästig fallen wollt ...
DEMIPHO: Was willst du dann?
PHORMIO: Wie? Meint ihr etwa, daß ich nur
Frauen ohne Mitgift schütze? Nein, ich schütz auch die,
Die welche haben.
CHREMES: Was bekümmert's uns?
PHORMIO: O nichts!
Hier kannt ich eine, deren Mann noch eine Frau ...
CHREMES: Ha!
DEMIPHO: Wie?
PHORMIO: Zu Lemnos hatte.
CHREMES *für sich*: Weh mir!
PHORMIO: Sie gebar

Ihm eine Tochter; diese zog er heimlich auf.
CHREMES: Ich bin des Todes!
PHORMIO: Das erzähl ich jetzt der Frau.
CHREMES: Ach, tu es nicht!
PHORMIO: Warst du's denn?
DEMIPHO: Wie der spielt mit uns!
CHREMES: Wir fordern weiter nichts von dir.
PHORMIO: O Schwätzerei!
CHREMES: Was willst du mehr noch? Wir erlassen dir das Geld,
Das du bekamst.
PHORMIO: Ich höre: gut! Was aber treibt
Ihr Abgeschmackten ein so tolles Spiel mit mir
In eurer knabenhaften Unentschlossenheit?
»Ich will nicht – will – will wieder nicht – nimm – gib's heraus!«
Jetzt ja, jetzt nein; bald zugesagt, bald abgesagt.
CHREMES *leise zu Demipho*: Wie oder wo erfuhr er's nur?
DEMIPHO: Ich weiß es nicht;
Daß ich es niemand sagte, weiß ich sicher.
CHREMES: Gott!
Ein Wunder, traun!
PHORMIO: Die haben einen Haken.
DEMIPHO *zu Chremes*: Ha!
Soll dieser Mensch, der offen unser spottet, uns
Das viele Geld wegtragen? Lieber stürb ich gleich.
Auf, rüste dich mit Geistesgegenwart und Mut:
Du siehst, dein Fehltritt ist bereits ruchbar, du kannst
Ihn deinem Weibe länger nicht verheimlichen.
Jetzt wird sie leichter ausgesöhnt, entdecken wir
Ihr selbst, o Chremes, was sie doch von anderen hört.
Dann können wir an diesem schmutzigen Kerl nach Lust
Uns rächen.
PHORMIO *für sich*: Halt! Ich bleibe hängen, wenn ich nicht
Mich wahre. Kühn, wie Fechter, gehen sie los auf mich.
CHREMES *zu Demipho*: Doch fürcht ich sehr, sie läßt sich nicht versöhnen.
DEMIPHO: Sei
Nur ruhig! Ich will zwischen euch vermitteln, und
Vertraue darauf, Chremes, daß die Mutter starb

Von deiner Tochter.

PHORMIO: So verfahret ihr mit mir?
Ihr greift es fein an. Aber wahrlich, Demipho,
Dem soll es schlecht bekommen, daß du mich gereizt.
Zu Chremes: Nachdem du auswärts triebest, was dich lüstete,
Und nicht vor ihr dich scheutest, deiner würdigen Frau,
In unerhörter Weise Schmach ihr anzutun:
Da kommst du, bittend reinzuwaschen dein Vergehen?
Ihr will ich Dinge sagen, will ein Feuer dir
Bei ihr entflammen, welches du, und ob du ganz
In Tränen auch zerflössest, nicht auslöschen sollst.

DEMIPHO: Daß alle Himmelsmächte den vernichteten!

CHREMES: Wie? Kann ein Mensch auf Erden so verwegen sein?
Was läßt der Staat ein solches Ungeheuer nicht
In wüstes Land fortschleppen? Ich weiß nimmermehr,
Was ich mit ihm beginne; so weit trieb er mich.

DEMIPHO: Ich weiß es: vor die Richter!

PHORMIO: Richter? Hier hinein,
Ist's euch gefällig!
Phormio geht auf das Haus des Chremes zu.

CHREMES *zu Demipho*: Lauf ihm nach, halt ihn zurück;
Ich hole gleich die Sklaven.

Chremes läuft zum Haus Demiphos, während Demipho den Phormio zu halten sucht.

DEMIPHO: Ich kann's nicht allein.
Komm hier zu Hilfe!

PHORMIO: Dich verklag ich.

DEMIPHO: Klage nur,
Geh vor den Richter!

Chremes kommt zurück mit einem Sklaven.

PHORMIO: Chremes, dich verklag ich auch.

CHREMES *zu dem Sklaven*: Du, schlepp ihn fort!

PHORMIO *wird von dem Sklaven gepackt*:
So macht ihr's? Nein, da muß ich schreien. –
Nausistrata!

CHREMES: Halt ihm den Mund zu!

DEMIPHO: Sieh den Kerl,

Wie stark er ist!

PHORMIO: Nausistrata, hörst du?

CHREMES: Schweigst du nicht?

PHORMIO: Ich schweigen?

DEMIPHO: Stoß ihn in die Rippen, folgt er nicht;
Schlag ihm ein Aug aus!

Nausistrata tritt aus dem Haus des Chremes.

PHORMIO: Räche mich jetzt schon an euch.

V/9

NAUSISTRATA: Wer ruft mich?

CHREMES: Ach!

NAUSISTRATA *zu Chremes*: Mein Lieber, welch ein Lärm ist das?

PHORMIO *zu Chremes*: Nun? Was verstummst du plötzlich?

NAUSISTRATA *zu Chremes*: Wer ist dieser Mensch?
Du gibst nicht Antwort?

PHORMIO *zu Nausistrata*: Dieser dir antworten? Traun,
Der weiß nicht, wo er ist.

CHREMES: O glaube dem doch nichts!

PHORMIO: Befühl ihn: wenn er nicht ganz kalt ist, töte mich!

CHREMES: Es ist nichts!

NAUSISTRATA: Was ist's denn? Was will der?

PHORMIO: Erfährst es schon.
Merk auf!

CHREMES: Du glaubst ihm immer noch?

NAUSISTRATA: Was soll ich ihm
Denn glauben? Sprich! Er sagt ja nichts.

PHORMIO: Er ist vor Angst
Wahnsinnig.

NAUSISTRATA *zu Chremes*: Dir ist sicher nicht umsonst so bang.

CHREMES: Mir bange?

PHORMIO: Gut, gut! Wenn du dich nicht fürchtest und
Auch meine Rede nichtig ist – sprich selbst!

DEMIPHO: Du Schalk!
Wohl dir zuliebe?

PHORMIO *zu Demipho*: Ha, du nahmst des Bruders dich
Recht wacker an!

NAUSISTRATA *zu Chremes*: Mann, sagst du mir's nicht?
CHREMES: Ah ...
NAUSISTRATA: Was ah?
CHREMES: Nicht dienlich ist's.
PHORMIO: Dir freilich: der zu wissen dient's.
In Lemnos ...
CHREMES: Ha! Was sagst du?
DEMIPHO: Schweigst du nicht sogleich?
PHORMIO: ... hat er sich heimlich hinter dir ...
CHREMES *für sich*: Weh über mich!
PHORMIO: ... ein Weib genommen.
NAUSISTRATA: Bester, Gott verhüte das!
PHORMIO: So ist es.
NAUSISTRATA: Ich Unselige!
PHORMIO: Die gebar bis jetzt
Ihm eine Tochter, indes du schliefst.
CHREMES *leise zu Demipho*: Was machen wir?
NAUSISTRATA: O gütiger Himmel! Schändlich! Welch ruchlose Tat!
CHREMES: Jetzt ist es aus!
NAUSISTRATA: Ward etwas Frecheres je verübt?
Die Männer drückt das Alter nur bei ihren Frauen.
Demipho, dich red ich an – mit dem zu sprechen widert mich.
Das denn war sein vieles Reisen, das sein lang Verweilen auf
Lemnos? Das die niedrigen Preise, die unseren Verdienst verminderten?
DEMIPHO: Daß der Bruder hier gefehlt hat, leugn ich nicht, Nausistrata;
Doch die Schuld ist wohl verzeihlich...
PHORMIO: Er hält eine Totenpredigt.
DEMIPHO: Denn er hat's nicht aus Verachtung oder Abneigung getan.
Etwa fünfzehn Jahre sind es, daß er, trunken, sie umarmte,
Die des Mädchens Mutter ist; er hat sie später nie berührt.
Tot ist diese, weggeräumt, was irgend Anstoß geben kann.
Trage denn dies auch gelassen, wie du dich bisher bewährt.
NAUSISTRATA: Wie? Gelassen? Freilich wünsch ich: wäre dies das Ende nur!
Doch was darf ich hoffen? Kann ich glauben, daß das Alter ihn
Fürderhin vor Sünden schütze? War er nicht schon damals alt,

Wenn die Jahre sittsam machten? Oder hat mein Äußres jetzt,
Haben etwa meine Jahre, Demipho, mehr Reiz für ihn?
Welchen Grund hab ich zu hoffen, daß sich das nicht wiederholt?
PHORMIO: Wer vielleicht des Chremes Leiche folgen will – jetzt ist es Zeit!
Nun, du hast's! – Jetzt reize wieder, wem's beliebt, den Phormio!
Gleiches Ungemach, wie diesem, geb ich ihm vollauf zum Lohn.
Mag die Frau ihm nur verzeihen: ich bin an ihm gerächt genug!
Denn sie hat nun, was sie ihm zeitlebens in die Ohren bellt.
NAUSISTRATA: Hab ich das verdient? Wofür noch soll ich einzeln,
Was ich ihm getan, erzählen? [Demipho,
DEMIPHO: Weiß es ja so gut wie du.
NAUSISTRATA: Meinst du, daß ich das verschuldet?
DEMIPHO: Nimmermehr! Doch was geschehen,
Läßt sich durch Vorwürfe nicht mehr ändern: darum schenk es ihm.
Er bekennt, er bittet, er entschuldigt sich: was willst du mehr?
PHORMIO *für sich*: Halt! Bevor die Frau verzeiht, sorg ich für mich und Phaedria.
Laut: Eh du vorschnell ihm erwiderst, höre mich, Nausistrata.
NAUSISTRATA: Nun? Was ist's?
PHORMIO: Diesem hab ich dreißig Minen abgelistet; deinem Sohn
Gab ich sie; der gab sie dann dem Kuppler für sein Liebchen hin.
CHREMES: Ha! Was hör ich?
NAUSISTRATA: Dünkt dir das denn so entsetzlich, daß dein Sohn,
Noch ein junger Mensch, ein Liebchen hat, da du zwei Frauen hast?
Schämst dich nicht? Mit welcher Stirne willst du's ihm verweisen?
DEMIPHO: Wie du willst, so wird er tun. [Sprich!
NAUSISTRATA: Nein, höre du jetzt meinen Spruch.
Nicht verzeih ich, noch versprech ich etwas, noch antwort ich ihm,
Eh ich meinen Sohn gesehen. Seinem Urteil stell ich es
Ganz anheim; was der verlangt, geschieht.
DEMIPHO: Du bist ein kluges Weib.
NAUSISTRATA *zu Chremes*: Bist du's so zufrieden?
CHREMES: Oh, ich komme ja ganz herrlich weg,
Wider Hoffen.
NAUSISTRATA *zu Phormio*: Sage du mir, wie du heißt.
PHORMIO: Phormio,
Eures Hauses Freund in Wahrheit, und zumal des Phaedria.

NAUSISTRATA: Phormio, dir werd ich fortan, was ich kann und was du
Gern in Wort und Tat erweisen. [willst,

PHORMIO: Gar zu gütig.

NAUSISTRATA: Du verdienst's.

PHORMIO: Willst du heute schon gewähren, was mir Freude macht,
Deinem Mann die Augen schmerzen . . . [wovon

NAUSISTRATA: Gern!

PHORMIO: So lade mich zu Tisch.

NAUSISTRATA: Wohl, ich tu's.

DEMIPHO: Kommt nun hinein!

CHREMES: Gut! Aber wo ist Phaedria,
Unser Richter?

PHORMIO: Gleich erscheint er.
An die Zuschauer: Ihr, lebt wohl und klatschet brav!

HECYRA

(Die Schwiegermutter)

Personen

PROLOGSPRECHER

PHILOTIS, *Hetäre, Freundin der Bacchis*

SYRA, *alte Kupplerin, Vertraute der Philotis*

PARMENO, *Sklave des Laches und Pamphilus*

LACHES, *älterer athenischer Bürger, Vater des Pamphilus*

SOSTRATA, *Frau des Laches*

PHIDIPPUS, *älterer athenischer Bürger, Vater der Philumena*

PAMPHILUS, *Sohn des Laches, Mann der Philumena*

MYRRHINA, *Frau des Phidippus*

SOSIA, *Sklave des Laches, Reisebegleiter des Pamphilus*

BACCHIS, *Hetäre, frühere Geliebte des Pamphilus*

Einige Sklaven des Laches

Zwei Sklavinnen der Bacchis

Eine Amme

Schauplatz der Handlung ist eine Straße in Athen; im Hintergrund der Bühne die Häuser des Laches, des Phidippus und der Bacchis. Der linke Seitenausgang führt zum Hafen, der rechte zum Marktplatz und zur Burg.

EINLEITUNG

Zwei Schwiegermütter treten in diesem Lustspiel auf. Die eine ist Sostrata, die Mutter des Pamphilus, der zuerst die Schuld daran gegeben wird, daß ihre Schwiegertochter Philumena ins Haus ihrer Eltern zurückgekehrt ist. Erst später stellt sich heraus, daß etwas ganz anderes diese Trennung verursacht hat, nämlich die Geburt eines Kindes, die Philumena vor ihrem Ehegatten verheimlichen möchte. Denn sie wurde zwei Monate vor ihrer Heirat von einem unbekannten jungen Mann mißbraucht, verbarg bisher ihre Schwangerschaft und steht zu Beginn der Handlung, sieben Monate nach ihrer Heirat, unmittelbar vor ihrer Entbindung. Da Pamphilus in den ersten beiden Monaten nach der Heirat mit ihr noch keinen Verkehr hatte (er brach die Beziehungen zu seiner früheren Geliebten, der Hetäre Bacchis, erst danach ab), weiß er, als er zufällig doch von der Geburt erfährt, sofort, daß das Kind nicht von ihm stammen kann, während alle Uneingeweihten ihn für den Vater eines Siebenmonatskindes halten müssen. Der Konflikt entsteht dadurch, daß Pamphilus einerseits seine Frau nicht mehr behalten und ihr Kind nicht als das seine aufziehen möchte, andererseits sie in den letzten Monaten so liebgewonnen hat, daß er ihre »Schuld« nicht bekanntmachen will. Er kann nun aber nur solche Scheidungsgründe angeben, deren Fadenscheinigkeit offensichtlich ist, so daß umgekehrt er beim Vater (Laches) und Schwiegervater (Phidippus) in ein falsches Licht gerät und diese glauben, er suche nur Vorwände und wolle in Wirklichkeit sein Verhältnis mit Bacchis fortsetzen. Die Lösung bringt das Erscheinen ebendieser Hetäre, die ihre Trennung von Pamphilus beschwört und dabei mit der zweiten Schwiegermutter des Stückes, der Mutter der Philumena (Myrrhina), zusammenkommt, welche den Ring an ihrer Hand als den ihrer Tochter erkennt: als Philumena vergewaltigt wurde, hat der Unbekannte ihn ihr weggenommen; Bacchis aber hat ihn von Pamphilus erhalten. Pamphilus selbst ist also der Vater des Kindes – eine Entdeckung, die ihm die gewünschte Fortsetzung seiner Ehe ermöglicht, während die Außenstehenden nichts von den überwundenen Schwierigkeiten zu erfahren brauchen. – Das Familiendrama mit seinen wohlmeinenden Charakteren stammt im Original von Apollodoros von Karystos. Terenz hatte mit der lateinischen Fassung zunächst wenig Glück (vielleicht war das Stück seinem Publikum zu ernsthaft); erst die dritte Aufführung an den *Ludi Romani* des Jahres 160 wurde ein Erfolg, nachdem zwei frühere Versuche (an den *Ludi Megalenses* 165 und den Leichenspielen für Aemilius Paullus 160) am Desinteresse der Zuschauer gescheitert waren.

PROLOG ZUR ZWEITEN AUFFÜHRUNG

»Die Schwiegermutter« heißt das Stück. Als wir es neu
Aufführten, traf's ein böser Unfall neuer Art:
Man konnt es nicht ausspielen und nicht würdigen.
Seiltänzer hatten der betörten Menge Sinn
Und Blick gefesselt. Jetzt ist das Stück deshalb so gut wie neu,
Und unser Dichter hat es nicht ein zweites Mal
Auf die Bühne bringen wollen, um
Zum zweiten Male Geldgewinn daraus zu ziehen.
Ihr kennt von ihm schon andre; hört auch dieses an.

PROLOG ZUR DRITTEN AUFFÜHRUNG

Als Sprecher komm ich im Gewand des Prologus.
Fürsprecher laßt mich werden, und vergönnt dem Greis
Dasselbe, was dem Jüngern einst, wo manches Stück,
Als neu verschmäht, durch mich des Alters Ruhm errang,
Daß mit des Dichters Tode nicht sein Werk erlosch.
In denen, die ich von Caecilius neu eingelernt,
Hielt ich mich oft mit Mühe nur, oft fiel ich durch.
Ich wußte, Zufall lenket stets der Bühne Glück;
So wählt ich trotz unsichrer Hoffnung sichere Müh.
Das Alte spielt ich eifrig, daß der Dichter selbst
Auch eifrig bleibe, Neues mir zu schaffen. Mir
Gelang's, man schaute ruhig zu; nachdem man sie
Erkannt, gefielen alle. So gab meine Kunst
Dem Dichter seinen Platz zurück, von dem ihn schon
Der Widersacher Tücke fast hinweggedrängt.
Hätt ich des Dichters Stücke gleich damals verschmäht,
Ihn abzuschrecken mich bestrebt, daß er hinfort
Untätige Muße lieber wählt' als Tätigkeit;
Leicht war's ihn abzuschrecken, daß er Neues schrieb.

Hört mir zulieb jetzt meinen Wunsch wohlwollend an.
Die »Schwiegermutter« bring ich wieder, die ich nie in Ruh
Vorführen konnte: so bestürmt sie Mißgeschick.
Dies Mißgeschick wird eure Kennerschaft sofort
Abwehren, wenn sie unserem Fleiß zu Hilfe kommt.
Als ich zuerst sie spielte, hat Faustkämpferruhm,
Der Freunde Drang und Eifer und der Frauen Geschrei,
Seiltänzer dann, auf die man sehnlich wartete,
Verschuldet, daß ich vor der Zeit von der Bühne wich.
Dem alten Brauche folgt ich bei dem neuen Stück:
Ich wage den Versuch und bring es abermals.
Im ersten Akt gefall ich; da verbreitet sich
Der Ruf, daß Fechter kämpfen; flugs läuft alles Volk
Dorthin, man tobt, schreit, zankt sich um die Plätze, daß
Ich meinen Platz zu behaupten nicht im Stande war.
Heut ruht das Lärmen, Friede herrscht und stille Ruh.
Mir wurde Zeit zum Spielen, euch Gelegenheit,
Den Bühnenspielen Ehre zu erweisen. Wehrt,
So viel an euch ist, daß der Musen edle Kunst
An wenige falle; euer Ansehen lasset jetzt
Dem meinen fördernd, helfend sich gesellen. Wenn
Ich nie habgierig den Gewinn zum Ziel der Kunst
Gemacht und wenn mir der Genuß, der euch von ihr
Bereitet wird, stets als der höchste Preis erschien:
So gewährt mir, daß der Dichter, der sich eurem Schutz
Und meiner Obhut anvertraut sein Musenwerk,
Nicht neiderfüllter Feinde Spott und Opfer sei.
Nehmt mir zulieb ihn gütig auf, hört ruhig zu,
Auf daß er andere Stücke noch zu schreiben sich
Ermanne, daß mir's fromme, wenn ich neue dann,
Mit meinem Geld erkaufte, neu einüben darf.

I/1

Philotis und Syra treten aus dem Haus der Bacchis.

PHILOTIS: Um alle Götter, Syra, wie gar selten sind
Liebhaber, die treu bleiben ihren Freundinnen!
Selbst Pamphilus, wie oft, wie hoch und teuer schwur

Er seiner Bacchis – glauben mußt es alle Welt –,
Niemals, solang sie lebe, nehm er eine Frau!
Und doch – er tat's.

SYRA: Drum eben mahn ich dich so oft
Und dringend, daß du keinem doch Erbarmen schenkst:
Nein, plündere, verstümmle, zerstückle, wen du fangen kannst!

PHILOTIS: Und wäre keiner, den ich vorziehen dürfte?

SYRA: Nein.
Denn wisse, keiner kommt zu dir, kein einziger,
Der nicht an dir durch Schmeicheleien seine Lust
So billig als nur möglich denkt zu sättigen.
Und solche, bitt ich, willst du nicht auch ziehen ins Netz?

PHILOTIS: Doch alle gleich zu behandeln, find ich ungerecht.

SYRA: An seinem Feind sich rächen oder ebenso
Ihn, wie er dich fing, fangen, ist das ungerecht?
Ich Arme, weh mir, daß ich nicht so jung und schön
Wie du bin oder daß du nicht so denkst wie ich!

I/2

Parmeno tritt aus dem Haus des Laches.

PARMENO *zurücksprechend*: Du, wenn der Alte nach mir fragt, sag ihm, [ich sei
Jetzt eben nach dem Hafen hin, um nachzusehen,
Ob Pamphilus gekommen. Hörst du, was ich dir
Bedeute, Scirtus? Wenn er fragt, so sagst du dies;
Und wenn er nicht fragt, sagst du nichts, damit ich der
Ausrede mich ein andermal bedienen kann. –
Doch ist da nicht Philotis? Wo kommt diese her?
Philotis, ah, willkommen!

PHILOTIS: Danke, Parmeno!

SYRA: Bei Gott! Willkommen, Parmeno!

PARMENO: Auch, Syra, du!
Doch sprich, Philotis, wo du dich so lang vergnügt.

PHILOTIS: Vergnügt? O gar nicht, seit ich da das Ungetüm,
Den groben Kriegsmann, nach Korinth begleitete:
Ich schleppte mich zwei volle Jahre dort mit ihm.

PARMENO: Ich kann mir denken, daß du dich, Philotium,
Zurückgesehnt hast nach Athen und deinen Schritt

Gar oft verwünschtest.

PHILOTIS: Unaussprechlich hab ich mich
Gesehnt, hierherzukommen von dem Söldner weg
Und euch zu sehen, um nach alter Sitte hier
Zwanglos am frohen Mahle mich mit euch zu freuen.
Ich durfte dort nichts sprechen, als was ihm gefiel,
Und nur nach Vorschrift.

PARMENO: Sicher war dir's unbequem,
Daß dir der Kriegsmann niederhielt der Zunge Lauf.

PHILOTIS: Was aber ist denn das, was Bacchis eben mir
Im Haus erzählt hat? Was ich nie für möglich hielt –
Daß er, solang die lebt, sich überwinden kann,
Ein Weib zu haben?

PARMENO: Haben!

PHILOTIS: Nun, hat er es nicht?

PARMENO: Er hat's; doch, fürcht ich, wird es nicht von Dauer sein.

PHILOTIS: Das gebe doch der Himmel, wenn's der Bacchis frommt!
Doch, Parmeno, wie soll ich das mir denken? Sprich!

PARMENO: Es auszuplaudern dient zu nichts. So frage denn
Nicht weiter.

PHILOTIS: Doch nur darum, daß man's nicht erfährt?
Beim Himmel, nicht, um's auszuplaudern, frag ich dich,
Nein, um daran im stillen mich zu freuen.

PARMENO: Und sprächst
Du noch so süß, ich möchte deinem Worte doch
Nicht meinen Rücken anvertrauen.

PHILOTIS: Geh, Parmeno!
Als ob du's nicht viel lieber mir erzähltest, als
Ich wissen möchte, was ich frage.

PARMENO *für sich*: Sie hat recht.
Das ist mein größter Fehler. – Wenn du mir versprichst
Zu schweigen, sag ich's.

PHILOTIS: Bleibst der alte doch! Du hast
Mein Wort: so sprich!

PARMENO: Vernimm.

PHILOTIS: Da bin ich.

PARMENO: Pamphilus

War eben damals in die Bacchis ganz vernarrt,
Als eine Frau zu nehmen ihn sein Vater bat.
Er sagt, wie alle Väter tun in solchem Fall,
Er sei bejahrt schon, habe nur den einen Sohn
Und wünsche für sein Alter eine Stütze. Der
Sträubt sich zuerst; der Vater setzt ihm stärker zu,
So daß er endlich zweifelnd schwankt, ob Kindespflicht,
Ob seine Lieb ihm höher stehen soll. Indes
Durch Drängen und durch Quälen setzt am Ende doch
Der Alte seinen Willen durch, verlobt den Sohn
Mit seines nächsten Nachbarn Tochter hier. Bis jetzt
Fand Pamphilus die Sache keineswegs so arg;
Erst bei der Hochzeit, als er alles schon bereit
Und kein Entrinnen möglich sah, da ward es ihm
So schwer im Herzen, daß ich glaube, Bacchis selbst
Hätt ihn bedauert, hätte sie's mit angesehen.
Wo nur sich einen Augenblick Raum bot, mit mir
Ein Wort allein zu sprechen, sagt' er: Parmeno,
Was tat ich, ach? In welches Elend stürzt ich mich?
Nicht tragen kann ich's, Parmeno! Ich Armer! Ach!
PHILOTIS: O daß dich alle Götter doch und Göttinnen,
Laches, mit deiner Quälerei vernichteten!
PARMENO: Mich kurz zu fassen: Pamphilus führt seine Braut
Als Gattin heim. In jener ersten Nacht berührt
Er nicht das Mädchen, aber auch die nächste nicht.
PHILOTIS: Ei was! Ein Jüngling, noch dazu von Wein erhitzt,
Bei einer Jungfrau ruhend, hielt sich fern von ihr?
Das ist doch unwahrscheinlich; nein, das glaub ich nicht.
PARMENO: Dir mag es wohl so scheinen: niemand kommt zu dir,
Als wer dich wünscht. Er hatte nur aus Zwang gefreit.
PHILOTIS: Wie ging es weiter?
PARMENO: Wenig Tage hinterher
Nimmt Pamphilus mich ganz allein beiseite, sagt,
Das Mädchen sei noch immer unberührt von ihm.
Er habe, noch bevor er sie ins Haus geführt,
Gehofft, die Heirat werde sich erträglich ihm
Gestalten. »Aber sollt ich sie mißbrauchen, sie,

Von der ich mich zu trennen fest entschlossen bin,
Nicht unberührt entlassen, wie ich sie empfing?
Das wäre mein nicht würdig noch ihr selbst erwünscht.«
PHILOTIS: Ein frommer, reiner Jüngling doch, der Pamphilus!
PARMENO: »Dies auszusagen, könnte mir nachteilig sein;
Sie heimzuschicken, der du nichts vorwerfen kannst,
Wär Übermut. Doch sieht sie, daß sie nicht mit mir
Fortleben kann, so geht sie, hoff ich, selbst zuletzt.«
PHILOTIS: Und indessen – sah er Bacchis noch?
PARMENO: Ja, Tag für Tag.
Doch sie, wie's geht, sobald sie ihn entfremdet sah,
Ward immer spröder gegen ihn und trotziger.
PHILOTIS: Kein Wunder wahrlich!
PARMENO: Ja, gerade dieses war's,
Was ihn von ihr entfernte. Denn als er sich selbst
Und Bacchis und die Gattin zur Genüg erkannt,
Nach beider Sitten würdigend die Sinnesart
(Sie, wie's der Edlen, Freien ziemt, war sittsam, keusch,
Trug jedes Unrecht, jedes Leid vom Manne, ja,
Sie deckte zu das Üble, das ihr widerfuhr):
Da wand sich, hier von Mitgefühl für seine Frau
Gefesselt, dort von Bacchis' Trotz besiegt, sein Herz
Allmählich los von Bacchis, und ganz weiht' er sich
Der Gattin, als er gleichen Sinn an ihr erkannt.
Indessen stirbt ein Alter, meinem Herrn verwandt,
Auf Imbros; ihm fiel nach Gesetz das Erbe zu.
Der Vater schickt den Pamphilus dorthin, sosehr
Sein liebevolles Herz sich sträubt. Er läßt die Frau
Allein hier bei der Mutter; denn der Alte hat
Sich auf das Land vergraben und kommt selten nur
Zur Stadt hierher.
PHILOTIS: Weswegen aber sagst du denn,
Die Ehe habe nicht Bestand?
PARMENO: Du hörst es gleich.
Die ersten Tage lebten noch die beiden Frauen
Ganz gut zusammen. Plötzlich fängt Philumena
Die Schwiegermutter wundersam zu hassen an;

Und dennoch gab es niemals unter ihnen Streit
Noch Klage.

PHILOTIS: Was denn?

PARMENO: Kommt einmal die Sostrata,
Mit ihr zu plaudern, läuft sie gleich davon und will
Sie gar nicht sehen. Endlich hält sie's nimmer aus,
Gibt vor, ein Opfer rufe sie zur Mutter, und
Geht heim. Sie weilt dort lange Zeit; man schickt nach ihr.
Da schützen sie was vor; man schickt zum andernmal.
Sie kommt nicht. Als man öfter schickt, so gibt man vor,
Sie wäre krank. Sogleich geht unsere Frau, nach ihr
Zu sehen; niemand läßt sie vor. Mein alter Herr,
Kaum hört er's, kommt er gestern gleich vom Land herein
Und geht sofort zu dem Vater der Philumena.
Was die verhandelt, weiß ich selbst zur Zeit noch nicht;
Doch bin ich recht bekümmert, wie das werden soll.
Nun weißt du's all; ich gehe meines Weges fort.

PHILOTIS: Ich auch; denn einem Fremden hab ich zugesagt,
Ihn aufzusuchen.

PARMENO: Was du tust, das segne dir
Der Himmel!

PHILOTIS: Lebe wohl!

PARMENO: Auch du, Philotium!

Parmeno ab nach links; Philotis und Syra ab nach rechts.

II/1

Laches und Sostrata kommen aus ihrem Haus.

LACHES: Erd und Himmel! Was für Volk das, was für eine
Verschwörung das!
Daß alle Frauen das gleiche lieben, alle Frauen das gleiche fliehen,
Und daß man keine findet, die nicht ganz der andern ähnlich ist!
So haßt auch jede Schwiegermutter ihre Schwiegertochter; dem
Mann zu trotzen, sind
Gleich eifrig alle; der Eigensinn ist ihnen allen angeerbt.
In einer Schule, glaub ich, hat man alle zur Bosheit angeführt,
Und an der Schule Lehrerin, wenn's eine gibt, ist meine Frau.

SOSTRATA: Ich Arme heiße schuldig und weiß nicht warum.

LACHES: Du weißt es nicht?

SOSTRATA: So wahr der Himmel gnädig uns sein soll, so wahr
Ich stets mit dir zu leben wünsche, mein Laches!

LACHES: Gott bewahre mich!

SOSTRATA: Und daß du mich ganz ohne Grund anklagst, erfährst du später noch.

LACHES: Dich ohne Grund? Gibt's Worte wohl, zu hart für dein Gebaren? Du
Beschimpfst mich, dich, das ganze Haus, bereitest Trauer deinem Sohn:
Aus treuen Freunden machst du die Verwandten uns zu Feinden, sie,
Die würdig hielten deinen Sohn, das eigne Kind ihm zu vertrauen.
Du nur erhebst dich und verwirrst durch deine Frechheit alles.

SOSTRATA: Ich?

LACHES: Du, sag ich, Weib, die mich für einen Stein, für keinen Menschen hält!
Wohl meint ihr, weil ich häufig auf dem Lande bin, ich wüßte nicht,
Was jeder Mann und jede Frau von euch hier treibt. Was hier geschieht,
Das weiß ich, traun, viel besser als das, was dort geschieht, wo ich beständig bin,
Weil, wie ihr euch daheim betragt, so spricht man draußen über mich.
Schon längst erfuhr ich, daß Philumena dich haßt: und wahrlich auch,
Kein Wunder! Wunderbarer wär es, haßte sie dich nicht. Indes
Das dacht ich niemals, daß sie gar das ganze Haus mit haßte. Wenn
Ich dies gewußt, so bliebe sie doch lieber hier, du kämst heraus.
Sieh nun, wie unverdient du mir das Leid bereitest, Sostrata.
Euch Platz zu machen, zog ich auf das Land und sorgte für das Haus
Und mühte mich, mehr als es recht und meinem Alter ziemlich ist,
Daß mein Besitz für euren Aufwand, euren Müßiggang genügt:
Doch daß dafür kein Ärgernis mir werde, darauf sannst du nie.

SOSTRATA: Durch meinen Willen, meine Schuld geschah es nicht.

LACHES: Wodurch denn sonst?
Du warst allein hier, Sostrata; an dir allein hängt alle Schuld.
Für hier zu sorgen lag dir ob; denn andrer Sorgen wart ihr frei

Durch mich. Du schämst dich, Alte, nicht, fängst Streit mit einem
Sie, wirst du sagen, trägt die Schuld. [Mädchen an?
SOSTRATA: Mein Laches, nein, das sag ich nicht.
LACHES: Des Sohnes wegen freut mich das, beim Himmel! Denn was dich betrifft,
So weiß ich sicher, du verlierst durch schlimme Streiche weiter nichts.
SOSTRATA: Wie weißt du, Lieber, ob sie nicht darum sich stellt, sie hasse
Um bei der Mutter mehr zu sein? [mich,
LACHES: Was? Ist das nicht Beweis genug,
Daß, als du gestern zum Besuch hinkamst, dich niemand ließ zu ihr?
SOSTRATA: Es hieß, sie sei sehr übel dran; deswegen ließ man mich nicht ein.
LACHES: Die schlimmste Krankheit, die sie hat, ist dein Betragen, scheint es mir.
Und wohl mit Recht; denn unter euch ist keine, die nicht wünschte, daß
Ihr Sohn ein Weib nimmt; und die Frau, die euch gefällt, erhält er dann.
Und die er nahm auf euren Rat, die jagt er fort auf euren Rat.

II/2

Phidippus kommt aus seinem Haus.
PHIDIPPUS *zurücksprechend*: Ich könnte zwar, Philumena, nach meinem Recht dich zwingen,
Zu tun, was ich gebiete: doch dem Vaterherzen folgend,
Geb ich dir nach, will deinem Sinn mich nicht entgegenstellen.
LACHES: Da kommt Phidippus: eben recht! Durch ihn erhalt ich Aufschluß. –
Wohl leb ich all den Meinigen, Phidippus, sehr zu Willen,
Doch nicht so sehr, daß meine Lieb ihr Herz verderben könnte.
Tätst du das gleiche, wär es wohl für uns und euch geratener.
Jetzt aber, seh ich, bist du ganz in Frauenhand.
PHIDIPPUS: Ei, wirklich?
LACHES: Der Tochter wegen sucht ich, Freund, dich gestern auf; doch ging ich,
Wie ich gekommen, ohne mehr zu wissen. Nein, soll unsere

Verwandtschaft dauernd sein, so ziemt sich's nicht, den Groll zu bergen.
Ward irgendwo gefehlt von uns, heraus damit! Wir wollen euch
Durch Widerlegung oder durch Entschuldigung genügen;
Du richte selbst! Doch ist der Grund, bei euch sie zu behalten,
Krankheit, so glaub ich, tust du mir Unrecht, Phidippus, wenn du
Besorgst, sie werde nicht genug gepflegt in meinem Hause.
Ja, bei den Göttern, ob du gleich ihr Vater bist, nie geb ich zu,
Daß dir ihr Wohlsein teurer sei denn mir; und das dem Sohne
Zuliebe, der nicht minder als sich selbst sie liebt, das weiß ich.
Auch kann dir nicht verborgen sein, wie sehr es ihn betrüben wird,
Wenn er's erfährt; drum wünsch ich sehr, daß sie vor ihm zurückkehrt.

PHIDIPPUS: Ich weiß um eure Sorgsamkeit, um eure Liebe, Laches,
Und glaube, daß sich alles so verhält, wie du versicherst,
Betreib es auch, das glaube mir, daß sie zu euch zurückkehrt,
Wenn ich es irgend machen kann.

LACHES: Was steht dir hier im Wege?
Beschwert sie denn sich über ihn?

PHIDIPPUS: Gar nicht. Denn als ich ernster
Ihr zusprach und sie mit Gewalt zur Rückkehr zwingen wollte,
Da schwur sie hoch und teuer, daß es ihr unmöglich wäre,
So lange Pamphilus ferne sei, bei euch es auszuhalten.
Ein anderer fehlt wohl anderswo; ich bin von mildem Sinne, kann
Den Meinen nichts versagen.

LACHES: Hörst du, Sostrata?

SOSTRATA: Ich Arme!

LACHES: Und bleibt's dabei?

PHIDIPPUS: Jetzt wohl, wie's scheint. – Begehrst du sonst noch etwas?
Denn eben hab ich auf dem Markt zu tun.

LACHES: Da will ich mitgehen.

Phidippus und Laches ab nach rechts.

II/3

SOSTRATA *für sich*: Traun, zu Unrecht sind wir alle bei den Männern gleich verhaßt;
Durch die Schuld von wenig Frauen hält man uns des Fluches wert.

Denn an dem, was jetzt mein Mann mir vorwirft, hab ich keine Schuld.
Doch es ist nicht leicht, mich hier zu reinigen; man glaubt einmal,
Schwiegermütter seien böse: ich bin's nicht. Stets hielt ich sie
Wie mein eigen leiblich Kind, und wie mich das trifft, weiß ich nicht.
Um so mehr harr ich mit Sehnsucht auf des Sohnes Wiederkehr.
Sostrata ab in ihr Haus.

III/1

Pamphilus (in Reisekleidung) und Parmeno kommen von links.

PAMPHILUS: Keinem hat die Liebe so viel Herbes dargeboten, dünkt mich,
Als mir Armen: ach! Und dieses Leben wollt ich nicht verlieren?
Fühlt ich darum solche Sehnsucht, wieder heimzukommen? Ach!
Um wieviel besser wäre mir's gewesen, lebt ich, wo's auch wäre,
Als hierherzukommen und zu hören, daß es also steht!
Denn uns allen, droht irgendein Unfall uns von irgendwo,
Ist alle Zwischenzeit Gewinn, eh uns davon die Kunde wird.

PARMENO: Doch du kannst wohl also schneller dich befreien von der Bedrängnis.
Kamst du nicht zurück, so wurde dieser Groll viel heftiger.
Doch jetzt werden sicher beide sich vor deiner Ankunft scheuen:
Aber du hebst alle Feindschaft und versöhnst sie wiederum.
Was du dir als ungemein schwer vorgestellt, ist wahrlich leicht.

PAMPHILUS: Warum mich trösten? Kann ein Mensch auf Erden gleich unglücklich sein?
Bevor ich diese mir vermählt, war anderswo mein Herz verstrickt.
Schon wie ich hier unglücklich war, sieht jeder leicht, verschweig ich's auch:
Doch wagt ich's nicht, das Mädchen auszuschlagen, das mein Vater mir
Aufzwang. Ich riß kaum dort mich los, entband das dort gebundene Herz;
Kaum wandt ich's hierher, sieh, da zieht was Neues mich von dieser ab.
Nun find ich meine Mutter wohl noch schuldig oder meine Frau.
Und find ich das, was bleibt mir noch als immer weiteres Mißgeschick?

Denn meiner Mutter Ungebühr zu dulden, heißt mich Kindespflicht,
Und meiner Gattin bin ich hoch verpflichtet, die voll sanften Sinns
Mich ertrug, von meiner Ungebühr sich nirgends etwas merken ließ.
Doch wahrlich, etwas Großes muß notwendig vorgegangen sein,
Woraus der Groll bei beiden sich fortspann, der schon so lange währt.

PARMENO: Wohl, oder auch was Kleines, geht man auf den wahren Grund zurück.
Nicht immer läßt der größte Groll auf größtes Unrecht schließen; oft
Geschieht es ja, daß irgendwas, das einen anderen nicht erzürnt,
In gleichem Fall den Zornigen zum bitterbösen Feinde macht.
Wie manche Zornesfehd entbrennt bei Knaben oft um Kindereien!
Aus welchem Grunde? Weil der Geist, der sie regiert, noch kraftlos ist.
Ganz ebenso sind jene Frauen an Urteil schwach und Kindern gleich.
Vielleicht hat nur ein einzig Wort bei ihnen diesen Groll erweckt.

PAMPHILUS: Geh, Parmeno, und melde, daß ich da sei.

PARMENO *am Haus des Phidippus horchend*: Ha! Was gibt es?

PAMPHILUS: Still!
Ich höre trippeln hin und her; rückwärts und vorwärts läuft man.

PARMENO: Auf!
Ich trete näher an die Tür. Nun? Hörtest du's?

PAMPHILUS: Still, schwatze nicht! –
Beim Juppiter! Ich höre schreien.

PARMENO: Du sprichst, und mir verbietest du's!

MYRRHINA *innerhalb des Hauses*: Still, liebe Tochter, still!

PAMPHILUS: Mir war's, der Mutter Stimme hört ich da.
Weh mir!

PARMENO: Warum denn?

PAMPHILUS: Weh!

PARMENO: Warum?

PAMPHILUS: Gewiß verheimlichst du vor mir
Ein großes Unglück, Parmeno.

PARMENO: Man sagte, daß Philumena,
Dein Weib, sich unwohl fühle, Herr: ob's etwa dies ist, weiß ich [nicht.

PAMPHILUS: Was sagst du mir denn nichts davon? Weh!

PARMENO: Alles konnt ich nicht zugleich.

PAMPHILUS: Was fehlt ihr?

PARMENO: Weiß nicht.

PAMPHILUS: Holte denn niemand den Arzt?

PARMENO: Ich weiß es nicht.

PAMPHILUS: Was säum ich noch hineinzugehen, um gleich zu hören, was es sei? –
In welchem Zustand werd ich jetzt, Philumena, dich finden?
Denn hat's mit dir Gefahr, bin ich, beim Himmel, mit verloren.
Pamphilus ab ins Haus des Phidippus.

PARMENO *für sich*: Nicht nötig find ich's, jetzt ins Haus ihm nachzugehen;
Denn ihnen, merk ich, sind wir allzumal verhaßt.
Erst gestern ließ niemand die Sostrata ins Haus.
Wenn sich die Krankheit etwa jetzt verschlimmerte –
Was Gott verhüte, wegen meines Herrn zumal! –
Gleich heißt es: der Sklave Sostratas, der war im Haus;
Der hat gewiß was angestiftet,
Daß die Krankheit schlimmer ward.
Man schilt die Herrin dann, und ich komm übel weg.

III/2

Sostrata tritt aus ihrem Haus.

SOSTRATA: Ich Arme weiß nicht, was ich schon so lang hier lärmen höre.
Ich fürchte sehr, Philumenas Krankheit hat sich verschlimmert.
Verhütet das, dich fleh ich an, Äskulap, und dich, Salus.
Jetzt muß ich sie sehen.

PARMENO: He, Sostrata!

SOSTRATA: Nun?

PARMENO: Wirst wieder abgewiesen.

SOSTRATA: Ei, Parmeno! Du warst hier? Weh! Was beginn ich Arme?
Ich soll nicht sehen des Sohnes Frau, die doch hieneben krank liegt?

PARMENO: Nicht sehen? Schicken darfst du selbst niemand, nach ihr zu sehen.
Denn welcher den liebt, der ihn haßt, der handelt doppelt töricht:
Er macht sich selbst vergeblich Müh und wird dem anderen lästig.
Auch ging dein Sohn, gleich als er kam, hinein, nach ihr zu sehen.

SOSTRATA: Was sagst du? Kam denn Pamphilus?

PARMENO: Er kam.

SOSTRATA: O Dank den Göttern!
Dies Wort ermutigt meinen Geist, entlastet ihn der Sorge.
PARMENO: Deshalb vor allem wünsch ich, daß du jetzt dort nicht hineingehst.
Denn wenn der Schmerz Philumenas sich etwas legt, so wird sie,
Das weiß ich, ihm allein sofort die ganze Sache kundtun,
Was vorgefallen zwischen euch, woher der Groll entstanden.
Doch sieh, da tritt er selbst heraus: wie traurig!

Pamphilus tritt aus dem Haus des Phidippus.

SOSTRATA: Ah, mein teurer Sohn!
PAMPHILUS: Willkommen, Mutter!
SOSTRATA: Freut mich, daß du wohl zurückkehrst. Und wie geht's Philumena?
PAMPHILUS: Ein wenig besser.
SOSTRATA: Gebe das der Himmel!
Was aber weinst du denn? Warum so traurig?
PAMPHILUS *ohne zu hören*: Richtig, Mutter!
SOSTRATA: Was gab's für Lärmen? Sage mir! Kam ihr der Schmerz so [plötzlich?
PAMPHILUS: Ja!
SOSTRATA: Welche Krankheit hat sie denn?
PAMPHILUS: Ein Fieber.
SOSTRATA: Wohl das tägliche?
PAMPHILUS: Man sagt's. – O Liebe, geh hinein! Ich folge bald.
SOSTRATA: Ich gehe.

Sostrata ab in ihr Haus.

PAMPHILUS: Lauf du den Sklaven, Parmeno, entgegen; hilf beim Tragen!
PARMENO: Wie? Wissen die nicht selbst den Weg nach unserem Hause?
PAMPHILUS *drohend*: Wird's bald?

Parmeno ab nach links.

III/3

PAMPHILUS *für sich*: Nein, ich weiß nicht, wie ich passend mein Erlebnis melden soll,
Wo zu schildern ich beginne, was mich unerwartet trifft,
Was ich sah mit meinem Auge, was ich vernahm mit meinem Ohr:
Darum eilt ich, was ich konnte, ganz betäubt zur Tür hinaus.

Wie ich da voll Angst hineinstürmt eben, fürchtend, meine Frau
Leide wohl an anderer Krankheit, als ich fand – o wehe mir! –
Schreien die Mägde, da sie mich erblicken, all aus einem Mund
Freudig auf: »Er ist gekommen!« weil sie mich so plötzlich sahen.
Doch bemerkt ich, wie sich aller Mienen schnell veränderten,
Weil der Zufall so zur Unzeit mich nach Haus zurückgeführt.
Ihrer eine läuft indessen schnell voraus und meldet mich.
Ich voll Sehnsucht, meine Frau zu sehen, folg ihr auf dem Fuß.
Als ich eintrat, sah ich Armer gleich, was ihre Krankheit war.
Es zu bergen, ließ die Zeit ihr keinen Raum; auch konnte sie
Nicht in andern Tönen klagen, als die Lage selbst gebot.
Als ich's sah, »Grauenvolle Schandtat!« rief ich, stürzte schnell hinaus,
Weinte laut, so tief ergriff mich diese unerhörte schauderhafte Sache.
Ihre Mutter folgt' mir; auf der Schwelle warf sie weinend sich
Auf die Knie: ich fühlte Mitleid. Wahrlich, so ist's, dünkt es mir:
Wie die Dinge sich gestalten, sind wir stolz und demutsvoll.
Dann begann sie so den Anfang ihrer Red, an mich gewandt:
»O mein Pamphilus, du siehst den Grund, warum sie dich verließ.
Einst als Jungfrau hat ein Schurke sie geschändet, und sie floh
Jetzt hierher, vor dir und anderen zu verheimlichen die Geburt.«
Aber denk ich ihrer Rede, muß ich weinen, wehe mir!
»Bei dem guten Glücke«, sprach sie, »das dich heut uns zugeführt,
Bitten, flehen dich an wir beide, wenn's gerecht, wenn's billig ist,
Daß du meiner Tochter Unfall heimlich hältst vor aller Welt.
Fandest du je, daß sie dir hold war, Freund, erfleht sie jetzt von dir
Diesen Dienst für ihre Liebe, diese mühelose Gunst.
Ob du sie indes zurücknimmst, damit halt es, wie dir's paßt.
Daß sie jetzt in Kindesnöten und von dir nicht schwanger ist,
Weißt nur du mit uns. Es heißt ja, daß sie nach zwei Monaten
Erst mit dir das Lager teilte; sieben Monde sind es nur,
Seit sie deine Gattin wurde. Daß du's nicht bezweifelst, zeigt
Dein Benehmen. Jetzt, mein Teurer, wünsch ich und bemühe mich,
Daß die Niederkunft womöglich aller Welt verborgen bleibt,
Auch dem Vater. Aber kann dies nicht geschehen und merkt man es,
Geb ich eine Frühgeburt vor, und kein Mensch denkt etwas anderes,
Als – wofür auch aller Anschein spricht – es sei dein echtes Kind.
Gleich wird's ausgesetzt: so hast du keinen Nachteil sonst davon

Und verdeckst die Schande, die der Frevler, ach, ihr angetan.«
Ich versprach's und werde treulich halten, was ich zugesagt.
Denn sie wiedernehmen kann ich doch als Mann von Ehre nicht,
Wenn ich auch durch Lieb und Umgang fest an sie gekettet bin.
Weinen muß ich, wenn ich denke, wie hinfort mein Leben so
Einsam sein wird. Hohes Glück, wie bist du doch so wandelbar!
Doch hat schon die frühere Liebe hierin mich geübt: von ihr
Riß ich mich aus Überlegung los; das gleiche wag ich hier!

Parmeno und Sosia kommen von links; hinter ihnen einige Sklaven mit Gepäck.

Sieh, Parmeno mit den Sklaven! Der darf nimmermehr
Hier nahe sein; denn ihm vertraut ich einst allein,
Daß ich im Anfang, als sie meine Gattin ward,
Mich ihr enthalten. Hört er wiederholt sie schreien,
So merkt er, fürcht ich, daß sie niederkommen will.
Deswegen muß ich sehen, wo ich ihn von hier
Wegschicke, bis Philumena geboren hat.

III/4

PARMENO *zu Sosia*: Im Ernste? War die Reise dir recht unbequem?
SOSIA: Es läßt sich nicht in Worte fassen, Parmeno,
Wie gar beschwerlich eine Seefahrt ist.
PARMENO: Im Ernst?
SOSIA: Du, Sohn des Glückes, kennst es nicht, das schwere Leid,
Das dich verschont hat, weil du nie das Meer befuhrst.
Von anderem Elend schweig ich; denk an dieses nur:
Wohl dreißig Tage war ich oder mehr zu Schiff,
Indes ich stündlich meinem Tod entgegensah,
Ich Armer: also rast' in einem fort der Sturm.
PARMENO: Grauenvoll!
SOSIA: Ich weiß das. Wahrlich, müßt ich noch einmal
Die Fahrt bestehen, lief ich lieber weit davon.
PARMENO: Vormals bestimmten leichte Gründe dich, zu tun,
Womit du jetzt drohst, Sosia. Doch Pamphilus –
Da seh ich selbst ihn stehen vor der Türe.
Zu den Sklaven: Geht
Hinein! Ich frag ihn, ob er was von mir begehrt.

Sosia und die anderen Sklaven mit dem Gepäck ab ins Haus des Laches.
Herr, stehst du noch hier?
PAMPHILUS: Ich erwarte dich.
PARMENO: Warum?
PAMPHILUS: Zur Burg hinauf muß einer.
PARMENO: Und wer muß?
PAMPHILUS: Du, du!
PARMENO: Zur Burg? Was da?
PAMPHILUS: Den Gastfreund Callidemides
Von Mykonos such auf; er fuhr hierher mit mir.
PARMENO *für sich*: Weh! Der gelobt', scheint es, mich durch Laufen tot
Zu hetzen, käm er wieder heim mit heiler Haut.
PAMPHILUS: Wird's bald?
PARMENO: Was sag ich? Soll ich bloß hingehen zu ihm?
PAMPHILUS: Nein, was ich ihm versprochen, heut ihn noch zu sehen,
Das gehe nicht, bedeut ihm, daß er nicht umsonst
Mich dort erwartet. Eile, flugs!
PARMENO: Ich kenne ja
Das Angesicht des Mannes nicht.
PAMPHILUS: Das sollst du gleich.
Ein großer, roter, dicker Mann, mit krausem Haar,
Mit grauen Augen, einem Leichengesicht.
PARMENO: Daß ihn ein Gott verdamme! – Wenn er aber nun
Nicht käme? Soll ich bleiben, bis es Abend wird?
PAMPHILUS: Ja, freilich! Lauf nur!
PARMENO: Kann es nicht; so matt bin ich.
Parmeno ab nach rechts.
PAMPHILUS *für sich*: Fort ist er! – Was beginn ich? Weiß es wahrlich nicht,
Wie ich's verhehle, was mich bat die Myrrhina:
Der Tochter Kindbett; denn sie jammert mich, die Frau.
Ich werde tun, was möglich, doch der Kindespflicht
Nicht nahe treten; muß ich doch der Mutter mehr
Als meiner Liebe folgen. Ei! Da seh ich ja
Phidippus und den Vater. Hierher kommen sie.
Was soll ich ihnen sagen? Nein, das weiß ich nicht.
Phidippus und Laches kommen von rechts.

III/5

LACHES *zu Phidippus*: Hast du nicht vorhin gesagt, sie warte nur auf [meinen Sohn?
PHIDIPPUS: Ja.
LACHES: Der kam, wie's heißt. Sie komme!
PAMPHILUS *für sich*: Was ich meinem Vater jetzt
Sagen soll, warum ich sie nicht wiedernehme, weiß ich nicht.
LACHES: Wessen Stimme hört ich eben?
PAMPHILUS *für sich*: Gut! Den Weg, den ich zu gehen
Mich entschlossen, halt ich ein.
LACHES: Da steht er selbst, von dem ich sprach.
PAMPHILUS: Heil dir, Vater!
LACHES: Sohn, willkommen!
PHIDIPPUS: Freut mich, daß du heimgekehrt,
Pamphilus, und, was das Beste, wohl und munter.
PAMPHILUS: Glaube dir's.
LACHES: Kommst du eben?
PAMPHILUS: Eben.
LACHES: Sprich: was hinterließ denn Phania,
Unser Vetter?
PAMPHILUS: Ach! Solang er lebte, ließ der Mann es sich
Immer wohl sein; und ein solcher macht den Erben niemals reich,
Hinterläßt er auch den Ruhm: »Solang er lebte, lebt' er gut.«
LACHES: Also weiter hast du nichts uns mitgebracht, als diesen Spruch?
PAMPHILUS: Was er auch, viel oder wenig, hinterließ, kommt uns zugut.
LACHES: Nein, es schadet; denn ich wollte, daß er lebte, und gesund.
PHIDIPPUS: Dieser Wunsch ist unbedenklich; lebt er doch nie wieder auf.
Und ich weiß ja, was dir lieber ist!
LACHES: Phidippus ließ Philumena
Gestern holen.
Leise zu Phidippus, ihn anstoßend: Sage doch, daß du's befahlst.
PHIDIPPUS *leise zu Laches*: Dein Stoßen laß!
Laut: Ich befahl's.
LACHES: Doch wird er bald sie wieder schicken.
PHIDIPPUS: Freilich wohl!
PAMPHILUS: Weiß bereits den ganzen Vorfall; als ich kam, erfuhr ich ihn.
LACHES: Daß ein Gott den Neid verderbe, der gern solche Kunde bringt!

PAMPHILUS *zu Phidippus*: Immer hab ich mich gehütet, daß mit Recht mich keine Schmach
Treffen kann von euch. Und wollt ich jetzt erwähnen, wie ich treu,
Liebevoll und sanften Sinnes gegen deine Tochter war,
Könnt ich's wahrhaft; doch ich wünsche, daß du's von ihr selbst erfährst.
Denn du wirst dann unbedenklich meiner Sinnesart vertrauen,
Wenn sie günstig über mich spricht, die mir jetzt ungünstig ist.
Daß die Trennung meine Schuld nicht, ruf ich Gott zum Zeugen an.
Aber weil sie's ihrer unwert hält, sich meiner Mutter zu
Fügen und in ihre Launen sich zu schicken mit Geduld,
Auch in keiner anderen Weise beide zu versöhnen sind,
Muß ich von der Mutter scheiden oder von Philumena.
Nun gebeut mir meine Pflicht als Sohn, die Mutter vorzuziehen.

LACHES: Pamphilus, wohl lieblich klangen deine Worte meinem Ohr,
Weil ich sehe, daß dir deine Mutter mehr als alles ist.
Aber daß du doch im Zorne nicht verkehrt darauf bestehst!

PAMPHILUS: Wie sollt ich auch, von Zorn gereizt, jetzt gegen sie unbillig [sein,
Die gegen mich nie, was ich ungern sah, getan,
Und vieles, was ich gerne sah. Ich liebe, ja,
Ich lobe sie, ich schmachte sehnsuchtsvoll nach ihr;
Denn mir, erfuhr ich, war sie herzlich zugetan.
Drum wünsch ich, daß sie fortan ihre Lebenszeit
Mit einem Mann verlebe, der beglückter ist
Als ich, da sie das Schicksal mir vom Herzen reißt.

PHIDIPPUS: Das kannst du ja verhindern.

LACHES: Bist du klug, so laß
Sie wiederkommen.

PAMPHILUS: Vater, nein, das will ich nicht.
Der Mutter Bestes geht mir vor. *Will gehen.*

LACHES: Wo willst du hin?
Wohin? Bleib! Bleibe, sag ich.

PHIDIPPUS: Welch ein Eigensinn!

Pamphilus ab ins Haus des Laches.

LACHES: Das nimmt er übel; sagt ich's doch! Drum bat ich dich,
Die Tochter heimzuschicken.

PHIDIPPUS: Die Lieblosigkeit,

Bei allen Göttern, hätt ich ihm nicht zugetraut.
Der meint vielleicht, ich solle lang ihn bitten? Nein!
Will er die Frau behalten – gut! Im anderen Fall
Zahl er die Mitgift uns zurück und ziehe hin!

LACHES: Sieh doch! Auch du fährst übermäßig zornig auf.

PHIDIPPUS: Ja, Pamphilus, recht trotzig kamst du wieder heim!

LACHES: Der Zorn entweicht schon; freilich hat er Grund dazu.

PHIDIPPUS: Weil euch an Geld ein bißchen zugefallen ist,
Schwillt euch der Kamm auf.

LACHES: Haderst du jetzt auch mit mir?

PHIDIPPUS: Er mag sich's überlegen, um noch heute mir
Bescheid zu geben, ob er sie behalten will,
Daß, wenn er nicht will, sie ein anderer nehme!
Phidippus ab in sein Haus.

LACHES: Bleib,
Phidippus! Auf ein Wort! – Er geht! – Nun, immerhin!
Sie mögen selbst es unter sich, ganz wie's beliebt,
Abtun am Ende, weil sie meinem Rate doch
Nicht folgen, er so wenig als mein Sohn: mein Wort
Gilt ihnen nichts. So trag ich meiner Frau den Zank
Ins Haus, geschah doch alles nur auf ihren Rat,
Und über sie denn schütt ich allen Ärger aus.
Laches ab in sein Haus.

IV/1

Myrrhina eilt aus dem Haus des Phidippus.

MYRRHINA *für sich*: Weh mir! Was beginn ich? Wohin flieh ich? Was antwort ich Arme
Meinem Manne? Denn er hörte, wie mir scheint, den Knaben wimmern,
Weil er da so plötzlich schweigend ins Gemach der Tochter eilte.
Wenn er ihre Niederkunft erfährt, ich weiß nicht, was ich sage,
Daß ich sie so heimlich hielt.
Die Türe knarrt; ich glaub, er kommt heraus zu mir. Mit mir ist's aus!
Phidippus eilt aus seinem Haus.

PHIDIPPUS: Wie sie mich zur Tochter gehen sah, meine Frau, gleich schlich sie fort.

Doch sieh, da steht sie. – Myrrhina! Was, du? – Dich mein ich.
MYRRHINA: Lieber Mann, mich?
PHIDIPPUS: Dein Mann, ich? Hältst du mich für einen Mann, für einen Menschen nur?
Wenn ich je für eins von beidem dir gegolten hätte, Weib,
Wär ich nicht durch dein Gebaren so verhöhnt.
MYRRHINA: Wodurch?
PHIDIPPUS: Du fragst noch?
Unsre Tochter hat ein Kind. Du schweigst? Von wem?
MYRRHINA: Darf dies ein Vater
Fragen? Wehe mir! Von wem denn anders als von ihrem Manne?
PHIDIPPUS: Glaub es; und wie kann ein Vater anders denken? Doch mich wundert,
Daß du ihre Niederkunft uns allen so verbergen wolltest,
Um so mehr, als sie gehörig und zu rechter Zeit gebar;
Daß du so hartnäckig warst, den Knaben lieber tot zu wünschen,
Der hinfort das Band der Freundschaft zwischen uns noch fester knüpfte,
Als sie gegen deinen Wunsch ihm wiederum vereint zu sehen!
Meint ich doch, die Schwiegereltern seien an allem schuld, und du [bist's.
MYRRHINA: Weh, ich Arme!
PHIDIPPUS: Daß du wahr sprächst! Aber eben fällt mir ein,
Was du damals sagtest, als wir ihn zum Schwiegersohn gewählt.
Nimmer kann ich meine Tochter, sagtest du, dem Manne geben,
Der mit einer Metze liebelt, der die Nacht auswärts verbringt.
MYRRHINA *für sich*: Mag er jeden andern Grund sich denken, nur den wahren nicht!
PHIDIPPUS: Wußt ich doch um diese Liebschaft lang vor dir, o Myrrhina;
Doch ich habe dies der Jugend nie so hoch anrechnen mögen:
So sind wir alle von Natur; bald kommt die Zeit, da's ihn gereut.
Doch, wie du sonst dich zeigtest, hast du bis zur Stunde dich gezeigt,
Von ihm die Tochter abzuziehen, zu hintertreiben, was ich tat.
Nun zeigt ja die Geschichte, wie du's auszuführen dachtest.
MYRRHINA: Glaubst du mich so eigensinnig, daß ich, ihre Mutter, so
Gegen sie verführe, wäre dieser Bund ein Glück für uns?
PHIDIPPUS: Kannst du voraussehen, kannst du denn entscheiden, was uns dienlich ist?

Hörtest du vielleicht von jemand, daß er ihn bei seiner Freundin
Aus und ein gehen sehen: was ist's weiter dann, geschah es nur
Selten und mit Maße? Wär's nicht menschlicher, unwissend sich
Zu stellen, als mit Eifer auszuspähen, was uns Haß erweckt?
Denn wenn er sich so schnell von ihr losreißen könnte, die mit ihm
Umging so lange, hielt ich ihn für keinen Menschen, noch für treu
Im Ehebund mit meinem Kind.

MYRRHINA: Genug von ihm, Freund, und von dem,
Was ich verschuldet haben soll! Geh hin und sprich allein mit ihm;
Frag ihn, ob er sie zurücknimmt. Sagt er ja, so gib sie ihm;
Sagt er nein, so tat ich wohl, daß ich gesorgt für unser Kind.

PHIDIPPUS: Will er selbst nicht, und du merktest, daß an ihm der Fehler lag,
Myrrhina, war ich der Mann, dem hier zu sorgen ziemlich war.
Darum zürn ich, daß du solches wagtest ohne mein Geheiß.
Frau, du lässest mir das Kind nicht über unsere Schwelle bringen!
Für sich: Doch ich Tor, von der zu fordern, daß sie meinem Wort gehorcht!
Meinen Sklaven sag ich, daß es nicht vor unsere Türe kommt.
Phidippus ab in sein Haus.

MYRRHINA *für sich*: Wohl lebt auf Erden keine, die das Unglück mehr verfolgt als mich!
Denn wie's mein Mann aufnehmen wird, wenn er die Wahrheit ganz erfährt,
Das seh ich deutlich, nun ihn schon das Leichtere da so zornig macht.
Und wahrlich, ihn auf anderen Sinn zu bringen weiß ich keinen Weg.
Dies eine Leid noch fehlte mir zu meinem vielen Leide, daß
Ein Kind, von dessen Vater ich nichts weiß, mir aufgedrungen wird.
Denn als der Frevler seine Lust an meiner Tochter büßte, ließ
Sich nicht erkennen die Gestalt: so finster war die Nacht umher;
Auch nahm sie nichts ihm ab, woran man später ihn erkennen mag.
Er selber riß ihr einen Ring vom Finger, als er weiterging.
Wohl kann auch, fürcht ich, Pamphilus nicht länger schweigen, wie wir ihn
Gebeten, wenn er hört, wir ziehen ein fremdes Kind als seines auf.
Myrrhina ab ins Haus.

IV/2

Sostrata und Pamphilus treten aus dem Haus des Laches. Laches folgt ihnen unbeobachtet und belauscht ihr Gespräch.

SOSTRATA: Ich weiß, du hast mich im Verdacht, daß meinetwegen deine Frau
Das Haus verlassen, lieber Sohn, obwohl du mir's sorgsam verhehlst.
Doch liebten so die Götter mich, verliehen sie so mir Freud an dir,
Als ich's mit Wissen nie verdient, daß sie mit Recht mich hassen kann!
Und glaubt ich sonst, du liebtest mich, so hast du mir es nun bewährt.
Denn eben hat dein Vater mir erzählt, wie du mich deiner Frau
Vorzogst, die Mutter. Jetzt erzeig ich mich dafür erkenntlich, will
Dir zeigen, daß ich Zärtlichkeit des Kindes wohl zu lohnen weiß.
Mein Pamphilus, so, glaub ich, wird's euch dienlich sein und meinem Ruf:
Ich gehe, das steht fest bei mir, mit deinem Vater auf das Land,
Auf daß nicht meine Gegenwart noch sonst ein Grund Philumenas
Rückkehr zu dir verzögere.

PAMPHILUS: Gott! Ich bitte dich, welch ein Entschluß!
Vor ihrer Torheit weichst du, willst aufs Land hinausziehen aus der Stadt?
Das tust du nicht: nie soll ein Feind uns schelten, nur mein Eigensinn,
Nicht deine Güte, Mutter, sei's, die dich zu diesem Schritte trieb.
Auch sollst du deinen Freundinnen, Verwandten und den Festen hier
Niemals entsagen meinethalb!

SOSTRATA: Das macht mir kein Vergnügen mehr.
Solang's die Jahre mir vergönnt, genoß ich zur Genüge; jetzt
Bin ich des Treibens herzlich satt. Nun ist mein Hauptanliegen, daß
Mein Alter niemand lästig sei, niemand erwarte meinen Tod.
Hier bin ich ohne meine Schuld verhaßt; es ist jetzt Zeit zu gehen.
So schneid ich allen, wie mich dünkt, am besten alle Klagen ab
Und löse mich aus dem Verdacht und füge mich in ihren Sinn.
O laß dem bösen Rufe mich entfliehen, der uns Frauen verfolgt!

PAMPHILUS: Wie glücklich wär ich sonst in allem, wäre nur dies eine [nicht,
Bei solcher Mutter, solchem Weib!

SOSTRATA: Ich bitte dich, mein Pamphilus!
Du könntest etwas Unbequemes, was es sei, nicht übersehen?

Ist alles andere, wie du willst und wie ich denke, daß es sei –
So tue mir die Liebe, Sohn, und nimm sie wieder.

PAMPHILUS: Weh mir, weh!

SOSTRATA: Und wehe mir! Denn was ich hier empfinde, schmerzt mich so wie dich.

IV/3

LACHES *hervortretend*: Was du mit dem Sohne sprachst, hört ich, Frau, hier in der Nähe.
Das nenn ich weise, wenn man sich bezwingen kann, wo's nötig ist,
Und gleich von selbst tut, was vielleicht doch späterhin geschehen muß.

SOSTRATA: Segne es Gott!

LACHES: Aufs Land hinaus denn! Dort ertrag ich dich, du mich.

SOSTRATA: Ja, das hoff ich.

LACHES: Geh hinein, und was du mit dir nehmen willst,
Das rüste: hörst du?

SOSTRATA: Wie du befiehlst.

Sostrata zurück ins Haus.

PAMPHILUS: Mein Vater!

LACHES: Was
Willst du, Pamphilus?

PAMPHILUS: Die Mutter wegziehen? Nimmermehr!

LACHES: Warum nicht?

PAMPHILUS: Weil ich wegen meiner Frau noch ungewiß bin, was ich tun soll.

LACHES: Wie? Was sonst, als heim sie führen?

PAMPHILUS *für sich*: Wünsch es selbst, kann kaum mich halten.
Doch ich ändere meinen Plan nicht; was mir frommt, das führ ich aus.
Laut: Führ ich sie zurück, so werden beide wohl einträchtiger sein?

LACHES: Kannst es gar nicht wissen! Doch dich schiert nicht, was die Frauen tun,
Wenn die Mutter aus dem Haus ist. Leute unsers Alters sind
Jungen stets ein Dorn im Auge: besser denn, man räumt das Feld.
Pamphilus, am Ende gibt es noch ein Märchen über uns:
»Es war einmal ein alter Mann, und war ein altes Weibchen.«

Phidippus tritt aus seinem Haus.

Doch sieh, da kommt Phidippus, wie gerufen! Gehen wir näher.

IV/4

PHIDIPPUS *zurücksprechend*: Auch dir, beim Himmel, zürn ich recht,
Und das im Ernste; denn es ist recht schlecht von dir. [Philumena,
Wohl hast du einen Grund, deine Mutter gab den Rat.
Doch die hat keinen.
LACHES: Wie gerufen, zeigst du dich,
Phidippus, kommst mir eben recht erwünscht.
PHIDIPPUS: Was ist's?
PAMPHILUS *für sich*: Was sag ich ihnen? Oder wie halt ich's geheim?
LACHES: Der Tochter sage: Sostrata zieht jetzt aufs Land;
Sie dürfte sich nicht scheuen heimzukommen.
PHIDIPPUS: Ah!
Gar keine Schuld, Freund, hatte deine Frau dabei;
Von Myrrhina, der meinen, schreibt sich alles her.
PAMPHILUS *für sich*: Die Rollen wechseln.
PHIDIPPUS: Aller Wirrwarr kommt von ihr.
PAMPHILUS *für sich*: Fortzanken mögt ihr immerhin, so viel ihr wollt,
Wenn ich sie nur nicht endlich wieder nehmen muß!
PHIDIPPUS: Ich wünsche wahrlich, Pamphilus, daß unsere
Verschwägerung bestehe, wenn es möglich ist;
Doch wenn du anderen Sinnes bist, so nimm das Kind.
PAMPHILUS *für sich*: O weh! Er kam dahinter, daß sie geboren hat.
LACHES: Ein Kind? Und welch Kind?
PHIDIPPUS: Einen Enkel haben wir;
Denn schwanger war die Tochter, als sie euch verließ,
Wovon ich gar nichts wußte bis auf diesen Tag.
LACHES: O frohe Botschaft, so mir Gott! Des Kinds Geburt,
Der Mutter Wohlsein freut mich sehr. Doch welch ein Weib
Ist deine Frau! Welch eine Sinnesart! So lang
Uns das zu verhehlen! Keine Worte find ich, traun,
Um auszusprechen, wie verkehrt mir solches dünkt.
PHIDIPPUS: Mir, Laches, mir mißfällt es ebenso wie dir.
PAMPHILUS *für sich*: Auch wenn ich bisher immer noch unschlüssig war:
Jetzt bin ich's nicht mehr, nun ein fremdes Kind ihr folgt.
LACHES: Jetzt hast du weiter kein Bedenken, Pamphilus.
PAMPHILUS *für sich*: Weh mir!

LACHES: Wie oft, ach, wünschten wir den Tag zu sehen,
Daß einer lebte, der entsprossen, Sohn, von dir,
Dich Vater nennte! Dieser Wunsch, er ist erfüllt:
Den Göttern Dank!
PAMPHILUS *für sich*: Ich bin des Todes!
LACHES: Nimm die Frau
Zurück, und widerstrebe mir nicht länger mehr!
PAMPHILUS: Mein Vater, wenn sie Kinder sich von mir gewünscht
Und mit mir leben wollte, dann bin ich gewiß,
Sie würde nicht verbergen, was sie mir verbarg.
Jetzt, weil ich finde, daß ihr Herz mir abgeneigt –
Und glauben kann ich nimmermehr, daß späterhin
Ein gut Vernehmen unter uns sich bilden wird –
Wozu sie wieder nehmen?
LACHES: Was die Mutter riet,
Das tat das arme Weibchen. Ist das verwunderlich?
Meinst wohl, du könnest eine ganz schuldlose Frau
Auffinden? Etwa, weil der Mann sich nicht vergeht?
PHIDIPPUS: Ihr, überlegt nun, Laches, und du, Pamphilus,
Ob ihr die Frau entlassen, ob heimführen wollt.
Was meine Frau tut, steht allein in ihrer Hand:
In beiden Fällen mach ich keine Schwierigkeit.
Was aber soll's mit dem Kinde?
LACHES: Fragst doch lächerlich!
Was auch geschehen mag, diesem gib, was sein gehört;
Wir ziehen es auf als unseres.
PAMPHILUS *leise*: Was der Vater selbst
Verließ, soll ich erziehen?
LACHES: Wie? Wir sollten's nicht
Erziehen? Vielmehr verlassen? Pamphilus, wie toll!
Nicht länger kann ich schweigen; zwingst du doch mich selbst,
Vor diesem Mann zu sagen, was ich nicht gewollt.
Du meinst vielleicht, ich wisse deine Tränen nicht
Zu deuten oder was dich so unruhig macht?
Als du den Vorwand brauchtest, daß du deine Frau
Der Mutter wegen nicht behalten könnest, da
Versprach die Mutter, aus dem Hause wegzugehen.

Jetzt, da du dir auch diesen Grund entrissen siehst,
Fandst du den anderen, weil sie hinter dir gebar.
Du täuschest dich, ich kenne deine Wünsche wohl.
Wie lange sah ich dir deinen Hang zur Bacchis nach,
Mit welcher Ruhe ließ ich mir gefallen, was
Du der zulieb aufwendetest, daß du endlich doch
Dein Herz zur Ehe stimmtest! Ich ermahnte dich,
Ich bat, beschwor dich, eine Frau zu nehmen; denn
Es sei nun Zeit; auf mein Betreiben freitest du.
Dies hast du, mir gehorsam, wie sich's ziemt, getan;
Jetzt hängst du dich von neuem an die Buhlerin,
Und ihr gefällig kränkst du deine Frau sogar.
Denn wieder seh ich in dein altes Leben dich
Versunken.

PAMPHILUS: Mich?

LACHES: Ja, dich. Und unrecht tust du, sinnst
Vorwände dir zu neuer Zwietracht aus, mit ihr
Zu leben, wenn du diese Zeugin fortgeschafft.
Und deine Frau hat's auch gemerkt; wo hatte sie
Sonst einen Grund zur Trennung?

PHIDIPPUS: Ist es wahrlich doch,
Als ob der Mann ein Seher wäre! Ja, so ist's.

PAMPHILUS: Beschwören will ich, daß daran nichts Wahres ist.

LACHES: So nimm sie wieder, oder sprich, warum's nicht geht.

PAMPHILUS: Jetzt ist die Zeit nicht.

LACHES: Nimm das Kind; das ist ja doch
Schuldlos; der Mutter wegen will ich später sehen.

PAMPHILUS *für sich*: Allüberall Unglück! Ich weiß nicht, was ich soll:
So drängt von allen Seiten mich mein Vater jetzt.
Ich gehe, da mein Bleiben doch nichts helfen kann.
Man nimmt ja, denk ich, ohne mein Geheiß das Kind
Nicht auf, zumal mir hier die Schwiegermutter hilft.
Pamphilus ab in das Haus des Laches.

LACHES: Du läufst davon? Antwortest nichts Bestimmtes mir? –
Zu Phidippus: Scheint dir der Mensch bei Sinnen? Mag er gehen!
Gib mir, Phidippus! Ich erzieh's. [Das Kind

PHIDIPPUS: Von Herzen gern.

Kein Wunder, wenn sich meine Frau hier ärgerte.
Herb sind die Weiber, nehmen so was nicht so leicht:
Daher ihr Grollen, wie sie selbst es mir erzählt.
Solang er da war, mocht ich dir's nicht sagen. Und
Erst glaubt ich's auch nicht; aber jetzt ist's offenbar.
Denn vor der Ehe hat er Scheu, das liegt am Tag.

LACHES: Was aber tun, Phidippus? Sprich: was rätst du mir?

PHIDIPPUS: Was tun? Vor allem gehen wir an die Dirne selbst.
Wir bitten sie, wir klagen, schelten, drohen zuletzt
Recht ernstlich, wenn sie ferner noch mit ihm verkehrt.

LACHES: Das will ich tun.
Er ruft in sein Haus nach einem Sklaven: He, Junge! Geh zur Bacchis hier,
Der Nachbarin; in meinem Namen rufe sie.
Zu Phidippus: Dich bitt ich, hier mir ferner beizustehen.

Sklave ab ins Haus der Bacchis.

PHIDIPPUS: Ah!
Ich sagte schon und sag es, Laches, noch einmal:
Ich wünsche sehr, daß die Verbindung zwischen uns
Bestehe, wenn's nur, was ich hoffe, möglich ist.
Soll ich dabei sein, wenn du mit der Bacchis sprichst?

LACHES: Du gehst und schaffst dem Kleinen eine Amme her!

Phidippus ab nach rechts.

V/1

Bacchis tritt aus ihrem Haus in Begleitung von zwei Sklavinnen; der Sklave des Laches verschwindet wieder in dessen Haus.

BACCHIS *für sich*: Wie soll ich das mir deuten, daß mich Laches jetzt zu sprechen wünscht?
Traun, wenn ich mich nicht täusche, bin ich seiner Absicht auf der Spur.

LACHES *für sich*: Ich muß mich hüten, daß ich nicht in meinem Zorne weniger
Erlange, denn ich könnte, muß mich hüten, einen Schritt zu tun,
Den nicht getan zu haben mir am Ende lieber wäre. Nun,
Red ich sie an! – Willkommen, Bacchis!

BACCHIS: Willkommen, Laches!

LACHES: Bacchis, dich befremdet's wohl ein wenig,

Was es sein mag, daß ich dich durch meinen Sklaven rufen lasse.
BACCHIS: Fürwahr, bedenk ich, wer ich bin, so fürcht ich selbst, es schade
Mir meines Standes Name; denn leicht schützt mich mein Betragen.
LACHES: Ist das die Wahrheit, Mädchen, hast du nichts von mir zu fürchten;
Denn ich bin in Jahren, wo man keinen Mißgriff mir verzeihen kann.
Um so mehr behandl ich alles mit Besonnenheit und Vorsicht.
Denn tust du jetzt und später, wie's für Wackere ziemt, so wär es
Unart, ja schlecht, dir weh zu tun, nachdem du nichts verschuldet.
BACCHIS: Beim Himmel, dafür bin ich dir zu großem Dank verbunden.
Denn wer das Unrecht, wenn's getan, entschuldigt, hilft mir wenig.
Indes, was soll dies?
LACHES: Pamphilus, mein Sohn, besucht dich oft...
BACCHIS: Wie? Mich?
LACHES: Geduld! – Bevor er diese Frau nahm, sah ich eurer Liebe nach.
Warte: noch ist nicht gesprochen, was ich will! – Er hat für jetzt
Eine Frau; such einen anderen dir, solange guter Rat gilt.
Denn seine Neigung ist nicht ewig, deine Jugend wird verblühen.
BACCHIS: Wer sagt das?
LACHES: Die Schwiegermutter.
BACCHIS: Und von mir?
LACHES: Von dir, und holte
Heim die Tochter, wollte darum gar das neugeborene Kind
Heimlich aus dem Wege schaffen.
BACCHIS: Wüßt ich etwas Heiligeres,
Was von meiner Ehrlichkeit euch Bürge wäre, als den Eid,
Freudig würd ich dir's beteuern, daß ich, seitdem Pamphilus
Eine Frau genommen, Laches, ihn von mir stets ferne hielt.
LACHES: Gutes Kind! Doch weißt du, was mir lieber wäre?
BACCHIS: Was denn? Sprich.
LACHES: Zu den Frauen hier geh hinein, und schwöre ganz denselben Eid
Ihnen auch: tu ihren Willen, löse dich von dem Verdacht.
BACCHIS: Ich werde tun, was keine sonst aus meinem Stande täte, daß
Sie sich vor einer Ehefrau in solchem Falle zeigte. Doch
Ich will nicht, daß ein falscher Ruf an deinem Sohne hafte, daß
Er unverdient leichtsinniger erscheine, wo's am mindesten ziemt –
Vor euch. Um mich verdient er's, daß ich ihm erweise, was ich kann.

LACHES: Was du sprachest, hat dir meine Gunst gewonnen; denn die Frauen
Nährten nicht allein den Argwohn; nein, ich glaubte selbst daran.
Nun ich anders dich gefunden, als wir all erwarteten:
Bleibe fortan so; genieße meine Freundschaft, wie du willst.
Wenn indes – doch nein! ich schweige, hörst von mir kein schlimmes Wort.
Eines rat ich: wolle lieber, was als Freund ich bin und kann,
Als den Feind in mir erproben.

V/2

Phidippus und eine Amme kommen von rechts.

PHIDIPPUS *zu der Amme*: Frau, in meinem Hause soll's
An nichts dir mangeln; was du brauchst, erhältst du stets in Fülle.
Doch wenn du Hunger und Durst gestillt, dann mache mir auch den Knaben satt.

LACHES *zu Bacchis*: Sieh, unser Schwiegervater kommt und bringt die Amme für das Kind.
Phidippus, hoch und heilig schwört das Mädchen ...

PHIDIPPUS: Ist das Bacchis?

LACHES: Ja.

PHIDIPPUS: Die fürchten keine Götter, und die Götter achten ihrer nicht.

BACCHIS *auf die beiden Mägde deutend*: Ich gebe dir die Mägde preis: du kannst durch jede Folter,
Die dir beliebt, ich wehr es nicht, sie zum Geständnis bringen.
Hier gilt's zu sorgen, daß die Frau des Pamphilus zurückkehrt.
Und hab ich dieses ausgewirkt, so schäm ich mich des Rufes nicht,
Daß ich allein tat, was zu tun sich andere Hetären scheuen.

LACHES: Phidippus, fälschlich waren, wie die Tat es jetzt erwiesen,
Uns unsere Frauen verdächtig; nun, versuchen wir's mit dieser!
Hört deine Frau, daß Pamphilus grundlos beschuldigt worden,
So weicht ihr Groll. Und zürnt mein Sohn, weil seine Gattin heimlich
Geboren, ist das weiter nichts; der Zorn geht bald vorüber.
Hier liegt gewiß kein Fehler vor, der eine Trennung heischte.

PHIDIPPUS: Wohl wünsch ich's.

LACHES: Frage Bacchis hier! Sie wird dir volle Genüge tun.

PHIDIPPUS: Was sagst du mir das? Hast du nicht vorhin von mir vernommen,
Was ich darüber denke? Stellt die Frauen nur zufrieden!
Phidippus mit der Amme ab in sein Haus.
LACHES: Ich bitte, Bacchis, halte dein Versprechen.
BACCHIS: Deshalb also soll
Ich hingehen?
LACHES: Ja, und stelle sie zufrieden, daß sie's glauben.
BACCHIS: Ich gehe, weiß ich gleich, man wird mich heut ungern sehen.
LACHES: Die werden, das versprech ich dir, sobald sie's hören, freundlich sein.
Denn frei vom Irrtum machst du sie und dich von dem Verdachte.
BACCHIS *für sich*: Weh mir!
Wie scheu ich doch die junge Frau!
Zu den Mägden: Folgt mir beide!
Bacchis ab ins Haus des Phidippus.
LACHES *für sich*: Ich wünschte mir nichts lieber, als was Bacchis nun bevorsteht:
Dank ohne Mühe wird sie sich verdienen und mir nützen.
Denn wenn sie jetzt im Ernste sich von Pamphilus getrennt hat,
So darf sie wahrlich auf Gewinn, auf Ruhm und Ehre zählen,
Erweist ihm Dank und macht zugleich sich uns dadurch zu Freunden.
Laches ab in sein Haus.

V/3

Parmeno kommt von rechts.
PARMENO *für sich*: Wahrlich, meine Dienste schätzt mein Herr gering; er schickte mich
Auf die Burg um nichts; vergeblich saß ich da den ganzen Tag,
Callidemides erwartend, unseren Gast aus Mykonos.
Sitze dort wie närrisch heute; wer da kam, den sprach ich an,
Fragte: »Jüngling, sprich, ich bitte, bist du nicht aus Mykonos?«
»Nein.« – »Aber Callidemides?« – »Nein.« – »Hast du keinen Gastfreund hier –
Pamphilus?« – Nein sagte jeder. Und es gibt wohl keinen so,
Glaub ich. Endlich schämt ich mich und ging.
Bacchis tritt mit ihren zwei Sklavinnen aus dem Haus des Phidippus.

Doch seh ich Bacchis da
Nicht aus unseres Nachbarn Hause kommen? Was tut sie hier?
BACCHIS: Parmeno, du kommst gelegen: laufe schnell zu Pamphilus!
PARMENO: Was da?
BACCHIS: Bitt ihn herzukommen.
PARMENO: Zu dir?
BACCHIS: Nein, zur Philumena.
PARMENO: Was ist los?
BACCHIS: Laß ab zu fragen, wo dich etwas nicht berührt.
PARMENO: Sag ich nichts mehr?
BACCHIS: Doch: den Ring, den Pamphilus mir einst geschenkt,
Habe Myrrhina für ihrer Tochter Ring erkannt.
PARMENO: Ich weiß.
Also dies?
BACCHIS: Ja! Wenn er das von dir erfährt, so kommt er gleich.
Doch du säumst?
PARMENO: Nein, wahrlich; heute war mir dies noch nicht vergönnt;
So mit Laufen und mit Rennen bracht ich hin den ganzen Tag.
Parmeno ab ins Haus des Laches.
BACCHIS *für sich*: Welch große Freude schuf ich heut durch meinen Gang dem Pamphilus!
Wieviel Erwünschtes bracht ich ihm! Wie viele Sorge nahm ich ihm!
Geb ihm den Sohn zurück, der fast durch ihn und diese Frauen hier
Verloren war, die Gattin auch, von welcher er sich losgesagt;
Von dem Verdacht, in dem er bei Phidippus und dem Vater stand,
Befrei ich ihn. Dies auszuspähen gab uns der Ring Gelegenheit.
Ich weiß es noch, vor ungefähr zehn Monaten kam er abends
Ganz atemlos zu mir ins Haus gerannt, allein und trunken,
Mit diesem Ring. Ich erschrak sofort. »Mein Liebster, Bester«, rief ich,
»Warum so gar verstört? Woher der Ring? Ich bitte, sag es.«
Er tat zerstreut, als hört er nicht. Kaum sah ich das, so fing ich
Ich weiß nicht was zu ahnen an und drängt ihn nur noch stärker.
Der Mensch bekennt, er hab an einem Mädchen auf der Straße
Sich mit Gewalt vergangen und den Ring ihr abgezogen,
Als sie zur Wehr sich gesetzt. Und den erkannte Myrrhina
Sogleich an meinem Finger, fragt, woher ich ihn bekommen;
Und ich erzähl ihr alles dann. So kam's zuletzt zutage,

Daß er Philumena umarmt und daß ihr Kind von ihm sei.
Daß diese vielen Wonnen ihm durch mich geworden, freut mich.
So denken sonst Hetären nicht; es ist nicht unser Vorteil,
Wenn einer unserer Freunde sich der Ehe freut. Doch wahrlich,
Nie häng ich wegen des Gewinns mein Herz an schlechte Künste.
Solang's gestattet war, genoß ich seine Huld und Güte.
Wohl, daß er sich vermählte, war mir unbequem, bekenn ich:
Doch, denk ich, tat ich immer so, daß ich es nicht verschuldet.
Man muß von dem, der Liebes uns erwies, auch Herbes dulden.

V/4

Pamphilus und Parmeno kommen im Gespräch aus dem Haus des Laches.

PAMPHILUS: Parmeno, bedenke doch: ist deine Nachricht klar und sicher?
Daß du nicht auf kurze Zeit mich lockst in falscher Lust zu schwelgen.
PARMENO: Ja.
PAMPHILUS: Gewiß?
PARMENO: Gewiß!
PAMPHILUS: Ich bin ein Gott, wenn's so ist.
PARMENO: Wirst's erfahren.
PAMPHILUS: Bleibe doch! Du meldest, fürcht ich, anderes, als ich glauben [kann.
PARMENO: Nun?
PAMPHILUS: Du sagtest, mein ich, daß die Myrrhina den Ring der Bacchis
Als den ihrigen erkannt?
PARMENO: Ja.
PAMPHILUS: Welchen ich ihr einst geschenkt?
Und sie schickt mit dieser Kunde dich zu mir? Nicht wahr?
PARMENO: Ja freilich.
PAMPHILUS: Wo wär ein Mensch so selig, wer so reich an Liebesglück wie ich?
Was kann ich dir für diese Kunde schenken? Was? Ich weiß es nicht.
PARMENO: Ich aber weiß es.
PAMPHILUS: Was denn?
PARMENO: Gar nichts.
Denn ich weiß nicht, was die Botschaft, was ich selbst dir frommen kann.
PAMPHILUS: Dich soll ich unbeschenkt von mir entlassen, der vom Orkus mich

Ans Licht zurückgeführt? Du meinst, so schlecht bezahl ich meinen [Dank?
Doch Bacchis steht da vor der Tür: wohl harrt sie mein.
Ich eile hin zu ihr!

BACCHIS: Willkommen, Pamphilus!

PAMPHILUS: O Bacchis, meine Bacchis, meine Retterin!

BACCHIS: Das Glück, wie freut mich's!

PAMPHILUS: Das bewährst du durch die Tat:
Dein altes feines Wesen, Kind, erhieltst du dir,
Daß dein Begegnen, dein Gespräch, daß dein Erscheinen Freude [schafft,
Wohin du kommen magst.

BACCHIS: Auch du, beim Himmel, bist der alte noch:
Wohl lebt in aller Welt kein Mensch, der besser schmeicheln kann [als du.

PAMPHILUS: Haha! Du mir das?

BACCHIS: Deine Frau ist deiner Liebe wahrlich wert.
Soviel ich mich entsinne, sah ich sie bis heute nie. Sie scheint
Sehr fein gebildet.

PAMPHILUS: Ernstlich?

BACCHIS: Ja, bei allen Göttern, Pamphilus.

PAMPHILUS: Sprich, sagtest du dem Vater schon davon?

BACCHIS: Kein Wort.

PAMPHILUS: Man darf auch nicht
Ein Wörtchen sagen. Denn es soll nicht gehen wie in Komödien,
Wo alle alles erfahren. Hier erfährt es, wer's erfahren muß;
Und wer es nicht zu wissen braucht, der hört es und erfährt es nicht.

BACCHIS: Ich will sogar dir sagen, wie du's leichter heimlich halten [kannst.
Myrrhina sagt ihrem Gatten, meinem Eidschwur habe sie
Geglaubt und deshalb seist du ganz vor ihr gereinigt.

PAMPHILUS: Allerliebst!
Und ich hoffe, daß sich alles fügen soll nach unserem Wunsch.

PARMENO *nähertretend*: Darf ich wissen, was ich heute Gutes dir getan, [o Herr,
Oder was ihr beide vorhabt?

PAMPHILUS: Nein.

PARMENO: Vermuten kann ich's wohl. –
Den hätt ich aus dem Orkus wieder...? Wie?

PAMPHILUS: Du weißt nicht, Parmeno,
Wieviel du heute mir genützt, aus welcher Drangsal mich erlöst.

PARMENO: Wohl weiß ich's, und mit Vorbedacht geschah's.

PAMPHILUS: Ich weiß das gut genug.
PARMENO: Wie sollte denn auch Parmeno was übersehen, das Nutzen [bringt?
PAMPHILUS *zu Parmeno*: Folge mir ins Haus.
PARMENO: Ich folge. – Heute tat ich ohne Wissen
Des Guten mehr als wissentlich jemals zuvor.
An die Zuschauer: Nun klatschet brav!

ADELPHOE

(Die Brüder)

Personen

PROLOGSPRECHER

MICIO, *älterer athenischer Bürger, Adoptivvater des Aeschinus*

DEMEA, *auf dem Land lebender älterer athenischer Bürger, Bruder des Micio, Vater des Aeschinus und des Ctesipho*

AESCHINUS, *junger Mann, Liebhaber der Pamphila*

SANNIO, *ein Bordellbesitzer*

SYRUS, *alter Sklave des Micio, Erzieher des Aeschinus und Ctesipho*

CTESIPHO, *junger Mann, Bruder des Aeschinus, Liebhaber der Bacchis*

SOSTRATA, *eine arme Witwe, athenische Bürgerin*

CANTHARA, *alte Sklavin der Sostrata, Amme der Pamphila*

GETA, *Sklave der Sostrata*

HEGIO, *älterer athenischer Bürger, Verwandter der Sostrata*

PAMPHILA, *Tochter der Sostrata*

DROMO, *Sklave des Micio*

Bacchis, eine Hetäre (Lautenspielerin)

Parmeno, junger Sklave des Micio

Stephanio, Sklave des Micio, wie Dromo in der Küche beschäftigt

Schauplatz der Handlung ist eine Straße in Athen. Im Hintergrund die Häuser des Micio und der Sostrata. Der linke Seitenausgang führt aufs Land, der rechte in die Stadt und zum Marktplatz.

EINLEITUNG

Zwei Brüderpaare treten in diesem Lustspiel auf, die gegensätzlichen Alten, der liberale Städter Micio und der gestrenge, auf dem Lande lebende Demea, und die beiden Söhne des Demea, Ctesipho und Aeschinus, von denen der letztere von dem Junggesellen Micio adoptiert worden ist. Ctesipho liebt, ohne daß sein Vater es weiß, die Hetäre Bacchis, die Aeschinus für ihn aus dem Haus eines Kupplers (Sannio) entführt, während dieser selbst die Tochter der armen attischen Bürgerin Sostrata, Pamphila, heiraten möchte (sie erwartet von ihm bereits ein Kind, das während des Stückes geboren wird). Aus dem Umstand, daß es Aeschinus war, der Bacchis raubte, erwachsen Mißverständnisse und Verwicklungen. Demea, der seinen Sohn Ctesipho für einen Musterknaben hält, wirft Micio vor, Aeschinus durch seine Großzügigkeit verdorben zu haben. Syrus, der Sklave des Micio, versteht es durch lustige Irreführungen, Demea über die wahren Verhältnisse im unklaren zu lassen. Sostrata und Pamphila, die durch ihren Sklaven Geta von der Entführung hören, glauben sich betrogen; ein Verwandter (Hegio) wird herbeigeholt, der die nichtsahnenden Väter aufsucht und über die Verfehlung des Aeschinus bei Pamphila belehrt. Micio erreicht denn auch von seinem Adoptivsohn ein Geständnis, und die Verlobung mit Pamphila wird beschlossen. Diese Liebesgeschichten stehen jedoch nicht als solche im Mittelpunkt des Interesses, sie dienen vor allem dazu, das Problem des Stückes, die Frage nach der rechten Erziehung der Söhne durch ihre Väter, zu illustrieren und zu beantworten. Micio und Demea sind in ihrer Eigenart sorgfältig charakterisiert, ihre gegensätzlichen Erziehungsmethoden werden in den verschiedenen Stadien der Handlung immer wieder kommentiert. Die Bewertung der beiden Positionen schlägt am Ende überraschend um. Der nachsichtige Micio, der anfangs überlegen und verständnisvoll wirkte, wird im Finale als ein zu allem willfähriger Schwächling verspottet, und der rigorose Demea, der sich seinen Sohn völlig entfremdet hatte, spielt auf einmal den Großzügigen – aber nur, um gerade dadurch das Recht seiner strengen Haltung einsichtig zu machen. Terenz scheint die Wertakzente gegenüber dem Original, dem ›Adelphoi‹ Menanders, etwas verschoben zu haben (es hat zwei menandrische Stücke dieses Titels gegeben, vgl. den plautinischen Stichus). Demea kommt bei ihm am Ende wohl besser, Micio schlechter weg als bei dem griechischen Dichter, der in Micio eine harmonische und humane Persönlichkeit darstellen, in Demea aber eine Verirrung ins allzu Enge und Verhärtete zeigen wollte. Gewisse Brüche in den terenzischen Charakteren lassen sich durch die nachträgliche Aufwertung des Demea erklären. Terenz hat außerdem eine drastische Szene aus den ›Synapothnéskontes‹ (Die miteinander Sterbenden) des Diphilos in das Menanderstück eingelegt (II/1), eine Belebung des Stücks, der nicht so wirkungsvolle menandrische Abschnitte zum Opfer fielen. – Aufgeführt wurde die Komödie erstmals an den Leichenspielen für Aemilius Paullus im Jahr 160.

PROLOG

Weil unser Dichter merkte, daß Mißgünstige
An seiner Arbeit mäkeln und die Feinde gern
Das Stück herabziehen möchten, das heut spielen soll,
So stellt er sich vor euren Richterstuhl; ihr sollt
Entscheiden, ob er Tadel oder Lob verdient.
»Synapothnéskontes« heißt ein Stück von Diphilus,
Aus welchem Plautus seine »Commorientes« schuf.
Im Griechischen raubt ein Jüngling im Beginn des Stücks
Ein Mädchen einem Kuppler: diese Stelle blieb
Von Plautus unberührt, und unser Dichter nahm
Sie wörtlich übertragen in die »Brüder« auf.
Dies neue Stück spielt heute; jetzt urteilet ihr,
Ob das ein Raub ist oder ob er einen Stoff
Nur nachgeholt, der achtlos übersehen war.
Denn was die Feinde sagen, daß gar edle Herrn
Ihm helfen, ihm beständig ihre Feder leihen –
Womit sie glauben ihn zu schmähen –, das achtet er
Als höchsten Lobspruch, weil er Männern wohlgefällt,
Die euch gesamt gefallen und dem ganzen Volk,
Von deren Dienst im Frieden, im Geschäft, im Krieg,
Wo's galt, ein jeder ohne Stolz Vorteile zog.
Erwartet nicht des Stückes Inhalt weiter! Ihn
Tun teils die Alten, die zuerst auftreten, kund;
Teils offenbart ihn der Verlauf. O rege nur
Noch mehr zu dichten eure Gunst den Dichter an!

I/1

Micio tritt aus seinem Haus.

MICIO: Storax! – Heut nacht kam Aeschinus nicht heim vom Schmaus,
Auch keiner der Sklaven, die wir ausgeschickt nach ihm.
Wahr ist und bleibt doch, was man sagt: Wenn du von Haus
Einmal wo hingehst oder wo zu lang verweilst,

Dann ist es besser, das geschieht, was deine Frau
In ihrem Unmut gegen dich sagt oder denkt,
Als was ein Vater fürchtend ahnt aus Zärtlichkeit.
Die Frau, sobald du draußen bleibst, denkt gleich: du liebst,
Du wirst geliebt, zechst oder gibst der Lust dich hin,
Du tust dir gütlich, während sie zu Hause darbt.
Doch ich, was denk ich, weil der Sohn nicht heimkehrt?
Was ängstet mich nicht! – Daß er sich erkältet hat,
Daß er gestürzt ist oder was gebrochen hat!
Bah! Daß ein Mensch doch irgendwas ins Herz sich pflanzt
Und hätschelt, daß ihm's teurer wird als er sich selbst!
Und doch – er ist nicht mein, ist meines Bruders Sohn:
Und völlig ungleich ist mir der. Von Jugend an
Erkor ich mir dies sanfte, stillgemächliche
Stadtleben, und was anderen als ein Glück erscheint,
Ein Weib, besaß ich nie; er, ganz mein Gegenbild,
Lebt auf dem Lande, hält sich immer karg und hart.
Er hat ein Weib genommen, die zwei Söhne dann
Gebar. Den ältesten nahm ich auf an Sohnes Statt;
Ich zog von Kindesbeinen an ihn auf bei mir,
Hab ihn gehalten, ihn geliebt, als wär er mein.
Mein Liebling ist er; er allein ist meine Lust,
Und daß er mich gleich liebe, biet ich alles auf;
Ich übe Nachsicht, geb ihm Geld, gebrauche nicht
Mein Recht in allem; endlich hab ich ihn gewöhnt,
Mir nicht, was andere heimlich vor dem Vater tun
Und was die Jugend mit sich bringt, zu verheimlichen.
Denn wer den Vater, wie's so geht, durch Lug und Trug
Berückt, der wagt's viel eher noch bei anderen.
Durch Ehrgefühl und Milde kann, das glaubt ich stets,
Man seine Kinder besser ziehen als durch die Furcht.
Da denkt mein Bruder anders, das gefällt ihm nicht.
Oft kommt er scheltend: »Micio, was machst du doch?
Verdirbst mir da den Jungen, daß er zecht und gar
Den Dirnen nachläuft, und du gibst ihm Geld dazu!
Du hältst in Kleidern ihn zu gut, bist gegen ihn
Zu schwach.« – Er ist zu strenge, mehr als billig ist,

Und irrt gewaltig, wie ich meine, wenn er glaubt,
Ansehen, gegründet auf Gewalt, sei mächtiger
Und dauerhafter als ein Band, das Liebe knüpft.
Mein Grundsatz ist, an diesem Glauben halt ich fest:
Wen Furcht vor Strafe seine Pflicht zu tun bestimmt,
Der hütet sich, solang er glaubt, es werd entdeckt;
Doch hofft er, daß es heimlich bleibt, dann springt er um.
Wen du durch Wohltun fesselst, der tut alles gern;
Er will vergelten; nah und fern bleibt er sich gleich.
Gewöhne denn ein Vater seinen Sohn, von selbst
Zu tun das Rechte, nicht aus Furcht vor anderen.
Dies trennt den Herrn vom Vater. Wer das nicht erkennt,
Gestehe, daß ihm Kinderzucht was Fremdes ist.

Demea kommt von links.

Doch kommt er da nicht selbst, von dem ich sprach? – Er ist's.
Er blickt so finster drein: warum? Wohl wird er gleich,
Wie immer, zanken. – Bin erfreut, mein Demea,
Dich wohl zu sehen.

I/2

DEMEA: Eben recht! Ich suche dich.
MICIO: Warum so finster?
DEMEA: Fragst du das, und Aeschinus
Ist doch bei dir im Hause?
MICIO *für sich*: Sagt ich's nicht, so kommt's?
Laut: Was tat er?
DEMEA: Was er tat? Er, der vor nichts sich schämt,
Der sich vor niemand fürchtet, sich an kein Gesetz
Gebunden achtet! – Alles, was er früher tat,
Erwähn ich nicht; doch was verübt er jetzt?
MICIO: Und was?
DEMEA: Hat eine Tür erbrochen, hat ein fremdes Haus
Gestürmt, den Hausherrn und das Hausgesinde dort
Bis auf den Tod geprügelt, hat ein Dirnchen sich
Entführt als Liebchen: Alle schreien, entsetzlich sei's.
Wie viele sagten's auf dem Weg hierher zu mir!
Es ist in allen Volkes Mund. Kurz, Micio –

Bedarf's des Beispiels –, sieht er seinen Bruder nicht,
Der fleißig, sparsam, nüchtern auf dem Lande lebt?
So treibt er's niemals. Sag ich das von ihm, so gilt's
Dir, Micio; du gibst dem Untergang ihn preis.
MICIO: Nichts ungerechter, als ein unerfahrener Mensch,
Der nichts für recht hält, außer was er selbst getan.
DEMEA: Was soll das heißen?
MICIO: Daß du ganz verkehrt darüber
Urteilst. Es ist nicht Sünde, wenn ein junger Mensch
Buhlt oder zecht ...
DEMEA: Nicht?
MICIO: Oder wenn er eine Tür
Erbricht. Und hab ich oder du das nie getan,
So hat's die Armut uns verwehrt. Jetzt rechnest du
Dir das zum Ruhme, was du nur aus Mangel tatst?
Wie ungerecht doch! Hätten wir das Geld gehabt,
Wir taten's. Wärst du menschlich mild, du ließest jetzt
Den Sohn gewähren, wo's die Jugend ihm erlaubt,
Statt daß er's später dennoch tut, wo's nicht geziemt,
Wenn er nach langem Warten dich hinausgeschafft.
DEMEA: Beim Juppiter! Du bringst mich noch zum Rasen, Mensch!
Nicht Sünde wär es, wenn ein Jüngling also tut?
MICIO: Damit du mich nicht länger quälst mit solchem Zeug,
Hör an! Du gabst mir deinen Sohn an Kindes Statt;
Jetzt ist er mein, und fehlt er irgend, fehlt er mir;
Den meisten Schaden, Demea, trag ich dabei.
Er riecht nach Salben, schmaust und zecht von meinem Geld.
Er buhlt – solange mir's gefällt, geb ich das Geld;
Gefällt mir's nicht mehr, sperrt man ihn vielleicht hinaus.
Er hat die Tür erbrochen – nun, die stellt man her:
Ein Kleid zerrissen – wird geflickt! Gottlob, dazu
Fehlt's nicht an Mitteln, und noch ist mir's keine Last.
Kurz, laß das, oder – wer da will, entscheide hier:
Ich zeige, daß du größere Fehler machst.
DEMEA: O Gott!
Von anderen lerne Vater sein, die's wirklich sind.
MICIO: Du bist sein Vater leiblich, ich durch meinen Rat.

DEMEA: Ja, du berätst ihn!
MICIO: Schweigst du nicht, so geh ich fort.
DEMEA *ihn zurückhaltend*: Das tust du?
MICIO: Hör ich ewig nur dasselbe Lied?
DEMEA: Er macht mir Sorge.
MICIO: Und mir auch. Doch, Demea,
Besorge jeder seinen Teil, den einen du,
Den anderen ich! Für beide sorgen heißt ja fast
Den wiederfordern, den du mir vertraut.
DEMEA: O Gott!
MICIO: Mir scheint es so.
DEMEA: Gut! Wenn es dir gefällt – er mag
Vertun, verprassen, zugrunde gehen! Mich schiert es nicht.
Wenn ich hinfort ein Wort nur ...
MICIO: Wieder, Demea,
Im Zorn?
DEMEA: Du willst nicht glauben? Forder ich ihn zurück?
Das schmerzt! Ich bin kein Fremder! Red ich drein? Doch still!
Für einen soll ich sorgen? Recht! Den Göttern Dank!
Der ist so, wie ich will. Der deine wird's einmal
Selbst fühlen noch. Nichts Härteres sag ich wider ihn.
Demea ab nach links.
MICIO *für sich*: Was er da sagt, ist etwas, aber geht zu weit.
Doch lästig ist mir's immer; aber daß mich's wurmt,
Das wollt ich ihm nicht zeigen. Denn so ist er: will
Ich ihn versöhnen, biet ich ihm, soviel ich kann,
Die schärfste Spitze, schreck ihn ab; doch faßt er kaum
Sich menschlich: aber reizt ich ihn, bestärkt ich ihn
Gar noch im Zorn, dann wär ich wahrlich toll wie er.
Wahr ist es, daß sich Aeschinus in diesem Punkt
Nicht auf die rechte Weise gegen uns benimmt.
Welch Freudenmädchen liebt er nicht, beschenkt er nicht?
Unlängst – er hat sie alle jetzt vermutlich satt –
Erklärt er, daß er eine Frau heimführen will.
Ich hoffte schon, nun sei der Jugendrausch vertobt,
Und freute mich darüber. Jetzt von neuem ist's
Beim Alten wieder! Wissen muß ich's, was es sei,

Will sehen, ob ich auf dem Markt ihn sprechen kann.
Micio ab nach rechts.

II/1

Aeschinus, Bacchis und Parmeno kommen von rechts; ihnen folgt Sannio.

SANNIO *schreiend*: Ich beschwör euch, Bürger, helft mir armem, [unschuldigem Manne!
Helft dem Schwerbedrängten!

AESCHINUS *zu Bacchis*: Bleib hier ruhig stehen an diesem Platz! Was
Blickst du um? Was fürchten? Er berührt dich nicht, so lang ich hier bin!

SANNIO *springt auf Bacchis zu*: Die will ich aller Welt zum Trotz ...

AESCHINUS: So frech er ist, doch will er heut nicht noch einmal geprügelt sein.

SANNIO: Daß du nicht vorgibst, du habest mein Gewerbe nicht [gekannt: ich
Bin ein Kuppler ...

AESCHINUS: Weiß es.

SANNIO: Aber halte Wort, so fest wie irgendeiner.
Daß du dich hernach entschuldigst und bereust, daß mir so schmählich
Mitgespielt ward, acht ich gar nichts, werde streng mein Recht verfolgen.
Nicht mit Worten sollst du zahlen, was du durch die Tat verschuldet.
Kenne schon die Sprache: »Tut mir leid, ich schwöre, daß du solcher
Schmach nicht würdig bist!« – indes man Schimpf und Schmach mir angetan.

AESCHINUS *zu Parmeno*: Wacker vorwärts, und die Haustür aufgemacht!

SANNIO: Daraus wird nichts.

AESCHINUS *zu Bacchis*: Jetzt hinein!

SANNIO *hält Bacchis fest*: Das leid ich nimmer.

AESCHINUS: Tritt du hierher, Parmeno!
Kamst zu weit hinweg! – Du stellst dich neben ihn! – So will ich: [recht!
Nun verwende, sag ich dir, kein Auge von dem meinigen,
Daß, wenn ich wink, ihm unverweilt die Faust auf seiner Backe sitzt.

SANNIO: Das möcht ich denn doch sehen.

AESCHINUS *zu Parmeno*: He, gib acht!
Zu Sannio: Du, laß die Dirne los!
Sannio läßt nicht ab; auf einen Wink des Aeschinus schlägt ihn Parmeno.

SANNIO: Entsetzlich, schändlich!
AESCHINUS: Sieh dich vor: sonst kriegst du doppelt!

Parmeno schlägt Sannio abermals.

SANNIO: Weh! O weh!
AESCHINUS *zu Parmeno*: Ich hatte diesmal nicht gewinkt; doch besser [tust du hier zu viel.
Jetzt geh hinein!

Parmeno führt Bacchis in Micios Haus.

SANNIO: Was soll das sein? Bist du hier König, Aeschinus?
AESCHINUS: Wenn ich es wäre, solltest du vorlängst geehrt sein nach [Verdienst.
SANNIO: Was hab ich mit dir?
AESCHINUS: Nichts.
SANNIO: Weißt du, wer ich bin?
AESCHINUS: Danach verlangt mich nicht.
SANNIO: Hab ich von dir was angerührt?
AESCHINUS: Hättest du's getan, bekäm's dir schlecht.
SANNIO: Wie hättest du größeres Recht auf sie, die Meine, die mein [Geld erkauft?
Sprich!
AESCHINUS: Besser wär's, du stelltest vor dem Hause hier dein Toben ein.
Denn bist du länger mir zur Last, so wirst du stracks hineingeschleppt,
Mit Riemen auf den Tod gepeitscht.
SANNIO: Mich, einen Freien, peitschen?
AESCHINUS: Ja!
SANNIO: Verruchter! Und noch sagen sie, hier sei für alle gleiches Recht!
AESCHINUS: Wenn du genug dich ausgetobt, dann höre, Kuppler, [wenn's beliebt.
SANNIO: Wer tobte? War ich's oder du?
AESCHINUS: Laß dies, und komm zur Sache gleich.
SANNIO: Zur Sache? Welcher?
AESCHINUS: Soll ich dir gleich sagen, was dich hier berührt?
SANNIO: Ja; nur was billig ist!
AESCHINUS: Ei seht! Der Kuppler will nur Billiges.
SANNIO: Ein Kuppler – ja, das bin ich, ein Verderben aller Jünglinge;
Meineidig bin ich, eine Pest; doch hab ich dir kein Leid getan.
AESCHINUS: Das fehlt auch noch!
SANNIO *höflich*: Ach, fahre fort, wo du begannest, Aeschinus!
AESCHINUS: Du hast mit zwanzig Minen sie bezahlt – der Henker segne [dir's! –
So viel empfängst du wieder.
SANNIO: Wie? Wenn ich sie nicht verkaufen will,

Wirst du mich zwingen?
AESCHINUS: Nein!
SANNIO: Mir war schon bang.
AESCHINUS: Sie wird auch nicht verkauft;
Sie ist ja frei; ich nehme sie als Freie vor Gericht in Schutz!
Nun siehe, was du lieber willst: Geld nehmen oder zum Prozeß
Dich rüsten. Das erwäge, bis ich wieder da bin, Kuppler!
Aeschinus ab in Micios Haus.
SANNIO *für sich*: Gott!
Kein Wunder, daß erlittenes Unrecht manchen Mann zum Wahnsinn treibt!
Aus meinem Hause riß er mich, schlug mich, entführte mir zum Trotz
Das Mädchen, maß mir Armem mehr als hundert Backenstreiche zu.
Für diese Frevel alle will er noch das Mädchen zum Einkaufspreis!
Doch weil er mir früher schon so viel zahlte, sei's! Er will sein Recht.
Ich bin bereit, sobald er nur das Geld bezahlt. – Doch fasle ich da?
Erklär ich, sie um diesen Preis zu lassen, ruft er Zeugen gleich,
Ich habe sie an ihn verkauft. Dann gute Nacht, Geld! »Morgen komm!« –
Auch dieses kann ich tragen, wenn er nur bezahlt, so schlimm es ist.
Indes ich nehm es, wie es ist, und denke: treibst du solch Gewerb,
So mußt du manches mäuschenstill einstecken von dem jungen Volk. –
Doch niemand zahlt: ich hab umsonst die Rechnung ohne den Wirt gemacht.

II/2

Syrus kommt aus dem Haus des Micio.
SYRUS *zurücksprechend*: Nur still! Ich sprech ihn selbst; begierig soll er's nehmen und von Glück
Noch sagen, daß ihm's so erging. – Wie, Sannio? Was hör ich? Du
Hast Streit gehabt mit meinem Herrn?
SANNIO: Noch nie gewahrt ich einen Streit
Ungleicherer Art mein Leben lang als diesen heute zwischen uns:
Wir beide sind, von Schlägen ich, vom Schlagen er, ganz müd und [matt.
SYRUS: Es war deine Schuld.

SANNIO: Was sollt ich denn?
SYRUS: Dem Jungen seinen Willen tun.
SANNIO: Wie konnt ich's mehr, als wenn ich heut die Backe stets hinhielt?
SYRUS: Vernimm:
Das Geld nicht achten am rechten Ort, bringt oft den größten Nutzen.
SANNIO: Ho!
SYRUS: Dir bangte sicher, ließest du von deinem Recht ein wenig nach,
Und fügtest dich dem jungen Herrn, du aller Toren größter Tor,
Das trüge keine Zinsen dir?
SANNIO: Ich kaufe Hoffnung nicht um Geld.
SYRUS: Du bringst es zu nichts. Geh, Sannio; du weißt nicht, wie man die Leute fängt.
SANNIO: Ich glaube, daß das klüger ist; indes so pfiffig war ich nie:
Das, was ich haben konnte, nahm ich immer lieber gleich mit fort.
SYRUS: Ja, ja, ich kenne deinen Sinn. Was sind dir zwanzig Minen, kannst
Du meinem Herrn gefällig sein? Auch hör ich, du gehst nach Zypern ...
SANNIO: Ah!
SYRUS: Hast viele Waren für dort gekauft, ein Schiff bestellt. Das wurmt dich wohl
Im Kopfe. Wenn du wiederkommst, so Gott will, machst du dieses ab.
SANNIO: Nach Zypern ich? Nein! – Wehe mir! In dieser Hoffnung [taten sie's.
SYRUS *für sich*: Das brennt ihn: daran muß er kauen!
SANNIO *für sich*: Die Schufte! Seht,
Wie der die Stunde sich abgepaßt! Ich kaufte da
Viel Mädchen ein und anderes, was nach Zypern soll.
Empfindlich ist mein Schaden, komm ich nicht zum Markt.
Doch laß ich's jetzt und klage, wenn ich heimgekehrt,
Dann ist's vorbei, die Sache kalt: »Jetzt kommst du erst?« –
»Was littest du's?« – »Wo warst du?« – Besser, man verliert,
Als daß man hier sich aufhält oder später klagt.
SYRUS: Nun? Hast du bald berechnet, was dir's tragen wird?
SANNIO: Ihm ziemte so was? Aeschinus bedenkt sich nicht,

Daß er das Mädchen mit Gewalt mir rauben will?

SYRUS: Er wankt! – Noch eines hab ich. Sieh, ob dir's gefällt.
Eh du Gefahr läufst, Sannio, das Ganze zu
Verlieren, laß die Hälfte dir genügen. Nun?
Zehn Minen scharrt er irgendwo zusammen.

SANNIO: Ach!
Mein Kapital selbst macht man mir jetzt streitig. Gott!
Wie schamlos! Alle Zähne schlug er mir entzwei;
Von seinen Backenstreichen schwoll der Kopf mir auf:
Nun auch Betrug noch! Nein, ich bleibe.

SYRUS: Wie's beliebt.
Verlangst du sonst was?

Syrus wendet sich zum Gehen.

SANNIO: Syrus, ach! ich bitte dich –
Was auch geschehen sei –, daß er, eh ich rechte, nur
Das Meine mir erstatte, doch den Einkaufspreis!
Du hast bis hierher meine Freundschaft nicht erprobt;
Ich will dir ewig dankbar sein.

SYRUS: Gern dien ich dir.
Doch siehe, da kommt Ctesipho! Der freut sich wegen
Seines Liebchens.

Ctesipho kommt von rechts.

SANNIO: Und was ich bitte ...?

SYRUS: Wart ein Weilchen nur!

II/3

CTESIPHO *für sich*: Von jedem Menschen nimmt man gern Wohltaten an zur Zeit der Not;
Doch ist die Freude doppelt groß, wenn der uns wohltut, dem's gebührt.
O Bruder, ach! Wie soll ich jetzt dich preisen? Weiß ich sicher doch:
Ich finde kein so hohes Lob, daß dein Verdienst nicht höher steht.
So glaub ich denn, vor anderen ward mir dieses eine große Glück,
Daß keines Menschen Bruder dich an edler Tugend überragt.

SYRUS: O Ctesipho!

CTESIPHO: O Syrus! Wo ist Aeschinus?

SYRUS: Er erwartet dich

Im Hause.

CTESIPHO: Ha!

SYRUS: Was ist es?

CTESIPHO: Was? Ich lebe, Syrus, nur durch ihn!
Der liebe Mensch! Ach, alles hat er mir zulieb hintangesetzt!
Nahm Schimpf und Schmach, nahm meine Lieb und mein Vergehen auf sich!
Wer könnte mehr tun? – Doch was knarrt die Türe?

SYRUS: Bleib! Hier kommt er selbst.

Aeschinus kommt aus dem Haus Micios.

II/4

AESCHINUS: Wo steckt der Schuft?

SANNIO *für sich*: Mich sucht er wohl. Nun, bringt er etwas? Wehe mir!
Ich sehe nichts.

AESCHINUS *zu Ctesipho*: Ah, gerade recht! Dich such ich eben. Nun, wie geht's?
Es ist alles sicher, Ctesipho; jetzt laß auch deine Grillen sein.

CTESIPHO: Ich lasse sie; dich hab ich ja zum Bruder. O mein Aeschinus!
Mein Bruder! Ach, dich ins Gesicht noch mehr zu loben scheu ich mich;
Du könntest glauben, solches sei mehr Schmeichelei als Dankbarkeit.

AESCHINUS: Geh, Narr! Du sprichst, als ob wir uns nicht lange kennten, Ctesipho!
Mich schmerzt nur, daß wir's fast zu spät erfuhren, wo es also stand,
Daß, wünschten wir's auch alle, doch fast keine Rechnung möglich war.

CTESIPHO: Ich schämte mich.

AESCHINUS: Torheit, keine Scham ist das. Um solche Kleinigkeit
Fast aus dem Lande gehen! O pfui! Davor bewahre der Himmel uns!

CTESIPHO: Ich fehlte, ja!

AESCHINUS: Was aber sagt uns Sannio?

SYRUS: Der wurde zahm.

AESCHINUS: Ich will zum Markt und zahl ihn aus; du gehst zu ihr, mein Ctesipho!

Ctesipho ab ins Haus des Micio.

SANNIO *leise zu Syrus*: Du, Syrus, treib ihn!

SYRUS *zu Aeschinus*: Gehen wir! Der eilt nach Zypern.

SANNIO: Nicht so sehr!

Kann ruhig warten, so lang du willst.

SYRUS: Sei unbesorgt; du kriegst dein Geld.

SANNIO: Doch alles?

SYRUS: Alles. Schweige nur und folge mir!

SANNIO: Ich folge schon.

Aeschinus, Syrus und Sannio gehen nach rechts.

CTESIPHO *aus Micios Haus tretend*: He, Syrus! He!

SYRUS *zurückrufend*: Was gibt es?

CTESIPHO: Ich beschwöre dich, den schmutzigen Kerl
Bezahlt so bald als möglich; denn wird seine Wut noch mehr gereizt,
Bekommt mein Vater Wind davon; dann wehe mir in Ewigkeit!

SYRUS: Hat keine Not. Sei guten Muts! Ergötze dich mit ihr im Haus!
Laß Polster legen zum Gelag, und alles ordne sonst für uns!
Nach abgemachter Sache komm ich heim und bringe Speisen mit.

CTESIPHO: Ganz recht so! Weil uns dies geglückt, sei dieser Tag der Lust geweiht!

Ctesipho ins Haus zurück; Aeschinus, Syrus und Sannio ab nach rechts.

III/1

Sostrata tritt mit Canthara aus ihrem Haus.

SOSTRATA: Amme, sprich, ich bitte dich, wie wird es gehn?

CANTHARA: Wie's gehen wird?
Ich hoffe, recht gut.

SOSTRATA: Eben, Liebe, zeigen sich die ersten Wehen.

CANTHARA: Du hast schon Angst, als hättest du's nie gesehen und selbst es nicht geschmeckt.

SOSTRATA: Ich Arme! Niemand hab ich hier; wir sind allein, auch Geta fort;
Kein Mensch ist da, die Hebamme zu rufen und den Aeschinus.

CANTHARA: Der wird gewiß bald kommen; denn nie läßt er einen Tag vorbei,
Ohn einzusprechen.

SOSTRATA: Ach, er ist mein einziger Trost in meinem Leid.

CANTHARA: Besser konnt es deiner Tochter, da sie doch zu Falle kam,
Sich nicht fügen, Herrin, als es sich gefügt: ein solcher Mann,
Solcher Art, so wackeren Sinnes, aus so angesehenem Haus!

SOSTRATA: Ja, gewiß! Die Götter bitt ich, daß er uns erhalten bleibt.

III/2

Geta kommt von rechts.

GETA *für sich*: Nun ist's so weit, daß alle Welt, zusammentragend allen Rat,
Um Heil zu schaffen in dem Leid, das mir und meiner Herrin droht
Und ihrem Kinde, sich umsonst um Hilfe mühte. Weh mir, weh!
So vieles türmt sich plötzlich rings um uns, daß kein Entrinnen ist:
Not, Gewalttat, Ungerechtigkeit, Verlassenheit und Schmach!
Welche Zeiten! Welche Frevel! Schnöde Brut! Verruchter Mensch ...

SOSTRATA *zu Canthara*: Weh, weh! Was seh ich Geta doch so voller Angst und Eile hier?

GETA *für sich*: Den weder sein Versprechen noch des Eides Schwur noch Mitgefühl
Abhielt und anders stimmte, noch der Armen nahe Niederkunft,
An der er ruchlos sich verging!

SOSTRATA: Ich kann nicht recht verstehen, was
Er spricht.

CANTHARA: O laß, ich bitte dich, uns näher treten, Sostrata!

GETA *für sich*: Ich Armer, ach! Kaum bin ich bei mir selbst: so brennt der Zorn in mir.
O käme doch – nichts wünsch ich mehr – die ganze Sippschaft mir in Wurf,
Auf sie, so lang der Ärger glüht, all meinen Ingrimm auszuspeien!
Nähm ich an ihnen Rache nur; die Strafe wäre mir genug:
Dem Alten, der den Schuft gezeugt, blies ich zuerst den Odem aus;
Den Syrus dann, den Verführer, ha! in welcher Art zerfleischt ich den!
Ihn packt ich mitten, höb ihn hoch und stieß ihn köpflings auf den Grund;
Den Weg bespritzte sein Gehirn!
Dem Jungen riß ich die Augen aus und stürzte dann ihn jäh hinab;
Die anderen alle würf ich, trieb ich, riß ich, stieß ich, schmiß ich hin!
Doch – meld ich gleich der Frau das Leid!

SOSTRATA: Laß uns ihn rufen! – Geta!

GETA *ohne hinzusehen*: Ha!
Wer du sein magst, laß mich!

SOSTRATA: Ich bin's: Sostrata.

GETA: Wo bist du? Dich
Such ich ja, nach dir verlang ich; wie gerufen, kommst du mir. –
Herrin!

SOSTRATA: Was so hastig?

GETA: Weh mir!

CANTHARA: Geta, Freund, was eilst du so?
Komm zu Atem!

GETA: Ganz . . .

SOSTRATA: Was aber soll das »ganz«?

GETA: Sind wir verloren!
Alles hin!

SOSTRATA: So sage, bitt ich, was es ist.

GETA: Nun . . .

SOSTRATA: Was denn »nun«?

GETA: Aeschinus . . .

SOSTRATA: Was der?

GETA: . . . hat unserm Hause sich entfremdet.

SOSTRATA: Ha!
Weh! Warum?

GETA: Nach einer anderen steht sein Sinn.

SOSTRATA: Ich Arme, weh!

GETA: Und er treibt's nicht heimlich; offen nahm er sie dem Kuppler [fort.

SOSTRATA: Ist das sicher?

GETA: Ja; mit eigenen Augen sah ich's, Sostrata.

SOSTRATA: Ach, ach! Was soll man oder wem noch glauben? Unser Aeschinus!
Der unser aller Leben, unsere Hoffnung, unsre Stütze war,
Der uns geschworen, keinen Tag fortan zu leben ohne sie,
Der seinem Vater auf den Schoß das Kind zu legen uns verhieß,
Ihn so zu bitten, daß er sie heimführen dürf als sein Gemahl!

GETA: O laß die Tränen, Herrin, und bedenke nur, was hier zu tun:
Ob wir es dulden oder uns jemand entdecken?

CANTHARA: Bist du toll?
Du meinst, man soll das irgend noch kundmachen?

GETA: Dazu rat ich nicht.
Fürs erste hat sein Herz von uns sich abgewandt, das ist ganz klar;

Und machen wir's jetzt öffentlich, so leugnet er, ich weiß gewiß.
Dann kommt dein Ruf und deiner Tochter Leben in Gefahr; und wenn
Er auch gesteht, wer mag sie jetzt ihm geben, da er die andere liebt?
So tut's in jedem Falle not: wir schweigen.

SOSTRATA: Nein, das tu ich nicht.

GETA: Was willst du denn?

SOSTRATA: Ich mach es kund.

CANTHARA: Bedenke, Liebe, was du tust.

SOSTRATA: Die Sache kann nicht schlimmer werden, als sie schon geworden ist.
Erst keine Mitgift; und sodann ist, was so viel wie diese gilt,
Verscherzt: der Jungfrau Blüte. So bleibt dies allein uns übrig: wenn
Er leugnet, dient als Zeuge noch der Ring für uns, den er verlor.
Und endlich, weil von jeder Schuld mich ledig mein Gewissen spricht,
Daß kein Gewinn im Spiele war, nichts, was mich oder sie [beschimpft,
So klag ich.

GETA: Gut! Du trafest wohl das Rechte.

SOSTRATA: Geh, so schnell du kannst,
Und ihrem Vetter Hegio tu alles kund der Reihe nach.
Er war des Simulus bester Freund und hielt beständig treu zu uns.

GETA: Kein anderer Mensch auch kümmert sich um uns.

SOSTRATA: Du, liebe Canthara,
Schnell hol die Hebamme, daß sie gleich zur Hand sei, wenn es nötig ist.

Sostrata ab in ihr Haus, Geta nach links, Canthara nach rechts.

III/3

Demea kommt von links.

DEMEA: Ich bin verloren! Ctesipho, mein Sohn, war auch,
Wie mir gesagt ward, bei dem Raub mit Aeschinus.
Das fehlt zu meinem Leide noch, daß er auch den
Zur Schlechtigkeit verleitet, der noch etwas taugt.
Wo such ich ihn? Wohl ward er in ein schlechtes Haus
Gelockt; gewiß hat ihn der Bösewicht beschwatzt.

Syrus kommt von rechts mit eingekauften Lebensmitteln.

Ei sieh da, Syrus! Jetzt erfahr ich, wo er ist.
Doch der gehört zu dieser Bande selbst. Sobald
Er wittert, wen ich suche, sagt der Schurke nichts.
Nicht merken darf er, was ich will.

SYRUS *ohne den Demea zu bemerken*: Dem Alten ward
Der ganze Handel eben nach der Reih erzählt:
Nie sah ich größere Freude noch.

DEMEA *für sich*: O Juppiter!
Ist der verrückt?

SYRUS: Er lobte seinen Sohn, und mir,
Der ich den Rat gegeben, sagt' er großen Dank.

DEMEA *für sich*: Ich berste!

SYRUS: Alsbald zahlt' er uns das Geld und gab
Noch eine halbe Mine mehr, zum Schmaus für uns:
Die wurde ganz nach meinem Wunsch verwendet.

DEMEA: Ha!
Dem muß man's heißen, wünscht man etwas recht besorgt.

SYRUS *erblickt den Demea*: Ah, Demea! Dich hatt ich nicht bemerkt.
Wie geht's?

DEMEA: Wie's geht? – Ich kann, Freund, über euer Wesen da
Mich nicht genug verwundern.

SYRUS: Das ist allerdings,
Um nicht zu lügen, wirklich toll und abgeschmackt.

Syrus übergibt im folgenden die eingekauften Lebensmittel den herauskommenden Küchensklaven Dromo und Stephanio (vielleicht begleiteten diese ihn auch schon bei dem Einkauf).

He, Dromo, he! Die andern Fische mache rein!
Den großen Aal laß immer eine Weile noch
Im Wasser plätschern! Wenn ich komme, putzt man ihn,
Nicht eher!

DEMEA: Schändliches Treiben!

SYRUS: Mir mißfällt es auch.
Ich schelte genug! – Daß du die gesalzenen Fische da,
Stephanio, hübsch auswässerst!

DEMEA: Gütiger Himmel, hilf!
Tut er's mit Absicht, oder sucht er Ruhm darin,
Daß er den Sohn mir in's Verderben stürzt? O Gott!

Ich seh im Geiste schon den Tag, wo er aus Not
Mir unter die Soldaten läuft.
SYRUS: O Demea!
Das nenn ich klug, was einem vor den Füßen liegt,
Nicht nur zu schauen, sondern selbst, was kommen soll.
DEMEA: Nun, Syrus? Ist das Harfenmädchen schon bei euch?
SYRUS: Da drinnen.
DEMEA: Was? Hier soll sie bleiben?
SYRUS: Ich glaube das;
Er ist ein Narr.
DEMEA: Ist's möglich?
SYRUS: O die törichte
Nachsicht des Vaters, die verkehrte Schwäche!
DEMEA: Ja,
Des Bruders wegen schäm ich, ärgere ich mich.
SYRUS: Fürwahr,
Ein gar zu großer Unterschied ist zwischen euch –
Ich sage das nicht, weil du just zugegen bist –,
Du bist die Weisheit ganz und gar von Kopf bis Fuß,
Er ist ein Träumer. Ließest du wohl deinen Sohn
So etwas treiben?
DEMEA: Ich? Ein halbes Jahr zuvor
Hätt ich's gewittert, eh er einen Schritt getan!
SYRUS: Wohl kenn ich deine Wachsamkeit.
DEMEA: Er bleibe nur
So, wie er jetzt ist!
SYRUS: Wie man ein Kind zieht, hat man es.
DEMEA: Was ist's mit ihm? Du sahst ihn heute?
SYRUS: Deinen Sohn?
Für sich: Den jag ich auf das Land. *Laut*: Er schafft wohl längst im [Feld.
DEMEA: Weißt du's gewiß?
SYRUS: Ich hab ihn ja begleitet.
DEMEA: Gut!
Mir bangt, er stecke hier.
SYRUS: Er war ganz aufgebracht.
DEMEA: Warum?
SYRUS: Mit seinem Bruder zankt' er auf dem Markt

Der Dirne wegen.

DEMEA: Wirklich?

SYRUS: Sprach ganz frei heraus.
Wie sie das Geld bezahlten, kam er unversehens
Dazu, begann zu schreien: »Aeschinus, begehst
Du solche schlechten Streiche, tust, was unseres Stamms
Unwürdig ist?«

DEMEA: Die Freude macht mich weinen. Gott!

SYRUS: »Nicht dieses Geld verlierst du, nein, dein Lebensglück.«

DEMEA: Ihn schütze Gott! Er schlägt den Ahnen nach.

SYRUS: Jawohl!

DEMEA: Von solchen Regeln, Syrus, ist er voll.

SYRUS: Ja, ja!
Er hat den Meister daheim.

DEMEA: Ich tue, was ich kann:
Ich schenk ihm nichts, gewöhn ihn, heiß ihn allezeit
In aller Leben als in einen Spiegel schauen,
Daß anderer Beispiel lehrend ihm und warnend sei.
»Das tue!«

SYRUS: Recht so!

DEMEA: »Davor hüte dich!«

SYRUS: Wie klug!

DEMEA: »Dies macht dir Ehre.«

SYRUS: Gut bemerkt!

DEMEA: »Dies tadelt man.«

SYRUS: Ganz herrlich!

DEMEA: Ferner . . .

SYRUS: Mir gebricht es jetzt an Zeit,
Dir zuzuhören. Fische kriegt ich da nach Wunsch.
Daß die mir nicht verderben, dafür sorg ich nun.
Denn, Herr, für uns ist dies so schimpflich wie für euch,
Das nicht zu tun, wovon du eben sprachst. So gut
Ich kann, bedeut ich unsere Sklaven ebenso:
»Das ist versalzen; das verbrannt; nicht sauber das;
So war es recht, Freund; merke dir's ein andermal.«
Nach meiner Einsicht mahn ich eifrig, was ich kann.
Kurz, wie in einen Spiegel, Herr, heiß ich sie schauen

In ihre Schüsseln, mahne, wie man's machen muß.
Daß, was wir treiben, albern ist, das fühl ich wohl.
Doch was zu machen? Wie der Mensch ist, muß man tun.
Verlangst du sonst noch etwas?

DEMEA: Daß der Himmel euch
Erleuchten möge.

SYRUS: Gehst du jetzt aufs Land hinaus?

DEMEA: Geradewegs.

SYRUS: Was auch sollst du hier, wo doch
Kein Mensch beachtet, was du Gutes raten magst?
Syrus ab ins Haus des Micio.

DEMEA *für sich*: Ich gehe; der ja, dem zulieb ich kam, ist schon
Aufs Land; für ihn nur sorg ich, er nur kümmert mich.
So will's der Bruder; seh er denn nach dem anderen selbst!
Doch wer ist das in der Ferne dort? Nicht Hegio,
Mein Zunftgenosse? Seh ich recht, so ist er's; ja!
Mein Freund vom Kindesalter an. Du lieber Gott!
Wahrhaftig, jetzt gibt's solche Bürger wenig nur
Wie der, so recht von alter Redlichkeit und Treu.
Der möchte wohl dem Staate nicht leicht Schaden tun.
Wie freut es mich! Wo Reste solchen Schlages noch
Sich finden, hat man immer noch zum Leben Lust.
Ich warte hier, begrüß ihn, plaudere ein Wort mit ihm.
Hegio kommt in Begleitung des Geta von links.

III/4

HEGIO *zu Geta*: Ihr ewigen Götter! Geta, welch unwürdige Tat!
Ist's möglich?

GETA: So geschah es.

HEGIO: Aus dem Hause soll
Ausgehen solch ein Bubenstück? Ach, Aeschinus!
Das hast du nicht von deinem Vater.

DEMEA *für sich*: Der hat auch
Von dem Harfenmädchen schon gehört! Das tut ihm leid,
Dem fremden Mann; den Vater kümmert's nicht. O Gott!
O stände der hier nahe, hörte das mit an!

HEGIO: So geht es nicht ab, tun sie nicht, was billig ist.

GETA: Auf dir beruht all unsere Hoffnung, Hegio.
Du bliebst allein uns, bist Patron, bist Vater uns;
Dir hat der Greis uns sterbend anbefohlen. Wenn
Du uns verlässest, ist's um uns geschehen.
HEGIO: O still!
Ich euch verlassen? Bräch ich da doch meine Pflicht.
DEMEA *für sich*: Ich will ihn angehen. – Sei willkommen, Hegio!
HEGIO: Aha! Dich eben such ich. Danke, Demea!
DEMEA: Was suchst du mich denn?
HEGIO: Aeschinus, dein älterer Sohn,
Den du dem Bruder übergabst an Kindes Statt,
Hat nicht gehandelt, wie's dem edlen Mann geziemt.
DEMEA: Wie meinst du das?
HEGIO: Du kanntest Simulus, unsern Freund
Und Jugendgenossen?
DEMEA: Freilich.
HEGIO: Dessen Tochter, noch
Jungfrau, entehrt' er.
DEMEA: Himmel!
HEGIO: Demea, halt! Du weißt
Noch nicht das Ärgste.
DEMEA: Gibt es noch was Ärgeres?
HEGIO: Jawohl; denn jenes läßt sich noch entschuldigen
Zur Not. Nacht, Liebe, Jugend, Wein verlockten ihn;
Kurz, das Vergehen war menschlich. Als der junge Mann,
Was er gefehlt, erkannte, kam er ganz von selbst
Zur Mutter des Mädchens, weinte, bat, beteuerte,
Versprach und schwur, sie solle seine Gattin sein.
Man verzieh, man schwieg, man glaubte; doch das Mädchen ward
Von der Umarmung schwanger; es ist der zehnte Monat.
Jetzt nimmt der Held (will's Gott) sich eine Lautenspielerin,
Mit der er lebt, und jene läßt er sitzen.
DEMEA: Verhält
Sich das gewiß so, wie du sagst?
HEGIO: Die Mutter hier
Bezeugt's, das Mädchen und die Sache selbst, dazu
Hier Geta, der für einen Sklaven wacker ist

Und tüchtig. Er ernährt die Frauen, erhält allein
Das ganze Haus. Ihn packe, feßle ihn und forsch ihn aus.

GETA: Ja, foltere mich, wenn's nicht die Wahrheit ist, o Herr!
Doch wird er's selbst nicht leugnen; hol ihn nur daher.

DEMEA *für sich*: Ich schäme mich, weiß nicht, was ich tun, noch was ich
Erwidern soll. [ihm

PAMPHILA *im Haus der Sostrata rufend*: Ich Arme! Mich zerreißt der
Lucina, hilf mir! Rette mich! Erhöre! [Schmerz.

HEGIO: Ha!
Wohl liegt sie schon in Wehen?

GETA: Freilich, Hegio.

HEGIO *zu Demea*: Um eure Hilfe fleht sie jetzt; was euch das Recht
Befiehlt, in Güte, Demea, gewährt es ihr.
Die Götter bitt ich: wie's geziemt, tut dies zuerst.
Doch wenn ihr anderen Sinnes seid, dann schütz ich sie
So wie den Toten, Demea, mit aller Macht.
Er war mein Vetter, und wir sind von Jugend auf
Vereint erzogen, waren stets vereint in Krieg
Und Frieden, trugen schwere Not allzeit vereint.
Drum kämpf ich, handl ich, wag ich – ja, bevor ich sie
Verlasse, lieber opfer ich selbst mein Leben auf.
Was sagst du hierauf?

DEMEA: Mit dem Bruder red ich, Freund.
Was er in diesem Falle rät, das will ich tun.

HEGIO: Indes erwäge, Demea, mit allem Ernst:
Je mehr ihr lebt in Fülle, je vornehmer ihr,
Je reicher ihr und mächtiger und beglückter seid,
Um so mehr ziemt euch, mit rechtem Sinn das Recht
Zu achten, wenn ihr gelten wollt als Redliche.

DEMEA: Komm wieder! Alles soll geschehen, was billig ist.

HEGIO: So ziemt dir's. Geta, führe mich zu Sostrata.

Hegio und Geta ab ins Haus der Sostrata.

DEMEA *für sich*: Ich sagte, so wird's kommen. Ja, wär's nur damit
Ganz abgetan! Doch diese Zügellosigkeit,
Die nimmt gewiß ein grauenvolles Ende noch.
Jetzt such ich meinen Bruder auf und mache meiner Galle Luft.
Demea ab nach rechts.

III/5

Hegio kommt aus dem Haus Sostratas.

HEGIO *zurücksprechend*: Sei guten Mutes, Sostrata, und tröste sie,
Wie's geht. Ich treffe Micio beim Markt vielleicht
Und will ihm alles melden, wie's gegangen ist.
Wenn ich bereit ihn finde, seine Pflicht zu tun,
Dann gut: doch ist er anderen Sinns, erklär er sich,
Auf daß ich bald erfahre, was ich weiter soll.
Hegio ab nach rechts.

IV/1

Ctesipho und Syrus treten aus dem Haus des Micio.

CTESIPHO: Wirklich? Ist mein Vater aufs Land?
SYRUS: Schon längst.
CTESIPHO: Im Ernst?
SYRUS: Er ist zu Hause
Und wird gewiß schon tüchtig in der Arbeit stecken.
CTESIPHO: Wenn er nur –
Seinem Wohlsein unbeschadet – so sich dort abmattete,
Daß ihn das Bett drei volle Tage nacheinander fesselte!
SYRUS: So sei es, und, wo möglich, länger noch!
CTESIPHO: Jawohl; denn diesen Tag
Verlebt ich gar zu gerne, wie ich ihn begann, in lauter Lust;
Und nur der Nähe wegen ist mir unser Landgut so verhaßt.
Denn läg es weiter weg von hier,
Dann überfiel ihn dort die Nacht, bevor er hier zurück sein könnte.
Wenn er jetzt mich dort nicht sieht, so läuft er sicher gleich zurück
Und fragt mich, wo ich gewesen: »Ich sah dich heut den ganzen Tag [noch nicht.«
Was sag ich dann?
SYRUS: Fällt nichts dir ein?
CTESIPHO: Durchaus nichts.
SYRUS: Um so schlimmer ist's.
Habt ihr keinen Freund, Klienten, Gastfreund hier?
CTESIPHO: Ja; doch was soll's?
SYRUS: Dem habest du gedient.
CTESIPHO: Was nicht geschah. So geht's nicht.

SYRUS: Doch, es geht.
CTESIPHO: Bei Tage wohl; doch bleib ich nachts hier, welchen Grund [dann bring ich vor?
SYRUS: Zum Henker!
Ich wollt, es wäre Sitte, daß man auch bei Nacht den Freunden dient!
Doch sei darüber ruhig: ich verstehe mich auf seinen Sinn.
Braust er am ärgsten, mach ich ihn zahm wie ein Lamm.
CTESIPHO: Wie das?
SYRUS: Er hört
Dich gerne loben: ich vergöttere dich bei ihm und schwatze viel
Von deiner Tugend.
CTESIPHO: Meiner?
SYRUS: Ja; dann weint er alsbald wie ein Kind
Vor Freude. Still jetzt: aufgeschaut!
CTESIPHO: Was ist's?
SYRUS: Der Wolf in fabula.

Demea erscheint von rechts.

CTESIPHO: Der Vater ist's?
SYRUS: Er selbst.
CTESIPHO: Was tun wir?
SYRUS: Schnell ins Haus! Ich will schon sehen.
CTESIPHO: Wenn er dich fragt – du sahst mich nicht. Verstehst du?
SYRUS: Ei, so schweige doch!

IV/2

DEMEA *für sich*: Weh, ich Unglücksmann! Den Bruder find ich nirgends auf der Welt.
Nicht genug! Indes ich suche, seh ich einen Knecht vom Gut:
Dieser sagt, mein Sohn sei nicht daselbst. Ich weiß nicht, was ich soll.
CTESIPHO *leise*: Syrus!
SYRUS *ebenso*: Was?
CTESIPHO: Mich sucht er?
SYRUS: Freilich.
CTESIPHO: Wehe mir!
SYRUS: Sei guten Muts!
DEMEA *für sich*: Was, zum Henker! Welch ein Unstern? Werde gar nicht klug daraus.
Nein, ich bin dazu geboren, daß ich Unglück tragen muß.

Ich zuerst merk alles Elend; ich erfahr es stets zuerst;
Ich zuerst bring alle Kunden, fühl's allein, wenn was geschieht.
SYRUS: Allerliebst! Er weiß zuerst! Er weiß allein von allem nichts.
DEMEA *für sich*: Bin jetzt wieder da, will sehen, ob mein Bruder heimgekehrt.
CTESIPHO: Syrus, daß er nur ins Haus hier nicht hereinstürmt!
SYRUS: Schweige doch!
Laß mich sorgen!
CTESIPHO: Nein, beim Himmel! Heute darf ich dir nicht trauen.
Sicherer ist's: ich schließe mich in eine Kammer ein mit ihr.
Ctesipho ab ins Haus des Micio.
SYRUS: Meinethalb! Ich schaff ihn doch fort.
DEMEA: Sieh da, Syrus hier, der Schelm!
SYRUS *stellt sich, als ob er den Demea nicht sähe*: Nein, fürwahr, wenn das so fortgeht, hält's kein Mensch hier länger aus!
Wissen möcht ich, wie viel Herrn ich habe! Welch ein Jammer das!
DEMEA *für sich*: Was hat der? Was knurrt er? – Heda, Teurer! Ist mein Bruder hier?
SYRUS: Was, zum Henker, soll dein »Teurer«? Ich bin hin!
DEMEA: Was fehlt dir denn?
SYRUS: Was mir fehlt? Mich Armen und die Lautenspielerin schlug [Ctesipho
Fast zu Tode.
DEMEA: Was du sagst!
SYRUS: Sieh, wie er mir den Mund zerfetzt!
DEMEA: Und warum?
SYRUS: Ich sei des Kaufs Anstifter.
DEMEA: Hast du nicht gesagt,
Daß du ihn aufs Land begleitet?
SYRUS: Ja; doch wütend kam er dann,
Schonte nichts! Sich nicht zu schämen, durchzubleuen mich alten Mann,
Der ihn einst als fingerlanges Bübchen auf dem Arme trug!
DEMEA: Ctesipho, du gleichst dem Vater: brav! Geh, du bist ein Mann!
SYRUS: Lobst ihn gar? Traun, wenn er klug ist, zähmt er künftig seine [Faust.
DEMEA: Brav!
SYRUS: Gar sehr! Er hat ein armes Mädchen, hat mich alten Knecht,
Der das Herz nicht hatte, sich zu wehren, besiegt: ha, schrecklich brav!

DEMEA: Konnte gar nichts Besseres, sah, wie ich, daß du die Fäden
Aber ist mein Bruder innen? [spannst.
SYRUS: Nein.
DEMEA: Wo such ich ihn denn wohl?
SYRUS: Weiß es, aber heute sag ich's nicht.
DEMEA: Wie sagst du? Was?
SYRUS: Ja, ja!
DEMEA: Ich zerschmettere dir den Schädel!
SYRUS: Ich weiß des Mannes Namen nicht,
Nur die Gegend, wo er wohnt.
DEMEA: So nenne mir die Gegend.
SYRUS: Nun,
Kennst du die Halle bei der Fleischbank unten?
DEMEA: Ei, wie sollt ich nicht?
SYRUS: Geh vorbei dort, grad hinauf die Straße; wenn du droben bist,
Führt ein Abhang grad herunter. Laufe den hinab; dann liegt
Linker Hand ein kleiner Tempel und ein Gäßchen gleich daran,
Wo der große Feigenbaum noch steht.
DEMEA: Ich weiß.
SYRUS: Da gehst du durch.
DEMEA: Doch das Gäßchen hat ja keinen Durchgang.
SYRUS: Ja, beim Himmel! Ach,
Bin ich denn verrückt? Ich irrte. – Kehre zur Halle wieder um:
Gehst doch hier um vieles näher und verirrst dich weniger.
Weißt du das Haus des reichen Cratinus?
DEMEA: Freilich.
SYRUS: Bist du da vorbei,
Gehst du links hinab die Straße; wo Dianas Tempel ist,
Dreh dich rechts. Noch vor dem Tore steht ein Mühlchen hart am
Gegenüber eine Werkstatt: dort ist er. [Teich,
DEMEA: Was tut er da?
SYRUS: Ruhebetten für den Garten, eichene, hat er sich bestellt.
DEMEA: Wohl für euch, um da zu zechen? Schön! Was zögere ich
Demea ab nach rechts. [hinzugehen?
SYRUS *für sich*: Geh nur! Will dich heute hetzen, altes Aas, wie du's
verdienst!
Aeschinus bleibt lästig lang aus, und das Mittagsmahl verdirbt.

Ctesipho lebt ganz in seiner Liebe. Sorg ich denn für mich,
Geh hinein und nasche, was ich kann, vom Leckersten mir heraus;
Dann verschlendre ich, Becher schlürfend, ganz gemächlich diesen [Tag.
Syrus ab in Micios Haus.

IV/3

Micio und Hegio kommen von rechts.

MICIO: Ich finde nichts, warum ich hier so sehr zu loben wäre, Freund.
Ich tue nichts als meine Pflicht; was wir gefehlt, das mach ich gut.
Du hast zu jenem Schlage mich doch nicht gezählt, der, wenn man ihm
Vorhält ein Unrecht, das er selbst verübt, Unrecht zu leiden wähnt
Und noch Beschwerde führt? Du dankst mir, weil ich dies nicht auch getan?

HEGIO: Mitnichten! Anders hab ich dich mir nie gedacht, als wie du bist.
Doch geh mit mir, ich bitte dich, zu des Mädchens Mutter, Micio,
Und alles sage selbst der Frau, was ich gehört aus deinem Mund:
»Sein Bruder, dem die Lautenspielerin gehört, ist schuld an dem Verdacht.«

MICIO: Wenn's dir so billig oder nötig dünkt, so laß uns gehen!

HEGIO: Schön!
Denn ihr erleichterst du das Herz, die sich in Gram verzehrt und Leid,
Und tust, was deine Pflicht gebeut. Doch wenn du anderen Sinnes bist,
Erzähl ich, was du mir gesagt.

MICIO: Nicht doch; ich gehe mit.

HEGIO: So recht!
Die Leute, die das Glück nicht sehr begünstigt, sind – weiß nicht warum –
Mißtrauisch, nehmen alles leicht wie Kränkung auf und glauben stets
Um ihrer Unmacht willen sich geringgeschätzt, zurückgesetzt.
Drum wenn du selbst den Aeschinus rechtfertigst, wirst du leichter dort
Die Frauen versöhnen.

MICIO: Was du sagst, ist richtig und vollkommen wahr.

HEGIO: So folge mir denn ungesäumt ins Haus hinein!

MICIO: Von Herzen gern.

Hegio und Micio ab in Sostratas Haus.

IV/4

Aeschinus kommt von rechts.

AESCHINUS: Mein Herz zerreißt! Daß solch ein Leid so unversehens über mich
Herstürzt: ich weiß nicht, was ich mit mir machen, was beginnen [soll!
Jegliches Glied lähmt mir die Furcht;
Bebend in bangen Schrecken
Erstarrt mir das Herz, und in der Brust
Will kein Entschluß sicheren Bestand gewinnen.
Ach! Wie wind ich mich aus diesem Netz?
Entsetzlicher Verdacht, der eben fällt auf mich,
Und nicht mit Unrecht! Sostrata
Glaubt, ich habe mir die Lautenspielerin gekauft; die Alte sagt es.
Als ich sie von hier zur Hebamme gehen sah, so trat ich gleich
Zu ihr und frug nach Pamphila: ob ihre Stunde nahe sei,
Ob sie die Hebamme hole. »Geh nur«, schrie sie, »geh nur, Aeschinus!
Du hast uns lang genug gefoppt, genug mit deinem Wort getäuscht!«
»Was hast du?« rief ich, »ich bitte dich!« »Geh, bleibe du bei deinem Schatz!«
Gleich merkend, was ihr Argwohn sei, enthielt ich mich, der Schwätzerin
Vom Bruder etwas kundzutun; denn dann erführ es alle Welt.
Was tu ich? Sag ich: sie gehört dem Bruder? Dies darf nimmermehr
Verlauten. Nun, ich laß es: möglich, daß es nicht zutage kommt.
Dies eben, fürcht ich, glaubt man nicht. Zu viel vereint sich wider mich:
Ich raubte sie; zahlte selbst das Geld; zu mir ward sie gebracht.
Bekenn ich's, ich bin schuld daran! O hätt ich alles, wie's geschah,
Dem Vater mitgeteilt! Er hätte mir die Heirat nicht versagt.
Gezaudert hab ich bis daher: jetzt, Aeschinus, wach endlich auf!
Vor allem geh ich, reinige mich vor ihnen: fort an ihre Tür!
Weh mir! Ich Armer schaudere stets, sooft ich hier anklopfen will.
He! Holla! Ich bin's, Aeschinus. Man öffne mir die Tür! Geschwind! –
Ei, sieh! Da kommt, ich weiß nicht wer, heraus: ich will zur Seite gehen.

IV/5

Micio tritt aus Sostratas Haus.

MICIO *zurücksprechend*: Ja, Sostrata, wie ich gesagt, so macht es! Ich will Aeschinus
Aufsuchen, um ihm kundzutun, was hier besprochen worden ist. –
Doch wer hat angeklopft?

AESCHINUS *für sich*: Bei Gott, mein Vater! Weh mir!

MICIO: Aeschinus!

AESCHINUS *für sich*: Was hat der Vater hier zu tun?

MICIO: Du pochtest hier?
Für sich: Er schweigt. Ein bißchen neck ich ihn. Weil er damit
Stets so geheim tat gegen mich, hat er's verdient. –
Nun, sagst du nichts?

AESCHINUS: Ich pochte nicht, soviel ich weiß.

MICIO: Auch wär es seltsam, was du hier zu schaffen hast.
Für sich: Gut steht's: er schämt sich.

AESCHINUS: Aber, Vater, sage mir:
Was hast du hier zu suchen?

MICIO: Gar nichts für mich selbst.
Mich nahm ein Freund soeben mit hierher vom Markt,
Ihm meinen Rechtsbeistand zu leihen.

AESCHINUS: Worin?

MICIO: Vernimm.
In diesem Haus hier wohnen zwei arme Frauen:
Du kennst sie nicht, vermut ich, sicher nicht. Sie sind
Erst jüngst hierhergezogen.

AESCHINUS: Nun?

MICIO: Ein Mädchen ist's
Mit seiner Mutter.

AESCHINUS: Weiter!

MICIO: Sie ist vaterlos.
Da jener Freund ihr nächster Vetter ist, so wird
Sie dem Gesetz nach seine Frau.

AESCHINUS: Weh mir!

MICIO: Was ist's?

AESCHINUS: Nichts! Richtig! Weiter!

MICIO: Der kam sie zu holen her:
Denn in Miletos wohnt er.
AESCHINUS: Sie zu holen? Was?
MICIO: Jawohl!
AESCHINUS: Bis nach Miletos?
MICIO: Ja.
AESCHINUS *für sich*: Wie wird mir? Weh!
Laut: Und sie? Was sagen sie?
MICIO: Was meinst du? Sie sagen nichts.
Wohl sagt die Mutter, daß von einem anderen Mann,
Wem weiß ich nicht, ein Kind da sei; sie nennt ihn nicht.
Der gehe vor; den Fremden dürfe sie nicht freien –
AESCHINUS: Nun? Scheint dir das am Ende nicht auch völlig recht?
MICIO: Nein!
AESCHINUS: Nein? Ich bitte, Vater! Und er führt sie weg?
MICIO: Gewiß! Warum nicht?
AESCHINUS: Vater, das ist hart von euch,
Das find ich unbarmherzig, ja, wofern ich's frei
Und ohne Rückhalt sagen darf, unehrenhaft.
MICIO: Warum?
AESCHINUS: Du fragst? Wie, denkst du, wird dem Armen wohl
Zumute sein, der früher Umgang pflog mit ihr,
Der jetzt vielleicht noch (Jammer!) sie zum Sterben liebt –
Sieht er mit eignen Augen, wie man sie von ihm
Wegreißt und fortführt? Vater, nein, unedel ist's!
MICIO: Wieso das? Wer verlobte sie? Wer gab sie ihm?
Wem ward sie angetraut und wann? Wer stimmte zu?
Was nahm er eine Fremde?
AESCHINUS: Soll die mannbare
Jungfrau zu Hause sitzen, bis ein Vetter kommt
Gott weiß woher? Dies, Vater, hättest du billig ihm
Erklären sollen, so zu rechten ziemte dir.
MICIO: Wie lächerlich! Ich sollte sprechen wider den,
Der mich zum Beistand wählte? Doch was kümmert's uns?
Was haben wir mit den Frauen? Laß uns gehen! – Was ist's?
Du weinst?
AESCHINUS: O Vater, höre mich!

MICIO: Ich hörte, weiß schon alles; denn
Ich liebe dich, und um so mehr liegt mir am Herzen, was du tust.
AESCHINUS: O daß du deiner Liebe mich dein Leben lang so würdig fändest,
Wie dieses mein Vergehen mich von Herzen schmerzt und ich vor dir
Mich schäme, Vater!
MICIO: Lieber Sohn, ich glaub es; denn ich weiß, dein Herz
Ist edel; doch ich fürchte, du bist allzu leicht und unbedacht.
In welchem Staate glaubst du denn zu leben? Hast ein Mädchen, das
Du nicht berühren durftest, schnöd entehrt! Schon dieses eine war
Ein großer Fehler – allerdings, doch menschlich und verzeihlich noch.
So tat auch mancher Wackere schon. Doch sprich, nachdem's geschehen war,
Hast du dich irgend umgesehen, dich vorgesehen, was und wie's
Geschehen sollte? Schämtest du dich, selbst es mir zu sagen, wie
Sollt ich's erfahren? Da du schwanktest, gingen die zehn Monate dahin.
So viel an dir lag, gabst du dich, das Mädchen und dein Söhnchen preis.
Wie? Dachtest du, das würde dir im Schlaf von einem Gott gewährt?
Man würde dir in dein Gemach sie führen ohne dein Bemühen?
Wenn auch in anderen Dingen du so sorglos wärst, es schmerzte mich.
Doch getrost! Sie wird dein.
AESCHINUS: Was?
MICIO: Getrost nur, sag ich.
AESCHINUS: Vater! Ach!
Willst du meiner spotten?
MICIO: Deiner? Ich? Warum?
AESCHINUS: Ich weiß es nicht;
Aber weil ich nichts so sehnlich wünsche, wird mir doppelt bang.
MICIO: Geh und flehe zu den Göttern, um sie heimzuholen! Geh!
AESCHINUS: Wie? Schon jetzt?
MICIO: Ja.
AESCHINUS: Jetzt?
MICIO: Ja, jetzt, so schnell du kannst.
AESCHINUS: Ha! Mögen mich
Allesamt die Götter hassen, wenn du mir, mein Vater, nicht

Teurer bist als meine Augen!
MICIO: Teurer auch als Pamphila?
AESCHINUS: Gleich teuer.
MICIO: Allzu gütig!
AESCHINUS: Doch wo blieb der Bürger aus Milet?
MICIO: Ist gestorben, ist verdorben, fortgeschifft! Du zauderst?
AESCHINUS: Geh,
Vater, flehe du die Götter an; sie werden sicherlich
Dir, dem ungleich bessern Manne, mehr als mir zu Willen sein.
MICIO: Ich besorg im Haus, was not ist. Wenn du klug bist, folgst du mir.
Micio ab in sein Haus.
AESCHINUS *für sich*: Was soll ich dazu sagen? Heißt das Vater, heißt das Sohn sein?
Wär er mir Bruder oder Freund, wie tät er größere Liebe mir?
Nicht lieben sollt ich solchen Mann, ihn nicht im Herzen tragen?
So wird bei seiner Güte mir nur bange, daß ich einmal
Unwissend tue, was ihn kränkt; mit Wissen tu ich's niemals.
Doch schnell hinein, daß ich mir selbst die Hochzeit nicht verzögere!
Aeschinus ab in Micios Haus.

IV/6

Demea kommt von rechts.
DEMEA: Ganz matt bin ich vom Laufen: daß dich Juppiter
Vertilgte, Syrus, dich mit deiner Fopperei!
Durchkrochen hab ich die ganze Stadt, am Tor, am Teich;
Wo nicht? Doch nirgends eine Werkstatt; und kein Mensch
Sah meinen Bruder. Aber jetzt ist mein Entschluß,
Am Haus mich festzusetzen, bis er wiederkommt.

IV/7

Micio tritt aus seinem Haus.
MICIO *für sich*: Jetzt sag ich den Frauen, alles sei bei uns bereit.
DEMEA: Hier ist er ja! – Schon lange, Micio, such ich dich.
MICIO: Was gibt es?
DEMEA: Andere, grause Frevel meld ich dir
Von unserem sauberen Jungen.
MICIO: Seht doch!

DEMEA: Unerhört!
Hochpeinlich!
MICIO: Gott! Ich weiß …
DEMEA: Du weißt nicht, wie er ist.
MICIO: Doch!
DEMEA: Armer Tor, du träumst, ich meine die Lautenspielerin:
Der Frevel ward an einem Bürgerkind verübt.
MICIO: Ich weiß.
DEMEA: Du weißt's und duldest's?
MICIO: Warum nicht?
DEMEA: Sage mir,
Du schreist nicht, wirst nicht rasend?
MICIO: Nein. Ich wünschte zwar …
DEMEA: Sie hat ein Kind …
MICIO: Gott segne es!
DEMEA: … ist vermögenslos.
MICIO: So hör ich.
DEMEA: Ohne Mitgift muß er sie …
MICIO: Gewiß!
DEMEA: Was soll draus werden?
MICIO: Was sich ganz von selbst versteht:
Man bringt das Mädchen in unser Haus.
DEMEA: O Juppiter!
So muß es gehen?
MICIO: Was vermag ich sonst zu tun?
DEMEA: Sonst? Ist es dir nicht wirklich leid, so solltest du
Als Mensch dich doch so stellen.
MICIO: Ich verlobte sie
Bereits; die Sach ist richtig; bald wird Hochzeit sein;
Die Furcht benahm ich ihnen; das ist menschlicher.
DEMEA: Doch sprich: gefällt dir die Geschichte, Micio?
MICIO: Nein, wenn ich's ändern könnte; jetzt ergeb ich mich,
Weil ich es nicht kann, mit Gelassenheit darein.
Ist doch des Menschen Leben wie ein Würfelspiel;
Wenn nicht der Wurf fällt, den man eben braucht, so muß
Die Kunst den Wurf verbessern, der nun einmal fiel.
DEMEA: Du Besserer! Zwanzig Minen sind durch deine Kunst

Zum Henker für die Lautenspielerin; die mußt du doch
Jetzt irgendwie loswerden, so geschwind du kannst,
Und unentgeltlich, wenn sie niemand kaufen will.
MICIO: Ich muß sie nicht verkaufen, denk auch nicht daran.
DEMEA: Was tust du denn?
MICIO: Sie bleibt im Hause.
DEMEA: Götter! Wie?
Ehfrau und Metze hausend unter einem Dach?
MICIO: Warum nicht?
DEMEA: Bist du bei Verstand?
MICIO: Ich hoff es noch.
DEMEA: Gott helfe mir! Versteh ich deinen Aberwitz,
So tust du's, glaub ich, daß du singen kannst mit ihr.
MICIO: Warum nicht?
DEMEA: Und die junge Frau lernt's auch?
MICIO: Gewiß!
DEMEA: Du tanzest zwischen beiden dann den Ringelreihen?
MICIO: Und du mit uns, wenn's nötig ist.
DEMEA: Gerechter Gott!
Du schämst dich nicht?
MICIO: Nun laß doch endlich, Demea,
Dein ewig Poltern! Zeige dich bei deines Sohns
Hochzeit vergnügt und wohlgemut, wie sich's gebührt.
Ich will mit ihnen drinnen dies und jenes noch
Bereden, bin dann wieder hier.
Micio ab ins Haus der Sostrata.
DEMEA *für sich*: O Juppiter!
Welch Leben! Welche Sitten! Welch ein Aberwitz!
Ein Weib, vermögenslos! Im Haus die Lautenspielerin!
Aufwand in allen Ecken! Üppigkeit, liederlich
Der Junge! Toll der Alte! Wollte dieses Haus
Des Heiles Göttin retten, selbst sie könnt es nicht.

V/1

Syrus tritt aus Micios Haus.
SYRUS *für sich*: Syruschen, ja, du hast dir weidlich wohlgetan,
Hast deinen Posten ausgefüllt, wie sich's gebührt.

Recht! Jetzt, nachdem ich drinnen mich ganz satt geschmaust,
Behagt mir's, hier herauszuschlendern.

DEMEA: Ei, da sieh
Ein Muster guter Schule!

SYRUS: Schau, unser Alter hier! –
Wie steht's? Warum so finster, Herr?

DEMEA: Nichtswürdiger!

SYRUS: Ha, Mann der Weisheit! Redest hier in den Wind hinaus.

DEMEA: Du, wenn du mein wärst . . .

SYRUS: Demea, dann wärst du reich
Und ständest auf festen Füßen.

DEMEA: . . . allen solltest du
Zum Beispiel dienen!

SYRUS: Was verbrach ich denn?

DEMEA: Du fragst?
Gerad im Wirrwarr, wo das ärgste Schelmenstück
Kaum halb gesühnt ist, soffst du, Kerl, als kämst du heim
Im Siegeszuge.

SYRUS: Wär ich hier nur nicht heraus!

V/2

Dromo kommt aus Micios Haus.

DROMO: He, Syrus! Ctesipho bittet dich zu kommen.

SYRUS *ihn abweisend*: Geh!

Dromo zurück ins Haus.

DEMEA: Was spricht denn der von Ctesipho?

SYRUS: Nichts.

DEMEA: He, du Schuft!
Ist Ctesipho zu Hause?

SYRUS: Nein.

DEMEA: Was nennt ihn der?

SYRUS: Es ist ein anderer, so ein klein Schmarotzerchen.
Du kennst ihn?

DEMEA *will ins Haus*: Werde sehen.

SYRUS *hält ihn*: Wohin willst du?

DEMEA: Laß mich gehen!

SYRUS: Nein, sag ich, bleibe!

DEMEA: Weg die Hand, du Galgenbrand!
Ich schlage dir den Schädel ein.
Syrus läßt ihn los. Demea ab ins Haus.
SYRUS: Fort ist er! Ha!
Fürwahr, ein ungebetener, ungelegener Gast,
Für Ctesipho besonders! Jetzt – was fang ich an?
Bis hier der Sturm sich legte, schleich ich irgendwo
In einen Winkel, schlafe da mein Räuschchen aus.
So mach ich's, ja!
Syrus ab ins Haus des Micio.

V/3

Micio tritt aus dem Haus der Sostrata.
MICIO *zurücksprechend*: Bei uns ist alles, Sostrata, wie gesagt, bereit,
Sobald du willst. –
Lärm dringt aus seinem Haus.
Wer schlägt an meine Tür so stark?
Demea stürzt aus Micios Haus.
DEMEA: Was beginn ich? Was tu ich? Schrei ich oder klag ich? Ha!
O Himmel, Erde, Meer Neptuns!
MICIO: Da haben wir's!
Er weiß den ganzen Handel; darum schreit er so.
Nun geht der Zank los: ich muß helfen.
DEMEA: Ha, da steht
Der Schalk, der beide Söhne mir verpestet hat!
MICIO: Einmal bezähme doch die Wut und komm zu dir.
DEMEA: Ich tat's – bin bei mir – mir entfährt kein hartes Wort:
Jetzt nur zur Sache! Wurden wir nicht eins – und du
Gabst selbst es an –, du solltest dich um Meinen nicht,
Ich nicht um Deinen mich kümmern?
MICIO: Wohl: ich leugn es nicht.
DEMEA: Was zecht er jetzt bei dir? Warum herbergst du ihn?
Was kaufst du ihm die Dirne, Micio? Sollte nicht
Das gleiche Recht mir ebenso zustehen wie dir?
Da Deiner mich nicht kümmert, laß du Meinen gehen!
MICIO: Du sprichst unbillig.
DEMEA: Meinst du?

MICIO: Ja; denn alles ist
Gemeinsam unter Freunden, sagt der alte Spruch.
DEMEA: Wie sinnig! Jetzt erst fällt der weise Spruch dir ein?
MICIO: Nur wenig Worte, wenn es dir nicht lästig ist.
Wenn das dich wurmt, daß unsere Söhne, Demea,
So viel verschwenden, dann bedenke dieses nur:
Du wolltest sie mit eigenen Mitteln einst erziehen,
Weil dein Vermögen dir genug für beide schien.
Du dachtest damals sicher, ich verehelichte
Mich noch. Der alten Regel bleibe denn getreu:
Erwirb, erhalte, spare, daß sie einst von dir
So viel wie möglich erben, den Ruhm sichere dir:
Das Meine laß sie brauchen, das dir unverhofft
Zufällt; so geht vom Kapital nichts ab, und was
Von mir dazukommt, achte dies nur als Gewinn.
Sieh, wenn du das dir ernstlich überlegen willst,
Wird mir und dir und ihnen viel Verdruß erspart.
DEMEA: Nichts mehr von Geld! Doch ihre Lebensart . . .
MICIO: Geduld!
Da wollt ich hin. Im Menschen gibt es, Demea,
Der Zeichen viel, woraus sich unschwer Schlüsse ziehen lassen,
Daß man, wo zwei dasselbe tun, oft sagen kann:
Der eine tut es ungestraft, der andere nicht.
Die Tat ist nicht verschieden, nur die Täter sind's.
Was ich an ihnen sehe, zeigt: sie werden einst,
Wie wir sie wünschen. Klug, gescheit sind sie – wo's ziemt,
Voll Scheu, sie lieben beide sich; man sieht, ihr Geist,
Ihr Herz ist edel. Wann du willst, du führst sie leicht
Zur Pflicht zurück. Doch bangt dir, daß sie mit dem Geld
Nicht recht zu Rate gehen. O mein Demea,
Für alles andere machen uns die Jahre klug,
Nur diesen einen Fehler bringt das Alter mit:
Wir sehen genauer auf das Geld als billig. Auch
Sie wird das Alter schleifen.
DEMEA: Wenn nur, Micio,
Da deine schönen Sätze, dein gemütliches
Zusehen am End uns nicht zu Grunde richten!

MICIO: Still!
Es wird nicht geschehen. Jetzt laß das! Schenke dich heute mir!
Entfurche deine Stirne!
DEMEA: Nun, so will's die Zeit;
Ich muß wohl. Aber morgen geht's aufs Land mit ihm
Beim ersten Strahl!
MICIO: Nein, lieber, mein ich, noch bei Nacht.
Nur heute mache dich munter!
DEMEA: Und die Lautenspielerin
Schlepp ich zugleich mit mir dahin.
MICIO: Vortrefflich! Schön!
So fesselst du den Jungen dort ganz sicher an.
Nur mache, daß du sie behältst.
DEMEA: Da sorg ich selbst.
Die soll mir schon vom Kochen und vom Mahlen dort
Voll Asche werden, voller Rauch und Mehl, dazu
Mir Ähren lesen in der Mittagshitze, daß
Sie dürr und schwarz wie eine Kohle wird.
MICIO: So recht!
Jetzt kommst du mir gescheit vor, und ihn zwäng ich dann,
Mit ihr, auch wider seinen Wunsch, zu Bett zu gehen.
DEMEA: Du spottest? Glücklich, daß du solche Laune hast!
Ich fühl's ...
MICIO: Du fängst schon wieder an?
DEMEA: Ich schweige schon.
MICIO: So komm, und laß uns, wie's geziemt, den Tag begehen!
Micio ab in sein Haus.

V/4

DEMEA *für sich*: Nie hat noch ein Mensch die Rechnung seines Lebens so gemacht,
Daß nicht Schicksal, Alter, Erfahrung immer etwas Neues bringt,
Neues lehrt, so daß du nicht weißt, was du wohl zu wissen glaubst,
Und, was dir das Beste dünkte, bei der Anwendung verwirfst.
Also geht's auch mir. Das harte Leben, das ich seither führte,
Geb ich auf am Ziel der Bahn. Warum? Das Leben lehrte mich,
Daß dem Menschen nichts so frommt wie Sanftmut und Gelindigkeit.

Daß dies wahr, kann jeder leicht an mir und meinem Bruder sehen.
Der verbrachte seine Zeit in Müßiggang, in Gastereien;
Sanft und gütig, kränkt er niemand ins Gesicht, lacht allen zu,
Lebt für sich, bezahlt für sich nur: alle loben, lieben ihn.
Ich, ein Landmann, rauher Sitte, finster, karg, griesgrämig, zäh,
Nahm ein Weib. Welch Herzeleid erlebt ich! Kinder kamen. Ach!
Neue Qual! Und ach, indes ich kämpfte, möglichst viel für sie
Aufzuspeichern, rann in Mühen meine Lebenszeit dahin.
Jetzt, an meinem Ziele, wird mir als die Frucht für meine Mühe
Haß, und er sieht ohne Mühe sich umblüht von Vaterglück.
Beide lieben ihn, mich fliehen sie, halten nichts geheim vor ihm,
Suchen ihn auf, sind um ihn stets, während ich verlassen bin,
Wünschen ihm ein langes Leben, lauern stets auf meinen Tod.
So hat er, was ich mit großer Müh erzog, für wenig Geld
Sich gewonnen: alles Leid trifft mich, die Freuden sind für ihn.
Auf (er fordert mich heraus), versuch ich jetzt das Gegenteil,
Ob ich gleichfalls freundlich reden und den Gütigen spielen kann.
Ich verlang auch Lieb und Achtung von den Meinen. Wird mir dies
Nur durch Schenken und Willfahren, werd ich nicht der Letzte sein.
Fehlt es dann? Das schiert mich wenig, weil ich doch der älteste bin.

V/5

Syrus kommt aus Micios Haus.

SYRUS: He, Demea! Dein Bruder bittet dich, du mögst
Dich nicht zu weit entfernen.

DEMEA: Wer ruft hier? – Aha!
Willkommen, Syrus, unser Freund! Wie geht's? Wie steht's?

SYRUS: Gut!

DEMEA *für sich*: Trefflich! Schon drei Worte fügt ich jetzt hinzu
Ganz wider meine Gewohnheit: »Freund!« »Wie geht's?« »Wie steht's?«
Laut: Als wackeren Diener zeigst du dich: gern möcht ich dir
Gefällig werden.

SYRUS: Schönen Dank!

DEMEA: Ich red im Ernst,
Und nächster Tage, Syrus, zeigt es dir die Tat.

V/6

Geta kommt aus Sostratas Haus.

GETA *zurücksprechend*: Will drüben nachsehen, Herrin, ob sie bald die
Abholen. – Sieh da, Demea! Willkommen! [Braut
DEMEA: Ah!
Dein Name?
GETA: Geta.
DEMEA: Geta, heut hab ich erprobt,
Daß du ein Mensch von allergrößtem Werte bist.
Denn sicher hat der Sklave sich bei mir bewährt,
Der, Geta, so für seine Herrschaft sorgt wie du.
Gern möcht ich, wenn Gelegenheit sich bietet, dir
Gefällig sein.
Für sich: In Freundlichkeiten üb ich mich,
Und trefflich geht's.
GETA: Für solche Meinung dank ich schön.
DEMEA *für sich*: So nachgerade mach ich mir das Volk zum Freund.

V/7

Aeschinus kommt aus dem Haus des Micio.

AESCHINUS *für sich*: Sie töten mich, sie wollen gar zu feierlich
Die Hochzeit rüsten, und so geht der Tag dahin.
DEMEA: Wie geht es, Aeschinus?
AESCHINUS: Ah, mein Vater! Warst du hier?
DEMEA: Jawohl, dein Vater durch Gesinnung und Natur,
Der mehr dich liebt als seine Augen! Doch warum
Holst du die Braut nicht?
AESCHINUS: Tät es gern; doch halten mich
Das Flötenspiel, der Hochzeitsreigen auf.
DEMEA: Ah bah!
Willst du mich Alten hören?
AESCHINUS: Nun?
DEMEA: Weg all das Zeug:
Den Lärm, den Hochzeitsreigen, Fackeln, Flötenspiel!
Laß nur die Mauer im Garten niederreißen, flugs!
Da hole sie herüber! Ein Haus soll es sein!
Bring auch die Mutter samt dem Hausgesinde!

AESCHINUS: Schön!
Mein liebster Vater!
DEMEA *für sich*: Bravo! »Liebster« heiß ich schon.
Des Bruders Haus wird hinten offen; Gäste führt
Er ein die Menge: das kostet Geld! Was kümmert's mich?
Ich heiße ja »Liebster«, ernte Dank! Nun zahle nur
Der Babylonier seine zwanzig Minen aus! –
Laut: Du, Syrus, wird's bald?
SYRUS: Was denn?
DEMEA: Reiße die Mauer ein!
Geh, führe sie herüber!
Syrus ab in das Haus des Micio.
GETA: Daß die Götter dir's
Vergelten, da du's, Demea, mit unserem Haus
So herzlich wohl meinst!
DEMEA: Wahrlich, sie verdienen's auch!
Zu Aeschinus: Was meinst du?
AESCHINUS: Ganz so denk ich auch.
DEMEA: Viel besser so,
Als daß die kranke Wöchnerin die Straße jetzt
Dahergeführt wird.
AESCHINUS: Unvergleichlich, Väterchen.
DEMEA: So halt ich's stets. Doch sieh da, Micio tritt heraus.

V/8

Micio kommt aus seinem Haus.
MICIO: Mein Bruder will's? Wo steckt er? Willst du's, Demea?
DEMEA: Ja freilich will ich, daß wir uns in diesem Stück
Und sonst mit diesem Hause ganz vereinigen,
Es ehren, fördern, an uns ziehen.
AESCHINUS *zu Micio*: Ach, Vater, ja.
MICIO: Ich will's nicht anders.
DEMEA: Ja, so paßt es sich für uns.
Denn erstens ist sie Mutter seiner Braut.
MICIO: Und dann?
DEMEA: Bescheiden, brav.
MICIO: So heißt es.

DEMEA: Auch bei Jahren schon.
MICIO: Ich weiß.
DEMEA: Um Mutter zu werden, ist sie längst zu alt.
Kein Mensch beachtet die Verlassene.
MICIO *für sich*: Was hat der?
DEMEA: Die mußt du freien. *Zu Aeschinus*: Du mußt helfen, daß er's tut.
MICIO: Was? Ich sie freien?
DEMEA: Ja.
MICIO: Ich?
DEMEA: Ja, du!
MICIO: Du faselst.
DEMEA *leise zu Aeschinus*: Machst du's recht gescheit,
Er tut's.
AESCHINUS *schmeichelnd*: Mein Vater!
MICIO: Esel du! Du hörst auf den?
DEMEA: Es hilft dir nichts;
Du kannst nicht anders.
MICIO: Bist du toll?
AESCHINUS: Laß dich erweichen, Väterchen!
MICIO: Du bist verrückt: fort!
DEMEA: Tu's dem Sohn zuliebe!
MICIO: Bist du recht im Kopf?
Ich soll, ein Fünfundsechziger, ein junger Ehmann werden, soll
Ein abgelebtes Mütterchen freien? Mir könnt ihr so was raten, mir?
AESCHINUS: Ich hab's versprochen: tu's!
MICIO: Versprochen? Schenke, was dein eigen ist!
DEMEA: Was tätst du, bät er Größeres noch?
MICIO: Als gäb es etwas Größeres!
DEMEA: Tu's ihm zuliebe!
AESCHINUS: Weigere dich nicht!
DEMEA: Versprich es!
MICIO: Laßt ihr noch nicht ab?
AESCHINUS: Nein, bis du ja sagst!
MICIO: Das ist ja Gewalt.
DEMEA: Sei willig, Micio!
MICIO: So toll, verkehrt und ungereimt und meiner Lebensweise fremd
Die Sache scheint: es sei darum, wenn ihr so sehr es wünscht!

AESCHINUS: O schön!
DEMEA: Ich muß dich lieben. Aber ...
MICIO: Nun?
DEMEA: Nun, weil du meinem Wunsch dich fügst...
MICIO: Was nun? Was gibt's noch?
DEMEA: Hegio ist ihr nächster Anverwandter, uns
Verschwägert, er ist mittellos: ihm müssen wir was Liebes tun.
MICIO: Und was?
DEMEA: Du hast ein kleines Gut, das du verpachtest, vor der Stadt:
Gib's ihm zur Nutzung.
MICIO: Wie? Ist es so klein?
DEMEA: Und wär's auch groß, ihm wird's mit Recht.
Vertritt er ihr den Vater doch, er ist so brav, ist unser Freund,
Und endlich mach ich mir das Wort zu eigen, das du, Micio,
So schön und weise jüngst gesagt: »Ein allgemeiner Fehler ist's:
Wir sehen im Alter allzusehr aufs Geld.« Vor diesem Flecken laß
Uns fliehen! Das Wort ist wahr, so werd es nun zur Tat!
MICIO: Das freut mich recht.
Was tun? Ich geb's, wenn Aeschinus es wünscht.
AESCHINUS: Mein Vater, ja.
DEMEA *zu Micio*: Jetzt bist du, wie dem Leibe, so der Seele nach, mein Bruder.
Für sich: Den
Schlag ich mit seiner eigenen Waffe.

V/9

Syrus kommt aus dem Haus des Micio.
SYRUS *zu Demea*: Was du gebotest, ist geschehen.
DEMEA *zu Syrus*: Bist ein wackerer Bursch! Fürwahr, nach meiner [Meinung ist es billig,
Daß man heute Syrus freiläßt.
MICIO: Syrus freiläßt? Und warum?
DEMEA: Vieler Gründe wegen.
SYRUS: O mein Demea, du bist so gut!
Sorgsam hab ich euch die beiden von der Kindheit an gepflegt,
Lehrte, mahnte, wies, soweit ich konnte, sie zum Guten an.
DEMEA: Es liegt am Tag! Auch anderes noch: beim Speiseneinkauf nichts veruntreuen,

Dirnen holen, Gastgelage schon am hellen Tage rüsten,
Zeugt von keinem ganz gemeinen Menschen.

SYRUS: Allerliebster Mann!

DEMEA: Endlich war er heute Helfer bei dem Kauf der Lautenspielerin;
Er besorgt es: das belohnt man billig, auch als Sporn für andere;
Und zuletzt – will's Aeschinus.

MICIO *zu Aeschinus*: Wirklich? Willst du's?

AESCHINUS: Ja.

MICIO: Wenn du es willst,
Syrus, tritt zu mir heran: sei frei!

SYRUS: O schön! Euch allen hier
Fühl ich mich zu Dank verpflichtet, und zumal dir, Demea.

DEMEA: Wünsche Glück!

AESCHINUS: Auch ich.

SYRUS: Ich glaub es. Wäre nur mein Glück vollkommen,
Dürft ich Phrygia, meine Frau, doch freigelassen sehen mit mir!

DEMEA: Eine wackere Frau!

SYRUS: Und heute hat sie deinem Enkelchen,
Dessen Sohn, die erste Brust gereicht.

DEMEA: Im Ernste? Hat sie das?
Ist's an dem, dann ohne Zweifel muß sie frei sein, unbedingt.

MICIO: Darum?

DEMEA: Darum! Was sie wert ist, das empfängst du dann von mir.

SYRUS *zu Demea*: Daß dir alle Götter alle Wünsche stets erfüllten, Herr!

MICIO: Syrus, heute kamst du schön voran!

DEMEA: Im Fall du, Micio,
Fürder tust, was deine Pflicht ist, ihm ein wenig bares Geld
Gibst zur Notdurft – bald bezahlt er's wieder.

MICIO: Keinen Pfennig, traun!

DEMEA: Er ist brav.

SYRUS: Ich zahl es wieder; gib nur!

AESCHINUS: Tu's doch!

MICIO: Werde sehen.

DEMEA: Wird's schon tun.

SYRUS: Mein bester Herr!

AESCHINUS: Mein liebster Vater, tu es doch!

MICIO *zu Demea*: Was ist das? Was hat dein Wesen mit einemmal so umgestimmt?
Welche Sucht? Woher so plötzlich diese Schenklust?

DEMEA: Höre mich!
Zeigen wollt ich, wenn du diesen gut und liebenswürdig scheinst,
Daß sich das nicht stützt auf Wahrheit, nicht auf Recht und Billigkeit,
Nein, weil du ja sagst zu allem, Nachsicht übst und Spenden machst.
Also kurz: wenn mein Gebaren euch verhaßt ist, Aeschinus,
Weil ich nicht in allem, Unrecht oder Recht, zu Willen bin:
Sei es drum, fahrt hin, verschleudert, kaufet, tut, was euch gefällt!
Wollt ihr aber, daß ein Mann euch, wo ihr noch als Jünglinge
Minder klar seht, allzu heftig wünscht, zu wenig überlegt,
Mahnt, zurechtweist, auch mitunter Nachsicht übt am rechten Ort:
Seht, dazu bin ich bereit!

AESCHINUS: Dir, Vater, stellen wir's anheim.
Besser weißt du, was uns not tut. – Doch was soll aus dem Bruder werden?

DEMEA: Er
Habe sie, doch das soll die letzte sein!

MICIO: So gefällt mir's.
An die Zuschauer: Klatschet nun!

ANHANG

ERLÄUTERUNGEN ZU PLAUTUS

Die Ziffern beziehen sich auf die Seiten, die *kursiv* gesetzten Stichworte weisen auf die betreffende Textstelle hin.

AMPHITRUO (AMPHITRYON)

42 Die Personennamen sind in der Regel griechischer Herkunft und oft in irgendeiner Weise redend auf ihre Träger bezogen. Sie werden im folgenden, wo es förderlich erscheint, im Zusammenhang mit dem Verzeichnis der Personen erklärt. – *Sosia:* Mit »sôs« (= heil, gesund) gebildete Namen sind im Griechischen verbreitet. – *Blepharo:* Der Steuermann trägt das »blépein« (= blicken) im Namen. – *Bromia:* Der Name läßt an eine Bacchantin denken (brómios, lärmend, ist Beiwort des Dionysos); Bromia hat im Stück aber keine dionysische Funktion, allenfalls könnte man an eine Anspielung auf Theben denken, das ja Geburtsort des Dionysos war. Vielleicht nimmt der Name auch nur auf den »Lärm« Bezug, mit dem Bromia in V/I auftritt. – *Thessala:* Ein Sklavenname nach dem Herkunftsland, »die Thessalierin«. – Die übrigen Personennamen sind durch die Sage gegeben. – *Hafen:* Theben liegt an sich mitten in Böotien, und es befindet sich kein Hafen unmittelbar bei der Stadt. Plautus hat sich um die realen geographischen Verhältnisse wenig gekümmert.

45 *da er von Eltern stammt, die beide Menschen sind:* Witziges Spiel mit der Person des Schauspielers und seiner Rolle.

47 *Ädilen:* Zu den Amtsaufgaben der Ädilen in Rom gehörte es, die Theateraufführungen zu organisieren. Sie scheinen der besten Schauspieltruppe sowie auch einzelnen Künstlern einen Preis zuerkannt zu haben. Plautus fordert scherzhaft, daß Unregelmäßigkeiten bei der Preisvergabe mit derselben Schärfe geahndet werden wie eine Amtserschleichung, für die die »lex de ambitu« strenge Strafen vorsah.

48 *Alcaeus:* Die genealogischen Beziehungen sind folgendermaßen (Namen in der griechischen Form):

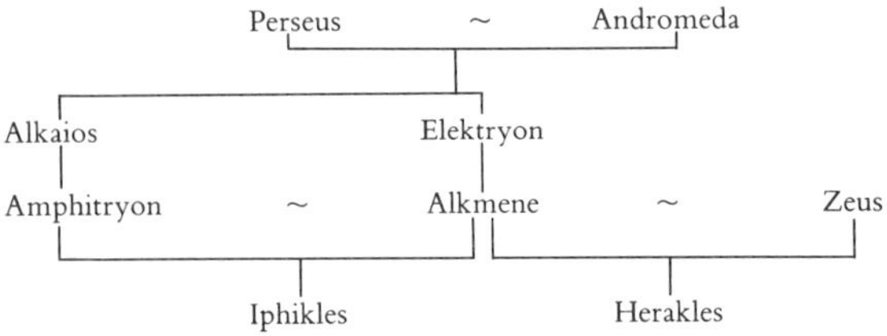

mit den Teleboern Krieg: Die Teleboer sind ein sagenhafter, auf der nordwestgriechischen Insel Taphos angesiedelter Stamm. Der König war Pterelaos, ein Sohn oder Enkel des Poseidon. Ursprünglich streitet Amphitryon gegen sie, um die Tötung der Brüder der Alkmene zu rächen; Kreon, damals König von Theben, leistet ihm dazu Waffenhilfe. Bei Plautus ist Amphitruo ein Generalissimus im Dienst des Königs von Theben; die Teleboer sind zu Feinden des thebanischen Volkes geworden, die dessen Land geplündert haben.

49 *I/1:* Die erste Hälfte der Szene (bis zum Ende der Schlachterzählung des Sosia) ist bei Plautus ein kunstvoll gestaltetes Canticum.

55 *vier nackte Menschen:* Sie sind nackt, weil er sie vorher beraubt hat. – *Quintus:* »Der Fünfte« war ein römischer Vorname (die Bedeutung ist übrigens wahrscheinlich nicht, daß der Namensträger das fünfte Kind seiner Eltern gewesen wäre, sondern daß er im Monat Quintilis, Juli, geboren wurde).

57 *Vulkan im Horn verschlossen:* Vulkan, der Gott des Feuers, ist in der Laterne mit ihrem Hornfenster verschlossen; die Ausdrucksweise parodiert den hohen Stil der Tragödie.

58 *des Davus Sohn:* Sosia wählt mit der Nennung des Namens seines Vaters hier die Form der Vorstellung, die einem Adligen anstehen würde. Im rechtlichen Sinn war ein Sklave vaterlos.

61 *Perserhafen:* Eine anachronistische Bezeichnung. Die Perserflotte unter Xerxes ankerte 481 v. Chr. im Meerbusen von Euböa an der böotischen Küste. Die fiktive Zeit des Stückes aber liegt mehrere Generationen vor dem troianischen Krieg. – *Jene goldene Schale:* Pterelaos hatte der Sage nach den Becher von Poseidon bekommen.

63 *was keiner je nach meinem Tode mir zufügen wird:* Bei den Bestattungsfeierlichkeiten von Angehörigen großer Familien wurden die »Bilder« (Totenmasken) der Vorfahren im Zuge getragen. – *den Hut noch heute setz aufs kahle Haupt:* Freigelassenen Sklaven wurden die Kopfhaare abrasiert. Sie trugen den »Freiheitshut«, bis ihr Haar wieder nachgewachsen war.

65 *das Neugeborene ziehe auf:* Eigentlich heißt es »hebe auf«. Das neugeborene Kind wurde dem Vater (oder in seiner Abwesenheit seinem

Vertreter) vor die Füße gelegt. Hob er es auf, so war dies das Zeichen, daß er es als sein Kind anerkennen und aufziehen wollte. Im anderen Fall wurde das Kind ausgesetzt, was keine strafbare Handlung darstellte.

67 *II/1:* Der Beginn der Szene (ca. 30 Verse) bildet als Duett zwischen Amphitruo und Sosia das zweite Canticum.

71 *II/2:* Die Monodie der Alcumena am Anfang der Szene (ca. 20 Verse) bildet das dritte Canticum.

73 *Die ganze Seele ausziehen werde:* Die Seele des Brunnens läßt Plautus scherzhaft in seinem Wasser wohnen. Zieht man das Wasser ganz heraus, »tötet« man den Brunnen.

75 *Den Schwangeren muß man Äpfel geben, nebenbei auch Ärger:* Im Lateinischen ein Wortspiel: »et malum et malum.« Die Wöchnerin wurde mit Granatäpfeln beschenkt.

85 *behalte das Deine, gib das Meine mir:* Anspielung auf die Scheidungsformel im römischen Zwölftafelgesetz.

87 *Knecht in der Komödie:* Mercurius parodiert hier den »servus currens«, den mit einer wichtigen Nachricht herbeieilenden Sklaven, eine typische Figur der Komödie.

91 *thessalischen Zauberer:* Thessalien war für Zauberei und Hexenkunst berüchtigt. – *V/1:* Der Beginn der Szene (ca. 30 Verse) bildet als Monodie der Bromia und kurzes Duett zwischen Bromia und Amphitruo das vierte Canticum.

93 *Mit . . . verhülltem Haupt:* Alcumena bedeckt ihren Kopf beim Gebet nach römischer Sitte.

Aulularia (Die Topfkomödie)

98 *Lar:* In jedem römischen Haus wurde ein »Lar familiaris« verehrt, der für das Gedeihen von Haus und Hof zuständig war. Am 1., am 5. bzw. 7. und am 13. bzw. 15. eines jeden Monats opferte man ihm einen Kranz am Herd. Im griechischen Original stand vermutlich ein entsprechender griechischer Hausgott an dieser Stelle. – *Euclio:* »Von gutem Ruf«, was er trotz seines Geizes ist. – *Staphyla:* »Die Weintraube«, ein Name, der zu den alkoholischen Neigungen einer alten Sklavin paßt. – *Eunomia:* »Die gute Ordnung«, für die die Matrone stets besorgt und tätig ist. – *Megadorus:* »Der Großzügige«; so benimmt er sich auch in der Frage seiner Heirat mit Phaedra. – *Strobilus:* »Der Kreisel«; so hat sich ein fleißiger Sklave, wie er es ist, zu bewegen. – *Anthrax:* »Kohle«; passend für einen Koch. – *Congrio:* Der Name hat mit »góngros«, einer Art See-Aal, zu tun. – *Lyconides:* »Sohn des Lycon«; vielleicht hörte man auch den Zusammenhang mit »lýkos« (Wolf) und dachte an

die Wildheit, die der junge Mann gegenüber Phaedra bewiesen hatte. – *Phaedra:* »Die Strahlende«; in verschiedenen Formen als Männer- und Frauenname verbreitet. – *Eleusium, Phrygia:* Die Sklavinnen tragen typischerweise ihre Herkunft aus Eleusis bzw. aus Phrygien im Namen, was für das Stück aber ohne Bedeutung bleibt.

102 *Ceresfest:* Im Original ein Demeterfest; welches, ist unbekannt.

103 *Kreuz:* Die Kreuzigung war Sklavenstrafe. – *ein langes I:* Der große lateinische Antiquabuchstabe wird hier mit dem der Länge nach ausgestreckten Gehängten verglichen. – *König Philipp oder zum Darius:* Philipp II. von Makedonien (359–336) und der Perserkönig Darius I. (521–486) werden nicht nur als beispielhaft reiche Könige genannt. Beide setzten auch Goldmünzen in Umlauf, die auch nach ihren Lebzeiten weitergeprägt wurden, in der ganzen antiken Welt gültig waren und ihren Namen trugen. Die persische Münze war der Dareikos (zu 8,4 g Gold); ihre Nachfolger, die Philippeioi (zu 8,6 g Gold), waren im 2. Jahrhundert v. Chr. das normale Goldgeld auch in Rom. 1 Philippeios = 20 attische Drachmen = ⅕ Mine.

104 *Bezirksvorstand:* Die attischen Bezirke (Demen), deren Präsidenten die Demarchen waren, hatten eine Kasse für Ausgaben bei Opfern und Festen zur Verfügung. Aus ihr wurden die Mitglieder des Demos, wenn sie Theateraufführungen besuchten oder an anderen Festen teilnahmen, für ihre Aufwendungen bzw. für ihren Verdienstausfall entschädigt.

2105 *II/1:* Die 40 ersten Verse des Dialogs zwischen Eunomia und Megadorus bilden als Duett das erste Canticum des Stückes.

107 *Postumus:* D. h. der nach dem Tod des Vaters geborene Sohn.

114 *Die Freiheit kaufen:* Die Köche sind hier also als Sklaven gedacht; sonst sind Mietköche in der Regel frei. – *zum Prozeß zu kommen sich verbürge:* Römische Rechtsverhältnisse. Der Prätor ist der Gerichtsmagistrat, bei dem der Prozeß angemeldet wird. Der Beklagte mußte sich – evtl. durch Bürgenstellung – gegenüber dem Kläger verpflichten, zu einem bestimmten Termin vor dem Richter zum Prozeß zu erscheinen.

116 *Gilt denn ... der Ceres dieses Hochzeitsmahl?:* Offenbar ist ein Fest ohne Wein gemeint; Einzelheiten über ein Ceresfest, wo solche Abstinenz gefordert wurde, sind unbekannt. Vielleicht sprichwörtlich für ein Mahl, bei dem es nur zu essen gibt.

118 *Altar des Apollo:* Auf der Bühne stand vor den Häusern regelmäßig ein Altar, gewöhnlich ein Altar für Apollo. Apollo Agyieus, an den sich das Gebet Euclios richtet, ist Torhüter und Übelabwehrer, also auch Hüter des Hauses gegen Schätze suchende Diebe. – *Tänzer:* Gemeint sind Tänzer bei kultischen Spielen, die sich anscheinend die Körperhaare auszupften oder abrasierten. –

III/1, 2: Die Szenen enthalten mit einer Arie des Congrio und einem anschließenden Duett zwischen Congrio und Euclio das zweite Canticum des Stücks (ca. 40 Verse). – *Bacchanal:* Hier das Gebäude, wo die bacchischen Orgien von den Bacchantinnen gefeiert wurden, Männern war der Zutritt im allgemeinen verboten (vgl. die in den »Bakchen« des Euripides dargestellte Sage, wo Pentheus von den rasenden Bacchantinnen zerrissen wird). Als in Campanien Männer zugelassen wurden und die »Bacchanalien« in den Ruf von verbrecherischen Geheimbünden kamen, verbot der römische Senat 186 v. Chr. solche Veranstaltungen in ganz Italien.

119 *Solange mein Kopf noch fühlt:* Lateinisch »si sentit«, bei Congrio im Sinne von »solange ich noch bei Bewußtsein bin«; Euclio nimmt das »Fühlen« wörtlich im Sinne von »Schläge fühlen«.

120 *Laverna:* Sie galt als Gottheit der Diebe und besaß in Rom, einen Altar auf dem Aventin und einen heiligen Hain.

122 *Maultier:* Die römischen Damen verwendeten Maultiere für ihre Kutschen. – *Sittenmeister bei den Weibern:* Es ist der Gynaikonómos verschiedener griechischer Staaten. Demetrios von Phaleron führte ein solches, den Luxus der Damen einschränkendes Amt 317–307 v. Chr. in Athen ein.

123 *Da stehen Walker ...:* Die Handwerkerbezeichnungen sind in einzelnen Fällen nicht ganz zweifelsfrei. Es wurde aber Wert darauf gelegt, die verschiedenen Berufe möglichst genau anzugeben. – *Malvenkleidermacher:* Es handelte sich vielleicht um eine malvenartige Färbung der Gewänder oder um besonders dünne Kleider. – *der Soldat ... will sein Geld:* Die Stelle nimmt Bezug auf uns nicht mehr deutliche römische Verhältnisse. Normalerweise wurde in der plautinischen Zeit der Sold an die Soldaten von den sogenannten Aerartribunen ausbezahlt; als Beamte ihrer Tribus, ihres Bezirks, hatten sie die Erhebung eines Tributs innerhalb der Tribus zu überwachen und den Sold an die Kriegsdienst leistenden Tribusmitglieder zu zahlen. Aus unserer Stelle ist zu erschließen, daß der Sold manchmal nicht über den Aerartribunen, sondern direkt von bestimmten begüterten Bürgern an ihnen zugeordnete Soldaten zu zahlen war. Eine Analogie dazu ist das sogenannte Futtergeld, auf das in früherer Zeit diejenigen, die ein Pferd für den Kriegsdienst unterhielten, Anspruch hatten. Das Futtergeld zahlte der römische Staat nicht aus der Staatskasse, vielmehr war dem Reiter ein Witwen- oder Waisenvermögen zugewiesen, das die Zahlungen für ihn zu leisten hatte. Verwandte Fälle einer solchen unmittelbaren Steuerpflicht finden sich auch in Griechenland. Ein Tribut zur Soldzahlung wurde in Rom übrigens von 167 v. Chr. an, als Aemilius Paullus die Beute aus dem siegreichen Krieg ge-

gen Makedonien nach Rom brachte, bis zum Jahr 43 v. Chr., also der Ermordung Caesars, nicht mehr erhoben.

124 *Senat:* Ein scherzhafter Vergleich der Zusammenkunft der beiden Alten mit dem römischen Senat. – *Geryon:* Ein mythischer Riese, den Hesiod als dreiköpfig, geflügelt und mit sechs Händen und sechs Füßen ausgestattet beschreibt. Herkules tötete ihn und raubte seine Rinder. – *Argus:* Zeus liebte Io, Herapriesterin in Argos, und verwandelte sie, um sie vor der Eifersucht der Hera zu verbergen, in eine Kuh. Hera bat Zeus listig um dieses Tier und ließ es durch den Riesen Argos Panoptes, der überall an seinem Körper Augen hatte, bewachen. Argos wurde von Hermes im Auftrag des Zeus erschlagen. – *Pirene:* Eine der berühmtesten Quellen des alten Griechenland. Die modernen Ausgrabungen haben einen großen hellenistischen Brunnenhauskomplex freigelegt.

125 *punische Laterne:* Es war offensichtlich eine Laterne mit durchsichtigen Seitenwänden. – *Tempel der Fides:* Fides, die Treue und Verläßlichkeit in öffentlichen und privaten Angelegenheiten, wurde in Rom seit alter Zeit als Göttin verehrt. Die Anfänge des Kultes führte man bis in die Gründungszeit Roms zurück. Im 3. Jahrhundert v. Chr. erhielt die Göttin auf dem Kapitol beim Jupitertempel einen eigenen Tempel. Er galt der »Fides publica populi Romani«, die über die Treue des römischen Volkes und Staates in der Einhaltung von Verträgen und Zusicherungen gegenüber einzelnen wie ganzen Völkern wachte. Zugleich spielte Fides im Privatleben eine wichtige Rolle. Die griechisch entsprechende Pistis wurde im allgemeinen erst unter der römischen Herrschaft kultisch verehrt, eben als die aus Rom übertragene Fides. Nur in Athen scheint schon früher ein Heiligtum der Pistis bestanden zu haben. Ob Plautus im griechischen Original ein Pistis-Heiligtum vorfand oder eine andere Gottheit durch Fides ersetzte, ist umstritten.

127 *Honigwein:* Die Mischung von Honig und Wein war bei Griechen und Römern beliebt. Die Römer empfahlen besonders das Verhältnis: vier Teile alter Wein, ein Teil junger Honig. Der Honigwein war ein teures Getränk, das sich nur Reiche leisten konnten. – *zur linken Hand ein Rabe krächzt':* Dagegen galt das Krächzen des Raben auf der rechten Seite als ein gutes Omen; das Umgekehrte glaubte man von der Krähe.

130 *Silvanus:* Die dem Faunus verwandte ländliche Gottheit hatte in Rom keinen staatlichen Kult; es dürfte jedoch schon zur Zeit des Plautus dem Silvanus heilige Haine auf dem Land gegeben haben. Er ersetzt hier den Pan des griechischen Originals, der in Attika besonders in Höhlengrotten verehrt wurde.

131 *Juno Lucina:* Sie war die römische Geburtsgöttin (griechisch Eileithyia). – *Greifen, unter deren Hut die goldenen Berge:* Nach einer

durch Herodot referierten Sage wohnten in Asien nördlich der Skythen die Issedonen, nördlich der Issedonen die einäugigen Arimaspen, nördlich der Arimaspen die Greifen, die das Gold, das sich dort in großer Menge finde, bewachten. Man stellte sich die Greifen auch im äußersten Osten vor: sie nisten auf den goldhaltigen Bergen Indiens. Die aus dem orientalischen Kulturkreis stammenden Fabelwesen sind vierfüßige Vögel von Wolfsgröße, mit den Schenkeln und Klauen eines Löwen und einem Adlerkopf. – *König Philipp:* Vgl. Anm. zu S. 103.

132 *IV/9:* Die Szene (ca. 20 Verse) bildet das dritte Canticum des Stücks.

137 *Nicht das, wovon die Knaben schreien, daß sie's in Bohnen fanden:* Unerklärte Anspielung.

Captivi (Die Gefangenen)

140 *Ergasilus:* »Der Tätige«, für einen Parasiten ironisch. – *Hegio:* »Führer«, angemessen für den reichen Bürger. – *Colaphus:* »Der Schläger«. – *Philocrates:* »Der die Macht Liebende«, ein vornehmer Name. – *Aristophontes:* Ebenso ein vornehmer Name. – *Philopolemus:* »der den Krieg Liebende«. – *Stalagmus:* »Tropfen«; Spitzname für den kleinen Sklaven.

144 *Quästoren:* Sie hatten als Finanzbeamte auch die Kriegsbeute zu verkaufen und den Erlös der Staatskasse zuzuführen. Plautus überträgt wie üblich römische Verhältnisse.

145 *angerufen/ungerufen:* Ein nur lateinisch sinnvolles Wortspiel: »invocatus« heißt einerseits »ungerufen«, d. h. bei einem Mahl nicht eingeladen (was ein Parasit zu seinem Leidwesen oft war), andererseits auch »angerufen« – und angerufen wurden beim Würfelspiel die von den Männern geliebten Hetären (gewissermaßen als Schutzgottheiten für einen guten Wurf). Da Parasit und Dirne so beide oft un/angerufen waren, sagt Ergasilus, habe man ihm den Namen »Liebchen« gegeben. – *Drillingstor:* Durch die Porta Trigemina in Rom führte die Straße nach Ostia. Ergasilus denkt an die Beschäftigung als Sackträger an den dort gelegenen Handels- und Hafenplätzen. – *mein König:* Umgangssprachlicher Ausdruck für Patron.

148 *Bäckinger, Broter, Kuchener, Drosselfeld, Schnepfental:* Die lateinischen Worte bieten hier ähnliche gastronomische Assoziationen in Verbindung mit Städtenamen: (1) »Pistorenses« erinnert sowohl an »pistor« (Müller, später Bäcker) als auch an Pistoria, eine Stadt in Etrurien, (2) »Placentini« an »placenta« (Kuchen) und Placentia, eine Stadt in Norditalien, (3) »Turdetani« an »turdus« (Drossel)

und den gleichnamigen Stamm im südwestlichen Spanien, (4) »Ficedulenses« an »ficedula« (Schnepfe) und Ficulea in Latium. – *Wofern von keiner Seite her ein besserer Antrag kommt:* Hier und im folgenden wird die Sprache des Handelsrechts parodiert. Der Parasit stellt die Einladung durch Hegio und seine Zusage als ein Kaufgeschäft hin, worin Hegio die Rolle des Käufers, er selbst die des Verkäufers spielt. Er schlägt sich selbst gleichsam als ein Grundstück an den Meistbietenden los und gebraucht dabei Ausdrücke des Auktionators.

149 *II/1:* Die Szene (ca. 50 Verse) bildet das erste Canticum.

153 *Thales:* Der Naturphilosoph aus Milet (6. Jahrhundert), der später als der erste der Sieben Weisen galt. – *Reichenstein:* Der Name »Polyplusius« hat bei Plautus die entsprechende Bedeutung. – *Genius:* Er galt als der persönliche Schutzgeist eines jeden Menschen bzw. einer Familie. Man brachte ihm z. B. bei Hochzeit und Geburtstag ein Opfer dar.

155 *Den Staat zum Herren oder einen Bürgersmann:* Auch die griechischen Staaten selbst besaßen Sklaven. Diese dienten dann manchmal niedrigen polizeilichen Aufgaben.

160 *Paß beim Prätor:* Der Prätor übte in Rom das Amt eines für Recht und Verwaltung zuständigen Stadtpräfekten aus.

161 *Spartaner:* Sie hatten »spartanisch« einfache Bänke. Ergasilus nennt die Parasiten so, weil auch sie angeblich nur auf unbequemen Bänken einen schlechten Platz haben, welchen sie jetzt nicht einmal bekommen sollten. Außerdem wurde die spartanische Jugend öffentlich gezüchtigt und durfte sich dabei den Schmerz nicht anmerken lassen, was Ergasilus mit den Schlägen vergleicht, die die Parasiten manchmal einstecken müssen, ohne aufzubegehren.

162 *nach dem römischen Gesetz:* Plautus sagt »nach barbarischem (d. h. ungriechischem) Gesetz«. Gemeint ist das römische Zwölftafelgesetz, das geheime, zum Nachteil des Gemeinwesens gestiftete Verbindungen unter strenge Strafe stellt. Der Parasit sieht in seiner Verdrängung vom Essen ein solches Komplott junger reicher Leute gegen das Gemeinwohl. – *III/2:* Das Solo des Hegio, das des Tyndarus (III/3) und die ersten Verse von III/4 bilden das zweite Canticum.

163 *Rettungsgöttin:* Bei Plautus »Salus«; dieser Göttin war 302 v. Chr. in Rom aus Anlaß eines Sieges ein Tempel mit einem staatlichen Kult geweiht worden. Auch im Privatleben opferte man ihr und betete zu ihr um persönliches Wohlergehen.

164 *Krankheit, die man bespuckt:* Gemeint ist wahrscheinlich die Epilepsie, vor deren Ansteckung man sich abergläubisch durch Ausspukken hüten konnte. Hier wird das Bespucken des Kranken zum Heilmittel erhoben.

165 *Alkmäon, Orest, Lykurg:* Drei berühmte Wahnsinnige des griechischen Mythos. Alkmäon und Orest töteten ihre Mutter und wurden darauf von den Erinnyen zum Wahnsinn getrieben, Lykurg, der König der Thraker (und nicht der gleichnamige spartanische Gesetzgeber), stellte sich gegen die Einführung des Dionysoskultes in seinem Land und wurde deshalb von dem erzürnten Gott mit Wahnsinn gestraft. – *Ich behaupte nicht Liber, sondern Philocrates zu sein:* Im Lateinischen ein unübersetzbares Wortspiel mit »liber« (frei) und Liber, einem italienischen Wein- und Fruchtbarkeitsgott, der mit dem griechischen Dionysos identifiziert wurde.

167 *Aiax:* Der vierte Wahnsinnige des griechischen Mythos (vgl. Anm. zu S. 165). Aristophontes fehle nur die Kostümierung, sonst hätte man den Aiax der Tragödie vor sich. – *zwischen Opferherd und Stein:* Ein Sprichwort, das von einer sehr altertümlichen Opfersitte genommen ist. Bei der Schließung von Bündnissen mußte der Priester das Opfertier mit einem Kieselsteinmesser töten. Tyndarus fühlt sich wie ein Opfertier zwischen Opferaltar und Opfermesser stehen, d. h. sieht sein Ende unausweichlich vor sich.

173 *IV/1:* Das Solo des Ergasilus und die Auftrittsworte des Hegio (Anfang von IV/2) bilden das dritte Canticum.

175 *Basilika:* Angespielt wird auf die am Forum Romanum befindliche Säulenhalle, die zu Handelsgeschäften und Gerichtssitzungen diente.

178 *Kora:* Die Beteuerungen geschehen natürlich bei einer Gottheit. Auf Apollo folgt hier die Kore, dorisch Kora, d. h. Persephone/Proserpina, die Tochter von Demeter/Ceres. Da Cora aber auch der Name einer Stadt in Campanien war, schwört Ergasilus im weiteren Verlauf nur noch bei kleinen italienischen Städten, die er verfremdend auf griechische Weise ausspricht.

179 *Er ist ein Chatte, der sich an einer Kette reibt:* Im Lateinischen ist es ein Wortspiel mit dem keltischen Stamm der Boier, die 193 v. Chr. in Oberitalien von den Römern besiegt wurden, und dem Wort für Halseisen (boia). Da Stalagmus anscheinend eine Schwäche für Kinder hat (er hat den Sohn des Hegio als Knaben gestohlen!), hat man ihm eine Frau gegeben, die er reiben kann: das Halseisen, das ihn reibt!

180 *IV/4:* Das Solo des jungen Sklaven und die Auftrittsrede von Hegio und Philopolemus in V/1 bilden das letzte Canticum des Stücks.

184 *Pägnium:* Ein Kindername, »Spielzeug«.

185 *Kindern von Patriziern:* Kinder von reichen, vornehmen Leuten. Die Spitzhacke wird nach ihrer Form und nach der Bewegung, die sie bei der Arbeit ausführt, mit dem Wiedehopf verglichen, dessen spitzer, langer Schnabel rhythmisch in die Erde hackt.

Menaechmi (Die beiden Menaechmi)

188 *Peniculus:* »Schwänzchen«. Der mit obszönem Unterton gebildete Name hat im Stück die Pointe, daß mit diesem Wort Pferde- und Ochsenschwänze bezeichnet wurden, die man zum Abkehren und Abwischen des Tisches von Speiseresten benutzte (die Bezeichnung wurde dann auch auf Bürste, Kehrwisch und Schwamm übertragen). Ähnlich pflegt der Parasit alles, was sich noch auf dem Tisch findet, abzuwischen. – *Menaechmus:* Respektabler Bürgername ohne besondere Funktion (»Lanzenkraft«). – *Erotium:* »Liebchen«, Hetärenname. – *Cylindrus:* Der Koch ist nach dem Nudelholz benannt, der zylinderförmigen Walze, die zur Teigbearbeitung diente. – *Messenio:* »Messenier«, Sklavenname nach der Herkunft.

191 *Tarent:* Bedeutendste griechische Stadt Süditaliens, berühmt auch durch seine Spiele und seine szenischen Darbietungen, denen die Bevölkerung mit Leidenschaft zugetan gewesen sein soll. – *Epidamnus:* Griechische, im 7. Jahrhundert gegründete Stadt von ansehnlicher Größe. Sie wurde 229 v. Chr. unter die römischen Bundesgenossen aufgenommen. Anstelle des alten Namens wurde Dyrrhachium herrschend (das heutige Durazzo an der albanischen Küste).

193 *Kehrwisch:* Peniculus führt sich mit einer Etymologie seines Namens ein.

194 *Ceresschmäuse:* Gemeint sind so üppige Essen, wie sie beim römischen Ceresfest, das vom 12. bis 19. April im Circus gefeiert wurde, vorkamen. – *I/2:* Das erste Canticum bilden zwei Monodien des Menaechmus E, unterbrochen von der kurzen Zwischenrede des Peniculus (ca. 25 Verse).

195 *Ganymed:* Menaechmus vergleicht das schöne Kleid, das er gestohlen hat, mit Ganymed, der vom Adler des Zeus entführt wurde. – *Adonis:* Von einem Raub des schönen Adonis ist sonst nichts bekannt. Plautus hat einen zweiten Geliebten der Götter verstärkend hinzugefügt.

196 *Wagenlenker:* Die Wagenlenker sahen bei den Wettrennen im Circus nach hinten, um die, die ihnen folgten, nicht vorbeizulassen.

197 *überzählig eingeschriebene Truppen:* Bei den Legionen waren Männer überzählig eingeschrieben, die erst dann zum Kriegsdienst herangezogen wurden, wenn die reguläre Truppe Verluste erlitten hatte.

198 *Hippolyte:* Eine der zwölf Taten des Herkules war, der Königin der Amazonen, Hippolyte, ihren Gürtel abzunehmen. Allerdings stahl er ihn nach der üblichen Sage nicht wie Menaechmus seinerseits

das Kleid seiner Frau, sondern besiegte die Amazonen im Kampf und erhielt dann den Gürtel als Lösegeld oder Beutestück. Noch in historischer Zeit wurde im Tempel der Hera zu Argos der angebliche Gürtel der Hippolyte gezeigt.

199 *Koch Cylindrus:* Gewöhnlich wurde ein Koch für besondere Anlässe gemietet. Der Umstand, daß Erotium einen Koch ständig im Haus hat, zeigt ihren Reichtum.

200 *Massilier:* Bewohner des heutigen Marseilles. – *Istrier:* Bewohner der Halbinsel Histria am Adriatischen Meer (heute Istrien). – *Das ganze obere Meer:* Es ist die Adria gemeint. – *das fremde Griechenland:* Das griechische Unteritalien ist vom Standpunkt des mutterländischen Griechen aus gemeint.

201 *Knoten in der Binse:* Sprichwörtlich im Sinne von: Nichtvorhandenes suchen, sich unnötige Mühe machen. – *Epidamnus:* Plautus verwendet den griechischen Namen zu einem Wortspiel, indem er ihn von dem lateinischen Wort »damnum« (Schaden) ableitet.

202 *Kehrwisch:* Erneute Etymologisierung des Namens Peniculus. – *Opferschwein:* Mit einem Schweineopfer suchte man sich von Wahnsinn, der als Strafe der Götter angesehen wurde, zu befreien.

204 *II/3:* Das zweite Canticum bilden die Auftrittsworte der Erotium (ca. 20 Verse).

206 *Peniculus:* Abermals Scherz mit der Namensbedeutung.

207 *Agathokles* beherrschte Syrakus 317–289 v. Chr.; als Kondottiere emporgekommen, nahm er um 305 den Königstitel an und griff in seinen Kriegen bis nach Afrika und Unteritalien aus. Den Römern noch bekannter wurde *Hiero,* der 275 zum Generalissimus und 268 zum König von Syrakus gewählt worden war. Römischer Bundesgenosse im ersten und zweiten Punischen Krieg, starb er 215. Zwischen Agathokles und Hiero beherrschten Hiketas als Stratege (289–279) und König Pyrrhus von Epirus (278–276) Syrakus für kurze Zeit. Die Herrschaftswechsel fanden nie durch monarchische Erbfolge statt, wie Erotium angibt. – *Phintia* war nie Herrscher von Syrakus, sondern Tyrann in Akragas (heute Agrigent) um 280. Er gründete an der Südküste Siziliens eine nach ihm benannte Stadt, in deren Nähe 249 eine Seeschlacht zwischen Römern und Karthagern stattfand. – *Liparo* ist ein Phantasiename, abgeleitet von Lipara, der Hauptinsel der nördlich Sizilien gelegenen Inselgruppe; eine andere dieser Inseln heißt Hiera, dessen Anklang an Hiero zur Erfindung des Liparo geführt haben dürfte.

209 *Kranz:* Die Kränze wurden nach dem Essen für das anschließende Trinkgelage gereicht.

212 *Armreif:* Es handelt sich um eine Armspange, die Frauen am linken Oberarm zu tragen pflegten.

214 *IV/2:* Das dritte Canticum bildet ein Auftrittslied des Menaechmus E (ca. 30 Verse). – *Klienten:* Die Patrone waren in Rom allgemein zur Fürsorge für ihre Klienten moralisch verpflichtet, dazu gehörte auch ihre eventuelle Vertretung vor Gericht. Die Klienten, bürgerlich an sich freie Leute, hatten umgekehrt ihren Patron nach ihren Kräften zu unterstützen; sie bildeten auch seinen politischen Anhang. – *vor dem Volk ... vor dem Beamten oder sonst vor einem Richter:* Die drei typischen römischen Prozeßformen werden genannt. Vor der Volksversammlung kamen damals Strafrechtsfälle von öffentlichem Interesse zur Aburteilung. Vor den Beamten, vor allem der Prätoren und Ädilen, wurden privatrechtliche Streitfälle verhandelt, wobei der Magistrat oft nur die zur Anwendung kommenden Rechtsgrundsätze entschied und das Urteil über den im einzelnen Fall vorliegenden Tatbestand einem von ihm bestellten Einzelrichter überließ. Im folgenden wird ein etwas komplizierter – in Einzelheiten ungeklärter – römischer Rechtsfall geschildert. Die Ädilen hatten die Rechtsprechung in Sachen des Handels, Verkehrs und Geldverleihs unter sich.

216 *das Kleid, das kleidet dich mit Blässe:* Lateinisch ein Wortspiel (»palla« Kleid, »pallor« Blässe).

221 *Hekuba:* Die Frau des Priamus wurde der Sage nach vor ihrem Tod in eine Hündin verwandelt. Eine rationalistische Erklärung ließ Hekabe nur eine Hündin genannt werden, weil sie im Ärger heulte und schmähte.

222 *Porthaon:* So hieß der Vater des Öneus, Königs von Ätolien, und Großvater der Deianira, der Frau des Herkules. Der mythische Name soll auch die entfernteste Bekanntschaft des Menaechmus S mit der Frau des Menaechmus E verneinen.

223 *Kalchas:* Der griechische Seher zur Zeit des Trojanischen Kriegs wird im gleichen Sinn wie eben Porthaon genannt. – *V/2:* Das vierte Canticum bildet ein Auftrittslied des Schwiegervaters (ca. 20 Verse).

226 *Bromius:* Kultischer Beiname des Dionysos.

227 *Tithonus:* Der mythische Gatte der Aurora, der ewiges Leben, aber nicht ewige Jugend von den Göttern erhalten hatte und im Alter zur Größe einer Zikade zusammengeschrumpft sein soll. Hier Exempel für den altersschwachen Greis. Er wird von Plautus *Sohn eines Schwans* genannt, weil seine Haare so weiß sind wie das Gefieder eines Schwans. Im Mythos ist eine solche Beziehung nicht begründet.

228 *Äskulap:* Sein Vater war der Heilgott Apollo. Der verspottete Arzt rühmt sich sehr vornehmer Kundschaft. – *ob den Arzt, ob den Richter:* Das Wortspiel mit dem vorhergehenden *gerichtet* sucht ein etwas anderes des Plautus zu ersetzen. Die Angabe, der Arzt habe

den Heilgöttern selber Bein und Arm verbunden, wird auf deren Bronzestatuen bezogen, indem Plautus fragen läßt, ob ein Arzt oder ein Schmied geholt sei.

229 *Ulyß:* Die Beziehung zu der mythischen Figur ist sehr dünn. Der Parasit hat Menaechmus betrogen. Als Ränkeschmied wird er dem listenreichen Odysseus verglichen. Menaechmus selbst ist der *König* des Parasiten, weil er ihn aushält.

230 *Nieswurz:* Das Gewächs galt als Heilmittel gegen Wahnsinn. – *Nestor:* Der greise Ratgeber der Griechen im Trojanischen Krieg ist das Muster eines verständigen Mannes.

231 *die heilige Krone stahlst von Juppiters Haupt:* Sprichwörtlich für ein unerhörtes Verbrechen.

232 *V/6:* Das fünfte Canticum bildet das Auftrittslied des Messenio (ca. 20 Verse).

235 *Patron:* Mit der Freilassung eines Sklaven wird in Rom der Herr zu seinem Patron, der Freigelassene zu seinem Klienten.

242 *fünf Millionen:* Ironisch; man erwartet an sich eine sehr kleine Summe.

Miles gloriosus (Der aufschneiderische Offizier)

244 *Pyrgopolinices:* »Festungsstadtbezwinger«. – *Artotrogus:* »Brotkauer«, die Beschäftigung des Parasiten. – *Palaestrio:* Der Name ist mit »palaístra« (Ringschule) bzw. »palaistés« (Ringer) verwandt: der Sklave ist der verschlagene Kämpfer gegen Pyrgopolinices. – *Periplectomenus:* Der Name hängt vielleicht mit dem Verbum für »umarmen« zusammen: der Alte »umarmt«, hilft Pleusicles freundschaftlich. – *Sceledrus:* Für den Römer klingt »scelus« (Verbrechen) heraus; »Schurke«. – *Philocomasium:* »Freundin von nächtlichen Schwärmereien«. – *Pleusicles:* »Der Seefahrtberühmte«, was auf den Schluß des Stückes deutet. – *Lucrio:* Wohl »Der Lokrer«, also Herkunftsbezeichnung für den Sklaven. – *Acroteleutium:* »Höchste Vollkommenheit«. – *Cario:* »Der Mann aus Karien«.

247 *Kornwurmfeld:* Anspielung undeutlich. – *Bumbomachides Clutomestoridysarchides:* Bombastische Namensbildung. Sinn der griechischen Bestandteile: »Sohn des Lärmers in der Schlacht, Sohn des berühmten Walters, des schlechten Herrschers.« Die Hörer des Plautus werden mehr durch das Wortungetüm beeindruckt gewesen sein, als daß sie es genau verstanden hätten.

248 *Hors d'œuvres:* Der lateinische Ausdruck meint einen Salat aus in Essig, Öl und Gewürzkräutern angemachten kernlosen Oliven, der zum Käse gegessen wurde.

249 *König Seleukus:* Einer der Könige von Syrien.

250 *Naupaktos:* Stadt am Eingang in den Korinthischen Meerbusen, zu der die Athener enge Beziehungen unterhielten.

252 *Knöchelspiel-Verbot:* Es gab in Rom ein Gesetz gegen das Würfelspiel, über das jedoch nichts Näheres bekannt ist. Als Würfel verwendete man Knöchelknochen von Schafen und Ziegen.

255 *Dichter im Barbarenland:* Diese Anspielung wird auf den römischen Dichter Cn. Naevius bezogen, der wegen Schmähgedichten gegen römische Politiker wahrscheinlich 206 v. Chr. ins Gefängnis geworfen worden war.

260 *Tollkraut:* Ein Ackerunkraut, auch Lolch genannt, sollte schädlich für die Augen sein.

267 *Dicea:* »Die Gerechte«.

274 *ein treuloses Volk:* Im zweiten Punischen Krieg hatte das römische Volk es öfters mit abgefallenen Verbündeten zu tun gehabt und sie jeweils exemplarisch bestraft. – *Verlosung:* Der vorhergehende Vergleich der Beratung mit einer römischen Senatssitzung wird fortgesetzt. Die amtlichen Aufgabenbereiche für die römischen Magistrate wurden im Senat ausgelost.

276 *Animula:* Eine kleine Stadt in Apulien; die Apulier galten als bäurisch.

278 *Kinderzeugen ... frei sein:* Im Lateinischen zugleich ein Wortspiel: »liberos procreare ... liberum esse«. – *für den Ersten:* Gemeint ist der 1. März. An diesem Tag feierten die römischen Ehefrauen mit Opfern an Juno die Matronalia; sie beteten um Segen für Ehe und Haus und beschenkten sich untereinander. – *Minervenfest:* Es fand in Rom vom 19. bis 23. März im Anschluß an den Stiftungstag des Minervatempels statt. Da Minerva eine Gottheit der Handwerker war, beschenkte man an diesen Tagen die Handwerker und allgemein die Geschäftsleute, die für den Haushalt arbeiteten.

280 *Ilias von Übeln:* Ein sprichwörtlicher Ausdruck für eine Menge von Übeln (soviel wie im Trojanischen Krieg).

284 *Nardenwein:* Mit Narde gewürzter Wein.

285 *Essigwasser:* Gemeint ist ein Gemisch von schlechtem Wein und Wasser, wie es die Sklaven gewöhnlich bekamen. – *Krüge:* Man bewahrte den Wein nicht in Fässern auf.

292 *Eingeweihter unseres Bacchusdienstes:* Der Bacchuskult war ein Mysterienkult, zu dem nur Eingeweihte Zutritt hatten.

298 *Ops:* Sie war die göttliche Verkörperung des Erntesegens, des Überflusses und des Reichtums. Sie gehört zu den ältesten römischen Gottheiten, hatte alte Feste, ein Heiligtum in der Regia und einen Tempel auf dem Kapitol, der 186 v. Chr. erstmals erwähnt wird. Sie wurde mit Rhea, der Frau des Kronos (= Saturn) und der Mutter des Jupiter, gleichgesetzt.

306 *Phaon aus Lesbos:* Von der Dichterin Sappho erzählte man sich die

Legende, sie habe sich in einen Jüngling Phaon verliebt, sei von diesem verschmäht worden und habe sich deshalb aus Verzweiflung ins Meer gestürzt.

316 *Fähigkeit zu zeugen:* Bei Plautus ein Wortspiel mit »intestabilis«, das normalerweise denjenigen bezeichnet, der nicht das Recht hat, als Zeuge in Prozessen aufzutreten (was die Folge einer Verurteilung wegen Ehebruchs sein konnte), hier zugleich aber auch auf den anspielen soll, der seine »testes« (Hoden) eingebüßt hat (etwa als ein in flagranti ertappter Ehebrecher).

Mostellaria (Die Gespensterkomödie)

320 *Grumio:* Der Name hängt wohl mit dem griechischen »gryméa« zusammen, das eine Tasche für alte Kleider und metaphorisch Gesindel bezeichnet. – *Tranio:* Herkunft unsicher: vielleicht von griechisch »Thrânos« (Bank eines Gerbers), was dem durch Schläge gegerbten Rücken des Sklaven entsprechen würde, oder von »tranés« (scharf, klar) abgeleitet, was den Meister der Intrige bezeichnete. – *Philolaches:* »Der sein Los liebt«. – *Philematium:* »Küßchen«. – *Scapha:* »Becher«, richtig für die natürlich trunksüchtige alte Sklavin. – *Sphaerio:* »Spielball«. – *Callidamates:* »Der Schönheit bezwingt«, ein erfolgreicher Kavalier. – *Delphium:* Der Name hat eher mit dem Delphin als mit Delphi zu tun. – *Phaniscus:* »Die kleine Fackel«; für den Sklaven, der seinen Herrn heimzuholen hat. – *Pinacium:* »Die kleine Tafel«, entweder um die Aufträge des Herrn zu notieren, oder für Bild (so schön wie ein solches). – *Theopropides:* Der alte Mann will »wie es Gott gefällt« leben. – *Simo:* Häufig für Alte in der Komödie (»simós« – flachnasig). – *Misargyrides:* »Der das Geld haßt«; ironisch für den Wucherer.

326 *I/2:* Das Auftrittslied des Philolaches bildet das erste Canticum (ca. 70 Verse).

328 *I/3:* Die Morgentoilette findet wegen der Bühnenkonvention, die keine Zimmerszenen zu zeigen erlaubt, auf der Straße statt.

333 *Bleiweiß, Melos-Weiß:* Schminken des Gesichts und der Augenbrauen war in Griechenland verbreitet. Melos-Weiß ist eine von der Insel Melos importierte Tonfarbe.

336 *Salböl:* Man parfümierte sich zum Gelage. – *I/4:* Die belebte Szene bildet das zweite Canticum (ca. 40 Verse).

338 *drei Groschen täglich:* Anspielung auf die niedrige Löhnung der Soldaten. «Drei Groschen« stehen für eine kleine Summe.

340 *Sandalen:* Die Sandalen pflegte man bei Beginn des Gelages auszuziehen.

341 *lakonischen Schlüssel:* Sie waren mit drei Zähnen ausgestattet, ließen sich in die Tasche stecken und konnten, anders als der einfache Zapfenschlüssel, von außen und innen gebraucht werden.

342 *Leichenfest:* In Rom fanden 264 v. Chr. erstmals Gladiatorenkämpfe aus Anlaß einer Leichenfeier statt. Später kamen auch Dramenaufführungen auf (vgl. die Aufführung der Adelphen und der Hecyra des Terenz an den Leichenspielen für Aemilius Paullus 160).

344 *Berühre rasch die Erde:* Um die Totengeister unter der Erde zu versöhnen.

345 *Diapontius:* »Der übers Meer kam«. – Gespensterglaube war in der Antike verbreitet. Ein gebildeter Mann wie der jüngere Plinius erzählt ernsthaft Gespenstergeschichten (ep. 7, 27), denen er seinen Glauben nicht versagt, darunter die folgende: »Es gab in Athen ein geräumiges, aber übelberufenes und von Unheil verpestetes Haus. Durch die Stille der Nacht hörte man Laute und das Klirren von Fesseln, zunächst mehr aus der Ferne, dann ganz aus der Nähe. Bald darauf erschien ein Geist, ein magerer und schmutziger Greis mit langem Bart und struppigem Haar. An den Füßen trug er Fesseln, an den Händen Ketten, die er schüttelte. Die Bewohner des Hauses durchwachten furchtsam die schrecklichen Nächte. Krankheiten und bei steigender Angst Todesfälle folgten ... Das Haus wurde deshalb verlassen und, zur Einsamkeit verurteilt, dem Gespenst anheimgestellt. Es wurde aber dennoch zum Verkauf ausgeschrieben, falls es jemand kaufen oder mieten wollte, der nichts von diesem Unheil wußte. Da kam der Philosoph Athenodorus nach Athen [wahrscheinlich derjenige, der Augustus in Philosophie unterrichtete], las den Aushang, hörte den Preis und ließ sich, da er ihn für verdächtig niedrig hielt, alles berichten, mietete dann aber trotzdem (oder besser: um so mehr) das Haus. Als es Abend zu werden begann, befahl er, ihm ein Lager im vorderen Teil des Hauses zu richten, und ließ sich Schreibtafeln, Griffel und Licht bringen. Er entließ seine Leute ins Innere des Hauses und richtete selbst seine ganze Aufmerksamkeit auf das Schreiben, damit ihm nicht seine unbeschäftigten Sinne leere Trugbilder vorgaukelten. Am Anfang herrschte wie überall die Stille der Nacht, dann wurde Eisen zusammengeschlagen, wurden Fesseln bewegt; er hob nicht die Augen, ließ seinen Griffel nicht los und schützte seine Ohren durch die Konzentration seines Geistes. Da wurde der Lärm häufiger, kam näher und war schon wie auf der Schwelle, wie innerhalb der Schwelle hörbar. Er blickt zurück, sieht und erkennt die Gestalt, von der man ihm erzählt hatte. Sie stand da und winkte mit dem Finger, wie einer, der einen ruft. Er dagegen machte mit der Hand ein Zeichen, sie möge etwas warten, und vertiefte sich wieder in seine Schreibarbeit. Da lärmte sie mit ihren

Ketten am Kopf des Schreibenden. Als dieser nun wieder zurückblickte, sah er sie auf die gleiche Art wie vorher ihm winken, worauf er nicht länger zögerte, sondern seine Lampe nahm und ihr folgte. Die Gestalt ging langsamen Schritts, wie von Fesseln beschwert. Als sie in den Hof des Hauses abgebogen war, verschwand sie plötzlich und verließ ihren Begleiter, der mit abgerissenen Gräsern und Blättern den Platz markierte. Am nächsten Tag ging er zu den städtischen Behörden und drang darauf, daß sie jenen Platz aufgraben ließen. Man fand Knochen, die in Ketten lagen ... Sie wurden gesammelt und öffentlich bestattet. Das Haus war danach frei von Totengeistern. Ich muß diese Geschichte denen, die sie mir bestätigen, glauben.«

347 *fleh den Herkules an um Schutz:* Er galt allgemein als »Übelabwehrer«.

348 *wie der Fuchs die Birne frißt:* Unbekannte Redensart.

352 *ebensoviel schwere Talente, wie ich und du zusammen zählen:* Also 2, d.h. 120 attische Minen. 80 Minen wäre Tranio also schuldig geblieben.

354 *III/2:* Der Anfang der Szene bildet das dritte Canticum (ca. 50 Verse).

357 *Aus Sarsina, wenn du keinen Schatten (keine Umbrierin) hast:* Ein nicht wiederzugebendes Wortspiel. »Umbra« bedeutet sowohl Schatten als auch eine Frau aus Umbrien. Sarsina, der Geburtsort des Plautus, war eine Stadt in Umbrien, die jedoch verwaltungsmäßig von den übrigen umbrischen Gemeinden abgesondert war. – *Agathokles:* Vgl. Anm. zu S. 207.

358 *Nun weiß ich nicht, ob ich den dort anreden soll:* Der Dialog zwischen Tranio und Theopropides, bis letzterer Simo anspricht, bildet bei Plautus das vierte Canticum (ca. 20 Verse).

360 *kein Breifraß, kein barbarischer Handwerksmann:* D.h. kein Römer.

363 *IV/1:* Das Auftrittslied des Phaniscus und sein Duett mit Pibacium (IV/2a) bilden das fünfte Canticum (ca. 40 Verse).

364 *Zu Ochsenschlächtern, als daß ich Seiler werde:* Scherzhafter Ausdruck: aus den Ochsenfellen wurden die Riemen zum Peitschen gewonnen; Seile dienten zum Fesseln, aber auch zum Schlagen.

365 *Rauch:* Im Lateinischen ein Wortspiel: »fumus« (Rauch) hat auch die Bedeutung »dummes Geschwätz«. – *Du Grobschmied, der gewöhnlich Bleigeld prägt:* Möglicherweise eine (nicht ganz durchsichtige) Anspielung auf homosexuelle Betätigung. – *IV/2b:* Zwischen IV/2a und IV/2b befindet sich in den Handschriften die Szene, die hier mit III/3 bezeichnet ist. Die Richtigkeit der Umstellung wird von zahlreichen Philologen angezweifelt, scheint mir jedoch vom Verlauf der Bühnenhandlung her zwingend zu sein.

368 *des Herkules Beute:* Sprichwörtlich für ein riesiges Vermögen. Her-

kules opferte man ein Zehntel des Gewinns aus kaufmännischen Unternehmungen.

376 *Ich will den Sitz einnehmen:* Als Richter, vor dem die streitenden Parteien stehen. Tranio ist klug genug, den Asylschutz des Altares nicht zu verlassen.

RUDENS (DAS SEIL)

380 *Sceparnio:* Von «sképarnon«, dem Hackbeil, mit dem solch ein Sklave zu arbeiten hat. – *Pleusidippus:* Im Namen liegt (wie bei Pleusicles im »Miles gloriosus«) der Begriff Seefahrt; der junge Mann aus Athen ist als Gesandter oder Reisender über See gekommen. Die Endung auf »-ippus« gibt dem Namen einen vornehmen Klang. – *Daemones:* »Der den Feinden standhält«, was der alte Athener im Verlauf des Stückes mit Erfolg tut. – *Palaestra:* »Ringplatz«, ein Hetärenname. – *Ampelisca:* »Der kleine Weinstock«; für die junge Sklavin. – *Ptolemocratia:* »Krieg« und »Herrschaft« kommen in dem stolzen Namen der Priesterin zusammen. – *Trachalio:* Von »trächelos«, dem Nacken. – *Labrax:* Ein gefräßiger Meeresfisch heißt so. – *Carmides:* »Sohn der Freude«, eine Bezeichnung e contrario. – *Turbalio:* Vielleicht »Der Lärmer«. – *Sparax:* »Der Zerreißer«. – *Gripus:* »Der Fischer«.

383 *Arcturus:* Ein Stern erster Größe im Sternbild des Bootes. Er spielte im antiken Kalender als Wetterzeichen eine wichtige Rolle: sowohl die Zeit seines Frühaufgangs Mitte September als auch die Zeit seines Spätuntergangs Anfang November war eine Zeit regnerischen und stürmischen Wetters. Die Gleichzeitigkeit wurde als Kausalverhältnis gedeutet (vgl. *Sturm bringt mein Aufgang, Sturm noch mehr mein Untergang,* S. 385). Ein Seesturm, den Arcturus verursacht hatte, geht der Handlung des Stückes unmittelbar voraus und setzt sie in Gang. Mit dieser »meteorologischen« ist hier eine religiöse Funktion des Gestirns verbunden, die im Zusammenhang mit der zur Zeit des Diphilos aus dem Orient in Griechenland eindringenden astrologischen Vorstellungsweise steht. Arcturus sagt, daß Jupiter die Sterne aussende, um die Taten der Menschen zu überwachen und die Namen der Missetäter ihm schriftlich zu melden. In der chaldäischen Astrologie gelten 36 Sterne als »ratgebende Götter«, von denen jeweils ein Teil die Taten der Menschen beobachtet. Daß Jupiter die Sünden der Menschen aufzeichnet, ist eine alte mythische Vorstellung. – *Hier und am Himmel:* Scherzhaft, denn Arcturus geht regelmäßig zu seiner Zeit am Himmel auf und kommt als Prologgott ebenso zur richtigen Zeit auf die Bühne. – *Meineid:* Es wird hier nicht von Misseta-

tern allgemein, sondern speziell von Meineidigen gesprochen. Erstens, weil es sich bei Labrax um einen Meineidigen handelt, sodann, weil der Meineid der Bestrafung durch die Götter vorbehalten war. Für Verbrechen wie Mord und Diebstahl gab es irdische Gerichtsverfahren und Strafen, für Meineid nicht. Hier hoffte man auf den himmlischen Richter und die Erfüllung der Fluchformel des Schwörenden. Vgl. auch Anm. zu S. 447. – *Kyrene:* Damals eine blühende Handelsstadt; die einzige griechische Kolonie in Nordafrika, gegründet im 7. Jahrhundert, zur Zeit des Diphilos ein unabhängiger Staat, zeitweise in Abhängigkeit vom ptolemäischen Ägypten.

384 *Anzahlung:* Im Original handelt es sich um das Handgeld »arra«, das nach dem vollzogenen Kauf als Draufgabe gezahlt wurde zur Bekräftigung des Vertragsabschlusses. – *Agrigent:* Die griechische Stadt auf Sizilien wurde 262 v. Chr. von den Römern erobert. – *Venustempel:* Eine von der Gattin des Ägypterkönigs Amasis gestiftete Statue der Aphrodite stand, als Herodot Kyrene besuchte, in einem der Göttin geweihten Hain vor der Stadt. Es ist möglich, daß der Venustempel des Stücks mit diesem berühmten Heiligtum zu tun hat. Labrax hat Pleusidippus zum Opfermahl eingeladen, um ihn vom Hafen zu entfernen.

385 *daß eure Feinde Angst bekommen:* Vermutlich sind die Punier gemeint; das Stück wurde dann im zweiten Punischen Krieg uraufgeführt. – *»Alkmene« des Euripides:* Am Ende dieser Tragödie hielt Zeus durch Blitze, Donner, Sturm und Regen den Amphitryon davon ab, Alkmene wegen ihres vermeintlichen Ehebruchs mit dem Feuertod zu bestrafen. – *mit drei bewaffneten Begleitern:* Pleusidippus hat sie bei sich, um mit ihrer Hilfe den Labrax vor Gericht zu führen.

388 *Weil gestern ... sie ins Bad gegangen sind:* Man pflegte vor dem Essen zu baden. – *Palaemon:* Eine Meeresgottheit, in der Mythologie Sohn der Ino-Leukothea. Seine Beziehung zu Herkules ist unklar.

389 *I/3–I/5:* Das erste Canticum des ›Rudens‹ (ca. 100 Verse) besteht aus der Monodie der Palaestra (I/3), ihrem Duett mit Ampelisca (I/4) und dem Trio zwischen den beiden und Ptolemocratia (I/5).

393 *ein hölzern Roß ... durch den blauen Pfad:* Die metaphorische Ausdrucksweise, der etwas orakelhafte Stil passen zu der ehrwürdigen alten Priesterin. – *In weißem Festgewand mit Opfertieren:* Die Priesterin denkt an ein Dankopfer für eine glücklich vollendete Seefahrt. – *Kaum reicht mir's für das eigene Leben:* Die Priesterin lebt von den Abgaben vom Opferfleisch und von anderen Spenden der Opfernden. – *Fischer:* Sie ernähren sich durch das Sammeln von Muscheln und Schalentieren am Strand sowie durch das Angeln von Fischen

von den Klippen aus, besitzen also noch nicht einmal Kähne und Netze für den Fischfang auf dem Meer.

398 *Propheten:* Die Wahrsager ließen sich nach orientalischer Sitte die Haare lang wachsen.

400 *Beißend gebräunt – pikant:* Im Lateinischen ein unübersetzbares Wortspiel. Sceparnio nennt die Hautfarbe des Mädchens zunächst »subvolturium« (geierartig), verbessert sich aber sofort mit »subaquilum« (etwas schwärzlich), was er dadurch scherzhaft mit »aquila« verbindet (adlerartig).

402 *ließe mich die Obrigkeit mit vollem Recht . . . sterben:* Auf Diebstahl von Tempelgütern stand die Todesstrafe, außerdem in Athen Vermögenseinzug und Versagen des Begräbnisses. – *Libertas:* Anspielung auf ein unbekanntes Mythologem.

403 *Tereus und Thyestes:* Der Thrakerkönig Tereus hatte seine Schwägerin Philomele vergewaltigt und der Zunge beraubt. Aus Rache tötete seine Gattin Prokne ihren Sohn und setzte ihm sein Fleisch zum Essen vor. Dem Thestes ließ sein Bruder Atreus gleichfalls seine Kinder als Mahl auftischen.

404 *im modernen, schnellen Kampfstil:* Plautus spielt auf eine 211 v. Chr. eingeführte Kampftechnik der Leichtbewaffneten an. Sie wurden, mit zahlreichen Wurfspießen ausgestattet, der Reiterei beigemischt und hatten durch ihre raschen Bewegungen die feindliche Reiterei in Verwirrung zu bringen. – *Manducus:* Diese Mummenschanzfigur aus der Atellanenposse hatte gewaltige Kinnbacken, einen weit aufgerissenen Mund und klapperte bedrohlich mit ihren Zähnen.

406 *Meer gewaschen hat . . . ausplündern:* Ein unübersetzbares Wortspiel liegt zugrunde: »eluo« hat sowohl die Bedeutung »ausgewaschen« als auch »ausplündern«.

407 *Philomele, Prokne:* Die beiden athenischen Schwestern werden, von Tereus verfolgt, schließlich in Vögel verwandelt. Die Sage läßt sonst die eine eine Schwalbe, die andere eine Nachtigall werden. Nur hier ist von einer Verwandlung beider Schwestern in Schwalben die Rede.

408 *Silphion:* Kyrene war für seine Silphionpflanzungen berühmt. Die Pflanze fungierte auf seinen Münzen als Wappenzeichen. Der eingedickte harzige Milchsaft des Silphion wurde als kostbares Gewürz auch nach Athen exportiert. Da die Pflanze seit dem 5. Jahrhundert nach Chr. ausgestorben ist, ist ihre Bestimmung schwierig. Es handelte sich um eine Umbellifere, ähnlich dem Asant, der im Orient noch heute zum Würzen von Speisen dient.

409 *sucht sie davon wegzureißen:* Jedes Heiligtum gewährte Asylschutz. Es galt als Frevel gegen die Gottheit, einen Verbrecher, der in einen Tempel geflohen war, vom Götterbild oder Altar wegzureißen. Der Schutz galt auch für Sklaven.

410 *III/3:* Der Anfang der Szene (Monodie der Palaestra und anschließendes Trio) bildet das zweite Canticum (ca. 20 Verse).

411 *Aus einer Muschel bist du der Sage nach geboren:* Die »schaumgeborene« Aphrodite ist sonst nie direkt aus einer Muschel geboren, erscheint aber öfter auf einer Muschel durch das Meer fahrend. – *deren Muscheln:* Der Sinn ist umstritten. Der Ausdruck scheint sich eher scherzhaft auf die Geschlechtsteile der Mädchen zu beziehen (eine im Mund des Sklaven mögliche Obszönität) als auf wirkliche Muscheln, die die Mädchen mangels anderer Opfergegenstände der Göttin darbringen würden.

412 *Du willst, daß wir das Götterrecht hier brechen:* D. h. daß wir untätig zusehen, wenn du gegen das göttliche Gesetz, den Asylschutz, frevelst.

414 *Vulcan:* Der griechische Hephaist (= Vulcan) ist als Gatte der Aphrodite ihr Feind, da sie ihn mit Ares betrogen hat. Hier steht Vulcan metonymisch für Feuer, welches Labrax anzünden will, um Palaestra und Ampelisca zum Verlassen des Altares zu zwingen.

417 *wohnt jetzt Herkules:* Herkules wurde mit einer Keule dargestellt. Daemones hat vor dem Tempel gewissermaßen als Weihegaben zwei Herkulesstandbilder aufgestellt, wodurch der Tempel als Kultort dieser Gottheit erwiesen ist.

421 *Columbar:* »Taubenschlag« nannte man ein besonderes Fesselungsgerät, bei dem der Delinquent Kopf, Hände und Füße durch schmale Öffnungen in einem Holzbrett stecken muß. – *IV/2:* Eine Monodie des Gripus und der Anfang der nächsten Szene (zusammen ca. 50 Verse) bilden das dritte und letzte Canticum des Rudens. – *Reisekoffer:* Es handelt sich um eine Kiste, deren Wände aus Weiden geflochten und mit Leder überzogen sind.

422 *Stratonicus:* Bekannter Kitharakünstler um 400 v. Chr. in Athen; er soll zu großem Reichtum gelangt und auf seiner Jacht weit herumgereist sein. – *die den Namen Gripus führt:* Anspielung auf die Sitte der hellenistischen Herrscher, neugegründete Städte nach sich zu benennen.

426 *Nach was für einem Schiedsspruch ... nach dem über den Koffer:* Ein subjektiver Genetiv wird von dem Sklaven als objektiver aufgefaßt. Das Mißverständnis ist in der Übersetzung schwer nachzuahmen.

430 *Stopf ihm sein Maul:* Einer *aus der ersten Reihe* des Theaters, also ein angesehener Mann, würde sagen: »Wenn das dein Sklave ist, dann halte ihn in Zucht (comprime)«. Gripus faßt »comprime« obszön homosexuell auf.

437 *dazu noch mein Verwandter ist:* Wann Daemones dies erfahren hat, wird bei Plautus, der das Original hier verkürzt zu haben scheint, nicht klar.

441 *Fremdengericht:* Da Pleusidippus und Labrax keine Bürger von Kyrene waren, mußte der Prozeß vor einem besonderen Gerichtshof stattfinden. Plautus überträgt, wie üblich, römische Verhältnisse und nennt ihn das »Recuperatorengericht«. Die Richter haben Palaestra Pleusidippus zugesprochen, offenbar ohne daß Pleusidippus den Kaufpreis noch erstatten muß. Als Buße für den Bruch des Kaufvertrags wurde dem Kuppler der Verlust des Kaufpreises auferlegt.

443 *Mendicus:* »Bettler«, Wortspiel mit »medicus« (Arzt). – *In einem Beutel befanden sich:* Der Inhalt des Koffers besteht aus (1) 800 Philippeischen Goldmünzen (= 16000 Drachmen), (2) dem Wert von 100 Silberminen in Goldstücken (= 10000 Drachmen), (3) einem Talent Silber (= 6000 Drachmen), (4) silbernen Gefäßen für den Wein. An gemünztem Edelmetall waren also 32000 Drachmen oder 5,3 Talente vorhanden. – *Dreihundert Didrachmen:* Labrax bietet also zunächst 600 Drachmen, ein Zehntel eines Talents, als Finderlohn. Gripus treibt ihn dann bis zu einem Talent hoch.

444 *Berühre mit der Hand hier den Altar der Venus:* Beim feierlichen Eidschwur wird zur Bekräftigung der Altar angefaßt. Labrax versucht sich dieser Bindung zu entziehen, muß nachher aber auch noch die betroffene Person, Gripus, anfassen, so daß er nach allen Regeln festgelegt ist.

446 *Ich beschenke dich mit ihr:* Labrax hatte Palaestra ja schon an Pleusidippus verloren. Aber auch wenn er sie noch besäße, müßte er sie nach dem Gesetz ohne Entschädigung freigeben, sobald ihre freie Geburt nachgewiesen war.

447 *Bist du Pontifex für meinen Meineid:* In Rom hatte der Pontifex die Aufgabe, die Gemeinde von der Befleckung durch einen Meineid zu entsühnen. – *Wenn ich überhaupt schon 25 Jahre bin:* Anspielung auf die Lex Plaetoria, welche die jungen Römer im Alter unter 25 Jahren gegen geschäftliche Übervorteilungen in Schutz nahm. Sie gab diesen ein Rechtsmittel, sich vor etwaigen nachteiligen Folgen eines von ihnen abgeschlossenen Rechtsgeschäftes zu bewahren.

ERLÄUTERUNGEN
ZU TERENZ

Andria (Das Mädchen von Andros)

454 Die Personennamen bei Terenz sind in der Regel nicht »redend« wie zumeist bei Plautus; der jüngere Dichter beutet dieses Feld der Komik weniger aus und benutzt die Standardnamen, die die griechische Komödie für Alte, Jünglinge oder Sklaven bereitgestellt hatte. – *Simo:* Häufig für Alte in der Komödie (»simós« – flachnasig). – *Sosia:* Mit »sôs« (= heil, gesund) gebildete Namen sind im Griechischen verbreitet. – *Davus:* Typischer Sklavenname; »Dakier« nach seiner Herkunft. – *Mysis:* Eine Sklavin aus Mysien. – *Pamphilus:* »Der allen Liebe«. – *Charinus:* Von cháris (= Anmut); der Name deutet auf Eleganz. – *Byrria:* »Der Rote« nach der Farbe seines Haares (häufig bei thrakischen Sklaven). – *Lesbia:* »Die Frau von Lesbos«. – *Glycerium:* »Süße«. – *Chremes:* »Räusperer«; häufig für Alte in der Komödie. – *Crito:* »Der Entscheidende«; er bringt auch im Stück die Entscheidung. – *Dromo:* »Renner«; Sklavenbezeichnung.

457 *Dem alten Dichter:* Nach dem antiken Terenzkommentator Donat ist Luscius Lanuvinus gemeint, ein Dichter, von dem uns außer durch Terenz fast nichts bekannt ist und der sich offenbar den engsten Anschluß an die griechischen Originale zum Prinzip gemacht hatte. – *I/1:* In der Andria Menanders trat der alte Mann allein auf. Die Dialogisierung der Exposition stammt von Terenz, der hierbei von der Perinthia angeregt war, wo auch Menander dialogisch exponiert hatte.

458 *meine Kunst:* D.h. seine Fähigkeit als Koch. Sosia wurde nach seiner Freilassung als Personalchef im Haus des Simo behalten. – *reif zum Jüngling ward:* Gemeint ist im Original die Zeit, als der junge Mann nach seinem zweijährigen Militärdienst zwanzigjährig entlassen wird. – *Pädagog:* Ein Sklave, der in Griechenland die Aufgabe hatte, das Kind zur Schule zu begleiten und dabei aufzupassen, daß ihm nichts geschah und daß es sich anständig benahm.

459 *der Anverwandten Lässigkeit:* In Athen war es Gesetz, daß der nächste Anverwandte einer Waise sie heiraten oder ihr eine Mitgift bereitstellen mußte.

460 *Chrysis:* »Die Goldene«; Hetärenname.

461 *Die Fremde dort als seine Frau:* Eine regelrechte Heirat eines athenischen Bürgers mit einer Nicht-Athenerin war gesetzlich verboten. Der Vorwurf des Chremes geht auf das eheähnliche Zusammenleben.

463 *Bin Davus, bin nicht Oedipus:* Davus stellt sich dumm, nicht fähig, die verhüllende Redeweise des Simo zu begreifen, die er mit den Rätseln der Sphinx vergleicht.

464 *nur Verrückte, nicht Verliebte:* Bei Terenz ein effektvolles Wortspiel: »amentium, haud amantium.« – *aufziehen wollen sie's:* In Griechenland und Rom war die Entscheidung, ob ein eheliches Kind aufgezogen werden sollte, dem Vater überlassen. Es war nicht ungesetzlich, das Kind auszusetzen. Bei unehelichen Kindern lag die Aussetzung so nahe, daß Davus alles andere für verrückt erklären kann. – *Sie sei athenische Bürgerin:* Eine solche Behauptung mußte die rechtliche Situation des Mädchens völlig verändern. War Glycerium von Geburt eheliche Tochter eines athenischen Bürgers, hatte sie für immer die athenische Bürgerschaft. Ein Athener, der eine unverheiratete Athenerin verführt hatte, konnte von ihrem Rechtsvertreter (Vater oder Bruder) zur Heirat gezwungen werden. Waren keine Verwandten vorhanden, so hatte die Volksversammlung Sorgerecht und -pflicht.

465 *Archylis:* Die »Obermagd«; von »árchein« (befehlen). – *Mißgeburt:* Da die griechische Frau einer strengen Klausur unterworfen wurde (fast nur bei religiösen Festen durfte sie das Haus verlassen), hatte der junge Mann das Mädchen, das ihm zu heiraten bestimmt war, vor der Hochzeit oft nicht von Angesicht gesehen.

467 *Vormund:* Als Frau und Nichtbürgerin brauchte Glycerium nach athenischem Gesetz einen ständigen Rechtsvertreter.

476 *Lucina:* Die römische Geburtsgöttin (griechisch Eileithyia). – *Lesbia:* Der Hinweis auf die Trunksucht der Hebamme in I/4 wird bei ihrem Auftreten nicht aufgenommen. Es wird vermutet, daß das Motiv der Trunksucht aus der Perinthia stammt. Die Auftrittsworte der Lesbia bilden ein kurzes Canticum.

483 *IV/1:* Der Auftrittsmonolog des Charinus ist ein zweites Canticum.

487 *Altar:* Es ist der üblicherweise auf der Bühne befindliche Altar des Apollo, der mit heiligen Myrtenzweigen bekränzt ist.

489 *Canthara:* »cantharus« ist der Name eines Trinkgefäßes; übliche Anspielung auf die Trunksucht der Magd.

497 *Rhamnus:* Ein kleiner attischer Bezirk, nahe Marathon gelegen.

498 *suchst an Binsen Knoten auf:* Sprichwörtlich für: »sich unnötige Mühe machen.« – *Pasibula:* »Die allen Ratende«, ein wesentlich ehrbarerer Name als »Glycerium«.

499 *Mitgift:* Eine Mitgift gehört so selbstverständlich zu einer athenischen Eheschließung, daß eine Ehe ohne Mitgift für ein Konkubinat gelten konnte. Zehn Talente sind dafür jedoch eine außerordentlich große Summe. Alkibiades erhielt soviel, als er die Schwester des Kallias heiratete. Auch wenn die Handlung, wie üblich, in sehr vermögenden Kreisen spielt, ist die Summe also komödienhaft übertrieben.

Eunuchus (Der Eunuch)

504 *Phaedria:* »Der Glänzende«, üblicher Jünglingsname. – *Parmeno:* Typischer Sklavenname. – *Thais:* Name berühmter Hetären. – *Gnatho:* »Der Kinnbacken«; passend für den Parasiten. – *Chaerea:* Üblicher Jünglingsname; »Der sich Freuende«. – *Thraso:* »Der Mutige«; passend für den Offizier, der sich im Stück als Feigling entpuppt. – *Chremes:* Sonst meist Name eines älteren Bürgers; vgl. Anm. zu S. 454. – *Pythias, Dorias:* Übliche Sklavennamen nach der Herkunft. – *Antipho:* »Der dagegen redet«; üblicher athenischer Männername. – *Dorus:* »Dorer« oder von »dôron« (Geschenk). – *Sophrona:* »Die Besonnene« für die Amme, die für die Wiedererkennung wichtig wird.

507 *er hat zuerst verletzt:* Hinweis auf Luscius Lanuvinus; vgl. Anm. zu S. 455.

512 *Eunuchen:* Die Griechen wußten zwar seit langem, daß in Persien der Brauch bestand, Verschnittene zum Dienst als Wächter des Frauengemachs zu bestellen, und daß am persischen Hof Eunuchen Hofbeamte waren, denen wichtige vertrauliche Aufgaben übertragen wurden. Aber diese Sitte blieb den Griechen des 5. Jahrhunderts fremd und wurde ihrer Unnatur wegen verabscheut. In der zweiten Hälfte des 4. Jahrhunderts machten sich jedoch auch Griechen die vordem so verschriene Sitte zu eigen. Alexander der Große übernahm mit der Einführung des persischen Hofzeremoniells auch die Eunuchen als Hofbeamte und Wächter des königlichen Harems. Die Offiziere Alexanders und der Diadochen scheinen zusammen mit anderem orientalischen Luxus Eunuchen als Leibdiener angenommen zu haben. Durch ins Mutterland heimgekehrte Offiziere mag die Sitte in Griechenland eingedrungen sein. Ein Eunuch war also zur Zeit der Entstehung des menandrischen Originals sozusagen der letzte Schrei. In unserem Stück treten zwei Eunuchentypen auf: der verkleidete Chaerea gleicht einem schönen jungen Eunuchen, wie man sie auch gerne als Lustknaben hatte; Phaedria hatte sich nur ein weniger teures Geschenk leisten können – einen häßlichen alten Kerl.

516 *Gnathoniker:* Vielleicht ist ein Anklang an »Platoniker« beabsichtigt.

517 *Miliz:* Gemeint ist sein Militärdienst als Ephebe (zwischen dem 18. und 20. Lebensjahr), den Chaerea in der Garnison am Piräushafen abzuleisten hatte.

527 *Sunium:* Nach dem Vorgebirge an der Südostspitze Attikas war ein attischer Bezirk bekannt, der die Spitze der Halbinsel einnahm.

531 *Danae:* Der bekannte Mythos von Zeus, der in Gestalt eines goldenen Regens zu Danae kommt, wird symbolisches Urbild für die Tat des Chaerea. Pamphila sieht zuerst das Bild, Chaerea folgt ihrem Blick, so daß beider Blicke im Ziel des Bildes sich treffen – ein Omen für das bevorstehende Ereignis.

540 *Pyrrhus:* Gemeint ist König Pyrrhus I. von Epirus, der, 319 v. Chr. geboren, dort 306–302 v. Chr. und 297–273 v. Chr. regierte. Anlaß zu der Anspielung hatte nicht Menander, sondern Terenz, nachdem die Römer 281–275 v. Chr. in Unteritalien gegen Pyrrhus Krieg geführt hatten.

545 *Beschützerin:* Rechtlich gesehen, braucht Thais als Frau und Nichtbürgerin einen »Beschützer« (Patron). Chaerea kehrt die Verhältnisse um.

548 *was man Ehebrechern tut:* Ein auf frischer Tat ertappter Ehebrecher konnte von dem geschädigten Ehemann getötet oder kastriert werden. Das gleiche Recht hatten Vater oder Bruder, wenn ein noch unverheiratetes Mädchen geschändet wurde.

554 *Den Kriegsmann ... nimm als Nebenbuhler an:* Teilungsverträge zwischen zwei Männern über den gemeinsamen Besitz einer Hetäre waren im Athen Menanders möglich. Daß Thais aber am Ende Handelsobjekt wird, widerspricht so sehr dem bisher Intendierten, daß die Annahme berechtigt scheint, daß Terenz – vielleicht angeregt durch den Kolax – diesen Schluß dem menandrischen Eunuchos hinzugefügt hat, um noch einen drastisch-komischen Effekt zu erzielen.

Heautontimorumenos (Der Selbstquäler)

558 *Chremes:* Vgl. Anm. zu S. 454. – *Menedemus:* Verbreiteter bürgerlicher Name. – *Clitipho, Clinia:* Verbreitete bürgerliche Namen; der gleiche Anlaut für die beiden Freunde und Altersgenossen wohl beabsichtigt. – *Dromo:* Vgl. Anm. zu S. 454. – *Bacchis:* »Die Bacchantin«; ein üblicher Hetärenname. – *Antiphila:* »Die wieder Liebende«; der Name paßt zu dem Mädchen, das die Liebe des Clinia aufrichtig erwidert. – *Sostrata:* Bürgerlicher Frauenname. – *Canthera:* Vgl. Anm. zu S. 489. – *Ein Dorf am Rand von Athen:* Das

griechische Original nannte das Dorf »Halai«; Terenz ließ diesen nur für Athener sinnvollen Lokalnamen weg.

561 *So liegt zwei Komödien ein einziger Stoff zugrund:* Die (gegen Donner veränderte) Übersetzung gibt den vom Herausgeber vermuteten Sinn der umstrittenen Stelle wieder: beide Stücke, der Heautontimorumenos des Menander und der des Terenz, haben den gleichen Inhalt. – *ich Alter:* L. Ambivius Turpio, der Direktor der Schauspieltruppe, spricht den Prolog. – *der alte bösgewillte Dichter:* Hinweis auf Luscius Lanuvinus; vgl. Anm. zu S. 457.

562 *die reine Rede:* Bezieht sich wohl nicht auf eine Reinheit des Stils, sondern das Vorherrschen von ruhigen Dialogszenen im Stück, die dem Schauspieler wenig körperliche Anstrengungen abfordern.

566 *Gelagegäste des Chremes:* Ein Relikt des griechischen Chorauftritts, das freilich aus dem Dialogtext nur erschlossen ist.

577 *Am anderen Morgen:* Die Zweitägigkeit des Stücks ist eine Singularität unter den griechischen und römischen Komödien. Ob sie von Menander oder erst von Terenz stammt, ist umstritten; neuere Forschungen neigen jedoch mehr zum ersten.

581 *Jung wie ein Adler:* Ein griechisches Sprichwort lautete: »Das Alter des Adlers ist wie die Jugend der Lerche.«

Phormio (Der Parasit Phormio)

610 *Davus:* Vgl. Anm. zu S. 454. – *Geta:* »Der Gete«; nach der Herkunft des Sklaven. – *Antipho:* Üblicher athenischer Männername, hier vielleicht auch sprechend: »der dagegen redet«. – *Phaedria:* Vgl. Anm. zu S. 504. – *Demipho:* Name für älteren Bürger. – *Phormio:* Verbreiteter griechischer Name; sonst nicht in Komödien; Etymologie unsicher. – *Hegio, Cratinus, Crito:* Typische Namen für Alte in der Komödie (»der Führer«, »der Starke«, »der Richter«). – *Dorio:* Vgl. Anm. zu S. 504. – *Chremes:* Vgl. Anm. zu S. 454. – *Sophrona:* Vgl. Anm. zu S. 504. – *Nausistrata:* »Schiffsführerin«.

613 *jener alte Dichter:* Vgl. Anm. zu S. 561.

614 *mein Landsmann Geta:* Die Daker (Davus!) galten in der Antike als stammverwandt mit ihren Nachbarn, den Geten. – *wenn man's einweiht:* Gemeint ist die Einweihung in die religiöse Genossenschaft. Bei Apollodor war von dem Mysterienkult auf Samothrake die Rede.

615 *ich hätte sollen König sein:* Er meint, daß er, reich und mächtig, einen anderen Gebrauch von seinem Reichtum machen würde.

618 *Pädagoge:* Phaedria wird scherzhaft so genannt, da er nach den früheren Angaben des Geta sie nur *zur Schule führen und zurück* darf; dieselbe Aufgabe hatten die »Pädagogen« bei den griechischen Kindern. – *Hafenwächtern:* Es waren die Zolleinnehmer, die auch die mit den Schiffen beförderten Briefe kontrollieren konnten.

620 *Phanium:* Name von »phanós« (Fackel, Licht); passend für die junge Frau.

624 *Der Sklave darf vor Gericht nicht sprechen, darf nicht Zeuge sein:* Ein Sklave durfte natürlich nicht als Rechtsvertreter in einem Prozeß das Wort ergreifen. Da er keine juristische Person war, konnte er keinen Prozeß selbst führen; sogar die eidliche Zeugenaussage war ihm nach athenischem und römischem Recht unmöglich. Grundsätzlich war nur die Befragung auf der Folter statthaft; in Rom war diese noch durch verschiedene Vorschriften eingeschränkt (so durfte ein Sklave in der Regel nicht als Zeuge gegen seinen angeklagten Herrn gefordert werden).

630 *Zweimal ein Urteil vor Gericht:* Ein einmal vor Gericht entschiedener Rechtshandel galt an sich als erledigt und konnte nicht von neuem aufgerollt werden. Es gab jedoch auch gewisse Möglichkeiten, ein Urteil anzufechten. Gerade in Erbschaftsfällen sind Anfechtungsklagen gegen frühere Gerichtsurteile bekannt. Für die römischen Verhältnisse vgl. Anm. zu S. 632. – *nimm fünf Minen hier:* Für den Fall, daß man die »Erbtochter« nicht heiraten wollte, waren Mindestsummen für die zu zahlende Mitgift je nach der Vermögensklasse des Aussteuernden festgelegt: 150, 300 und 500 Drachmen. Der reiche Demipho bietet mit 5 Minen (= 500 Drachmen) also die gesetzliche Summe an; freilich war es für die Wahl zwischen Heirat und Mitgift jetzt zu spät.

632 *Wird in den alten Stand versetzt nach Recht und Fug:* Anspielung auf die »restitutio in integrum«, durch die in Rom der Prätor zivilrechtliche Ansprüche unwirksam machen konnte, wenn besondere Bedingungen vorlagen. Es war dadurch möglich, die Rechtskonsequenz zugunsten der Billigkeit aufzuheben (z. B. weil die frühere Entscheidung auf Grund von arglistiger Täuschung, unter Ausnützung der Minderjährigkeit einer Person oder infolge der Abwesenheit einer Person zustande gekommen ist). – *Wie ich meine, muß man's noch einmal erwägen:* Erinnert im Lateinischen an die Rechtspraxis der »ampliatio« im römischen Gericht: Wenn eine bestimmte Anzahl der Geschworenen bei der Urteilsfindung erklärte, der Fall sei ihnen noch nicht genügend klar, so mußte der ganze Prozeß noch einmal aufgerollt werden.

638 *Lemnos:* Diese kornreichste Insel im Ägäischen Meer gehörte im 4. und 3. Jahrhundert bis auf kürzere Unterbrechungen zum attischen

Staatsgebiet. Nur so war es möglich, daß Phanium das attische Bürgerrecht besaß. Chremes hat auf Lemnos ihre Mutter geheiratet, die selbst attische Bürgerschaft gehabt haben muß. (Die Darstellung der Beziehungen zwischen Chremes und dieser Frau auf S. 659f. ist aus verständlichen Gründen einseitig und bruchstückhaft.

640 *Mein Herr . . . ist Prozessen feind:* Versteckter Hinweis auf die Möglichkeit, das Gerichtsurteil, das Phanium Antipho zusprach, anzufechten. Demipho will diesem risikoreichen Verfahren jedoch ausweichen. – *das Gesetz werd ihn zur Strafe ziehen, wenn er sie verstößt:* In einem solchen Fall konnte jeder Bürger eine schriftliche Klage beim Archon wegen »Mißhandlung« (kákosis) einreichen. Die Strafe war nicht so leicht zu nehmen, wie Geta es hier im Interesse seines Herrn darstellen will. Nicht nur Geldbußen, sondern auch der Verlust der bürgerlichen Ehrenrechte und Leibesstrafen waren möglich, wenn die schlechte Behandlung von Waisen oder Erbtöchtern seitens dessen, dem die Fürsorge für sie oblag, festgestellt wurde.

Hecyra (Die Schwiegermutter)

664 *Philotis:* Hetärenname. – *Syra:* Sklavin nach der Herkunft bezeichnet. – *Parmenos:* Vgl. Anm. zu S. 504. – *Laches:* Bürgerlicher Name in Athen. – *Sostrata:* Vgl. Anm. zu S. 558. – *Phidippus:* Bürgerlicher Name in Athen. – *Myrrhina:* »Myrtenzweig«, ein üblicher Frauenname. – *Sosia:* Vgl. Anm. zu S. 42. – *Bacchis:* Ein üblicher Hetärenname.

667 *Prolog zur zweiten Aufführung:* Die Übersetzung (geändert gegen Donner) gibt den Sinn der Verse 5–8 nach Auffassung des Herausgebers. Man konnte Terenz, als er die Hecyra ein zweites Mal auf die Bühne brachte, vorwerfen, er habe es nur auf erneute Tantiemen abgesehen, im übrigen sei es ja ein schon früher aufgeführtes Stück. Terenz hält dem entgegen, daß es jetzt erst gewissermaßen uraufgeführt werde, da das Publikum bei der ersten Aufführung so abgelenkt gewesen sei, daß es das Stück gar nicht wirklich kennenlernen konnte. – *Im Gewand des Prologus:* Über das besondere Kostüm des Prologsprechers ist nichts bekannt. – *Greis:* Vgl. Anm. zu S. 561. – *Caecilius:* Von dem römischen Komödiendichter der Generation zwischen Plautus und Terenz sind nur wenige Versfragmente erhalten.

668 *Im ersten Akt:* Gemeint ist der Anfang des Stückes, nicht der »erste Akt« der heutigen konventionellen Einteilung.

672 *Imbros:* Die Insel in der nördlichen Ägäis war athenischer Besitz.

679 *Äskulap:* Asklepios, griechischer Heilgott, dessen Kult 293 v. Chr. in Rom eingeführt wurde. – *Salus:* Römische Göttin des »Heils«, der »Wohlfahrt«.

680 *das tägliche (Fieber):* Es handelt sich um die Malaria in Form des täglichen Fieberanfalls, wie er infolge einer Infektion durch Tertianaerreger an zwei oder durch Quartanaparasiten an drei aufeinanderfolgenden Tagen zustande kommt. Die Krankheit, deren wahre Ursache man nicht kannte, war im Mittelmeerraum verbreitet.

681 *Gleich wird's ausgesetzt:* Vgl. Anm. zu S. 464.

683 *Mykonos:* Die Delos benachbarte kleine Insel.

686 *Zahl er die Mitgift uns zurück und ziehe hin:* Bei einer Ehescheidung in Athen mußte die Mitgift stets an die Frau zurückgegeben werden (selbst wenn die Scheidung wegen Ehebruchs der Frau geschah). Für die Scheidung war kein Spruch eines Gerichtes oder eines Beamten nötig; die Auflösung der Ehe geschah durch eine einfache Erklärung vor Zeugen (von seiten des Mannes) bzw. durch eine Anzeige beim Magistrat (von seiten der Frau).

688 *nicht über unsere Schwelle bringen:* D. h. um es auszusetzen.

Adelphoe (Die Brüder)

704 *Micio:* »Der Kleine«. – *Demea:* »der Volksmann«; beides übliche attische Namen. – *Aeschinus:* gleichfalls verbreitet; etwa »der Scham hat«. – *Sannio:* »Narr, Possenreißer«; ein Wort der niedrigen Sphäre. – *Ctesipho:* Wieder ein normaler bürgerlicher Name, der auf »Besitz« weist. – *Sostrata:* Vgl. Anm. zu S. 578. – *Canthara:* Vgl. Anm. zu S. 489. – *Dromo:* Vgl. Anm. zu S. 454. – *Hegio:* Vgl. Anm. zu S. 610.

707 *Storax:* Miscio ruft in das Haus zurück nach dem Sklaven Storax und wendet sich, als er keine Antwort bekommt, zum Monolog. Storax (der Name von einem Baum, der ein wohlriechendes Harz liefert, oder »Lanzenschaft«) scheint einer der Diener des Aeschinus zu sein, die diesen nachts vom Gelage heimbringen sollten.

713 *hier sei für alle gleiches Recht:* Hinweis auf die Gleichberechtigung aller attischen Bürger, die von den Vertretern der Demokratie oft als Ruhmestitel hervorgehoben wurde.

714 *ich nehme sie als Freie vor Gericht in Schutz:* Aeschinus gibt vor, Bacchis sei eine freigeborene attische Bürgerin. Sannio hätte dann entschädigungslos auf sie verzichten müssen. Das Motiv ist in den Adelphen nur eine Finte. Wahrscheinlich entpuppte sich aber in den Synapothnéskontes des Diphilos, woraus die Szene stammt, das geraubte Mädchen am Ende tatsächlich als Bürgerin.

721 *Canthara nach rechts:* Weder Canthara noch die Hebamme erscheinen danach noch auf der Bühne. Da die Entbindung in III/4 hinterszenisch stattfindet, kann der Zuschauer sich, wenn er will, vorstellen, daß die beiden Frauen durch einen Hintereingang das Haus der Sostrata betreten haben.

733 *IV/4:* Der Anfang des Auftrittsmonologs des Aeschinus bildet ein kurzes polymetrisches Canticum (ca. 10 Verse).

734 *wird sie dem Gesetz nach seine Frau:* Gemeint ist das »Erbtöchtergesetz«; vgl. Einleitung zum Phormio.

739 *Des Heiles Göttin:* Lateinisch »Salus«. Der Göttin »Salus« war 302 v. Chr. in Rom aus Anlaß eines Sieges ein Tempel mit einem staatlichen Kult geweiht worden. Auch im Privatleben opferte man der Göttin und betete zu ihr um persönliches Wohlergehen.

745 *Hochzeitsreigen, Fackeln, Flötenspiel:* Die Braut wurde gegen Abend in festlichem Zug zum Haus des Bräutigams geführt; Fackelträger und Flötenspieler gaben ihr hierbei das Geleit.

746 *Der Babylonier:* Gemeint ist Micio, den Demea spöttisch als Babylonier bezeichnet, da diese für ihre luxuriöse Verschwendung berühmt waren. Micio hatte schon 20 Minen für Bacchis bezahlt, jetzt soll er noch einmal soviel ausgeben.

LITERATURHINWEISE

Zur römischen Komödie insgesamt

W. Beare, The Roman Stage, London 1964[3].

E. Burck, Die Kunst Menanders und ihre Bedeutung für die Entwicklung der Komödie, in: Vom Menschenbild in der römischen Literatur, Heidelberg 1966, S. 23–35.

G. E. Duckworth, The Nature of Roman Comedy, Princeton N. J. 1952 (mit Bibliographie).

M. Fuhrmann, Lizenzen und Tabus des Lachens – Zur sozialen Grammatik der hellenistisch-römischen Komödie, in: Das Komische, hrsg. von W. Preisendanz – R. Warning, München 1976, S. 65–101.

K. Gaiser, Zur Eigenart der römischen Komödie, in: Aufstieg und Niedergang der römischen Welt, hrsg. von H. Temporini, I 2, Berlin – New York 1972, S. 1027–1113.

B. R. Kes, Die Rezeption der Komödien des Plautus und Terenz im 19. Jahrhundert, Amsterdam 1988.

E. Lefèvre, Die römische Komödie, in: Römische Literatur, hrsg. von M. Fuhrmann *(Neues Handbuch der Literaturwissenschaft 3)*, Frankfurt/M. 1974, S. 33–62.

G. Norwood, Plautus and Terence, New York 1932.

Die römische Komödie: Plautus und Terenz, hrsg. von E. Lefèvre *(Wege der Forschung 236)*, Darmstadt 1973 (mit Bibliographie).

Roman Drama – Studies in Latin Literature and its Influence, hrsg. von Th. A. Dorey – D. R. Dudley, London 1965.

P. P. Spranger, Historische Untersuchungen zu den Sklavenfiguren des Plautus und Terenz, Stuttgart 1984[2].

A. Thierfelder, Römische Komödie, Gymnasium 63, 1956, S. 326–345.

Zu Plautus

Ausgaben

Plauti Comoediae, hrsg. von F. Leo, 2 Bde., Berlin 1895/96.

T. Macci Plauti Comoediae, hrsg. von W. M. Lindsay, 2 Bde., Oxford 1904/05.

Plaute Comédies, hrsg. von A. Ernout, 7 Bde. (Collection Budé), Paris 1932–40 (mit französischer Übersetzung).

Einzelausgaben mit Kommentar

Plautus, Amphitruo, mit Komm. von W. B. Sedgwick, Manchester 1960.

T. Macci Plauti Aulularia, mit Komm. von W. Wagner, Cambridge 1866.

The Captivi of Plautus, mit Komm. von W. M. Lindsay, London 1900.

Ausgewählte Komödien des T. Maccius Plautus, Bd. 3: Menaechmi, mit Komm. von J. Brix – M. Niemeyer – F. Conrad, Leipzig – Berlin 1929[6].

Ausgewählte Komödien des T. Maccius Plautus, Bd. 3: Miles gloriosus, mit Komm. A. O. F. Lorenz, Berlin 1886[2].

Plautus, Rudens, mit Komm. von F. Marx, Leipzig 1928.

Übersetzungen

Die Komödien des Plautus, übersetzt von L. Gurlitt, 4 Bde., Berlin 1920–22.

Antike Komödien, Bd. 2–3: Plautus – Terenz, hrsg. von W. Ludwig (Plautus nach der Übersetzung von W. Binder), München 1966.

Monographien

K. Abel, Die Plautusprologe, Diss. Frankfurt/M. 1955.

J. Blänsdorf, Archaische Gedankengänge in den Komödien des Plautus *(Hermes Einzelschriften 20)*, Wiesbaden 1967.

Ch. H. Buck, A Chronology of the Plays of Plautus, Baltimore 1940.

E. Fraenkel, Plautinisches im Plautus *(Philologische Untersuchungen 28)*, Berlin 1922.

E. W. Handley, Menander and Plautus, London 1968.

P. Lejay, Plaute, Paris 1925.

F. Leo, Plautinische Forschungen – Zur Kritik und Geschichte der Komödie, Berlin 1912[2].

G. Petrone, Teatro antico e inganno: finzioni Plautine, Palermo 1983.

K. von Reinhardstöttner, Plautus – Spätere Bearbeitungen plautinischer Lustspiele, Leipzig 1886.

K. H. E. Schuttler, Quibus annis comoediae Plautinae primum actae sint quaeritur, Diss. Groningen 1952.

E. W. Segal, Roman Laughter – The Comedy of Plautus, Cambridge (Mass.) 1968.

Zu Terenz

Ausgaben

P. Terenti Afri Comoediae, hrsg. von R. Kauer – W. M. Lindsay, Oxford 1926.

Térence, Comédies, hrsg. von J. Marouzeau, 3 Bde. (Collection Budé), Paris 1942–49 (mit französischer Übersetzung).

Kommentierte Ausgaben

The Comedies of Terence, mit Komm. von S. G. Ashmore, Oxford 1908.

Ausgewählte Komödien des P. Terentius Afer, I: Phormio, mit Komm. von K. Dziatzko – E. Hauler, Leipzig 1913^4; II: Adelphoe, mit Komm. von K. Dziatzko – R. Kauer, Leipzig 1903^2.

Übersetzungen

Terenz, Die Komödien, übertragen von V. von Marnitz, Stuttgart 1960.

Antike Komödien, Bd. 2–3: Plautus – Terenz, hrsg. von W. Ludwig (Terenz nach der Übersetzung von J. J. C. Donner), München 1966.

Monographien

O. Bianco, Terenzio – Problemi e aspetti dell'originalità, Rom 1962.

H. Haffter, Terenz und seine künstlerische Eigenart, Museum Helveticum 10, 1953, S. 1–20 und 73–102 (Sonderausgabe Darmstadt 1967).

E. Lefèvre, Die Expositionstechnik in den Komödien des Terenz, Darmstadt 1969.

W. Ludwig, Von Terenz zu Menander, Philologus 103, 1959, S. 1–38.

G. Norwood, The Art of Terence, Oxford 1923.

E. Reitzenstein, Terenz als Dichter, Amsterdam 1940.

P. L. Schmidt, Terenz, in: Die Großen der Weltgeschichte, Bd. 1, Zürich 1971, S. 784–797.

INHALT

Anhang

Klassiker der französischen Literatur

Abaelard:
Die Leidensgeschichte und der Briefwechsel mit Heloisa
dtv 2190

Charles Baudelaire:
Les Fleurs du Mal
Die Blumen des Bösen
Vollständige zweisprachige Ausgabe
dtv 2173

Gustave Flaubert:
Madame Bovary
dtv 2075

Victor Hugo:
Die schwarze Fahne
dtv 2198

Alfred de Musset:
Die beiden Geliebten und andere Erzählungen
dtv 2206

Christine de Pizan:
Das Buch von der Stadt der Frauen
dtv 2220

Jules Renard:
Muttersohn
(Poil de Carotte)
dtv 2211

Der Schmarotzer
dtv 2219

Nicolas Edme Restif de la Bretonne:
Revolutionäre Nächte in Paris
Erzählungen und Berichte
dtv 2213

Jean-Jacques Rousseau:
Julie oder
Die neue Héloïse
dtv 2191

Antoine de Saint-Exupéry:
Gesammelte Schriften
3 Bände
dtv 5959

George Sand:
Ein Winter auf Mallorca
dtv 2157

Sie sind ja eine Fee, Madame!
Märchen aus Schloß Nohant
dtv 2197

Alexis de Tocqueville:
Der alte Staat und die Revolution
dtv 2204

Stendhal:
Rot und Schwarz
Chronik des 19. Jahrhunderts
dtv 2005

Emile Zola:
Nana
dtv 2008

Klassiker der italienischen Literatur

Ariost:
Der rasende Roland
(Orlando furioso)
Gesamtausgabe in zwei Bänden
Mit Illustrationen von Gustave Doré
Mit einem Nachwort und Anmerkungen von Horst Rüdiger
Dünndruck-Ausgabe
dtv 5918

Dante Alighieri:
Die Göttliche Komödie
Aus dem Italienischen übertragen von Wilhelm G. Hertz
Nachwort von Hans Rheinfelder und Anmerkungen von Peter Amelung
Dünndruck-Ausgabe
dtv 2107

La Divina Commedia – Die Göttliche Komödie
Italienisch und deutsch
Herausgegeben, übersetzt und kommentiert von Hermann Gmelin
Vollständige Ausgabe
6 Bände, 2900 Seiten
dtv/Klett-Cotta 5916

Vita nova
Das neue Leben
Nach der revidierten Übersetzung von Karl Federn herausgegeben und kommentiert von Anna Coseriu und Ulrike Kunkel
Zweisprachige Ausgabe
dtv 2199

Alessandro Manzoni:
Die Verlobten
Mit 440 Illustrationen
Mit einem Essay von Umberto Eco
Übersetzt und mit einem Nachwort versehen von Ernst Wiegand-Junker
Dünndruck-Ausgabe
dtv 2142

Die Nonne von Monza
Aus dem Italienischen übersetzt und mit einem Nachwort versehen von Heinz Riedt
dtv 2192